Gabi

btb
Aus Freude am Lesen

Marilyn French

Vater unser

Roman

Aus dem Amerikanischen von
Cornelia Holfelder von der Tann
und Gesine Strempel

btb

Die Originalausgabe erschien 1994 unter dem Titel
»Our Father« bei Little, Brown and Company, Boston.

Umwelthinweis:
Alle bedruckten Materialien dieses Taschenbuches
sind chlorfrei und umweltschonend.

btb Taschenbücher erscheinen im Goldmann Verlag,
einem Unternehmen der Verlagsgruppe Bertelsmann.

7. Auflage
Genehmigte Taschenbuchausgabe Juli 1996

Umschlaggestaltung: Design Team München
Satz: IBV Satz- und Datentechnik GmbH, Berlin
RK · Herstellung: Ludwig Weidenbeck
Made in Germany
ISBN 3-442-72018-4

FÜR MEINE HEXENSCHWESTERN
E. M. BRONER, CAROL JENKINS, GLORIA STEINEM

In Liebe und Dankbarkeit

ERSTER TEIL

Die Schwestern

1

»Frauen können einen genauso verletzen wie Männer!« murmelte Ronnie wütend auf ihrer dunklen Bank am Fenster. Die anderen saßen um den kalten Kamin, das Lampenlicht glänzte auf den goldenen Fäden in Marys Bluse, der goldenen Kette um Elizabeths Hals, dem Gold in Alex' Haar.

Das Telefon hatte aufgehört zu klingeln. Elizabeth nahm alle wichtigen Anrufe entgegen. Wollte sicher sein, daß sie diejenige war, die mit dem Präsidenten sprach, dem Außenminister, dem deutschen Bundespräsidenten. Sie ließ Mary die privaten übernehmen. Alex erlaubten sie nicht, ans Telefon zu gehen. Elizabeth: verkniffene Lippen, dünn, die Älteste. Gebärdete sich wie eine wichtige Person. Schätze, sie ist eine, Staatssekretärin im Finanzministerium oder so. Aber Mary ist genauso hochnäsig. Ihre Rechtfertigung? Sie sieht gut aus, aber sie wird fett. Das einzige, was sie je gemacht hat, ist heiraten. Lauter reiche Männer. Legale Prostitution. Im Vergleich zu ihnen ist Alex sanft und schüchtern. Eine einfältige kleine Hausfrau. Wie ist sie in diese Familie geraten? Ha! Wie ich?

Niemand antwortete ihr. Alex drehte sich zu ihr um, sah sie an, lange, wandte sich aber wieder ab, ohne etwas zu sagen. Abrupt drehte Ronnie sich zum Fenster. Dunkel draußen. Sie konnte nur einen Streifen des Rasens sehen und die dunkle Masse der Bäume, die das Haus gegen die Straße noch eine drittel Meile weiter abschirmten. Kahle Zweige ragten unwirtlich in den Himmel: November. Der Göttin sei Dank für immergrüne Tannen – keine Geräusche, noch nicht mal Autoscheinwerfer drangen durch sie hindurch. Außerdem fuhren auf dieser Nebenstraße sowieso nur wenige Autos. Die Straße wirkte, als führte sie lediglich durch einen alten Wald, war aber in Wirklichkeit von stattlichen Häusern gesäumt.

Muß hier raus. Gehöre nicht hierher, sie wollen mich hier nicht.

Das Telefon klingelte. Mrs. Browning kam herein.

»Der Gouverneur«, flüsterte sie Elizabeth zu, die aufsprang und das Zimmer verließ.

Was geht in diesem Mädchen bloß vor? fragte sich Mary. Hatte ihr Ausbruch etwas mit dem zu tun, was ich über Männer gesagt habe? So wie sie aussieht, kann sie nicht viel Ahnung davon haben. *Ich* habe, weiß Gott, das Recht, über Männer zu urteilen: Wer hätte in dieser Hinsicht mehr Erfahrung als ich? Außerdem *ist* Vater ein Tyrann und gleichzeitig ein Baby, es *war* dumm und kindisch von ihm, weiterhin Salz zu essen, obwohl er wußte, daß er zu hohen Blutdruck hatte. Sie sind *alle* wie die kleinen Jungen, sie werden nie erwachsen. Alle meine Ehemänner waren kleine Jungs mit ihren eigenen Spielsachen: Don und sein widerliches Motorrad, Paul und sein Flugzeug, Harold und sein Rolls, Alberto – nun, er hat mit Frauen gespielt. Und ich hockte mit all den Kindern da.

Seltsames Mädchen, das Gesicht verschlossen, gerötet, sitzt wie ein Schatten in ihrer dunklen Ecke, billige Jeans und Sweatshirt, Turnschuhe und dicke Socken, die Füße auf dem Fensterbrett, Herrgott, sie sieht aus wie eine Lesbe, weiß sie, wie sie aussieht? Macht es ihr etwas aus?

Komisch, daß Elizabeth die Vorhänge nicht zugezogen hat, das macht sie doch normalerweise immer, schließt die Dunkelheit aus, sonst nichts, draußen ist nichts, außer Bäumen. War nie etwas. Haus im leeren Raum, Leere, Leere…

Stop.

Mein Gott, sind die Vorhänge schäbig und verschossen. Wann war ich das letzte Mal hier? Sommerfest, sein achtzigster Geburtstag. Vor zwei Jahren. Damals war hier alles noch nicht so heruntergekommen, das jedenfalls habe ich gesehen. Das Fensterplatzkissen ist schäbig, muß neu bezogen werden, der Brokat ausgeblichen, die Einfassung brüchig. Vater sind die Dinge entglitten. Aber hat er Dingen wie diesen jemals Aufmerksamkeit geschenkt? Ich frage mich, wer es überhaupt tat. Die Haushälterin vielleicht. Niemand hier, außer dieser Frau... vielleicht hielt sie es nicht für nötig, den Schein zu wahren, das hätte sie aber sollen. Sicher haben ihn ein paar seiner Freunde besucht. Es sei denn, er hat sie alle überlebt. Zweiundachtzig: noch nicht so alt, Männer wie er werden oft neunzig, hundert. Sie werden ihr Leben lang so gut versorgt. Sie gehen nie Risiken ein. Don.

Elizabeth kam zurück, ein selbstzufriedenes Lächeln im Gesicht.

»Der Gouverneur ist sehr beunruhigt.«

Sie setzte sich, warf Ronnie einen scharfen Blick zu. Sie hatte bereits die Tatsache registriert und gespeichert, daß das Mädchen auf eine im Moment nicht kategorisierbare, aber dennoch offensichtliche Weise verrückt war. Vielleicht sind wir das auch. Aber wir wahren wenigstens die Fassade. Vielleicht ist Alex gesund, Typ gehobene Hausfrau, denkt niemals weiter als bis zur nächsten Bridgeparty. Nur so bleibt man gesund, mit dem Strom schwimmen, sich tragen lassen. Trotzdem liest man immer wieder von den vielen Hausfrauen mit ihren Beruhigungsmitteln. Aber Alex ist dumm, der beste Schutz vor Wahnsinn. Natürlich ist auch Mary dumm. Aber brillant, wenn es darum geht, durch Männer weiterzukommen. Sind alle verrückt geworden, mußte so kommen. Unser Vater. Vater, oh, Daddy Daddy. Unser Vater, der du noch nicht bist im

Himmel und vielleicht auch nie in den Himmel kommen wirst. Aber wer weiß, falls der dort oben wirklich die Regeln aufgestellt hat, denen wir hier unten folgen, schätzt er ihn vielleicht. Sein Wille geschehe.

Ich frage mich, ob sein Letzter Wille in seinem Schreibtisch liegt.

Was, glaubt ihr, hat Ronnie gemeint? überlegte Alex. Ihre Augen huschten von Gegenstand zu Gegenstand im Zimmer, fremdes Zimmer, trotzdem muß ich hier schon viele Male gewesen sein. Erinnere mich kaum. Mein Fluch, keine Erinnerung. Natürlich kann es sein, daß es seitdem neu eingerichtet wurde. Ein paar undeutliche Bilder, sehr lange her – ich erinnere mich an diesen King-George-Beistelltisch, glaube ich. Ging das eben gegen Mary, weil sie Vater kritisiert hat? Aber Mary hat wohl in Wirklichkeit ihre Wut auf einen anderen Mann ausgedrückt. Sie war mehr als einmal verheiratet, glaube ich. Traurig, so eine Scheidung. Ich glaube, daß Ronnie vielleicht dasselbe meint, sie ärgert sich über eine Frau, irgendeine Frau hat sie verletzt, vielleicht ihre Mutter, weil sie gestorben ist, vielleicht wir, weil wir hier so cool herumsitzen, während Vater womöglich stirbt. Aber wir sitzen hier, weil der Schock uns lähmt, das ist mein Eindruck. Nicht weil wir gleichgültig wären. Oder doch? Vor allem ich, die ich vielleicht ans Totenbett eines Vaters gerufen werde, den ich zu seinen Lebzeiten kaum gekannt habe, kann mich kaum an etwas erinnern, außer an den Tag, an dem ich mit Stevie herkam, schrecklich, aber vielleicht liegt es ja auch nur daran, weil ich ihn in all den Jahren nie besucht habe, ihm noch nicht einmal eine Postkarte oder irgend etwas sonst geschickt habe. Aber er hat mich auch nie angerufen. Nie.

Aber es hat andere Zeiten gegeben, oder etwa nicht? Erinnere ich mich nicht daran, wie er breit lächelnd rief, wo ist meine kleine Alexandra, wo ist mein kleines Mädchen? Umarmungen, Wangen mit Koteletten, Geruch nach Tabak, sein Schoß, ich sitze auf Daddys Schoß. War es nicht so?

Von Ronnie herbeigerufen, waren die Schwestern fast zeitgleich am Freitag abend gegen sieben eingetroffen, Mary mit dem 5-Uhr-Shuttle aus New York, Elizabeth mit der 4-Uhr-Maschine aus Washington, Alex eine halbe Stunde später aus Wilmington. Der Wagen wartete am Logan-Flughafen, um mit ihnen durch den Berufsverkehr nach Lincoln zu fahren – zu schleichen, besser gesagt. Ronnie empfing sie an der Haustür.

»Warum ist sie hier?« flüsterte Mary im oberen Flur Elizabeth zu. »Warum war sie hier, als es passierte? Hat sie hier gewohnt?« Elizabeth zuckte gleichgültig die Achseln.

»Glaubst du, daß sie etwas erwartet? Glaubst du, daß er so etwas gesagt haben könnte?«

»Nein«, sagte Elizabeth scharf.

»Sie *muß* etwas erwarten«, beharrte Mary, »sonst würde sie hier nicht herumhängen.«

Alex, die mitgehört hatte, unterbrach sie. »Sprecht ihr von Ronnie? Warum sollte sie nicht hier sein? Sie wohnt doch hier, oder? Ist ihre Mutter nicht die Haushälterin?« Die anderen sahen sie wütend an und wandten sich ab, ohne ihr zu antworten. Alex sah, wie sie sich vor ihr zurückzogen, und fiel in sich zusammen.

Zwei fremde Frauen servierten das Abendessen. Die Schwestern sprachen während der Mahlzeit nur wenig: Elizabeth und Mary, die beiden Älteren, gaben den Ton an, und sie würden niemals wichtige Angelegenheiten besprechen, während Personal ein und aus ging. Aber jetzt hatten sie sich im Salon zusammengesetzt, allein.

Elizabeth sprach, sagte scharf ihren Namen: »Ronnie?« Langsam drehte sie ihnen ihr Gesicht wieder zu.

»Wann genau«, fragte sie noch einmal, »ist es passiert? Wieso warst du hier?«

»Ich wohne seit vier Monaten hier. Meine Mutter war krank.« Ronnie wandte ihr Gesicht wieder von ihnen ab.

»Ist nicht Noradia deine Mutter, die Haushälterin?« fragte Mary. »Wo ist sie?«

»Sie ist tot«, erzählte Ronnie der Fensterscheibe.

»Oh!« Ein kollektives Seufzen, oder nur Alex? Dann Schweigen. Alex drehte sich in ihrem Stuhl um, ihr Gesicht wirkte warm im Schein der Lampe. »Das tut mir sehr leid, Ronnie. Das wußten wir nicht, das wußte ich nicht. Das tut mir sehr leid.«

»Ich habe mich schon gefragt, wo sie ist«, verteidigte sich Mary.

Alex stand auf und ging zur Fensterbank hinüber, hockte sich neben Ronnie auf die Kante und legte ihre Hand auf Ronnies Arm. »Du mußt ja völlig fertig sein«, sagte sie warm. »Erst deine Mutter und dann – das.« Ronnie saß steif da, starrte in Alex' glühendes Gesicht.

»Woran ist sie gestorben?« fragte Alex bekümmert.

Elizabeths tiefe Stimme übertönte die helle von Alex: »Wann ist sie gestorben?«

»Was haben wir heute?«

»Freitag«, sagte Elizabeth.

Ronnie überlegte. »Dienstag.« Sie würgte das Wort heraus. »Sie starb am Dienstag«, wiederholte sie.

»Woran?« wiederholte Alex.

»Krebs.«

»Oh, Liebes.« Alex streichelte Ronnies Arm. Schweigend nahm Ronnie ihren Arm weg, aber Alex weigerte sich, die Kränkung zur Kenntnis zu nehmen. »War sie lange krank?«

»Eine Weile.«

»Kannst du darüber sprechen?«

Ronnies Stimme war widerspenstig, ihre Worte ein Angriff. »So etwa vor sechs Monaten fühlte sie sich krank, und im Juni ließ sie sich im Klinikum untersuchen. Es war Brustkrebs, aber er hatte sich schon im ganzen Körper ausgebreitet. Sie wollte zu Hause sterben. Hier«, fügte sie bitter hinzu. »Wir haben sie gestern beerdigt.«

»Gott!« hauchte Alex. »Sie war noch so jung!« Sie zögerte. »Oder nicht?«

Woher willst du irgend etwas von ihr wissen? dachte Ronnie und sah sie verächtlich an. Und warum heuchelst du Betroffenheit? »Sie hatte ein hartes Leben. Falls jemand von euch begreift, was das heißt«, fügte sie bitter hinzu. »Sie war vierundfünfzig.«

»Vierundfünfzig!« hauchte Alex.

»Hier?« fragte Mary überrascht. »Ihr habt sie *hier* beerdigt? In Lincoln?«

»In Boston. Wo meine Großmutter liegt.« Freundliche Gesellschaft, wenigstens im Grab, wenn schon nicht auf der Erde. »Euer Vater bestand darauf, daß ich mit ihm nach Lincoln zurückfuhr. Er sagte, es sei *praktischer* (bei diesem Wort hoben Mary und Elizabeth die Köpfe), wenn ich gleich mitkäme, um ihr Zimmer auszuräumen. Er wollte, daß ihre Sachen hier wegkämen.«

Mary runzelte die Stirn. »Wer sind die Dienstboten?«

»Mrs. Browning – die Ältere mit den grauen Haaren – kocht und führt den Haushalt. Er stellte sie ein, als Momma krank wurde. Die Dicke ist Teresa. Sie arbeitet seit Jahren hier, sie kommt tageweise. Ihr habt sie schon gesehen.« Oder hättet sie sehen können, wenn ihr solch triviale Dinge wie Personal bemerken würdet.

»Wie lieb von dir, hier zu wohnen, um deine Mutter zu pflegen!« sagte Alex überschwenglich.

Ronnie starrte sie wütend an.

»Er sagte, ich soll mit ihm zurückfahren und ihre Sachen packen und daß er den Wagen wieder nach Boston schicken würde, damit ich nicht noch mal den ganzen Weg machen und ihre Sachen mit dem Bus abtransportieren müßte. Ihre Sachen abtransportieren: ein halbes Dutzend abgetragener Kleider, ein paar Fotografien, ein zerbrochener Kamm.«

»Er hätte warten können. Dir Zeit lassen können, dich zu erholen«, sagte Mary mit süßlicher Herablassung.

Ronnie zuckte die Achseln. »Was hätte das gebracht? Ich wollte nicht mehr in dieses Haus zurückkehren.«

»Dann hatte Vater den Schlaganfall direkt, nachdem deine Mutter gestorben ist«, sagte Elizabeth nachdenklich.

»Direkt nach ihrer Beerdigung. Die Beerdigung war um elf Uhr dreißig. Wir waren kurz vor zwei wieder hier. Es war dichter Verkehr. Er war es gewöhnt, um zwölf Uhr dreißig zu essen, und er war sehr rigide geworden – jedenfalls rigider, als ich ihn in Erinnerung hatte. Er war hungrig und nervös, er schnauzte Mrs. Browning an. Er nahm einen Drink, während sie sein Omelett zubereitete, einen Bourbon mit Wasser. Er hatte eine schreckliche Laune. Ich habe mit ihm die Mahlzeiten eingenommen, als ich hier wohnte.«

Mary sah Elizabeth vielsagend an. Ronnie bemerkte es. »Er hat es mir befohlen«, erklärte sie wütend. »Nicht, daß er meine Gesellschaft genossen hätte. Er hat kaum mit mir geredet. Aber er wollte wohl jemanden um sich haben.«

Elizabeth nickte. »Bitte, sprich weiter«, sagte sie.

»Er aß, als ob er am Verhungern wäre, aber er schimpfte weiter, die Suppe sei wäßrig, das Omelett sei trocken… ich weiß nicht, meins war in Ordnung. Aber er schlang alles hinunter, er aß vier Scheiben Toast, dann sah er mich an und sagte etwas, irgend etwas Häßliches über meine Mutter, ich weiß nicht, was, und plötzlich zuckte er auf seinem Stuhl zusammen und rief: ›Mein Kopf!‹ Er griff sich an den Kopf und brach zusammen. Ich dachte, er wäre tot.«

Sie lauschten dieser emotionslosen Wiedergabe gebannt, sie kannten den Mann.

»Und du…«, setzte Elizabeth das Verhör fort.

»Ich rief 911 an. Der Rettungswagen brachte ihn nach Concord ins Krankenhaus. Ich sagte ihnen, wer er sei, und sie riefen den Chef der Neurologie an. Er war nicht da, aber der diensthabende Neurochirurg kam fast sofort herunter, um mit dem Arzt in der Notaufnahme zusammenzuarbeiten. Sie haben ihn gleich versorgt, gaben ihm eine Infusion, brachten ihn zur Computertomographie. Als sie ihn wegbrachten, rief ich euch an.«

»War er krank?« fragte Elizabeth.

Ronnie hob die Schultern. »Nicht daß ich wüßte. Er hat ein Medikament gegen Bluthochdruck genommen.«

»Propranolol«, ergänzte Elizabeth.

»Woher weißt du das?« wunderte sich Mary.

»Bei meinem letzten Besuch habe ich gesehen, wie er es einnahm. Ich fragte ihn, was es sei«, erklärte Elizabeth kurz, dann setzte sie ihre Befragung fort. »Wie bist du an unsere Telefonnummern gekommen?«

Ronnie sah sie grimmig an. »Sie waren in seinem kleinen Notizbuch, dem, das er in seiner Jackentasche hatte. Sie gaben es mir, als sie ihn einlieferten. Sie gaben mir alle seine Sachen.«

»DIR?« rief Mary aus. »Sie hätten sie für uns aufbewahren müssen.«

»Er hatte *meine* Telefonnummer in seinem Buch?« wunderte Alex sich laut.

Ronnie starrte auf den Fußboden. »Sie sind auf dem Tisch im vorderen Flur«, sagte sie mit metallischer Stimme. »Brieftasche, Schlüssel, Notizbuch, Brille, Taschentuch. Ich weiß nicht, wieviel Geld in der Brieftasche ist«, sagte sie verächtlich. »Ich habe nicht nachgesehen.«

Schweigen.

»Sie war *bei* ihm, Mary«, sagte Alex entschuldigend.

Ronnies Kopf schnellte hoch, als habe sie einen Schlag erhalten. Sie starrte Alex wütend an, dann wanderte ihr wütender Blick zu Mary. »Sie nahmen an, ich sei mit ihm verwandt«, sagte sie mit ihrer harten kleinen Stimme.

Elizabeth stand abrupt auf. »Die Vorhänge gehören zugezogen.« Sie marschierte zu den Fenstern an der Stirnseite und zog heftig an der Gardinenschnur, dann ging sie zur Fensterbank hinüber und blieb auffordernd stehen. Alex stand auf und kehrte zu ihrem Sessel am Kamin zurück. Ronnie blieb unbeweglich sitzen.

»Darf ich mal?«

»Warum können sie nicht offenbleiben? Es kann doch niemand reingucken.«

»Die Vorhänge müssen abends zugezogen werden!« Elizabeths Stimme wurde schrill.

Ronnie sah sie ausdruckslos an.

»Mach Platz!« kreischte Elizabeth.

Ronnie stand auf und entfernte sich. Elizabeth zog brutal an der Kordel, die Vorhänge schlossen sich flatternd vor der Fensterbank. Sie ging, und Ronnie setzte sich wieder, zog ihre Beine auf den Sitz, lehnte sich nach hinten an die Wand.

Elizabeth kehrte zu ihrem Stuhl vor dem kalten Kamin zurück. Ihre Stimme war wieder so ruhig wie vor dem Zuziehen der Vorhänge. »Ich hoffe nur, daß Hollis eine Generalvollmacht hat. Wenn nicht, sitzen wir wirklich in der Patsche. Während er im Koma liegt, müssen Entscheidungen getroffen werden – seine Aktien, das Haus, die anderen Vermögenswerte. Und es kann ja sein, daß er das Bewußtsein nicht wiedererlangt.«

»Ich schätze, du erwartest von uns, daß wir dir das übertragen«, sagte Mary bissig.

Elizabeth blickte Mary kühl an. »Wenn er jemandem eine Generalvollmacht erteilt hat, dann wahrscheinlich Hollis. Es ist egal, wer sie hat, solange überhaupt jemand eine hat. Ich bin jedenfalls am qualifiziertesten für diese Sachen. Und ich bin die Älteste.«

»Du bist mit Sicherheit am qualifiziertesten, wenn es darum geht, uns zu betrügen.«

»Das ist absurd. Über alles, was ich tue, wird genau Buch geführt. Die Unterlagen werden offengelegt. Wenn wir nicht die richtigen Schritte unternehmen, kann der Besitz an Wert verlieren. Dann verlieren wir alle.«

»Vorausgesetzt, ihr seid alle als Erbinnen eingesetzt«, schoß Ronnie dazwischen.

Alle drei drehten sich um und sahen sie an.

Zum vierten Mal klingelte das Telefon – »Margaret Thatcher«, murmelte Elizabeth, als sie zurückkam. »Zutiefst besorgt.« Ronnie stand auf und verließ das Zimmer. »Wurde auch Zeit«, raunte Mary. Muß mit Elizabeth über sie sprechen: Müssen wir ihr erlauben, dazubleiben?

»Cointreau«, sagte sie zu Alex, lehnte sich in ihrem Sessel zurück, streifte ihre Pumps ab und zog die Beine hoch. Sie nahm das kleine Glas mit einem angedeuteten Lächeln entgegen und wandte sich an Elizabeth: »Na ja! Zumindest sehen wir uns mal wieder. Es ist schon so lange her. Ich habe dich seit Vaters Geburtstag vor zwei Jahren nicht mehr gesehen! Du kommst mir dünner vor.«

»Möglich.« Elizabeth trank einen Schluck Perrier.

»Wie ist es dir ergangen?«

»Nicht so toll. Clare ist gestorben.«

Mary richtete sich auf. »Oh, Lizzie! Wann?«

»Im Frühling. Du weißt, daß ich es hasse, Lizzie genannt zu werden.«

»Mein Gott. Verzeihung! O mein Gott! Warum hast du mich nicht benachrichtigt? Ich wäre zur Beerdigung gekommen, zumindest hätte ich neben dir stehen können!«

»Ich bin nicht zur Beerdigung gegangen. Seine Kinder haben sie arrangiert, in Ohio, wo seine Eltern begraben liegen und einer seiner Söhne jetzt lebt. Das alte Haus seiner Familie. Die Stadt, in der er aufwuchs. Seine Freunde aus Washington waren nicht erwünscht.«

»Oh, das muß ja schrecklich für dich gewesen sein! Du hättest anrufen sollen. Du hättest nach New York kommen und eine Zeitlang bei mir wohnen können.«

»Wozu?«

»Ich habe erfahren, was es heißt, den Mann zu verlieren, den man liebt.«

Der gekränkte Stolz in Person, dachte Elizabeth. »Und das mehr als einmal«, sagte sie schroff.

Marys helle Haut überzog sich mit rosa Flecken.

Elizabeth sagte besänftigend: »Die beste Medizin für mich ist wirklich die Arbeit. Ich bin einfach zu Hause geblieben und habe an meinem Buch gearbeitet.«

Mary studierte ihre Ringe.

Niemand fragte nach dem Buch.

»Ich fühle mich als Außenstehende«, sagte Alex mit gepreßtem Lachen. »Darf ich – ich meine, darf ich fragen, wer Clare war?«

Mit schmalen Lippen sagte Elizabeth: »Clare McCormick. Der Wirtschaftswissenschaftler. Der große Ökonom. Saß im Rat der Weisen. Dem obersten Beratergremium der Regierung«, erklärte sie, als Alex sie verständnislos ansah. »Berater der Zentralbank und des OMB.«

Alex guckte begriffsstutzig.

»Des Office of Management and Budget. Eine Institution der Regierung, die die Wirtschaftspolitik des Landes festlegt.«

Alex sah aus wie eine Quintanerin, die sich große Mühe gibt, sich die lateinische Deklination einzuprägen.

»Du weißt, daß ich Staatssekretärin im Ministerium für Finanzen bin, nicht wahr? Wir zählen kein Geld, Alex, wir bestimmen die Wirtschaftspolitik des Landes.«

Sie weiß nicht, daß ich noch nicht einmal weiß, was das heißt. Was ist denn Wirtschaftspolitik überhaupt? Nicht fragen. »Und du und Clare wart verheiratet?« fragte sie mitfühlend.

»Sie waren … sehr gute Freunde«, erklärte Mary.

»Er war mein bester Freund auf der ganzen Welt«, sagte Elizabeth leise.

»Das tut mir sehr leid«, hauchte Alex. »Woran ist er gestorben?«

»Lungenentzündung.«

»Oh«, sagte Alex bekümmert. »Wie alt war er?«

»Lungenentzündung?!« rief Mary zweifelnd aus.

»Siebzig«, sagte Elizabeth. »Ein rüstiger Siebziger.« Sie zündete sich eine Zigarette an. »Das passiert, wenn man in die Jahre kommt, die Menschen sterben langsam weg«, sagte sie brüsk. »Wir können uns darauf gefaßt machen, solche Nachrichten nun täglich zu erhalten. Tod und Krankheit, Verluste auf allen Seiten. Das kommt auf uns alle zu.«

»Oh, Elizabeth, du bist immer so negativ!« sagte Mary bissig. »Ich habe ganz und gar nicht das Gefühl, daß ich nur noch Tod und Verlust zu erwarten habe!«

»Nein, du freust dich wahrscheinlich schon auf den nächsten Ehemann.«

»Natürlich. Und warum auch nicht! Du bist noch genauso gemein wie eh und je!«

Ein langes Schweigen verpestete die Luft wie dicker Zigarrenrauch.

Alex stand abrupt auf. »Will noch jemand einen Drink?« zwitscherte sie, ging zu dem kleinen Buffet und füllte ihr Weinglas auf. Sie drehte sich um und begann zaghaft: »Erinnert ihr euch überhaupt an mich? Ich meine, ich glaube, ich kann mich an euch beide noch erinnern, aber nur sehr vage. Ich fand euch so erwachsen. Ich erinnere mich an deine Hochzeit«, sagte sie zu Mary. »Es war wunderbar! Das gestreifte Zelt und so viele Blumen, überall Blumen! Du hattest sechs Brautjungfern und sechs Brautführer. Du warst so schön, wie ein Filmstar. Ich dachte, du seist eine Göttin!«

Mary saß schweigend da. Elizabeth ging nach England. Ließ

mich allein hier zurück. Verzweifelt. »Ja«, sagte sie schließlich. »Das war 1955. Ich heiratete Harry Burnside. Du warst mein Blumenmädchen. Du hattest ein blaßrosa Kleid an und rosa Flieder, der eigens aus Kanada eingeflogen worden war.«

Ferne Stimme, in Erinnerung versunken: »1955: An diesem Weihnachten wurde ich sechs oder sieben. Ich habe das Kleid noch, Mom hat es jedenfalls noch, auf dem Dachboden, ich habe es vor ein paar Jahren gesehen, als ich nach oben ging und nach einem Schiffskoffer für Stevie suchte, der ins Ferienlager fuhr. Aber an Harry erinnere ich mich nicht mehr.«

»Er starb. 1960.«

»Ich erinnere mich, daß er viel älter war als du.«

Elizabeth grinste gemein. »Genauso alt wie ihr Daddy.«

Mary warf ihr einen Blick zu, aber Alex starrte in die Luft, erinnerte sich an etwas, rief: »Hast du nicht jemanden Berühmtes geheiratet? Ich erinnere mich, daß meine Mutter mir eines Tages etwas über dich aus der Zeitung vorgelesen hat.«

»Wahrscheinlich Alberto. Alberto di Cenci. Das hat in allen Zeitungen gestanden. Er war berühmt, weil er gut aussah, reich war und ein Playboy, sonst nichts. Er hat nie etwas *gemacht!*«

»*Wirklich* berühmt wurde er«, schnarrte Elizabeth, »als er dich wegen Nina Newton verlassen hat.«

»Dem Filmstar?« rief Alex aufgeregt. »Ich erinnere mich an sie! Ich habe im Fernsehen ihre alten Filme gesehen.« Sie sah kurz in Marys Gesicht. »Sie muß inzwischen sehr alt sein«, fügte sie schnell hinzu.

»Sie muß inzwischen sehr tot sein, so wie sie auf Schnaps und Drogen stand«, sagte Mary bissig. »Sie ernährte sich schon damals von Kokainlinien. Kokain war jahrzehntelang die Modedroge der High-Society.«

»Des Europöbels jedenfalls«, ergänzte Elizabeth affektiert.

»Damit habt ihr dann ja nichts zu tun gehabt«, sagte Alex warm.

Elizabeth grinste Mary an. Im Zimmer war es still.

Alex versuchte es noch einmal. »Oh, ich habe euch beneidet, euch beide – ihr wart so schön und erwachsen, und ihr hattet einander und dieses wunderbare Haus. Du«, sie wandte sich jetzt an Mary, »bist früher in Vaters Haus nach Georgetown gekommen, aber du«, jetzt sprach sie zu Elizabeth, »nie. Warum nicht?«

»Meine Mutter war tot«, sagte Mary kurz. »Ich hatte kein Zuhause, wohin ich in den Schulferien hätte fahren können. Ich mußte nach Georgetown, zu Vater: Weihnachten und Thanksgiving und Ostern, und im Sommer hierher.«

Alex runzelte die Stirn, strengte ihr Gedächtnis an. »Hattest du ein weißes Zimmer? Ganz in Weiß?«

Mary nickte.

»Aber *du* bist nie dort gewesen?« fragte sie Elizabeth.

»Meine Mutter war von Vater geschieden, sie lebte noch, lebt immer noch. Ich wohnte bei ihr. Im Sommer hatte er das Sorgerecht für mich, deshalb mußte ich jeden Sommer nach Lincoln kommen. Die übrige Zeit lebte ich in Boston, bei meiner Mutter«, sagte sie gleichmütig.

»Oh!« Alex atmete tief aus, als ob die Informationsschnipsel einen Hunger gestillt hätten. Ihre Stimme klang erregt, eindringlich. »Meine Mutter – Amelia – ihr habt sie doch gekannt, oder? Ja. Also, sie hat wieder geheiratet, einen lieben Mann, aber sie hatten keine eigenen Kinder. Ich glaube, Charlie war... also ich weiß, sie hätte gern eins gehabt, deshalb glaube ich, daß es an ihm lag. Ich meine, an ihr konnte es doch nicht liegen, oder? Ich meine, sie hat ja mich bekommen.«

»Oh, richtig«, sagte Elizabeth mit spöttischer Stimme. »Sogar auf Anhieb.«

Das ging an Alex vorbei. »Und ich habe mir immer gewünscht, oh, ich habe mir immer sehnlichst Schwestern gewünscht, ich habe ständig an euch beide gedacht. Ich habe mir vorgestellt, wo ihr seid und was ihr macht, ich habe meine

Mutter angefleht, euch zu uns einzuladen. Aber sie hatte immer irgendeine Entschuldigung: Du seist erwachsen und weit weg, du hättest selber Kinder, um die du dich kümmern müßtest«, sagte sie zu Mary, »oder du würdest in Frankreich oder in der Schweiz leben.« Und zu Elizabeth: »Du hattest irgendeinen wichtigen Job bei der Regierung und konntest nicht weg.« Sie machte eine Pause. »Ich habe mich immer gewundert, woher sie solche Sachen von euch wußte, aber irgendwie bin ich nie dazu gekommen, noch mehr Fragen über euch zu stellen. Sie hat mich immer in den Arm genommen oder versucht, mich anderweitig abzulenken. Mit der Zeit durchschaute ich diese Taktik«, lachte Alex.

Die anderen sahen sie an.

»Scheiß auf Schwestern«, sagte Elizabeth. »Sei froh. Du hattest eine Mutter, die dich in den Arm nahm.«

»Sei froh, daß du eine Mutter hattest«, sagte Mary kalt.

Alex lag im Bett, Vorhänge und Gardinen aufgezogen, und blickte zu den Sternen. Endlich finde ich sie, endlich bin ich mit ihnen zusammen im selben Haus, und ich könnte genausogut in Newark, Delaware, sein. Ihre Augen wurden naß. Würde es anders sein, wenn ich sie vor Jahren gefunden hätte, wenn sie mich besucht hätten, wenn man mir erlaubt hätte, sie zu besuchen? Warum ging das damals nicht? Natürlich, sie sind um einiges älter, und sie haben andere Mütter... Oh, warum bedeuten sie mir soviel, obwohl ich ihnen überhaupt nichts bedeute?

Sie wollten nicht reden, oder vielleicht wollten sie nicht mit mir reden, genau wie Mom, warum antwortet mir niemand, obwohl es so vieles gibt, was ich wissen möchte, wissen muß, warum muß ich es wissen? Aber ich muß es wissen, ich muß. Ich will alles über sie wissen, über ihn, über ihr Leben. Meine Familie. Sie sind doch meine Familie, nicht wahr? Alex legte die Hand auf ihr Herz, das ihr weh tat, und rieb es sanft. Ich frage mich, ob ich ... ob man wirklich mit dem Herzen fühlt. Es gibt Menschen, die glauben, daß ihre Gefühle im Bauch sitzen oder in der Leber. Fühlen wir etwas mit dem Herzen, weil man uns gesagt hat, daß wir damit fühlen? Wer war es, der mir erzählt hat, daß man bei einem Schimpansen, der einen schlimmen Verlustschmerz erlitten hat, etwa den Tod seiner Mutter, und den man nach seinem Tod seziert, krankhafte Veränderungen am Herzen findet? Ob das wahr ist? Schmerz strömte durch ihren Körper, und sie drehte sich auf die Seite.

Wieder hier. Habe nicht mehr in diesem Haus geschlafen, seit ich neun war. Vor siebenundzwanzig Jahren. Herrlich damals, die Bäume ein grüner Nebel, der Garten leuchtend bunt, das Haus so luxuriös, die vielen Zimmer. Das Haus in Georgetown war kleiner. Das Haus in Baltimore ganz bestimmt, sie lächelte. Dieses Haus sieht jetzt anders aus, wie deine Grundschule, wenn du sie als Erwachsene wiedersiehst, die Wände der Flure bedrängen dich, Dinge, die damals riesig erschienen, sind geschrumpft, klein. Sind meine Erinnerungen falsch? Idealisierend? Elizabeth war so groß, und sie wußte alles, manchmal las sie mir vor oder tat so, als spielte sie mit mir Tennis. Ein paarmal sind wir drei zusammen spazierengegangen; Mary war lustig, sie neckte mich, spielte mit mir Fangen, brachte mir Schwimmen bei. Jeden Nachmittag ließ Mommy auf der überdachten Veranda für uns alle drei Limonade und Kekse servieren. Manchmal kam auch Daddy und setzte sich zu uns, nahm mich auf seinen Schoß, streichelte mein Haar. Daran erinnere ich mich! Das hat er getan! Und er kaufte mir einen kleinen Hund, nannte ihn Charlie Chaplin, und dann war plötzlich alles zu Ende. Wir wohnten auf einmal bei Grandma und Grandpa. Ich erinnere mich an Mommas zusammengepreßte Lippen, Grandma und Grandpa, sehr blaß, redeten wenig. Alle behandelten mich, als sei ich krank. Später dann heiratete Momma Charlie ... wir lebten in dem kleinen Reihenhaus in Baltimore.

Ja, Anfälle hatte ich. Irgendwelche Anfälle. Vielleicht war ich krank. Vielleicht wollte Momma mir deshalb nichts erzählen. Vielleicht habe ich eine angeborene unheilbare Krankheit, die erst in ein paar Jahren zum Ausbruch kommt. Irgendeine entsetzliche Degenerationserscheinung, die meine Glieder angreift, mein Haar ausfallen läßt, etwas, was in der Familie meines Vaters liegt und was er ihr verschwiegen hat und deshalb... Ach, das ist ja verrückt. Die anderen sehen recht gesund aus, und sie sind nicht mehr jung. Elizabeth ist über fünfzig.

Vor achtzehn Jahren habe ich Vater das letzte Mal gesehen. Wenn er nie mehr sprechen oder hören kann oder nie mehr das Bewußtsein wiedererlangt, werde ich ihm nie sagen können... wird er mir nie sagen... werde ich es nie herausfinden. Hat er mich gehaßt? Warum hat er mich verlassen? Sie hat er nicht verlassen. Mom könnte es mir erzählen, warum will sie nicht? Warum habe ich diesen weißen Fleck in meiner Erinnerung? Vielleicht gibt es gar nichts zu erzählen. Das wäre das Allerschlimmste. Daß gar nichts passiert ist. Ein Paar hat sich getrennt, und das war es. Aber Momma ist so lieb, warum sollte jemand sie verlassen wollen? Er war ein Windhund, glaube ich, aber nach Momma hat er nie wieder geheiratet. Aber es gab Noradia, die Haushälterin, er schlief mit ihr, deshalb das ganze Getue um Ronnie. Sie muß sein Kind sein, wenn man sich ihre Augen ansieht, den Mund. Aber Noradia kann nicht der Grund für ihre Trennung gewesen sein, war sie damals überhaupt schon hier?

Etwas ist passiert. Und niemand will es mir erzählen.

Sie verabscheuen mich, warum verabscheuen sie mich?

Sie warf sich im Bett herum. Sie wollen mich hier nicht, ich werde nicht bleiben, ich werde, sobald ich kann, nach Hause fahren. Sie drehte sich auf die andere Seite, wühlte sich in die Matratze, versuchte zu schlafen. Es mußte das Leuchten der Sterne sein, das sie störte, das durch ihre geschlossenen Lider zu dringen schien. Nicht das Mondlicht, der Mond war weg, auf der anderen Seite des Hauses untergegangen. Ihre Lider wurden von winzigen leuchtenden Lichtern durchlöchert.

Elizabeth entfernte tastend ihre Kontaktlinsen, blickte nicht in den Spiegel. Sie legte sie in einen winzigen Behälter und goß eine Flüssigkeit darüber. Dann entkleidete sie sich systematisch, vermied sorgfältig den Blick in den Spiegel. Weiß Ronnie irgend etwas? Ist es möglich, daß er alles ihrer Mutter vermacht hat? Noradia hätte ihn in den letzten Jahren entsprechend bearbeiten können, er war total abhängig von ihr. Sie mußte uns hassen, sie muß den Wunsch gehabt haben, ihre Tochter versorgt zu sehen. Sie könnte ihn dazu gebracht haben, sein Testament zu ändern, und vielleicht hat sie es Ronnie erzählt. Ihr Gesicht, als sie das gesagt hat. Triumphierend.

Langsam zog sie sich aus, pellte sich aus den Schichten, die die Magerkeit ihres Körpers versteckten – Jackett, Pullover, Gürtel, Seidenbluse, Hemd, Rock, Strumpfhose, Unterhose –, und stellte sich unter die heiße Dusche.

Niemals, befand sie, während die heißen Nadeln auf ihren Körper prallten. Er war ein Upton, für einen Upton zählt nur das eigene Blut. Nur das Blut und die Erhaltung des Namens. Seit Generationen. Stephen Upton: Der Name ging vom Vater auf den Sohn über. Es gab keine Söhne. Sie hörte auf, sich zu waschen, kam zu dem Schluß: Nein. Er hat sie nie anerkannt. Sie hat seine Augen, wie ich, aber sie hat auch seinen Mund. Die einzige von uns mit seinem Mund, seinen Augen und seinem Mund in einem runden braunen Bauerngesicht und dem kräftigen Körper einer *Chicana*. Peinlich. Er kann es nicht übersehen haben, er muß gewußt haben, daß es jeder sehen konnte, er behandelte sie wie die Tochter einer Dienstbotin, die sie ja auch war, obwohl er in seine eigenen Augen blickte. Ob es ihm etwas ausgemacht hat?

Sie schlüpfte in einen Bademantel, wickelte sich ein Handtuch um den Kopf und ging barfuß in das Schlafzimmer, ihr Schlafzimmer, das all die Jahre für sie reserviert geblieben war. Sie zündete sich eine Zigarette an. Wie lange hatte sie hier nicht mehr geschlafen... zwei Jahre. Seit seinem achtzigsten Geburtstag. Vielleicht war er einsam, schwer vorstellbar, er, der nie jemanden brauchte. Er war in den Fünfzigern gewesen, als Noradia hier zu arbeiten angefangen hatte, er war noch Mitglied des Kabinetts, er hätte mühelos wieder heiraten können. Damals oder sogar noch später, wie so viele Männer, die zwanzig, dreißig Jahre jüngere Frauen heiraten. Er ist, weiß Gott, mit jeder annehmbaren Heiratskandidatin aus den besseren Kreisen ausgegangen, sein Name erschien ständig in den Klatschspalten, im Zusammenhang mit irgendeiner glamourösen Dame der Washingtoner Gesellschaft. Aber er sagte, daß er Frauen haßte. Spuckte diese Worte aus, sagte, nach der Ehe mit Amelia hätte er die Nase voll. Frage mich, warum er sie verlassen hat. Alex weiß es auch nicht. Bedrückt sie. Nun, das ist ein Problem, das ich nicht habe. Sie rubbelte sich kräftig den Kopf ab, kämmte sich das dünne Haar aus, wobei sie immer noch nicht in den Spiegel sah. Vielleicht war er es einfach leid, diese ganze Begierde-Bedürftigkeit-Rachsucht, Gott, diese verzehrenden Gefühle, die die Ehe hervorbringt. Mutter ist immer noch so bitter, vierzig Jahre danach, sind es vierzig, jetzt haben wir 1984, nein fünfzig, mein Gott! Und immer noch hat sie diesen Gesichtsausdruck, wenn sie von ihm spricht. Haß bis in den Tod, sogar über den Tod hinaus, sie wird nie versöhnt sein, nun, wer kann es ihr verdenken, nach all dem, was passiert ist. Ich habe Glück, daß ich nie in diesen Morast hineingeraten bin, so wie sie.

Trotzdem, selbst wenn man nicht heiratet, wenn man Affären hat, eine Beziehung – auf die eine oder andere Weise wird man fertiggemacht. Ihre Augen schmerzten, sie fuhr sich mit der Hand darüber und sah ihr Gesicht im Spiegel, die Nase ihres Vaters, die lange gebogene Habichtsnase. Wenn er wieder geheiratet hätte, hätte er noch ein Kind haben können, noch einen weiteren legitimen Nachkommen. Der Besitz geteilt durch vier statt durch drei. Wenn es ein Junge gewesen wäre, hätte er uns enterbt, wir hätten eine hübsche kleine jährliche Apanage bekommen. Mit Sicherheit. So ist es besser. Aber seine Augen an dieser kleinen Strauchdiebin: peinlich. Ein Querschläger, ein Fehltritt – bedeutungslos. Glaubt sie, daß sie das Recht hat, mit uns Entscheidungen zu treffen, beim Familienrat dabeizusein? Warum ist sie hier? Natürlich, wegen ihrer Mutter: Noradia stirbt, Vater hat einen Schlaganfall oder was immer. Vielleicht hat er sie geliebt. Er war von ihr abhängig. Das ist das gleiche. Ihre Augen brannten wieder, und diesmal berührte sie sie nicht, lehnte sich gegen die Kissen des noch nicht aufgedeckten Betts. Eine einzelne Träne rann über ihre linke Wange.

Muß sein Arbeitszimmer durchsuchen, seine Papiere, irgendwo muß sein Testament doch sein, vielleicht im Safe, weiß ich die Kombination? Habe ich sie je gewußt? Wo würde er es aufbewahren? Zu müde, um heute nacht danach zu suchen: Bin gestern abend so spät nach Hause gekommen, dann mußte ich packen, natürlich hatte ich heute morgen um acht Uhr dreißig noch eine Sitzung. Wiedersehen mit Mary... Immer anstrengend, sie zu sehen, ihr zuhören zu müssen. Und diese Alex, mein Gott, sie ist noch schlimmer als Mary: unglaublich.

Morgen werde ich eine gründliche Durchsuchung vornehmen.

Das hätte ich gern mit Clare besprochen. Er hätte gesagt: »Dieser Scherbenhaufen, Darling, wie soll ich da durchsteigen? Liebe und Begehren und Haß und Eifersucht und Bedürfnisse und Abhängigkeit, alles nur Worte. Aber sie zerschneiden dieses Gewebe, das so fein und stark ist wie das Netz einer Spinne – du kennst das afrikanische Sprichwort? Ein Spinnennetz kann den Löwen halten – nun, es hält mich, Liebling.« Er hätte gelacht und uns neue Martinis zubereitet und mich auf die Stirn geküßt und gesagt, laß uns lieber darüber reden, was wir morgen auf der Sitzung sagen werden, und wir hätten uns darüber unterhalten, animiert hätten wir beide einen Schlachtplan entworfen, und dann, *dann* hätte er über Manipulation und Abhängigkeit und psychologische Taktiken reden können. Über Macht. Und nachdem er gegangen wäre, würde ich mich richtig gut fühlen, getragen von Taktiken und Strategien, high vom Stochern in den Schwächen und Verletzlichkeiten anderer, und wenn es Zeit wäre, ins Bett zu gehen, hätte ich meine eigenen vergessen gehabt. Er baute mich auf. Clare.

Mary faltete langsam ihre Seidenbluse zusammen, immer kleiner, bis sie ein Schlauch war, dann ließ sie sie los, und ein Streifen weißer Seide mit Goldfäden fiel auf ihre Knie. Schwer, hier in diesem Zimmer zu sein, in diesem Haus. Schwer, mit Elizabeth zusammenzusein. Die dumme plappernde Alex. Unerträglich. Und der kleine Bankert. Erwartet sie von uns, daß wir sie als unseresgleichen behandeln? Bei ihren Manieren? Füße auf den Kissen, ohne die Schuhe auszuziehen. *Turnschuhe*, du lieber Gott. Trinkt Cola aus der *Büchse*. Geht wie ein Junge, kleidet sich wie ein Junge, das könnte man ja noch verzeihen, aber sie sieht aus wie ein *armer* Junge, dreckige Jeans, zerrissenes T-Shirt. Wenn sie so an den Eßtisch kam – kein Wunder, daß Vater nicht mit ihr redete. Überrascht mich, daß er es ihr nicht verbot. Jener Morgen, als ich im Pyjama die Treppe hinunterrannte, zu Mama rannte, irgend etwas war passiert, was bloß? Ich mußte mich geschnitten oder gestoßen haben, ich weinte. Vater schnauzte: Uptons erscheinen nicht im Schlafanzug oder im Bademantel! Er war sehr streng, ich weinte noch mehr, und Mama bat Nanny, mich wieder nach oben zu tragen. Welche Nanny war das? Nanny Annie, ich liebte sie, ich nannte sie Annie Nannie, wie habe ich geweint, als sie ging… Heiratete. »Annie wird heiraten und ein kleines Mädchen haben, das genau wie Mary ist!« sagte sie. Eine andere Mary würde mich ersetzen! Ich war entsetzt, ich schrie noch lauter. Nein, es muß Nanny Gudge gewesen sein, denn sie schimpfte: »*Pas en déshabillé!*« Nanny Gudge sprach immer französisch, deshalb mochte Mama sie, obwohl sie mich schlug.

Das Haus wird verkauft werden müssen, keine von uns kann es sich leisten, es zu halten, es ist aus einem anderen Zeitalter, braucht ein Bataillon von Dienern, um es zu erhalten, halb verrammelt wie es ist, nur unsere Zimmer sind bewohnbar. Aber wer würde es kaufen, wer würde es haben wollen? In Lincoln festsitzen wollen, meilenweit weg von allem. Angenommen, wir können nicht verkaufen. Alles ist schäbig, der Kronleuchter im Eßzimmer verdreckt, Noradia hat ihren Job wirklich vernachlässigt, vielleicht war sie länger krank, als wir wußten, nun, sie hätte etwas sagen können, sagen müssen, er hätte eine andere einstellen müssen, ich schätze, davor hatte sie Angst, auf ihre alten Tage knallhart an die Luft gesetzt zu werden, der Tennisplatz löchrig und verkrautet, der Pool ein schaumiger Sumpf. Vielleicht will es ja jemand haben, weil es das Haus eines großen Mannes ist. Aber er kann noch monatelang leben. Jahre.

Sie stand auf und entkleidete sich völlig. Sie schaute nicht in den Spiegel, bis sie sich das Satinnachthemd über den Kopf gezogen hatte. Dann stellte sie sich davor, sah sich prüfend an, ging zurück, hob das Kinn. Sie betrachtete ihre Schönheit als eine Selbstverständlichkeit, prüfte ihr Gesicht wie ein Arbeiter sein Werkzeug. Ihre Füße schlüpften in hochhackige Satinpantoletten, sie stöckelte ins Bad und begann mit ihrer abendlichen Routine. Zahnbürste, Zahnseide, Munddusche, Make-up-Entferner, Augen-Make-up-Entferner, Reinigungsmilch, Gesichtswasser, Nachtcreme, Halscreme, Augencreme, Handcreme. Sie bürstete ihr Haar, das immer noch dunkel und glänzend war, mit ein bißchen Nachhilfe von Antoine. Ihr Gesicht war immer noch gut, dachte sie, reckte unbewußt den Hals, um es noch einmal zu betrachten. Sogar ohne Make-up. Immer noch schön... Die kleine Straffung um die Augen herum hatte enorm geholfen. Nur der Körper... Trotzdem, Männer liebten üppige Frauen, egal, was die Mode diktierte.

Sie stöckelte wieder in ihr Schlafzimmer, blickte sich um, seufzte. Alles in Weiß. Nur so konnte sie sich wirklich entspannen. Hotels, in denen sie häufig übernachtete, hatten für sie und ihren jeweiligen Ehemann ein Zimmer wie dieses reserviert. *Ihr Zimmer*, Mme. Burnside, Mme. di Cenci, Mme. Armonk. Bin mit Don nicht viel gereist. Zu Hause lagen Berge von spitzenbesetzten Kissen auf ihrem Bett und ihrer Chaiselongue, die Spitzenbezüge und das Tischtuch auf dem kleinen Tisch, alles in Weiß. Weiße Möbel. Handgenähte Spitzenstores wie diese hier, keine maschinengenähten Mißgeburten, nicht *für sie*.

Das Bett war nicht aufgeschlagen.

Neue Haushälterin, nicht richtig unterwiesen. Ronnie würde natürlich nicht wissen, wie man das machte, aber das Mädchen war nicht neu, hatte Ronnie gesagt, sondern seit Jahren hier, *sie* hätte es wissen müssen. Mary zog den Bettüberwurf herunter und warf ihn auf die Erde. Sollte das Mädchen – wie hieß es noch gleich? – ihn am Morgen vom Boden aufheben, vielleicht verstand sie die Botschaft. Sie schlug die Decke zurück, ließ ihren Körper zwischen die sauberen kühlen Laken gleiten und seufzte, als sich ihre Haut öffnete und jede Pore die Kühle aufsog, seufzte vor Behagen, kühler weißer Satin an ihrem Körper, kühle weiße Baumwolle hüllte sie ein, wenn es welche war, ja, sie befühlte das Laken zwischen den Fingern, er hatte noch Bettwäsche aus reiner Baumwolle, diese Frau hatte sie noch nicht gegen Polyester ausgetauscht, auch wenn sie es vorzog, nicht zu bügeln.

Ihr Gesicht glühte und ihr Herz klopfte laut, als es ihr plötzlich wieder einfiel, schrecklich, das Blusengebügel, bevor sie hergefahren war. Sie mußte Geld auftreiben. Sofort.

2

»Ich weigere mich, mit ihr ins Krankenhaus zu fahren«, zischte Mary auf dem oberen Flur Elizabeth zu. »Ich denke gar nicht dran!«

Doch um Viertel vor elf am Samstag vormittag zwängten sie sich alle vier für die kurze Fahrt zur Klinik in Stephens Limousine. Dann marschierten sie gemeinsam zur Intensivstation. Dort empfing sie der Neurologe, der so beeindruckt war, daß er fast einen Bückling machte, als er sich vorstellte und ihnen die Hände schüttelte (und Elizabeths kalte Hand fallen ließ, als wäre sie ein Eiswürfel), Dr. Stamp, Arlen Stamp, es verschlug ihm schier die Sprache, ihnen gegenüberzustehen, vor allem Mary. (Das Gesicht zieht immer noch, dachte sie.) An Ronnie sah er einfach vorbei; er ignorierte sie völlig. Hatte er etwas läuten hören?

Er war beflissen, respektvoll, konnte aber keine Prognose abgeben. Man könne noch gar nichts sagen, erklärte er. Stephen habe einen hämorrhagischen Gehirnschlag erlitten, eine hypertoniebedingte Blutung im linken vorderen Gehirnlappen, nichts Ungewöhnliches für einen Mann seines Alters mit zu hohem Blutdruck, eine Extravasation aus einer geplatzten Arterie, die einen Teil seines Gehirns völlig zerstört habe, wieviel, lasse sich noch nicht sagen. Das Gehirn sei immer noch voller Blut, sobald sich die Blutung lege, könne man den Schaden besser abschätzen. Sie hatten ihm Steroide injiziert, behielten ihn auf der Intensivstation, verabreichten ihm blutdrucksenkende Mittel und überwachten Herz und Kreislauf.

»Auf jede Schwankung dieser Werte werden wir selbstverständlich angemessen reagieren«, schloß er. Er blickte in ihre Gesichter, um zu prüfen, ob sie auch gebührend beeindruckt waren, und dachte nervös: Undurchschaubar, diese Frauen. Er verlegte sich auf Diplomatie: Natürlich würden sie tun, was sie könnten, so ein bedeutender Mann, nicht wahr? Vor allem zu Mary gewandt, erklärte der Doktor pompös, als eröffnete er ihr etwas völlig Neues, Stephen Upton sei schließlich seit dem Ende der Hoover-Ära ein prominenter Berater sämtlicher republikanischer Präsidenten und der Partei gewesen. Die ganze Stadt Lincoln sei stolz darauf, daß er hier wohne, und gewiß sei es für sie alle ein schwerer Schlag, daß er so krank sei, ein solcher Vater, ein so kluger, guter Mensch. Er werde sein möglichstes tun, damit sie ihn bald wiederhätten.

»Davon sind wir überzeugt, aber wir würden doch gern eine zweite Meinung einholen, wenn es Ihnen recht ist«, sagte Elizabeth in einem Ton, der klarstellte, daß sie es tun würde, ob es ihm nun recht war oder nicht.

»Natürlich! Selbstverständlich! Doktor Roper, der Chefarzt am General Hospital – wie Sie sicher wissen, *die* Klinik von Harvard –, gilt als *die* Kapazität auf diesem Gebiet. Soll ich ihn für Sie anrufen, oder möchten Sie es selbst tun?«

»Wir rufen ihn an, danke.« Nachdem wir Erkundigungen über ihn eingeholt haben, dachte Elizabeth. »Und was ist mit seinem Hausarzt, Dr. Biddle?«

»Ja, die junge Dame«, er sah jetzt erstmals Ronnie an, »hat gestern schon vorgeschlagen, ihn zu rufen, und er war da und hat sich Ihren Vater angesehen. Er hat sich um Ihre Mutter gekümmert, ist das richtig?« fragte er Ronnie, die nickte.

Also wußten alle Bescheid, dachte Mary.

»Tja, natürlich freuen wir uns über jede Unterstützung«, sagte er in bemühtem Ton. Er führte sie in das Zimmer des alten Mannes. Stephen lag als unförmiger, weißer Klumpen im Bett, mit schiefem Gesicht, eine Maske über der Nase, eine Kanüle im Unterarm und eine zweite über dem Schlüsselbein im Hals sowie am Unterleib einen Katheterschlauch, aus dem es in einen neben dem Bett hängenden Plastikbeutel tropfte. Mary schnappte nach Luft, als sie ihn sah. Tränen traten in die großen braunen Augen, der Doktor war gerührt, schob sich dichter an sie heran und legte ihr die Hand auf den Arm. Doch sie beachtete ihn nicht, griff nach der Hand des alten Mannes. »Vater! Oh, Daddy! Ich bin's, deine kleine Mary! Deine Marymaus!« rief sie, aber die Hand reagierte nicht, das Auge öffnete sich nicht. Elizabeth schaute ebenfalls bestürzt, berührte ihn jedoch nicht. Alex' Stimme versagte, war nur noch ein Flüstern. »Hallo, Vater, ich bin's, Alex…« Ronnie sagte gar nichts.

Sie standen ein paar Minuten bei ihm wie bei einem Leichnam, dann führte der Doktor sie wieder hinaus. Elizabeth stellte ein paar Fragen zur Pflege und zur medikamentösen Behandlung, dann gingen sie. Sie zwängten sich wieder in die Limousine. Keine sagte etwas.

Elizabeth starrte aus dem Wagenfenster. Schrecklich: *Er* so hilflos. Er hätte es gehaßt, daß wir dastehen und so auf ihn herunterschauen, er hat nie zugelassen, daß jemand auf ihn herunterschaute, wenn er es irgendwie verhindern konnte, hat beim Reden immer gestanden. Natürlich war er größer als wir, größer als viele Männer, aber er wollte immer stehen, wenn er zu jemandem sprach. Wenn er sitzen mußte, suchte er sich immer einen hohen Stuhl, er war sowieso ein Sitzriese. Die ruhige, kraftvolle Stimme, der reglose Körper, keine überflüssige Geste, jahrelang habe ich ihn kopiert, um nicht so zu sein wie Mutter, die immer eine Hand auf ihren Haaren hatte oder an ihren Ringen herumspielte oder mit den Händen fuchtelte. Ich wollte so respektgebietend auftreten wie er und habe es auch gelernt, Clare meinte, ich würde es im Schlaf beherrschen, aber nicht so wie er, sie hören mir nicht auf die gleiche Art zu, es ist anders. Ihm hörten sie *gern* zu, sahen gern zu ihm auf, zu ihm, dem Elder Statesman. Mir hören sie nicht gern zu.

»Vater hätte es gehaßt, daß wir um ihn herumstehen und auf ihn heruntergucken«, sagte Elizabeth in das Schweigen hinein.

»Ja. Mit seinem hängenden Mund und dem schiefen Gesicht...!« schoß es aus Alex heraus. »*Jeder* würde das hassen, es ist so entwürdigend. Ich hoffe nur, er weiß nicht, in welcher Verfassung er war, wenn er wieder zu sich kommt.« Armer Alter, armer Kerl. Ihr Herz quoll über vor Mitgefühl. Warum kann ich ihn nicht als meinen Vater sehen?

Niemand reagierte.

Nie reagiert jemand auf mich.

Elizabeth und Mary saßen nebeneinander auf dem Rücksitz, die beiden jüngeren Frauen ihnen zugewandt auf den beiden Notsitzen. Mary wandte sich jetzt Elizabeth zu. »Hast du einen Eindruck davon gewonnen, wie der Arzt die Aussichten wirklich beurteilt?«

Elizabeth schüttelte den Kopf.

Alex sagte munter: »Sam, Davids Vater, hatte auch einen Schlaganfall und lag etwa achtundvierzig Stunden im Koma, aber er hat sich erholt, und jetzt geht es ihm wieder gut, er kann sogar wieder sprechen und gehen. Aber das hat natürlich ein paar Jahre gedauert.«

Schweigen.

»Obwohl«, wandte sie selbst ein, »er natürlich wesentlich jünger war als Vater.«

»Wie alt?« wollte Mary wissen.

Sie hat mit mir geredet! »Anfang Sechzig, einundsechzig oder zweiundsechzig. Sam ist jetzt siebenundsechzig und kann sogar wieder Auto fahren! Er hat meine Schwiegermutter letztes Jahr anläßlich Stevies High-School-Abschlußfeier zu uns herkutschiert.«

»Unser Vater ist nie selbst gefahren«, sagte Elizabeth schroff.

Ronnie hatte Erbarmen mit Alex. »Wer ist Stevie?«

Alex lächelte sie dankbar an, sprudelte Worte heraus. »Mein Sohn. Er ist fast neunzehn, hat nächsten Monat Geburtstag, am Tag nach Weihnachten, ich habe meine beiden Kinder direkt nach Weihnachten bekommen, was wirklich merkwürdig ist, weil ich selbst an Weihnachten geboren bin. Er hat letztes Jahr die High-School beendet, jetzt ist er auf dem College«, sagte sie strahlend, »am Lehigh, er will Ingenieur werden, sein Vater ist Chemiker, David, mein Mann, er arbeitet bei DuPont, schon sein ganzes Leben lang, na ja, seit er überhaupt arbeitet.« Sie kicherte nervös.

Drei Augenpaare starrten sie fasziniert an.

Sie dachte, hol sie der Teufel, und schnatterte weiter.

»Meine Tochter Amelia, wir nennen sie Melly, sie heißt nach meiner Mutter, aber das war schrecklich verwirrend, weil Mom so oft da war und David sie Amelia nennt, darum haben wir uns angewöhnt, Amelia, also meine Tochter Amelia, Melly zu nennen. Sie ist siebzehn, wird drei Tage nach Weihnachten achtzehn, sie ist auch auf dem College, sie sind beide auf dem College!«

Sie suchte auf ihren Gesichtern nach der Bestätigung, die sie von Frauen gewohnt war, Lächeln, Nicken, ja, Kinder sind etwas Wunderbares, und wir lieben sie, und Ihre müssen besonders reizend sein, weil Sie so eine nette Person sind, und wie schön, daß sie brave Kinder sind und auf dem College, wie es sich gehört, wie wir es uns wünschen, die Botschaften, die Frauen vermitteln, kleine Seufzer, gemurmelte Worte, Lächeln, eine ausgestreckte Hand. Nichts. Ronnie wandte ihr ihr unbewegtes Indianergesicht zu; Elizabeth und Mary starrten sie an, als beobachteten sie ein Exemplar einer exotischen Spezies.

Aber sie konnte es nicht lassen. »Meine Kinder sind genau

ein Jahr auseinander, wir hatten es nicht geplant, es ist einfach so passiert, ihr wißt ja, damals waren die Verhütungsmittel noch nicht so verläßlich, ich habe eine von diesen Vaginalcremes benutzt, aber…« Sie errötete, verstummte, sprudelte dann wieder los. »Ich habe Stephen nach Vater genannt, und natürlich auch nach Davids Großvater Schmiel, aber der war schon tot, und Vater war ja nie da, also gab es keine Probleme, er brauchte keinen Kosenamen, ich meine, er kam nie zu Besuch oder so was. Vater. Aber er war so süß, daß wir ihn automatisch Stevie gerufen haben, nicht Stephen. Hattet ihr je Kosenamen?«

Jetzt schauten sie sie an, als käme sie von einem anderen Stern. Es brach aus ihr heraus: »Ich habe ihn nach Vater genannt, weil ich dachte, es würde ihn freuen!«

Elizabeths und Marys Augen flackerten gleichzeitig auf, als würden sie von einem Puppenspieler gesteuert. Ein kleines Lächeln spielte um Elizabeths schmale Lippen. »Hat es aber nicht, was?«

»Nicht sonderlich«, gab Alex zu. *Dann trägt jetzt also ein kleiner Itzig meinen Namen.* Dieser Besuch, der einzige, den sie je gemacht hatte, seit Momma mit ihr weggegangen war. Vor achtzehn Jahren, als sie gekommen war, um ihm ihr Geschenk darzubringen, ihr sieben Monate altes rosiges Söhnchen. Mit David, der die Bemerkung nicht mitbekam – zum Glück. Und der deshalb auch nicht verstand, warum sie sofort wieder abfahren wollte, obwohl sie doch gerade erst angekommen waren. Die ganze lange Fahrt von Delaware, und sie wollte sofort wieder umkehren und zurückfahren? Er war fasziniert von ihm, dem großen Mann, dem berühmten Vater, willst du etwa sagen, dein Vater ist Stephen Upton?! *Der* Stephen Upton? Was soll das heißen, du kennst ihn nicht? Du hast deinen eigenen Vater nicht mehr gesehen, seit du *neun* warst? Undenkbar für jemanden, der aus einer so engverwobenen Familie kam wie David. Ein bißchen peinlich, seine Reaktion auf das Haus, mein Gott, was ist das, das ist ja kein Haus, das ist ein Herrensitz! Bestimmt dreißig, vierzig Zimmer, und ein Park drum herum! Heiliger Strohsack, Alex, jedes Schlafzimmer hat ein eigenes Bad! Ein Jammer, daß sie nicht hier aufgewachsen war statt in dem kleinen Reihenhaus in Baltimore! Die ganzen Vorteile. Aber andererseits sei er froh darüber, denn sonst hätte sie ja niemals *ihn* geheiratet! Lachend, freudig. So naiv. So bin ich wohl auch.

Sie hatte es ihm nicht gesagt, aber er hatte trotzdem das Gepäck wieder eingeladen, wortlos, weil er gewußt hatte, wenn sie darauf bestand, würde sie schon einen guten Grund dafür haben. Und er hatte nie mehr nachgefragt. David. Der es dabei bewenden ließ und klaglos hinnahm, daß Stevie während der ganzen langen Rückfahrt schrie. Und nie wieder fragte, warum sie ihren Vater nicht mehr besuchten oder zu sich einluden. Es muß ihn gewundert haben. Wieder quoll ihr Herz über vor Liebesgefühlen für David, den Lieben, den Guten, ihren Mann, den Vater ihrer Kinder. Mein Mann, wiederholte sie im stillen, mein geliebter Mann. Warum gelingt es mir nicht, so zu fühlen? Sie riß sich zusammen, atmete tief durch, wandte sich Mary zu. »Du hast doch auch Kinder, stimmt's? Ich weiß, du hattest einen süßen kleinen Sohn, er war damals noch ein Baby, erst ein paar Monate alt, du hast ihn nach Lincoln mitgebracht, einmal zum Unabhängigkeitstag, vor vielen Jahren, als ich noch ein kleines Mädchen war. Als wir noch bei Vater lebten. Ich glaube, dein Mann war auch dabei...«

»Ja«, sagte Mary kurz angebunden. »Ich habe drei.«

»Oh, das ist ja wundervoll!« rief Alex schwärmerisch.

Elizabeth verzog das Gesicht. »Was ist so wundervoll daran, eine fruchtbare Kuh zu sein?« Sie zündete sich eine Zigarette an.

Mary wedelte mit ihrer Handtasche, um Elizabeths Rauch zu verscheuchen. »Das Wundervolle daran ist, daß manche Leute Menschen haben, die sie lieben, Elizabeth.«

Ronnie beobachtete sie, und ein Lächeln spielte um ihre Mundwinkel.

Alex' Hände lagen fest verkrallt auf ihrem Schoß. Sie räusperte sich. »Wie alt sind sie?«

»Achtundzwanzig, zweiundzwanzig und zwanzig.«

»Söhne oder Töchter?«

»Die beiden ältesten sind Söhne. Das jüngste ist eine Tochter.«

»Oh, da sind sie ja schon richtig erwachsen!« sagte Alex überströmend. Lassen sich jedes Wort einzeln aus der Nase ziehen. Was muß ich denn noch tun, damit sie mit mir reden?

»Ziemlich erwachsen«, sagte Mary kühl. Sie drehte sich zum Fenster. »*Das* ist allerdings wundervoll. Keine Kinderfrauen mehr, mit denen man konkurrieren muß.«

»Wie heißen sie denn?« fragte Alex vorgebeugt, das Gesicht ganz gespannte Aufmerksamkeit.

»Die Jungen heißen Martin und Bertie. Sie sind beide Anwälte. Anstrengender Beruf. Das Mädchen heißt Marie-Laure. Abgesehen davon, daß sie die Pille nimmt, hat sie sich noch nicht dazu entschließen können, erwachsen zu werden. Sie studiert. In Bennington. Meine alte *Alma mater.*«

»Deine *Alma mater?*« wiederholte Elizabeth höhnisch.

Mary fuhr die Stacheln aus. »Ich war in Bennington!«

Als Elizabeth Mary spöttisch ansah, platzte Alex dazwischen. »Und sie sind genau wie wir!« jubilierte sie.

Elizabeth und Mary schauten sie an. »Na ja, wir haben alle verschiedene Mütter«, beantwortete sie kleinlaut ihren Blick. »Und sie haben alle verschiedene Väter, oder nicht?«

»Nein. Harold ist Martins Vater. Alberto ist Berties und Marie-Laures Vater.« Nicht, daß er sie je zu Gesicht bekommen hätte. »Zwei Väter, nicht drei.« Mary fächelte den Rauch von sich weg.

Elizabeth drückte ihre Zigarette aus und starrte geradeaus. Alex wurde rot. Sie zupfte eine Sonnenbrille aus ihrer Handtasche und setzte sie auf. Sie drehte sich zum Fenster. Blöd. Ich bin blöd. Verdammt. Verdammt. Verdammt.

Nach dem Mittagessen saßen sie um den Glastisch im Wintergarten herum, mit Blick auf den Garten, die Ruinen eines Gartens – verwildert, ohnehin schäbig jetzt im November. Der traurigste Monat, dachte Mary, weil immer noch Spuren von dem da sind, was einmal war, ein paar letzte leuchtende Blätter, die sich an tot aussehende Äste klammern, Frauen, die sich an todgeweihte Männer klammern. Was trieb sie dazu? Büschel von zinnoberroten und goldenen Chrysanthemen zwischen dem strohig-braunen fauligen Zeug. Als ich klein war, war der Garten ein Wunder, zu jeder Jahreszeit eine neue Blütenpracht, Wellen von Farbe, gehegt und gepflegt von einem Heer von Gartenarbeitern. Ihr Herz stockte. War das möglich? Konnte es sein, daß er alles durchgebracht hatte? War er pleite? War deshalb alles so heruntergewirtschaftet?

»Warum ist alles so verkommen!« platzte sie heraus. »Warum kümmert sich niemand um den Garten, um das Haus?« Sie wandte sich, fast schon kläglich, Elizabeth zu.

Elizabeths Mund straffte sich. »Wir müssen es herausfinden. Wir werden eine Besprechung abhalten.« Sie sah Ronnie nachdrücklich an.

»Er *kann* doch nicht pleite sein!« rief Mary aus. »Er hat doch in den fünfziger Jahren IBM-Aktien gekauft!«

Ronnie versuchte nicht einmal, ihr Grinsen zu verbergen.

Elizabeth wandte sich ihr zu. »Du entschuldigst uns…«

Ronnie sah sie verständnislos an.

»Wir müssen Familienrat halten«, sagte Elizabeth. Sie starrte Ronnie an.

Ronnie wurde blaß.

»Ronnie gehört auch zur Familie«, wandte Alex ein.

»Nein, gehört sie nicht.«

»Sie ist seine Tochter, das wissen wir doch alle. Sie ist

ebenso seine Tochter wie jede von uns. Eigentlich sogar noch mehr«, appellierte sie an Mary. »Du bist ins Internat gekommen, als du sieben warst. Du hast hauptsächlich bei deiner Mutter gelebt«, erklärte sie Elizabeth, »und ich habe Vater nicht mehr gesehen, seit ich neun war.« Bis auf das eine Mal...

»Was hat das mit irgend etwas zu tun?« fragte Elizabeth barsch.

»Na ja, seit er sich zur Ruhe gesetzt hat, wohnt er doch hier, oder nicht? Also hat Ronnie ihn täglich erlebt. Keine von uns hat ihn täglich gesehen, außer, als wir noch ganz klein waren!« erklärte sie, als erbrächte sie damit irgendeinen schlüssigen Beweis. Elizabeth starrte sie fragend an.

»Na ja, sie hat mehr von ihm mitgekriegt... war mehr in seiner Nähe... als wir. Ich meine, sie hat immer hier *gewohnt!* Wenn er im Sommer herkam, war sie da. Und als er sich dann zur Ruhe gesetzt hat, hat er das Haus in Georgetown verkauft und sich ganz hier niedergelassen, so war es doch? Das hast du doch gesagt, oder?« fragte sie Mary.

»Nein«, erklärte Elizabeth kategorisch. »Das Haus in Georgetown hat er verkauft, als er aus dem Kabinett ausgeschieden ist. Als Kennedy gewählt wurde und der ganze Regierungsapparat umbesetzt wurde. Aber er hat seine Anwaltspraxis weitergeführt, und zwar in New York, bis er sich schließlich zur Ruhe gesetzt hat. Dann erst ist er hierhergezogen.«

»Also hat er, seit er im Ruhestand ist, mit Ronnie hier in einem Haus gewohnt.« Sie fragte Ronnie: »Wann hat er sich zurückgezogen?«

»Mit siebzig«, sagte Elizabeth scharf, ehe Ronnie antworten konnte. »Neunzehnhundertzweiundsiebzig.«

»Wie alt warst du da?« wandte sich Alex wieder an Ronnie.

»Dreizehn«, murmelte sie.

»Seht ihr? Seit sie dreizehn war, hat sie ihn jeden Tag gesehen, und zwar bis... wie alt warst du, als du weggegangen bist?«

»Vierzehn«, sagte Ronnie mit einem kleinen Grinsen.

»Vierzehn! Du bist mit vierzehn von zu Hause weggegangen! Wohin?«

Ronnie dachte einen Moment über diese Frage nach. »Zu einer Tante nach Boston«, sagte sie schließlich.

»Das ist doch alles Unsinn«, fuhr Elizabeth dazwischen, »und tut überhaupt nichts zur Sache. Täglicher Umgang, selbst wenn sie ihn hatte, begründet kein gesetzliches Recht. Ronnie steht in keinem gesetzlich anerkannten Verwandtschaftsverhältnis zu unserem Vater. Sie hat keinerlei Rechtsanspruch auf den Besitz. Ergo hat sie bei unserer Besprechung nichts zu suchen.«

»Aber moralisch hat sie ein Mitspracherecht«, protestierte Alex. »Ich meine, wollen wir nicht beschließen, was jetzt mit ihm passieren soll? Und hat sie dabei nicht genausoviel mitzureden wie wir? Sie kennt ihn mit Sicherheit besser als ich. Du sagst, täglicher Umgang begründet kein Recht, aber wer hat denn das Recht, an einer Sache teilzuhaben, die Person, die sich damit auskennt, oder die, die in irgendeinem formalen Rechtsverhältnis dazu steht? Moralisch, meine ich. Der Besitz ist mir egal. Und außerdem hat sie vielleicht sogar einen gesetzlichen Anspruch darauf. Vielleicht könnte sie ihn sogar einklagen.«

Mary funkelte Alex wütend an. »Bring die Leute nicht noch auf Gedanken!«

Ronnie stand so jäh auf, daß ihr Stuhl umfiel. Sie hob ihn nicht wieder auf. Sie stützte die Hände auf den Tisch, beugte sich vor und fauchte: »Gesetzliche Ansprüche! Das ist alles, was euch interessiert, was! Der Buchstabe des Gesetzes! Na gut, das Gesetz ist auf eurer Seite, und von mir aus könnt ihr alles haben! Ich will nichts von ihm! Und von euch auch nicht! Ich verachte euch alle miteinander, ihr seid doch nichts als ein paar verhätschelte Prinzessinnen! Du –«, sie schwang zu Elizabeth herum, »– arbeitest für die korrupteste, skrupelloseste

Regierung, die dieses Land je hatte, du unterstützt diese Faschistenschweine in Washington, genau wie er es getan hat! Und du –«, wandte sie sich an Mary, »– bist weiter nichts als eine Edelnutte, etwas, was meine Mutter nie war, und du erfrechst dich, auf sie herunterzugucken! Und du –«, nahm sie jetzt Alex aufs Korn »– bist eine gönnerhafte Heuchlerin, eine bornierte Bürgerlich-Liberale! Mich könnt ihr aus eurer Familie streichen!« Sie schoß aus dem Zimmer und knallte die Tür hinter sich zu, daß die Glasscheiben schepperten.

Elizabeth und Mary saßen ungerührt da, aber Alex war blaß geworden und blitzte sie wütend an. »Wie konntet ihr so über sie reden! Vor ihren Ohren! Das war grausam, gemein, gräßlich! Ihr seid… schrecklich! Sie ist unsere Schwester!«

»Halbschwester«, berichtigte Elizabeth.

»Unehelich. Ein Bankert«, korrigierte Mary.

»Wir sind alle Halbschwestern. Sie ist doch ein Mensch«, sagte Alex kopfschüttelnd. »Mit Gefühlen.«

»Ich habe keine bemerkt, außer Neid und Aggression«, fauchte Elizabeth.

»Ach, spar dir die Leier, Alex«, sagte Mary verächtlich, dann setzte sie hinzu: »Zu dir war sie auch nicht gerade freundlich.«

Alex musterte ihre Gesichter. »Empfindet ihr denn wirklich gar nichts? Für sie, ihr gegenüber? Habt ihr euch je überlegt, wie es für sie gewesen sein muß, hier zu leben? Als Kind einer Bediensteten, und ihr wißt ja, wie er war in puncto… Minderheiten. Und hier in Lincoln aufzuwachsen, als kleines braunes Mädchen auf einer weißen Schule, in einer blütenweißen Nachbarschaft? Was ist bloß los mit euch?«

»Oh, doch, ich empfinde etwas!« rief Mary. »Jedesmal, wenn ich in ihre himmelblauen Augen schaue. Vaters Augen. Wie ist sie dazu gekommen? Blau ist rezessiv – sie konnte keine blauen Augen abkriegen, außer, sie hatte woandersher noch ein Blau-Gen. Ihre Mutter war offenbar nicht die einzige Hure in der Familie.«

»Du kannst es dir wohl kaum leisten, irgendwelche anderen Frauen als Huren zu bezeichnen«, sagte Elizabeth kühl.

»Was soll das heißen?«

»Nur, weil du sie heiratest…«

»WAS?«

»Einen nach dem anderen – wie viele, vier? Du bist doch Expertin darin, für Geld zu vögeln, genau wie eine Nutte. Wie Ronnie ganz richtig bemerkt hat. Sexuelle Dienstleistungen gegen Bares. Das muß es ja wohl gewesen sein, etwas anderes hattest du ja nicht zu bieten.«

Auf Marys blassem Gesicht erschienen rote Flecken. »Ich habe Don nicht wegen des Geldes geheiratet! Und auch nicht… die anderen! Ich habe sie geliebt! Aber was weißt du denn schon von Liebe, du frigide Kuh, du bist vermutlich immer noch Jungfrau! Ich glaube nicht, daß Clare ihn jemals hochgekriegt hat! Er hatte ungefähr so viel Sex im Leib wie eine tote Makrele!« Ihre Augen waren feucht.

»Du Aas!« wisperte Elizabeth.

Alex starrte sie mit offenem Mund an. Mary fuhr sie an: »Sperr das Maul nicht so auf, als wolltest du Fliegen fangen, Alex, du gefühlsduselige kleine Kriecherin.«

Alex klappte den Mund zu, aber ihr Gesicht war starr vor Schock. »Warum?« rief sie zittrig. »Warum dieser Haß?«

»Warum nicht?« schrie Mary. »Du hörst doch, wie sie mit mir redet! War sie mir denn je eine Schwester? Als ich sie gebraucht hätte, als ich hier in diesem Haus aufgewachsen bin? Ich habe sie so geliebt, ich bin nun mal ein liebender Mensch! Aber sie hat mich behandelt wie ein Stück Dreck, unter ihrer Würde, sie war viel zu gut für mich! Die Intelligenzbestie«, blaffte sie, zu Elizabeth herumfahrend. »Und du hattest eine Mutter, zu der du wieder heimfahren konntest, ich mußte hierbleiben…«

»Meine Mutter war ein Miststück ersten Grades«, fauchte Elizabeth, »also versuch nicht, es so hinzustellen, als hätte ich es leichter gehabt. Sie hat mich ihm vor die Füße geknallt wie einen Tennisball. Wenn ich ein verantwortliches Mitglied der Gesellschaft geworden bin und kein Schmarotzer wie ihr, dann nicht deshalb, weil ich so ein tolles Leben hatte. Ich habe mich selbst geformt. Ich habe mich zu dem gemacht, was ich bin. Mit Willenskraft und Grips.«

»Und Vaters Hilfe«, sagte Mary giftig. »Er hat dir deinen ersten Job verschafft. Für mich hat er nie etwas getan.«

»Was hätte denn irgend jemand für dich tun können? Du hast nicht mal das College abgeschlossen. Alles, was du im Kopf hattest, war doch, einen Mann mit prallen Taschen in dein Bett zu kriegen. Außerdem warst du sowieso sein Liebling, er war vernarrt in dich.«

»VERNARRT!« kreischte Mary. »Er war doch nie da! Er hat immer nur gearbeitet. Wir konnten von Glück sagen, wenn er an Thanksgiving oder Weihnachten daheim war. Es war schon das Höchste, wenn er im Sommer einen Monat Urlaub nahm, und während des Krieges hat er nicht mal mehr das getan. Er hat nie irgend etwas mit mir unternommen, seit dem Tod meiner Mutter nicht mehr. Gleich danach wurde ich ins Internat gesteckt, als ob er mich bestrafen wollte! Da war ich sieben. Sieben! Ich bin von einem Kindermädchen und einer Haushälterin aufgezogen worden. Ich habe dich gebraucht!« schluchzte sie.

»Ich war nicht für dich verantwortlich. Ich hatte meine eigenen Probleme, was du nie bemerkt zu haben scheinst.«

Aber Marys Kopf ruhte jetzt auf dem Tisch, sie schluchzte. Alex' Gesicht zuckte, ihre Hand schwebte über Marys Kopf, aber sie berührte sie nicht, sagte nichts. Sie starrte Elizabeth stumm an.

Elizabeth zündete sich eine Zigarette an und drehte sich zum Fenster.

Es lief noch einmal in Elizabeths Kopf ab. Sie als das kleine Mädchen, das verzweifelt weinte: »Ich will nicht hin!«

»Du mußt«, sagte Mutter und blies den Rauch aus, »ob es dir nun paßt oder nicht. Ich will, daß er dich immer unter der Nase hat, wie einen üblen Gestank. Das muß sein, wenn du je irgend etwas von diesem Schwein kriegen willst. Er würde nur zu gern vergessen, daß es dich gibt.«

Sie griff nach ihrem Manhattan, und ihre Armreifen klimperten. »Und du mußt etwas von ihm kriegen. Ich habe dir nichts zu bieten. Der Unterhalt reicht gerade für uns beide zum Leben, aber das ist auch alles, und die Zahlungen werden eingestellt, wenn ich sterbe oder wieder heirate, also paß auf, was du tust, junge Dame. Wenn du nicht machst, was ich sage, heirate ich womöglich Mike O'Brien, den Automechaniker, mit dem meine Eltern mich unbedingt verkuppeln wollten, als ich achtzehn war. Er ist inzwischen ein Witwer mit acht Kindern, da hättest du eine Menge Geschwister, das würde dir prima gefallen, was? Verwöhntes kleines Prinzeßchen, das du bist, das er aus dir gemacht hat! Das immer erwartet, daß jemand um es herum putzt und ihm das Essen auf den Tisch stellt. Und wenn ich ihn heirate, kannst du das College vergessen – dann kannst du ins Büro gehen, so wie ich es gemacht habe.«

Sie zündete sich eine Zigarette am Stummel der letzten an. »Ich will, daß du jeden Sommer hinfährst und zu allen Festtagen, zu denen er dich einlädt, und du wirst gehorsam und höflich sein, hast du mich verstanden? Du wirst ein braves kleines Töchterchen sein und ihn niemals vergessen lassen, daß es dich gibt. Ich will nicht, daß er dich auch so behandelt, wie er mich behandelt hat!«

»Bitte schick mich nicht hin, Mutter«, weinte Elizabeth. »Es ist so gräßlich da. Ich räume mein Zimmer auf! Ich wasche ab! Ich werde ein Stipendium fürs College kriegen.«

Aber Mutter konnte sie nicht mehr hören, sie war wieder dort, wohin sie immer entschwand, spulte wieder ihren immergleichen Monolog herunter und tat nur so, als redete sie mit Elizabeth.

»Er hat mich rausgeworfen wie eine Hure, wo er doch wußte, daß ich noch Jungfrau war, ein braves katholisches Mädchen, als wir uns kennenlernten. Wie hat er mich da umschwänzelt! Er kam immer im Büro von hinten an mich heran und hat mich auf den Nacken geküßt und mir eine Rose vors Gesicht gehalten. Er wollte mich jeden Abend sehen, konnte es keinen Moment ohne mich aushalten, er sagte, er würde so gern in seinem Büro sitzen, weil er mich von dort den ganzen Tag über betrachten könnte. Er folgte mir sogar zur Toilette. Zur Toilette! Die anderen Mädchen zogen mich alle auf, weil er immer draußen vor der Klotür stand und auf mich wartete. Er sagte, er sei so eifersüchtig, könne es nicht ertragen, mich nicht im Blick zu haben. Na ja, ich sah wohl auch gut aus, hatte rote Haare, so wie deine, aber sie waren dick und lockig, nicht so dünn und schlaff wie bei dir. Aber ich fand mich häßlich wegen meiner Sommersprossen. Wenigstens hast du die nicht geerbt. Er sah so gut aus damals, groß und schlank und dunkel, mit diesen phantastischen blauen Augen und einer Adlernase, so ein starkes Gesicht! So männlich! Wie hätte ich da widerstehen können? Ich habe es versucht, ich habe ihm gesagt, es sei Sünde! Aber wenn er mich dann an sich zog, ach, er war so stark, und ich habe mich gesträubt, aber für ihn galt ein Nein nicht als Antwort…

Ich habe mich gefühlt wie eine kleine Dienerin in den Händen ihres Herrn. Das hat er gesagt. Er sagte, du bist meine Dienerin, meine Sklavin, und du wirst tun, was ich will. Ich habe gelacht, ich dachte, es wäre nur ein Scherz. Aber ich habe es getan, mein Gott, ich bin fast ohnmächtig geworden in seinen Armen, er hatte mich, und er wußte es. Von da an hat er mich im Büro immer angeguckt wie Clark Gable, du weißt schon, dieser allwissende Blick, der sagt, du gehörst mir. Bis ich dann merkte, daß ich schwanger war. Fünf glückselige Wochen hatte ich in meinem Leben. Dann wollte er nichts mehr von mir wissen. Er behauptete, er sei nicht der erste gewesen. Er hat das Blut gesehen, es war so schwer, beim ersten Mal in mich reinzukommen! Ich war so dumm, ich dachte auch jetzt noch, er wäre nur eifersüchtig, ich konnte nicht glauben, daß er mich nicht mehr liebte, nach all dieser Leidenschaft…

Also habe ich darauf bestanden, daß er mich heiratet. Und ich habe gewonnen. Die Schlacht. Aber den Krieg habe ich verloren. Du warst damals drei, drei Jahre hat er es ertragen, war nie daheim, wir sind nie zusammen irgendwohin gegangen, nicht mal an Weihnachten. Er fuhr allein zu seiner Familie, sagte, er könne keine irische Tippse mit dorthin bringen. Ich fuhr mit dir zu meinen Eltern, weinte den ganzen Tag. Dann hat er mich rausgeworfen, du warst ja dabei, du weißt, wie es war. Ein finanzielles Arrangement unter der Bedingung, daß ich versprach, den Mund zu halten. Er hat mich verschaukelt, und kein Gesetz hat ihn daran gehindert, alle Gesetze dieser Welt sind auf der Seite der Stephen Uptons dieser Welt.«

Sie blinzelte, als ob sie erwachte, sah sich im Zimmer um, guckte herüber und sah ihre Tochter. »Aber dich wird er nicht so behandeln. Auch wenn es dir nicht paßt, es geht um dein Wohl. Du wirst es mir eines Tages danken. Du wirst ja wohl selbst zusehen müssen, wie du im Leben vorankommst, so wie du ausschaust.«

Wie war ich denn in anderer Leute Augen mit zwölf? Blaß, dürr, zu gescheit, sagte Grandpa Callahan. Ich begriff nicht, wie jemand zu gescheit sein konnte. Mußte jeden Sommer hier mit ihm in diesem Haus hocken, und er rief immer nur nach seinem kleinen Schätzchen, wo ist meine Mary? Mary hatte nicht nur ihn, sie hatte ein Kindermädchen, sie hatte eine Mutter, aber sie quengelte trotzdem andauernd, wurde die ganze Zeit gehätschelt und verwöhnt. Bis der Unfall passierte, und dann weinte sie nur noch, wollte, daß ich ihre Mutter spielte.

Mit sechzehn war ich blitzgescheit, aber sie beobachteten

mich, warteten auf den Einbruch. Ich gönnte ihnen die Befriedigung nicht, mich in einen totalen Stupor fallen zu sehen wie andere Mädchen in diesem Alter. Mit achtzehn war ich immer noch dürr und gescheit. Zu gescheit. Vater musterte mich mit seinen kalten Augen von oben bis unten, stumpfes, dünnes, rotes Haar, Brille, mein Körper knochig, flach wie ein Brett, eine Bohnenstange, und ich konnte sehen, wie er dachte: »Mit deinen Reizen brauchst du eine vernünftige Ausbildung.« Er inspizierte meine Noten am Ende meines ersten Semesters am Smith und sagte nickend: »Wenn du so weitermachst, lasse ich dich weiterstudieren. Wenn sie dich nehmen!« Er lachte schallend. Im Jahr 1953 als Mädchen an der London School of Economics studieren. Was hatte ich für Träume gehabt von dieser Schule, die Beatrice Webb gegründet hatte. Brutal. Aber ich bin dort erwachsen geworden. Und wenigstens war ich in London, weit weg von hier, von ihr, von ihm. Und mein Tutor: Clare! O schöne neue Welt! Eine Zeitlang glaubte ich, ich könnte vielleicht doch noch glücklich werden.

Armes Marymäuschen, sie kann ja wohl nichts dafür, daß sie dumm ist. Wenn sie es nur nicht so vor sich hertragen würde, die Liebe ist das einzige, was zählt, alles andere ist nur Ersatz, wie sie sich aufgeplustert hat, damals in dem Sommer, als wir auf dem See ruderten, mir waren gerade die Augen aufgegangen über Clare, einunddreißig Jahre und so ein gottverdammter Kindskopf, ich wollte sterben, ich studierte die Methoden, Beruhigungspillen, Alkohol, Pulsadern aufschneiden. Ich dachte sogar daran, gegen einen Baum zu fahren wie Marys Mutter. Ich habe sie immer dafür verachtet, aber es brauchte mehr Mut dazu, als ich hatte. Letztlich war ich feige. Deshalb bin ich immer noch hier, lebe ich mein Leben Tag für Tag weiter. Ich habe mein Leben verdient.

Und Mary hatte gerade den schönen Alberto geheiratet, ihren Playboy-Traumprinzen, und ihn mit hierhergebracht, zu dem Fest am Unabhängigkeitstag, um ihn der Familie und Vater vorzuführen. Und mir. Vater schnaubte natürlich nur verächtlich, Schmarotzer, Schwuchtel, Spaghettifresser nannte er ihn, unseren schönen Itaker. Könnte genausogut eine Frau sein, sagte er. Alle beide todschick, sie in einem wehenden weißen Kleid, er in einem adretten weißen Anzug, sie die Sinnlichkeit in Person, helle Haut und dunkles Haar, sie trug einen weichen Strohhut. Ich legte mich in die Riemen, während sie sich gegen das grüngestreifte Sitzpolster zurücklehnte und prahlte: »Ich weiß alles über die Liebe!« Alles über die Liebe! Ich wollte sie schlagen, mit dem Ruder auf sie eindreschen. Ich hätte ihr ein paar Sachen über die Liebe erzählen können, von denen sie nicht einmal etwas ahnte.

Na ja, was immer sie über die Liebe wissen mag, es wird ihr vermutlich nicht mehr viel nützen, wie alt ist sie jetzt, fünfundvierzig, sechsundvierzig? Nein, ich bin dreiundfünfzig, sie ist fünf Jahre jünger, also achtundvierzig. Auch nicht mehr die Jüngste. Sie ist aber immer noch eine Schönheit, der Doktor war ganz hingerissen von ihr, vielleicht hat der Schönheitschirurg ja auch ein bißchen mitgeholfen. Wirkt, als hätte sie schreckliche Angst. Scheint dringend Geld zu brauchen. Hat ja auch immer gelebt wie eine Königin: Wohnungen an der Fifth oder an der Park Avenue, Häuser in Paris oder Capri, Ferienhäuser in Maine, Landsitze in Virginia, Villen in Vail oder Gstaad, was diese Männer für ein Geld hatten! Scharen von Personal, Limousinen mit Chauffeur, die sie zum Einkaufen brachten, sie kann bis heute nicht Auto fahren. Unselbständig vor lauter Geld. Einer hatte sogar ein Privatflugzeug. Welcher war das? Paul. Haben ganz schön aus dem vollen gelebt, all diese reichen Ehemänner.

Während ich mich mit einem kleinen Apartment in Washington begnügt habe. Aber immerhin, ich hatte meine Arbeit. Immer eine Freude, selbst wenn die Politiker alles vermurksen.

Harry Burnside hat Mary einen ganz schönen Batzen hinterlassen, als er starb. Aber dann haben sie prozessiert – die Kinder aus seinen ersten beiden Ehen. Trotzdem besitzt sie immer noch Millionen, habe ich gelesen. Hat außerdem noch eine Riesenabfindung von Alberto bekommen, als er mit diesem Filmstar auf und davon ging. Ich mußte ja lachen, wollte ihr eine anonyme Karte schicken: Wie hat es die Frau, die alles über die Liebe weiß, nur fertiggebracht, den tollsten Liebhaber der Welt zu verlieren? Der nächste war noch reicher als die beiden vorherigen zusammen. Paul, der mit dem Flugzeug. Aber sie verließ ihn, wegen dieses verrückten Don, der wahrscheinlich nicht viel hatte. Verläßt einen Mann mit einem Flugzeug für einen Mann mit einem Motorrad: Ha! Trotzdem, wie sollte sie es geschafft haben, pleite zu gehen? Sie hätte das gesamte Geld von Harry und das von Alberto verjubeln müssen. Kann nicht sein: Sie ist vielleicht dumm, aber nicht so dumm.

Sie drehte sich wieder zurück und drückte ihre Zigarette aus. Sie schaute auf den Tisch, wo Mary immer noch lag, den Kopf auf den Armen. Sie schniefte nur noch leise. Alex holte ein paar Papiertaschentücher und stopfte sie Mary in die Hand. Mary setzte sich auf und putzte sich die Nase. Gar nicht ladylike, dieses Schneuzen.

Elizabeth betrachtete sie gelassen. Mary schaute sie über das Taschentuch hinweg an. »Ich weiß, daß du mich haßt«, sagte sie mit leiser, heiserer Stimme. »Du warst immer schon eifersüchtig auf mich. Du denkst, Vater mag mich lieber als dich.«

Elizabeth sah sie unverwandt an. »Das stimmt auch. Hübsche Dummchen, solche Frauen mag er. So wie deine Mutter.« Sie wandte sich Alex zu. »Und deine. Ich habe mich längst damit abgefunden. Hübsche Dummchen amüsieren ihn. Aber man kann niemanden lieben, den man nicht achtet, und mich *achtet* er.«

»Meine Mutter ist kein hübsches Dummchen«, sagte Alex. »Sie hat vielleicht nicht deine Bildung und auch nicht deine Art von Intelligenz. Aber sie besitzt menschliche Güte.«

Elizabeth zog die Augenbrauen hoch. »Wir lernen wohl langsam, zurückzuschlagen, was? Ist auch besser so, hier zieht deine Mitleidsmasche nicht.«

»Und *deine* Mutter?« schoß Mary dazwischen.

Elizabeth war vorbereitet. »Das war der große Fehler meiner Mutter: Sie *schien* zwar ein hübsches Strohköpfchen zu sein, weil sie so jung war. Aber schon bald kam ihre wahre Intelligenz zum Vorschein. Deshalb hat er sie ja auf so gemeine Art abserviert.«

»Er hat sie abserviert, weil sie ihn gezwungen hat, sie zu heiraten«, setzte Mary dagegen.

»Was weißt du denn davon? Was weißt du denn schon von irgend etwas?«

»Aaaaaah!« schrie Alex und preßte die Hände an die Schläfen. »Können wir denn nichts als streiten? Verbindet uns denn gar nichts? Wir sind doch *Schwestern!* Uns verbinden Blutsbande, dieselben Gene, ein Stück Geschichte, wie immer man es nennen will! Können wir denn nicht friedlich miteinander reden?«

Elizabeth und Mary sahen sie an.

»Du hast recht«, lenkte Elizabeth ein, aber dann fuhr sie fort, ehe Alex, die dankbar und erleichtert aufseufzte, zum Weiterreden kam. »Es gilt, Entscheidungen zu fällen, und wir müssen miteinander reden wie zivilisierte Menschen.« Sie klopfte mit dem Hinterende ihres Stifts auf die Glasplatte. »Wir müssen beschließen, was jetzt passieren soll. Er kann noch Wochen im Koma liegen, vielleicht sogar Monate. Ich habe einen wichtigen Job und kann es mir nicht leisten, Wochen oder Monate wegzubleiben. Andererseits kann er auch jederzeit wieder zu sich kommen. Ich schlage vor, wir wechseln uns ab – jede von uns bleibt eine Woche, dann ist immer jemand da, der täglich bei ihm vorbeischauen und den anderen Bescheid geben kann, falls irgendeine wesentliche Veränderung eintritt.«

»Dann wäre immer jemand allein hier, allein in diesem Haus«, sagte Mary stirnrunzelnd. »Einschließlich Ronnie?«

Elizabeth zuckte die Achseln.

Die Tür flog auf, und Mrs. Browning stürmte herein. »Ma'am«, sie drehte den Kopf von einer zur anderen. »Miss Upton«, wandte sie sich schließlich an Elizabeth, »da sind Leute von der Presse und vom Fernsehen. Reporter. Draußen vor dem Haus. Eine ganze Horde mit Kameras und so. Sie fragen wegen Mr. Upton. Was soll ich ihnen sagen?«

»Wir werden uns um sie kümmern, Mrs. Browning. Sagen Sie ihnen, wir würden in fünfzehn Minuten eine Erklärung abgeben. Vielleicht können Sie ihnen ja einen Kaffee machen.«

»Oh. Ja. Das kann ich machen.« Die Frau eilte wieder hinaus, erfüllt von der Wichtigkeit des Geschehens.

»Machen Sie die Tür hinter sich zu, Mrs. Browning.«

Sobald die Tür zuging, jammerte Mary: »Ich kann mich in dem Zustand nirgends sehen lassen! Meine Augen sind bestimmt ganz rot, ich bin völlig aufgelöst!«

»Du siehst bestens aus. Ganz die liebende Tochter. Wir müssen gemeinsam auftreten, tief besorgt, die Upton-Töchter, ihr wißt doch? Seine Prinzessinnen, die um ihn weinen. Ich werde eine Erklärung aufsetzen, die gar nichts sagt, wir können noch nichts Genaues absehen, wir hoffen das Beste, bangen…«

»Und beten«, murmelte Alex.

Zwei Köpfe wandten sich ihr zu. Wieder das Falsche.

Sehen gar nicht schlecht aus für ein paar späte Mädchen, dachte der Reporter, wie sie da standen, vor diesem grauen Steinhaus, das aussah wie aus einer BBC-Serie, nur die eine noch jünger, in den Dreißigern vermutlich, blond, schlank, hübsch. Richtig umwerfend, die Brünette da, reichlich Holz vor der Hütte, wenn auch vielleicht ein bißchen kurzbeinig. Selbst die Alte mit den Silberhaaren sieht nicht übel aus – schlank, elegant, imposant, ein hohes Tier im Finanzministerium. Waren berühmt, als sie jung waren, erschienen immer in den Illustriertenartikeln über die Familienfeiern der Hautevolee als »die drei Grazien aus Massachusetts«, die eine noch ein Kind damals, alle drei von verschiedenen Müttern, ein echter Draufgänger, der Alte. Sehen sich gar nicht ähnlich, nur die Blonde und die Alte haben seine Augen, unverkennbar, diese Augen, der eindeutigste Vaterschaftsnachweis, den man sich vorstellen kann, eisblau. Ein echter Patrizier, Wahrer der Tradition, des Fortbestands seiner Klasse. Die Dunkle hat dunkle Augen, warm, sieht aus, als gehörte sie auf seidene Laken, mit einer Straußenfedernboa um die Schultern. Riesentitten. Sie sehen alle traurig aus, als ob es ihnen wirklich zusetzt. Die Blonde bleich wie ein Gespenst, die Dunkle sogar, als hätte sie gerade geheult. Über achtzig, der alte Knabe, und es geht ihnen noch so zu Herzen.

Der Reporter war beeindruckt.

Die älteste Schwester nahm das Mikrofon.

»Unser Vater«, sie hielt einen Moment inne und sah die beiden anderen an, »würde wollen, daß wir Ihnen für Ihr Kommen und Ihre Anteilnahme danken. Er hat einen Schlaganfall erlitten und erfährt derzeit im Emerson-Krankenhaus die bestmögliche medizinische Betreuung.«

»Haben Sie vor, ihn nach Boston zu verlegen?« rief eine Stimme.

»Im Augenblick nicht.« Eiskalt. Diese Dame läßt sich nicht gern dazwischenreden. »Wir rechnen mit seiner baldigen Genesung. Da er gegenwärtig im Koma liegt, wären meine Schwestern und ich dankbar, wenn Sie dem Krankenhauspersonal nicht zur Last fallen würden. Wenn Sie Ihre Karte hierlassen, werden wir Sie von jeder Veränderung seines Zustands unterrichten.«

Sie schien fertig zu sein, aber die Fotografen nahmen ihre Kameras nicht herunter. Sie warteten auf etwas.

»Hat der Präsident angerufen?«

»Ja, der Präsident war so freundlich, heute morgen anzurufen, um uns seine besten Wünsche für die baldige und vollständige Genesung unseres Vaters zu übermitteln.« Sie wartete ebenfalls. Reglos, nicht das kleinste Zucken. Aufrecht wie ein Soldat, völlig Herrin der Lage. Ein knallhartes Luder. Die Dunkle zupfte an ihrem Taschentuch, zog den Bauch ein. Die Blonde sah völlig tot aus. Leichenblaß. Tragisch. Erstaunlich. Ein alter Mann von über achtzig.

»Hat sonst noch jemand angerufen?« schrie irgendwer.

Sie hielt einen Umschlag hoch. Gut vorbereitet. Sie verlas die Namen in protokollarischer Rangfolge, ausländische Staatsoberhäupter, amerikanische Minister, Senatoren, hohe Amtsträger, ein episkopalischer Bischof, ein Rattenschwanz von republikanischen Bürgermeistern, Filmstars. Lohn der Berühmtheit: ein paar Dutzend Telefonanrufe. Trotzdem, muß sie stolz machen. Stephen Cabot Upton, Big Daddy. Keine Söhne. Muß ihm zugesetzt haben. Nicht mal irgendwo einer nebenbei, wenn man der Gerüchteküche glauben darf, obwohl vor Jahren mal die Rede von einer Nigger-Tochter war. Ist aber nicht da. Wahrscheinlich gut versteckt, in irgendeinem Dorf in Mississippi, mit einer hübschen kleinen Apanage. Wird sich hüten, das Maul aufzumachen.

Die Reporter und Kameraleute – darunter eine Frau – traten von einem Bein aufs andere. Warteten. Wollten noch etwas.

»Haben Sie jemanden, der Sie berät?« schrie Bill Dwyer vom *Globe*. Na endlich.

»Bitte?« Ihre Stimme glitt nach oben weg. Zum ersten Mal bekam die coole Fassade einen Knacks.

»Ich meine, einen Anwalt oder so was?« Einen Mann, meinte er. Der sich um Sie kümmert, der Ihnen sagt, was Sie tun müssen. Ha, ich wette, das wurmt sie. Aber es stimmte, sie wirkten so nackt dort vor diesem Haus, wenn man es noch so nennen konnte, dieser Villa, diesem Schloß. Alte Familie, geht zurück bis zu der gottverdammten Mayflower oder so. Uraltes

Geld. Können sie doch nicht bewältigen, drei Frauen, ganz allein. Schutzlose Hinterbliebene.

»Wir stehen selbstverständlich in Kontakt mit den Anwälten und Ärzten unseres Vaters«, sagte sie, »und erhalten von ihnen jeden möglichen Rat.« Nicht, daß wir welchen nötig hätten, Bürschchen. »Wenn das alles ist, meine Herren…«, sie bemerkte Ann Canning von der *Newton Times*, »…und Damen, werden wir uns jetzt zurückziehen. Ich nehme an, Mrs. Browning hat Sie alle mit Kaffee versorgt, so daß Sie sich bei dieser feuchtkalten Witterung etwas aufwärmen konnten. Guten Tag und vielen Dank für Ihr Kommen.« Sie drehte sich um, und die anderen folgten ihr ins Haus, absolut damenhaft, kein Hüftschwung, kein Small talk, die Köpfe hoch erhoben auf den stolzen Hälsen. Die Frau ist gut, Mann, professionell, Washington-trainiert. Weiß, wie man nichts sagt und alle dazu bringt, es mitzuschreiben. Trotzdem, da ist was Echtes dran an dieser Familie: Sie schienen alle wirklich erschüttert.

3

Ronnie stand an einem Fenster im ersten Stock, hinter einem Spitzenstore. Marys Zimmer. Sie hatte hier drinnen nichts zu suchen, draußen auch nicht. Wie würden die Journalisten wohl reagieren, wenn sie wüßten, daß sie im Haus war, das illegitime Kind, der Bankert, das farbige Kind. Sie würden sie mit ihren Mikrofonen umzingeln, sie könnte ALLES ERZÄHLEN. Schlagzeilen im *National Enquirer* machen, vielleicht sogar im *Globe*. Sie konnte nicht hören, was sie sagten, aber wahrscheinlich war Elizabeth die Wortführerin, glatt und beherrscht, mit Sicherheit eine astreine Vorstellung. Jetzt waren sie fertig, drehten sich um, schritten wie die Fürstinnen zum Haus zurück. Ronnie ließ den Zipfel der Gardine fallen und huschte aus dem Zimmer, schloß leise die Tür hinter sich, Haus mit verschlossenen Türen, nicht wie bei Rosa, dort wurde nie eine Tür verschlossen, außer wenn Rosa und Enrinqué vögelten.

Rechtlos. Sie hatte kein Recht, sich in Marys Zimmer aufzuhalten, in keinem der Zimmer, nur in ihrem eigenen, nicht im Wohnzimmer, nicht im Salon, im Eßzimmer nicht, im Wintergarten nicht und nicht in der Bibliothek. Momma hatte sie weggescheucht, geflüstert: »Raus mit dir, Ronalda«, auch wenn er nicht da war. In späteren Jahren ließ sie sich auf die Fensterbank plumpsen und las und sagte Momma, sie solle sie in Ruhe lassen. Und Momma hatte geseufzt und sich die Hände an der

Schürze abgewischt, als wären sie naß. Aber nur, wenn er nicht da war. Und die Wahrheit war, daß sie es nie gemütlich fand, sie machte es nur, um es zu machen. Sie hatte sich dort nie wohl gefühlt, sondern nur in ihrem eigenen oder in Mommas Zimmer, oder in der Küche, als es noch Mommas Küche gewesen war.

Das Haus, in dem sie aufgewachsen war: in der Küche, in ihrem oder Mommas Zimmer, versteckt im Trakt für die Hausangestellten. Am liebsten aber hatte sie sich draußen aufgehalten, im Wald oder an den Tennisplätzen und im Garten, wo sie den Gartenarbeitern hinterherlief. Als sie acht war, hatte sie sich die Wände ihres Zimmers mit Bildern von Filmstars, Astronauten, Basketballspielern, den Beatles, Jacques Cousteau tapeziert. Herbstblätter an die Wand, an der ihre Kommode stand, geklebt, hinter den Spiegel, an die Verzierungen, die ganze Wand rotgelbgoldorange. Vielleicht war es eine Gefängniszelle, aber es war ihr Reich, sie konnte damit machen, was sie wollte. Momma wunderte sich über sie, aber sie ließ sie gewähren, solange sie die Kardinalregel respektierte: das Haus war *ihr* Eigentum, auch wenn sie fast nie da waren. Wenn einer von ihnen da war, durfte sie keinen Lärm machen, nicht herumrennen, nicht lachen, nicht vor dem Haus spielen, nur hinten und sehr leise. Jedes Zeichen, daß in den Hinterzimmern des Herrenhauses ein Kind begraben war, gefährdete ihr Überleben, sagte Momma oder ließ es durchblicken. Wahrscheinlich stimmte das auch, er hätte sie hinausgeworfen, ohne mit der Wimper zu zucken. Er hätte sein eigenes Herz auf den Mist geworfen, ohne es zu bemerken. Was war das für ein Mann? Es gab viele wie ihn.

Als ich wegging von hier, war er ständig da, er war pensioniert. Sie war bei ihm, sie schwieg, stand neben ihm, *si* Cabot, aber sie nannte ihn nur so, wenn sie allein waren. Wartete darauf, ihn bedienen zu können, mit gesenktem Kopf, ekstatisch in ihrer Unterwerfung. Fühlte seine Wünsche im voraus, blickte forschend in sein Gesicht, wollte sehen, ob ihm die Suppe schmeckte, der Braten. Ihr Gott. Eingestellt wurde sie zuerst als Zimmermädchen, beobachtete jahrelang die Köchin und lernte die Anglo-Küche. Er profitierte von ihrer Klugheit, ihr Kopf gehörte ihm, sie sparte ihm Geld: Sobald die Töchter aus dem Haus waren, feuerte er die Köchin und behielt nur sie und ein paar Zugehkräfte. Als ich alt genug war, um lesen zu können, versuchte sie, ihr Repertoire zu erweitern. Ich mußte ihr aus dem Kochbuch, das er für sie gekauft hatte, Rezepte vorlesen. Als ich auszog, kannte sie sie auswendig. Analphabeten haben ein wunderbares Gedächtnis.

Ronnie gelang es, ungesehen über die Hintertreppe in ihr Zimmer zu kommen. Sie ließ sich aufs Bett fallen. Muß etwas tun. Muß irgendwohin, muß hier weg. Kein Geld, weiß nicht, wohin, die verdammte Dissertation muß fertig werden. Ideal, wenn sie einfach hierbleiben und daran arbeiten könnte. Mein Zuhause. Im Traum, Mädchen.

Die Schwestern waren in der Küche, sie konnte sie reden hören. Haben früher nie einen Fuß in die Küche gesetzt. Stritten sie sich? Sie diskutierten: Tee oder Kakao? Sie bestellten beides und Teegebäck. Ob Mrs. Browning Teegebäck hätte? Linzer Torte und Brownies, wundervoll, bitte, servieren Sie im Wintergarten. Mary, sehr bestimmt mit Dienstboten. Klingt, als ob sie in ihrem Leben viel Teegebäck geknabbert hätte.

Muß einen Job finden. Aber mit einem Job wird es schwer werden, die Dissertation zu beenden. Vielleicht gibt mir die Boston University ein Darlehen. Sechs Monate müßten reichen. Sollte ein paar von den mitgebrachten Büchern lesen. Sie hatte sie in den vergangenen drei Monaten kaum aufgeschlagen. Bei Momma gesessen. Ihr die arme Stirn abgewischt, den armen Hintern gesäubert. Warum mußte ich diese dicken Wälzer mitschleppen? Wollte ich ihm etwas beweisen? Aber er hat sie nie gesehen, und selbst wenn, hätte es ihn nicht interessiert, er würde nie fragen: »Was machst du so, Ronnie?« Wäre er beeindruckt, wenn er es wüßte? Habe ich mir das erhofft? Müßte lesen, dachte sie, und die Müdigkeit überwältigte sie. Ihr Körper bewegte sich wie von selbst aus der Tür ihres Zimmers, den Flur hinunter, der zur Küche führte, und ihr Mund öffnete sich und fragte Mrs. Browning, ob sie noch eine Tasse aufs Tablett stellen könnte, und sie glitt in den Wintergarten, wo ihre Schwestern saßen.

»Hollis kommt um sechs«, sagte Elizabeth, redete aber nicht weiter, als Ronnie hereinkam.

»Willst du uns beim Tee Gesellschaft leisten? Wie nett! Setz dich zu mir, Ronnie«, sagte Alex und patschte auf den Stuhl – blöde Geste, denn es war der einzige freie Stuhl am Tisch, trotzdem war es nett von ihr. Sie versuchte zumindest, freundlich zu sein. Vielleicht hätte ich sie nicht als Heuchlerin bezeichnen sollen. Vielleicht meint sie es ehrlich. Wer weiß. Ronnie versuchte, sie anzulächeln, aber ihr Mund versagte. Verweigerte sich. Verzog sich nur. Alex tätschelte ihre Hand. Ronnie starrte sie ausdruckslos an, wahrscheinlich sah sie aus wie eine verdammte illegale mexikanische Einwanderin. Elizabeth und Mary beobachteten sie in steifem Schweigen. Gefrorene Gesichter. Haß.

»Du weißt, daß ich nicht in diesem Haus aufgewachsen bin«, sagte Alex warm und tätschelte weiter Ronnies Hand, »und ich habe dich nie kennengelernt.«

Mein Gott, sie redet mit mir, als wäre ich sechs Jahre alt. Verdammte herablassende Heuchlerin.

»Erzähl mir von dir und deiner Mutter. Ich glaube, daß ich deiner Mutter einmal begegnet bin, und dich habe ich gesehen, als du ein junges Mädchen warst, ein Teenager. Als ich unseren Vater besucht habe. Vor achtzehn Jahren. Mit dem Baby«, sagte sie zögernd.

Niemand sprach, als Mrs. Browning mit einem Tablett hereinkam und den Tee einschenkte. Der Kakao war für Alex, und sie dankte Mrs. Browning, daß sie Schlagsahne obendrauf getan hatte.

Ja. Ich erinnere mich, sie stand im Wohnzimmer, in einem beigefarbenen Seidenkleid, hielt ihm das Baby entgegen, lächelte: »Wir haben ihn Stephen genannt.« Er stopfte seine Pfeife, grinste schief und murmelte etwas und ging zu seinem Lieblingssessel, setzte sich und rauchte. Sie legte das Baby auf einen Sessel und wirbelte herum, als ob sie aus der Tür rennen wollte, und sah mich in der Halle. Sie hatte mich gesehen. Ich huschte weg, wie eine Fledermaus, versteckte mich in den Büschen hinter der Garage. Man durfte mich nicht sehen. Ich erwartete, daß sein Zorn auf mich niederging, erwartete den Blitz, der uns aus dem Paradies vertreiben würde. Ich stellte mir vor, wie Momma weinte, sich das Gesicht mit der Schürze abwischte. Aber als niemand kam, beruhigte ich mich in meinem Versteck hinter der Garage, sagte laut: Seidenkleid. Ich hatte das Wort gelesen, aber ich ahnte nur, wie Seide aussah. Albern. In diesem Haus ist vieles aus Seide, aber damals wußte ich das nicht. Aber ich glaubte, daß ihr Kleid aus Seide war: Ich war mir nicht sicher.

Rosig, sie und das Baby, rosig und lächelnd. Der Erbe und die Erbin des Paradieses. Sie durften herumgehen, sie durften sich überall hinsetzen. Die Pisse des Babys hat sogar den goldenen Sessel im Wohnzimmer durchtränkt, erzählte Momma später. Aber als meine arme Momma die Taschen ausgepackt und ihre Kleider aufgehängt hatte, packten sie schon wieder, und eine Stunde nach ihrer Ankunft waren sie wieder weg. Probleme im Paradies?

»Du bist nicht lange geblieben«, sagte Ronnie provokant.

»Nein«, lächelte Alex. »Das ging nicht. Mein Mann mußte zurück. Er ist Chemiker. Wir sind nur für diesen einen Tag gekommen. Wir wollten Vater nur unseren Sohn vorstellen.«

Belüge nie das Personal, du Idiotin. Das Personal weiß alles. Alex blickte weg und trank ihren Kakao. Aber sie konnte nicht aufhören. »Erzähl mir von deiner armen Mutter«, begann sie wieder. »War sie lange krank?«

Sechs Monate. Das habe ich dir bereits gesagt. Diagnose und Todesurteil im letzten Mai. Ronnies Stimme war belegt. »Ich weiß nicht, wie lange sie krank war. Vielleicht schon lange, ohne es irgend jemandem zu erzählen. Im Frühjahr war sie einmal bei Dr. Biddle, der ihr zu einem diagnostischen Eingriff riet. Sie rief mich an, um es mir zu erzählen, und ich begleitete sie zur Biopsie ins Krankenhaus. Der Eingriff ergab, daß ihr ganzer Körper befallen war. Überall. Für eine Chemotherapie war es zu spät. Er fuhr nicht mit ihr nach Boston ins Krankenhaus. Er ließ sie mit der Limousine hinbringen.«

Die Schwestern sahen sie ausdruckslos an.

Warum erzähle ich ihnen das alles? Warum lasse ich sie teilhaben? Aber sie sprach weiter, gegen ihren Willen. »Die Ärzte haben ihn angerufen, und dann rief er sie an und dann mich...«

»*Er* hat *dich* angerufen?« unterbrach Mary.

»Ja. Sie wußte, daß sie sterben würde. Sie wollte nach Hause kommen, sie wollte hier sterben.« Ronnies Stimme brach. Sie trank einen Schluck Tee. Ob sie sich das Rauchen abgewöhnen sollte, überlegte sie. »Darf ich von dir eine Zigarette schnorren?« fragte sie Elizabeth, die ihre Schachtel über den Tisch schnippte. Ronnie zündete sich eine an, zog den Rauch ein. Er brannte in der Kehle. Ätzend. Sie fuhr fort: »Er sagte, sie dürfe nur nach Hause, wenn ich käme und die Pflege übernehmen würde. Und das habe ich getan.«

»Das war sehr nett von dir«, sagte Alex und legte ihre Hand auf Ronnies Hand.

Ronnie wurde steif. »Das war nicht nett. Ich habe sie geliebt.«

Alex errötete.

»Ich schätze, in eurer Familie weiß man nicht, was Liebe ist!«

»Ich liebe meine Mutter«, sagte Alex. »Ich bin einfach

dumm. Ich meine, ich kann mich nicht gut ausdrücken. Ich drücke mich dumm aus.«

»Du bist herablassend, mehr nicht.«

»Das tut mir leid. Ich wollte dich nicht herabsetzen. Ich wollte sagen, daß du eine gute Tochter warst. Ich wollte sagen, daß dein Handeln ein Beweis für deine Liebe war.«

Ronnie hob die Schultern. »Vergiß es. Mir tut es auch leid. Mir tut es leid, daß ich eure Teestunde gestört habe.« Mit einem flüchtigen Blick streifte sie die beiden stummen Schwestern. Sie stand auf und verließ den Raum, schloß leise die Glastür.

Elizabeth durchsuchte die Papiere, die auf dem Schreibtisch ausgebreitet waren. Schwer zu sagen, was sie davon halten sollte, es war ein einziges Durcheinander, als ob er nicht wollte, daß man daraus schlau würde. Er traute niemandem. Alles, was sie finden konnte, waren Zinsbelege für einen Alterssitz in Nevada, Eigentumswohnungen auf den Bahamas, zwei Apartmenthäuser in Boston, IBM-Aktien sowie sechs weitere wertvolle Aktienpakete, offenbar besaß er viele Aktien, aber es gab keine Belege neueren Datums, sie mußten im Safe sein. Kein Testament. Wahrscheinlich auch im Safe. Wenn ich nur wüßte, wie ich da dran komme. Er muß die Kombination irgendwo aufbewahrt haben, er hätte sich nicht nur auf sein Gedächtnis verlassen. Sie zog wieder die Schubladen auf, suchte nach einer Karte, nach irgend etwas, auf dem eine Zahlenkombination notiert war. Sie blätterte die Papiere in einer unverschlossenen Stahlkassette durch. Nichts. Sie seufzte, zündete sich eine Zigarette an.

Vielleicht hat er uns alle enterbt. Möglich wäre es. Ein Sinneswandel? Hat uns jedes Jahr im Sommer und zu Weihnachten zu einem Familientreffen einbestellt, nur nicht im letzten Jahr. Warum? Er war alt und er war einsam, er hatte nur diese Frau. Aber ihr hat er bestimmt nicht viel vermacht, wenn überhaupt etwas. Dieses Schwein. Er hat sie noch nicht mal ins Krankenhaus begleitet. Wäre natürlich auch unpassend gewesen. Wollte nicht mit ihr in Verbindung gebracht werden, war schließlich seine Hausangestellte. Trotzdem.

Möglicherweise hat er alles der Harvard-Universität vermacht. Vielleicht haßte er uns, weil wir Mädchen waren.

Der Zigarettenrauch stieg ihr in die Augen, sie brannten, ihr kamen die Tränen. Warum sollte er uns hassen? Wir waren seine Kinder. Er war eben so. Einen Sohn hätte er genauso haßerfüllt behandelt, hätte ihm das Leben zur Qual gemacht, ihn heruntergeputzt, voller Groll, wie einen Rivalen. Trotzdem, einem Sohn hätte er alles vermacht, hätte ihn zu seinem Testamentsvollstrecker gemacht und uns kleine Abfindungen hinterlassen. So wie sein Kopf funktionierte. Funktioniert. Aber so weiß jetzt niemand, was er entschieden hat. Sie drehte sich mit dem riesigen Schreibtischstuhl zum Fenster. Er mochte es, wenn hinter seinem Schreibtisch ein Fenster war, mochte das Licht, das von hinten einfiel, den Bittsteller blendete und ihm selbst einen Heiligenschein verlieh.

Graue Novemberbäume, braunes Gras, graues schwindendes Licht.

Das Ende eines Tages, das Ende eines Jahres, das Ende einer Ära. Wenn ich gehe, wird es das Ende einer Ära sein, hatte er an seinem letzten Geburtstag gesagt, mit einem Gesicht, so starr wie das eines Roboters und mit wütend blitzenden Augen, in der Hand einen Cognacschwenker. Ob überhaupt irgendein Mensch wußte, was er fühlte und warum? Symbolisch, wenn er in diesem Jahr stirbt, 1984. Das Ende einer Ära. Auch das Ende seiner Linie, das hat er nicht gesagt, aber gedacht. Sein Bruder hatte Söhne über Söhne, noch immer war die Erde von Uptons bevölkert, aber nicht von Uptons seines Schlages, bis auf mich, aber Mädchen zählen nicht. Nein, er meinte, daß die neue Generation keine Männer mit Persönlichkeit und Stil hervorbrächte. Alles Schwächlinge heutzutage.

Ein anderer Menschenschlag, sagte er. Das Ende einer Ära. Das Ende der Republik. Geldgierige Schleimer, die in einer Welt des Fernsehens und der Computer dem Mob nach dem Munde reden, Juden und Araber und Japaner und Chinesen und Gottweißwersonstnoch übernehmen die Weltherrschaft. Nicht mehr englische Gentlemen, die auch nach Generationen in der Diaspora Gentlemen geblieben sind. Die Herren der Welt, zu erkennen an ihren guten Schuhen und ihren Tweedanzügen. Die Japaner können sich so was auch kaufen. Aber hast du schon mal einen Japaner im Tweedanzug gesehen? Hah! England ist jetzt ein Land der dritten Welt. Die Gelben übernehmen die Macht.

Vater, du hast nie erkannt, daß ich wie du bin.

Hollis Whitehead nahm einen Schluck, dann stellte er seinen Drink hin. »Es wäre also das beste für Sie, wenn Sie die Vormundschaft beantragen würden«, schloß er. »Ihr Vater war stur, ich habe versucht, ihn dazu zu bringen, mir für einen Notfall dieser Art eine Vollmacht zu erteilen. Wissen Sie, wir alten Männer müssen vorausdenken und mit solchen Dingen rechnen, ich selber habe meinem Sohn vor fünf Jahren eine Vollmacht gegeben, für den Fall, daß ich handlungsunfähig sein sollte, natürlich hatte Cab keinen, er hatte keinen… niemanden, mit dem er so zusammenarbeitete wie ich mit meinem Sohn, aber ich habe ihn vor Jahren gewarnt, als er pensioniert wurde…« Er beschloß, den Mund zu halten, ehe er sich noch tiefer in die Scheiße ritt, lehnte sich zurück und nahm einen Schluck von seinem Manhattan.

»Wie lange würde das dauern?« fragte Elizabeth.

»Einen Monat. Sechs Wochen. Wenn es keine Probleme gibt.«

»Was meinen Sie mit Problemen?« Mary beugte sich mit ihrem üppigen Busen zu ihm hinüber, hob den Kopf, als stünde er hoch über ihr, obwohl er saß. Sie konnte nicht anders, dachte Elizabeth, mußte jeden Mann in ihrer Nähe verführen. Selbst so einen vertrockneten alten Gockel wie Hollis Whitehead. Einer der Gründe, warum ich sie hasse. Die Art, wie sie den Kopf ein ganz klein bißchen schräg hält, sobald sie mit einem Mann spricht, und ihren Hals zur Schau stellt. Wie ein Wolf, der seine verletzliche Kehle darbietet, wenn er einen Kampf verloren hat, eine Geste der Kapitulation. Greif mich nicht an, ich unterwerfe mich. Dann fühlt er sich sicher, entspannt, größer, als Herrscher. Und dann fängt sie an, ihn über seine eigene Schwäche zu manipulieren – ohne daß er die leiseste Ahnung davon hat. Darin ist Mary Meisterin. Im ältesten Spiel der Welt. Aber ich stehe besser da als sie, weil ich das Spiel nie mitgemacht habe.

Er beugte sich zu ihr und lächelte herzlich. »Nun, Mary, zum Beispiel, wenn es in Ihrer Familie zu einem Konflikt kommt. Wenn Sie zum Beispiel dem Vormundschaftsantrag nicht zustimmen.« Mary lehnte sich zurück und biß sich auf die Unterlippe. Offenbar dachte sie nach. Ob sie beim Lesen die Lippen bewegt? Sie sieht ihn so vertrauensvoll an, als wäre sie sechs Jahre alt, dachte Elizabeth.

»Und was passiert in der Zwischenzeit? Was ist mit den Rechnungen, die bezahlt werden müssen?« warf Elizabeth ein.

»Ich denke nicht, daß es viele Rechnungen gibt, die nicht einen Monat oder sechs Wochen warten können«, beschied er sie.

»Mrs. Browning und der Gärtner-Chauffeur bekommen monatliche Gehälter«, sagte sie, »aber die Zugehkräfte werden wöchentlich entlohnt.«

»Ah, gut, könnten Sie das einstweilen auslegen? Sie können es sich ja dann später wieder zurückzahlen.«

Mary schaute entsetzt.

»Hat er ein Testament gemacht?« hakte Elizabeth nach.

»Ja. Es befindet sich in meinem Büro, im Safe.« Er preßte die Lippen zusammen.

»Ich verstehe.« Sie dachte nach. »Würden Sie den Antrag für uns stellen?«

»Sicher, wenn Sie wissen, wer von Ihnen den Antrag stellen soll.«

Elizabeth sah Mary an, dann Alex, und wieder den Anwalt. »Ich werde ihn stellen.«

»Sind die anderen beiden damit einverstanden?«

Sie nickten. »Okay, wenn das alles ist, werde ich jetzt gehen.« Er zog sich langsam hoch, als hätte er Schmerzen. »Es hat gutgetan, Sie alle drei wiederzusehen. Auch wenn ich den Anlaß sehr bedaure. Cab und ich waren seit dem Krieg gute Freunde: Wir waren beide in Washington. Ich fing damals gerade als junger Anwalt an. Er war mein Mentor. Er hat mich in den Dschungel von Washington eingeführt. Ich kenne Cab fast fünfzig Jahre«, schloß er traurig.

Die drei Schwestern brachten ihn zur Tür. »Ich werde morgen einmal bei ihm vorbeischauen«, sagte der Anwalt, tätschelte Alex, küßte Mary auf die Wange und gab Elizabeth die Hand.

Sie gingen wieder ins Wohnzimmer, wo die Vorhänge zugezogen waren. Hollis zu Ehren brannte heute abend ein Feuer im Kamin. Mary setzte sich davor, auf das Sofa, und fächelte sich Kühlung zu. Alex füllte ihre Gläser an der Bar auf, dann setzte sie sich neben Mary. Elizabeth saß im Sessel neben dem Sofa.

Nichts kann ihr Blut erwärmen, dachte Mary. Sie sitzt am Kamin und friert immer noch. Ein Eisberg. War schon immer so. Bitte, spiel mit mir Lizzie, o Lizzie, spiel mit mir Ball Puppen Verkleiden bringst du mir Schwimmen bei, bitte, Lizzie.

»Du übernimmst also das Steuer«, sagte Mary anklagend.

»Immerhin bin ich die einzige von uns, die in der Lage ist, mit finanziellen Dingen umzugehen.« Sie nahm einen Schluck Perrier (Perrier!) und zündete sich eine Zigarette an. Mary sah sie wütend an.

»Du scheinst nicht kapiert zu haben, was ich mache«, explodierte Elizabeth. »Ich jette für die Regierung um die Welt, handle ökonomische Vereinbarungen und Verträge aus, zum Wohle unseres Landes. Letzte Woche bin ich nach Ägypten geflogen und wurde am Flughafen von zwei 3-Sterne-Generälen mit einer Limousine abgeholt. Ich verhandle auf höchster Ebene mit den Finanzexperten der Länder, die ich besuche, oft sogar mit dem Staatsoberhaupt. Während du, wie ich zu behaupten wage, noch nicht einmal mit deinem eigenen Konto umgehen kannst.« Sie sah Mary bedeutungsvoll an. »Möchtest du wirklich Vaters Rechnungen bezahlen? Ich muß das Personal aus meiner eigenen Tasche entlohnen.«

Mary studierte ihre Ringe.

»Ich meine, wenn du die Vormundschaft übernehmen willst, brauchst du es mir nur zu sagen. Ich werde dann morgen früh Hollis anrufen und ihn bitten, deinen Namen einzusetzen. Es ist viel Arbeit, für nichts, und ich bin nicht bereit, sie auf mich zu nehmen, wenn du hinterher schmollst und beleidigt bist. Das kann ich nicht brauchen.«

»Oh, es käme mir nicht in den Sinn, mich dir in den Weg zu stellen, Elizabeth«, sagte Mary giftig. »Ich weiß, was denen passiert, die sich dir in den Weg stellen. Du schaltest sie einfach aus.«

»Und ich kenne dein Gejammer und Geschmolle!«

»Sogar Vater hat gesagt, daß du ein gemeines Biest bist«, schrie Mary.

Elizabeth wirbelte herum. »Und dich hat er eine Fotze genannt!« brüllte sie. »Genau hier, an diesem Eßtisch hat er es gesagt!« Im Sommer, ehe sie zum College fuhr, langes dunkles Haar, Pagenfrisur, dunkelroter Schmollmund, bettelte sie: Daddy, bitte, darf ich Autofahren lernen, bitte, kauf mir ein Auto, irgendein kleines Auto, vielleicht einen MG, damit ich dich besuchen kommen kann. Vater hatte abfällig gegrinst. »Wenn du nach Hause kommen willst, schicke ich dir den

Chauffeur mit der Limousine.« Marys enttäuschtes Gesicht. Er zog an seiner Pfeife, sah ihr hinterher. Fotze, sagte er leise. War es wegen ihrer Mutter, wegen der Art, wie Laura gestorben war? Aber warum die »Fotze«?

Mary schrie: »Er hat mich geliebt!«

Elizabeth sah die Tränen in Marys Augen. Das hatte offenbar gesessen. »Mich hat er *respektiert*«, lächelte sie kühl.

Mrs. Browning kam, um zu sagen, daß das Abendessen fertig sei.

Elizabeth machte sich mechanisch für die Nacht bereit, aber ihre Gedanken rasten. O Gott, warum mußte ich hierher zurückkommen. Warum muß sie hier sein, sich an alles erinnern, es ist, als würde eine Welle über mir zusammenschlagen. Jahrelang ist es mir gelungen, es zu vergessen. Herrgott, warum hasse ich sie so sehr? Sie ist ein Niemand, sie bedeutet mir nichts. Mein Leben hat sich entwickelt, sie ist stehengeblieben. Ich habe etwas erreicht, bin sogar zu ein wenig Ruhm gekommen, werde vielleicht irgendwann wirklich berühmt sein, bald, ja. Sie hat nur drei Kinder von vier Ehemännern. Typisch Frau, lebt von ihrer Fotze und ihrer Gebärmutter.

Mußte ich sie wirklich zum Weinen bringen?

Meine Güte, sie heult bei jedem bißchen. Immer schon.

Alex hat bleich neben uns gesessen und uns angestarrt. Und wenn schon, wen kümmert es, was sie denkt oder fühlt. Dumme Hausfrau, wie Amelia, ihre Mutter.

Amelia rank und schlank, jung, langes honigfarbenes Haar, schlichte Kleider, ganz anders als Laura, die Mutter von Mary. Muß schwer für sie gewesen sein, hier den ganzen Sommer mit Stephens Töchtern festzusitzen und mit ihrem eigenen Baby, Alex, gerade sechs Monate alt. Der Tag, an dem sie ihre Hand auf mein Knie gelegt hat. Ich saß im Wintergarten und las, sie sah zu mir hoch, so wie Alex Leute anzusehen pflegt, Elizabeth, willst du meine Freundin sein?

Warum sollte ich mich mit der dritten Frau meines Vaters anfreunden wollen, die nur vier Jahre älter war als ich?

Ich hatte bereits eine Mutter, mehrere Schwestern und Tanten und wurde von niemandem richtig geliebt. Was, zum Teufel, soll ich denn mit dir? Aber in meinem Innersten schrie es: Kannst du mir helfen? Kannst du mich retten? Deshalb haßte ich sie – sie war nur eine dumme Frau, was konnte sie schon machen. »Klar«, sagte ich, in einem Ton, der besagte: Mach dich doch nicht lächerlich. Sie lächelte leise und wandte sich ab. Sie hatte versucht, mich an sich zu ziehen, mir zu helfen, schätze ich, aber was hätte sie schon tun können. Und sie war die Frau meines Vaters. Ich war erleichtert, daß er sie geheiratet hatte, aber ich war eifersüchtig, eifersüchtig.

Mutter fragte mich nach allen aus, ich kenne Stephens Leben wahrscheinlich besser als irgend jemand sonst, so wie ich ihn jahrelang als Mutters Spionin beobachtet habe. Bei jeder neuen Frau war es dasselbe: Wie sieht sie aus, wie groß ist sie, welche Haarfarbe? Mein Gott, besonders ärgerlich war sie wegen Laura, diesem Society-Girl, dunkelhaarig, schlank, eine Schönheit, Mutter war nur hübsch, aber Lauras Familie war ebenso reich und alt wie seine. Wie hat sie sich gefreut, als Laura Mary bekam. Noch ein Mädchen! Hah! Sie konnte ihm auch keinen Sohn schenken! Vielleicht war es seine Schuld! Er hätte mich nicht einfach so hinausgeworfen, wenn ich einen Sohn gehabt hätte, das kannst du mir glauben, Elizabeth Upton! Ich war fünf. Hat sie sich nie überlegt, was sie da zu mir sagte? Sie merkte es nicht, es war ihr auch egal, haßgetrieben, wie sie war, ich war lediglich eine Waffe in ihrem Kampf gegen ihn und gegen ihren eigenen trunksüchtigen Vater mit den klobigen Händen, sie war das kleine irische katholische Mädchen, das von niemandem respektiert wurde. Ich hatte ihr Leben zerstört, und daß ich ein Mädchen war, machte ihre Niederlage komplett. O Gott...

Ich lag im Bett und malte mir aus, wie ich das wiedergutmachen könnte. Wenn ich groß bin, werde ich reich und berühmt und sorge für Mutter. Ich werde ihr ein großes Haus in der Beacon Street kaufen und einen langen Wagen und einen Mann bezahlen, der ihn fährt. Dann wird sie lächeln. Dann wird sie glücklich sein. Dann wird sie mich lieben.

Trotzdem ist die goldene Laura im Suff an einen Baum gefahren, für mich ein klassischer Fall von Selbstmord, die verwöhnte Göre war wütend auf ihn, weil er nie da war, weil er Tag und Nacht für den Krieg im Einsatz war. Laura, die egoistische kleine Prinzessin, das sah Mutter richtig, kümmerte sich wenig um Mary, sie kümmerte sich um ihre Freundinnen, ihre Verehrer, ihre Cocktails, ihre Anproben. Sie streichelte Mary über den Scheitel, drückte einen Kuß darauf, überschüttete sie mit Kosenamen, und weg war sie. Das wußte ich. Trotzdem haßte ich Mary für das bißchen Liebe in ihrem Leben. Mary hat sie kaum gekannt. Sie ist von Kindermädchen erzogen worden. Mary muß sich nach ihrer Mutter verzehrt haben. Nach mir auch: Lizzie, bitte, spiel mit mir.

Als sie ein Baby war, hat sie dauernd nach mir geschrien.

Aber Vater hat immer viel Getue um sie gemacht, hat nach ihr gesucht, nach ihr gerufen: »Wo ist meine Mary, wo ist mein Baby?«

Hier bin ich, Daddy! Ist ihm in die Arme gesprungen. Er hat sie immer aufgefangen, sie an sich gedrückt, sie geküßt. Ich war wie verbrauchte Luft, an die man sich gewöhnt hat, ich wurde kaum zur Kenntnis genommen. Er hat ihr ein Puppenhaus gebaut. Ein Auto geschenkt, als sie achtzehn war. Ich mußte kämpfen, um eine Privatschule besuchen zu dürfen. Er hat mich nie in die Arme genommen, als ich klein war…

Mutters Schuld.

Aber sollte Laura tatsächlich vor dieser verrückten Amelia kapituliert haben – hah! Amelia war ganz einfach, kein Mitglied der Oberklasse, sie hatte noch nicht mal ein College besucht, Stephen war vierundvierzig, sie neunzehn. Mutter knirschte mit den Zähnen, als ich es ihr erzählte (wie ich das genossen habe. Ja, aber es hat dir auch das Herz zerrissen). Amelia war Sekretärin in seinem Büro, genau wie Mutter. Mehr habe ich ihr nicht erzählt. Nämlich, daß Amelia ein süßes Ding war, daß er sie offenbar liebte und sie ihn. Die zärtliche Art, in der sie sich ansahen, wie sie ihre Hand leicht über seine legte, vorsichtig, um ihn nicht zu stören, nur, um ihn zu berühren. Sie hielt den Atem an. Und er lehnte sich zurück, seine Augen leuchteten vor Freude, ohne jede Grausamkeit. Aber Mutter triumphierte, als Amelia Alex bekam, noch eine Tochter. So viel Getue um die Geburt einer Tochter. Man hätte fast meinen können, Mädchen seien ein Grund zum Jubeln. Hah!

Was ist geschehen? Ob Mutter recht hatte? Bestand ihr Vergehen darin, daß sie auch eine Tochter bekam und keinen Sohn? Plötzlich war Amelia weg, sie nahm Alex mit und kam nie mehr zurück. Hat Vater sie zum Fest am Unabhängigkeitstag herbestellt, so wie er uns herbestellte? Hat er sie nicht eingeladen, oder hat Amelia ihr verboten zu kommen? Hat er Unterhalt für sie gezahlt? Unterhalt für das Kind? Was sie wohl ausgehandelt haben? Ich selber war schon längst nicht mehr da in den Ferien, ich mußte Mutter nicht mehr berichten. Mutter hat sich nicht mehr so für mich interessiert, als ich ihr nichts mehr von ihm erzählen konnte. Ließ sich immer noch Mrs. Upton nennen, Mrs. *Catherine* Upton, auf den Stephen-Cabot-Teil hatte sie keinen Anspruch mehr, sie trug Chanelkostüme und Ketten, aber die Kostüme waren von der Stange und die Ketten *faux*, wie man so sagt, sie rauchte, sie trank Manhattans, wohnte in ihrem Back-Bay-Apartment, spielte Bridge, ging zu jeder Party, zu der sie eingeladen wurde – alleinstehende Frauen waren nicht sehr angesehen, wurden nicht oft eingeladen –, versuchte, mit ihren Freundinnen mitzuhalten. Haßte ihre Familie, den trunksüchtigen alten Mann, die abgearbeitete alte Frau. Warum auch nicht? Wann immer ihr Vater sie in dem dreigeschossigen Haus in Somerville zu

Gesicht bekam, polterte er los, hier kommt Mrs. Hochnäsig. Wir fuhren dort nur Ostern, Thanksgiving und Weihnachten hin. Das reichte. Ihre Brüder und Schwestern konnten sie auch nicht leiden. Mich auch nicht.

Ich überraschte sie, glaube ich, so ehrgeizig sie auch selber gewesen war. Für sie war das höchste Ziel eine gute Heirat – eine Geldheirat. Ich lebte in einem anderen Sonnensystem. »London School of Economics: Was ist das? Warum, bei allen Heiligen, willst du Wirtschaftswissenschaftlerin werden? Was machen die überhaupt?« Sah mich an, als käme ich von einem anderen Stern. Sieht mich immer noch so an. Vierundsiebzig. Ihre Stimme ist rauh von Whiskey und Zigaretten, sie sieht immer noch gut aus, ist immer noch genauso rachsüchtig wie eh und je, sagt, daß sie entschlossen ist, ihn zu überleben, damit sie etwas von dem alten Mistkerl erben kann. Hat sich auf ihre Art mit mir versöhnt: »Du bist wahrscheinlich eine frigide Ziege, aber vielleicht war es doch klug von dir, nicht zu heiraten und Kinder zu bekommen. Zumindest mußtest du nie durchmachen, was ich durchmachen mußte.« Durchmachenmußtedurchmachenmußte. Und ich soll entkommen sein?

Mary wachte verängstigt auf, sie war völlig durchgeschwitzt und mußte sich erst zurechtfinden: Lincoln, Vaters Haus. Vater ist nicht da. Sie setzte sich auf, sah sich im Zimmer um, dann stand sie auf und ging ins Bad. Sie war klitschnaß. Sie ließ ihr Nachthemd auf den Fußboden fallen, drehte die Dusche an, zog sich die Plastikhaube über den Kopf und stellte sich unter die Dusche. Lincoln, Vaters Haus, Vater ist nicht hier. Er liegt im Koma. Derselbe alte Alptraum: Das Auto schießt über die Böschung, ich stehe in Flammen. Don. Sie fing an zu weinen und erlaubte sich, zu schluchzen, unter der Dusche konnte sie niemand hören. Weine, Mary, du armes Baby. O Gott, Don, wie konntest du nur. Wie konntest du nur sterben, wie konntest du mich verlassen? Du wußtest, wie sehr ich dich liebte, liebte…

Nach ein paar Minuten hörte sie auf zu schluchzen, und sie drehte die Dusche ab und stieg heraus, wickelte sich in das Badelaken. Sie rubbelte sich kräftig ab, ging zurück ins Schlafzimmer. Sie befühlte die Bettlaken. Sie waren immer noch feucht. Sie schlug die Decken zurück, um die Laken auszulüften, dann setzte sie sich auf die Chaiselongue am Fenster. Ihre Handtasche lag in Reichweite auf der Erde, und sie zog sie zu sich heran und nahm eine emaillierte Dose und Zigarettenpapier heraus. Sie öffnete die Dose, entnahm ihr ein Stückchen Haschisch und zerkrümelte etwas davon in das Papier. Sie nahm eine Zigarette aus einer angebrochenen Schachtel, brach sie durch und streute den Tabak über das Hasch. Sie rollte es, leckte die Enden an, drehte sie fest zusammen. Dann zündete sie sie an. Ah!

Als sie sie bis auf einen winzigen Stummel aufgeraucht hatte, legte sie das Piece wieder in die Dose zurück. Muß hier eine Connection finden. Vielleicht muß ich nach Boston. Aldo weiß vielleicht was. Ronnie kennt wahrscheinlich viele Quellen. Kann sie nicht fragen.

Warum bin ich so aufgebracht? Elizabeth. Das ist Elizabeths Schuld. Sie ist so voller Haß. Und ich habe sie so sehr geliebt, ich habe sie gebraucht, hatte keine Mutter, Laura war immer weg, zum Lunch, zum Tee, zum Cocktail, wohin auch immer. Wurde zu ihr gebracht, um ihr gute Nacht zu sagen, ehe sie abends ausging, ich war im Nachthemd, mit gebürsteten Haaren, oh, mein schönes Mädchen, mein anbetungswürdiges Mädchen. Sie duftete nach Puder, nach Parfüm, ich streichelte ihre Kleider, fühlte die Seide, den Taft, den Samt, die Wolle, weich wie Samt. Gute Nacht, Mama, amüsier dich gut.

Manchmal roch sie seltsam, Daddy manchmal auch, streng und sauer, und sie redete komisch, dehnte die Wörter: Daa iss ja mein kleiiines Määdchen, Mommys Baaaby…

Sie war erst dreißig, als sie starb, die Zeitungen waren voll mit Bildern von ihr. Laura Upton, Dame der Gesellschaft, starb bei einem Autounfall. Nanny versteckte die Zeitung, aber ich habe sie gesehen. Ich konnte lesen, ich war sieben. *Autounfall – Tot!* stand da. Nanny Gudge sagte es mir mit steifen Lippen, sie hielt mich auf dem Schoß, Mommy wird nicht mehr wiederkommen, sie ist in den Himmel gegangen, um bei den Engeln zu wohnen, sie ist jetzt ein Engel und blickt auf dich herab und beschützt dich. Maudie war im Zimmer und machte das Bett, und sie schoß einen warnenden Blick zu Maudie hinüber, als Maudie sagte: »Das überrascht mich nicht.« Wie kommt es, daß ich mich daran erinnern kann, obwohl ich es gar nicht verstand? Aunt Pru rauschte von Boston an, sie trug ein Jägerhütchen mit einer Feder und einen Jadering mit Monogramm, hatte Uncle Samuel im Schlepptau, der wie ihr dünnerer Schatten wirkte. Sie grabschte mich, du armes Kind, und Daddy war so aufgebracht, er weinte, sein Gesicht war weiß mit roten Flecken und roten Augen. Er hatte diesen komischen Geruch an sich. Aunt Pru schimpfte mit ihm, sie hatte keine Angst vor ihm, ihrem kleinen Bruder.

Sie muß in ein Internat, sagte er zu Uncle Samuel, ich kann nicht hierbleiben und mich um sie kümmern, wir haben Krieg, und ich werde Tag und Nacht im Außenministerium gebraucht, und er ließ meine Sachen packen und verfrachtete mich zu Miss Peabody.

Alle Menschen, die ich je geliebt habe, haben mich verlassen.

Aber wenigstens gab es bei Miss Peabody-Pipibody noch andere Mädchen, meine Freundinnen: Amy, Caroline, Elena, Catherine, alles ungeliebte Kinder. Ich war dort glücklicher, war mit Kindern zusammen, mit denen ich spielen konnte. Aber die einsamen Sommer, die langen einsamen Sommer in Lincoln, Jahr für Jahr. Nur Elizabeth war noch da, und sie haßte mich, sie hat mich immer gehaßt. Jedenfalls meistens. Als sie mich einmal nicht haßte, überredeten wir die Köchin, uns einen Picknicklunch zu machen, und dann schlichen wir uns heimlich weg, ganz weit, bis zum Bach. Wir haben Theater gespielt, Elizabeth war Rosalinde, und ich war Celia, das ist Shakespeare, hat sie gesagt.

Amy hat einen französischen Grafen geheiratet. Catherine ist Künstlerin geworden und hat eine Kunstgalerie in New York eröffnet, Elena ist mit dreißig an einer Überdosis gestorben, Caroline lebt in Boston und hat wieder geheiratet, sie ist viermal geschieden, wie ich, na ja, ich bin nur zweimal geschieden und zweimal verwitwet. Die Witwe. Das Überbleibsel.

Sie stand auf und zog den Quilt vom Bett, kehrte zur Chaiselongue zurück und deckte sich zu. Sie streckte sich aus, starrte in den Himmel. Er war richtig schwarz hier draußen auf dem Land, so sah er in New York nie aus, er ist wie der Himmel über Vail oder Gstaad, aber in dieser Nacht ohne Sterne, er war nur tiefschwarz, die Wolken wie Rauch, wie ein schwacher Lichtschein.

Oh, wahrscheinlich konnte Lizzie nicht anders, so wie die Dinge lagen. Ihre Mutter wurde verstoßen, um Platz für meine zu machen, sie wurde verstoßen, um Platz für mich zu machen. Sie war immer einsam hier, immer, sie drückte sich in den Ekken herum, bleich, mit einem Buch, sah uns mit ihren blassen kalten Augen an, mich und meine Mommy und meine Nanny und das Personal. Ich war das niedliche kleine Baby, wo ist mein kleines Mädchen, Daddy ist wieder da und will seine Mary! Hat kaum mit ihr geredet, sie war groß und eckig und ohne Charme. Immer einsam. Wie hätte sie etwas anderes fühlen können, sie war noch ein Kind.

Aber ich liebte sie. Konnte sie das nicht spüren? Sie hat mich gehaßt, weil ich sie liebte, was ist los mit ihr?

Warum hat sie ihrer Mutter nicht gesagt, daß sie nicht hierherkommen möchte! Warum kommt jemand freiwillig in ein Haus, in dem er ganz offensichtlich unerwünscht ist? Und jetzt ist sie kein Kind mehr. Sie ist eine haßerfüllte Erwachsene. Sie kann mir den Buckel runterrutschen, sie ist völlig unwichtig.

Wirklich. Ich werde sie einfach ignorieren, sie ist unwichtig, sie bedeutet mir nichts. Sie ist unwichtig, sie hat nichts zu sagen. Vergiß sie. Sie ist eine neidische, verbitterte, vertrocknete alte Jungfer. Ich wette, daß sie noch nie einen Orgasmus gehabt hat.

4

Ein Kaninchen huschte geräuschlos über den Weg und ins Gestrüpp. Das kleine Herz jagend vor Todesangst, es fürchtet sich vor mir, so wie ich mich in England gefürchtet habe. Verhielt mich steif und hochmütig, als Clare mich nach Oxford mitnahm, um mich mit seinen Freunden bekannt zu machen. Warum hatte ich solche Angst? Sie schienen alle so brillant, mit ihrem Oxford-Akzent und ihrem bissigen britischen Humor, den ich nicht hatte, nicht habe, ich konnte nicht mithalten. Meine Scherze wirkten plump, sarkastisch, gemein. Scherze eines Kindes, das mit Haß genährt wurde.

Ach, warum denke ich die ganze Zeit an damals, meine Kindheit, all diese Dinge? Seit ich hier bin. Habe mein Leben damit zugebracht, es wegzustecken. Es zu transzendieren. Es kommt davon, weil ich hier bin, zusammen mit Mary, und mich wieder so fühle, wie ich mich all die Jahre gefühlt habe. Derselbe Haß, dieselbe Eifersucht, obwohl Vater nicht hier ist, um uns zurechtzuweisen, uns einzuschüchtern. Deine Mutter bringt dir keine Manieren bei, Elizabeth, aber wie könnte sie auch, irisches Armeleutekind, das sie ist. Uptons nehmen keine Salatgabel für ihren Fisch und keine Fischgabel für ihr Fleisch, kauen nicht mit offenem Mund, trinken nicht, bevor sie nicht fertig gekaut haben, heben keine heruntergefallenen Servietten auf, putzen sich nicht am Eßtisch die Nase, sprechen nicht vor Dienstboten über persönliche Dinge, bitten keine Dienstboten, die es gewohnt sind, Befehle zu empfangen, halten das Brot nicht in der Hand, während sie es mit Butter bestreichen, legen die Arme beim Essen nicht auf, schlürfen ihre Suppe nicht. Sie zeigen sich nicht im Morgenrock außerhalb ihres Zimmers und betreiben keine Körperhygiene in der Öffentlichkeit; keine Upton würde es sich je einfallen lassen, sich an einem öffentlichen Ort die Haare zu kämmen oder die Lippen nachzuziehen, geschweige denn, sich den Unterrock in der Eingangshalle hochzuziehen, wie ich es dich letzte Woche habe tun sehen! Uptons meiden Slang-Ausdrücke, und weibliche Uptons benutzen nie nie nie Wörter wie verdammt oder Mist, und ich möchte so etwas nicht noch einmal aus deinem Mund hören, junge Dame.

Ein anderes Zeitalter. Dahingegangen, aber nicht betrauert.

Upton-Frauen sind höflich und charmant, sie ordnen sich Männern in allem unter, sie sind sich ihrer Herkunft bewußt. Deine Vorväter waren Geistliche, einer war der größte Prediger seiner Zeit, die ganze Kolonie hing an seinem Mund. Dein Ururgroßvater war Gouverneur dieses Staates, dein Urgroßvater Fraktionsführer der Mehrheitspartei im Senat, und dein Vater, mein Fräulein, ist mächtiger als der Außenminister…

Männer in Limousinen kamen und gingen, alles hohe Tiere. Geflüster und Geheimdienstbeamte. Die Tür zur Bibliothek stundenlang geschlossen, der Butler – damals hatten wir einen Butler, das war mir ganz entfallen – klopfte mit seinen weißen Handschuhen an, trug Tabletts mit alkoholischen Getränken nach drinnen, ein Geheimdienstmann saß auf einem harten Stuhl in der Diele, ein zweiter draußen vor der Glastür zum Garten, auf einem Klappstuhl in der heißen Sonne. Aber ich lauschte von der Toilette neben dem Spielzimmer aus. Mary ist nie drauf gekommen – hat sie vermutlich nicht interessiert. Lange Argumente für und wider die Bombardierung von Eisenbahnlinien, die zu irgendwelchen Lagern führten, muß um den Holocaust gegangen sein. Vater war dagegen und setzte sich durch. War es nach dem Ende des Zweiten Weltkriegs, als ich ihn erklären hörte, wir sollten eine Atombombe auf die Sowjetunion werfen? Ich war damals vierzehn, fünfzehn. Er brüllte, daß Bertrand Russell und John von Neumann beide auf einen nuklearen Präventivschlag gegen die Sowjets drängten. Die verdammten Roten hätten Kernwaffen, knurrte Vater. Besser, wir schafften sie uns vom Hals, bevor sie noch die ganze verdammte Welt infizierten. Waren vor Hitler in Deutschland mächtig, konnten jetzt wieder hochkommen. Starke Bewegung in China. Ob sie das hier bei uns auch haben wollten?

War wohl ganz einleuchtend. Man braucht sich ja nur anzusehen, was passiert ist. Sowjets, Ostblock, China, Afrika, Vormarsch in Mittelamerika, Südamerika, wenn wir nicht Allende ausgeschaltet hätten...

Na ja, schien trotzdem ein drastischer Schritt...

Ich frage mich, ob er Hitler unterstützt hat. Vielleicht 1939 oder vorher.

Später wurde Russell selbst ein Roter. Vater haßte ihn. Und ich hörte, von Neumann soll, als er im Sterben lag, nachts panisch geschrien haben.

Was man tut, holt einen früher oder später ein.

Aber das ist jetzt vorbei, alles längst vorbei. Vater stirbt, und die CIA-Berichte, die ich gesehen habe, besagen, daß die Sowjetunion von innen heraus zusammenbricht. Wir haben gewonnen. Ich kann mich selbst wohl auch zu den Gewinnern rechnen. Der Kapitalismus hat gesiegt. Trotzdem gibt es da Dinge, mit denen ich nicht einverstanden bin, Dinge, die ich in der Theorie einfach nicht unterbringe, Dinge, zu denen Clare sich nie geäußert hat, hat er je darüber nachgedacht? Ich bräuchte ihn jetzt, ich bräuchte es, mit ihm zu reden.

Warum bin ich nur so... Vater ist nicht da, und seine Ansprüche sind jetzt bedeutungslos, oder? Nur Mary ist da und Alex. So wie es in den meisten Sommern war, Vater drunten in

Washington, Mary hier, dann auch noch Alex, der kleine Flachskopf. Schraubt meine Gedanken zurück, nein, nicht meine Gedanken, mein Gefühl, fühle mich irgendwie wieder wie ein Kind, als wären die ganzen Jahre, die ich seither gelebt habe, nur ein Film und das hier die Wirklichkeit, ich bin wieder daheim. Mein Erwachsenenleben nur ein Film. Ich bin jeden Tag hier in diesen Wäldern herumgelaufen, als ich hier noch gewohnt habe. Bin auch spazierengegangen, damals, bevor ich nach England fuhr, so ängstlich und so wild entschlossen, daß ich mit den Zähnen knirschte wie Mutter, ich würde es tun, würde es tun, würde es tun. Was tun? Es ihm zeigen. Entkommen. Meiner Mutter. Ihm. Dem Gefühl, keinen Platz in der Welt zu haben. Würde mir selbst einen schaffen. Würde meiner Hilflosigkeit ein Ende bereiten.

Aber wie sollte ich das dort schaffen? Diese Briten, ihr britischer Witz, so leichtfüßig und hochmütig, das Leben eine amüsante Absurdität. Einschüchternd. Ich gab mich noch hochmütiger als sie, hoffte, sie würden nichts merken. Hatte schreckliche Angst, daß meine Dummheit doch ans Licht käme. Vielleicht sind sie ja hinter ihrer Fassade auch ängstlich und schüchtern. Was sagen solche Leute, wenn sie leiden? Ihr Auftreten erweckt den Anschein, daß so etwas nie vorkommt. Ein geistreiches Bonmot, während sie sich die Pulsadern aufschneiden, ein Scherz, während sie sich vom Balkon stürzen.

Die London School of Economics ein Schock für sich, voll von Farbigen und Salonbolschewiken, Harold Laski, der dort wie benebelt herumlief, während alles tuschelte, über ihn, den berühmten Amerikaner, der sich '53 mit eingezogenem Schwanz davongemacht hatte, um McCarthy zu entkommen. Wer hätte gedacht, daß dieser Ort sich als ein gottverdammter Kommi-Unterschlupf entpuppen würde! Clare gehörte nicht dazu, Gott sei Dank. So eine renommierte Hochschule. In der Ökonometrie wurden Frauen schlicht ignoriert. Die männlichen Professoren bevorzugten Männer, sogar Farbige. Davon gab es jede Menge, Moslems, Afrikaner, Inder, heute Präsidenten oder Premierminister ihrer Länder. Letztes Jahr habe ich auf seidenen Kissen gesessen und Tee aus Porzellantassen getrunken und mit meinem alten Freund Sajid, dem Präsidenten des Iman, über die alten Zeiten geplaudert. Wir dachten beide voller Wärme an die LSE zurück, und doch war es eine unglückliche Zeit: seltsam, wie das geht. Erinnerten uns lachend an den Geruch, den ewigen Kohl. Jeden Tag, von morgens bis abends. Gräßlich, das Essen. Auf dem Klopapier stand auf der einen Seite *London Country Council* und auf der anderen *Bitte Hände waschen*. Sajid hatte noch nie Klopapier gesehen, dachte, es sei etwas zum Lesen. Wir hatten jeder einen Tisch im Graduierten-Lesesaal, und immer wenn die Königinmutter zu Besuch kam, mußten wir unsere Schließfächer für sie öffnen. Wir bekamen einen Handbesen, um den Staub von den Büchern zu fegen, die man uns aus den Regalen brachte, den Staub der Jahrhunderte.

Meine Wohnung in Hampstead, das damals noch nicht so schick war. Dachgeschoß, kleine Giebelfensterchen, Gaskocher, Schilling-Automat für die Heizung. Immer kalt und klamm.

Schnatternde Mädchenscharen, aber nicht bei den Volkswirtschaftlern: drei Frauen im ganzen Semester, zwei stiegen im ersten Jahr aus, die eine schwanger, die andere mit einem Nervenzusammenbruch. Ich fest entschlossen, es zu schaffen, mich nicht fertigmachen zu lassen. Clare half mir durchzukommen. Eine andere Art von Intelligenz, eine, die ich verstand, die Zusammenhänge herstellte. Saßen in seinem Arbeitszimmer, wo immer ein Feuer brannte, weil der Raum so klamm war, zwischen Bücher- und Zeitungsstapeln, tranken Tee oder Sherry und redeten, redeten stundenlang. Wir liebten die Art, wie der andere dachte. Zwei Amerikaner.

Wir sahen beide Geld als ein Konzept, eine Konvention: eine menschliche Übereinkunft, etwas an sich Wertloses mit

Wert auszustatten. Auf einer der Trobriand-Inseln, wie hieß sie doch gleich, Kiriwana, Kiriwina, gelten Bananenblätter als wertvoll. Die Frauen binden sie zu kleiderbesenartigen Bündeln, die Männer züchten Schweine, echte Wertobjekte, die Arbeit machen natürlich die Frauen. Aber die Frauen halten sich schadlos: Nur sie können die Bananenblätter binden, und die Männer geben alles dafür, brauchen sie, um bei den Begräbnisriten die Lebenden von den Toten freizuzaubern. Kostbare Büschel, Zeichen des Reichtums: in Wahrheit gänzlich wertlos. Ich lachte, schnaubte verächtlich über diese dummen Menschen! Primitive! Wie da seine Augen aufleuchteten, wie er es liebte, mich von meinem hohen Roß herunterzuholen: »Es *ist* lustig, aber denk doch nur mal einen Moment darüber nach, Elizabeth, wie Wesen von einem anderen Stern uns wohl sehen würden, mit unserem Kult um Gold und Diamanten oder gar Papiergeld – das uns weder nährt noch wärmt und auch sonst nicht zu unserer Lebenserhaltung beiträgt. Und um dessentwillen wir doch kämpfen und sogar töten. Du magst es absurd finden, wenn die Kwakiutl oder die Papuas darben, nur um großkotzige Festgelage zu veranstalten, die ihnen Prestige bringen, aber die alten Knaben in Virginia, wo ich meinen Collegeabschluß gemacht habe, soffen sich zum selben Zweck halb zu Tode. Und es ist gar nicht so ungewöhnlich, daß als durchaus vernünftig geltende erwachsene Menschen sich ruinieren, indem sie Häuser, Autos oder Gemälde kaufen, ebenfalls zum selben Zweck. Bedenk doch nur mal, daß eine der wertvollsten – und teuersten – Substanzen in der westlichen Welt das extrem tödliche Plutonium ist. Ein winziges Kügelchen reicht schon aus, um eine ganze Großstadt auszulöschen.«

Ich verstummte nachdenklich.

Diamanten nur Gesteinsbröckchen, Gold nur Metallstücke. Selbst die handfesten Dinge, die Leute sich wünschen – schicke Kleider und Autos, schicke Häuser –, sind doch nur äußerlicher Schnickschnack. Die ganze Welt ein künstliches System, ein großes So-tun-als-ob-Spiel, mächtige Staaten auf Papier gegründet. Aber wenn die Währung zusammenbricht, brechen reale menschliche Existenzen ebenfalls zusammen. Das wirkliche Leben auf nichts gegründet. Von nichts kommt nichts: War das Shakespeare? König Lear? Stimmt nicht. Alles kommt von nichts, von einem Wort, von der Deklaration, dies ist gut, dies ist wertvoll. Er fand das genial, ein phantastisches Wunderwerk: Der Mensch erschafft die Welt neu durch Papier – Wörter und Geld. Es entzückte ihn, der Triumph des menschlichen Willens über die Materie.

Nie darüber geredet, was wirklich wertvoll ist. Was? Nahrung Wasser Schlaf. Liebe? Gibt es so etwas? Oder ist »Liebe« nur ein anderes Wort für Macht? Mary: Ich weiß alles über die Liebe. Aber was sie Liebe nennt, bringt ihr Geld. Was sie Liebe nennt, ist Macht.

Elizabeth kickte Laub in die Luft. Die Sonne, bleich, noch niedrig am Himmel, drang schwach durch einen Bestand von kahlen Ahornbäumen und Eichen, und sie blieb einen Moment stehen, um sich in dem fahlen Licht aufzuwärmen. So still. Noch niemand auf, noch nicht einmal Kaffee gemacht. Macht mir nichts aus, mir selbst welchen zu kochen.

Mutter hat immer versucht, den Schein zu wahren, indem sie so tat, als hätten wir eine Hilfe, die ständig in der Wohnung herumräumte, war es Edith Wartons Mutter, die gesagt hat: »Salons sind *immer* ordentlich«? So oft es an ihr war, ihre Freundinnen einzuladen, tat sie, als wäre sie eine Dame, die es nicht nötig hätte, einen Finger krumm zu machen. Zum Glück hatte sie noch die Hochzeitsgeschenke, das silberne Tee-Set, das Rosenthal-Service.

Ich glaube, sie bekam einen ganz anständigen Unterhalt. Aber nicht genug, um an der Beacon Street wohnen bleiben zu können. War ihr so wichtig, zu diesen wohlhabenden Kreisen zu gehören. Darum hat sie sich ja in ihn verliebt. Nein, sei fair, auch wenn sie ein gemeines Aas ist. Es war auch der alte Name, der Status, der Stil. Sie war in einem Wohnblock in Somerville aufgewachsen, acht Kinder in einer Vierzimmerwohnung, Wäsche hinten auf dem Balkon. Gebrüll am Freitagabend, wenn die Männer ihren Lohn bekamen und sich vollaufen ließen, ihr Vater, der immer auf eins von ihnen mit dem Gürtel losging. Ihre Mutter mit vierzig schon alt, kaum noch Zähne im Mund, vorn einen schwarzen Stummel. Mutter hatte Ambitionen oder jedenfalls Träume. Wenn sie auch armselig waren: »Wenn du gescheit und wohlerzogen bist, Elizabeth, kriegst du eines Tages vielleicht einen reichen Mann.« Nun ja, das war schließlich in den dreißiger Jahren.

Verlor ihre Familie, als sie Vater heiratete. Seine kehrte ihr den Rücken zu, nicht aber ihm. Vaters Mutter – habe ich sie gesehen, als ich noch ganz klein war? – weigerte sich, dabeizusein, als ihr Sohn eine Katholikin heiratete. Und Mutters Rüpelvater, Jack Callahan, haßte Mutter, weil sie einen Mann heiratete, der sich zu gut war, um einen Fuß in sein Haus zu setzen. »Sie hat ihren Glauben verraten«, brüllte er, wenn Grandma sie verteidigen wollte – als ob ihm die Religion wichtig gewesen wäre. Er haßte mich, weil ich Vaters Kind war; Vater haßte mich, weil ich Mutters Kind war. Vater haßte Mutter, weil sie ihm die Ehe aufgezwungen hatte; Mutter haßte Vater, weil er ihr die Scheidung aufgezwungen hatte. Mein Erbe: Haß. Was für eine Familie. Callahan-Gören mit blauen Flecken und schlechtem Gedächtnis wuchsen heran und schlugen ihre eigenen Kinder. Mutter konnte es nach einer Weile nicht mehr aushalten, fuhr nicht mehr nach Somerville. Beide inzwischen tot, die hutzligen kleinen alten Leutchen. Ich wünsche euch süße Träume.

Ihre Träume: ich wurde das Werkzeug ihrer Erfüllung. War das alles, was ich für sie war? Jetzt noch bin? Immerhin, das ist mehr, als ich für Vater je war. Und für Clare?

Clare hat mich geliebt. Das weiß ich. Da bin ich mir sicher.

Mary hat mich auch geliebt. Warum konnte ich sie nicht lieben?

Sie ging weiter, Hände in den Taschen, kickte Blätter in die Luft, wirbelte Laubstaub auf, erzeugte Geräusche, wuschsch, wuschsch. Wie früher, wenn ich zu Thanksgiving hier war, über Weihnachten. Lange Spaziergänge ganz allein, nur raus aus diesem Haus.

Mußte raus, in mir loderte der Neid. Neid schmerzt, schreit, brennt. Mary und Laura und all die Zuwendung, die sie bekamen, und die Cousinen auch. Meine Onkel und Tanten – ha! –, *seine* Brüder und Schwestern und Schwäger und Schwägerinnen. Schauten mich alle kalt an, sahen meine katholische Unterschichts-Mutter, nur einen Schritt über der Prostituierten, mich, nur einen Schritt über dem Hurenbalg. Was hätten sie wohl von Ronnie gedacht, wenn sie sie gesehen hätten? Ha! Mary so ein verzogenes Gör, daran gewöhnt, von vorn und hinten bedient zu werden. Erwartete alles von einem, erwartete, daß alle sie liebten. Hatte all diese Liebe und hängte sich trotzdem an mich, zerrte ständig an mir, Lizabit, spiel mit mir, Lizabit, will mit dir Malbücher anmalen. Manchmal gab ich nach, ging mit ihr schwimmen oder im Wald Verstecken spielen. Nicht sehr lustig, nur wir zwei, und sie noch so klein, fünf, als ich zehn war, sieben, als ich zwölf war … da habe ich dann aufgehört. War kein Kind mehr. Nie andere Kinder hier im Haus, bis Alex kam. Wurde geboren, als ich sechzehn war, in Gedanken schon plante, wie ich von hier wegkommen konnte, endgültig. Dauerte noch ein paar Jahre. Keine Kinder zu Besuch. Außer zu den Familienfesten kamen immer nur Männer in Limousinen, ohne Kinder, man stelle sich vor, so eine Limousine mit einem Aufkleber »Vorsicht: Baby an Bord«. Hah!

Aber was scherte es mich, ich kam mit Kindern sowieso nicht zurecht. Mir lag nur daran, meinen Kopf zu gebrauchen, zu denken. Intellektuell ebenbürtige Leute zu finden. Das würde hier sowieso nicht passieren – Mary, ha! Vater verstand etwas von Politik und von Geld, aber das, was er hatte, war keine wirkliche Intelligenz, oh, er ist wohl ziemlich clever, aber nicht so wie Clare. Vater war vor allem bekannt, Mitglied des innersten Zirkels, von den richtigen Leuten akzeptiert, seit Jahren über die Insider-Gespräche auf dem laufenden, vertraut mit den geheimen Hebeln, die den Staat am Laufen halten: mit allen Wassern des Capitol-Brunnens gewaschen.

Clare dagegen! Du meine Güte, ich war so aufgeregt, angeregt, o Gott, dieses Verlangen, das mich überschwemmte! Etwas, was ich noch nie zuvor empfunden hatte. Ich einundzwanzig, er vierzig. Ich saß in seinem Arbeitszimmer, während er redete, so mühelos, alles frei aus dem Kopf, nie auf Notizen angewiesen. Die blonde Stirnlocke fiel ihm ins Gesicht, und er schlug Brücken von der kapitalistischen Geldwirtschaft zur Philosophie, zu Hobbes und Hume und Adam Smith natürlich und Darwin und Herbert Spencer, zur Malerei und Dichtung, den besonderen Kunstformen, die der Kapitalismus hervortreibt, dem Roman, dem Wandel der Familienformen durch die Auslagerung der Produktion aus dem Heim. Zu Marx, der den Kapitalismus und sein Potential wirklich durchschaut hatte.

Clare so golden, so schön und brillant und leidenschaftlich, und Ellen so sauertöpfisch, ich konnte es nicht verstehen, wie konnte sie nicht glücklich sein, daß sie seine Frau war? Wie habe ich sie beneidet! Sie war nicht eifersüchtig auf mich, betrachtete mich verächtlich als ein weiteres dummes Gänschen, das er unter seine Fittiche nahm, als ob sie etwas wüßte, wovon ich nichts ahnte. Na ja, so war es ja auch. Aber ich konnte nicht aufhören, ihn zu vergöttern. Bis heute. Sie lebt noch, habe ich gehört, in einem kleinen Häuschen in den Cotswolds, malt immer noch ihre banalen Aquarelle. Während er im kalten Grab liegt...

Wird Vater völlig ungeschoren sterben, ohne daß etwas zwischen uns geklärt wurde, nicht in die eine Richtung und nicht in die andere? Wenn ich ihn geradeheraus fragen würde, was er für mich empfindet, würde er wahrscheinlich lachen. Aber wenn er mich nicht geliebt hat, warum hat er dann gesagt, er würde mich lieben, aber nun ja, ich schätze, in der Situation tut man das. Aber es hätte ja nicht so sein müssen. War das Liebe? Konnte ihn irgend etwas, was ich tat, verletzen, zum Leiden bringen? Ist das die Definition von Liebe, sich in eine Position zu begeben, in der einen jemand verletzen kann? Ganz selten einmal dieses Blitzen in seinen Augen, von dem ich dachte, es sei vielleicht Freude an mir, an meiner Intelligenz. Ich dachte, daß er mich gern hätte, als ich damals in Washington zu ihm marschierte und ihm sagte, ich wolle, daß er Clare einen Posten bei der Regierung verschaffte, der seinem Format entsprach, und nicht diesen miesen kleinen Job, den er ihm organisiert hatte, *denn sonst*... Ich hatte mich gewappnet, ich war knallhart. Er war amüsiert. An diesem Tag sah er sein eigen Fleisch und Blut vor sich. Ich hätte ihm vermutlich gar nicht schaden können, was immer ich getan hätte. Er muß das auch gewußt haben, machte es aber dennoch. Sagte allerdings: »Ich will dich hier nicht mehr sehen.«

Ich erhielt dennoch weiterhin die von seiner Sekretärin getippten Vorladungen: Familientreffen in Lincoln am vierten Juli. Rechne mit dir. Seine Brüder und Schwestern mit ihren Familien, sämtliche Cousins und Cousinen, prominente Freunde, alle Schlafzimmer hergerichtet, ein Heer von Bediensteten damals noch. Ein Gewimmel von hundert Personen, er charmant, gab mit uns an: meine Töchter Elizabeth, Mary und Alexandra, ihre Mütter haben sie nach Königinnen genannt, Sie sehen ja sicher, weshalb. Oh, er war phantastisch, so formvollendet. Mary mit ihrem jeweiligen Mann, ihren Kindern. Ich nahm Clare ein paarmal mit: Was haben sie gedacht? Vater respektierte Clare, sie sprachen irgendwie dieselbe Sprache. Aber Vater redete nie unter vier Augen mit mir, sagte nie etwas Persönliches. Nur die herzliche Fassade für die Öffentlichkeit, was war er doch für ein Meister, täuschte alle. Ich habe das nie richtig geschafft. Das gelingt nur Männern: Die Welt ist meine Auster. Die Frauen sind die Perlen darin.

Als Amelia dann weg war, gab es weniger Partys. Aber immer noch ein paar. Und er hat mich jedesmal hinbeordert, Mary auch. Aber Alex nie. Was hat Amelia ihm angetan, daß er ihr Kind so völlig ausgestoßen hat? Er hat meine Mutter weiß Gott gehaßt, aber er hat mich trotzdem einbestellt. Einbestellen lassen.

An seinem achtzigsten Geburtstag kam der Präsident für eine Stunde. Hubschrauber auf dem vorderen Rasen. Pose für die Fotografen, *The Globe, People*. Großer alter Mann, verdienter Elder Statesman. Sah immer noch phantastisch aus, als hätte er vor, ewig zu leben. Arme um die Enkelsöhne gelegt. Nicht meine Kinder. Nach mir kommt nichts: Sie wird weitermachen. Meine Unsterblichkeit liegt in meiner Arbeit. Möchte sie mal ein Buch schreiben sehen, der Kapitalismus als Triumph des menschlichen Schöpfergeistes, alles von nichts. Clares Gedanken, erweitert und vertieft. Falls ich es je fertigkriege. Habe keinen Schwung mehr, seit er tot ist.

Habe es geliebt, ihm Passagen daraus vorzulesen, sonntags vormittags in meiner Wohnung, er auf die Couch gelümmelt, Bloody Mary in der einen Hand, Zigarette in der anderen, Augenbrauen hochgezogen, immer bereit, eine witzige, schnoddrige Bemerkung einzuwerfen. Er pflegte mich nach seiner morgendlichen Jogging-Runde zu wecken und den Sonntags-Brunch zu machen, während ich im Morgenrock dasaß und Kaffee trank, ein Unding für Uptons. Er machte Omeletts oder *Œufs bénédicte*, rührte die Hollandaise selbst an. Hat mich immer beeindruckt. Oder er brachte Bagels und Rahmkäse mit. Ein Ritual. Fläzten uns im sonnendurchfluteten Wohnzimmer und lasen die *Washington Post* und die *New York Times*. Glücklich. Er schnaubte verächtlich, wenn ich das *Times*-Kreuzworträtsel machte – »so ein Bildungsbürger-Hobby,

Liz« –, liebte es aber, mir die Antwort zu sagen, wenn ich ihn nach etwas fragte. Habe immer darauf geachtet, Sachen zu fragen, die er wußte: griechische Buchstaben, Dichterzitate, Geographisches. Fluß in Ost-Borneo. Woher wußte er solche Dinge? Dann pflegte ich ihm eine neue Passage vorzulesen, und er hörte mit seiner ganzen Person zu, sein Körper aufmerksam gespannt, das Gesicht leuchtend. Ihm lag an meiner Arbeit, er wollte, daß sie erstklassig würde. Hatte kein Interesse daran, es selbst zu machen. Hatte seinen Ruhm unter den *Cognoscenti* bereits begründet. Seine Unsterblichkeit gesichert. Der Mann, der Keynes widerlegte.

Aber jetzt, im Jahr 1984, dem Orwellschen Jahr der Apokalypse, passiert etwas Neues, die Rezession 1981 bis ’82, nun ja, damit muß man rechnen, notwendige Selbstreinigungsphasen, sicher, sie treffen die Armen zuerst, aber das ist normal, das ist es nicht, was mich beängstigt, es sind die neuen Systeme, die neuen Methoden, wo ich nicht mehr mithalten kann, globale Märkte, globale Bilanzen, Multis, die ihre Firmen in Länder ohne Arbeitsschutzgesetze verlagern, Junk-Bonds, feindliche Übernahmen, letztes Jahr hat Siegel Martin Marietta vor Bendix gerettet, etwas Neues bricht sich Bahn, explosionsartig, so wie Clare meinte, daß im fünfzehnten Jahrhundert etwas Neues um sich griff, ein plötzlicher Durst nach etwas, ein mächtiger Drang, alles niederzutrampeln, was im Wege war, Dinge, die es verdient hatten unterzugehen, kein Zweifel, der Mensch ist nicht aufzuhalten. Eine der großen Säuberungsphasen, die das Überleben der Tauglichsten gewährleisten, eine Katharsis, die die Wirtschaft reinigt, Unökonomisches ausfiltert, unproduktive Arbeitskräfte, Arbeitsmethoden. Man darf nicht auf das Elend starren, muß den Blick auf das Ganze richten, auf die Zukunft der Menschheit.

In der Ferne läutete eine Kirchenglocke achtmal, jeder Schlag vibrierte in der Luft nach: Sonntag morgen. Mit zusammengeschnurrtem Magen marschierte sie wieder in Richtung

Haus, verlangsamte dann in einem Fleckchen Sonnenlicht ihren Schritt: Ich könnte Urlaub nehmen! Könnte hier arbeiten! Heimfliegen, Disketten, Bücher, Unterlagen einpacken. Schikken lassen, zu viel zum Schleppen. Würde Tage dauern. Vielleicht mit dem Auto hinfahren, den Alfa nehmen, benutzt hier sowieso keiner.

Ihre Gedanken brachen jäh ab. Ein Bild breitete sich in ihrem Kopf aus wie Tinte auf weichem Papier, ein Oktobertag in Neuengland, sie am Steuer von Clares Porsche, er neben ihr, schmollend, weil sie sich weigerte, ein Brandenburgisches Konzert ein weiteres Mal zu hören, sie hatte eine Kassette mit Bill Evans eingelegt, »I Was Up with the Lark Today«, leicht und fröhlich, die Straße baumgesäumt wie ein *chemin cru* in der Normandie, ein Tunnel aus Scharlachrot, Orange, Karmesin, Goldtönen, das Rotahornlaub ein Spiralmuster von Orange über Zinnober bis Kastanienbraun, er neben ihr, schließlich doch wieder lächelnd, sie von tiefer Zufriedenheit erfüllt, dachte, was immer der Preis sein mochte, es lohnte sich.

Hatte es sich gelohnt?

Der Zustand des alten Herrn sei unverändert, sagte Doktor Stamp. Er gab den Schwestern zu verstehen, daß er extra ihretwegen auf die Intensivstation gekommen war, daß er seine Visite schon früh machte, vor acht, und sonntags manchmal gar nicht kam. Elizabeth verstand noch mehr: Er wollte nicht, daß sie den großen Mann aus seinem kleinen Krankenhaus nach Boston verlegten – wenn Fernsehkameras oder Journalisten auftauchten, wollte er, daß sie sich auf ihn konzentrierten. Die Schwestern waren zufrieden, vor allem Mary ließ ihn wissen, daß sie die persönliche Betreuung, die ihr Vater hier erfuhr, zu schätzen wußte.

Elizabeth hatte Dr. Biddle angerufen und ihn gebeten, ihr einen Neurologen zu empfehlen, und er hatte ebenfalls diesen

Professor Roper in Harvard genannt. Aber zu Dr. Stamp sagte sie, sie sei *seiner* Empfehlung gefolgt, und Dr. Roper würde morgen nachmittag gegen vier kommen. Ob das passen würde. Er war geschmeichelt (eine solche Grande Dame) und verließ das Zimmer fast kratzfüßig.

Das sind die Vorteile von Ruhm und Reichtum, dachte Ronnie grinsend.

Die Schwestern standen um das Bett des alten Mannes und musterten ihn zehn Minuten, dann gingen sie.

Hinterher im Auto sagte Alex zaghaft: »Glaubt ihr, es stimmt, daß Leute im Koma hören, was um sie herum geredet wird? Ich meine, ich habe das mal irgendwo gelesen. Glaubt ihr, es stimmt? Meint ihr, wir sollten mit ihm reden, ihm sagen, wer wir sind und daß wir hoffen, daß er bald wieder gesund wird, daß wir an ihn denken und für ihn beten«, sie sah ihre Blicke, »na ja, irgendwas jedenfalls, damit er weiß, daß wir da sind und ihn gern haben?«

Die anderen drei sahen sie an.

»Tun wir das?« Ronnie grinste.

Alex haspelte weiter. »Oder wir könnten Kassetten abspielen. Ihr wißt ja, beruhigende Musik. Es gibt doch Kassetten mit Meeresrauschen, rollende Wogen, Möwengeschrei, das Tosen der Brandung. Das beruhigt ihn vielleicht, falls er unruhig ist. Und er wird doch sicher unruhig sein, ich meine, stellt euch doch mal vor, wenn man nicht sprechen kann und nichts. Versteht ihr?« Sie forschte in ihren Gesichtern, wartete verzweifelt auf eine Reaktion.

Niemand sah sie an.

»Was willst du ihm denn sagen?« fragte Mary nach einer Weile. »Du kennst ihn doch kaum.«

»Ich weiß«, sagte Alex gequält. »Deshalb ja...«

»Er war dir nie ein Vater. Als er dich verlassen hat, warst du – wie alt?«

»Nein, *wir* haben *ihn* verlassen. Mom und ich, wir sind

plötzlich weggegangen. Das war kurz bevor ich zehn wurde, das weiß ich noch, denn ich war an meinem Geburtstag krank und habe beides verpaßt, Weihnachten *und* Geburtstag, alles auf einmal! Ich weiß nicht, was ich hatte, irgend etwas Komisches, eine Art Anfall. Aber keine Epilepsie«, setzte sie rasch hinzu. »Ich glaube nicht. Zumindest habe ich seit Jahren keinen Anfall mehr gehabt. Seit ich erwachsen bin.«

»Okay«, sagte Mary gereizt, »dann hat er euch eben rausgeworfen. Jedenfalls kennst du ihn überhaupt nicht.«

»Aber er hat deine Mutter geliebt«, sagte Elizabeth versonnen.

Alex' ganzer Körper war Elizabeth sehnsüchtig entgegengereckt, ihr Blick ein einziges Flehen. »Hat er das?«

»Hat er dich nie zu den Familienfesten geladen?« fragte Elizabeth.

»Ich weiß nicht... keine Ahnung. Mom hat nie etwas gesagt.«

»Das ist merkwürdig«, sagte Elizabeth. »Er war vielleicht nicht gerade ein fürsorglicher Vater, aber er hatte einen ausgeprägten Besitzerstolz: Er wollte immer, daß seine Töchter bei feierlichen Anlässen auftraten, damit er mit ihnen angeben konnte.«

Alex' Augen trübten sich. »Ich kann euch gar nicht sagen, wie sehr ich mich nach ihm gesehnt habe – nach meinem Vater. Ich meine«, setzte sie rasch hinzu, »Charlie war wirklich prima. Aber Mom hat ihn ja erst ein paar Jahre später geheiratet. Und ich habe nicht verstanden, warum ich nicht mehr meinen alten Vater hatte und warum Charlie jetzt mein Vater war. Ich beneide euch wirklich, weil ihr einen Vater hattet«, sagte sie schüchtern zu Elizabeth.

»Er war mir nie ein Vater«, schnappte Elizabeth.

»Er war niemandem je ein Vater«, sagte Mary traurig.

»Dir war er jedenfalls mehr ein Vater als mir«, blaffte Elizabeth.

»Das lag nur daran, daß er deine Mutter haßte. *Das* war das Problem«, sagte Mary kalt. »Er hat nicht *dich* gehaßt.«

»Aber du hast doch gesagt«, wandte sich Alex an Elizabeth, »daß er meine Mutter geliebt hat. Warum ist er mich dann nie besuchen gekommen?«

»Verlang nicht von mir, daß ich dir Vater erkläre!«

Ronnie betrachtete sie stumm und nachdenklich. Schien ihnen nicht sonderlich gutgetan zu haben, ihr Prinzessinnendasein. Was für Jammergestalten. Da sind meine Freundinnen in Roxbury besser dran. Ach, hör auf, Ronnie, laß dir nicht den alten kapitalistischen Mythos unterjubeln, daß die Reichen unglücklicher sind als du und ich. Propaganda, fall nicht darauf rein. Die da sind nur ein paar besonders jämmerliche Exemplare, genauso kaputt wie er.

Und ich? Ich bin auch sein Kind, ob es euch paßt oder nicht. Aber ich hatte null Kontakt, null väterliche Zuwendung. Ich wußte nicht mal, daß er mein Vater ist, bis ich damals in den Spiegel guckte und seine Augen sah. Da muß ich zehn oder elf gewesen sein. Er war da, die ganze Familie, am vierten Juli, ich half Mama beim Servieren, trug das Essen zu dem langen Tisch in dem Zelt, räumte mit ab, ich war noch klein, aber flink und geschickt und kräftig. Elizabeth war mit einem Mann mit komischen blonden Haaren da, sahen aus wie gefärbt, dauergewellt oder so was. Ich merkte plötzlich, daß Elizabeth die Augen des Alten hatte, und schaute ihn an, er redete gerade mit irgendeinem Senator. An dem Abend sah ich sie in meinem Gesicht. Sie waren es, die mich so anders aussehen ließen als Momma. Ihr rundes Gesicht, die vorstehenden Wangenknochen, die schlichten, klaren, edlen Züge, golden wie Sonnenlicht. Ein uraltes Gesicht, und doch jung und unbeschädigt. Keine starren Furchen der Habgier, keine harten Falten der Verlogenheit vom dauernden Gegen-den-Strich-Lächeln.

Trotzdem werde ich ihr nie verzeihen.

Ich wußte, sie liebte ihn, wußte es schon lange vorher, wußte es immer schon. Beugte sich zu ihm, den Kopf leicht gesenkt, *si, Señor, si, Cabot*, wenn ich nicht in der Nähe war.

Trotz meiner Wut konnte ich sie an dem Abend nicht zur Rede stellen, sie war erschöpft, auch noch am nächsten Tag, die armen Füße ganz geschwollen, die Waden dick bis fast zum Knie. Nachdem die Familie schlafen gegangen war, sorgte ich dafür, daß sie sich in der Küche hinsetzte, ich gab warmes Wasser und Bittersalz in eine Schüssel und ließ sie die Füße hineinstellen, ich machte ihr einen Teller mit Resten zurecht, aber sie war zu müde zum Essen. Dann fuhren alle wieder ab, aber er blieb da, noch wochenlang, wollte jeden Moment etwas, treppauf, treppab, das Tablett am Morgen, Noradia, laß mir mein Bad ein, bügle meine Hosen, richte ein paar Schnittchen und Gebäck für heute nachmittag her, Mr. Saltonstall kommt zum Tee, jeden Tag selbstgemachte Suppe zu Mittag, Krabbensalat, Omeletts, Seezungenfilet mit frischem Spargel, all die viele Arbeit für eine Person, dann noch das Abendessen, drei Gänge, wenn er allein war, fünf, wenn er Gäste hatte, Momma summend in der Küche, es schien ihr nichts auszumachen, sie schien es sogar gern zu tun, *warum hat es ihr nichts ausgemacht?* Ronnie fühlte Wut in sich aufsteigen, spürte, wie ihr Gesicht rot wurde.

Der Wagen hielt vor dem Haus. Im Aussteigen verkündete Elizabeth: »Besprechung nach Tisch. Du auch, Ronnie.« Ronnie starrte sie wütend an.

Elizabeth wartete, bis Teresa abgeräumt hatte, ehe sie die Sitzung eröffnete. Leitete sie wie irgendeine offizielle Sache in Washington, sie brauchte nur noch einen gottverdammten Hammer. Wie kann sie es wagen, mich auch einzubestellen. Glaubt sie vielleicht, sie kann mich herumkommandieren?

»Wir wüßten genauer, wo wir stehen, wenn wir das Testament finden könnten«, fuhr Elizabeth fort. »Ich vermute, es ist im Safe, aber ich weiß die Kombination nicht.«

»Ich kapiere nicht, was es für einen Unterschied macht, ob wir es finden oder nicht«, sagte Alex. »Ich meine, wenn er uns sein Geld vermacht hat, was würden wir dann tun, was wir sonst nicht täten?«

»Meinst du, wir würden hier herumsitzen und ihn jeden Tag besuchen und die liebenden Töchter spielen, wenn er uns enterbt und alles Harvard vermacht hat?« fauchte Mary.

Alex sah bestürzt drein.

»Oder deinen Söhnen«, sagte Elizabeth zu Mary.

Die wurde blaß. »O Gott.« Sie drehte an ihren Ringen. »Er brächte so etwas fertig.«

»Sie würden es selbstverständlich mit ihrer lieben Mutter teilen«, sagte Elizabeth spöttisch.

»O Gott«, Mary war zu betroffen, um zurückzuschießen. »Wir müssen es herausfinden!« stieß sie hervor.

»Werden wir aber nicht. Hollis hat klargestellt, daß er es uns nicht sagen wird. Die einzige Möglichkeit ist, daß wir sein Testament finden. Und das können wir nicht, wenn wir nicht an den Safe kommen.«

Ronnie grinste. »Heuert doch einen Safe-Knacker an.«

»Kennst du einen?« fragte Elizabeth kühl.

Ronnie wurde rot.

»Haben wir denn nicht einen gesetzlichen Anspruch? Als seine Töchter?«

»Nicht, wenn er uns explizit enterbt hat.«

Mary dachte nach. »Wir waren sicher nicht die aufmerksamsten Töchter.«

»Er würde uns nie ganz enterben«, behauptete Elizabeth. »Wir sind von seinem Blut. Aber es wäre denkbar, daß er uns kleine Leibrenten ausgesetzt hat. Wir sind schließlich Mädchen und haben gefälligst Männer zu finden, die uns ernähren.« Sie wandte sich Ronnie zu. »Deine Haltung läßt darauf schließen, daß du nicht damit rechnest, in seinem Testament anerkannt zu werden.«

Ronnie bedachte sie mit einem langen, kalten Blick.

»Warum hängst du dann immer noch hier herum?« wollte Mary wissen. Ronnie sah sie haßerfüllt an.

»Aus demselben Grund wie ich«, sagte Alex ruhig.

Alle blickten sie an. Sie blickte unverwandt zurück.

»Um euch kennenzulernen. Euch alle.«

»Warum, um Himmels willen?« fragte Elizabeth nach einer Schweigepause.

Muß was zu tun haben, schaffe es nicht, einfach nur in meinem Zimmer zu hocken, schaffe es auch nicht, viel mit ihnen zusammenzusein, warum bleibe ich, was soll ich hier? Ronnie griff nach dem nächsten Buch, Merkblatt, Papierbündel, legte es wieder hin. Meine Daten ordnen, mit dieser gottverdammten Dissertation anfangen. Die Materialien lesen, zu denen ich letztes Jahr nicht gekommen bin. Mir einen Zeitplan aufstellen, aufhören, in diesem Haus herumzugeistern wie ein verirrtes Kind. Kann es sein, daß sie recht hat? Bleibe ich hier, um sie kennenzulernen? Warum? Was will ich von ihnen? Elizabeth hockt permanent in seinem Arbeitszimmer, Mary liegt auf der Glasveranda und liest, Alex geht stundenlang spazieren, ist zu Fuß bis in die Stadt marschiert, um sich eine Bibliothekskarte zu holen, dabei steht hier alles voller Bücher, die meisten ungelesen. Verkriecht sich ansonsten auch in ihrem Zimmer, genau wie ich, kein Platz, wo man sich aufhalten kann, all diese vielen Zimmer und kein Platz, wo man hinkann. Der Salon mit diesen steifen französischen Möbeln, wer soll sich da entspannen, warum, zum Teufel, hat er das Ding Salon genannt. Wie aus einem Roman aus dem neunzehnten Jahrhundert. Das Wohnzimmer, da kann jederzeit jemand reinkommen und einen sehen. Na und? Ich gehöre auch zu dieser Familie, das hat Alex gesagt, also kann ich jetzt überallhin.

Oder ist es wegen ihm, daß wir alle noch da sind, weil wir etwas von ihm wollen? Anerkennung?

ICH ERKLÄRE HIERMIT, DASS RONALDA VELEZ MEINE LEIBLICHE TOCHTER IST, EIN KIND DER LIEBE, DENN ICH HABE IHRE MUTTER GELIEBT, DIESE GUTE SEELE, DIE SICH SO AUFOPFERUNGSVOLL UM MICH GEKÜMMERT HAT, BIS SIE STERBENSKRANK WAR, DIE MEHR FÜR MICH GETAN HAT ALS FÜR DIESES KIND, DAS DADURCH GLEICH ZWEIFACH SEINES ANRECHTS BERAUBT WURDE.

Lächerlich. Wird nie passieren.

Ich könnte Mommas Zimmer ausräumen, ihre Sachen wegschaffen, so, wie sie da sind. Sie einer Kirche bringen oder einer wohltätigen Einrichtung. Selbst eine arme Frau würde vermutlich nur die Nase rümpfen.

Sie setzte sich auf das schmale Bett und lehnte sich gegen das Kopfteil. Ihr Mädchenzimmer im Küchentrakt, eng, schäbig, aber mit einem Fenster auf den verwilderten Küchengarten hinaus. Bett, Kommode, Stuhl mit harter Holzlehne. Aber wenigstens gab es hier einen Schreibtisch, na ja, Tisch, besser gesagt. »Momma, ich brauche einen Schreibtisch! Ich brauche einen Platz, wo ich meine Aufgaben machen kann, wir müssen ein Referat schreiben, Momma, ein Referat! Wenn ich meine Sachen am Küchentisch mache, kriegt immer alles Flecken! Das ist wichtig, Momma!« Ihre Hausarbeiten auf liniertem Papier, mit Essensflecken, andere Kinder tippten ihre ab der siebten Klasse auf tadelloses weißes Papier ohne Linien. Konnte es ihr nicht sagen, konnte sie nicht um eine Schreibmaschine bitten; hätte ihr nur das Gefühl gegeben, unzulänglich zu sein. Habe immer versucht, ihr dieses Gefühl nicht zu geben. Aber dann explodierte ich irgendwann wegen irgendeiner blöden Kleinigkeit. Plötzliche Wutanfälle. Wie sie mich ansah mit ihren dunkelbraunen Augen, den Kopf schüttelte, so traurig, und manchmal breitete sie einfach nur die Arme aus, während ich sie anschrie, und ich warf mich an ihre Brust, und sie hielt mich, und wir weinten beide. Sie hat mich geliebt. Momma hat mich geliebt. Es war nicht, weil sie ihn mehr liebte, es war nur, weil er die Macht hatte. Aber hatte er sie wirklich, oder hat sie sie ihm nur gegeben?

Sie stöberte überall herum, bis sie etwas fand, einen Tisch in der Scheune, ein altes Tannenholzding, schon lange ausgemustert, aber schön, sie war so glücklich. »Schau, Ronalda!« Etwas, was sie mir geben konnte. Jetzt steht der Computer drauf. Ich wünschte, ich könnte den Tisch behalten. Nichts hier gehört mir, nicht mal der Schreibtisch, den ich jahrelang benutzt habe. Sie würden ihn mir wahrscheinlich lassen, sie wollen ihn sicher nicht, aber ich müßte sie fragen, eine Bettlerin an ihrer Tür sein. Könnte ich nicht.

Komisch, auch wenn man weiß, daß Geld nicht alles ist, daß Liebe das ist, was zählt, wenn man weiß, daß man selbst zumindest von der Mutter geliebt wurde und sie, Elizabeth und Mary, nicht, oder jedenfalls anscheinend nicht – es hilft nichts, gar nichts hilft. Ich hasse sie, hasse, hasse, hasse sie. Und ich kann den Gedanken nicht ertragen, daß ich sie vielleicht liebe, lieben möchte, ich liebe meinen Haß, will ihn behalten. Warum, frage ich mich. Hat *ihr* Vater Momma geliebt? Konnte er überhaupt lieben? Hat er ihre innere Schönheit gesehen? Es waren sicher nicht ihre Kleider, die ihn angezogen haben, und auch nicht ihre Figur. Das schlichte Gesicht, ohne Make-up. Aber vielleicht war es ja gerade das, was ihn reizte, nach all diesen Damen der Gesellschaft, Sekretärinnen, Callgirls, alle in Designerkostümen und mit Halsketten, gefärbt, geschminkt, auf hohen Absätzen, gekünstelt. Vielleicht war sie ja eine angenehme Abwechslung, eine, die er offen verachten und wie eine Dienstmagd behandeln konnte und die es hinnahm.

Dieses Haus. Sein Haus. Imposante große Räume, Fluten von Licht auf den glänzenden Fußböden, herrliche alte Teppiche, elegante Tische, Gemälde…

Momma mußte diese Böden wachsen, die Teppiche saugen, die Tische abstauben, die Bilderrahmen, die Leuchter putzen,

Salmiakwasser und Zeitungspapier, Ronalda, das ist das beste für Glas. Merk's dir. Merk's dir, damit du, wenn du auch einmal Dienstmädchen bist, schon weißt, was ich erst lernen mußte. Das war es, was sie meinte, auch wenn sie es nie sagte: Meine Zukunft war schon vorgezeichnet. Unsere Hautfarbe. Ein ewiges, unabänderliches Gefängnis, das wir überallhin mitnehmen. Dienstboten auch in dem Land, wo ihre Eltern herkamen, Mexiko. Keine Möglichkeit, irgendwohin zurückzukehren, wo es anders ist.

Der Garten war immer so wunderschön, atemberaubend im April, die Forsythien und Hyazinthen und Narzissen, dann Tulpen und Flieder, dann die Glyzinien und dann der Mai, lieber Gott, wenn alles explodierte, die Rhododendren und die Azaleen wie Flammen, lavendelfarben, orange, rosa, kirschrot, und die Rosen, von der altmodischen Sorte, der Duft ein Gedicht, und dann die Pfingstrosen und die Klematis. Ich wollte so gern eine Gärtnerin sein in diesem Paradies von Garten. Lag Momma in den Ohren, daß sie *Ihn* fragen solle. Schließlich war ich schon zwölf. Tony brachte immer seinen Sohn mit, damit er ihm mit dem Rasen half, der kleine Tony, kaum älter als ich. Viele Frauen arbeiteten im Garten, ich sah sie immer vor ihren Häusern, wenn Momma und ich zum Einkaufen in die Stadt fuhren, sie trugen hübsche Strohhüte, knieten auf Matten, hatten Handschuhe an. Ich lauschte an der Tür, als sie ihn fragen ging. Ein MÄDCHEN als Gärtner! Er brach in schallendes Gelächter aus. Was denn noch! Sag ihr, sie soll die Kunst des Staubwischens studieren, das ist was Reelles!

War das alles, was er für mich wollte?

Aber mal angenommen, er hätte ja gesagt. Ich hätte für den Rest meines Lebens für ihn gearbeitet wie Momma, als Bedienstete in seinem Haus. Hätte für den Rest meines Lebens in diesem Zimmer gewohnt oder vielleicht auch in Aldos Wohnung über der Garage. Mich um den Wagen gekümmert und die Gärtner überwacht. Wäre zu ihm beordert worden, um Lob oder Tadel entgegenzunehmen, mit gesenktem Kopf, ja, Sir. Wie Momma.

Ich wünschte, ich könnte den Schreibtisch behalten.

Ich konnte nie etwas zu ihr sagen. Damals nicht und auch später nicht, nicht mal, wenn sie mich in Boston besuchen kam, nachdem ich weggegangen war. Brachte es nicht fertig. Sie liebte ihn, er war der einzige Mensch in ihrem Leben außer mir. Für sie war es das Wichtigste im Leben, zu lieben, nicht, geliebt zu werden. Außerdem hat sie es ja nicht gewußt. Und wenn sie es gewußt hätte...? Vielleicht war er ja nett zu ihr, wenn sie allein waren. Ich habe nie gesehen, daß er sie *wirklich* angeschaut hätte, aber er muß es doch getan haben, oder nicht?

Sie hatte nie etwas anderes als uns, ihn und mich. Doch, vor langer Zeit hatte sie ihre Eltern, ihre Geschwister, sie hatten sich alle geliebt, sie hatte glückliche Erinnerungen. Glückliche Erinnerungen!!! Eine Kindheit in Arbeitercamps, zwischen verrosteten Autos und Scherbenhaufen, ihre Mama und ihr Papa zogen mit sämtlichen Kindern in Kalifornien von Farm zu Farm, lebten in Baracken ohne Klo und Bad, mit Kisten als Möbeln, einer fleckigen Matratze auf dem Fußboden als Bett für die ganze Familie. Sie mußten alle arbeiten, auch die Kinder, damit sie genug verdienten, um über die Monate zu kommen, in denen es keine Arbeit gab. Aber ihre intensivste Erinnerung war das Licht bei Tagesanbruch, wenn sie hinaus aufs Feld zogen, während alles noch voller Tau hing, sie an der Hand ihrer Momma hing oder auf den Schultern ihres Papas saß, die ganze Familie zusammen.

Bruder, Schwester, Papa an Tuberkulose gestorben, ein anderer Bruder ermordet. Andere Schwestern gingen nach Los Angeles, um Arbeit als Dienstmädchen zu finden, was für ein Witz. Wie sollten sie anständige Dienstmädchen abgeben, sie hatten doch nie ein Haus gehabt, geschweige denn Waschmaschinen Spülmaschinen Staubsauger Kaffeemaschinen Küchenmaschinen. Mußten alles lernen, und alles war erschrekkend neu und bedrohlich. Aber Momma hat es gelernt.

Meine Momma und ihre Momma, meine *Abuelita,* die Großmutter, die ich nie gekannt habe, zwei Frauen, die immer so eng mit ihrer Familie zusammengelebt hatten, ganz allein in einer feindlichen Welt. Brauchten zwei Jahre, um sich quer durch das Land zu arbeiten, oft mit hungrigen Mägen. Pflückten sich durch bis nach Vermont, und als der letzte Apfel verpackt war, stieg Großmutter mit Momma in den Bus nach Boston, die Postkarte fest umklammert, auf der die Adresse stand, wo Mommas Tante, *Abuelas* Schwester Imelda, viele Jahre zuvor mit ihrem Mann gelandet war. Aber Imelda wohnte nicht mehr unter der Adresse, die auf der Karte stand, eine Karte, die keine von ihnen lesen konnte und die Imelda nicht geschrieben haben konnte. Wer hatte sie geschrieben? Wer hatte sie ihnen vorgelesen?

Ronnies Kehle war wie zusammengeschnürt, und sie stand auf und ging durchs Zimmer.

Vergiß das alles, das ist vorbei, erledigt, ich bin nicht so ausweglos verdammt wie sie, ich habe eine Chance. Ihr Blick fiel auf den ausgestöpselten Computer, die Bücher- und Papierstapel auf dem Schreibtisch.

Faules Mexikanerbalg.

Aber wie sollte ich denn etwas tun, schrie sie innerlich, wenn sie im Sterben lag, wenn sie solche Schmerzen hatte, wenn ich möglichst die ganze Zeit bei ihr sein wollte! Ich habe die Seminararbeit fertigbekommen, oder nicht? In einem harten Fach! Ich habe die Forschungsarbeit durchgezogen!

Sie ließ sich auf den Stuhl am Schreibtisch fallen und sah hinaus auf den braunen, verwahrlosten Küchengarten. Niemand hatte dort mehr etwas getan, seit Momma krank geworden war, aber eine Handvoll versprengter Salatköpfe kämpfte immer noch um ihr Leben, ein paar Tomatenpflanzen hatten sich selbst vermehrt und spillerige Schößlinge hervorgebracht.

Jedes Frühjahr hatte der Gärtner den Boden für Mama umgegraben, und sie hatte die Chilis und Kräuter angepflanzt, die sie hier nicht kaufen konnte, und Stangenbohnen und Tomaten und Spargel und Kürbisse und Auberginen. War jeden Morgen schon früh dort draußen gewesen und hatte mit ihren kleinen goldenen Händen in der Erde gewühlt, gepreßt und gezupft und die Pflanzen behandelt, als wären sie ihre Kinder.

Sie war hier glücklich gewesen. Nur ihre Momma hatte sie vermißt. Das Grab lag in Boston, zu weit, als daß sie es hätte pflegen können. Jetzt sind sie zusammen.

Was ist passiert? Es fing doch erst letztes Frühjahr an, ihr schlechtzugehen. Vielleicht hat sie sich ja schon vorher krank gefühlt, ihre Arbeit nicht mehr richtig machen können. Ist ja alles verkommen, der ganze Garten ein einziges Jammertal, aber wieso? Er hatte doch noch die Gärtner. Als ob alles verfallen wäre, nachdem sie aufgehört hat, sich darum zu kümmern. Als ob sie die Seele dieses Hauses gewesen wäre, das nie das ihre sein konnte. Seine ganze Macht und sein ganzes Geld vermochten es nicht zusammenzuhalten.

Vielleicht braucht es ja Liebe, um Dinge zusammenzuhalten.

Ha! Wo gibt es die denn?

Wo konnte Momma sie finden? Sechsundzwanzig, nach dem Tod ihrer Mutter so allein, so allein, allein in einer Welt, in der sie keine Freunde hatte. Dieser Job für sie der große Glückstreffer.

Sie wurde nie müde, davon zu erzählen – der Mann in Uniform, der sie abholen kam, in einer Limousine! Ihr schäbiger Mantel, ihre Habseligkeiten in Plastiktüten. Dienstbotenmangel, sonst hätte sie niemals so einen Job bekommen. Der Fahrer hieß sie hinten einsteigen, und sie klammerte sich verängstigt am Haltegriff fest, bestimmt würde gleich jemand kommen und sie aus diesem Wagen zerren, in dem sie nichts zu suchen hatte. Sie fuhren hierher in dieses Städtchen, alles weiß, die

Bäume verzuckert, auf den Feldern noch Schnee, nicht wie in Boston, wo er sich schon in schmutzigen Matsch verwandelt hatte. Und die Häuser so groß, so viele Bäume, sie hätte sich nie träumen lassen, daß es solche Häuser gab, Farmhäuser waren manchmal groß, aber nicht so wie diese Häuser hier.

Und dann der erste Blick auf dieses Haus! Und dann das Innere! All die vielen Zimmer, all die Möbel, so stattlich, so vornehm, so prächtig. Sie hatte sogar ein eigenes Zimmer bekommen, droben im dritten Stock, der jetzt verschlossen war, ein ganzes Stockwerk mit Dienstbotenzimmern, kleine Kammern mit einem Gemeinschaftsbad. Aber es war besser als das, was sie gewöhnt war. Sie arbeitete in einem Palast. Dienstmädchen eines Anglo-Gottes. Muß schrecklich beängstigend gewesen sein: Was wußte sie schon von Silberputzen und Kristallpolieren? Von der Pflege antiker Walnuß- und Rosenholzmöbel? Sie schlich auf Zehenspitzen durch die Räume, fürchtete immer, etwas zu zerkratzen, zu verschmutzen. Er hatte damals noch eine ganze Dienstbotenschar, sie konnte schon Englisch, sperrte die Ohren auf, sah der Köchin auf die Finger. Alles, was sie lernte, machte sie stolz: Sie eignete sich Fertigkeiten an, Wissen. Und sie lernte eine Menge: wie man Kristallüster putzt, Flecken aus Perserteppichen entfernt. Wie viele Leute wissen solche Dinge? Sie lernte so tüchtig, daß er sie zur Haushälterin und Köchin beförderte, als er das Personal reduzierte. Vierundzwanzig Stunden im Dienst, sechs Tage die Woche, für zweihundert Dollar im Monat plus Unterkunft und Verpflegung. Fast nie mehr war jemand hier, außer ihm, die paar Wochen im Sommer. Seine Frauen alle tot oder verschwunden, die Kinder woanders. Nur noch die Party am Unabhängigkeitstag. Vielleicht hat er sie gleich von Anfang an gevögelt, sie deshalb behalten, befördert.

Ich kam im April 1959 zur Welt. AprilMärzFebruarJanuarDezemberNovemberOktoberSeptemberAugust, ja, August 1958, im Sommer, als er allein hier war, da war es. Vielleicht fing es ja schon früher an. Sie kam bei Schnee, nach Weihnachten, JanuarFebruar vermutlich, 1956. Ich weiß, wie es war, wie es gewesen sein muß. Eines Nachts, schon spät, er in seinem Bett, ruft sie über die Sprechanlage, Noradia, bring mir einen Brandy, sie so jung und glatt und schlicht steigt die Treppe hinauf, tritt nervös in sein Zimmer mit dem mundgeblasenen Glas auf dem Silbertablett, komm her, setz dich. Magst du mich? Oh, *si, Señor.* Inbrünstig. Liebte einen widerlichen alten Knilch, schon über fünfzig, die faltige Haut weiß wie ein toter Fisch, der Kopf halb kahl, die Adlernase. Alles, was er hatte, war Geld. Macht. Hast du ihn deshalb geliebt, Momma? Weil er der *Señor* war? *Droit de Seigneur.* Darüber müssen die Frauen in deiner Familie ja alles gewußt haben. Trotzdem, wie konntest du es ertragen, diese Hände auf deinem glatten, goldenen Körper?

Wut ballte sich in ihrer Herzgegend zusammen, und Ronnie stand auf und ging auf und ab, aber es war ein Witz, in diesem Zimmer auf und ab zu gehen, drei Schritte hin, drei zurück. Sie ließ sich wieder auf den Stuhl fallen, legte den Kopf in die Hände.

Ich hasse dich, Momma, flüsterte sie unter Tränen, ich hasse, hasse, hasse dich!

5

Am Sonntag regnete es mit kurzen Unterbrechungen den ganzen Tag. Der Himmel war wie ein dicker grauer Brei. Die Schwestern kamen nicht zur Ruhe. Elizabeth machte sich in Vaters Arbeitszimmer breit und beschäftigte sich mit seinen Papieren und versuchte das, was sie durchgesehen hatte, in eine schlüssige Ordnung zu bringen, aber sie schreckte immer wieder bestürzt auf, weil ihre Gedanken abschweiften und sie sich in seinem hohen Lehnstuhl zurücklehnte und zum Fenster hinaussah, in den unfreundlichen, kühlen Novembertag. Ihre Augen schienen dauernd zu brennen, deshalb hatte sie die Kontaktlinsen gegen die Brille eingetauscht. Aber die Hornbrille störte sie auch, und sie nahm sie ständig wieder ab und putzte die Gläser, rieb sich die Druckstellen seitlich der Nase und hinter den Ohren, die von der Brille herrührten. Hin und wieder legte sie die Brille auf den Tisch und stand auf und ging in die Küche, um sich einen Kaffee zu holen, oder zur Toilette, wo sie sich das Gesicht wusch, oder ins Wohnzimmer, wo Mary las. Wahrscheinlich irgendeinen albernen Liebesroman. Mary schlug ihre Bücher immer in eine geprägte Lederhülle ein. Eine eitle Angewohnheit, um ihren Schund zu verstecken. Schweigend stand Elizabeth an den Frontfenstern und sah in den Regen hinaus.

Dann drehte sie sich wieder um und fing an, das Zimmer, das sie bereits mehrmals gründlich durchsucht hatte, erneut zu filzen. Der Zwang, das Testament zu finden, schnitt scharf in ihre Brust, wie die Stäbe in den Korseletts, die in den fünfziger Jahren in Mode waren... Mary würde sich noch daran erinnern, wie haben wir dazu gesagt? Lustige Witwen? Wir waren so schlank, aber sperrten uns in dieses Folterinstrument, und manchmal stach eine Stange durch den Stoff. Ob aus Metall oder Fischbein, sie pikten und bohrten sich in die Haut, das tat weh. Ist mir einmal bei einem Tanztee passiert, ich tanzte mit einem Jungen von Princeton. Als ich endlich wieder in meinem Zimmer war, war die Haut unter meinen Brüsten, meinen nicht vorhandenen Brüsten, wie Mary sagte, aufgescheuert und blutig. Mary war fünf Jahre jünger als ich, aber doppelt so entwickelt, jedenfalls an der Stelle. War sehr stolz darauf. Komisch. So viele Emotionen wegen der Größe der Brüste. Das habe ich nie verstanden. Trotzdem, damals habe ich mir Mühe gegeben, ein junges Mädchen zu sein wie andere Mädchen auch. Knallroter Lippenstift, helle Augenbrauen, hohe Absätze.

Sie hat immer behauptet, ich sei eifersüchtig auf ihr Aussehen, aber ich habe nie versucht, mit ihr zu konkurrieren, weil ich wußte, daß ich das nicht konnte. Wollte es noch nicht mal. Ging mir nicht um Schönheit...

Verzweifelt knallte sie eine Hängeregistratur zu. Was soll das! Ich habe dieses Zimmer bereits fünfmal auf den Kopf gestellt. Warum bin ich so scharf darauf, das Testament zu finden? Sie ließ sich auf den Schreibtischstuhl fallen und legte ihren Kopf auf den Tisch. O Gott, weil ich es will, weil ich seine Erbin sein will, ich will diese Worte schriftlich vor mir sehen, ich will hören, wie mein Name laut verlesen wird: »...und an meine Tochter Elizabeth... meine liebe Tochter Elizabeth. An meine lieben Töchter Elizabeth und Mary...«, auch das könnte ich noch akzeptieren.

Das ist der Punkt.

Nicht das Geld. Nicht unbedingt.

Hör doch auf, Upton, du hättest liebend gern die Millionen.

Was würde ich damit anfangen?

Wissen, daß ich reich bin. Ein Landhaus kaufen. Einen Porsche kaufen, so einen, wie Clare hatte. Ich habe seinen Wagen gern gefahren.

Aber du träumst von dem Geld wie von einem Lottogewinn. Du brauchst es nicht.

Ich brauche es, ich brauche es.

Erzähl mir nicht, daß du an Symbole glaubst: Geld gleich Liebe. Wenn er uns liebt, wird er uns sein Vermögen hinterlassen? Meines Vaters Haus. Meines Vaters Vermögen.

Was ich wirklich will, ist, meinen Namen als Testamentsvollstreckerin eingesetzt zu sehen, so wie er es bei einem Sohn gemacht hätte.

Sie hob den Kopf. O Gott, was, wenn er es nicht gemacht hat! Sie biß sich auf die Unterlippe, Angst stand in ihren Augen, und sie saß steif und aufrecht da. Unerträglich, wenn er mich – die Staatssekretärin im Finanzministerium – nicht damit betraut hätte, wenn er mich, genau wie seine anderen Töchter, irgendeinem Mann überantwortet hätte. Unerträglich.

Mary hatte Browning beauftragt, im Wohnzimmerkamin Feuer zu machen. Es war ein sehr großer Raum für eine Person, selbst für vier oder fünf Personen, aber er war gemütlicher als der steife, offiziell wirkende Salon, und er hatte den größeren Kamin. Sie hatte es sich in einem großen Sessel gemütlich gemacht und trug einen kuschlig weichen Jogginganzug aus Kaschmir. Sie las und trank Kräutertee, den die Haushälterin stündlich frisch aufgoß. Aber ihre Gedanken schweiften immer wieder ab, sie starrte ins Feuer und mußte an ihre Mutter denken, Mutter, wie sie in einem weißen Kleid in diesem Sessel saß, den anmutigen, zarten, weißen, mit einem Diamantarmband geschmückten Arm ausstreckte, um ein Cocktailglas entgegenzunehmen, das ihr der Butler reichte. Es muß eine Party gewesen sein, ich wurde nach unten getragen, um ihr einen Gutenachtkuß zu geben.

Sie blickte auf ihr weißes, zartes Handgelenk, das auf dem Buch lag, und zuckte zusammen, entsetzt sah sie, wie sich die winzigen braunen Haare auf ihrem Arm aufrichteten. *Arme, geschmückt und bloß und rein. (Aber deine mit braunen Stoppeln im Lampenschein!* Igitt! Ekelhaft.)

Sie stand auf, streckte sich, ging hinaus in die Halle, spähte in das leere Eßzimmer, ging in Vaters Bibliothek und las die Buchrücken in den Regalen, schenkte Elizabeth am Schreibtisch keine Beachtung.

»Kaum etwas dabei, was dich interessieren könnte«, sagte Elizabeth bissig.

»Nein«, murmelte Mary abwesend.

»Fast nur Geschichte und Politik. Jura. Nicht viele Romane und *keine Liebesromane*«, stichelte Elizabeth weiter.

»Ja«, sagte Mary und ging leise hinaus.

Alex fand jede Menge Regenzeug in der Kleiderkammer hinter der Küche. Sie nahm sich einen Regenmantel und einen Hut und kleine verschmutzte Gummistiefel, die ihr paßten, und ging spazieren. Sie ging stundenlang, genoß den kalten Regen auf ihrem Gesicht, ihre Gedanken waren düster, alle ihre Überlegungen mündeten in einem grauen Nebel, der undurchdringlicher war als das Wetter. Während des Spaziergangs zuckte sie zweimal heftig zusammen, so wie in einem schlechten Traum. Es war ein unvermitteltes, spannungsgeladenes, erschrecktes Zusammenfahren, das durch ihren ganzen Körper schoß und dann wieder vorbei war. Werde ich verrückt? Sie schob den Gedanken weg und wanderte weiter.

Ronnie stöpselte ihren Computer ein, kopierte Recherchen von der Floppy-Disc auf die Festplatte und machte sich einen

Zeitplan. Dann ließ sie sich aufs Bett fallen, streckte Arme und Beine aus, starrte an die Decke, die rissig und fleckig war, wahrscheinlich war sie nicht mehr renoviert worden, seit sie hier als wenige Monate altes Baby zum ersten Mal gelegen hatte. Einmal, als sie vierzehn war und sich wütend gegen Stephen auflehnte, hatte Momma ihr die Geschichte dieses Zimmers erzählt. Momma erklärte ihr, daß Stephen nach Ronnies Geburt die riesige alte Küche renovieren und unterteilen ließ, so daß Noradia und ihr Baby im Erdgeschoß wohnen konnten. Mommas Gesicht leuchtete auf, als sie Ronnie seine Güte beschrieb, sein Mitleid mit ihr, weil sie mehrmals täglich zwei Stockwerke hinaufsteigen mußte. Ronnie sagte bissig, daß er wahrscheinlich nur nicht wollte, daß sie ihre Hausarbeit mit einem Baby auf dem Rücken verrichtete. Daraufhin seufzte Noradia, legte ihre Hände sanft auf Ronnies Wangen, sah sie voller Trauer und dennoch strahlend an. Sagte: »Ronalda, Ronalda, wenn du glücklich sein willst im Leben, mußt du lieben können.«

»Was denn!« hatte sie geschrien. »Alles, was kommt? Soll ich das Böse lieben, den Teufel, willst du das!« Sie war aufgesprungen, war außer sich vor Wut, führte in der Küche einen Tanz auf, sprang auf und ab: »Liebe den Vergewaltiger, den Mörder, den Amokläufer, den Plünderer, willst du das?« Sie hatte ihrer Mutter angst gemacht. Noradia hatte sich müde und bleich zurückgelehnt, sie angestarrt, die Hände gerungen und leise gesagt: »Ronalda, Ronalda.«

Am nächsten Tag stopfte ich ein paar Kleider in einen Rucksack und lief weg, trampte nach Boston. Sie muß starr vor Angst gewesen sein, sie wußte nicht, wo ich war, ob ich noch lebte, ob ich gekidnapped worden oder einfach nur weggerannt war. Nach zwei Tagen informierte er in ihrem Namen die Polizei, aber es war hoffnungslos, sie konnten mich nicht aufspüren, und, zum Teufel, schließlich handelte es sich nur um ein Mexikanerbalg, das Kind seiner Hausangestellten. Wäre was anderes gewesen, wenn es sich um *sein* Kind gehandelt hätte. Fast ein ganzes Jahr lang ließ ich sie schmoren. Arme Momma, hat meinetwegen sehr gelitten, ich wollte, daß sie litt, ich hatte kein Mitleid.

Aber es geschah dir recht, Momma. Wirklich.

Sie sprang vom Bett auf, ging zum Schreibtisch, zum Schrank, zur Tür, ging aus dem Zimmer, begegnete Alex, die aus der Kleiderkammer kam. Nasses Haar, trübe Augen, kein Lächeln, kein Wort. Sie ging einfach vorbei.

Rastlos gingen alle früh nach oben, um sich umzuziehen, bis auf Ronnie, die sich nie zum Abendessen umzog, und durch einen puren Zufall schlenderten sie alle gegen sechs wieder nach unten und spähten in das Eßzimmer. Der Tisch war noch nicht einmal gedeckt. Sie standen in der Halle und gingen ins Wohnzimmer, als suchten sie etwas, als hätten sie etwas verloren. Das Feuer war inzwischen heruntergebrannt, aber es flackerte noch.

»Wollen wir vor dem Essen einen Cocktail trinken?« fragte Alex munter. Die anderen stimmten mehr oder minder matt zu. »Ich kümmere mich darum!« zwitscherte sie. Elizabeth trank Perrier, Mary trockenen Wermut, Ronnie Cola. Alex nahm einen Weißwein. »Ist das nicht schön?« lächelte sie und schmiegte sich in einen riesigen Sessel. »Es ist gleich viel heimeliger, wenn der Kamin brennt, nicht wahr?«

Niemand antwortete.

Ronnie legte noch ein paar Scheite auf, stellte sie wie einen Wigwam zusammen.

Mary runzelte über diese unorthodoxe Methode die Stirn. »Browning soll sich um das Feuer kümmern. Sie macht es anders.«

»*Mrs.* Browning hat genug mit dem Abendessen zu tun«, sagte Ronnie wegwerfend. Das Feuer brannte hell. Sie wischte sich ihre schmutzig gewordenen Hände an den Seiten ihrer

Jeans ab, dann hockte sie sich auf die Fußbank neben das Feuer und wachte darüber wie über ein Baby in der Wiege.

»Oh, es gibt nichts Heimeligeres als ein Kaminfeuer!« rief Alex fröhlich.

Elizabeth verdrehte die Augen, Mary starrte sie an.

»Wirklich!« protestierte sie lachend. »Sagt bloß, daß es nicht stimmt!« Sie lächelten. Mißmutig.

Alex ließ sich bequem in ihren Sessel zurücksinken. »Das ist so ein schönes Haus. War es immer im Familienbesitz?«

Mary sah Elizabeth an. »Für die Familiengeschichte bist du zuständig, Lizzie.«

Elizabeth runzelte die Stirn. »Nein, es wurde von Margaret Linden in die Ehe mit eingebracht, als sie 1868 Abner Upton heiratete. Sie war unsere Ururgroßmutter und die Alleinerbin des Linden-Vermögens, nachdem ein Sohn in früher Jugend gestorben und der andere im Bürgerkrieg gefallen war. Lincoln hat eine interessante Geschichte. Eine Häuptlingsfrau hat sechs Quadratmeilen, das spätere Lincoln, an englische Siedler verkauft – im Austausch gegen Äxte, Hacken, Messer, Tuch und Kleidung. 1636 besiedelte Thomas Flint das Gebiet Concord Farm und Flint's Pond, das spätere Stadtzentrum von Lincoln, das 1754 ins Ortsregister eingetragen wurde. Am 19. April 1775 wurde Paul Revere hier gefangengenommen. Es war immer eine Stadt der Außenseiter, von Menschen, die auf ihrer Religionsfreiheit bestanden und stur waren. Noch im zwanzigsten Jahrhundert war es eine ländliche Kleinstadt, bis die Eisenbahnstrecke verlängert wurde und die Leute anfingen, hier ihre Sommerhäuser zu errichten. Aber in Wirklichkeit ist es immer noch eine Stadt von Individualisten. Das erste Linden-Haus ist abgebrannt. Dieses hier geht auf das Jahr 1780 zurück, der alte Teil zumindest, Vaters Arbeitszimmer. Im Lauf der Zeit wurde immer wieder etwas angebaut, das letzte Mal, als Margaret und Abner heirateten. Aber natürlich hat man es seitdem auch modernisiert. Innen.

Die Uptons lebten seit Generationen am Louisburg Square. Das Haus hat natürlich Worth geerbt, er war der ältere Bruder. Der alte Upton war kein Anhänger des Erstgeburtsrechts, trotzdem bekam Worth den Löwenanteil – das Haus am Ozean in Manchester und den größten Teil des Geldes. Vater bekam dieses Haus und ein dickes Aktienpaket. Prudence bekam hauptsächlich Schmuck, darunter sehr wertvolle Stücke. Keine Immobilien, aber als sie Samuel heiratete – damals lebte Großvater Upton noch –, kaufte ihr der Alte ein Haus in Back Bay. Vater war das jüngste Kind. Er hätte vielleicht mehr von seiner Mutter geerbt, hätte er sie nicht durch seine Ehe mit einer Katholikin verärgert – und sich dann auch noch scheiden lassen. Also blieb ihm nichts weiter übrig, als in gewisser Weise mit leeren Händen anzufangen. Jedenfalls hatte er es schwerer als Worth.«

»Er mußte mit leeren Händen anfangen, weil er nichts als ein paar mickrige Millionen besaß?« spottete Ronnie.

»Weniger«, sagte Elizabeth kalt. »Du kannst darüber die Nase rümpfen, aber es erfordert Arbeit und Talent, ein Vermögen zu machen, selbst wenn man mit einer Million Dollar beginnt.«

»Selbstverständlich! Auch wenn die meisten Menschen zwanzig Dollar oder weniger die Woche verdienen.«

Elizabeth warf ihr einen angewiderten Blick zu.

»Meine Mutter richtete dieses Haus neu ein, als sie Vater heiratete«, sagte Mary verträumt. »Seitdem ist es nicht mehr renoviert worden.« Seit mehr als vierzig Jahren: Man sieht es.

»Das hat sie wundervoll gemacht!« rief Alex aus. »Jetzt sagt mal: Was hat jede von euch beschlossen! Bleibt ihr alle?«

Elizabeth zündete sich eine Zigarette an. »Nun, wenn ich zum Vormund bestellt werde, dann muß ich wohl bleiben. Gestern habe ich ein paar Anrufe erledigt. Wahrscheinlich kann ich Urlaub nehmen, obwohl die Zeit ungünstig ist: Wir stecken in wichtigen Verhandlungen mit Chile, und vielleicht gibt es neue Restriktionen beim Handel mit Südafrika«, sagte sie wichtigtuerisch. »Aber ich habe die Richtlinien bereits ausgearbeitet und die Vorarbeiten entsprechend verteilt. Mein Büro kann die Berichte, die ich absegnen muß, fotokopieren und mit Eilboten herschicken. Wir können uns telefonisch absprechen.«

Sie schwiegen, verglichen Elizabeths Leben mit dem ihren.

Donnerstagabend Frauenclub, Mittwoch Obdachlosenheim, Donnerstag Krankenhaus. David spielt jedes Wochenende Golf, die Kinder sind die meisten Nachmittage und an den Wochenenden nicht zu Hause: Ich bin eine nutzlose Person, dachte Alex.

Auf mich warten nur Langeweile und unbezahlte Rechnungen, dachte Mary. Ob es noch lange dauert, bis meine Freundinnen merken, wie lange ich zögere, ehe ich die Rechnung für den Lunch übernehme? Wie lange kann ich noch meine alte Garderobe tragen? Ich werde noch wie eine alte Jungfer aus dem neunzehnten Jahrhundert enden, die den abgewetzten Kragen und die Manschetten ihres abgetragenen schwarzen Kleides wendet.

Ich habe auch eine wichtige Arbeit zu erledigen, dachte Ronnie wütend. Ich muß nur einfach endlich damit anfangen. Aber wenn ich hier weggehe, werde ich mir einen Job suchen müssen, um nicht zu verhungern. Wie soll ich dann die Dissertation schreiben? Wenn ich bleibe, kann ich umsonst wohnen. Ist das schon korrupt?

»Deshalb«, fuhr Elizabeth fort, »habe ich beschlossen, an meinem Buch weiterzuarbeiten, während ich hierbleiben muß. Ich habe überlegt, daß ich den Alfa nehme und morgen nach Washington fahre und dort zur Wahl gehe. Ihr wißt ja, am Dienstag ist Wahltag – vielleicht wollt ihr ja alle morgen nach Hause fliegen und dafür sorgen«, grinste sie, »daß der richtige Mann gewinnt. Ich werde meinen Computer und meine Akten holen.«

»Oh! Die Wahlen!« murmelte Alex.

Ich kann in Massachusetts wählen, du hochnäsige Kuh, dachte Ronnie. Und das werde ich, um deine Stimme auszugleichen.

»Die Wahlen«, wiederholte Mary vage. »Aber es gibt doch keinen Zweifel, daß Reagan wieder gewinnt, oder?«

»Keinen«, versicherte Elizabeth.

Mary sagte träge: »Ich denke, daß Alex recht hat – wahrscheinlich ist es gut für Vater, wenn wir ihn täglich besuchen. Deshalb werde ich noch etwas hierbleiben. Obwohl es hier wirklich langweilig ist.«

Alex klatschte wie ein Kind in die Hände. »Oh, das freut mich aber! Ich bin glücklich! Ich möchte euch wirklich kennenlernen. Meine Mutter ist Rentnerin. Solange ich hier bin, kümmert sie sich um die Kinder und David. Und ich habe sie gerade angerufen, es geht ihnen gut, und sie sagt, daß sie gern noch länger bleiben würde, dann habe sie etwas zu tun. Und David, David ist der Ansicht, daß die Familie immer Vorrang hat, er will, daß ich alles tue, um Vater zu helfen. Und die Kinder… also ich glaube, sie merken kaum, daß ich verreist bin. So unabkömmlich bin ich als Mutter!« sagte sie selbstironisch. »Ich kann also hierbleiben!« freute sie sich. »Und du auch, hoffe ich«, sagte sie zu Ronnie, die ins Feuer starrte.

Marys Gesicht wurde starr. »Pardon, aber ich muß sagen, daß ich für meinen Teil finde, daß Ronnie nun wirklich kein Recht darauf hat, hierzusein. Weder Elizabeth noch ich haben sie gebeten herzukommen, und ich glaube nicht, daß du das Recht dazu hast, sie einzuladen.«

Alex zog fragend die Stirn hoch. »Warum nicht?«

»Du bist mit zehn weggegangen und hast Vater nie wieder gesehen!«

»Trotzdem ist er immer noch mein Vater«, argumentierte Alex ruhig, »*und* Ronnies. Was meinst du, Elizabeth?«

Mary schrie: »Du hast nicht *sie* zu fragen! *Ich* sage, daß sie nicht hierbleiben kann! *Ich* sage das, *ich.* Ich sage, daß ich sie hier nicht sehen will. Sie ist der Bankert einer farbigen Hausangestellten! Und unserer Meinung nach ist sie weder mit ihm verwandt – noch mit uns! Und dich hat er verstoßen. Dich hat er nie zu Familienfesten eingeladen! Nur Elizabeth und mich! Deine Mutter hat er hinausgeworfen! Sie war ein Nichts, ein Niemand, eine kleine Sekretärin!«

»Wie meine Mutter«, warf Elizabeth kalt ein.

Mary schleuderte ihr entgegen: »So hat er dich auch behandelt!«

»Willst du damit sagen, daß du seine einzige legitime Tochter bist?« Elizabeth lachte.

Mary preßte die Lippen zusammen und lehnte sich zurück.

Ronnie hatte fasziniert zugesehen. Verwundert dachte sie: Wieso stürme ich nicht aus dem Zimmer?

»Na schön, Alex kann hierbleiben, aber Ronnie nicht!« platzte Mary schließlich heraus.

Völlig ohne Bosheit sagte Elizabeth: »Weil ihre Mutter keine Heiratsurkunde hatte? Er hat mit Noradia länger unter einem Dach gelebt als mit einer unserer Mütter.«

Ronnie starrte sie an.

»Sie war sein Dienstmädchen! Sie war noch nicht mal weiß!«

»Meine Kinder sind Juden – ich bin konvertiert, als ich David heiratete. Und zwei deiner Kinder haben einen italienischen Vater«, sagte Alex fest. »Und Noradia hat ihn möglicherweise besser gepflegt als eine von euren Müttern.«

»Alberto war ein Aristokrat!«

»Also, bitte«, mischte sich Elizabeth ein, »erspare uns deinen Snobismus. Du warst immer ein solcher Snob. Das ist das einzige, was du in deinem Miss-Pipibody-Pensionat gelernt hast.«

»Miss Peabody hatte das beste Mädchenpensionat von ganz Virginia!« protestierte Mary. »Du wirfst mir Snobismus vor, dabei gibt es keinen größeren Snob als dich! Wie du immer mit der Concord Academy angibst, dem Smith College, dem tollen London Economic College!«

»London School of Economics!« trompetete Elizabeth.

»Wer ist hier der Snob!« setzte Mary die Attacke fort. »Natürlich, du mit deinem Hintergrund mußt natürlich darauf bestehen, daß Klassenunterschiede snobistisch sind! Die Familie deiner Mutter war ja auch nichts anderes als armes irisches Säuferpack aus Chelsea.«

»Somerville«, sagte Elizabeth.

»Sie war eine kleine Schlampe, die ihn reingelegt hat.«

Elizabeth wurde blaß. »Meine Mutter war keine Schlampe, aber deine Mutter war eine Alkoholikerin, die im Suff mit dem Auto Selbstmord begangen hat, was die Familie mit viel Geld vertuschte.«

»Das war sie nicht! Schuld hatte der andere Fahrer! Das hat Vater mir gesagt!«

»Welcher andere Fahrer, du Idiot! Sie ist an einen Baum gefahren! Verwöhntes Prinzeßchen von einem Gör, das sauer war, weil Vater Tag und Nacht arbeitete, weil Krieg war. Er hat es vertuscht, aber es war Selbstmord! Du kannst gar nichts wissen, weil du erst sieben warst! Aber ich war zwölf, ich habe das Personal gehört und was die Tanten und Onkel gesagt haben. Alle wußten es, nur du nicht!«

»Du gemeines Biest! Du Biest!« schluchzte Mary.

»Sie war Alkoholikerin! Erzähl mir bloß nicht, daß du dich nicht daran erinnern kannst, daß sie je getrunken hätte. Wenn schon ich es gemerkt habe, obwohl ich nur im Sommer hier war, dann muß selbst eine so dumme Kuh wie du es gemerkt haben, weil ihr zusammengelebt habt! Die Hälfte des Tages lag sie immer besoffen herum, und sie stank rund um die Uhr nach Schnaps!«

Mary wischte sich die Tränen ab und funkelte Elizabeth wütend an. »Meine Mutter war eine Dame, sie war liebenswürdig und freundlich, und alle haben sie geliebt. Während deine – du selber hast sie als ein gemeines Aas bezeichnet – eine billige Schlampe war. Und du verhöhnst *mich!* Vater hat sie sogar mit einem anderen Mann *erwischt*, es gab Fotos! Das hat mir Aunt Pru erzählt!«

Elizabeth sagte leise und kalt: »Du verdammte dumme Fotze, du blöde Kuh, du Arschloch. Das war arrangiert. Kennst du Vater immer noch nicht?« Sie stand auf, ging zur Bar, die auf dem Sideboard aufgebaut war. Sie lehnte sich gegen die Wand, goß sich Perrier ein. Sie blieb stehen und blickte auf ihr Glas.

Mary schniefte. Die anderen beiden beobachteten sie mit kalkweißen Gesichtern.

»Meine Mutter hat nie einen anderen Mann angesehen«, sagte Elizabeth nach einer Pause. »Auch nach der Scheidung nicht. Sie sagte, einmal reicht. Ich glaube, nach Vater hat sie alle Männer gehaßt. Als Vater mit uns zusammenlebte, wohnten wir in einem großen Haus in der Beacon Street. Ich glaube nicht, daß er oft zu Hause war. Ich kann mich nicht daran erinnern, aber ich war damals auch sehr klein. Ich weiß nicht, wo er in seiner Freizeit war. Mutter sagte, daß er entweder mit irgendeiner Sekretärin herumvögelte oder sich an irgendeinen Mann heranschleimte, der für seine Karriere nützlich sein konnte. ›Ob Vögeln oder Schleimen‹, sagte Mutter, ›alles mußte sich immer zu seinen Gunsten reimen.‹ Dieses Arrangement – ich war erst zweieinhalb, als es sich zutrug. Aber ich erinnere mich daran. Eines Nachts, ich schlief in meinem Kinderbett, hörte ich einen schrecklichen Lärm, Gebummer und Geschrei, Mutter schrie. Ich war groß genug, um aus meinem Kinderbett klettern zu können, und ich rannte aus dem Zimmer. Im oberen Flur stand ein Mann mit einer Kamera und schoß Fotos mit Blitzlicht. Ich war geblendet, verängstigt. Mutter schrie, ihr Nachthemd stand halb offen, ihre Brüste hingen heraus, sie schlug mit den Fäusten einem anderen Mann auf den Brustkorb, brüllte ihn an, schrie laut. Immer wieder flammte das Blitzlicht auf, während der andere Mann seinen Arm um Mutter legte. Er war nackt. Mutter riß sich los, sie rannte zum Telefon, und der nackte Mann griff nach ihr und schlug sie nieder, sie schrie. Der Mann mit der Kamera hielt sie fest, während der andere Mann sich anzog, dann gingen sie, sie rannten die Treppe hinunter und fort durch die Eingangstür. Mutter weinte, schimpfte, sagte immer wieder: ›Dieses Schwein, was für ein Schwein.‹

Ihre Arme und ihr Rücken waren noch Wochen später grün und blau. Es waren keine Einbrecher, sie hatten einen Schlüssel. Vater kam in jener Nacht nicht nach Hause. Er kam nie mehr nach Hause. Ich verstand erst Jahre später, was geschehen war. Er hatte das Ganze arrangiert, er hatte die Typen angeheuert. Mutter sagte: ›Er gewinnt immer.‹«

Im Raum war es still.

Mary kaute auf ihrer Unterlippe. »Nun, sie hätte ihn nicht zwingen dürfen, sie zu heiraten«, sagte sie schließlich.

Elizabeth sagte heftig: »Herrgott noch mal, Mary, selbst ein gemeines Aas war mal ein unschuldiges Mädchen. Sie war erst zwanzig, eine gläubige Katholikin, sie lehnte Abtreibung ab, sie liebte ihn, sie dachte, er liebte sie. Sie wollte sich nicht von seiner Familie bestechen lassen. Sie benahm sich sehr anständig, so wie es sich ihrer Meinung nach gehörte. Sie boten ihr fünfzigtausend Dollar an! Sie boten ihr an, sie in die Schweiz zu schicken! Aber sie dachte, daß die Familie sie haßte, weil sie katholisch war, aber daß Vater sie liebte und daß nur das zählte. Das ist die Geschichte, die er ihr aufgetischt hat – er sagte, er könne seine Familie nicht brüskieren, oder sie würden ihn enterben.«

»Sie hat ihm gedroht! Das hat Pru mir erzählt!«

»Ich habe nicht behauptet, daß sie eine Heilige war. Sie hat gedroht, ihn anzuzeigen, weil er sein Eheversprechen gebrochen habe. Und er hat sie ins Bett gekriegt, weil er ihr versprach, sie zu heiraten. Das ist die Wahrheit. Sie dachte, daß sie Druck auf seine Familie ausübte, nicht auf Vater. Sie war überzeugt, daß er dasselbe wollte wie sie.«

Mary wandte ein: »Aber ihre Drohung zeigt, daß sie wußte, daß er sie nicht liebte. Und sie bestand trotzdem auf der Heirat. Sie war eine Nervensäge, die sich mit einer so mächtigen Familie wie der von Vater anlegte. In meinen Augen paßt das nicht zu einem unschuldigen Mädchen.«

Elizabeth kehrte langsam zu ihrem Stuhl zurück, setzte sich, legte den Kopf nach hinten. »Sie war sehr religiös«, sagte sie müde. »Die Überzeugung, im Recht zu sein, kann ein unschuldiges Mädchen mutig machen. Er hätte es besser wissen müssen, als mit einem so gläubigen Mädchen herumzupoussieren, aber ich glaube, ihre Frömmigkeit war eine Herausforderung für ihn, sie stachelte ihn an. So ist er eben«, sagte sie bitter. »Er will immer das, was verboten ist.«

Mary schwieg.

»Ist sie immer noch religiös?« fragte Alex.

»Nein. Sie sagt, wenn Gott geschehen ließ, was ihr geschah, verdient er es nicht, angebetet zu werden.«

»Was ist denn geschehen?«

Elizabeth zuckte die Achseln. »Die Familie hat die Annullierung der Ehe durchgesetzt. Er wollte keine Scheidung, er wollte Karriere im öffentlichen Dienst machen, und damals – 1934 – war eine Scheidung ein Makel. Die Familie hat an einige Leute viel gezahlt – an die Kirche, ans Gericht, um irgendeinen vorgeblichen Grund zu finden, es gab keinen echten Grund für eine Annullierung. Sie hatten ein Baby, Herrgott noch mal. Das brach ihr das Herz, sie lehnte die Scheidung ab, und für sie war es eine Scheidung, egal, wie man es nannte. Aber sie hatte keine andere Wahl, glaubte sie jedenfalls. Ihr Widerstand brach in sich zusammen, wegen der Bilder – er hatte die Bilder, die bewiesen, daß sie eine Ehebrecherin war. Er drohte ihr, sich von ihr scheiden zu lassen und ihr keinen

Unterhalt zu zahlen. Sie hat erst später begriffen, daß er sich genausowenig scheiden lassen wollte wie sie.

Er versprach ihr, wenn sie der Annullierung zustimmte, würde er ihr für den Rest ihres Lebens einen angemessenen Unterhalt zahlen und sie in seinem Testament bedenken, falls er vor ihr sterben sollte.« Was wahrscheinlich ist. »Sie willigte in die Annullierung ein, wegen der Unterhaltszahlung, damit sie mich so erziehen konnte, wie sie es tat. Sie hätte nicht genug verdienen können, um uns beide angemessen durchzubringen.« Die Geburt eines Kindes macht uns alle zu Feiglingen – die Frauen jedenfalls. Zu Mitgiftjägerinnen. »Sie wußte, wann sie geschlagen war.«

Ronnie stand auf und legte mehr Holz auf. Sie sahen ins Feuer, lauschten dem Knistern.

»Du warst jeden Sommer hier«, sagte Alex nachdenklich. »Wie war das für dich, mit diesem Wissen hier mit ihm zusammenzuleben? War das schlimm für dich?«

»Ich erfuhr die Einzelheiten erst später... als ich erwachsen war.«

»Jedenfalls hat er dich hierhaben wollen«, sagte Alex sehnsüchtig.

»Nein, das hat er nicht. Mutter hat darauf bestanden, daß er in den Sommern sein Sorgerecht wahrnahm. Sie wollte, daß ich sein...« Ihre Stimme wurde düster.

»Sie wollte, daß du sein Geld bekommst!« sagte Mary scharf.

Elizabeth sah sie müde an. »Ja. Daß ich von ihm profitiere, von seinen Beziehungen, ein Entree in seine Welt bekomme, zumindest aber eine Erziehung. Und sie war ein Aas, sie ist ein Aas, sie ist unmöglich, eine Frau voller Haß... Aber ein Teil von ihr wollte, das höre ich aus ihren Worten heraus, wenn sie mit mir spricht..., daß ich einen Vater hatte. Von ihrer eigenen Familie wurde sie enterbt – bildlich gesprochen, sie hatten kein Geld –, als sie schwanger war, ohne Ehering am Finger. Ihr Vater nannte sie eine Hure, mich einen Bankert, weil sie nicht kirchlich getraut wurde. Er haßte mich, weil ich Stephens Kind war, er sah ihn in mir.«

»Die Augen«, murmelte Alex.

Elizabeth zuckte die Achseln. »Was auch immer.«

»Oh, mehr als nur die Augen. Sieh dir ihr Kinn an. Und ihre Haltung. Elizabeth hat am meisten von unserem Vater«, sagte Mary.

Die Frauen sahen sich gegenseitig prüfend an. »Und Ronnie«, sagte Alex. Sie taxierten Ronnie.

»Sie ist so klein«, sagte Elizabeth.

»Sie ist *braun!*« fügte Mary hinzu.

»Sie hat seine Augen, sein Kinn, seinen Mund«, wandte Alex ein.

»Du auch. Du hast auch seine Augen«, sagte Mary zu Alex.

»Weißt du, daß ich das gar nicht gewußt habe, bis ich ihn vor achtzehn Jahren mal besucht habe«, rief Alex aus. »Ich wußte nicht mehr, wie er aussah, und Mom hatte kein Foto von ihm, noch nicht mal ein Hochzeitsfoto.« Sie machte eine Pause. »Das habe ich nie verstanden.«

»Die Zeitungen haben viele Fotos gedruckt, als er sie geheiratet hat«, sagte Elizabeth. »Du hättest in ein Zeitungsarchiv gehen können.«

»Wahrscheinlich.« Alex beugte sich vor, ihre Stimme klang flehend. »Was, glaubst du, ist meiner Mutter widerfahren? Erinnerst du dich daran, wie sie damals war?«

»Ich habe nur in der Zeitung von ihrer Hochzeit gelesen. Gott behüte, daß Vater mir erzählt hätte, was er vorhatte«, sagte Elizabeth bitter. »Ich war in der Schule, in Concord, das neue Schuljahr hatte gerade begonnen, es muß also Herbst gewesen sein, und ich war wohl...«, sie rechnete, »fünfzehn. Es war 1946, schätze ich, gleich nach Kriegsende.«

»Ja, ich bin am ersten Weihnachtsfeiertag 1947 geboren worden«, sagte Alex drängend, vorgebeugt.

Sie fügt Teile eines Puzzles zusammen, als ginge es um ihr Leben, und gerade hat sie ein Stückchen gefunden, dachte Ronnie.

»Ich war in Concord. Eines Abends nahm ich eine Zeitung zur Hand, da sah ich Vater – mitten auf der ersten Seite. Er schritt irgendeine Kirchentreppe hinunter, mit einer jungen Frau, und die Schlagzeile lautete: MINISTER HEIRATET. Ich mußte fast den ganzen ersten Absatz lesen, bis ich erfuhr, daß sie Amelia hieß.«

Alex beugte sich noch weiter vor. »Aber später hast du sie doch kennengelernt, oder nicht?«

»Ich habe dir doch gesagt, daß er sie geliebt hat! Was willst du von mir?«

Alex starrte sie an. »Bitte.«

Elizabeth warf ihr einen langen nüchternen Blick zu. Sie stand auf und ging an die Bar, goß sich ein halbes Glas Scotch Whisky ein.

»Bitte«, flehte Alex. Sie wimmerte fast.

»Ich erinnere mich an den ersten Sommer, den die beiden hier oben verbrachten. Er arbeitete noch in Washington, sie lebten in Georgetown, im selben Haus, in dem er mit Laura gewohnt hatte. Marys Mutter. Sie – deine Mutter – war sehr hübsch. Sie sah aus wie du. Das gleiche goldene Haar, aber ihr Gesicht war sanfter, nicht so... wütend«, beschloß sie überrascht ihren Satz. »Und sie strömte eine große... Liebenswürdigkeit aus, die ihn umfing. Wenn er sie ansah, veränderte sich sein Gesicht und wurde sanft. Er berührte sie ständig, legte ihr die Hand auf den Arm oder den Rücken, oder streichelte ihr Gesicht. Und sie sah ihn dann so hingebungsvoll an. Das machte mich krank.« Sie trank einen Schluck von ihrem Whisky. »Ich haßte sie.«

Alex starrte sie an. »Warum?«

Elizabeth überlegte. »Sie war als Kind geliebt worden. So wie Mary. Das sah man. Kinder, die geliebt wurden, erwarten, daß jeder sie liebt, und so ist es dann auch. Sie strahlen diese Erwartung aus, die sich dann selbst erfüllt. Ich wurde nicht geliebt. Von niemandem.«

Ronnie sah Elizabeth aufmerksam an.

»Ich war *kein* geliebtes Kind«, sagte Mary leise. »Es *sah nur so aus*, als würde ich geliebt.«

»Das tut mir leid, Elizabeth«, sagte Alex traurig.

Elizabeth starrte sie wütend an. »Das braucht dir nicht leid zu tun! Es ist alles okay. Es geht mir gut, es geht mir gut.«

Alex ging nicht darauf ein. Unbeirrbar wie ein Jagdhund, der eine Fährte verfolgt, wandte sie sich Mary zu. »Kannst du dich an sie erinnern? Wie war sie damals, wie war er? Erinnerst du dich an mich?«

Mary dachte nach. »1946 war ich zehn und auf Miss Peabodys Pensionat. Vater bewohnte das Haus in Georgetown, das Haus von meiner Mutter, sie hat es möbliert und eingerichtet... ich besuchte die beiden in den Ferien. Wahrscheinlich war ich an dem Weihnachtsfest nach Vaters und Amelias Hochzeit da, vielleicht auch im Oktober, zu Thanksgiving, ich kann mich nicht mehr daran erinnern... ich kann mich an die Zeit wirklich nicht mehr erinnern. Vielleicht waren sie auf der Hochzeitsreise?«

»Ich weiß es nicht«, Alex fixierte weiterhin mit großen Augen Mary, die unbehaglich hin und her rutschte.

»Das ist so lange her!« protestierte Mary. »Ich erinnere mich, daß deine Mutter hübsch war, sehr hübsch. Sie hatte hübsches Haar. Ich war ein Mädchen, das sich nur um ihre eigenen Interessen kümmerte, wie du weißt. In der Ferienzeit gab es immer so viele Partys, und ich hatte mein eigenes Zimmer, meine Bücher, mein Radio, meinen Plattenspieler, ich hatte eine sehr umfangreiche Plattensammlung und mein eigenes Dienstmädchen.«

»Ich erinnere mich an dein Zimmer«, seufzte Alex mit geschlossenen Augen. »Es war ganz in Weiß.«

»Sie hat ihr ganzes Erwachsenenleben über versucht, ihre Jungfräulichkeit wiederherzustellen«, schnaubte Elizabeth.

»Sie war erst zehn«, protestierte Alex sanft. »Sie *war* jungfräulich.« Sie schwiegen.

»Dein Zimmer war weiß«, erinnerte sich Alex. Sie beugte sich vor, als könnte diese Haltung allein schon Druck ausüben und hervorlocken, was sie wissen wollte.

Mary ließ sich zurückfallen. »Ja«, sagte sie leise. »Ich war aufgebracht, und Vater versuchte, mich zu beruhigen. Er erlaubte mir, mein Zimmer neu einzurichten. Ich durfte alles in Weiß halten. Die Haushälterin half mir dabei, rief Dekorateure an, ging mit mir einkaufen...«

»Warum warst du aufgebracht?«

Marys Körper verharrte bewegungslos. »Deine Mutter...«

Alex beugte sich noch weiter vor.

Mary streckte abwehrend die Hand aus. »Ich *weiß* es nicht! Vielleicht war ich eifersüchtig. Vielleicht hatte ich das Gefühl, meine Mutter zu verraten.«

Alex sackte in sich zusammen.

Mary richtete sich wütend auf. »Was willst du von mir! Sie lebten in ihrer eigenen Welt! Ich kann mich nicht mehr erinnern! Ja, ich glaube, daß er sie geliebt hat, wenn du das hören willst.«

Alex hakte nach. »Und was ist mit mir?«

»Du magst ebenfalls hauptsächlich am liebsten weiße Nahrungsmittel«, murmelte Elizabeth schmunzelnd. »Fisch, Kartoffeln, Blumenkohl, Kuchen, Kuchen, Kuchen...«

»HALT DEINEN MUND, ELIZABETH!« rief Alex, und alle schwiegen. Plötzlich erhob sie sich, ging zur Bar und schenkte sich Weißwein ein, ohne den anderen irgend etwas anzubieten.

»Und hier?« fing sie wieder an. »Als sie hier war, erinnert ihr euch daran?«

»Herrgott noch mal, du bist unmöglich!« schrie Mary, »deine Mutter lebt, frag sie doch einfach!«

»Ich möchte wissen, woran ihr euch erinnert.« Geduldig, aber angespannt.

Mary seufzte. »Paß mal auf, sie war nett zu mir, aber sie war selber noch ein Kind, neunzehn oder zwanzig Jahre alt, sie konnte mir nicht helfen. Aber sie war freundlich – zu uns allen beiden«, wandte sie sich an Elizabeth. »Erinnerst du dich? Sie ging mit uns schwimmen und spielte Schach mit mir, und jeden Nachmittag rief sie uns zu Limonade und Keksen auf die Veranda.« Ihr Gesicht war sanft, zu Elizabeth sagte sie: »Weißt du noch, Lizzie?«

Elizabeth zuckte die Achseln.

»Aber nach deiner Geburt«, fuhr Mary fort, »hatte sie viel zu tun, ich sah nicht mehr viel von ihr, und wenn ich sie sah, hielt sie dich im Arm, oder sie stillte dich und so weiter.«

Alex schrie gequält auf: »Erinnert ihr euch an mich?«

Die Schwestern starrten sie an.

»Sie hat sich dauernd mit dir beschäftigt, redete mit dir, hielt dich im Arm, trug dich herum. Du hattest kaum Haare auf dem Kopf, nur einen Flaum, goldenen Flaum. Einen Heiligenschein. Aber du warst wirklich ein gutes Kind, nicht so ein verzogenes Gör«, schloß Mary.

»Alle Kinder sind niedlich, oder?« fauchte Elizabeth.

Alex starrte Elizabeth wütend an.

»Hör zu, ich bin mit einundzwanzig Jahren nach England gegangen, zum Graduiertenstudium. Damals warst du erst fünf oder sechs. Ich kam erst vier Jahre später wieder und fand einen Job in Washington und lebte dort. Ich habe hier nie wieder gewohnt, ich kam nur zu den Familienfesten her, und nach dem ersten warst du nicht mehr da. Nach deinem fünften oder sechsten Lebensjahr habe ich dich kaum mehr gesehen. Und ich habe dich nie groß beachtet. Kleine Kinder langweilen mich.«

Maty studierte eingehend ihre Ringe: »Du bist 1953, nach der Party am vierten Juli, nach England gefahren. Vater war damals im Frühjahr zum persönlichen Sekretär des Ministers ernannt worden. Wie alt warst du damals?« fragte sie Alex.

Sie rechnete zurück. »Im Sommer '53 war ich fünf, Weihnachten wurde ich sechs.«

»1954 kam ich aufs College, und im Juni darauf habe ich geheiratet. Ich habe dann auch nicht mehr hier gewohnt.«

Alex strich die Segel.

»Was willst du denn herausbekommen?« fragte Mary herausfordernd.

»Das weiß ich nicht genau. Was geschehen ist. Warum wir weggegangen sind. Was er dabei empfunden hat.«

»Was er *für dich* empfunden hat«, korrigierte Elizabeth sie.

»Ja«, sagte sie mit schwacher Stimme. »Ich glaube schon.«

»Was sagt denn deine Mutter?«

»Sie will nicht... sie will nicht darüber sprechen. Sie sagt nur, daß sie sich nicht verstanden und daß sie beschloß, ihn zu verlassen. Mehr sagt sie nicht. Aber...«

»Aber?« fing Mary wieder an.

Alex zuckte die Achseln. »Ich weiß nicht.«

»Sie hat wieder geheiratet, nicht wahr?«

Alex lächelte, ihr Ton veränderte sich. »Ja. Charlie war eigentlich mein Vater. Er und mein Großvater, die beiden haben mit mir gespielt, sind mit mir auf den Spielplatz gegangen, in den Zoo, zum Schlittschuhlaufen, in den Zirkus. Sie waren toll. Charlie ist tot. Großvater natürlich auch. Mom vermißt sie sehr. Sie lebte für Charlie und mich und ihre Eltern, sie war zufrieden damit, und deswegen schloß sie kaum irgendwelche anderen Freundschaften. Deswegen ist sie jetzt einsam.«

Sie hat doch dich, hörte sie die anderen schon sagen. Sie hat deine Kinder, deine nette Familie, erwartete sie zu hören.

»Deine Kindheit war wahrscheinlich sehr viel angenehmer als unsere«, sagte Elizabeth schließlich, »um Vater brauchst du uns also nicht zu beneiden. An unserer Kindheit war nichts Beneidenswertes, auch wenn es dir so vorkommen mag.«

»Aber man… man fragt sich doch, warum der eigene Vater sich nicht mehr um einen kümmert«, sagte Alex, und ihre Stimme klang belegt. »Du fragst dich doch, ob du etwas falsch gemacht hast, ob mit dir etwas nicht stimmt und er dich deshalb verlassen hat.«

Sie saßen da und schwiegen und sahen zu, wie das Feuer niederbrannte und erlosch. Niemand stand auf, um es wieder anzufachen. Nach dem Abendessen saßen sie erschöpft im Spielzimmer und sahen fern.

Als sie sich voneinander verabschiedeten, um zu Bett zu gehen, sagte Alex: »Ronnie bleibt hier. Weil ich es will.« Niemand sagte etwas dagegen, noch nicht einmal Ronnie.

Diese dumme Kuh, bemitleidet sich, weil Vater sie verlassen hat. Weiß nicht, wie glücklich sie sich schätzen kann. All die Liebe, mit der sie von ihrer Familie überschüttet wurde, ohne Vorbehalte, einfach so. Zufall, wo man hineingeboren wird. Jesus liebt mich, das ist klar, was in der Bibel steht ist wahr. Ha! Und schon geht man gern zur Kirche. Aber so funktioniert das nicht in Mutters Religion. Gemeines Aas. Obwohl sie aus der Kirche ausgetreten war, schickte sie mich auf diese verdammt konfessionelle Schule, weil sie Vater nicht dazu bewegen konnte, eine Privatschule für mich zu bezahlen. Hölle und ewige Verdammnis und Sünde lauerten überall in dieser Schule. Diese verdammten Nonnen: die katholische Art, sich die Zähne zu putzen, die katholische Art, sich hinzusetzen und zu gehen. Lacklederschuhe verboten, man konnte sonst unter den Rock sehen, weil sie spiegelten. Bis ich mich bei Vater über meine Schule beschwerte. Als er das Wort katholisch hörte, geriet er außer sich vor Wut und ließ mich nach Concord ummelden. Mutter weidete sich hämisch daran, denn sie hatte ihn dazu gebracht, für mich zu zahlen, ohne darum betteln zu müssen. Es war ihr egal, was es mich kostete. Sie machte mich zu ihrer Komplizin in diesem Spiel.

Vater hat immer erst dann reagiert, wenn er dazu gezwungen wurde. Damals beispielsweise. Mary weigerte sich plötzlich, rotes Fleisch zu essen, stocherte mit der Gabel auf ihrem Teller herum, sortierte das Fleisch aus, versuchte den roten Saft zu stauen, er sollte nicht in ihre Kartoffeln fließen, sie weinte, wenn der Fleischsaft ihre Kartoffeln färbte. Sie aß nichts, was blutig war. Vater brüllte sie an, sie solle aufessen, er schickte sie vom Tisch, wenn sie hysterisch wurde. Vegetarierin ist sie nie geworden, sie wurde eine Art Weißfetischistin. Ha! Es hat Jahre gedauert, bis Vater nachgab.

Wir sind alle seltsam in dieser Familie. Alex zum Beispiel, ich dachte, sie sei normal. Aber sie ist ein unersättliches, aufdringliches kleines Ding, sie hat Mary nicht vom Haken gelassen, mich auch nicht. Ist unsere Familie anormal? Natürlich ist sie das. Wie könnte es auch anders sein, und die Callahans ganz genauso. Was habe ich bloß für ein Erbe mitbekommen, Grandpa Callahan war immer betrunken oder kurz davor, hat immer geschimpft, immer mit erhobenem Arm, war immer bereit, zuzuschlagen, Grandma hat sich immer geduckt, seine Söhne, allesamt dünn und bleich und verängstigt, aber solche Angeber, seine Töchter, immer bestrebt, alles richtig zu machen, zuvorkommend, wie lächerlich, was für ein Haufen, bis auf Mutter, sie hatte Schneid, das muß man ihr lassen, sie hat sich nicht von ihnen unterkriegen lassen.

Vielleicht wollte sie deshalb zur High-Society gehören, das war ihr Fluchtweg. Zieht jeden Tag ein Kostüm an oder ein Seidenkleid, dunkelroter Lippenstift, Augen-Make-up, blondes Haar, hohe Absätze, sitzt in ihrer Wohnung, streicht sich über die runzlige Oberlippe, wartet auf das Klingeln des Telefons. »Meine Liebe. Ich freue mich sehr, daß Sie anrufen. Ja, ich auch, keine Zeit, verrückt, nicht wahr? Oh, wie nett, ich würde gern kommen, allerdings habe ich an dem Nachmittag noch eine andere Einladung, sie haben mich so bedrängt, daß ich es ihnen versprochen habe, aber vielleicht kann ich im Anschluß daran noch vorbeikommen…« Dann den ganzen Nachmittag warten, um sich erst spät dort zu zeigen. SEHT HER: ICH BIN GEFRAGT. Trotzdem, sie ist besser dran als ihre Schwestern, die mit vierzig ausgebrannt sind, sechs, acht Kinder haben und Ehemänner, die gern mal ordentlich hinlangen. Genau wie ihr lieber alter Dad. Haben noch nicht mal einen Pott, in den sie pissen können, bis auf Geraldine, die einen Unternehmer geheiratet hat, mit einem Fuhrpark von fünf Lastwagen, das schmiert sie ihnen allen aufs Brot. Ha! Worauf Menschen so alles stolz sind.

Besser, nicht zu heiraten. Helena ist Nonne geworden. Hat ein Leben in Ruhe und Frieden. Die Brüder sind alle Verlierer. Abziehbilder vom Alten. Würde sie wirklich gern mal sehen. Würde gern sehen, wie sie jetzt sind, wie das Leben ihre Gesichter gezeichnet hat. Aber sie würden mich wahrscheinlich mitleidig angucken, mich, die vertrocknete alte Jungfer, das häßliche Entchen…

Mutter ist vielleicht ein bißchen stolz auf mich. Meine Tochter, die Karrierefrau, Staatssekretärin im Wirtschaftsministerium, sehr wichtig, arbeitet in Washington wie vor Jahren ihr Vater. Sie ist Wirtschaftswissenschaftlerin, reist in der Weltgeschichte herum, handelt Leitlinien für die Wirtschaft aus. Wird am Flughafen von 3-Sterne-Generälen abgeholt, trifft sich regelmäßig mit Staatsoberhäuptern, trinkt parfümierten Tee aus dünnen Porzellantassen…

Elizabeth lag auf einem Scheiterhaufen, sie brannte. Ihr Körper loderte von Kopf bis Fuß vor Scham.

Worauf Menschen so alles stolz sind…

Was ist aus mir geworden.

Sie setzte sich auf, zwang sich, aufzustehen, und tappte durch das Zimmer. Im Dunkeln fand sie auf der Frisierkommode ihre Zigaretten, zündete sich eine an und inhalierte tief.

Sie hat mich gezwungen, hierherzukommen, Sommer für Sommer, Jahr für Jahr. Egal, wie sehr ich sie anflehte.

Irgendwann werde ich es ihr sagen.

Sie ging zum Fenster, zog die Vorhänge beiseite, starrte hinaus. Nichts. Alles schwarz.

Nichts.

Ob dieser Schmerz irgendwann einmal aufhört?

6

Früh am Montag morgen, noch ehe die anderen auf waren, hatte sich Elizabeth mit dem Alfa auf den Weg gemacht. Sie hatte einen Zettel hinterlassen: »Habe beim Packen hinten in der Garage ein paar Fahrräder entdeckt. Sie müssen geputzt und geölt werden, aber Aldo kann sie in Schuß bringen. ECU.«

»Was bedeutet ECU?« fragte Alex Mary.

»Ihre Initialen natürlich, was sonst. Elizabeth Catherine Upton. Ihre Mutter heißt Catherine.« Mary wich beleidigt ein Stück zurück und sah Alex an. »Das hab' ich gern! Sie nimmt den Wagen und läßt uns die Fahrräder.«

»Sie hat es uns doch gesagt. Und außerdem dachte ich, du kannst gar nicht Auto fahren«, sagte Alex. »Sie unterschreibt Briefe mit ihren *Initialen?*« wandte sie sich fragend an Ronnie.

»Denkst du, wir korrespondieren?« sagte Ronnie bissig.

»Nein, aber ihr könnt doch beide Auto fahren, oder?« sagte Mary. »Angenommen, ich will nach Boston und brauche Aldo, damit er mich hinbringt, dann sitzt ihr beide hier fest.«

Alex und Ronnie sahen sich an. »Du machst dir Sorgen um *uns?*« fragte Ronnie.

»Ich will nur keine Debatten, wenn ich den Wagen brauche.«

Es gab keine Debatten. Nachdem sie am Vormittag zu dritt bei Stephen gewesen waren, verschwanden Ronnie und Alex spurlos. Mary saß allein im Haus und konnte zusehen, was sie mit diesem grauen, bedeckten Tag anfing. Als sie schließlich auf die Suche nach Aldo ging, um ihm zu sagen, daß sie in die Stadt wollte, fand sie Alex in der Garage, damit beschäftigt, die Reifen eines Fahrrads aufzupumpen. Aldo fuhr Mary nach Concord, wo sie ziellos durch ein paar Geschäfte wanderte. Sie entdeckte eine Buchhandlung und steuerte mit einer Zielstrebigkeit, die Elizabeth erstaunt hätte, nicht die Liebesromane, sondern die Lyrikabteilung an. Sie kaufte einen Gedichtband von Anne Sexton und ein zinnoberrot, silbern und türkis marmoriertes Notizbuch. Auf dem Heimweg ließ sie noch beim DeCordova-Museum halten, aber es war geschlossen. Natürlich, Montag.

Verzagt betrat sie das düstere, stille Haus. So groß, so leer. Es hatte so etwas Trostloses, dieses Haus. Erinnerungen hingen in der Luft wie ein übler Geruch. Würde sich das Haus in Georgetown auch so anfühlen?

Plötzliches Gepolter über ihr ließ sie zusammenfahren. Auf ihr Rufen hin erschien niemand, also erklomm sie die Treppe zum oberen Stock. Die Tür zum Dachgeschoß war offen: Sie spähte die Mansardentreppe hinauf. »Ist da oben jemand?«

Ronnie rief hinunter, daß sie und Mrs. Browning und Teresa irgend etwas machen würden – was, verstand Mary nicht, es war ihr auch egal. Sie lief wieder nach unten und blieb am Fuß der Treppe stehen, mit vor Wut pochendem Kopf. Ich will meinen Tee! Und *sie* läßt sich von den Dienstboten helfen; *sie!* Wo sie doch selbst eine Bedienstete ist! Oder jedenfalls sein sollte! Mary fühlte sich wie der heilige Sebastian, am ganzen Leib von Pfeilen durchbohrt. Sie wollte mit dem Fuß aufstampfen und schreien.

Warum bin ich so wütend? Was ist nur los mit mir!

Verzogenes Baby, sagte Lizzie immer.

Na gut, ich werde ihn mir selbst machen!

Sie stapfte in die Küche, füllte den Kessel, fand die Teedosen und entschied sich für Lapsang Souchong. Es dauerte ein Weilchen, aber sie fand das Teeservice und stellte eine Tasse samt Untertasse und die Zuckerdose auf ein Tablett. Sie entdeckte eine Zitrone im Kühlschrank, schnitt ein paar Scheibchen ab und arrangierte sie auf einem passenden Tellerchen. Sie beobachtete sich dabei selbst und war erstaunt. Es fühlte sich nicht erniedrigend an, warum eigentlich nicht? Wenn sie daheim Hausarbeiten verrichtete, fraß immer die Scham an ihr; sie hastete hin und her, versteckte sich, voller Panik, jemand könnte sie sehen, sie selbst könnte sich bei einem so erniedrigenden Tun erwischen. Sie machte keine Hausarbeit! Aber heute fühlte es sich nicht beschämend an, sondern ganz – okay.

Und obwohl es so viele ganz normale Dinge gab, von denen sie keine Ahnung hatte – Kochen und Backen zum Beispiel, mit einem Hammer oder einem Schraubenzieher umgehen, Auto fahren –, stellte sie fest, daß sie genau wußte, wie man Tee machte, daß man zuerst kochendes Wasser in die Teekanne goß, um sie vorzuwärmen, es dann wieder ausgoß und drei Teelöffel Teeblätter hineingab und das Ganze dann mit frisch kochendem Wasser aufgoß. Sie wunderte sich, woher sie das alles wußte. Sie stülpte einen Teewärmer über die Kanne, stellte sie zusammen mit einem kleinen Kännchen mit kochendem Wasser auf das Tablett und trug es in den Wintergarten. Während sie den Tee noch ein paar Minuten ziehen ließ, griff sie zu dem Buch, das sie dort hatte liegenlassen, und begann zu lesen. Nach einem Weilchen goß sie sich Tee in die Tasse, gab Zucker und Zitrone dazu, rührte um und nippte an der heißen Flüssigkeit. Perfekt.

Das habe ich gemacht! Ich ganz allein!

Sie lehnte sich zurück, den Finger auf der Stelle, bis zu der sie gekommen war. Im Wintergarten war es selbst an diesem bedeckten Tag hell. Stille Zufriedenheit durchströmte sie. Das kleine Spielhaus, draußen hinter den alten Tennisplätzen, Daddy hat es für mich bauen lassen, ich hatte kleine Stühlchen und ein kleines Bett und einen Tisch und ein Porzellan-Teeservice. Ich spielte Teekochen – Eloise hat mir gezeigt, wie es ging, sie war damals unsere Haushälterin, sie war nett zu mir, ich tat ihr leid, weil meine Mutter gestorben war –, aber in Wirklichkeit machte Eloise den Tee, und sie brachte ihn mir nach draußen, schwachen Tee mit viel Milch, schon fix und fertig. Ich goß meinen Puppen welchen ein und plapperte vor mich hin. Ja, Mrs. Carruthers, was meinen Sie, Mrs. Bradford?

Aber dann mußte Lizzie... Sie schauderte, und sie wandte sich wieder ihrem Buch zu. Sylvia Plaths *Ariel.*

Sie brauchte eine Stunde, um es zu Ende zu lesen, und klappte es dann nachdenklich zu. Ich frage mich, warum ich gerade dieses Buch mitgenommen habe. Nur durch Zufall, oder ist es symbolisch? *Nun, Papi, mit uns ist es endgültig aus.* Nein, nichts ist aus, ich sitze immer noch hier und warte darauf, daß er sich für Sein oder Nichtsein entscheidet. Für ihn ist es vielleicht aus. Für ihn und sein fettes schwarzes Herz.

Ich stand vor dir angewurzelt im Grund:
Mir klebte die Zunge im Mund
In einer Stacheldrahtfalle voll Blut.

Ich frage mich, was Sylvia Plath widerfahren ist, daß sie solche Sachen schreibt. Fühlt sich an, als wäre ihr Leben genauso gewesen wie meins, aber das war es nicht, oder? Niemand hat so ein Leben gehabt wie ich, irgend etwas stimmt nicht mit mir, an mir, an meiner Person. Vater hat das gesagt, er sagte, es läge an mir. Sie war nicht wie ich, sie war gescheit, sie war am Smith wie Elizabeth und hat auch in England studiert, in Cambridge. Hat einen Dichter geheiratet. Und sich umgebracht. Seinetwegen, wie es schien. Ich würde das nie tun: Kein Mann ist das wert. Ich glaube nicht, daß ich es tun würde. Würde ich es tun?

Nach Don wollte ich sterben.

Vielleicht tat sie es ja in Wirklichkeit wegen ihres Vaters. Was war mit ihrer Mutter? Meine Mutter war eine Selbstmörderin, sagt Elizabeth. Eine Säuferin. Habe ich das schon immer gewußt?

Hör auf!

Sie stand auf, streckte sich, ging ans Fenster, sah hinaus auf die Bäume. *Zerfallne kahle Kathedralen, in denen einst die Vögel saßen. In mir siehst Dämm'rung du von bleichen Tagen.*

Ist alles einfacher, wenn Elizabeth nicht da ist. Die Atmosphäre im Haus ist nicht so gespannt, alle sind lockerer, man merkt es. Alex ist dumm und nichtssagend, und Ronnie kann man einfach ignorieren. Aber auch langweilig. Elizabeth hält einen wenigstens auf Trab.

> Erstens, bist du unsere Art Person?
> Trägst du
> Ein Glasauge, falsche Zähne oder Krücken?

Elizabeth ist meine Art Person. Alex nicht.

Sollte eine Weile nicht mehr Plath lesen. Vielleicht nehme ich mir das neue Sexton-Buch vor, ach verdammt, die hat sich auch umgebracht. Hätte dran denken sollen, bevor ich das Buch gekauft habe. Was habe ich sonst noch mit? Merwin, McClatchy, Berrymans *Dream Songs*, Adrienne Rich, wunderbare Lyrikerin, aber ich kann dieses feministische Zeug nicht ertragen. So dumm: wie wenn man mit den Göttern hadern wollte, weil die Dinge so sind, wie sie sind. Man muß die Realitäten hinnehmen, um sie herummanövrieren, um zu kriegen, was man will. Jeder will Macht. Die Männer haben welche. Frauen sind nun mal im Nachteil, Schwangerschaft, Kinderaufzucht. Das ist der Lauf der Natur, eine Grundtatsache des Lebens. Die Feministinnen würden das gern abschaffen, aber wie? Frauen müssen sich auf jede ihnen mögliche Art und Weise Macht verschaffen. Auf Elizabeths Art oder auf meine.

Wir verstehen etwas von Macht. Die beiden anderen sind aus dem Rennen. Sie sind gewöhnlich. Kühe. Elizabeth und ich, wir sind außergewöhnlich, dem normalen Frauenschicksal entronnen.

Mary stand auf, schlenderte in die Bibliothek ihres Vaters und überflog die Borde. Nichts da, was ich gern lesen möchte. Halt, da: der gesamte Trollope: besser als nichts. Sie zog *Barchester Towers* heraus. Das habe ich seit Jahren nicht mehr gelesen.

Sie sah hinaus auf die graue Landschaft in dem schwindenden Licht, und der Ärger, den sie schon vorher gespürt hatte, überschwemmte sie jetzt vollends. AAAH! LANGWEILIG! So ein langweiliger Tag! Sie wollte sich abreagieren.

Sie nahm das Buch mit in ihr Zimmer und suchte ihr Gymnastik-Video. Im Spielzimmer war niemand, sie konnte den Fernseher dort drinnen benutzen, da war massig Platz für ihre Dehnübungen. Verdammt. Nicht dabei. Wollte es doch einpacken. Sie grübelte. Könnte mir eine blöde Fernsehserie anschauen. Aber wenn jemand reinkommt? Ich sehe schon Ronnies Gesicht, wenn sie mich dabei ertappt, wie ich mir *As the World Turns* reinziehe oder eine Game-Show.

Sie beäugte die Chaiselongue. Habe letzte Nacht nicht gut geschlafen. Sie legte sich hin, zog eine leichte weiße Alpaka-Decke über die Beine und fiel augenblicklich in einen tiefen, traumgebeutelten Schlaf. Als sie wieder aufwachte, war es schon fünf, was bedeutete, daß sie sich schleunigst zum Essen umziehen mußte. Kommt nicht drauf an, dachte sie. Ist sowieso keiner da zum Essen, nur Frauen.

Obwohl sie den größten Teil des Tages verschlafen hatte, fühlte sie sich immer noch unausgeruht und gereizt. Das machte es um so ärgerlicher, daß die beiden anderen so munter waren, als sie gegen sechs ins Wohnzimmer trat. Alex, mit geröteten Wangen, plapperte pausenlos vor sich hin, über die

Freuden des Radfahrens und wie umsichtig es doch von Elizabeth gewesen war, sie darauf hinzuweisen. Ronnie war ebenfalls rosig im Gesicht und offensichtlich zufrieden mit sich und der Welt, warum, konnte Mary nicht ergründen. Vielleicht waren alle froh, daß Elizabeth nicht da war.

Am Eßtisch verebbte Alex' Redeschwall schließlich. »Elizabeth ist wirklich prima«, verkündete sie abschließend.

Mary zog eine Augenbraue hoch.

Alex zeigte mit der Gabel auf sie (Gott, was für Manieren! Sie war genauso schlimm wie Ronnie!) und krähte: »Du auch! Genauso macht sie's immer! Ihr gebt euch alle zwei beide nach außen hin hart und stark, aber untendrunter seid ihr ein Paar Mimöschen.«

»Alle zwei«, sagte Mary säuerlich.

»Bitte?«

»Entweder ›alle zwei‹ oder ›alle beide‹, aber *niemals* ›alle zwei beide‹.«

Alex überging das schlichtweg und wandte sich überschwenglich an Ronnie: »Findest du nicht auch? Richtige Mimöschen. Zwei kleine Babys, denen jemand weh getan hat.«

»Kann sein. Aber Babys, denen jemand weh getan hat, werden zu Leuten, die Babys weh tun«, sagte Ronnie verkniffen.

»Ach, Ronnie!« rief Alex aus. »Du bist das größte Mimöschen!«

»Alex, manchmal denke ich, du lebst im Wolkenkuckucksheim«, sagte Ronnie angewidert.

»Nenn es, wie du willst«, sagte Alex. »Aber die Welt, in der ich lebe, ist jedenfalls real.«

Ronnie verdrehte die Augen. Kann mich nicht auf diese Unterhaltung einlassen: zu blöd. Mary gähnte, legte die Hand vor den Mund. Müde.

»Gibt's was im Fernsehen heute abend?« fragte sie.

Während sich die anderen beiden irgendeinen alten Film ansahen, lag Ronnie auf ihrem Bett. Sie las und markierte mit einem gelben Leuchtstift Stellen in ihrer Zeitschrift. Sie reckte den Kopf und lehnte ihn gegen das Kissen, ein breites Lächeln auf dem Gesicht. Ich hab's geschafft: Mich organisiert. Angefangen. Sie sah befriedigt auf den Computer, der fertig installiert und geladen auf dem Tisch stand, auf das alte Bücherregal, das sie heute vom Speicher heruntergeschleppt und mit Zitronenöl geputzt hatte und in dem jetzt ihre Zeitschriften nach Sachgebieten geordnet standen. Sie hatten ihre Kommode aus dem Zimmer räumen müssen, damit das Regal hineinpaßte, aber das machte nichts, sie hatten sie in Mamas Zimmer gestellt, wo man jetzt kaum noch treten konnte. Aber das wollte ja auch niemand, es sei denn, Mamas Geist... ach, wenn ich doch nur...

Nur noch eine letzte Umarmung, nur noch einmal ihre weiche Wange küssen.

Lüg dir nichts vor, Ronalda. Du willst sie anklagen.

Nein. Habe ich nie getan, werde ich nie tun. Das habe ich schon vor langer Zeit beschlossen. Vergiß es.

Muß ihr Zimmer saubermachen, lüften, so staubig dort drinnen, Teresa wollte nicht mal einen Fuß reinsetzen, riecht nach Tod, sagt sie. Ihre Kleider weggeben. Armselige Kleider. Ein paar Fotos unter dem Spiegelrahmen. Ich mit sechs Monaten, mit zwei Jahren, bei der Grundschul-Abschlußfeier. Das hat Aldo geknipst, ich frage mich, wer die anderen gemacht hat. Momma hatte keinen Fotoapparat. Was mache ich mit dem verdammten Kruzifix über ihrem Bett? Sieht aus wie Gold, frage mich, wo sie das her hat. Vielleicht von ihm. Vielleicht nehmen es ja die Nonnen, um es irgendeinem armen Wurm zu geben, das sie ihrer Gehirnwäsche unterziehen wollen. Kann es nicht einfach in den Müll schmeißen, sie hat dran gehangen. Hätte es ihr in den Sarg legen sollen.

Morgen ist auch ein Tag, Scarlett.

Die nächsten Schritte: Morgen würde sie mit dem Zug nach Boston fahren und wählen gehen. Vielleicht konnte sie ja ihre Sachen, die noch bei Linda waren, abholen, wenn sie schon dort war. Ein Weilchen in die Uni-Bibliothek gehen, ein paar Nachschlagewerke kaufen, die sie ständig parat haben mußte, einen Vorrat an Disketten, Filzstifte, eine Diskettenbox. Sie hatte immer noch ein bißchen Geld von dem Stipendium vom letzten Jahr. Ein Vorteil der Armut: Man lernt, bescheiden zu leben. Aber was sollte sie machen, wenn das Geld alle war?

Sie sprang auf und zog die Öffnung ihres Rucksacks auseinander, fischte nach ihrer Brieftasche, öffnete das Geheimfach, nahm ein paar zusammengefaltete Scheine heraus. Ein kompaktes Bündel. Sie zählte: zweihundertsechsunddreißig Dollar. Nicht sehr viel.

Mach dir darum jetzt keine Gedanken. Du wirst schon irgendwie über die Runden kommen. Du hast immerhin mit vierzehn sechs Monate auf den Straßen von Boston überlebt, oder etwa nicht? Ohne auf den Strich zu gehen. Hier und da was mitgehen lassen, dir kostenlose Mahlzeiten bei sozialen Einrichtungen und Kirchen besorgt, in der U-Bahn gepennt, in der Bibliothek, bis sie dich rausgeschmissen haben, im Waschsalon. Rosa, wie sie mich im Waschsalon beäugte: »Ich hab' dich schon gesehn hier, *no?* Wie alt bist du?« Wie eine Anklage. Ich hatte Angst. Aber sie sah nicht aus wie jemand Offizielles mit ihrem alten Rock, den abgelatschten, krummen Schuhen. Der Riesentasche mit Wäsche, die sie kaum schleppen konnte. »Die Waschmaschine, sie kaputt.« Es schien einleuchtend, daß sie mich brauchte, damit ich ihr half. Sie brauchte Hilfe: vier kleine Kinder, erst zwei davon in der Schule, Enriqué mit zwei Jobs, sie mit ihrer Heimarbeit auf der Nähmaschine. Versprach mir Essen und ein Bett, keins für mich allein natürlich, und ab und zu einen Dollar Taschengeld, und ich brauchte weiter nichts zu tun, als auf die Kinder aufzupassen, wenn sie aus der Schule kamen, das Geschirr vom

Abendessen zu spülen, die Kinder zu baden und ins Bett zu bringen, bei der Wäsche zu helfen, ihr ein bißchen Luft zu verschaffen, damit sie diese gottverdammte Näherei machen konnte, für zwei Cent die Stunde oder was sie dafür bekam. Es war besser als die Straße. Die Armeleuteversion von Au-pair.

Bestand darauf, daß ich zur Schule ging. Machte mir auch eigentlich nichts aus, mußte mich einfach nur bockig geben. Harte, zornige, kleine Ausreißerin. Ich habe es ihr nicht leichtgemacht. Hat mir das Leben gerettet. Sieben Leute in fünf Räumen. Elende Zimmer, Risse in den Decken, bröckelnder Putz, Kakerlaken und manchmal Ratten. Gerade noch besser als die Straße. Hat mich den ganzen Weg zur Schule vor sich hergeschoben, zwei Monate später als üblich, mich als ihre Nichte vorgestellt und angemeldet, geheult: »Meine Schwester, sie tot!« Es funktionierte: Latinos sehen alle gleich aus, auch wenn sie Puertoricaner waren, keine *Chicanos.* Sie hatten eine Menge Ähnlichkeit mit Momma, waren immer am Streicheln und Herzen, aber *sie* waren laut und lachten viel. Momma huschte durch dieses Haus wie eine Maus und lachte so gut wie nie. Und wenn, schlug sie sich die Hand vor den Mund wie eine Japanerin, um das Geräusch zu ersticken. Sie berührten einander viel und gern, vor allem die Babys. Als Joey kam, durften ihn sogar Lidia und Téo halten und hätscheln und mit ihm spielen. Auch die Jungen wickelten ihn. Schön. War schön dort.

Mrs. Jenkins merkte, daß da etwas nicht stimmte, wußte, daß Rosa nicht wirklich meine Tante war, wußte, daß ich keine Puertoricanerin war. Sie war nicht einmal Latino, sie war Afro, aber sie hatte Augen im Kopf. Machte sich Gedanken. Kümmerte sich nach all diesen Jahren als Lehrerin noch. Sah etwas in mir. Rettete mich. Lebt immer noch dort in Roxbury, arbeitet gegen die Hoffnungslosigkeit an, rettet ein paar Kids, verliert die meisten, das hat sie gesagt, als ich noch mal dort war, um sie zu besuchen. »Ein Universitätsstudium, Ronnie! Du bist an der Universität!?« Umarmte mich, als wäre ich ihre Tochter. Na ja, bin ich auch. Ihre und Rosas Tochter. Haben mir beide mehr gegeben, als Momma mir je gegeben hat. Carrie Jenkins gab mir ein Gefühl für meine eigene Stärke, das Gefühl, daß es andere Möglichkeiten gab… Ich mußte nicht Dienstmädchen werden.

Nein! Sie setzte sich erregt auf, der Kopf schwirrte ihr vor Möglichkeiten, und ihr Körper wollte sich sofort in Bewegung setzen. Keine Nachschlagewerke, die sind so teuer. Ein Modem kaufen, eine Datenbank anzapfen. Das ist es. Sie lehnte sich zurück und lächelte über sich selbst. Komisch, wie du die Dinge schon für selbstverständlich nimmst – daß du das Geld hast, dir ein Modem zu kaufen. Was vielleicht gar nicht stimmt, du weißt ja nicht mal, was die Dinger kosten. Aber ich weiß, daß ich ein Forschungsstipendium dafür lockermachen kann, ich weiß es. Weiß Sachen, die andere kleine *Chicanas* nicht wissen. Das macht einen gewaltigen Unterschied: gibt einem Selbstvertrauen.

Das hat Carrie Jenkins für mich getan.

Wie leicht du dich daran gewöhnst, daß alles für dich getan wird, das Essen auf den Tisch gestellt, das Haus geputzt, die Bettwäsche gewechselt, Teresa macht sogar mein Bett. Nie kalt hier nachts, so wie bei Rosa manchmal. Immer eine zusätzliche Wolldecke da, immer etwas zu essen im Kühlschrank, ein Auto vor der Tür, das dich in die Stadt bringt. Werde ich mich trauen, Aldo zu bitten, mich nach Boston zu fahren? Wird er empört sein? Mary wird bestimmt empört sein. Mir egal. Es ist nicht so, wie wenn *Er* hier wäre.

Es ist nett, diese Sachen zu haben, solange man nicht anfängt zu erwarten, daß sie da sind.

Werde ich irgendwann auch so verwöhnt sein wie sie?

Es wird schwer sein, darauf zu verzichten.

Sie dachte nach. Vielleicht sollte ich versuchen, mich nicht an den Luxus zu gewöhnen. Ich sollte vielleicht in die Stadt trampen und mit dem Zug nach Cambridge fahren, statt Aldo zu bitten. Oder den Bus nehmen. Keine Bücher kaufen, sondern in die Bibliothek gehen. In der Uni vorbeischauen und Professor Madrick suchen, damit er mir einen Ausweis für wissenschaftliche Mitarbeiter ausstellt. Aber dann muß ich ein paarmal in der Woche nach Boston.

Will ich nicht.

Warum? Was hält dich hier? Wo du doch in Boston so viele Leute kennst? Ha, stell dir vor, du triffst Sarah, Hand in Hand mit Becky? Nein, sie würde niemals händchenhaltend in der Öffentlichkeit rumlaufen, sie will ihre Tarnung aufrechterhalten. Wäre aber toll, wenn sie ordentlich fertig aussähe, alt und vertrocknet. Während ich richtig gut aussehe, na ja, besser jedenfalls, das muß ich zugeben, obwohl Mutters Tod so eine Strapaze war, sehe ich so gut aus wie schon seit Jahren nicht mehr, ich habe ziemlich abgenommen, ich wirke erholt, meine Augen sind klar, wie kommt das, wo ich doch alles hasse hier, diese Frauen, diese verdammten *Schwestern*, dieses Haus. Anständiges Essen, schätze ich, und genügend Schlaf. Frische Luft.

Sie ließ die Zeitschrift sinken, die Arme herunterhängen. Sie saß steif und aufrecht da, wie jemand bei einer Séance, in Erwartung der Geisterstimme, der Offenbarung. Was war in diesem Haus, was war das, was sie hier fühlte? Momma, die keine Ruhe fand? Die ihr etwas sagen wollte? Sie hatte keine Worte für das Gefühl, daß sie sich im schmelzflüssigen Kern ihres Selbst befand und daß er, wenn sie jetzt wegginge, abkühlen und erstarren würde und sie es nie nie nie herausfinden würde.

Was?

Als sie ihre abendliche Prozedur beendet hatte, stellte Mary befriedigt fest, daß die Spitzenüberdecke abgenommen und das Bett aufgeschlagen war. Es hatte etwas bewirkt, daß sie ein Wörtchen mit Mrs. Browning geredet hatte. Heutzutage mußte man einfach hinter den Dienstboten her sein, oder sie nutzten es sofort aus und machten ihre Arbeit nur husch-husch, weil sie es eilig hatten, wieder vor die Glotzkiste zu kommen, um nur ja nicht die jüngste Folge ihrer Lieblingsserie zu verpassen. Natürlich hatte sie diese Serien auch schon angeguckt, aber das war etwas anderes, schließlich war sie diejenige, die dafür *zahlte*, daß sie bedient wurde...

Sie zog einen seidenen Morgenrock über ihr Nachthemd, öffnete die Vorhänge – sie hatte Mrs. Browning angewiesen, sie abends zuzuziehen, so wie in ihrer Kindheit – und nahm ihre Handtasche mit hinüber zu der Chaiselongue. Sie zog ihr Haschischdöschen heraus und drehte sich einen Joint. Nicht mehr viel da, muß bald was unternehmen. Muß einen Scheck einlösen. Vielleicht leiht mir ja Elizabeth ein bißchen Geld...

Sie inhalierte tief und lehnte sich gegen die Armlehne der Chaiselongue, zog die Füße hoch und sah hinaus in das Dunkel. Kein Mond, aber jede Menge Sterne heute nacht. Muß was gegen dieses Gefühl tun, kann es nicht ertragen, mein ganzes Inneres so aufgelöst und empfindlich, fühlt sich alles so verkehrt an. Es war so *ungerecht.* Sie wollte schreien, verstand plötzlich, wieso Leute Botschaften auf Bettlaken schrieben und aus dem Fenster hängten, UNRECHT! UNGERECHTIGKEIT!

Wie konnten sie so mit ihr reden, so von ihr reden, solche Wörter gebrauchen. Prostituierte, Hure, dieses andere Wort! Wo sie doch nie, kein einziges Mal in ihrem Leben, Sex außerhalb der Ehe gehabt, sich nie in irgendwelchen Betten herumgetrieben hatte, obwohl es weiß Gott genug Möglichkeiten gegeben hatte und immer noch gab, weil die Männer sie noch immer begehrten. In ihrer Jugend war sie die Königin jedes Balls gewesen.

Ja, sie flirtete gern, aber das war nur Spaß, weiter ging sie nie.

Wie konnten sie...?

Natürlich, dieses Mädchen ist eine Lesbe, total versauert, würde nie einen Mann kriegen, man braucht sie ja nur anzusehen, gut, ihr Gesicht ist gar nicht so übel, auffallend, diese blauen Augen und die braune Haut, sie könnte hübsch sein, wenn sie auch nur die leiseste Ahnung von Kosmetik hätte, aber kein Fünkchen Charme, welcher Mann will denn so was, und die Art, wie sie sich anzieht... Und Elizabeth eine vertrocknete alte Jungfer, wahrscheinlich tatsächlich noch Jungfrau, dieser Clare sah mir nicht so aus, als hätte er ein funktionierendes Etwas da unten, und er war der einzige, jedenfalls der einzige, den sie mit heimgebracht hat. Verbittertes, neidisches, zänkisches Weib. Neidisch auf mein Aussehen, mein Auftreten, darauf, wie die Männer von den Socken sind, wenn sie mich sehen, so wie dieser Doktor Stamp, so wie Hollis. Selbst Aldo guckt mir begehrlich nach, glaubt natürlich, ich kriege es nicht mit, lasse es mir auch nie anmerken, daß ich es mitkriege, ein Dienstbote! Und sogar dieser Reporter mit dem braunen Jackett hat Stielaugen gekriegt, als er auf meinen Busen geguckt hat. *Das* ist Macht, die wahre Macht der Frau, Männer auf die Knie zu zwingen, sie dazu zu kriegen, daß sie alles tun, was man will. Das weiß doch jeder. Die Männer beherrschen vielleicht die Welt, aber die Frauen beherrschen die Männer.

Außerdem braucht eine Frau einen Mann. Ist doch logisch, Frauen sind dafür gemacht, zu heiraten und Kinder zu kriegen, und dafür braucht man nun mal einen Mann, jemanden, der einen ernährt. Eine Frau braucht einen *Begleiter!* Sonst könnte sie nachts nie irgendwohin gehen, keine Reisen machen außer diesen gräßlichen Gruppenreisen, in Bussen voller vertrockneter alter Weiber, die verzweifelt einen Mann suchen. Ohne Mann lebt man ganz allein, so wie Elizabeth, ist einsam im Alter.

...

Aber ich werde nicht lange allein bleiben! Ich muß nur wieder auf die Füße kommen, ein paar Hunderttausend, und alles wäre wieder in Ordnung. Wenn Vater nicht krank geworden wäre, hätte ich ihn demnächst besucht und gefragt. Wenn er stirbt, bin ich wohl aus dem Schneider. Alles Albertos Schuld, dieser Mistkerl. Und dann Don, aber das mußte sein, ging nicht anders…

Es stimmt nicht, daß ich wegen des Geldes geheiratet habe. So was von UNFAIR! Lizzie müßte es wissen, ich habe ihr doch geschrieben. Haben noch korrespondiert damals, jedenfalls ich mit ihr, und sie hat ab und zu mal zurückgeschrieben, diesen Brief zum Beispiel, in dem sie so triumphiert hat, so stolz war, weil sie sie an dieser noblen englischen Hochschule angenommen hatten. Ach, wie habe ich geheult, als sie wegging, es brach mir das Herz, es war schrecklich ohne sie, noch schlimmer, obwohl Amelia mit Alex hier war. Ich brauchte sie so sehr, und sie muß das auch gewußt haben, ich habe es ihr geschrieben. Bitte, du darfst nicht weggehen und mich allein lassen, Lizzie! Sie hat nicht mal geantwortet. Kam zu dem Fest am Unabhängigkeitstag und reiste dann ab und kam nie wieder, nie mehr. Ließ mich hier ganz allein.

Deshalb habe ich natürlich geheiratet, sobald ich konnte, was hätte ich denn sonst tun sollen? Er hätte mich doch nie allein woanders wohnen lassen, hätte mir nicht das Geld gegeben, und außerdem hätte ich auch schreckliche Angst gehabt, ich wußte doch nichts, hatte keine Ahnung, wie man einen Haushalt führt, mit Dienstboten umgeht. Und Harry war so lieb, so väterlich, na ja, er war ja auch so alt wie Vater, aber ich sagte ihm, daß mich das nicht störte, daß ich ihn deshalb nur noch mehr liebte, er war so nett, sorgte besser für mich, als Vater es je getan hat, gab mir Haushaltsgeld, fragte nie, wo es blieb, wir aßen gut, das gefiel ihm. Er ging sogar mit mir zu den Modeschauen, mochte es, wenn ich großartig aussah. Hielt mich auf dem Schoß wie ein Kind, na ja, ich war ja wohl auch noch eins, neunzehn erst. Hielt mich natürlich für wahnsinnig erwachsen. Sah ja auch so erwachsen aus, in meinen trägerlosen Abendkleidern, mit hochgesteckten Haaren, schwarzen Strümpfen und hohen Absätzen.

Harry war wie ein Vater zu mir, kümmerte sich um alles, ich brauchte nichts zu tun, außer die Dienstboten zu beaufsichtigen, er stellte diese Haushälterin ein, Mrs. Brundage, weil ich ja noch so klein war, als meine Mutter starb. Sie brachte mir bei, wie man Menüs zusammenstellt, die Haushaltsführung überwacht, mit Dienstboten redet wie ein erwachsener Mensch.

Er war gütig, geduldig, wurde nie zornig wie Vater, natürlich, zu seinen Kindern war er anders. Aber wer wollte ihm das vorwerfen, sie waren auch ein schlimmer Haufen. Mit ihnen umgehen zu müssen, war nicht lustig, wie oft brachten sie mich zum Weinen, sie waren älter als ich, es war doch nicht meine Schuld, daß Harry mich anbetete. Als sie mich beschimpften, erzählte ich es Vater. Er schenkte mir einen Jaguar zur Hochzeit, richtete diese gigantische Hochzeitsfeier aus, das stopfte ihnen das Maul. Ich war doch keine mittellose kleine Goldgräberin, die ihren Vater verführt hatte. Harry war hinter mir her, machte sich bei eben dem Fest an mich heran, zu dem Elizabeth das letzte Mal kam, bevor sie abreiste. Zufall. Vaters bester Freund, aber er machte sich trotzdem an mich heran, das zeigte doch seine Leidenschaft. Vater war es peinlich, er versuchte, es zu unterbinden. Ich sagte, wenn er uns nicht seine Einwilligung gäbe, würde ich durchbrennen und ihn in noch viel größere Peinlichkeiten bringen. Dickköpfiges kleines Luder, sagte er. Sah mich mit zusammengekniffenen Augen an. Wenn er das tat, dachte ich manchmal, daß er mich haßte. Schließlich gab er nach, richtete mir diese wundervolle Hochzeit aus, mit den Zelten, drei Kapellen, einer Tanzfläche draußen auf dem Rasen, Austern und Champagner – ich sah himmlisch aus, habe das Foto immer noch auf meinem Tisch stehen…

Ich konnte nichts dafür, daß Harry starb, er war immerhin achtundfünfzig, auch wenn seine Kinder behaupteten, ich hätte ihn verschlissen. Gut, Vater ist zweiundachtzig und noch am Leben. Aber das war einfach absurd. Wir haben es gar nicht mehr so oft gemacht, nach dem ersten Jahr, als ich schwanger wurde und Marty dann kam, er konnte nicht... Ich hatte manchmal das Gefühl, daß er irgendwo eine andere hatte, aber das machte mir nichts aus. Es macht Spaß, wenn jemand wahnsinnig in einen verschossen ist, aber Sex war nicht so toll, wie es immer hingestellt wurde. Ziemlich langweilig. Bis Don...

Aber auch wenn er eine andere hatte, mußte ich bei ihm bleiben, ich hatte ein Kind, seinen Sohn, gut, Marty war sein vierter Sohn, aus dritter Ehe, er war nicht gerade hingerissen. Aber es war mir egal, was er nebenbei trieb, ich wollte keine Scheidung, ich wollte eine verheiratete Frau sein, wollte bei Partys mit meinem Mann auftreten, Mrs. Sowieso sein. Ich wollte nicht allein sein wie diese jungen Frauen heutzutage, wenn man sie reden hört, könnte man meinen, es macht Spaß, sich überlegen zu müssen, wo das Geld herkommt und wieviel man für Kleider ausgeben kann, und sich selbst eine Wohnung zu suchen und ein Telefon zu beantragen und alle Rechnungen selbst zu bezahlen und alles allein zu machen. Sich mit Autos herumzuschlagen, mit Versicherungen, Werkstätten, Reparaturen, Chauffeuren. Ganz gut, daß ich mir das sowieso nicht mehr leisten kann... Vermisse es aber trotzdem, hasse es, mit dem Taxi zu fahren, mit mürrischen Fahrern, die kein Wort Englisch können und von einem erwarten, daß man ihnen sagt, wie man dort hinkommt, wo man hin will, und die mit ihrem Schweißgeruch den ganzen Wagen verpesten, daß einem schlecht wird...

Er starb Gott sei Dank im Athletic Club beim Squash und nicht im Bett einer anderen Frau, das wäre so demütigend gewesen. Es war schon demütigend genug, daß seine Kinder prozessierten, als hätte er ihnen nicht riesige Leibrenten hinterlassen, diese Habgier, das ganze Geld, das er mir vermacht hatte, für Jahre gesperrt und dann zum größten Teil Martin zugesprochen, mein Sohn reicher als ich, einfach unfair, dieser Richter. Wie sollte ich denn die Wohnung halten und das Haus in Vail, mit drei Millionen Dollar? Wie weit kommt man denn damit? Wollte mich wahrscheinlich dafür bestrafen, daß ich Alberto geheiratet hatte, mein Anwalt hatte mich noch gewarnt, ich sollte warten, die Rache des Richters, hatte es selbst auf mich abgesehen, dieser Mensch, das habe ich wohl gemerkt. Aber ich konnte nicht warten, fünf Jahre hat es gedauert, bis die Sache entschieden war, ich war so einsam, saß mit einem Baby in dieser Wohnung fest, und Alberto war so himmlisch und ein Aristokrat und so glamourös, er hatte etwas mit Rita Hayworth gehabt und mit Ava Gardner, und er wollte *mich.* Aber er hat mich ausgesogen, dieser Schweinehund, so gut wie nichts beigesteuert, und trotz all seiner Heißblütigkeit war er im Bett schlimmer als Harry, besprang mich von hinten, rammelte wie ein Hund. Beachtete es praktisch gar nicht, als ich ihm einen Sohn schenkte. Und dann diese Demütigung, alle Zeitungen voll davon. Nina Newton und Alberto an der Riviera am Strand, beide fast nackt, fühlte mich wie ein kleines Hausmütterchen, fett und schwanger und alt, und die beiden dort golden in der Sonne, ihre Körper noch immer schlank und muskulös...

Erst achtundzwanzig und allein mit drei Kindern, na ja, zweieinhalb, Marty war acht, Bertie zwei, Marie-Laure sollte demnächst kommen. Und fast blank, der Mistkerl praßte auf meine Kosten, das war auch noch so eine Ironie, in allen Zeitungen war die Rede von der riesigen Abfindung, die ich von Alberto bekommen sollte, keinen Penny habe ich davon je gesehen, er hatte ja nichts. Nina Newton hielt ihn aus, bis sie es leid war und ihn rauswarf. Er heiratete die jungfräuliche Tochter eines italienischen Industriellen, der seinem kleinen Mädchen einen Adelstitel kaufen wollte, das einzige, was Alberto zu bieten hatte. Wahrscheinlich hat er trotzdem noch einen Jungfräulichkeitsnachweis verlangt, wie es bei Prinzessin Diana war.

Ich wurde schon langsam alt und dick, hatte drei Kinder zu ernähren und war so gut wie pleite. Ich *mußte* rasch wieder auf den Markt, einen Mann finden, ich hatte keine Wahl. Ich riß mich zusammen. Die Leute denken immer, gutes Aussehen ist angeboren, sie wissen ja nicht, wieviel Arbeit es kostet. Ich machte eine strikte Diät, nachdem ich Marie-Laure abgestillt hatte, nahm zwanzig Pfund ab. Machte Gymnastik, um meine Haut wieder auf Vordermann zu bringen. Ich mußte den ersten verfügbaren Mann heiraten, der mir über den Weg lief, zum Glück war Paul nicht gerade abstoßend, und es störte ihn nicht, daß ich kleine Kinder hatte, solange er nichts mit ihnen zu tun hatte, er ließ mich einen Ehevertrag unterschreiben, daß mir im Scheidungsfall nicht mehr zustand als – wieviel war es doch gleich? Er war weiß Gott reich genug, wenn ich einfach nur gewartet hätte, daß er stirbt, hätte ich für den Rest meines Lebens ausgesorgt gehabt, aber Himmel noch mal, er lebt ja immer noch, mit seinem Privatflugzeug, seinem Schloß im Loire-Tal, einer Villa in Gstaad, einer in Costa Rica, auf Capri…

Ach, dieses Haus auf Capri. Das einzige an Paul, was ich vermisse. Bougainvillea die Hügel hinauf, Kirschen und Lavendel, Orange, Rot, eine unbändige Blütenpracht, die aus der warmen Erde quoll. Überall Grün, Blätter auf Stein, graue Steinstraßen, Steinmauern, weiße Häuser mit roten Ziegeldächern. Die Villa inmitten von Lilien und Hibiskus, versteckt hinter Efeu und Magnolien, aber vom oberen Stock sah man das Wasser, die Bucht von Neapel, in der Farbe von Dons Augen, ringsum Wasser, so weit das Auge reichte. Eselsglocken, alte Frauen ganz in Schwarz, die die Hänge hinauftrotteten, gebeugt unter ihrer Last, die Dienstboten still und friedlich, kannten ihren Platz. Die Räume im Parterre kühl und dunkel, wie heiß die Sonne auch brannte, weiße Wände mit Terrazzo-Böden, ich spielte Debussy, konnte damals noch spielen, fühlte, wie die Musik in den Morgen hinausschwebte. Besser, wenn er nicht da war, er hielt nichts von Debussy. Auch nicht von Mozart oder Beethoven oder Bach. Beschwerte sich: Mußt du diesen Mist spielen? Nur Chopin mochte er. Hatte auch sein Gutes, führte dazu, daß ich die Balladen fast perfekt beherrschte.

Längst alles futsch. Finger zu schwach. War so gefangengenommen von Don, meiner Trauer, daß ich nie mehr spielte. Sollte vielleicht versuchen, wieder dahin zu kommen.

Sex eine Pflichtübung. Er mochte es so, es gefiel ihm, wenn ich starr und steif war, es machte ihm Spaß, mir weh zu tun, mir die Handgelenke zu verdrehen, mich in die Brüste zu beißen, mich schreien zu hören. Sein Gesicht hinterher, triumphierend, verächtlich. Ich war nur ein Gegenstand, den er gekauft hatte, für den er gezahlt hatte, der ihm gehörte.

Sie verharrte jäh, die Kippe noch zwischen den Fingern, und starrte aus dem Fenster, als stünde dort draußen ein Geist.

Gekauft, bezahlt. Das ist es, was sie meinen.

Sie ließ sich langsam auf das Liegesofa sinken.

Aber das ist nicht fair! Ich habe es doch alles aufgegeben, oh, dieses Vergnügen, ihm zu sagen, daß ich ihn verlassen würde, das Gesicht, das er machte, oooh! Welch ein Triumph, *mein* Triumph diesmal, keinen roten Heller kriegst du von mir, das weißt du, du Luder.

War mir egal. Wichtig war nur Don. Don, mein geliebter Don. Von dem Moment an, als unsere Blicke sich begegneten, dieser elektrische Strom, ununterbrechbar, mußten uns einfach berühren, uns in den Armen halten…

Außerdem dachte ich, in diesem Vertragswisch stünde, daß mir im Fall einer Scheidung soundso viele Hunderttausend pro Jahr zustünden. Ich hatte nicht kapiert, daß das nur dann galt, wenn *er* die Scheidung wollte. Mein Anwalt hat mir das nicht erklärt. Männer halten eben zusammen. Servierten mich kalt ab.

Der Preis kümmerte mich nicht. Damals. Kümmert mich bis heute nicht. Konnte nicht in Dons Nähe sein, ohne daß mir das Blut aus dem Kopf schoß, aus den Fingerspitzen, Zehen, Lippen wich und mein Herz überschwemmte. Konnte nicht sprechen. Das erste Mal, der Empfang in der schwedischen Botschaft: blaue Augen, die sich in meine bohrten, als hätten sie ein Wunder entdeckt, endlich gefunden, wonach sie immer gesucht hatten. Direkt bis in mein Herz, und ich dachte, oh, mein Gott, das ist es, was ich mir gewünscht habe. Immer. Ich wollte auf ihn zulaufen, in seine Arme, aber ich kannte nicht mal seinen Namen, er war nur ein Mann, der in einem Grüppchen bei einem Cocktailempfang stand. Augen wie das Meer, die Bucht, aquamarin, durchdringend, drangen in mich ein, unter meine Haut, bis in mein innerstes Mark. Wollten mich, wollten meinen Körper beherrschen, mein Fleisch, meine Knochen. Von mir aus sollte er sie brechen, mich brechen. Mich nehmen. Mit mir machen, was immer er wollte.

Der Tag, als wir in den Rockies picknicken waren, ich hatte da noch das Haus in Vail, Paul dachte, ich wäre allein dort, kümmerte ihn auch nicht weiter, er war in Brüssel, hatte wieder mal irgendwelche hochwichtigen Dinge zu tun. Don besorgte einen Picknickkorb voller Essen, Wein und Käse und Pâté und Brot und Trauben und Äpfel, und wir fuhren raus und breiteten eine Decke aus und aßen und liebten uns in einer breiten Schlucht voller Wildblumen. Und schliefen eng umschlungen ein – was ich noch nie zuvor getan hatte –, und als ich aufwachte, war er weg, und ich hatte einen Moment lang schreckliche Angst, bis ich ihn sah, es schien, als wüchse er aus dem Boden, er kam wieder zurück zum Rand der Schlucht, war vermutlich pinkeln gewesen. Und er sah aus wie ein Riese, so groß, die Arme muskulös und wohlgeformt und stark genug, die Erde zu bearbeiten, Maschinen zu bedienen, Kontrolle auszuüben, zuzupacken, mich ihre Kraft spüren zu lassen. Männerarme, dafür gedacht, dazu gemacht, mich zu halten, mich zu umschließen, mich in Besitz zu nehmen, mich, die Frau, die dort lag, weiß und weich und seidig und sein, oh, ganz sein. Für immer.

Mary weinte und rieb sich die Klitoris in unerträglichem Sehnen.

7

Als Mary hörte, daß Ronnie am Dienstag, im Anschluß an den Krankenhausbesuch, nach Boston fahren wollte, telefonierte sie mehrmals, dann erklärte sie, daß sie auch nach Boston wolle und daß Aldo sie beide hinfahren würde. Ronnie war erleichtert und überrascht, dann überrascht über ihre Erleichterung, rätselte: Ist es mir wirklich so wichtig, was sie von mir denken, wie sie sich mir gegenüber verhalten? Gleichzeitig fürchtete sie sich vor der Hin- und Rückfahrt mit der Schwester, die ihr am feindlichsten gesonnen war. Würde es eine lange schweigsame Fahrt werden, knisternd vor unausgesprochenem Haß? Wäre besser, den Zug zu nehmen. Es besteht keine Chance, daß wir liebenswürdig miteinander plaudern könnten, sie haßt mich, sie haßt meine Hautfarbe, meine Herkunft, meine uneheliche Geburt, meine Existenz. Wenn ich mich anstrengen würde, liebenswürdig zu ihr zu sein, würde ich mich dann in bewundernswerter Zurückhaltung üben oder eine falsche Komplizenschaft an den Tag legen?

Die erste Viertelstunde redete Mary nur mit Aldo, kommentierte die Veränderungen der Landschaft seit ihrer Kindheit. Aldo stimmte unterwürfig jedem ihrer Sätze zu. Dennoch wurde das ruhige Brummen des schweren Wagens unerträglich, und Mary blickte prüfend auf ihre Hände, die in weißen Glacéhandschuhen steckten und auf ihrem Schoß lagen, als Ronnie beschloß, die Flucht nach vorn anzutreten.

»Mir ist aufgefallen, daß du viel Lyrik liest«, sagte sie.

Marys Körper entfaltete sich fast unmerklich, wie eine vertrocknete Frucht, die in Wasser gelegt wird. »Ja… freut mich, daß du das bemerkt hast.« Sie fächelte sich mit ihrer Handtasche zu. »Elizabeth hält mich für ein Dummchen. Das denkt wahrscheinlich jeder.«

»Ich habe gesehen, daß du W. S. Merwin liest. Ich mag ihn auch sehr gern.«

»Wirklich?« Mary warf Ronnie einen seltsamen Blick zu. »Wen magst du noch?«

Für eine Weile unterhielten sie sich über ihre Lieblingsdichter, bis Ronnie Adrienne Rich erwähnte.

»Den Feminismus finde ich ziemlich dumm«, sagte Mary. »Man kann doch nicht gegen die Natur ankämpfen. Solange die Frauen diejenigen sind, die die Kinder bekommen, sind sie auf Schutz angewiesen.«

»Wem seinen?«

»Wie bitte?«

»Wem seinen Schutz?«

»Also wirklich, Ronnie, deine Grammatik…«

»Scheiß auf meine Grammatik, Mary. Warum müssen Frauen beschützt werden? Sie würden keinen Schutz brauchen, wenn Männer sie nicht bedrohen würden, oder?«

»Sie sind auf Unterhalt angewiesen!«

»Sie würden keinen Unterhalt brauchen, wenn die Männer nicht das gesamte Eigentum und alle Ressourcen dieser Welt an sich gerissen hätten.«

Mary sah sie nachdenklich an. »Aber das ist doch die Natur des Mannes. Er ist räuberisch, aggressiv.«

»Ich kann nicht glauben, daß die Natur eine Spezies hervorgebracht hat, bei der das eine Geschlecht das andere systematisch ausbeutet.«

Mary überlegte und runzelte die Stirn. »Aber wie sollte es denn anders gehen? Die Geschichte hat…«

»Geschichte ist die männliche Version der Ereignisse der vergangenen fünftausend Jahre. Logisch, daß sie die Geschichte so erzählen, daß ihre Räuberei als etwas Naturgegebenes dasteht.«

»Du bist wohl eine Feministin«, schlußfolgerte Mary.

»Stimmt genau.«

»Ich kann nicht mit dir über die Vergangenheit streiten, weil ich zuwenig darüber weiß. Ich weiß nur, daß Frauen versuchen müssen, zu überleben, wie auch immer. Und das geht am besten und sichersten in Verbindung mit einem Mann.«

»Durch die Ehe ohne Scheidungsmöglichkeit.«

»Männer müssen einfach gezwungen werden, für ihre Kinder zu sorgen. Obwohl – natürlich... na ja, ich wäre einfach weggerannt«, schloß sie mysteriös.

»Und was ist mit der Abtreibung?«

Mary zuckte die Achseln. »Ach, das ist nicht mein Problem. Aber Frauen und Kinder brauchen Schutz. Es ist schrecklich, was ledigen Mädchen mit Kindern widerfährt oder den nicht mehr jungen Frauen, die wie Müll weggeworfen werden. Meine Freundin, Marge Germaine, war zweiundfünfzig, als ihr Mann beschloß, ein fünfundzwanzigjähriges Flittchen zu heiraten. Mit irgendeinem legalen Trick konnte er sie ganz einfach ohne einen Penny abstoßen, und jetzt ist sie völlig mittellos. Ihre Kinder müssen sie unterstützen.« Sie schüttelte sich.

»Wenigstens können ihre Kinder sie unterstützen«, konnte Ronnie sich nicht verkneifen zu sagen. »Das ist nicht immer der Fall.«

»Wahrscheinlich«, sagte Mary.

»Für eine erklärte Antifeministin ist deine Einschätzung der Ehe ziemlich politisch«, bemerkte Ronnie.

Mary zuckte die Achseln. »Jeder Mensch mit Verstand weiß, daß die Ehe ein politisches Geschäft ist. Du lieber Gott, das ganze Leben ist politisch«, ergänzte sie. »Feministinnen haben die Klugheit nicht gepachtet.«

»Das merke ich«, lächelte Ronnie.

Marys Herz tat einen kleinen Hüpfer. Sie lächelte Aldos Hinterkopf an.

Sie setzten Ronnie an der Boston University ab, dann fuhr Aldo Mary ins Ritz, wo sie mit ihrer alten Freundin Christina zum Lunch verabredet war.

In der Universität besuchte Ronnie Professor Madrick und vereinbarte mit ihm, daß sie einen Bibliotheksausweis als Forschungsassistentin beantragen konnte. Der Papierkram dafür dauerte ewig, und sie hatte keine Zeit, zum Lunch zu gehen. Sie ging wählen, dann sprang sie in die Bahn nach Cambridge, um im Coop einkaufen zu gehen. Aldo sollte sie dort um sechzehn Uhr dreißig abholen.

Die angenehme Gesellschaft und der Wein hatten bewirkt, daß Mary rosig und glücklich aussah: »Es war schön, Christina wiederzusehen, wir haben uns jahrelang nicht mehr gesehen! Außerdem war es richtig gut, mal wieder aus dem Haus zu kommen! Es ist so ein bedrückendes Haus!«

»Stimmt.«

Mary sah sie leicht überrascht an. »Für dich auch?«

»Ja.« Was dachte sie denn? Daß Luxus alles andere aufwiegt?

Dann fuhr Aldo sie zu Ronnies altem Apartment am Copley Square, wo sie ihre Sachen abholen wollte, die sie dort untergestellt hatte. Es war ein geschäftiges, heruntergekommenes Viertel; die alten Brownstonehäuser, die die breiten Straßen säumten, waren in billige Geschäfte mit darüberliegenden Wohnungen umgewandelt worden. Mary war entsetzt. »Hier hast du gewohnt?«

Ronnie bereitete sich auf eine Attacke vor. »Ja.«

Mary spähte hinaus. »Sieht beängstigend aus.«

»Es ist nicht schlecht. Es ist lebendig.«

Ronnie wies Aldo den Weg zu ihrem Haus.

»Hier?« rief Mary aus, als sie das Brownstonehaus sah, das

im Souterrain und im Erdgeschoß einen winzigen Plattenladen, ein Reisebüro und ein mexikanisches Spezialitätenrestaurant beherbergte. Ronnies Magen krampfte sich in Erwartung des Urteils zusammen. Sie öffnete die Autotür. »Ich renne nur kurz hoch. Es dauert keine Minute.«

Mary blickte sich um, als befände sie sich in einem fremden Land. »Hattest du keine Angst, als du hier gewohnt hast?«

»Nein. Warum?« Ronnie war erstaunt. »Ich habe in viel mieseren Gegenden gewohnt.«

Mary sah sie an. »Darf ich mitkommen?«

Ronnie erwiderte ihren Blick. »Warum?«

»Ich könnte dir helfen. Bei den Sachen, die du heruntertragen mußt.«

»Ich helfe ihr gern, Miss Upton«, sagte Aldo und drehte sich zu ihnen um. Er redete alle Schwestern mit »Miss Upton« an, bis auf Ronnie, zu der er »Ronnie« sagte.

»Das schaffe ich allein, es ist nicht viel. Es geht schon«, versuchte Ronnie zu entkommen.

»Ich würde gern sehen, wie du gelebt hast.«

»Es ist nur eine olle Wohnung.«

»Ich habe noch nie eine olle Wohnung gesehen.«

Aldo sprang aus dem Auto, um Mary die Autotür aufzuhalten, eine Dienstleistung, die er bei Ronnie nicht für nötig hielt. Ronnie schlug den Kragen hoch, senkte den Kopf und versteckte ihr Gesicht. Sie hoffte, daß niemand, den sie kannte, sie aus einer Limousine aussteigen sah, mit einem Chauffeur, der auch noch für eine elegant gekleidete Dame im Zobel und mit Glacéhandschuhen den Schlag aufriß.

»Du mußt bis in den zweiten Stock hochsteigen«, warnte Ronnie, immer noch in der Hoffnung, sie von ihrem Vorhaben abzubringen.

»Ich bin noch nicht invalide«, sagte Mary, aber sie schwankte auf ihren hohen Absätzen und war schon im ersten Stock außer Atem.

Linda machte die Tür auf. »Hallo!« rief sie, umarmte Ronnie und blickte erstaunt auf die Frau, die Ronnie als Mary Scott vorstellte. »Sie hat mich hergebracht«, sagte sie ohne weitere Erklärungen. Mary blickte sich in dem großen hellen Zimmer um, das mit Möbeln eingerichtet war, die sich in den verschiedensten Stadien des Zerfalls befanden – eine Couch mit Armlehnen aus Holz, bei der aus einem Polster eine Feder kam, ein wackliger Tisch, eine alte Stehlampe mit einem Fransenschirm, zwei einfache Stühle, ein großer Tisch mit Büchern und Papieren und den Resten einer Mahlzeit, die zur Seite geschoben waren, ein ungemachtes Bett.

»Setzt euch doch!« rief Linda. »Wollt ihr eine Cola oder so was?«

»Danke. Wir wollen gleich wieder weg. Sie fahren mich wieder nach Lincoln.«

»Oh.« Das Mädchen war offenbar wirklich enttäuscht – als hätte sie Ronnie richtig gern. Mary spähte in den Flur, der vor dem Zimmer lag.

»Ich habe alle deine Sachen dort hingestellt«, sagte Linda und zeigte auf ein paar Plastiktüten, die an der Wand aufgereiht waren.

»Ich bin dir wirklich sehr dankbar, daß du sie für mich aufbewahrt hast, Lin. Wie läuft es mit deiner neuen Mitbewohnerin?«

»Ganz gut«, nickte Linda. »Sie zahlt pünktlich ihren Anteil, und sie geht nicht an meine Vorräte. Was will man mehr«, lachte sie.

»Darf ich...«, setzte Mary an. Die beiden hörten auf zu reden und sahen sie an. »Darf ich Ihre Toilette benutzen?«

»Selbstverständlich«, sagte Linda. Sie führte sie aus dem Zimmer in den Flur und zeigte auf eine Tür.

Ronnie war schockiert. Mary wollte *hier* auf die Toilette? Die übertrieben penible Mary, mit ihren Zimmern ganz in Weiß, ihrer weißen Ernährung, ihrer mäkeligen Abneigung gegen alles, was Keime enthalten könnte? Aber ihr Gesicht verriet nichts, als sie weiter mit Linda plauderte und auf Marys Rückkehr wartete.

Mary ging auf Entdeckungsreise. Fasziniert spähte sie in eine kleine, dunkle Küche mit einem Spülbecken und einem Herd aus einem anderen Zeitalter, ehe sie das lange, enge, dunkle Bad betrat, das vollgestopft war mit all den unentbehrlichen Toilettenutensilien zweier junger Frauen des ausgehenden zwanzigsten Jahrhunderts. Sie würde sich selbstverständlich nicht auf diese Toilette setzen und sich niemals die Hände an dem Waschbecken waschen. Sie nahm ihr Taschentuch in die behandschuhte Hand, um an der Spülung zu ziehen und den Wasserhahn aufzudrehen. Leise schlich sie sich wieder hinaus und versuchte, einen Blick in das andere Zimmer zu erhaschen, dessen Tür halb geöffnet war. Sie stieß sie etwas weiter auf und sah einen dämmrigen Raum, in dem ein Bett stand, ein Tisch, der gleichzeitig als Schreibtisch diente, ein altes Plüschsofa, ein Sessel, eine Sammlung alter, aber nicht antiker Lampen. Er war kleiner und dunkler als der Hauptraum und ging offenbar auf einen Luftschacht oder eine Straße hinaus.

»Danke!« sagte sie, als sie zurückkam, und bot Ronnie an, ihr beim Tragen der Tüten zu helfen. Die beiden Frauen sahen sie an.

»Schon okay. Ich gehe zweimal«, sagte Ronnie.

»Schon okay, ich helfe dir«, sagte Linda.

Aber Mary ließ nicht locker und durfte eine leichte Tüte tragen, in der sich Kleidung befand. Ronnie und Linda nahmen jeweils vier Tüten mit Kleidung und Büchern.

»Ich hasse es irgendwie, daß deine Sachen jetzt alle weg sind, Ron«, sagte Linda, als sie die Treppen hinuntergingen. »Es ist, als ob du endgültig weggehen würdest, für immer und ewig. Du weißt ja, wie es hier ist, die Leute verschwinden einfach. Ich habe Angst, daß ich dich nie mehr wiedersehe. Versprich mir, daß du dich melden wirst?«

»Versprochen. Ich komme sowieso noch in die Stadt, um in die Bibliothek zu gehen. Ich rufe dich an, dann treffen wir uns auf einen Kaffee oder zum Lunch.«

»Toll. Also vergiß mich nicht.« Linda küßte sie zum Abschied, umarmte sie, während Aldo aus dem Auto sprang und Mary die Tüte entriß, sie in den Kofferraum packte und Mary ins Auto half. Er verstaute auch die übrigen Tüten, schlug den Kofferraumdeckel zu und setzte sich wieder ins Auto. Während sie sich von Linda verabschiedete, spürte Ronnie seine Entrüstung darüber, daß Mary etwas tragen mußte, und sie stieg mit einem Grinsen ein. Erst da bemerkte Linda das Auto, den uniformierten Chauffeur. Ihr fielen fast die Augen aus dem Kopf, und Ronnie grinste sie an und winkte und war froh, keine weiteren Erklärungen abgeben zu müssen.

»Ich wäre gern hinaufgekommen, um Ihnen zu helfen, Ronnie«, knurrte Aldo. »Es wäre nicht nötig gewesen, Miss Upton zu bemühen.«

»Regen Sie sich nicht auf, Aldo«, schnurrte Mary. »Ich habe darauf bestanden.« Und sie tätschelte Ronnies Hand. Mit ihren Handschuhen.

Alex, die im Wintergarten einsam ihren Tee trank, blickte auf und sah eine heiter wirkende Ronnie, die, beladen mit Kleidungsstücken und Büchern und braunen Coop-Tüten, ohne jede Erklärung in ihrem Zimmer verschwand. Gut, mal aus dem Haus zu kommen, dachte Alex. Ist doch komisch: Ein Heim ist so wichtig für uns, wir opfern alles, um ein Haus zu kaufen oder eine Wohnung zu mieten, die wir dann nach unserem Geschmack möblieren und schmücken. Und dann finden wir es bedrückend, wenn wir nie herauskommen.

Geht mir genauso.

Mary machte einen fröhlicheren Eindruck als sonst. Ein ausgedehnter Lunch mit einer alten Freundin im Ritz und irgendein seltsamer Abstecher in die Wildnis (hatte sie sich nicht so ausgedrückt?). Irgendein Witz, den sie mal wieder, wie üblich, nicht kapiert hatte. Vielleicht hatte sie damit die Wahl gemeint. Nein, sie darf hier ja gar nicht wählen, hat sie gesagt. New York. David hat gestern abend erzählt, er würde zur Wahl gehen. Ich bräuchte also keine übertriebenen Schuldgefühle zu haben, weil ich in diesem Jahr meine Pflichten als Staatsbürgerin versäume. Aber die Wahrheit ist, daß ich in diesem Jahr eigentlich sowieso nicht wählen wollte. Ich bin mir gar nicht sicher, daß David mit Reagan richtig liegt. Es gefällt mir nicht, wie sich die Dinge zur Zeit entwickeln, immer mehr Frauen landen im Obdachlosenheim... Trotzdem, ich würde seine Stimme nicht mit meiner aufheben wollen.

Vielleicht hätte ich heute mit ihnen mitfahren sollen, aber was hätte ich dort gemacht? Mary wollte mich im Ritz nicht dabeihaben, und Ronnie war viel zu beschäftigt, um sich um mich zu kümmern. Ich hätte einfach herumspazieren können, ich war noch nie in Boston.

Oh, warum bin ich nicht mitgefahren?

Niemand hat mich gefragt.

Als Elizabeth am späten Donnerstagnachmittag zurückkam, wohnten die Schwestern seit einer Woche in dem Haus, und ihr Alltag war so eingespielt, als ob sie ihr Leben lang dort – zusammen – gewohnt hätten. So wußte zum Beispiel jede, daß Ronnie sich nie wirklich im Haus aufhielt, bis auf die Mahlzeiten, sondern entweder draußen war oder in ihrem Zimmer. Jede wußte, daß Alex oft und lange für sich allein sein wollte, Spaziergänge in die Stadt unternahm oder mit dem Fahrrad durch die Landschaft fuhr und – wie Mary behauptete (die sie einmal, als sie mit Aldo durch die Stadt gefahren war, aus St. Joseph hatte kommen sehen) – in die katholische Kirche ging. Ronnie und Elizabeth reagierten auf diese schockierende Information mit einem Achselzucken.

Elizabeth verbrachte viele Stunden in der Bibliothek, saß

entweder am Computer oder lag auf der Couch und las irgendeinen schrecklich dicken Wälzer, einen Stift hinterm Ohr, die Lesebrille auf der Nase, einen Notizblock in Reichweite. Wieso sie überhaupt Kleider mitgebracht hatte, blieb Mary ein Rätsel, sie schien sich von Ronnie beeinflussen zu lassen und trug jetzt nur noch alte Cordhosen und ausgebeulte Kaschmirpullover und Turnschuhe. Laufschuhe, hätte Marty gesagt. Zwar verlieh Elizabeths schlanke Figur diesem Aufzug eine gewisse schäbige Eleganz, aber sie hatte sich darauf versteift, in den frühen Morgenstunden im Wald spazierenzugehen, wobei sie an Regentagen einen alten Poncho trug, den sie in der Kleiderkammer gefunden hatte. Sie stand um sechs auf und ging jeden Abend um halb zwölf schlafen. Starr wie ein Telefonmast, sagte Mary.

Mary war am wenigsten festgefahren in ihren Gewohnheiten und unruhiger als die anderen. Sie las, machte es sich mal in diesem Sessel bequem, mal in jenem, je nachdem, in welchem Raum mehr Licht war – morgens meistens im Wintergarten, nachmittags im Wohnzimmer. Manchmal kritzelte sie etwas in ein Notizbuch. Elizabeth witzelte, daß Mary sich selber Liebesbriefe schrieb. Und eines Tages klappte sie den alten Bösendorfer Flügel auf, der seit Jahren nicht mehr berührt worden war, schlug leicht eine Tonleiter an, schrie entsetzt auf und verlangte, daß Elizabeth den Klavierstimmer bestellte. Der Flügel war in einem so schlechten Zustand, daß der Klavierstimmer nicht in der Lage war, ihn auf Konzertniveau zu stimmen, worüber Mary sich beschwerte.

»Oh, die Prinzessin auf der Erbse!« sagte Elizabeth gereizt. »Man könnte fast glauben, daß du das absolute Gehör hättest.«

»Habe ich«, sagte Mary.

Trotzdem setzte sie sich jeden Nachmittag hin und stolperte durch Tonleitern und Etüden, was zur Folge hatte, daß überall im Haus die Türen zugeknallt wurden.

Aber sie klagte ständig über Langeweile und ließ sich in den darauffolgenden Tagen mehrmals von Aldo nach Boston fahren. Sie hatte ihr Adreßbuch nach Namen von alten Schulfreundinnen und Spielgefährten, die in der Gegend lebten, durchforstet und traf sich mit ihnen zum Lunch oder in Kunstgalerien, oder im Gardner-Museum, oder im Museum of Fine Arts, oder zu einer Matinee, derweil Aldo zufrieden im Wagen auf sie wartete und wußte, daß sie genau die Dinge tat, die sich für eine Dame schickten, und folglich sicher war.

Ohne ein Wort darüber zu verlieren, hatten sich die Schwestern eine Arbeitsteilung angewöhnt. Elizabeth kümmerte sich um die Geschäfte – verhandelte mit den Gartenarbeitern und mit Aldo, rief Handwerker an, wenn etwas repariert werden mußte, und bezahlte die Rechnungen. Mary übernahm Mrs. Browning, überwachte den Speisezettel und den Einkauf, und hin und wieder wurden die Bestellungen nicht einfach telefonisch aufgegeben, sondern sie begleitete die Haushälterin im Wagen (den Aldo fuhr) zu Denelans Supermarkt oder nach Concord, um sich zu vergewissern, daß die Waren die richtige Qualität hatten. Aber immer Fisch, Hühnchen, weiße Rüben, Kartoffeln, Sellerie und Pastinaken wurden auf die Dauer langweilig, und immer Kaviar (das einzige nicht-weiße Nahrungsmittel, das Mary liebte) zu teuer, und deshalb beauftragte Elizabeth Alex, als Beraterin mitzufahren und nebenbei darauf zu achten, daß Mary nicht das Budget sprengte. Mary protestierte, daß sie doch immerhin auch grüne Nahrungsmittel zuließ, fügte sich dann aber achselzuckend.

Alex verbrachte die meiste Zeit des Tages im Freien, aber wenn Teresa um vier Uhr nachmittags das Haus verließ, war es Alex, die Mrs. Browning beim Gemüseschneiden und Salatwaschen und Tischdecken half. Nach dem Abendessen räumte sie den Tisch mit ab und kochte aus den Resten des Abendessens die Suppe für den Lunch des nächsten Tages. Mittwochs – wenn Mrs. Browning ihren freien Tag hatte – backte sie einen Kuchen.

Nur Ronnie machte nichts, jedenfalls hatte Elizabeth das gedacht, bis sie eines Tages, bei einem Blick aus dem Fenster des Arbeitszimmers, sah, wie Ronnie draußen mit Aldo Schneezäune aufstellte. Sie erwähnte es gegenüber Mary, die sagte, sie habe Ronnie zu Beginn des Monats Laub harken sehen. Offenbar arbeitete sie jeden Tag im Garten, half die faulen Äpfel aufzulesen, bedeckte die empfindlichen Pflanzen für den Winter und wendete das Laub. Dieses Wissen erfüllte Elizabeth mit einer tiefen Befriedigung. Es war, als lebten sie in einer kleinen klösterlichen Gemeinschaft, zu der jede auf ihre Weise etwas beitrug. Alle genossen die Tage, die fast schweigend vergingen, die Einsamkeit, die Abgeschiedenheit von der Welt. Ihre Arbeit vermittelte ihnen das Gefühl einer friedlichen Ordnung, einer Harmonie, die ihre wütenden Auseinandersetzungen verebben ließ.

Und jeden Tag um elf standen alle vier bereit, wenn Aldo vorfuhr, um sie zum Krankenhaus zu bringen. Jeden Tag standen sie gemeinsam an Stephens Bett und blickten auf ihn hinunter, sagten nichts als: »Hallo, Vater, wie geht es dir heute?« Ronnie sagte nie etwas, und keine von ihnen berührte ihn je. Jedesmal erschien Dr. Stamp, um mit ihnen zu plaudern. Nach zwanzig Minuten gingen sie wieder.

Stephen hatte eine Woche im Koma gelegen, als der Arzt sie ohne sein übliches Lächeln begrüßte. Mit bedeutungsvoll ernster Miene sagte er: »Wenn Sie den Besuch bei Ihrem Vater beendet haben, möchte ich mit Ihnen sprechen«, und als sie aus dem Zimmer kamen, führte er sie in die Halle. Er erklärte, daß sie mehrere Computertomographien gemacht hätten, um zu prüfen, wie weit sich die Blutgerinnsel aufgelöst hätten, und daß das Hirngewebe apoplex sei.

Elizabeth zündete sich eine Zigarette an. Mary klimperte mit den Wimpern und reckte Dr. Stamp ihren Hals entgegen. »Könnten Sie das bitte erklären?« fragte sie wie ein süßes, unwissendes Kind.

»Das Hirngewebe ist geschädigt – es ist zerstört. Selbst wenn er das Bewußtsein wiedererlangen sollte, sind die Aussichten nicht... rosig.«

»Sie meinen, daß Vater ein Idiot sein wird!« rief Mary aus.

Der Doktor lächelte ihr gütig zu. »Nicht ganz... aber er wird vielleicht nicht in der Lage sein, zu sprechen oder sich zu bewegen. Ich wollte Sie nur darauf vorbereiten, daß die Aussichten recht schlecht sind. Je länger er im Koma liegt, desto geringer die Hoffnung... Es tut mir leid.«

»Oh«, sagte Mary.

»Danke«, sagte Elizabeth und erhob sich.

Die anderen bedankten sich ebenfalls, und dann gingen sie mit ausdruckslosen Gesichtern. Seltsame Frauen, dachte Dr. Stamp. Irgendwie anders, als sie scheinen. Und warum kommen sie immer mit diesem farbigen Mädchen?

Nach dem Lunch desselben Tages gab Mary bekannt, daß sie die Gastfreundschaft ihrer Freundinnen erwidern und sie nach Lincoln zum Tee einladen wolle. Alex war entzückt. Elizabeth stöhnte, und Ronnie sah so entsetzt aus, daß Mary hinzufügte, sie sei entschuldigt – was Ronnie auch nicht glücklicher zu machen schien.

Aber Mary erklärte noch im selben Atemzug, ehe sie kämen, müsse das Haus in einen repräsentablen Zustand versetzt werden. Sie öffnete eine herrliche Ledermappe, enthüllte einen Notizblock mit seitenlangen Listen und wirbelte los. Als erstes verlangte sie von Elizabeth, einen Polsterer anzurufen, der das Polsterkissen auf der Fensterbank innerhalb von zehn Tagen neu beziehen sollte (was natürlich nicht machbar war, also fuhr Mary nach Boston, um Stoff zu kaufen, und Teresa nähte den Bezug). Sie selbst rief eine chemische Reinigung an, die die Vorhänge in den unteren Wohnräumen reinigen und wieder aufhängen sollte. Für einen Aufpreis ließ sich das in einer Woche machen. Sie befahl den Dienstboten, die Spitzenstores im ganzen Haus, unten und oben, *von Hand* zu waschen (sie seien schließlich auch handgenäht, führte sie an) und sie in Form zu ziehen, so wie es früher gemacht wurde. Mrs. Browning und Teresa waren verärgert: Sie hätten nur vier Hände, aber vierzig Spitzengardinen, die von Hand gespannt werden müßten. Das würde mehr als eine Woche in Anspruch nehmen, wehrten sie sich zitternd. Mary blieb hart. Sie drängte Aldo, den Frauen beim Putzen der Fenster, beim Bohnern des Parketts, bei der Reinigung der Kronleuchter und beim Putzen des Silbers zur Hand zu gehen. Aber das alles in einer Woche zu schaffen, war fast unmöglich. Teresa redete von Kündigen, und am Dienstag servierte Mrs. Browning ihnen zum Lunch mit einem tiefen Seufzer eine Büchsensuppe und Sandwiches.

»Das ist lächerlich, Mary«, schrie Elizabeth. »Du kannst die Leute nicht so antreiben! Und das alles nur für ein paar dumme Weiber, die noch nicht mal nach oben gehen werden?«

»Es muß gemacht werden!« schrie Mary zurück. »Es ist seit Jahren nicht gemacht worden!« Sie schoß einen wütenden Blick auf Ronnie ab, deren Mutter das Versäumnis vermutlich zuzuschreiben war. »Und sie sind nicht dumm. Wie kannst du es wagen, sie als dumm zu bezeichnen! Francine ist mit dem reichsten Importeur von Boston verheiratet, sie besitzen eine der bedeutendsten Kunstsammlungen des Landes! Sie werden von sämtlichen Museen der Welt hofiert! Christina ist...«

»Erzähl mir NICHT, mit wem diese Weiber verheiratet sind«, rief Elizabeth und hielt sich die Ohren zu.

Mary starrte sie verständnislos an.

Ronnie lehnte sich mit einem boshaften Lächeln zurück. »Sie scheint der Ansicht zu sein, daß die Ehe mit einem reichen Mann noch keine Garantie für Klugheit ist«, erklärte sie Mary.

»Dann weiß ich nicht, was sonst!« rief Mary wütend aus. »Um mit einem reichen Mann verheiratet zu sein und zu bleiben, braucht man mehr Erfahrung und Klugheit als in irgendeinem anderen Job, den ich kenne!«

Ronnie brach in Gelächter aus; Alex lächelte unsicher; sogar Elizabeth grinste schief. Als Mary ein leises Lächeln entschlüpfte, brachen die Schwestern in lautes Gelächter aus. Es war auf der Kippe zur Hysterie, aber es war das erstc gemeinsame Lachen ihres Lebens.

»Mary«, sagte Elizabeth freundlicher, »es wird dem Personal einfach zu viel. Es ist unmenschlich, was du von ihnen verlangst.«

»Dann stellt noch ein paar Leute ein!«

»Ich würde sehr gern helfen, wenn…«, warf Alex zaghaft ein, »wenn ihr nichts dagegen habt. Ihr scheint so… Menschen, die in solchen Häusern leben, scheinen so strikte Regeln dafür zu haben, was erlaubt ist und was nicht, aber ich würde gern helfen. Damit ich etwas zu tun habe.«

»Warst du das nicht, die ich neulich oben auf der Trittleiter gesehen habe, wie sie die Kugel des Kronleuchters geputzt hat?« verpetzte Ronnie sie lächelnd.

Sie wurde rot. »Na ja, Teresa und Brownie kämpften mit den Vorhängen…«

»Brownie?!!!« rief Mary.

»Das ist ihr Spitzname«, sagte sie unschuldig.

»Man ruft Dienstboten nicht bei ihrem Spitznamen, Alex«, wies Mary sie zurecht. Dann überlegte sie, wog ihre Chancen ab. »Na schön. Ich glaube, es ist in Ordnung, wenn du hilfst«, entschied sie. »Warum nicht. Die Zeiten haben sich geändert, nicht wahr? Ich verstehe nicht viel von Hausarbeit, aber ich werde versuchen, auch mitzuhelfen.« Sie sah Elizabeth erwartungsvoll an.

»Mich brauchst du nicht anzusehen. Es ist deine Party.«

»Und *ich* bin noch nicht mal eingeladen«, fuhr Ronnie dazwischen und floh vom Tisch.

»Gut, Elizabeth, aber du mußt eine Hilfe für Mrs. Browning einstellen. Büchsensuppe und Sandwiches zum Lunch, das geht nicht!« schloß Mary.

Am Freitag vor der Teeparty – fünfzehn Tage nach seinem Schlaganfall, vierzehn Tage nach ihrer Ankunft in Lincoln – rief Alex plötzlich, daß Vaters linkes Augenlid gezuckt habe. Sie erstarrten und blickten ihn forschend an. Nichts.

Am Sonnabend sagte sie, seine linke Hand habe sich bewegt. Wieder erstarrten sie und konzentrierten sich auf seine linke Hand. Nichts. Mary verdrehte die Augen und blickte Elizabeth an.

Am Sonntag sagte Alex sehr leise: »Ich weiß, daß ihr mir nicht glaubt, aber seht ihn euch an. Sein Augenlid hat sich bewegt!«

Ronnie sagte: »Ich habe es auch gesehen.«

Mary starrte Elizabeth an. Sie sahen den alten Mann an. Nichts. »Alex, ich glaube, der Hausputz ist dir nicht bekommen«, sagte Mary und stolzierte hinaus. Elizabeth folgte ihr, so daß Alex und Ronnie hinter den beiden hertrotten mußten. Sie sahen sich nachdenklich an.

»Du hast es auch gesehen, nicht wahr? Du hast dich nicht nur über mich lustig gemacht?« flüsterte Alex.

»Ich habe es gesehen«, sagte Ronnie. »Sie wollen es nicht sehen. Sie wollen, daß er stirbt.«

»Ach, ganz bestimmt nicht.«

»Wirklich? Ganz bestimmt nicht?« mokierte sich Ronnie. »Ms. Pollyanna, die Superoptimistin?«

Alex knuffte sie leicht, dann legte sie beim Hinausgehen leicht den Arm um sie. Elizabeth sprach mit Edna Thompson, Vaters Krankenschwester.

»Selbstverständlich, Miss Upton.« Sie befingerte eine Visitenkarte. »Ich rufe Sie an, wenn irgendeine Veränderung eintritt.«

Elizabeth bestellte bei einer Agentur für Zeitarbeit zwei Frauen, so daß die meisten Arbeiten erledigt werden konnten, obwohl Mrs. Browning Teresa in der Küche anvertraute, daß

Marys Hilfe noch zusätzliche Arbeit bedeutete. »Es ist wie bei einer Fünfjährigen, die ein bißchen mithelfen darf«, pflichtete Teresa ihr bei, und sie lachten zufrieden. Der Angriff auf ihre Ordnung hatte sie völlig aus der Fassung gebracht, und sie verspürten eine gewisse Schadenfreude, als sie sahen, wie sich Mary, in Kaschmir-Twinset, Minirock, Perlenkette und Schürze, bei dem Versuch, einen Spitzenstore aus dem Spannrahmen zu nehmen, an einer der Nadeln, die ihn hielten, in den Finger pikte. Ihre Genugtuung hatte mehrere Ursachen – sie mußte leiden (begreifst du jetzt, was *wir* durchmachen?), aber sie mußte auch die Arbeit liegenlassen und den Finger ablutschen und konnte nichts mehr anfassen, bis der Finger zu bluten aufhörte, wenn sie nicht die frisch gewaschenen Spitzenstores wieder schmutzig machen wollte, so daß sie ihnen für ein paar Minuten nicht mehr im Weg stehen konnte. Außerdem behielten sie recht: Es war unmöglich, alle vierzig Spitzenstores in einer Woche zu waschen und zu spannen, und Mary willigte schließlich ein, sich den Gardinen im ersten Stock später zuzuwenden. Aber ihre Genugtuung geriet ins Wanken, als Mary herumging und den wiederhergestellten Glanz des Hauses, seine Schönheit, lauthals bewunderte, als hätte sie dieses Wunder eigenhändig und allein zustande gebracht – auch wenn sie wegen der schweren Vorhänge, die mit fadenscheinig gewordenen Stellen aus der Reinigung gekommen waren, buchstäblich Tränen vergoß.

Zwei Tage vor der Einladung – es mußten noch mehrere Spitzengardinen gewaschen und der größte Teil des Silbers geputzt werden – fing Mary an, den Speiseplan zu entwerfen und zu verwerfen, und Mrs. Browning regte sich darüber auf, daß sie Sandwiches mit Gurken, Brunnenkresse und Schinken verlangte, geräucherten Lachs auf dünnen braunen Brotscheiben, Artischockenherzen mit Krabben und Mayonnaise, Kaviar mit feingeschnittenen Eiern und Zwiebeln auf Toastecken, Pfundkuchen, Zitronencremeschnitten und Schokoladentorte, und daß alles in zwei Tagen eingekauft und zurechtgemacht werden sollte.

Aber irgendwie wurde auch das geschafft, und die drei Damen – und es handelte sich zweifelsfrei um Damen – kamen am Montag nachmittag pünktlich um vier Uhr gemeinsam in einer Limousine an. Mary begrüßte sie in einem hochgeschlossenen dreiteiligen Ensemble aus weinroter Wolle mit schwingendem Rock, als einzigen Schmuck eine breite goldene Halskette; Alex trug das beste Stück, das sie mitgebracht hatte, ein blaßblaues Hemdblusenkleid (das, wie Mary zugeben mußte, ihre Augen vortrefflich zur Geltung brachte). Elizabeth mußte aus dem Arbeitszimmer gezerrt werden, aber zumindest hatte sie sich einen gutgeschnittenen schwarzen Rock und ein weißes Hemd angezogen, etwas maskulin, aber aus schwerer Seide und weit geschnitten. Die Damen, die alle eher wie Mary gekleidet waren, bemerkten nichts, was ihr Auge beleidigen könnte, und umarmten Mary und begrüßten Elizabeth überschwenglich (Ewigkeiten nicht gesehen, Lizzie! Bin ich glücklich, dich nach so langer Zeit endlich mal wiederzusehen! Ich habe so viel von dir gehört!). Sie musterten Alex unauffällig und schritten durch das Wohnzimmer und den Salon und äußerten sich begeistert über die Pracht und Schönheit »dieser alten Häuser«.

Teresa servierte den Tee an einem Teetisch, der seit Jahrzehnten nicht benutzt worden war und nun aufgeklappt im Wohnzimmer stand, die Strahlen der untergehenden Sonne leuchteten auf den neuen goldenen Brokatpolstern der Fensterbank und den frisch gereinigten, aber sehr alten schweren Vorhängen, die sorgfältig zurechtgezogen waren, um die zerschlissenen Stellen zu verbergen. Im Kamin flackerte ein Feuer (aber nicht so hell wie Ronnies Feuer, dachte Mary), die Lampen strahlten hell, die Damen unterhielten sich. Sie redeten über ihre Kinder, ihre Hunde, ihre Ferien, tauschten Erinnerungen an das Lincoln ihrer Kinderjahre aus. Jede hatte einen

Bekannten oder einen Verwandten, der einen Schlaganfall erlitten und sich wieder davon erholt hatte, so wie es bei Stephen, ganz sicher, auch der Fall sein würde. Elizabeth fiel auf, daß ihr Geplauder, wie eine Komposition, von einer bestimmenden Grundmelodie getragen wurde, die aus Lob und Preis bestand. Wie hübsch Mary sei, und Marie-Laure ebenfalls, Christina hatte sie gerade vor ein paar Monaten gesehen, auf einer Party ihrer Tochter, Marie-Laure war aus Bennington gekommen, so schön, so charmant. Und Elizabeth – so elegant, und ob sie mit Mark Lipman befreundet wäre, nein? Er sei ein guter Freund von ihnen – er war vor Jahren ein Geschäftspartner von Christinas Mann gewesen. Und der Minister, ein vornehmer Mensch, intelligent, wie Elizabeth. Was für eine bedeutende Tätigkeit! Und bestimmt sehr diffizil. Wie klug sie sein mußte.

Alex' Referenzen erforschten sie augenblicklich.

»Wo sind Sie zu Hause, Alex?« fragte Eloise. »Wilmington, oh, dann müssen Sie die Mountjoys kennen, ja, natürlich. Caroline Mountjoy muß in Ihrem Alter sein! Wirklich? Aber Sie kennen doch sicher die Rosses, die in Glen Ross wohnen, auch in einem so wunderschönen alten Haus wie diesem. Nein?«

Weder fiel ein unfreundliches Wort, noch wurde ein Blick ausgetauscht, aber Elizabeth registrierte mit einem schiefen Lächeln ihre Gewißheit: KEINE von uns. Als unwichtig abgehakt.

Diese Ziegen. Ihr Herz schlug heiß für Alex, sie rüstete sich für ihre Verteidigung.

Aber Alex schien weder die Bedeutung ihrer Fragen noch deren ausgrenzenden Charakter zu bemerken. Sie schien es einfach nicht zu *spüren.* Hoffnungslos dumm, dachte Mary, obwohl sie nicht unglücklich war, daß Alex die Musterung nicht bestanden hatte. Muß das Geliebte-Kind-Syndrom sein, schloß Elizabeth. Kann sich nicht vorstellen, nicht geliebt zu werden, fühlt sich nie zurückgewiesen. Alex, die sich in der

Gesellschaft (GESELLSCHAFT!) glücklich und gelöst fühlte, hörte ihnen zu und stellte so interessierte und warmherzige Fragen, daß ihr auch ein wenig Lob und Preis zugestanden wurde – schönes Haar, die leuchtenden Augen ihres Vaters. Alex taute in der ihr vertrauten weiblichen Atmosphäre noch weiter auf und erzählte viel gelassener und weniger zwanghaft als bei ihren Schwestern, von ihren Kindern, ihrem Mann (der arme David gehörte offensichtlich *nicht* zu den Kreisen ihrer Ehemänner, besagte das verhaltene Lächeln der Besucherinnen), ihrem Haus in Newark – das sie New Ark aussprach –, Delaware, ihrer armen verwitweten Mutter, die ganz allein dastand. Mit dankbarem Lächeln atmete sie tiefer und gleichmäßiger ein und aus als in den vergangenen Tagen, während sie die beruhigenden Beteuerungen entgegennahm, daß ihre Mutter nicht allein sei, daß sie ja Alex habe und ihre hübschen Enkelkinder, nein, sie sei ganz gewiß nicht allein.

Frauen sind überall gleich, dachte Alex. Selbst wenn sie reich sind.

Alex fand heraus, daß sie ehrenamtliche Arbeit leisteten, genau wie sie. Sie kümmerte sich um arme Menschen, hauptsächlich Frauen und Kinder, leistete praktische Arbeiten in einem Obdachlosenheim. Darüber waren sie etwas schockiert.

»Sie arbeiten in so einem Haus?« Christina verzog das Gesicht. »Ist das nicht – bedrückend? Schmutzig? Gefährlich?«

»Es ist bedrückend und schmutzig«, gab Alex zu, »aber ich fühle mich nicht bedroht. Wissen Sie«, sie warf ihren Schwestern einen kurzen Blick zu, »ich weiß, daß es sich sentimental anhört. Aber immer wenn es mir gelingt, ein Kind zum Lachen zu bringen, wenn ich helfe, ein Baby zu füttern, wenn ich einer erschöpften Frau zu einer kleinen Atempause verhelfen kann – wissen Sie, die Leute tun so, als ob diese Frauen nur Parasiten wären, so wie über Mütter geredet wird, die von der Sozialhilfe leben. Aber diese Frauen haben ein hartes Leben, sie arbeiten schwer. Sie kümmern sich um ihre Kinder, und sie bekommen dafür weder Geld noch irgendwelche Unterhaltszahlungen, sie sind verzweifelt – und wenn ich dann mittwochs nach Hause gehe, habe ich ein gutes Gefühl, ich habe das Gefühl, als hätte mein Leben einen Sinn...« Sie brach ab.

Die Frauen starrten sie ungerührt an.

»Letzten Winter habe ich in einer Suppenküche gearbeitet«, sagte Francine. »Ich kann sie ein bißchen verstehen.«

»So viele arme Leute«, murmelte Eloise.

»Ich versuche, es nicht so nah an mich herankommen zu lassen. Hauptsächlich organisiere ich Spendenaktionen für das Krankenhaus«, sagte Christina leise. »Vielleicht müßte ich mehr machen.«

Tatsächlich war Alex der Hit der Party, dachte Elizabeth später. Sie brauchte meinen Beistand nicht. Ihre Naivität, ihre Unkenntnis der Maßstäbe, der Sprache, des Weltbilds dieses preziösen Zirkels, verschaffte ihr einen Vorteil. Sie plauderten sehr viel lieber mit ihr als mit Mary, deren ewige Reminiszenzen an Gstaad, Capri, Paris, Alberto, die längst vergangenen Partys mit der Duchess of Windsor und dem Duke of Marlborough, den Klatsch über Princess Di und Prince Charles, alles mit einem gerüttelten Maß an Worten wie »eindeutig« und »wirklich« vorgetragen, nur unterstrichen, wie weit sie von diesem Glanz inzwischen entfernt war. Die Frauen hatten ihren Abstieg sehr genau registriert. Aber sie wußten auch, wie unsicher ihr eigener Zugriff auf die Dinge war, über die sie sich so entschieden definierten. Ein Wissen, aus dem sie keine Konsequenzen zogen. Willentliche Blindheit. *Ich bin etwas Besseres, ich gehöre zur Elite. Ich bin ich!* Wußten, daß sie nur einen Mann entfernt von Marys Situation waren. Die meisten von ihnen besaßen nichts – es sei denn, ein Mann war gestorben und sie hatten geerbt. Natürlich trennte auch ihre Männer in dieser aufgeblähten Wirtschaft vielleicht schon bald nur noch ein Millimeterstrich von der Armut. Ha! Ihr Mund verzog sich verächtlich.

O Gott, ich kann diese Diktatur weiblicher Freundlichkeit nicht ausstehen. All dieses Lächeln, Umarmen, Küßchen hier, Küßchen da, *Gurregurregurre* als Lebensinhalt. Doch als sie wieder in die Bibliothek ging, die sie inzwischen als die ihre betrachtete, merkte Elizabeth, daß sie vor sich hin summte. Sie war heiter, ihr war leicht ums Herz. Wieso? Undenkbar, daß diese dumme Konversation, all diese Nettigkeit, sie aufgeheitert haben sollte. Wahrscheinlich war sie glücklich, weil sie endlich gegangen waren.

Ronnie, erleichtert, daß sie für die Teestunde entschuldigt war, spielte ihre Rolle und war nicht zu sehen und zu hören. Dieselbe alte Rolle, die sie immer in diesem Haus gespielt hatte. Diesmal aber schwirrte ein Wust von Fragen in ihrem Kopf herum – wie sind die Regeln in ihrer Welt? Wie muß man sich kleiden? Wie muß man sich benehmen? Darf man die Beine hochziehen, wenn man auf dem Stuhl sitzt? Darf man »Scheiße« sagen, ißt man die kleinen Schnittchen mit der Gabel? Wenn man Tee aus der Teetasse trinkt und dabei den kleinen Finger abspreizt, ist das gutes oder schlechtes Benehmen? Drückt man die Zitrone mit den Fingern aus? Muß man dazu weiße Handschuhe tragen? Wo finde ich weiße Handschuhe in Lincoln? Was passiert, wenn die Handschuhe beim Ausdrükken der Zitrone feucht werden? Sie mußte kichern und tröstete sich, daß sie ausgeschlossen war: Sie war glücklich, daß sie nicht zwei Stunden lang herumsitzen und sich diese höchstwahrscheinlich belanglosen, abgehobenen Oberflächlichkeiten anhören mußte, zwei Stunden, in denen sie arbeiten konnte.

Doch als sie das Rumoren in der Küche hörte, stand sie vom Computer auf und öffnete die Tür einen Spaltbreit. Mrs. Browning erklärte Teresa hektisch, wie sie das Silbertablett halten und herumreichen sollte. Durch die geöffnete Schwingtür der Küche drangen Stimmen aus dem Wohnzimmer. Und etwas in ihrem Magen zuckte und krampfte sich zusammen. Sie nahm einc Zeitschrift und legte sich auf ihr Bett, aber sie konnte sich nicht konzentrieren.

Angenommen, ich würde einfach reingehen, hallo, alle miteinander, wie geht es Ihnen? Ich bin der Bankert. Die Schwester. Mein Name ist Ronalda Velez, meine Rolle ist die einer Unsichtbaren. Sogar Alex wäre schockiert, obwohl sie die Tolerante spielt. Nimmt die Position ein, die für sie die einfachste ist, bei der sie weder ihren Kopf noch ihre moralischen Wertvorstellungen strapazieren muß. Die anderen haben wenigstens den Mut, zu sagen, was sie denken. Sie sind ehrlich, diese Biester. Sie suchte nach dem verächtlichen Lächeln, zu dem sie immer griff, wenn Gefühle wie diese sie zu überwältigen drohten, aber sie fand es nicht, ihr Mund zitterte nur. Statt dessen legte sich das Gefühl über ihren ganzen Körper wie eine Decke, wie Röte, die das Gesicht überzieht. NEIN.

Das Gefühl machte sie schwach, ihr Mund zitterte, ihre Augen wurden feucht, ihre Hände kraftlos.

NEIN.

Aber sie gab sich dem warmen, fließenden, sentimentalen, verbotenen Unterwassergefühl hin. Arme Ronnie. Damals vertrieben, heute vertrieben, als Bastard beschimpft – nun, sie war ja auch einer. Kleines goldbraunes Kind mit den großen Augen, versteck dich in der Küche, darfst den Herrn nicht stören. Kleines braunes Kind in der großen weißen Welt, wo braune Menschen keine Menschen sind.

Sie erinnerte sich, sie weinte. Und ihre Tränen gaben ihr das Gefühl, nichts als ein wabbliger schwabbliger Schwächling zu sein.

Fünfundzwanzig Jahre lang hatte sie Selbstmitleid vermieden. Zeichen der Schwäche. Tränen schwächen. Muß stark sein, muß mich durchsetzen. Aber das Zeug quoll unkontrollierbar aus ihr heraus, wie Eiter, wie Pisse.

Ich muß mich verstecken, sie stehen im Licht. Die Farbe

meiner Haut macht mich unwillkommen bei einer Teestunde, bei der sechs Frauen über belanglose Dinge plaudern. »Du bist entschuldigt, Ronnie«, redet mit mir wie mit einer, die unter ihr steht, die als *Untergebene* abgestempelt ist, während Marys Überlegenheit genauso gewiß und verbrieft ist. Per Geburtsurkunde. Wie kommt es, daß sie weiterhin glauben kann, daß sie und ihre Familie überlegen und alle anderen minderwertig sind? Welche Gehirnakrobatik muß sie betreiben, um diese Wahnvorstellung angesichts der Tatsachen aufrechtzuerhalten? Überlegen? Sie sieht besser aus als die meisten Frauen, ist dicker als viele, aber egal, ob sie nun dumm oder klug ist, sie hat nichts erreicht im Leben und denkt an nichts außer an sich selbst.

Laß das. Sie hat Kinder. Halte dich an deine Prinzipien: Das Gebären von Kindern ist der wichtigste Beitrag überhaupt für die Gesellschaft.

Ja, aber sie hat sie nicht selber großgezogen. Das war keine große Leistung.

Vergelte nicht Gleiches mit Gleichem. Sie schluchzte laut. Niemand muß sich dafür rechtfertigen, daß er lebt. Niemand! Vergiß das nicht! Tue anderen nicht das an, was sie dir antun. Ungeachtet ihres Geschlechts, ihrer Intelligenz, ihrer Moral, ihrer Stärke, ihrer Verdienste, ihrer Religion, ihre Hautfarbe, ihres Geschlechts, ihres…

Mein Gott! Sie weinte leise vor sich hin. Warum wäre es denn so unerhört aufdringlich von mir gewesen, wenn ich die gleichen Sandwiches wie sie gegessen hätte, den gleichen Tee getrunken, die gleichen Tassen wie sie benutzt hätte! Es hat noch nicht mal etwas damit zu tun, daß ich unehelich bin: Wenn meine Mutter eine wilde Vagabundin, eine Künstlerin aus vornehmer britischer Familie gewesen wäre, die sich einfach geweigert hätte zu heiraten, ein Isadora-Duncan-Typ, ein Filmstar, würden sie mich auf ihren Festen vorführen, mit der wunderbaren Schwester angeben, die auf der falschen Seite der Bettdecke gezeugt wurde. Es geht um Klasse und Hautfarbe. Wenn meine Mutter zur Unterschicht gehört hätte, aber weiß gewesen wäre, würde man mich akzeptieren, wenn ich akademisch gebildet wäre, ein promovierter Bankert. Es hätte ihnen nicht gefallen, aber sie hätten mich vielleicht mit einem Scherz vorgestellt: Vater war ein echter Wüstling. Aber wo viel Schatten ist, ist auch viel Licht, schaut nur, was für eine kluge Schwester wir haben, eine Überraschung, wir haben sie gerade entdeckt, sie promoviert, studiert Ökologie, ist sie nicht wunderbar?

Natürlich ist sie auch eine Lesbierin.

Ronnie lachte laut auf.

Trotzdem verflog das Gefühl nicht, es blieb. Das Zimmer verschwamm vor ihren Augen, als sie etwas noch Verboteneres als Selbstmitleid zuließ: Sie erlaubte sich die Vorstellung, daß Elizabeths Arm leicht ihren Rücken berührte, während sie, wundersamerweise anständig gekleidet und mit einem guten Haarschnitt, ins Wohnzimmer geführt und als die so lange verlorene Schwester vorgestellt wurde. Sah, wie Mary sich erhob und auf sie zukam und ihre Wange küßte, liebe Ronnie. Spürte, wie Alex sie umarmte, bin so froh, daß du gekommen bist. Saßen alle vier zusammen in der Wärme des Kaminfeuers, erzählten sich ihr Leben, klagten über das Leid, das ihnen widerfahren war – und sie wußte jetzt, daß auch ihnen sehr viel Leid widerfahren war –, sie umarmten einander, alle vier, und sie weinten, sagten, wir lieben dich. Weil du unsere Schwester bist.

Sie schluchzte laut.

Wir lieben dich. Um deinetwillen, und nicht dafür, was du machst oder weißt.

Wie die Kleinen von Rosa, die geliebt werden, einfach, weil sie da sind. Ich wohnte noch keine zwei Tage dort, als sie schon vor Freude aufschrien, wenn ich wiederkam, sie rannten auf mich zu, klammerten sich an mich. Erstaunt blickte ich zu

Rosa hoch. Sie lächelte, sagte: »Ronnie, das ist das Wunderbare an kleinen Kindern. Sie lieben dich. Du brauchst *nichts* zu machen, sie lieben dich einfach.«

Aber meine richtigen Schwestern lieben mich nicht.

Die Vision war so unerträglich, daß sie sich aufsetzte, ihre Wangen heftig mit dem Handrücken abwischte. Sie angelte nach einer Zigarette und zündete sie an, inhalierte tief.

Scheiße, du Arschloch, sie lieben sich noch nicht mal gegenseitig, und du erwartest, daß sie dich lieben! Elizabeth und Mary sind voller Haß und Wut, und von Alex kommen nur Sprechblasen. Und außerdem müßte es auf Gegenseitigkeit beruhen, du müßtest sie auch lieben, wie gefällt dir das? Das wäre so, als ob du ihn lieben würdest. Wenn du glücklich sein willst im Leben, mußt du lieben, hat Momma gesagt. Das Rezept, das jede Tyrannei aufrechterhält, seit Anbeginn der Zeit. Liebe Gott, der dich quält, liebe den König, der deinen Weizen raubt, der dich zwingt, sein Haus zu bauen, der dich in die Armee preßt oder dazu zwingt, sein Kind zu gebären. Liebe ihn, preise ihn, ehre seinen Namen.

Sie sind mir scheißegal.

8

Nach dem Tagesplan, den sie stillschweigend etabliert hatten, aßen sie mittags alle zusammen um halb eins im Wintergarten, wo sie sich dann um vier zum Tee wieder trafen. Bevor es um acht im Eßzimmer Abendessen gab, fanden sie sich so gegen sechs, halb sieben im Wohnzimmer ein, zum Cocktail, obwohl Mary insistierte, daß man das, was Elizabeth und Ronnie tranken, nicht als Cocktail bezeichnen könne. Aber an diesem Montag abend blieben die Schwestern, nachdem die Gäste gegen sechs gegangen waren, auf ihren Plätzen sitzen.

»Wir können heute unmöglich auch noch zu Abend essen«, stöhnte Alex.

»Nein. Ich habe Mrs. Browning gesagt, sie soll uns nur ein bißchen Suppe machen«, pflichtete Mary ihr bei.

Ronnie ließ sich demonstrativ nicht blicken, bis Alex in ihr Zimmer ging, um sie zu holen, und sie am Arm mit sich zog. Als Ronnie ins Zimmer trat, sah Elizabeth kurz in ihr Gesicht. Sie kocht immer noch, weil wir sie von der Teerunde ausgeschlossen haben, dachte sie. Ginge mir genauso.

»Das war ein toller Tag heute!« rief Alex. »Schwestern zu haben, ist genauso lustig, wie ich es mir vorgestellt habe! Ich bin ja so froh, daß wir uns immer besser kennenlernen.«

»Sich kennen heißt nicht sich lieben«, sagte Mary.

»Es kann sich sogar gegenseitig ausschließen«, meinte Elizabeth.

Alex schien es nicht zu hören. »Aber Ronnie hätte heute auch dabeisein sollen! Es hätte dir bestimmt gefallen, Ronnie«, fuhr sie fort, immun gegen Ronnies Blick.

»Das bezweifle ich«, sagte Ronnie nur. Ganz ruhig.

Alex verstummte jäh, schien nachzudenken. »Wir haben dich noch nie danach gefragt. Noch nie mit dir darüber geredet, wie... Ich meine, wir reden alle über unsere Kindheit, außer dir. Und ich wüßte wirklich gern, welcher Art die Beziehung zwischen deiner Mutter und unserem Vater war.«

»Das ist doch wohl klar«, sagte Ronnie schroff. Die anderen lachten. »O nein!« Alex schlug die Hände seitlich an den Kopf. »Tut mir leid. Entschuldigung, tut mir leid, das war dumm, so habe ich es nicht gemeint!« Sie beugte sich zu Ronnie. »Ich meine«, sagte sie, »wart ihr glücklich, wenn ihr hier allein beisammen wart?« Sie musterte Ronnies Gesicht, das auch jetzt keine Regung zeigte, und starrte dann ins Feuer. »Ich habe ihn mir immer vorgestellt, wie er im Sommer mit Elizabeth und Mary hier war. Und nachdem ich dich gesehen hatte, habe ich mich gefragt, wie er wohl war, wenn... na ja, in diesem anderen Leben, im Kreis dieser kleinen Familie, von der niemand so richtig wußte. Im Geiste sah ich euch drei hier glücklich und zufrieden beisammen...«

»...auf unserer Hacienda sitzen und Reis und Bohnen essen?« spottete Ronnie. »Und Stephen im Poncho auf der Gitarre klimpern und väterlich auf sein kleines braunes Kind herablächeln?«

Alex wurde rot. »Das meine ich nicht«, wehrte sie sich. »Als das mit deiner Mutter anfing, war er doch schon älter, vielleicht auch ein bißchen gesetzter. Vielleicht war er ja – wie soll ich sagen? – unbefangener, lockerer, gelöster – mit einer Frau aus...«

»Der Unterschicht? Wie all die Herrscher, die ihre Konkubinen ihren hochwohlgeborenen Frauen vorzogen? Der Aristokrat, der sich bei seiner Mätresse entspannt?«

Elizabeth lächelte höhnisch. Genau das hat sie natürlich gemeint, mit all ihren Klischees im Kopf.

Ein Hauch von Zorn flammte auf Alex' Gesicht auf. »Ist es denn so abwegig, daß ihr drei vielleicht irgendwie... zufrieden wart, euch irgendwie... verstanden habt?«

Ronnie lehnte sich zurück. »Du meinst *Unsre kleine Farm?* Willst du mich veräppeln? Da war ein Haus, und da war der Mann, dem es gehörte. Er hatte ein braunhäutiges Dienstmädchen, das ihn von vorn und hinten bediente und knickste und kroch. *Si, Señor, no, Señor.* Und da war dieses kleine braunhäutige Mädchen, das die Frau im hinteren Teil des Hauses versteckte, weil sie wußte, wenn es Krach machte oder sich zeigte, oder ihn in sonst irgendeiner Weise störte, konnten sie beide ihre Sachen packen. Außer bei dem alljährlichen Fest am vierten Juli, bei dem die Dienstmagd und ihre Tochter und all die anderen bezahlten Arbeitskräfte zehn Tage wie die Sklaven schuften mußten, war das Haus die meiste Zeit über still und leer. Das kleine Mädchen lernte, wo sein Platz war – in den hinteren Räumen. Unsichtbar mußte es sein, auch wenn niemand da war, der es hätte sehen können. Der Mann redete nie mit dem Kind. Und als er dann im Ruhestand war und sich entschlossen hatte, ein alter Mann zu werden, ging es los mit den ständigen Forderungen – Noradia, laß mir mein Bad ein, Noradia, bring mir einen Brandy, Noradia, such mir meine Brille.«

»Und die letzten Monate, als du mit ihm hier gewohnt hast? Als deine Mutter krank war? Hat sich da auch nicht mehr getan?«

Mutter im Bett, Mrs. Browning in der Küche, Teresa oben am Putzen: Ich wußte nicht, wo ich hin sollte, wie ich mich verhalten sollte, keine Dienstbotin mehr, aber auch kein Hausgast. Ich war fehl am Platz, wenn ich ihnen half, fehl am Platz hier in diesen Räumen. Blieb bei Momma, las ihr vor, redete mit ihr, holte ihr Tee, wenn sie welchen trinken konnte, oder Wasser. Mein Magen rebellierte die ganze Zeit. Schafften es beide kaum, etwas drinnen zu behalten. Dachte eine Zeitlang, ich hätte auch Krebs. Weil ich so abnahm.

Ronnie setzte die Cola-Dose an den Mund, merkte, daß sie leer war. Sie stellte sie auf den Tisch und starrte durchs Fenster ins Leere. »Muß doch in diesem Schuppen auch was Richtiges zu trinken geben.«

Elizabeth stand auf und ging zu der Bar an der seitlichen Wand. »Was möchtest du haben?«

»Ich weiß nicht. Was gibt's denn? Was trinkt man denn so? Ich kenne nur Bier und Wein, und ich hasse Bier, und Wein will ich nicht.« Elizabeth lächelte sie an. »Gin Tonic?«

»Okay.«

Elizabeth bereitete den Drink in einem hohen Glas und brachte ihn Ronnie, die ihn in stummer Verblüffung entgegennahm. Heiliger Strohsack, hatte sie's womöglich mit Frauen?

Sie nahm einen Schluck, behielt ihn ein Weilchen im Mund und nickte Elizabeth fast schon lächelnd zu: »Schmeckt gut!« Sie wandte sich zu Alex. »Er wollte, daß ich mit ihm aß, aber er hat nicht mit mir geredet. Er hat nur herumgemäkelt – ›Das Steak ist zäh‹ oder ›Der Brokkoli ist nicht durch‹, so in der Art. Jeden Nachmittag hat er Momma eine Stunde besucht. Ich bin nach draußen gegangen, während er bei ihr war, bin einfach herumgelaufen. Wenn ich wiederkam, hat er mich meistens angeblafft, als wollte er jeden Widerspruch von vornherein unterbinden: ›Geht ihr besser heute‹ oder ›Sie kommt schon wieder zu Kräften‹. Als ob sie wieder hätte gesund werden *können*, als ob das möglich gewesen wäre. Als hätte er nicht gewußt, daß sie im Sterben lag.«

Drei Augenpaare starrten zu Boden, konstatierten: »Er muß sie geliebt haben.«

»Und als sie dann starb, war er wütend, als hätte sie ihn verraten... So war er auch an dem Tag, als er den Schlaganfall bekam. Wütend darüber, daß sie ihm das angetan hatte, empört über ihren Eigensinn und ihre Gemeinheit.«

»So ging es mir auch, als Don starb«, murmelte Mary.

Alle sahen sie an.

»Dein letzter Mann?« fragte Alex.

Sie nickte. »Er war ein Motorradnarr, besaß alle möglichen Maschinen. Er fuhr am liebsten in den Bergen herum – damals hatte ich noch das Haus in Vail –, und er brauste los, über die Pässe... irgend etwas lag im Weg, ein Steinbrocken oder so was. Er ist gestürzt. Hat sich überschlagen. Sich das Genick gebrochen.« Sie kramte nach ihrem Taschentuch, putzte sich die Nase und funkelte Elizabeth an. »Es war *kein* Selbstmord! Wir waren unsagbar glücklich.«

Mag sein, dachte Elizabeth, aber kannst du denn nie den Mund aufmachen, ohne daß es klingt wie ein Fotoroman?

Alex gab einen Laut der Bestürzung von sich. »Wann war das?«

»Vor zwei Jahren... vorletztes Jahr im Juni.«

Mrs. Browning erschien, um zu verkünden, es sei angerichtet.

»Wir haben alle so schlimme Verluste erlitten«, sagte Alex. Sie wandte sich an jede einzelne, während sie aufstanden und ins Eßzimmer gingen: »Du hast deine Mutter verloren, du hast Clare verloren, du hast Don verloren...

Ich habe Charlie verloren... und meine Großeltern. Gut, sie waren alt, aber ich habe sie sehr vermißt, ihr wißt ja, wir haben in meiner Kindheit bei ihnen gewohnt. Die ganze Zeit, bis ich geheiratet habe. Und Charlie war wie ein Vater für mich...«

»Don war erst vierzig«, sagte Mary traurig. Sie straffte sich, wartete auf ein höhnisches »Oh, du vergreifst dich an Kindern, Mary?« von Elizabeth, aber die sagte nur barsch: »So ist das, wenn man alt wird. Überleben heißt, mit Verlusten fertig werden müssen.«

Alex runzelte die Stirn. »Aber ich bin noch nicht so alt.«

»Nein. Du bist erst sechsunddreißig. Das ist noch jung«, sagte Mary obenhin.

Alex rieb sich mit der feingliedrigen Hand über die blasse Stirn. »Das ist nicht mehr *richtig* jung. Ronnie ist erst fünfundzwanzig, aber sie ist auch nicht mehr *richtig* jung…«

»*Chicanas* haben ein hartes Leben«, frotzelte Ronnie.

»Ich meine, früher wurden die Leute doch gar nicht viel älter als vierzig. Die meisten Menschen jedenfalls auf der Welt.« Sie wandte sich an Elizabeth. »Stimmt's?«

»Vor der industriellen Revolution«, pflichtete ihr Elizabeth bei.

»Du liebe Güte, bring sie nicht auf die industrielle Revolution!« rief Mary. »Da quasselt sie uns in Grund und Boden. Dieses ganze Zeug, von wegen Kapitalismus und Industrialisierung als die Rettung der Menschheit! Nur, um bei Vater Eindruck zu schinden und mir das Gefühl zu geben, daß ich dumm bin. Letzteres zumindest«, sagte sie jetzt zu Elizabeth, »ist dir geglückt.« Sie wandte sich wieder Alex zu. »Während für mich klar ist, daß die Menschen ein weit schöneres Leben hatten, als noch keines von beiden über sie hereingebrochen war.«

»Woher weißt du, was ich über die industrielle Revolution zu sagen habe?« fragte Elizabeth verblüfft.

Mary zuckte die Achseln. »Du lieber Himmel, du hast doch jahrelang darüber schwadroniert. Regelmäßig. Am Abendbrottisch, vor Vater. Um ihn dazu zu kriegen, daß er mit dir redet, um ihn zu beeindrucken. Weißt du das nicht mehr? Nach deiner Rückkehr aus England, als du in Washington gearbeitet hast und im Juli herkamst.« Sie wandte sich Alex zu und grinste gehässig. »Du denkst, Elizabeth ist so großartig und so erhaben, du hättest sie damals sehen sollen. Wenn das keine Kriecherei war! Wir sind nach dem Fest am Unabhängigkeitstag immer noch ein paar Tage hiergeblieben. Elizabeth hat die ganze Zeit über versucht, Vater dazu zu kriegen, daß er mit ihr redet, aber es hat nicht geklappt, oh, nein, es hat ganz und gar nicht geklappt!« Mary lachte. »Als ob er sich geschworen hätte, nicht mit dir zu reden. Was ist er doch für ein Bauer!«

Mary kicherte, wischte sich die Augen, trank von ihrem Wein, kicherte wieder.

Alex starrte in ihre Suppe. Ronnie sah gespannt zu. Elizabeth wandte sich mit starrer Miene an Alex: »Worauf wolltest du hinaus – mit den Leuten, die früher mit vierzig gestorben sind?«

Sie lächelte dankbar. »Ach, ich meine nur, ich bin bald vierzig. Ich habe bald das Alter erreicht, in dem die meisten Menschen normalerweise gestorben sind. Früher. Und mir ist... ich habe oft das Gefühl... ich weiß... daß ich noch gar nicht richtig gelebt habe. Ist das nicht verrückt?«

»Ach, Liebes, du warst nie verliebt!« sagte Mary großspurig. Elizabeth stöhnte.

Mary, ganz auf ihr Argument konzentriert, beachtete es nicht. »Und komm mir nicht damit, daß du verheiratet bist. Man kann jahrelang verheiratet sein und gar nicht merken, daß man nie wirklich geliebt hat. Nicht zu wissen, was Liebe ist, kann...«

»Ach, man lebt nur, wenn man liebt, aber man kann trotzdem den größten Teil seines Lebens zubringen, ohne zu lieben? Was ist man denn dann, tot?« mokierte sich Elizabeth.

»*Ich* war tot«, verkündete Mary theatralisch. »Ich habe mein Leben damit zugebracht, eine Rolle zu spielen, reines Theater. Ich war nie wirklich lebendig, bis ich mich verliebt habe!«

Alex sann nach. »Ich liebe David«, sagte sie zaghaft. »Er ist ein wunderbarer Mann, ein guter Mensch.«

»Das meine ich nicht!« Mary fegte mit einer ausholenden Armbewegung alle Einwände beiseite. Ihre Ringe funkelten im Lampenlicht, Diamanten, Rubine, Saphire. »Ich meine Leidenschaft, die Art Liebe, die einen hinreißt, die alles andere unwichtig macht, für die es sich zu sterben lohnt!« Ihr emporgerecktes Gesicht strahlte.

»Die Art Liebe, die sie in diesen Kitschromanen verbraten, die du immer liest«, sagte Elizabeth höhnisch.

Mary hielt inne und starrte ihre Schwester an. »Elizabeth, ich lese keine Kitschromane. Wenn du dir je die Mühe gemacht hättest hinzuschauen, hättest du sehen können, daß ich hauptsächlich Gedichte lese. Du denkst, alle Leute auf der Welt sind dumm, bis auf Vater und dich und deinen Clare! Komm doch mal runter von deinem hohen Roß und mach deine Augen auf.«

Ronnie ließ ihre Gabel fallen, um ihr Grinsen zu verbergen, und bückte sich, um sie aufzuheben. In ihrem Triumph darüber, daß es ihr gelungen war, Elizabeth aus der Fassung zu bringen, bemerkte Mary Ronnies Verstoß gegen die Tischsitten nicht einmal.

Alex war ganz woanders.

Nur mit sich selbst beschäftigt, dachte Ronnie.

Alex begann zu reden, mit sich selbst, wie es schien; ihr Blick ging ins Leere. »Ihr habt gesagt, meine Mutter war ein geliebtes Kind. Ich war auch eins. Ich hatte meine Mutter und meine Großeltern und Charlie, und er war ein wunderbarer Mensch, so lieb, so nett zu mir, als ob ich sein eigenes Kind gewesen wäre – aber sie haben sich alle um mich gekümmert, haben mich alle geliebt. Ich habe geliebt und bin geliebt worden.

Vielleicht« – sie fixierte jetzt wieder den Raum, Mary – »ist das nicht die Art Liebe, die du meinst. Aber als David und ich geheiratet haben, da habe ich das empfunden, was du vermutlich unter Leidenschaft verstehst. Ich empfand...« Sie unterbrach sich lachend. »Er hat mich immer aufgezogen, mich beschuldigt, ich wollte ihn mit Haut und Haaren besitzen, es hat ihm natürlich gefallen, daß ich ihn immerzu berühren wollte, ihn umarmen wollte. Ich wollte am liebsten alles von ihm in meinen Händen halten, ich habe ihm gesagt, ich hätte am liebsten, daß er winzig klein wäre, damit ich ihn mit einer Hand umfassen könnte, ich wollte ihn ganz haben, wollte ihn auffressen, seinen süßen Mund, seine wunderbare goldene Haut.«

Mary runzelte die Stirn. Sie hatte es falsch verstanden.

»Und wahrscheinlich hast du recht«, fuhr Alex unbeirrt fort, »in dieser Zeit habe ich mich voll und ganz lebendig gefühlt. Aber ich empfinde auch jetzt noch ab und zu so für ihn. Wenn ich ihn durch die Glasscheibe in der Hintertür sehe, in seinem karierten Wollhemd, mit den aufgerollten Ärmeln... gegen das Licht ist sein Profil so dunkel und klar und stark... dann möchte ich auf ihn zugehen und ihn einfach... umschließen, umschlingen, verschlingen...«

»Und was *tust* du dann?« Ronnie war amüsiert.

Alex schrak auf. »Ach, das kommt darauf an. Was wir gerade zu tun haben. Ich meine, wenn die Kinder irgendwohin gebracht werden müssen oder ich gerade am Kuchenbacken bin... na ja, dann lächle ich ihn nur an. Aber manchmal gehe ich auch auf ihn zu.«

»Und?«

»Und umschließe ihn, umschlinge ihn, verschlinge ihn mit Haut und Haaren!« rief Alex lachend. Sie lachten alle. Selbst Mary.

Alex kam wieder auf den Boden. »Aber das ändert nichts daran, daß mir all die Jahre so war, als müßte es da noch etwas geben. Ich hatte immer das Gefühl – ich *denke*, ich hatte immer das Gefühl –, daß da etwas ganz Wichtiges in meinem Leben fehlte. Und ich glaube, ich habe mir vorgestellt, ihr hättet es alle – na ja, Elizabeth und Mary, von dir wußte ich ja nichts, Ronnie. Ich sah euch beide immer als so eine Art Engel, die im Paradies leben – ohne die – wie soll ich sagen? – die *Zwänge*, denen ich unterlag.«

»Zwänge?« Elizabeth. Kühl.

Alex lehnte sich zurück. »David wurde 1978 befördert, und um das zu feiern, fuhr er über Silvester mit mir nach New York. Wir übernachteten in einem hübschen Hotel auf der East Side, und er führte mich in ein schickes Lokal zum Essen und Tanzen und danach in einen Jazzclub im Village. Und wir fuhren mit dem Taxi zurück ins Hotel, das muß so um drei, vier

Uhr morgens gewesen sein. Ich weiß noch genau, wir fuhren die Sixth Avenue hinauf, und dort auf der Straße, mitten auf der Fahrbahn, stand ein junger Mann in voller Abendgarderobe, mit flatterndem weißem Schal, die Arme wie Flügel ausgebreitet, auf einem Skateboard. Und das Herz blieb mir stehen. Und ich wußte, das war das, was ich immer gewollt hatte. Ich hatte mir immer gewünscht, mich so frei zu fühlen. Und ich wußte, ich hatte mich nie so gefühlt.«

»Und du wirst dich auch nie so fühlen. Wegen der männlichen Gewalt«, deklamierte Ronnie. »Keine Frau kann sich je frei fühlen oder frei verhalten, weil das Männchen der Spezies Mensch Jagd auf das Weibchen macht. Die einzige Spezies, bei der das eine Geschlecht systematisch...«

Elizabeth fiel ihr ins Wort: »Weshalb fühlst du dich unfrei? Haben deine Eltern dir irgendwas verboten?«

»Ach, die Sachen, denke ich, die wohl alle Eltern ihren Kindern verbieten – mitten auf der Straße spielen und so was. Ich weiß nicht«, sagte Alex vage. »Ich meine, sie haben mich geliebt – sie haben mir immer gesagt, was für ein braves Kind ich sei – und ich wußte, ich war ein braves Kind...«

»Aber du hattest das Gefühl, um ihre Liebe zu behalten, müßtest du immer ein braves Kind bleiben«, sagte Mary. »Und das heißt, gehorchen. Nicht mitten auf der Straße spielen, nicht auf der Avenue Skateboard fahren.«

»Kann sein.«

»Tja, und du bist ja auch offensichtlich ein braves Mädchen geblieben«, sagte Elizabeth mit einem amüsierten Lächeln, das auch Alex mit einschloß.

»Ja.« Alex lächelte zurück, seufzte. »Aber ich weiß nicht, ob es das ist.« Sie sah Elizabeth eifrig an. »Wenn du arbeitest, wenn du deine Wirtschaftssachen machst, was immer das genau ist, fühlst du dich dann...« – sie hielt kurz inne – »...lebendig? So, wie Mary es meint?«

»Ja. Voll und ganz. Ich fühle mich erfüllt. Ich fühle mich in

Aktion, wie eine leistungsfähige Maschine, die auf vollen Touren läuft. Nein, nicht wie eine Maschine, weil es überhaupt nichts Mechanisches hat. Ich nutze alles, was mich als Menschen ausmacht – was ich fühle und denke und will und nicht will, Körper Geist Seele, alles…«

Alex war ganz gespannte Aufmerksamkeit. »Und du, Ronnie? Was tust du, wenn du allein in deinem Zimmer bist?«

Dachte schon, ihr würdet nie fragen. »Im Moment schreibe ich an meiner Dissertation.«

Sie erstarrten, sahen sie mit großen Augen an.

Ha. Da seid ihr von den Socken, was? Das habt ihr nicht erwartet – ein studiertes Mexikanergör.

»Worin?«

»Ökologie – Energie und Umwelt. Mein Spezialgebiet sind Ökosysteme – wie alles im Universum Teil eines Gesamtsystems ist, wie jedes einzelne das Ganze am Funktionieren hält und zum Fortbestand des Lebens beiträgt. Ich konzentriere mich vor allem auf Pflanzen.«

»Ich bin beeindruckt«, erklärte Elizabeth.

Verdammt, warum fühlt sich das so gut an. Ronnie senkte den Blick, um den feuchten Schleier vor ihren Augen zu verbergen.

»Ich auch, Ronnie«, sagte Mary zögernd.

Alex richtete ihren sehnsüchtigen Blick auf Ronnie. »Und worum genau geht es in deiner Dissertation?«

»Ich habe ein Jahr lang Feldforschung in den Appalachen betrieben, Moose und Flechten studiert. Jetzt werte ich meine Ergebnisse aus.«

»Moose?« fragte Alex verwundert.

»Moose sind faszinierend«, sagte Ronnie defensiv. »Sie stehen genau am Scheidepunkt zwischen den Algen, die nur im Wasser existieren können, und den Gefäßpflanzen, die auf dem Trockenen leben. Und Flechten sind Symbioten – sie bestehen eigentlich aus zwei Arten, die verschiedenen Lebensbereichen angehören, einer Alge und einem Pilz. Aber sie existieren als eine Pflanze, und kein Teil kann ohne den anderen überleben.«

Sie verfolgten staunend diesen plötzlichen Redefluß und schwiegen anschließend, um ihr Raum zum Weiterreden zu lassen. Aber sie sagte nichts mehr.

»Und dann hast du einen Doktor?« fragte Elizabeth. »Wenn du damit fertig bist?«

»Wenn sie angenommen wird, die Arbeit. Wenn ich die mündliche Prüfung bestehe.«

»Das muß dir doch das Gefühl geben, daß du etwas wirklich Sinnvolles tust, etwas, was wichtig ist. Für alle Menschen, für die ganze Welt. Daß du der Menschheit etwas gibst«, rief Alex aus.

Ronnie sagte achselzuckend: »Es ist wahrscheinlich auch nicht wichtiger, als Kinder zu kriegen. Und ich werde nie welche kriegen.«

»Ach, woher willst du das denn wissen!« widersprach ihr Alex voller Wärme, wobei sie den Arm ausstreckte, um ihr die Hand zu tätscheln. »Du bist doch noch eine junge Frau, ein junges Mädchen im Grunde, du bist doch erst Mitte Zwanzig!«

»Weil ich lesbisch bin.«

»Oh!!!« Die Hand zuckte rasch wieder zurück.

Volltreffer.

Hab ich's doch gewußt, dachte Mary.

»Kinder kriegen kann jede Kuh«, sagte Elizabeth. »Aber eine Dissertation kann nicht jeder schreiben.«

Lieber Gott, sollte sie wirklich lesbisch sein? fragte sich Ronnie. Laut sagte sie: »Ich denke, Kinder zu haben, ist hart. Verlangt einem eine Menge ab. Sie zu kriegen, vielleicht nicht – obwohl auch das wohl schon hart genug ist –, aber sie großzuziehen.«

Arme Momma, wie ihr die Stimme wegblieb, als sie mich am Telefon hörte, wie sie krächzte: »Ronalda, Ronalda, ich denk', du bist tot.« Wie sie schluchzte. »Wo bist du, was machst du, warum du bist weggegangen, warum du hast mir das angetan?«

»Es ist schrecklich öde«, sagte Mary.

»Was weißt *du* denn davon?« sagte Ronnie grimmig. »Du hattest doch Dienstboten, die dir alles abgenommen haben!« Rosa, die sich ständig um die Jungen sorgte, und dann war es schließlich Tina, die ausflippte, die völlig aufgelöst und mit Drogen vollgepumpt nach Hause kam. Rosa, die den ganzen Tag schuftete, krank vor Sorge; wenn es nicht das Geld war, waren es die Kinder, wenn es das Geld war, war es *wegen* der Kinder.

»Ich habe meine Kinder gestillt!« rief Mary entrüstet. »Ich habe sie mir nicht abends vor dem Ausgehen zum Gutenachtsagen bringen lassen und sie ansonsten ignoriert! Ich habe meine Kinder nicht mit sieben ins Internat gesteckt. Ich habe sie nicht so aufgezogen, wie ich aufgezogen wurde! Ich habe Zeit für sie gehabt, mich mit ihnen beschäftigt, und das war manchmal sehr hart... ihr wißt vielleicht nicht, daß Alberto mich verlassen hat, als ich mit Marie-Laure schwanger war. Ich war ganz allein mit ihr. Mutterseelenallein!« Sie brach in Tränen aus.

Alex seufzte. »Leben ist Leiden.«

Elizabeth verdrehte die Augen.

Ronnie grinste.

Und doch war von diesem Tag an das Klima zwischen ihnen anders: Sie waren irgendwie friedlicher im Umgang miteinander, so, als ob sie eine Schleuse passiert hätten und jetzt auf einem tiefergelegenen Kanalabschnitt dahintrieben.

Zu Fuß und mit dem Fahrrad besichtigte Alex die drei Kirchen von Lincoln, nachdem sie herausgefunden hatte, daß es in diesem Städtchen keine Synagoge gab. St. Anne-in-den-Feldern, eine episkopalische Kirche, lag tatsächlich mitten in den Feldern, drei Kilometer vom Zentrum entfernt, gegenüber vom Codman House. Sie war offiziell die Kirche der Familie Upton, wenn auch niemand so recht wußte, wann zuletzt ein Familienmitglied überhaupt eine Kirche besucht hatte. Trotz der Sitzkissen, der (dünnen) Kniepolster und dem Läufer im Mittelgang war sie karg. Alex gefiel sie dennoch, und sie kam ein paarmal zum Gottesdienst her und bemerkte amüsiert, daß sie Pita-Brot als Hostien benutzten.

St. Joseph, die katholische Kirche, war ein schlichter weißer Holzbau, sehr sauber und ordentlich, nicht wie ein Gotteshaus, dachte sie, mehr wie ein Klassenzimmer. Auch die geschnitzten Kreuzwegstationen, freistehende Figuren ohne Rahmen, in gedämpften Rosa-, Braun- und Grüntönen bemalt, vermochten ihr nicht eine gewisse beflissene Schlichtheit zu nehmen, ganz und gar nicht das, was sie sich unter Katholizismus vorstellte. Wirkte eher wie ein Versammlungssaal der Kolumbusritter, dachte sie, diese kleinen Rundbogenfenster mit den geometrischen Buntglasscheiben, jedes dem Gedenken irgendeines Mannes gewidmet, alles irische Namen. Eine Frau war darunter. Doch was sie an St. Joseph am meisten irritierte, war die Ermahnung in den Gemeindemitteilungen: »BITTE! BITTE! BITTE! IM TRÄNENRAUM NICHT ESSEN.« Was mochte das sein, ein Tränenraum? Gab es hier in dieser Kirche einen Raum, wo die Leute hinkamen, um zu weinen? Garantierte das, daß einem die Tränen kamen? Vielleicht sollte sie nach diesem Raum suchen. Aber sie radelte wieder davon und kam nur noch einmal hierher zurück, um die Messe zu besuchen.

Am besten gefiel Alex die Unitarier-Kirche, Weiße Kirche genannt. Sie war klein und aus Holz, 1842 im neoklassizistischen Stil erbaut, mit abgeteilten Kirchenstühlen. Manche waren größer als die anderen, und Alex fragte sich, ob sie reicheren Familien gehörten oder größeren. Die Weiße Kirche war schlicht und sauber, und irgendwie atmete alles Frömmigkeit, die Wände, der eine schlichte Deckenleuchter, die Orgel auf der Chorempore, die zweimal zwölf Fenster, der Empire-Altar aus Walnußholz.

Hier machte Alex ein paarmal morgens oder nachmittags Station, um sich ein Weilchen hinzusetzen und der Qualität des Lichts, der Ausstrahlung des Altars nachzuspüren. Sie spitzte die Ohren, um die Stimmen zu hören, von denen sie spürte, daß sie sich in dem Hall, den dumpfen Schrittgeräuschen verbargen. Sie besuchte einen Gottesdienst hier und einen in St. Joseph und stellte fest, daß sie die Musik, die Blumen und der Weihrauch bei den Katholiken ansprachen. Aber die einzige Predigt, die ihr im Gedächtnis hängengeblieben war, hatte der episkopalische Geistliche gehalten.

Schließlich befand sie jedoch, daß eine Stelle im Wald hinter dem Haus der beste Platz für das war, was sie tun wollte. Obwohl sie es nicht als Gottesdienst ansah, bezeichnete sie dieses Plätzchen – eine kleine Lichtung inmitten von kahlen Ahorn- und Eichenbäumen, wo die Sonne bis auf den Waldboden durchdrang – im stillen als ihre Kathedrale. Hier konnte sie jeden Tag herkommen: Hier war nie abgeschlossen, niemand versperrte ihr den Weg oder fragte sie, was sie hier wollte, und es gab sogar Sitzgelegenheiten – einen umgestürzten Stamm und den Stumpf eines gefällten Baumes, der glatt und eben war.

Als sie am Dienstag morgen gegen neun auf dem Weg zu ihrer Kathedrale war, sah sie Ronnie gebückt in dem dichten Gehölz neben dem Weg. Sie arbeitete sich durch das Gestrüpp zu ihr vor. Eine Schubkarre stand auf einem kleinen freien Fleckchen, vollbeladen mit Zweigen.

»Hallo! Was machst du da?«

Ronnie richtete sich auf, das Gesicht vor Anstrengung gerötet. Sie hielt ein paar Zweigstücke in der Hand und hatte einen Leinenbeutel über der Schulter hängen. »Holz sammeln. Abgebrochene Zweige. Als Anfeuerholz.« Sie legte die Zweige auf die Schubkarre und wischte sich die Hände an den Jeansbeinen ab. »Spart Geld. Wir verbrauchen zur Zeit eine ganze Menge Brennholz.«

»Was hast du da in dem Beutel?«

»Pilze. Willst du mal sehen?« Sie trat auf Alex zu und nahm den Beutel von ihrer Schulter. Sie öffnete ihn, und Alex lugte hinein und erblickte einen Haufen kräuseliger Pilze. »Als ich in den Appalachen war, hat mir meine Freundin Lois beigebracht, welche giftig sind und welche eßbar. Das hicr sind Pfifferlinge. Ich sammle vor allem die hier und Steinpilze. Wir hatten in letzter Zeit öfters welche zum Essen, hast du das nicht bemerkt?«

»Oh! Die Pilzomeletts!«

»Und das Pilzrisotto. Und weißt du noch, die köstliche Pilzsuppe neulich?«

»Das ist ja toll!« staunte Alex.

»Und was hast du vor?«

»Nur ein bißchen spazierengehen.«

»Ich wollte gerade eine Kaffeepause einlegen«, sagte Ronnie. Sie deutete mit einer Kopfbewegung auf eine Thermosflasche, die auf der Schubkarre lag. »Wenn es irgendwo ein Plätzchen zum Sitzen gäbe, würde ich dir eine Tasse anbieten. Ich setze mich meistens auf den Rand der Schubkarre, aber das ist ziemlich wackelig.«

Alex überlegte. »Ich weiß ein Plätzchen, wo wir uns hinsetzen können.«

»Geh vor.« Ronnie holte die Thermosflasche und folgte Alex zurück auf den Weg und die paar hundert Meter weiter bis zu der sonnigen Lichtung.

Alex zeigte lächelnd auf den Baumstumpf. »Extra für uns reserviert.«

Ronnie setzte sich auf den Stamm.

»Nimm lieber den Baumstumpf hier. Der ist bequemer.«

»Ich sitze gut.« Ronnie schraubte die Thermosflasche auf,

goß dampfenden Kaffee in den Verschlußbecher und reichte ihn Alex.

Ronnie setzte die Thermoskanne an die Lippen. Die Gießschnauze war zu breit, um daraus zu trinken, und ein bißchen Kaffee lief ihr übers Kinn. Sie wischte ihn mit dem Jackenärmel ab.

Sie saßen wortlos da und lauschten der geschäftigen Stille des Waldes. Ronnie musterte die Umgebung.

»Ist das hier dein Plätzchen?«

Alex nickte. Sie schwiegen wieder.

»Ronnie?« Tastend. Sie wartete, bis Ronnie wieder aufsah. »Was du da neulich gesagt hast – daß es wichtig sei, Kinder großzuziehen? Meinst du das wirklich?«

»Ich sage nichts, was ich nicht meine.« Mein Gott, du redest wie ein aufgeblasenes Arschloch. Sie versuchte, ihren Ton zu mildern. »Warum fragst du?«

»Na ja, verstehst du, alle Frauen gehen doch davon aus, daß sie mal heiraten und Kinder kriegen.« Sie sah Ronnie an, wurde rot, korrigierte sich. »Ich meine, die *meisten* Frauen denken das doch. Und die meisten tun es auch. Und dann werden die Kinder groß, und du fragst dich, was du eigentlich mit deinem Leben gemacht hast. Verstehst du? War das *alles?* Sie brauchen mich jetzt schon fast nicht mehr, und sie sind noch nicht mal zwanzig. Sie merken es kaum, wenn ich nicht da bin.«

»Ich habe eine Zeitlang mitgeholfen, ein paar Kinder großzuziehen – die von meiner Tante, mitten in Boston. Und es waren tolle Kinder – süß, lieb, super –, aber diesen Job in dieser Umgebung zu machen, ohne Geld, ist die reinste Hölle. Kann sein, daß ich das Ganze idealisiere – es gibt Leute, die sagen, daß ich das tue –, aber selbst wenn es irgendwo schlimmere Armut gibt, in Afrika oder Indien oder Lateinamerika, glaube ich doch, daß es die Leute dort besser haben als in den Großstädten hier bei uns. Vielleicht gilt das für alle Industrieländer. In der Großstadt plagt einen nicht nur die Sorge, womit man seine Kinder ernähren soll, man muß auch noch Angst haben vor allem, was drum herum ist, den Leuten, den Drogen, den Waffen, den Behörden...

Und diese Mütter – die, die ich kenne, und ich kenne eine ganze Menge – sind unglaublich tapfer, phantastisch. Sie denken nur an ihre Kinder, wie sie sie am Leben erhalten können, wie sie sie durchbringen, sie groß kriegen, was sie tun können, damit ihre Kinder es einmal besser haben als sie. Und ich stelle mir vor, auch wenn man mehr Geld hat, ist das genauso. Hart.«

Alex' Gesicht wurde weich vor Sympathie. »Es ist hart. Man weiß nie, ob man wirklich das Richtige tut. Was bei einem Kind funktioniert, funktioniert beim anderen nicht. Sie sind alle verschieden und brauchen verschiedene Dinge. Aber selbst wenn man das alles durchsteht, welche Rolle spielt das letztendlich? Mal angenommen, die Kinder sterben am Ende? Das kann einen selbst zugrunde richten, aber für die Welt ist das doch egal. Es gibt so viele Menschen. Was bedeutet es da schon, wenn wir Kinder kriegen, wenn wir unser Leben damit zubringen, sie großzuziehen? Aufs Ganze gesehen.«

»Was denkst du denn, was wichtiger ist?«

Alex sagte achselzuckend: »Fast alles.«

»Autos fabrizieren? Flugzeuge bauen? Bomben herstellen, die anderer Leute Kinder töten oder sogar die eigenen?«

»Na ja, wenn du es so siehst...«

»Welcher Job könnte denn härter sein, als Kinder großzuziehen?« insistierte Ronnie. Rosa und Enriqué, die sich darüber in die Haare gerieten, was sie machen sollten, als Tina mit vierzehn anfing, mit Drogen zu experimentieren. Die langen, sorgenvollen nächtlichen Gespräche, als Raoul mit dreizehn in eine Gang abdriftete, der zehnjährige Téo in der Schule nicht mehr mitkam. Enriqué drohte mit dem Gürtel. Rosa flehte: »Ronalda, red du mit ihnen, auf dich sie werden hören!« Reden war, wie einen Waldbrand auspusten wollen.

Raoul war inzwischen tot. Tina in die Szene abgetaucht, die Familie auseinandergebrochen.

– Soll ich tun, was du tust, Mama? Den ganzen Tag an einer gottverdammten Nähmaschine sitzen?

– Paß auf, was du sagst, wenn du sprichst mit deiner Mama, Kind!

– Was kommt denn dabei raus? Zwanzig, zweiundzwanzig Dollar für einen ganzen Tag Arbeit? Ich mache zweihundert Dollar in einer Nacht.

– Und dieser *Cojones* nimmt dir alles ab, du Hure!

– Was macht er denn anderes als du? Nimmst du Mama denn nicht ihr Geld ab, braucht sie es nicht, um dich zu füttern? Wo geht denn Mamas ganzes Geld hin, he? Was sieht sie denn davon? Hat sie vielleicht solche Stiefel wie die hier, solche Kleider wie ich? He? Es geht doch alles für euch drauf, für dich und die Kinder, die Kinder und dich! Du bist genau wie er!

Enriqué blaß, am Ende der Beherrschung, mit erhobenem Arm.

– Raus aus meinem Haus, du Hure, du bist nicht mein Kind! Und komm nie wieder! Wir haben dich anständig erzogen!

Rosa in Tränen aufgelöst. Téo hatte vielleicht noch eine Chance, aber er würde immer langsam sein. Lidia und Joey waren bislang noch okay. Rosa wollte wegziehen. Aber wo sollten *sie* eine sichere Umgebung finden? In einer Gegend, wo man sie wohnen läßt, würden sie nicht wohnen wollen, dachte sie mit einem grimmigen Grinsen.

»Es ist hart«, wiederholte Alex nüchtern. »Man weiß nie, was das beste ist.«

Ronnie lächelte. Kein Interesse an dieser Unterhaltung, dieser Frau, ihren Problemen. Vielleicht war sie ja nicht so verpimpelt wie Mary und Elizabeth, aber ihr Leben war ganz anders als das von Momma oder Rosa. Nettes, weißes Mittelschichts-Ehepaar, der Mann leitender Angestellter, zwei Kinder, zwei Autos. Häuschen in einem Vorstadtbezirk. Ein Country-Club, nur für DuPont-Angestellte, hat sie neulich abends erzählt, nett essen, tanzen, Golfkontakte pflegen. Hat sie plötzlich Probleme mit ihrem Image als Nur-Hausfrau?

Herrgott im Himmel, was macht denn überhaupt irgendein Leben lohnend? Interessiert es das große Ganze der Natur, wie wir uns abstrampeln, um einen Sinn zu finden? Liebe, hat Momma gesagt, Liebe macht das Leben lohnend.

Alex sagte: »Ich möchte, daß du weißt... Ich sehe dich als meine Schwester. Ich bin *froh*, daß du meine Schwester bist.«

Ronnie studierte den Waldboden. »Ich bin auch froh, daß du meine Schwester bist«, sagte sie steif.

Sie lächelten sich kläglich an.

»Ich fühle mich dir ähnlich... hier. Sonst vielleicht nicht, ich will nicht sagen, daß ich die gleichen Erfahrungen habe wie du... aber hier in diesem Haus.«

Ronnie sah sie fragend an.

»Ich fühle mich nicht dazugehörig.«

»Illegitim.«

»Ja.«

Ronnie dachte darüber nach. »Schon möglich.«

»Ich habe Elizabeth und Mary gern. Du weißt ja, ich habe sie gekannt, als ich noch ganz klein war, und ich habe sie damals geliebt, ich habe sie vergöttert, wie kleine Kinder das tun, verstehst du?«

Sie hatte sie gesehen damals. Wie sie dastanden, strahlend chic in ihren langen, pastellfarbenen Sommerkleidern, so selbstbewußt, und mit Senatoren und Präsidenten plauderten, unter dem grüngestreiften Zeltdach. Canapés knabbernd und ein Cocktailglas in der Hand. Ich weiß es noch genau.

»Und sie würden große Mühe haben, diese Liebe auszulöschen«, fuhr Alex fort. »Aber«, sie sah Ronnie gerade ins Gesicht, »allen hier in diesem Haus fällt es schwer zu lieben. Es ist, als ob sie auch das kleinste Quentchen Liebe nur sehr ungern hergeben, als ob sie das Gefühl haben, daß ihnen dann nichts mehr bleibt, als ob sie sich insgeheim an jedes Fitzelchen klammern, das sie in sich fühlen, als würden sie Brot horten, in einem Konzentrationslager...« Sie senkte den Blick, ließ die Arme schlaff herabsinken. »...oder in einem Haus der Geheimnisse.«

Ronnie starrte sie nur an.

Alex lauschte, wie sich Ronnies leichter Schritt, das Knacken der Zweige und das Rascheln der Blätter entfernten: Ich kann noch ein bißchen sitzen bleiben. Ich bin schon für die Klinik angezogen, brauche mich nicht mehr umzuziehen. Schön hier so früh am Morgen, die Sonne noch im Osten. Ach, ich liebe es, wenn die Morgensonne durch die kahlen Äste strahlt. Gottesfinger, immer, wenn ich das sehe, wird mir so dankbar ums Herz, daß ich Halleluja schreien möchte, obwohl natürlich wir es sind, die es zur Herrlichkeit Gottes erklären, während es eigentlich nur ein Ball aus heißen Gasen ist, der sein Licht durch das Universum schickt. Aber es *fühlt sich an* wie eine wohltätige Präsenz, die nur für uns da ist, und es ermöglicht es uns, zu leben – uns, den Pflanzen, den Tieren, den Insekten, allem. Warum sollten wir es also nicht verehren? Aber dann sagen wir, es will dies oder das, als wäre es ein fühlendes Wesen und als wüßten wir, was es will, als wären Tugend, Sünde, Erlösung Worte, deren Bedeutung wir kennen, als wären klare Linien durch den Weltenraum gezogen. Aber irgendwie existiert es ja auch – Tugend und Sünde zumindest, wenn schon nicht Erlösung. Oder stimmt es, was dieser Geistliche von St. Anne in seiner wunderbaren Predigt gesagt hat – Erlösung ist die Fähigkeit zu lieben? Wir können lieben, weil wir geliebt werden, weil Jesus uns liebt. Wir brauchen uns seine Liebe nicht zu verdienen, wir brauchen nur zu sein. Er breitet seine Arme aus und nimmt uns an, einfach nur, weil wir sind. So was von peinlich, dort vor allen Leuten zu weinen, von allen Seiten angestarrt zu werden. Vielleicht dachten sie ja, ich sei verwitwet oder hätte ein Kind verloren...

Sie schauderte.

Ich werde KEIN Kind verlieren.

Und merkwürdig: Ich glaube nicht an das ganze Zeug, Jesus, Gott, irgendeinen Gott. Sam regt sich auf, weil David nicht regelmäßig in die Synagoge geht, aber David kann nicht verstehen, wie sein Vater nach dem Holocaust noch glauben kann. Ich glaube auch nicht: Gottvater. Wer braucht denn so einen Vater? Und doch – diese Zeit in Jerusalem. Als ob mir die Augen aufgingen, als ob mich etwas Uraltes rief, regelrecht an mir zog, eine bestimmte Art zu leben, eine andere Art zu sein. Ich sage David, daß ich bete, aber ich glaube, was ich Beten nenne, ist einfach nur Denken. Nicht wie die richtigen Denker, nicht wie Elizabeth zum Beispiel, nicht wie die Intellektuellen.

Ihr Bewußtsein trat in den Zustand ein, den sie Beten nannte – Empfindung und Gefühl in Bilder der Vorstellungskraft gekleidet. Szenen, Worte, Figuren tauchten auf wie Treibgut auf dem Wasser, aber der Strom floß von allein, und sie kam nie zu irgendeinem Schluß, faßte nie auch nur eine Frage in Worte. Sie wußte nur, daß die Phasen stillen Alleinseins, die sie Beten nannte, für sie lebensnotwendig waren.

Ich werde geliebt, und ich liebe, das weiß ich. Wenn Liebe Erlösung ist, warum reicht mir das dann nicht?

Elizabeths grimmiges Gesicht, wenn sie mit der Faust auf den Tisch schlug. Marys wildes, beängstigendes Schluchzen, Ronnies finsterer Groll, die Wut in ihren Augen. Schmerz, sie leiden alle, ich auch, ohne Grund. Sinnloses Leiden.

Geht es darum in der Religion? Leiden bringt einem Pluspunkte bei Gott, pah, was für ein Gott ist das? Dieses Buch, das David mir zu lesen gab, als wir uns kennenlernten, wie hieß dieser Mann doch gleich? Ein Russe. Der Weg zur Erlösung führt nur durch das Leiden.

Warum? Wieso?

Nein.

Wir alle laufen herum und lächeln, nicken, arbeiten, hasten durch die Gegend, rennen zum Bus, und in uns brennt ein akuter Schmerz, ein Stachel im Fleisch eine Sehnsucht eine Hoffnung ein tragischer Verlust ein was auch immer, das nicht wiedergutgemacht werden kann, niemals. Wofür soll das gut sein? Das einzige, was uns verbindet, der Schmerz des Lebens und des Wissens um den Tod. Der Kindheit entwachsen heißt zu wissen, daß der Schmerz ständig mit uns ist. Der wahre Verlust der Unschuld. Hatte mit Sex nie etwas zu tun. Das einzige, wofür der Schmerz gut ist – er hilft uns, zueinanderzufinden: Weine mit mir Schwester denn mein Herz ist wund deins auch ich weine mit dir ich fühle deinen Schmerz ich fühle meinen du fühlst meinen du fühlst deinen wir wissen das zumindest eint uns was immer der Grund dafür sein mag. Wir weinen gemeinsam, wenn auch allein.

Luft strich über ihre Wange, Bilder flirrten, leise Vogellaute, Tierbewegungen in dem Wald, der vergessen hatte, daß sie da war, sich an ihren reglosen stillen Körper gewöhnt hatte. Gesichter flackerten auf, grau und verzerrt, Körper, denen Gliedmaßen fehlten, tanzten und tanzten. Die Falten auf den Gesichtern der Menschen sind Narben – tiefe, gerade Narben, flache, gewundene Narben, blaurote Zickzacklinien. Jedes Paar Hände fährt die Narben auf einem anderen Gesicht nach, zärtlich, streichelt die verkrüppelten Glieder, die Stümpfe, Musik spielt, wir sind allein, zusammen, zusammen allein. Wir sind, also leiden wir. Tiere spazieren in den Raum, paarweise wie ins Innere der Arche. Schafe Elefanten Gazellen Hunde Ameisenbären Ameisen, narbengezeichnet, aber nicht so wie die Menschen, beißen und stupsen einander, machen Lärm, muhen und bähen, der strenge vertraute tröstliche Geruch von lebendigem Fleisch und Dung, alle scheißen auf den Boden, und alle sind hungrig, immer hungrig.

Sie kam schaudernd zu sich. Ich werde verrückt. Ich muß hier weg.

9

»Ich bin schon fertig«, rief Alex und steckte den Kopf aus der Haustür, vor der die anderen bereits standen und auf sie warteten. »Muß nur noch pinkeln. Steigt schon mal ein, ich bin gleich da.«

Mary suchte Elizabeths Blick, um ihre Verachtung für Alex' vulgäre Ausdrucksweise mit ihr zu teilen, aber Elizabeth starrte vor sich hin. Nach wenigen Minuten kletterte Alex zu den Wartenden ins Auto. »Ich war im Wald und habe die Zeit vergessen.«

»Wir müssen auf dem Rückweg Milch kaufen«, sagte Mary.

»Kann Mrs. Browning nicht im Supermarkt anrufen?«

»Und sie bitten, eine Tüte Milch zu liefern?«

»Kann Aldo das nicht später erledigen, damit wir uns damit nicht aufzuhalten brauchen?« protestierte Elizabeth. »Ich muß arbeiten.«

»Ich kann mit dem Rad hinfahren«, erbot sich Alex.

Mary zuckte die Achseln. »Er müßte extra noch mal losfahren. Mehr Benzin verfahren. Du bist doch immer diejenige, die von sparen redet.«

»*So* pleite sind wir nun wieder nicht«, sagte Elizabeth.

»Du hast gesagt, daß jeder Penny zählt, als ich den Beluga-Kaviar wollte.«

»Es besteht ein beträchtlicher Preisunterschied zwischen Beluga- und Sevruga-Kaviar, Mary.«

»Aber genau der ist entscheidend.«

Elizabeth explodierte. »Dir gefällt es vielleicht, mit Chauffeur vor dem Supermarkt vorzufahren, aber mir nicht. Wenn du gestattest.«

Mary zog die Augenbrauen hoch. »Snobismus verkehrt?«

Elizabeth zog eine Zigarette heraus und zündete sie an. Mary fächelte sich mit ihrer Handtasche zu.

Alex überlegte, warum sie ihr Angebot, die Milch zu holen, einfach ignorierten.

Ronnie verzog das Gesicht. Ihr Gezänk faszinierte sie nicht mehr: Sie war nicht mehr erstaunt über die Zeichen für Ärger im Paradies. Ihre Vorstellung vom Paradies war offensichtlich eine Illusion gewesen. Die beiden müssen immer etwas finden, worüber sie sich streiten können. Ermüdend, dachte sie, dann verwarf sie das Wort als ein Mary-Wort. Und wie immer sie klingen mochte, sie wollte nicht wie Mary klingen. Dann lieber wie ein Gossenkind stinken.

Komisch. Neulich hatte sie Mary fast gemocht. Schüchtern, aber neugierig, wollte wissen, wie ich lebe. Die andere Hälfte, die niedere Hälfte. Sie lebt wie fast niemand sonst. Wie ein Prozent der Menschheit vielleicht. Oder noch weniger? Und offenbar kann sie es sich nicht mehr leisten. Vielleicht bereitet sie sich auf ihre Zukunft vor? Soweit wird es nie kommen. Ronnie kaute auf der Innenseite ihrer Lippe herum.

Aber sie waren alle etwas aus dem Gleichgewicht, was überraschend war, nach der allgemeinen Harmonie gestern.

Als sich heute Stephens Augenlid bewegte, sahen sie es alle. Mary schrie auf: »Vater! Vater! Du bist wach!« Die anderen standen beobachtend da, schwiegen, und auf der Rückfahrt war jede tief in Gedanken versunken. Sie hielten nicht an, um Milch zu kaufen, aber Aldo fuhr in die Stadt zurück, nachdem er sie vor dem Haus abgesetzt hatte.

»Ich hätte sie holen können«, sagte Alex vorwurfsvoll zu Mary. »Wir brauchen sie zum Lunch«, sagte sie schroff.

Sie redeten wenig beim Lunch. Wildgänse zogen schreiend vorbei, und alle starrten zum Himmel. Mary sagte, es sei spät für Wildgänse. Ronnie stimmte ihr zu. Elizabeth sagte, daß sie Hollis anrufen müsse. Bis jetzt sei die Vormundschaft noch nicht bewilligt, und vielleicht könne man es noch hinauszögern, falls Vater wieder aufwachen sollte. Niemand antwortete. Sie waren fertig mit dem Essen, und Elizabeth rollte ihre Serviette zusammen und steckte sie durch den Serviettenring, als Alex sagte: »Ist euch klar, daß Donnerstag Thanksgiving ist?«

Alle sahen sie ausdruckslos an.

»Na und?« sagte Elizabeth.

»Oje! Deshalb hat Mrs. Browning um einen freien Tag gebeten«, sagte Mary verdrießlich.

»Und was wollen wir machen?« drängte Alex.

Sie zuckten die Achseln, nuschelten, sie wüßten es nicht. »Nun«, sagte sie fröhlich. »Ich dachte, wir könnten ein Thanksgiving-Dinner kochen und es zu Vater ins Krankenhaus bringen!«

Der Vorschlag brachte ihr angewiderte Blicke ein. Alle standen vom Tisch auf und gingen.

Als Ronnie am späten Nachmittag hörte, wie auf das Klavier eingehämmert wurde, fragte sie sich, was wohl in Mary gefahren sei, und als sie hörte, wie daraufhin die Tür des Arbeitszimmers zugeknallt wurde, bezog sie Elizabeth in die Frage mit ein. Ob sie wütend darüber sind, daß es ihm bessergeht? Aber warum sind sie dann aufeinander wütend? Sie fragte sich, ob überhaupt jemand zur Cocktailstunde erscheinen würde.

Aber sie kamen alle. Mary mit ärgerlich verkniffenem Mund, Elizabeth wirkte zerstreut, als wäre sie mit ihren Gedanken ganz woanders. Im Stil einer Bekanntmachung sagte sie, daß sie sich einen Gin Tonic genehmigen würde. Ronnie und Alex leisteten ihr dabei Gesellschaft. Mary blieb bei ihrem Vermouth Cassis.

»Und, was haltet ihr davon?« fragte Alex gespannt.

»Wovon?« fragte Mary bockig.

»Thanksgiving!« rief Alex. »Worüber wir beim Lunch gesprochen haben.«

»*Ich* für mein Teil – es ist mir egal, was alle anderen machen – habe nicht die Absicht, an Thanksgiving oder an irgendeinem anderen Tag im Krankenhaus zu speisen«, verkündete Mary.

»Wir dürften unser Thanksgiving-Dinner gar nicht auf die Intensivstation bringen, das würde das Krankenhaus nicht gestatten«, rief Elizabeth verächtlich. »Vater kann nichts essen! Er wird intravenös ernährt, begreift ihr beiden das nicht? So eine dumme Idee. Wirklich, ich begreife nicht, wie ihr beide so dumm sein könnt!«

Alex erbleichte. »Nein, nein, das weiß ich doch. Wirklich. Es ist nur – ich bin davon ausgegangen, daß er am Donnerstag wieder wach sein wird. Und daß wir das feiern. Ich glaube, ich muß jetzt bald mal wieder nach Hause«, fügte sie leise hinzu.

»Also entweder Dinner im Krankenhaus oder Dinner in Newark«, lachte Ronnie, »und Newark ist schlimmer? Gefällt es dir hier so gut?«

»Meine Kinder rufen dauernd an und beklagen sich, daß ich noch nicht zu Hause bin, und David wird auch nervös, weil ich schon so lange weg bin. Deshalb habe ich ihnen gesagt, daß wir Vaters Erwachen feiern wollen. Wißt ihr, ich bin sicher, daß er bis dahin aufgewacht sein wird. Ich weiß es.«

Mary zog scharf die Luft ein.

Unbeirrt fuhr Alex fort: »Ich habe ihnen die ganze Zeit erzählt, daß ich hierbleiben muß, wie wichtig es für Vaters Gesundheit ist, daß wir ihn täglich besuchen. Davon bin ich überzeugt.« Sie drehte sich um und sah sie an. »Aber ich kann nicht erklären, warum ich Thanksgiving nicht nach Hause komme, wenn wir Thanksgiving nicht bei Vater sind. Es ist ein so fröhlicher Feiertag bei uns zu Hause. Die Kinder würden das nicht verstehen. Und David auch nicht.«

»Und du möchtest nicht nach Hause«, folgerte Ronnie. Also auch Ärger in diesem kleinen Mittelstandsparadies? Klang nicht danach, bei ihr hörte sich alles immer völlig normal und durchschnittlich an, glücklich. Errichte dir ein Paradies, ungeachtet der Hölle, und es wird zur Hölle. Wunderbare Ironie.

Alex verzog das Gesicht. »Das stimmt nicht… ich kann es nicht erklären… ich spüre… im Moment verändert sich soviel in mir. Ich will mich verändern, aber ich werde mich nicht verändern, wenn ich nach Hause fahre, dann ist alles vorbei. Und ich brauche etwas… ich habe das Gefühl, als würde etwas Schreckliches passieren, wenn ich wegfahre.«

»Mit dir? Mit deinem Vater? Mit deinen Kindern?« fragte Ronnie mit brennender Neugier.

»Mit mir.«

»Thanksgiving hat noch nie zu meinen Lieblingsfeiertagen gehört. Ich hasse sowieso alle Feiertage, bis auf den Mardi Gras«, sagte Mary, »und den mochte ich auch nur früher.« Sie schnitt eine Grimasse. »Jetzt ist er… ordinär geworden.«

»Ich hasse Feiertage«, sagte Elizabeth mürrisch. Sie und Mary sahen sich an.

»Ich liebe Thanksgiving«, sagte Alex. Ihre Stimme klang sehnsüchtig. »Die ganze Familie kommt zusammen…«

»Genau«, murrte Elizabeth.

Gott, wie ich Thanksgiving hasse: Mary ließ den Gedanken zu, den sie den ganzen Tag über verdrängt hatte. Die weite Fahrt nach Pound Ridge zu Martin, dort sitzen zu müssen, um eine trockene Pute zu essen, mit der eingebildeten, gelangweilt wirkenden Marguerite. Wie ich ihre hellen Wimpern hasse, hätte ihre Mutter ihr nicht den Gebrauch von Wimperntusche beibringen können? Und diese Gören, und Bertie, der sich wie ein Idiot aufführt, und die schmollende Marie-Laure. Niemand sonst lädt mich mehr ein. Ich muß zu Martin gehen oder allein in der Wohnung herumsitzen, ohne ein Mädchen, das für mich kocht. Ich könnte nicht allein ein Restaurant aufsuchen.

Müßte jemanden anrufen, der mich begleitet: Larry? Oh, dafür ist es zu spät. Jetzt sind alle verabredet!

»Meine Kinder sind natürlich ganz wild darauf, daß ich komme«, sagte sie, »aber ich muß gestehen, daß mich kleine Kinder anstrengen – und meine Enkelkinder sind noch klein. Und Martin lebt weit draußen, in einem Vorort, eine schreckliche Reise.« Müßte ihn bitten, den weiten Weg zum Flughafen zu fahren, um mich abzuholen. Er haßt Pflichten, erwartet, daß Marguerite alles für ihn macht. Genau wie sein Vater. Er würde mich abholen, aber mit dem Gesichtsausdruck eines Märtyrers. Ja, Mutter, steig ein, Mutter. Gräßlich. Oder er würde Bertie schicken, der wie ein Irrer fährt.

Thanksgiving in Washington, dachte Elizabeth, und das Herz wurde ihr schwer. Wäre bei den Bernsteins immer willkommen, aber die Freude hält sich in Grenzen, wenn man mit jemanden zu Abend ißt, der für einen arbeitet, alle sind so übertrieben höflich, man bekommt fast eine Maulsperre. Das Jahr, in dem mich der Minister einlud, das war interessant. Keine Einladung in diesem Jahr. Frage mich, warum nicht. Bin ich auf dem absteigenden Ast? Könnte in das äthiopische Restaurant in Georgetown gehen. Oder zu Hause bleiben und ein Tiefkühlgericht essen. Das könnte ich hier auch. Mir die Reise sparen.

»Ich möchte meine Arbeit zu diesem Zeitpunkt nicht unterbrechen«, sagte Elizabeth wichtigtuerisch. »Wirklich, ich ziehe es vor, hierzubleiben und weiterzuarbeiten. Und natürlich ist es äußerst wichtig, hierzusein, falls Vater aufwachen sollte«, fügte sie hinzu und sah Alex an.

Ich könnte mit Rosa essen, dachte Ronnie, sie hat mich im letzten Monat eingeladen. Habe ich völlig vergessen. Ich muß sie anrufen, sie hat Hemmungen, hier anzurufen. Würde mir guttun, alle wiederzusehen. Aber Rosa hat jetzt kein Zimmer mehr für mich, in dem ich schlafen könnte, jetzt, wo die Kids groß sind. Lidia schläft auf dem Futon. Ich habe keine Wohnung. Aber ich wette, Linda würde mich bei sich auf der Couch schlafen lassen. Sie würde sich freuen, mich zu sehen. Wenn sie da ist. Vielleicht fährt sie auch nach Hause. Jedenfalls könnte ich zu ihr gehen, in ihrer Wohnung wohnen. Würde hier nicht allein bleiben wollen. Oder mit den beiden, ohne Alex.

Alex hatte feuchte Augen. »Ich möchte mit euch zusammensein«, sagte sie.

Drei Augenpaare wandten sich ihr zu und sahen sie an.

Nach einem langen Schweigen sagte Mary leichthin: »Ich glaube, wir könnten hier etwas machen. Einen Truthahn oder…« Sie holte tief Luft. »Aber ich habe auch Teresa an diesem Tag freigegeben!« erinnerte sie sich.

Elizabeth zuckte mit den Achseln. »Dann gehen wir eben essen. Das ist doch völlig egal.«

»Restaurants sind an Thanksgiving einfach scheußlich!« rief Mary verdrießlich. »Außerdem, findet ihr es nicht ein bißchen spät, um noch einen Tisch in einem der wenigen anständigen Restaurants der Gegend reservieren zu lassen?«

»Warum kochen *wir* nicht?« fragte Alex, und ihre Stimme hellte sich auf.

»Das wäre nett«, stimmte Mary zu, »aber ich kann nicht kochen. Tee *kann* ich kochen.«

»Ich kann auch nicht kochen«, sagte Elizabeth. »Aber ich werde Gemüse putzen, wenn mir jemand sagt, wie das gemacht wird.«

»Tee und Gemüse zum Dinner!« kreischte Ronnie. »Köstlich! Ich werde zum Nachtisch Bohnen und Reis beisteuern.«

Alle lachten. Zusammen. Die Anspannung ließ nach.

Darum ging es also: Thanksgiving.

Nur Alex biß sich auf die Lippen. »Ich glaube, ich muß lügen und ihnen *erzählen*, daß wir diesen Tag bei Vater verbringen.«

Die Planung für das Essen erwies sich als fruchtbarer Nährboden für Auseinandersetzungen.

»Knödel zu *Thanksgiving,* Mary! Das kann auch nur dir einfallen!« lachte Alex. »Und ich weiß nicht, wie man die macht.«

»Bohnen und Reis? Bohnen und Reis? Was ist das? Ja, ich weiß, daß es mexikanisch ist, aber ißt man es *zum* Truthahn oder *statt* Truthahn, oder *nach* dem Truthahn? Ich meine, warum wollen wir so was überhaupt essen?«

»Weil ich es essen möchte«, sagte Ronnie. »Wir müssen auch meine Tradition ehren. Als ob wir uns in den Finger piken und unser Blut vermischen«, lächelte sie.

Mary schüttelte sich. »Und wenn eine von uns AIDS hat?«

»Wenn eine von uns AIDS hat, dann wohl kaum Ronnie«, stichelte Elizabeth.

Nach vielem Hin und Her einigten sie sich auf den traditionellen Truthahn, gefüllt, mit Preiselbeersauce, als Vorspeise Guacamole, dann mexikanische Bohnen und Reis, Marys schneeiges Kartoffelpüree, Salat und einen Kürbiskuchen von Alex. Man beschloß, die Einkäufe zusammen zu erledigen. Alex und Ronnie würden kochen und Elizabeth und Mary abwaschen, nicht erst nach dem Essen, sondern schon während der einzelnen Stadien der Zubereitung – der Preiselbeersauce, des Kürbiskuchens, der Füllung. Mary war von diesem Vorschlag nicht begeistert, aber da sie sich geweigert hatte, essen zu gehen, hatte sie kaum eine andere Wahl.

Als sie am Thanksgiving-Tag vom Krankenhaus nach Hause fuhren (heute hatte sein Augenlid nicht gezuckt), waren sie geradezu high und fast ein wenig albern, sie brannten darauf, sich in der Küche in die Arbeit zu stürzen. Mary drehte den alten Stereoapparat im Wohnzimmer voll auf, so daß man ihn in der Küche hören konnte, und übernahm es, die Platten zu wechseln. Die Schwestern kommentierten jeden Titel ihrer Musikauswahl – das gesamte *Wohltemperierte Klavier,* gespielt von Artur Schnabel (»langweilig«, schrie Ronnie; Mary glaubte, daß das Album noch aus der Zeit ihrer Mutter stammte), Mozarts Klavierkonzert, KV467 (»Vater muß *El-*

vira Madigan gesehen haben«, spottete Mary), zwei Klaviersonaten von Beethoven (»Und warum hat er die gekauft?«), Frank Sinatra (»Igitt«, schrie Ronnie, die außerdem feststellte, daß Stephen Ella Fitzgerald mochte, weil sie eine konventionell-bürgerliche Sängerin war). Wayne Newton wurde einhellig ausgebuht. Entschuldigend sagte Mary: »Es sind seine Platten.«

Aber als sie Platten mit Bigbands der fünfziger Jahre auflegte, ließ Alex den Schneebesen fallen, und Ronnie hörte auf, die Avocados zu zerquetschen, und sie fingen an, zusammen zu tanzen, modern, ohne den Partner zu berühren. Elizabeth hörte auf, den Herd zu putzen, und Mary legte die Besteckgabeln aus der Hand, und sie versuchten, zusammen Foxtrott zu tanzen. Aber sie stritten sich fast sofort darüber, wer führen sollte. Das Problem war, daß keine von beiden führen wollte.

»Ich will es nur nicht, weil ich es nicht kann«, entschuldigte sich Elizabeth. »Ich weiß nicht, wie man das macht.«

»Ich auch nicht!«

»Ich hatte immer Probleme beim Tanzen«, erinnerte sich Elizabeth. »Die Jungen führten, und ich mochte nie die Art, wie sie das machten. Aber ich selber kann nicht führen.«

Schließlich schlug Mary vor: »Dann tanzen wir doch wie die beiden«, und sie tanzten alle vier im Kreis, jede für sich und trotzdem zusammen.

Sie tanzten, bis die Platte zu Ende war, und fingen wieder an, als Mary die nächste Bigband auflegte. Als die zu Ende war, waren sie außer Atem und kehrten zu ihren jeweiligen Tätigkeiten zurück. Dann schrie Mary im Wohnzimmer vor Freude laut auf und legte Peggy Lee auf. »Is That All There Is« – soll das alles gewesen sein? Sie ließen die Hände sinken und hörten einfach nur zu:

Is that all there is,
Is that all there is,

If that's all there is, my friend,
Then let's keep dancing,
Let's break out the booze
And have a ball
If that's all
There is.

Das Lied war zu Ende. »Noch mal«, drängten sie Mary. Sie legte es noch mal auf, kam wieder in die Küche, und die vier Schwestern faßten sich gegenseitig um die Taillen und bewegten sich leicht im Takt.

Als der Truthahn im Ofen brutzelte, das Gemüse geputzt, der Tisch gedeckt und die Küche so gut es ging aufgeräumt war, beschlossen sie, einen Spaziergang zu machen. Sie trugen dicke Mäntel und Gummistiefel – vormittags hatte es geregnet, und der Boden war matschig – und gingen schnell in Richtung Wald. Sie redeten wenig, gingen manchmal hintereinander, manchmal paarweise, manchmal in einer Reihe. Alex schien die Führung übernommen zu haben, und sie steuerte zielstrebig auf die katholische Kirche zu. Sie blieben davor stehen, sahen, wie die schrägen Strahlen der untergehenden Sonne, die um diese Tageszeit fahl und kraftlos waren, durch die Zweige fielen und die Kirche in ein sanftes, diffuses Licht tauchten. Als Alex stehenblieb, blieben alle stehen. Sie stand schweigend da, Arme in die Seite gestemmt, mit hocherhobenem Kopf, blickte in die Ferne, wie eine Priesterin zu Beginn einer Zeremonie.

»Heute ist Thanksgiving – der Tag des Dankes«, sagte sie. »Ein Dank, an wen und wofür auch immer. Ich glaube, daß es wichtig ist, sich die Zeit für einen Dank zu nehmen, sich an die guten Dinge im Leben zu erinnern, die wir gern vergessen, weil sie uns so vertraut sind, zum Beispiel, wie unser Körper duftet oder welche Farbe unsere Augen haben, oder wie unsere Stimme klingt, oder wie unser Wohnzimmer im Licht der

Nachmittagssonne leuchtet. Ich meine damit nicht, daß wir irgend jemandem im Himmel danken müssen oder versuchen sollten, irgendeinen Gott zu bestechen, damit er uns morgen kein Leid zufügt, ich meine damit auch nicht, daß wir Innereien als Opfer darbringen müßten. Sondern daß wir dankbar sein sollen für das, was uns gegeben wurde. Für die Schönheit in unserem Leben. Versteht ihr das?« fragte sie bittend. »Nicht demütig oder so, aber dankbar.« Sie sah sie unsicher an. »Also«, rief sie, »ich möchte danken.« Sie sah auf und blickte in den Wald.

Elizabeth beobachtete sie mit einem bitteren Ausdruck im Gesicht. Danken für die Erinnerungen? Auch ich bin in den Sommern oft hier gewesen, ich erinnere mich an diesen Baumstumpf. Kam hierher, wenn ich alles nicht mehr aushielt. Selbst damals habe ich nicht geweint. Das ist vorbei. Ich war wie ein Stein. Wollte wie ein Stein sein, wollte nie wieder etwas fühlen. Wollte tot sein.

Und doch, dachte sie, bin ich am Leben. Nicht ganz und gar, aber etwas. Muß ich dafür dankbar sein? Wäre ich lieber tot? Ich glaube nicht – ich bin nicht mit dem Auto an einen Baum gefahren, ich habe mir keine Pillen verschreiben lassen, und wenn ich die Wahl hätte, würde ich im Moment nicht sterben wollen. Aber auch nicht voll und ganz leben wollen, denn das würde bedeuten, daß ich den Schmerz zulassen müßte, mich wieder einlassen müßte. Habe mich mein Leben lang bemüht, da herauszukommen. Zu unerträglich das Ganze.

Und wenn man so darüber nachdenkt, habe ich meine Sache gar nicht so schlecht gemacht. Unter den Umständen. Schätze, ich bin eine verkrüppelte Kreatur, nicht von Geburt an, sondern wegen meiner Kindheit. Was kann eine solche Kreatur schon erwarten? Ich habe ein Leben, das es mir erlaubt, meinen Kopf so zu benutzen, wie ich es will. Das ist das Wichtigste für mich. Zum Glück wurde ich nicht in einem Zeitalter geboren, in dem man mich mit vierzehn verheiratet hätte, damit ich viele plärrende Kinder in die Welt setze. Und ich lebe recht gut. Ich habe meine eigene Wohnung, mein Auto, Bücher und gutes Essen. Auch das ist pures Glück: das Los der Geburt. Jahrhundert, Erdteil, Nation, Gegend, Geschlecht, Hautfarbe, Gesellschaftsschicht.

Sie hielt inne. Bin froh, daß ich Clare hatte, wie auch immer und wie lange auch immer. Aber soll das alles gewesen sein, alles, was ich je haben werde, jetzt, wo er nicht mehr da ist, jetzt, wo ich ganz allein bin? Ich habe noch nicht mal eine Freundin. Sogar Mary hat Freundinnen. Etwas in der Art jedenfalls. Sie hob den Kopf und sah sich um. Ihre Schwestern standen da und blickten in sich hinein. Eine plötzliche Gefühlsaufwallung überkam sie: Vielleicht habe ich ja sie, dachte sie verwundert.

Warum erlauben wir Alex, uns anzuordnen, was wir zu tun haben, fragte Mary sich und starrte einen Baum an, ohne ihn zu sehen. Wofür sollte *ich* dankbar sein? Don ist tot, ich bin pleite. Meine Kinder? Ich denke schon, daß ich froh bin, daß sie gesund sind, daß es ihnen gutgeht, daß sie eine gute Erziehung genossen haben, all diese Dinge, für die man dankbar sein muß. Ich wünschte, ich könnte sie mehr lieben. Heißt es nicht von Kindern, sie seien die Freude des Alters? Natürlich bin ich noch nicht alt.

Und ich bin auch nicht die Freude meines Vaters. Aber das ist etwas anderes. Das ist *seine* Schuld. Ich habe ihn immer geliebt.

Ihre Augen wurden feucht.

Sie hob den Blick zu den hohen Wipfeln der Bäume, den Tannen, die hinter diesem Hain standen. Sie dufteten und waren grün. Aber, oh, ich bin froh, daß ich Don hatte, diese Erfahrung, wenigstens ein einziges Mal in meinem Leben, und wenn das alles gewesen sein sollte, was mir zugestanden wurde, daß ich diese Art von Liebe spüren durfte, die das Herz anschwellen läßt und es in ein riesiges, heißes Zentrum verwandelt, das die ganze Welt erwärmt und erstrahlen läßt. Ich liebte die Stadt, weil er in ihr weilte, auch wenn er am anderen Ende war und ich ihn an dem Tag nicht sehen würde. Ich liebte bestimmte Lieder, weil er sie gepfiffen hatte, und ich liebte alle Männer, weil er ein Mann war, und haßte alle Frauen, die ihn mir vielleicht wegnehmen könnten. Ich liebte es, ihm zuzusehen, wenn er aß, liebte es, an das Essen zu denken, das er zum Munde führte, hegte ihn, nährte ihn, machte ihn stark, und wenn er aufsah und mich ansah und sich ein Lächeln auf seinem Gesicht ausbreitete, dann wollte ich mich vor ihm auf die Erde werfen, ihn anbeten, mit meinem Körper bete ich dich an, Herr, oh, Don, das ist die Wahrheit. Sogar mich selbst konnte ich lieben, ich liebte meinen hellgrünen Seidenanzug, meinen weichen schweren Körper, mein dunkles Haar, von dem er sagte, es leuchte wie ein Heiligenschein, weil er das alles an mir geliebt hat. Ich habe das Leben geliebt, weil es mir das gewährt hat – weil ich erleben durfte, wie es ist zu lieben, und – Wunder aller Wunder – weil ich erleben durfte, daß er mich auch liebte. Wie vielen Menschen wird das schon zuteil? Die Bäume verschwammen. Aber soll das alles gewesen sein?

O Gott, Alex muß ein religiöser Freak sein. Und sieh dir bloß die anderen an – Elizabeth hat den Kopf gesenkt, und Mary blickt auf die Wipfel der Bäume und hat Tränen in den Augen, als ob sie einen Orgasmus mit einem Gott hätte! Hat sie vielleicht, so wie ich sie kenne. Obwohl sie der Typ der kleinen Verführerin ist, die nie in ihrem Leben einen Orgasmus gehabt hat. Vielleicht sind sie als kleine Mädchen zum Gottesdienst gekarrt worden und im tiefsten Innern ihres Herzens frömmelnde kleine Betschwestern. Rosa hat immer versucht, mich dazu zu bewegen, sie und die Kinder in die Kirche zu begleiten. Enriqué kam selten mit. Momma besuchte einige Male die St. Josephskirche, dann ließ sie es. All die irischen Gesichter, die sie anstarrten. Ich will verdammt sein, wenn ich meinen Kopf vor einem allmächtigen Vater oder einer allmächtigen Mutter beuge. Alle, die ich je geliebt habe, haben mich verraten, angefangen bei Momma.

Hatte noch nicht mal eine einzige treue Liebste, haben mich alle im Stich gelassen. Sogar Julieta, obwohl sie ein Herzblatt war, ein richtiges Herzblatt. Sie hat es nicht so gemeint. Aber Sarah war der schlimmste Tiefschlag. Sie hat mich belogen und betrogen. Schwöre mir, daß du mich immer lieben wirst, Ronnie, und zwei Wochen später war sie mit einer anderen zusammen. Frauen. Genauso schlecht wie Männer.

Der einzige Mensch, dem ich wirklich danken muß, bin ich selbst. Alles, was ich bin, habe ich mir selbst zu verdanken. Ich habe mich von einer kleinen verängstigten *Chicana* auf Trebe, die sich vor Vaters weißer Anglo-Welt fürchtete, in eine selbstsichere studierte Frau verwandelt.

Fast jedenfalls. Keine Übermutter, kein Übervater hat mir dabei geholfen. Bis auf Rosa natürlich. Und Carrie Jenkins. Aber sie behauptete, es sei reine Eigensucht von ihr gewesen, mir zu helfen, sie behauptete, mir zu helfen, meine Intelligenz zu entwickeln, hätte ihr geholfen, ihre Gefühle am Leben zu erhalten, als ich aufblühte, sei auch sie aufgeblüht, sagte sie, ich hätte sie davor bewahrt, als Lehrerin völlig auszubrennen. Genau wie Rosa. Wenn ich mich bei ihr bedanken will, sagt sie, daß ich ihr genausoviel geholfen habe wie sie mir. Aber Raoul konnte ich nicht retten, Tina auch nicht. Aber vielleicht kommt mit Tina eines Tages wieder alles in Ordnung – Nutte zu sein ist nicht das Ende der Welt. Wenn sie sich nicht mit AIDS ansteckt oder umgebracht wird. Oder vom Crack nicht mehr loskommt. Oder schwanger wird.

Herrgott, das ist alles unerträglich.

Trotzdem. Mit mir ist alles in Ordnung. Ist es selbstsüchtig, daß ich so empfinde?

Ich schätze, ich bin dankbar für diesen unbekannten Stoff in unseren Genen, der uns erlaubt, so zu fühlen. So zu handeln. Dankbar für die Rosas und Carries dieser Welt. Will mich bemühen, so wie sie zu werden. Bin nicht sicher, ob ich die Begabung dazu habe. Bin selbstsüchtig. Scheint in meiner Familie zu liegen. Halleluja. Habe eine Basis mit meinen Schwestern gefunden! Sie grinste.

Alex schloß die Augen, versuchte, ihre Umgebung durch die Poren zu spüren, sie zu riechen, zu hören, mit ihr zu verschmelzen. Die Bilder ließen ihren Körper erschauern – Stevie mit sechs, die Haut seiner Wangen glatt wie Satin, wie sie es liebte, ihn zu liebkosen. Seine braunen Augen waren damals noch größer, vertrauensvoll, hingebungsvoll. Mommy, hat er damals immer gesagt. Melly mit acht, staksig dünne lange Beine, wie sie aus der Tür stürmt, mit ihrem Hockeyschläger, sicher, daß sie gewinnen wird. Mit zehn, im Nachthemd, nach dem Bad, glühend rote Wangen, aufgedrehte feuchte Haare, Hände über den Ohren. Nein, Mommy, ich will es nicht wissen, wir haben darüber bei den Pfadfindern gesprochen, ich habe ein Buch darüber, ich werde es lesen, wenn ich will. Noch ein Kind, noch nicht soweit, über Menstruation zu reden, aber im Jahr darauf menstruierte sie. War schockiert, haßte es. Ich war ihr keine Hilfe.

Ihre leeren Hände schmerzten, ihre Hände erinnerten sich, wollten sie für immer halten und beschützen. Sie waren so verletzlich. Aber sie gehörten ihr nicht mehr. Stevie, noch immer mit diesem durchscheinenden Teint, auf dem jetzt aber kleine dunkle Härchen sprießen, wie er in der Tür steht und lacht, während sie ihre Verhaltensmaßregeln für eine Party abspult. Melly, immer mit hochgezogenen Knien, gesenktem Kopf und nachdenklicher Miene auf der Fensterbank mit dem Chintzvolant, bekümmert über die Misere einer Schulfreundin. Wollte nicht erzählen, was dem Mädchen passiert war. Konnte alles sein – Schwangerschaft, Vergewaltigung, gewalttätiger Vater, alkoholkranke Mutter, wer weiß? Sie wollte nicht darüber reden, wollte allein damit fertig werden. Natürlich habe *ich* ihr auch nie etwas Wichtiges erzählt. Wie meine Mutter. Generationen des Schweigens.

Ich kann es nicht ertragen, sie loszulassen.

Die Liebe für sie, vermischt mit Angst, weil sie um die Verletzlichkeit von Körper und Seele wußte, zerriß ihr das Herz.

Aber sie haben mich verlassen. Sie sind für mich verloren.

Dann kam David und lächelte sie an und breitete die Arme aus, und sie lief in seine Arme und legte ihren Kopf an seine Brust. Hinter ihm standen wachsam Samuel und Lilian, bereit, ihn vor allen Gefahren zu schützen. Das alles hatte sie, diesen Reichtum, dieses Netz, aber es konnte ihr morgen bereits entzogen werden. Sie konnte es verlieren…

Dann lächelte ihre Mutter ihr aus der anderen Ecke des Zimmers zu, wirkte wie eine Frau, die nie Zweifel und Geheimnisse gekannt hat. Wie eine freundliche kleine Frau mittleren Alters, die ihr Lebtag als Sekretärin gearbeitet hat, glücklich verheiratet war, die eine gute Tochter hat, Enkelkinder, eine Frau, die alles, was sie sich erhoffte, bekommen hat. Trotzdem ist sie voller Geheimnisse, und sie schweigt sich aus. Das hasse ich. Ich hasse sie dafür.

Angst. Darum geht es doch an Thanksgiving in Wirklichkeit, entschied sie, um Aberglauben. Daß man dem Schicksal danken kann: Ich bin dankbar, ich bin ja so dankbar. Bitte, ich *sage laut,* daß ich dankbar bin, nimm mir also nichts weg, nimm sie mir nicht weg. Erlaube mir, sie zu behalten. Doch jede Minute stirbt jemand, wird jemand verlassen, und wenn sie leben, verändern sie sich ständig. Melly, die sie mit ihren kühlen Augen anstarrte *(Wer bist du?).* Stevie, der sie behandelte, als sei sie unwichtig. Dabei war sie einmal, vor langer Zeit, die Sonne gewesen, die beider Tag erhellte, sie streckten ihre kleinen Ärmchen aus ihren Kinderbetten nach ihr aus, wie Zweige, die zum Sonnenlicht hindrängten, ihre Körper wurden von ihr angezogen wie die Fluten vom Mond. Ihre Liebe und Fürsorge waren das Wichtigste gewesen, hatten sie am Leben erhalten. Wann hatte sich das verändert?

Und auch sie hatte sich verändert. Ihr Kopf an Davids Brust, seine Arme um ihren Körper, vermittelten ihr nicht mehr das einstige Gefühl von Sicherheit, warum nicht? Sie fühlte sich nicht mehr gefährdet, sie fühlte sich stark. Und David schien sich auch verändert zu haben. Warum? Er war immer so ausgeglichen, ein unerschütterliches Bollwerk, hinter dem Sam und Lilian standen. Aber jetzt waren sie alt, Sam war ein wenig schwach seit seinem Schlaganfall, Lilian, die ihn seit Jahren pflegte, war erschöpft. Konnten David nicht mehr beschützen. Brauchten ihn jetzt. Und er brauchte diesen Schutz nicht mehr, auch er war jetzt stärker, genau wie sie selbst. Aber er war auch schwächer. Er war ein Mann, ein Mensch, keine Säule. Lieber David.

Und während jeder Sonnenaufgang herrlich war, jeder Sonnenuntergang ein Augenblick, in dem die Welt stillstand, während die Blätter der Bäume sprossen oder fielen, die Gärten blühten oder verblühten, die Menschen geboren wurden oder starben, ging das Leiden immer weiter und weiter. Das Leiden, nur das Leiden ist ewig. Es gibt zwei Arten des Schmerzes: die eine wird von der Natur verursacht, die andere vom Menschen. Die erste ist ewig. Aber nicht die zweite. Es lohnte sich also, etwas dagegen zu unternehmen. Es war das einzige, was sich lohnte: Schmerzen lindern, die sich lindern ließen. Aber wie? Eine dumme Frau wie ich.

Alex öffnete die Augen. Die anderen sahen sie an. Einen Augenblick standen alle schweigend da, ohne sich zu bewegen. Dann drehten sie sich um und gingen zurück zum Haus. Wortlos und ohne Hektik gingen sie plötzlich in einer Reihe nebeneinander, und eine – sollte es tatsächlich Ronnie gewesen sein? – legte den Arm um Alex, die einen Arm um sie legte und den anderen um Elizabeth, die wiederum ihren Arm um Mary legte, die zu singen anfing:

Vier kleine Schulmädchen sind wir,
Naseweise kleine Kinder, alle vier,
Springen übermütig hin und her,
Vier kleine Schulmädchen sind wir...

Die anderen kannten das Lied nicht, stimmten aber in den Refrain ein: »Vier kleine Schulmädchen sind wir«, als Mary noch mehr Strophen sang. Lachend betraten sie das Haus, wo sie der wundervolle Duft des Truthahnbratens empfing. (»Riecht viel besser, als er schmeckt«, betonte Elizabeth.) Jetzt konzentrierten sie sich ernsthaft auf die Zubereitung des Abendessens, selbst die Nicht-Köchinnen wurden zum Arbeiten gezwungen (»Mary, Kartoffeln schälen kann jeder«, beharrte Alex, und Ronnie befahl Elizabeth, zu rühren, rühren, rühren, rühren, damit die Sauce eindickte). Alle hatten Hunger, und sie fingen an, während sie kochten, in der Küche die Guacamole zu essen, aber als Mary hörte, daß die Pute noch eine Stunde brauchen würde, bestand sie darauf, daß sie die Küche verließen und einen gepflegten Cocktail im Wohnzimmer zu sich nahmen.

Alex stellte die Speisen in einen auf kleine Hitze gestellten Wärmeofen. Ronnie zündete das Kaminfeuer an. Mary trug die Guacamole und die Mais-Chips ins Wohnzimmer, Elizabeth goß den Wein ein. Sie hatten sich für diesen Abend alle auf Wein geeinigt. Sie saßen am Kamin und strahlten, weil sie mit sich selbst zufrieden waren.

Elizabeth lehnte sich im Sessel zurück, in einer Hand das Weinglas, in der anderen eine Zigarette. »Wollt ihr meine früheste Erinnerung an dieses Haus hören? Ich war vier, trug ein kurzes weißes Kleid mit einem weiten Rock und einen weißen Schlapphut, der mir bis über die Augen ging, und viele Leute waren da – ich weiß nicht mehr, wer, ich weiß auch nicht mehr, aus welchem Anlaß. Ich erinnere mich daran, was ich anhatte, weil es von diesem Tag ein Foto von mir gibt, mit Vater und Aunt Pru und Uncle Sam, die hinter mir stehen. Jedenfalls machten alle, wer immer es auch gewesen sein mochte, ein großes Getue um mich, sagten, wie niedlich ich sei, lächelten mich an, lachten über mich. Ich weiß nicht, warum, vielleicht war es der lustige Hut. Aber noch viele Jahre später erinnerte ich mich voll Freude an diesen Tag. Ich wartete darauf, daß er sich wiederholte. Er wiederholte sich nicht.«

»Ich kann mich daran erinnern, wie Mama mit mir in den Pool ging«, sagte Mary mit leiser, belegter Stimme. »Ich war auch ungefähr vier. Und sie hielt mich fest und zeigte mir, wie man schwimmt.« Sie trank einen Schluck.

»Und?« hakte Elizabeth nach.

»Nichts weiter. Nur, daß Mama mich noch nie so im Arm gehalten hatte. Der Tag war für mich wie vergoldet.« Sie sah Elizabeths Blick, verzog das Gesicht und sagte: »Ja, ich habe darauf gewartet, daß es sich wiederholte. Es wiederholte sich nicht.«

Alex erinnerte sich, wie Vater einmal einen jungen Hund mitgebracht hatte und gesagt hatte, sein Name sei Charlie, weil der kleine dunkle Fleck unter seiner Nase aussah wie Charlie Chaplins Schnurrbart. Und der Hund war so klein, daß er in die Höhlung zwischen Alex' Kopf und Schulter paßte, und dort preßte er sich zitternd an sie, und Alex streichelte ihn, sie spürte seine Angst und versuchte, ihn zu beruhigen. Und Vater beobachtete sie mit einem liebevollen Lächeln.

Nein, antwortete sie auf ihre Fragen, sie erinnere sich nicht, daß Vater sie jemals wieder so liebevoll angelächelt hätte. Aber da es diese Situation gegeben hatte, mußte es doch sicher auch andere gegeben haben? Daraufhin verkündete Elizabeth ernst, daß man ihnen das jedenfalls nicht mehr wegnehmen könne. Niemals.

Sie mußten bei Ronnie etwas nachhelfen, ehe sie zugab, daß selbst sie einen glücklichen Tag in diesem Haus erlebt hatte, sie stichelten so lange KEINEN KEINEN KEINEN EINZIGEN, RONNIE?, bis sie lachen mußte und ihr etwas einfiel. Sie hatte Momma immer beim Aussäen von Paprikaschoten, Gurken und Salat geholfen – natürlich war sie noch sehr klein und wahrscheinlich keine richtige Hilfe. Aber eines Tages, im Frühjahr, sie mußte ungefähr sieben gewesen sein, flehte sie Momma an, ob sie nicht ein eigenes Beet haben dürfe, wo sie Blumen pflanzen könne. Und Momma sagte weder ja noch nein, aber sie ließ Simpson – den damaligen Obergärtner – ein kleines viereckiges Stück umgraben, und sie kaufte Blumensamen, Zinnien, Ringelblumen, Mexikanisches Kraut und Kornblumen. Und das Beet und die Samen waren für Ronnie. Ronnie las sich die Anleitungen durch und säte die Samen ganz allein aus und wässerte sie täglich und wartete gespannt darauf, daß sie sprossen, hatte Angst, Unkraut zu jäten, weil sie Unkraut und Blumen nicht auseinanderhalten konnte. Nur ein paar der Samenkörner gingen auf und blühten, aber genug, um ihrer Mutter ein paar Dutzend Blumen schenken zu können. Und ihre Mutter rief laut, wie schön sie seien, wie prächtig, und sie küßte Ronnie und stellte die Blumen in einem Glas Wasser auf den Küchentisch. Ja, es wiederholte sich. Jahr für Jahr. Aber niemals war es so schön wie beim ersten Mal, als es noch ein Wunder gewesen war.

Die Unterhaltung am Eßtisch wurde immer lebhafter, je mehr Wein sie tranken. Sogar Mary mußte zugeben, daß erfreulich viele weiße Speisen zum Menü gehörten – Pute, Reis, Kartoffelpüree, Lauch, Sellerie und weiße Rübchen. Mary beschloß, daß auch die Bohnen in Ordnung waren, obwohl sie rot waren. »Ihr Rot ist anders als beim Fleisch. Das Blut ist so widerlich«, stellte sie fest. Zum Schluß hatten die Wärme, das Essen und der Wein ihre Gesichter rosig angehaucht, und sie unterhielten sich, ohne sich zu zanken.

Dann klingelte das Telefon.

Es war Edna Thompson. »Ms. Upton, Sie baten mich, Sie sofort zu informieren, falls sich der Zustand Ihres Vaters bessert. Ich glaube, er wacht jetzt auf. Im Moment schläft er, aber vorhin war er wach, und er hat die linke Hand bewegt. Sie und Ihre Schwestern haben jetzt wirklich einen Anlaß, Thanksgiving zu feiern!«

Elizabeth kam wieder ins Eßzimmer. Sie stand am Kopfende des Tischs und sah sie an. »Vater kommt zu sich.«

Sie starrten sie an. Mary warf ihre Serviette auf den Tisch. »Müssen wir jetzt wirklich abräumen und abwaschen? Können wir nicht alles bis morgen für Mrs. Browning stehenlassen?«

»Können wir«, stimmte Elizabeth ihr müde zu.

Weder Alex noch Ronnie sagten etwas dagegen. Sie nahmen ihre Weingläser und gingen ins Wohnzimmer. Das Feuer war fast erloschen.

»Hast du Lust, es wieder anzumachen, Ron?« fragte Elizabeth.

»Eigentlich nicht.«

Sie saßen schweigend da.

»Was hast du zu ihr gesagt?« fragte Mary nach einer ganzen Weile.

»Daß wir ihn morgen zur üblichen Zeit besuchen kämen.«

»Was bedeutet das jetzt für uns«, sagte Ronnie nachdenklich. »Für jede von uns? Weil es möglicherweise für jede von uns etwas anderes bedeutet.«

»Kommt darauf an. Wenn er wieder ganz gesund wird...«, Elizabeth sprach nicht weiter. »Nun, dann gehen wir wieder dahin, wo wir hergekommen sind, und leben weiter wie früher.«

»Aber wir haben uns verändert«, sagte Alex. »Jetzt haben wir einander.«

Elizabeth blickte auf Alex' schmales klares Profil, das in dem sanften Lampenlicht vornehm wirkte. »Ja, das haben wir«, sagte sie weich.

Elizabeth liebt mich!

»Bin ich auch gemeint?« fragte Mary mit bebender Stimme. Elizabeth sah sie eindringlich an. »Natürlich, arme Mary.«

Marys Lippen zitterten, ihre Augen sahen feucht aus. »Ich habe das Gefühl... als ob wir nicht gleichzeitig uns *und* ihn haben könnten. Ich weiß nicht, woher dieses Gefühl kommt.«

»In dem Maß, wie er gesund wird – fallen wir auseinander«, sagte Ronnie verwundert.

»Aber vielleicht wird er nicht wieder richtig gesund«, sagte Alex sachlich, ein Tonfall, den keine von ihnen an ihr gewöhnt war. »Er ist auf einer Seite gelähmt, eine Lähmung, die möglicherweise bleibt. Und der Teil seines Gehirns, der für die rechte Seite zuständig ist und für die Sprache, ist bleibend geschädigt. Er wird womöglich nicht in der Lage sein, zu sprechen.«

Sie sahen sie schockiert an.

»Ich habe in den vergangenen Jahren Kurse belegt – nichts sehr Fortgeschrittenes, medizinische Grundkurse. Ich wollte Lilian helfen – meiner Schwiegermutter – nach Sams Schlaganfall. Und außerdem dachte ich, daß mir das bei meiner ehrenamtlichen Arbeit nützlich sein könnte«, erklärte sie.

»Na, du klingst jedenfalls sehr – fachkundig«, sagte Elizabeth.

»Wirklich?« Sie wurde rot vor Freude und versuchte, ein erfreutes Lächeln zu unterdrücken.

»Wie stehen seine Chancen?« fragte Elizabeth.

Elizabeth hat mich etwas gefragt!

Sie zählte sie an den Fingern ab. »Er könnte wieder vollkommen gesund werden, aber angesichts der Tatsache, daß er fast drei Wochen im Koma gelegen hat, ist das sehr unwahrscheinlich. Er könnte die Beweglichkeit seiner linken Hand und seines linken Beins wiedergewinnen und einige Funktionen seiner rechten Seite. Dann könnte er zur Therapie in ein Rehazentrum gehen. Aber es ist unwahrscheinlich, daß man ihn dort aufnimmt, wenn er rechtsseitig völlig gelähmt bleibt und nicht sprechen kann. Also müßte er in ein Pflegeheim, wo man sich rund um die Uhr um ihn kümmert.«

»Vater in ein Pflegeheim geben!« rief Mary. »Nein.«

»Er würde es hassen«, murmelte Elizabeth.

»Ja. Vielleicht würde er bald sterben«, sagte Alex ruhig. Fügte aber nicht hinzu: Falls es das ist, was ihr wollt.

»Wir könnten uns um ihn kümmern«, sagte Ronnie, »so wie ich mich um meine Mutter gekümmert habe. Einmal am Tag kam eine Schwester, und alles andere habe ich gemacht.«

»Das könnte bedeuten, ihn jahrelang pflegen zu müssen«, sagte Elizabeth.

Schweigen.

»Ich könnte mein Apartment in New York aufgeben«, erbot Mary sich schließlich. »Ich könnte hierherziehen.«

»Ich bin nicht bereit, ihm den Rest meines Lebens zu schenken«, sagte Ronnie.

»Ich auch nicht«, sagte Elizabeth.

»Nein«, sagte Alex unbestimmt.

»Willst du wirklich Jahre deines Lebens mit einem kranken verbitterten Mann zubringen? Denn er wird verbittert sein, darauf kannst du dich verlassen, Mary«, sagte Elizabeth.

Mary dachte nach. Elizabeth erhob sich. »Wir können das heute abend sowieso nicht entscheiden, wir wissen nicht, wie sein Zustand ist. Ich gehe schlafen.«

Da stand Mary auf, ging zu Elizabeth und breitete die Arme aus. Elizabeth erstarrte, erlaubte Mary aber, sie zu umarmen, und hob sogar eine Hand und tätschelte den Rücken ihrer Schwester. Mary küßte sie herzlich auf die Wange. Elizabeth streifte Marys Wange mit den Lippen.

Schwacher Kuß.

Alex stellte sich zu ihnen. Elizabeth bemerkte sie, öffnete ihre Arme, und Alex kam in ihre Arme und legte ihre Arme um beide. So standen die drei einen Moment, dann schrie Alex: »Zum Teufel, komm endlich, Ronnie.« Aber Ronnie blieb steif neben ihnen stehen, bis Elizabeth den Arm ausstreckte und sie packte. Da gab Ronnie nach, und die vier standen in einer Umarmung zusammen. Ronnie schloß die Augen, als betete sie.

ZWEITER TEIL

Der Vater

10

Am Freitag morgen empfing sie ein ernster Dr. Stamp. »Wie ich höre, hat Schwester Thompson Sie informiert«, sagte er. »Ich muß zugeben, ich habe gehofft, er würde einfach hinüberdämmern.« Auf dem Weg zu Stephens Zimmer auf der Intensivstation blieb er plötzlich stehen. »Natürlich – Leben ist Leben. Aber Mr. Upton hat dauerhafte, schwerwiegende Schäden davongetragen. Darauf müssen Sie sich gefaßt machen. Er ist nicht mehr der, der er war. Aber er *ist* wach, er lebt.«

Sie sahen ihn an, sagten nichts. Er konnte nicht genau benennen, was er an ihnen spürte, etwas Seltsames, Intensives, wie diese Hochspannung, die man bei Eltern hoffnungslos kranker Kinder erlebt, bei Frischverliebten, Jungverheirateten, Leuten mit starken Bindungen, Bindungen, die sie als lebenswichtig erachten. Hingen sie immer noch so an ihm? In *ihrem* Alter, bei seinem Alter? Erstaunlich. Was immer es sein mochte, es war eindeutig etwas, womit er nichts zu tun haben wollte. Er war Wissenschaftler, Gefühle waren nicht sein Gebiet. Er blieb wieder stehen und ließ ihnen den Vortritt. »Ich lasse Sie erst mal allein, damit Sie ihn wieder unter den Lebenden begrüßen können«, sagte er. Er drehte sich um und entschwand den Flur hinunter.

Stephen saß im Bett. Seine Augen starrten sie an, riesig und eiskalt, nahmen sie alle vier gleichzeitig auf. Sie erstarrten in der Tür. Mary wußte, daß er *sah.*

Elizabeth trat einen Schritt vor. »Hallo, Vater.« Sie ging zu ihm hin, beugte sich über ihn und küßte ihn auf die Stirn.

Mary trat ebenfalls vor, ein nervöses Lächeln um die Lippen. »Oh, wie schön, daß du wieder bei uns bist, Vater«, sagte sie überschwenglich. »Wir sind ja so froh, daß du wach bist! Wir waren jeden Tag hier, seit es passiert ist, haben dich getreulich besucht, die ganze Zeit auf diesen Augenblick gewartet!« Sie eilte auf ihn zu, setzte sich neben ihn auf die Bettkante, küßte ihn auf die Stirn, fuhr ihm durch die Haare, nahm seine Hand. »Wie fühlst du dich?«

Er runzelte die Stirn, gestikulierte mit der linken Hand, und Mary ließ seine rechte los und stand auf. »Ach, tut mir leid, Vater, natürlich, das ist bestimmt unangenehm!«

Er starrte auf Alex und Ronnie, die immer noch an der Tür standen. Schließlich kam Alex schüchtern näher.

»Hallo, Vater, ich bin's, Alex. Wie geht es dir?« Sie beugte sich hinunter und küßte ihn auf die Stirn.

Er starrte Ronnie an. Sie nickte ihm zu. »Wie geht's?«

Funkelte er sie böse an, oder war dieser Gesichtsausdruck normal für jemanden in seinem Zustand?

Mary machte sich an dem Bettzeug zu schaffen, schlug das Decklaken ordentlich um, strich es gerade. Sie rief: »Oh, du brauchst neues Wasser, du Ärmster!« und füllte sein Glas. Sie schaute sich hektisch um, ob es nicht noch etwas zu tun gab. »Du hast die Blumen gar nicht gesehen, Vater, man darf hier keine aufstellen, aber *Tausende* von Leuten haben welche geschickt, herrliche Blumen! Der Präsident hat ein Riesenbouquet geschickt, und der Außenminister und« – sie wandte sich an Elizabeth – »wer noch, Lizzie?«

Elizabeth rezitierte die Namen in streng protokollarischer Rangfolge, als hätte sie sie auswendig gelernt.

»Wir haben sie anderen Leuten zukommen lassen, Vater, Leuten, die keine bekommen, weil man hier auf der Intensivstation keine Blumen haben darf. Aber sobald sie dich verlegen, bringen wir dir Blumen, das wird dich aufmuntern, wenn du gleich beim Aufwachen als erstes frische Blumen siehst!«

Er blickte immer noch finster drein.

»Kannst du sprechen, Vater?« fragte Elizabeth in geschäftsmäßigem Ton.

Düstere Miene.

»Wenn nicht, sollten wir uns vielleicht fürs erste eine Zeichensprache ausdenken. Du könntest ja die linke Hand heben, einmal für ja, zweimal für nein. Oder mit dem Kopf nicken. Kannst du nicken? Gibt es noch irgend etwas, was wir für dich tun können?«

Keine Regung.

»Hast du Schmerzen?« fragte Alex schüchtern.

Er schüttelte langsam den Kopf.

»Freust du dich, daß wir hier sind?« flüsterte Mary mit einem leicht jammernden Unterton.

Keine Reaktion.

»Soll ich gehen?« fragte Ronnie kalt.

Er funkelte sie finster an.

»Ich verschwinde«, sagte sie zu den anderen. Sie drehte sich um und ging hinaus.

»Besser so, Vater?« fragte Mary flehend.

Der Doktor klopfte an den Türrahmen und trat lächelnd ein. »Nun, Sir, wie geht es Ihnen? Ihre großartigen Töchter waren die letzten drei Wochen jeden Tag hier, gut, daß es so was gibt, manche Koma-Patienten werden einfach abgeschoben, eine Schande… Ich denke, es hilft dem Patienten«, erklärte er Mary. »Untersuchungen deuten darauf hin, daß Besuch und Ansprache dem Genesungsprozeß förderlich sind, auch wenn der Patient scheinbar nichts davon mitbekommt.« Er wandte sich Stephen zu. »Sie können sich also bei Ihren Töchtern bedanken, sie haben zumindest zu Ihrer Genesung beigetragen.«

Stephen funkelte ihn finster an.

Er trat an Stephens Bett und rief nach der Schwester, sie

solle ihm die Unterlagen über Puls und Blutdruck bringen. Die Schwester kam hereingeeilt, und es wurde eng in dem kleinen Zimmer. Elizabeth sagte: »Wir warten draußen, Dr. Stamp.« Sie beugte sich wieder über Stephens Kopf, um ihn zu küssen. »Wiedersehen, Vater, wir kommen morgen wieder, und wenn dir irgend etwas einfällt, was du haben möchtest, denk dir eine Methode aus, um es uns mitzuteilen, okay?« sagte sie lächelnd.

Pflichtschuldig beugten sich erst Mary und dann Alex über ihn, um sich mit einem Kuß auf seine Stirn zu verabschieden.

Sie aßen in einer Art Schockzustand, kaum fähig, etwas zu sagen oder einander anzusehen, und nach dem Essen wichen sie sich sogar gänzlich aus, indem jede ihrer Beschäftigung nachging, als wären die anderen gar nicht da. Elizabeth und Ronnie zogen sich zurück, um zu arbeiten; Alex radelte davon; Mary ließ sich von Aldo nach Concord fahren, erstand ein Gymnastik-Video, legte es, als sie wieder zurück war, in das Videogerät im alten Spielzimmer ein und turnte, bis sie schweißüberströmt war. Sie nahm ein Bad, kleidete sich für das Abendessen an, setzte sich ans Klavier und spielte mehrere Stunden. Klingt langsam richtig gut, dachte Ronnie. Elizabeth knallte nicht einmal die Tür ihres Arbeitszimmers hinter sich zu.

Seines Arbeitszimmers.

Ronnie lag auf ihrem Bett und versuchte, eine Abhandlung über Thallophyten zu lesen, aber sie sah immer wieder das weiße Krankenzimmer, Stephens Gesicht, die stocksteifen Rücken ihrer Schwestern. Es wundert mich ja nicht, daß er mich so ansieht – er hat mich nie als seine Tochter betrachtet, nie auch nur durch einen Blick, ein Wort oder sonst irgend etwas anerkannt, daß ich die Frucht seines glibschigen Samens bin. Momma hat die Geschichte nie ausgespuckt, bis sie auf dem Totenbett lag – habe sie natürlich auch vorher nie danach gefragt. Wie sie gar nicht gemerkt hat, daß sie schwanger war, bis Stephen schon wieder in New York war. Wie sie gegrübelt hat, was sie tun sollte, eine alleinstehende Frau, eine Hausangestellte ohne Geld, bis auf die paar hundert Dollar, die sie dank der mietfreien Unterkunft hier im Haus hatte beiseite legen können. Abtreibung war damals illegal, aber sie hatte ja immer noch ihre Latino-Freundinnen in Boston, aus den Zeiten, als sie Büros geputzt hatte, sie traf sich an ihren freien Tagen mit ihnen. Manche waren verheiratet, hatten große Familien und machten Heimarbeit, ein paar waren wie sie aufgestiegen und putzten jetzt Privathäuser statt Büros, so daß sie auch einen Tag in der Woche frei hatten und nicht nur am Wochenende. Sie kannten Adressen, wo sie es für ein paar hundert Dollar machen lassen konnte. Nach Boston zu kommen, war kein Problem: Sie nahm den Bus und dann die U-Bahn – erstaunlich, wie sie sich zurechtfand, obwohl sie nicht lesen konnte – und besuchte sie daheim, bei Tee und Gebäck. Auf dieselbe Weise konnte sie auch hinkommen, um die Abtreibung machen zu lassen. Aber würde sie in der Lage sein, noch am selben Tag zurückzufahren? Und wenn es ihr schlechtging, wenn sie Blutungen hatte? Niemand da, außer Simpson. Aber die Zugehfrau konnte ihr notfalls vielleicht helfen.

Sie kam gar nicht auf die Idee, es ihm zu sagen. Er war der Herr, solche Dinge waren nicht sein Problem.

Sie war achtundzwanzig, alt für eine Mexikanerin, um noch unverheiratet und kinderlos zu sein. Wollte mir nicht sagen, ob sie noch Jungfrau war, als sie hierherkam, weigerte sich, preßte die Lippen zusammen. Sie liebte Stephen, bewunderte ihn zutiefst – der reiche, mächtige Anglo, einer von den Göttern, die die Welt regierten. Und er schien sich etwas aus ihr zu machen. Eine solche Beziehung würde sie nie wieder erleben, das wußte sie. Aber wenn sie das Kind bekam, würde er sie vielleicht einfach rauswerfen. »Aber ich sag' mir, ich krieg' das Kleine, eh, Ronnie? Ich sag' mir, egal was, ich kann immer arbeiten. Und ich hab' meine *Amigas,* eine hat noch ein Zimmer. Da ich kann wohnen, arbeiten. Das geht schon.«

Sie beschloß also, nichts zu unternehmen und das Kind zu bekommen. Zwar wurden die Uptonschen Einkäufe überwiegend auf telefonische Bestellungen hin ins Haus geliefert, aber es muß trotzdem etwas nach draußen gedrungen sein. Was sich die Ladenbesitzer dachten, als sich herumsprach, daß die Haushälterin der Uptons einen dicken Bauch hatte, wußte Noradia nicht. Vielleicht, daß Simpson der Vater war oder irgendein Kerl, mit dem sie sich an ihren freien Tagen in Boston herumtrieb. Es war natürlich schockierend, aber was konnte man von solchen Leuten schon erwarten? Vielleicht dachten manche auch, sie hätte irgendwo einen Ehemann. Ihr Akzent war so stark, daß sie nicht versuchten, sich länger mit ihr zu unterhalten. Sie ging zu Ronald Wanger, einem inzwischen längst verstorbenen netten, alten praktischen Arzt, der nicht in sie drang, wer der Vater war, sie nicht wie Abschaum behandelte. Nannte mich nach diesem Doktor. Besser als nach *Ihm.*

Stephen wußte nichts davon. Er merkte auch nichts, als er ein paar Tage vor dem Fest am vierten Juli zurückkam. Noradia war wieder dünn, ließ das Baby in der Küche oder in ihrem Zimmer im Dachgeschoß, wohin er keinen Fuß setzte. Bis er dann das Weinen hörte, am Tag vor dem großen Fest. Elizabeth und Mary waren schon da und Pru und Samuel auch und ein Schwarm Hilfskräfte. Er hieb mit der Faust auf die Rufanlage, zitierte Noradia herbei und donnerte: Hier ist ein Kind im Haus! Wem immer es gehört, ich will, daß es von hier verschwindet. Wir sind hier keine Kinderverwahranstalt!

»*Si,* Cabot«, sagte sie mit gesenktem Blick. »Es ist meins, Cabot.« Er war sprachlos. Starrte sie an.

Sie sah weiter auf den Boden.

Schließlich: »Wann ist es geboren?«

Sie sah auf. »April, *Cabot.*«

Er rechnete zurück. »Verstehe.« Er überlegte. »Junge?« Lag da Hoffnung in seiner Stimme? Wäre es anders gewesen, wenn ich ein Junge gewesen wäre?

»Ist *Nina, Señor.* Mädchen. Ich versuch', daß ich halt' sie ruhig, *Señor.*« Sickerte etwas von ihrem Flehen in ihre Stimme?

Er nickte. »Gut, Noradia. Achte darauf.«

Thema beendet. Es wurde nie wieder angeschnitten. Er wollte mich nie sehen, mich nie im Arm halten, und auch als ich laufen konnte, schaute er mich nie an. Sie nahm ihm das nicht übel. Sie war ihm so dankbar, daß er uns hatte dableiben lassen, uns nicht rausgeworfen hatte, daß er sie gar nicht kränken konnte. Er muß mich wohl ein-, zweimal beäugt haben, wenn sie nicht dabei war. Hat ihm vermutlich nicht gefallen, was er sah. Ein kleines braunes Kind mit blauen Augen und schwarzen Haaren.

Ist also nicht weiter verwunderlich, daß er mich so böse angestarrt hat. Aber dieser Haß, mit dem er seine legitimen Töchter empfangen hat! *Warum,* fragte sie sich, *warum?* Was hatten sie ihm angetan, wie konnten sie ihn so enttäuscht, so betrogen haben, daß sie solchen Haß in ihm weckten? Und warum hatten sie alle solche Angst vor ihm? Denn die hatten sie. Selbst Elizabeth!

Bis zur Cocktailzeit hatten sich die Schwestern wieder beruhigt, aber sie waren immer noch gereizt.

Mary blaffte Ronnie an, weil sie Cola trank – »Du willst Ökologin sein! Was denkst du dir bloß? Wie kannst du dieses gräßliche Zeug trinken? Weißt du nicht, daß es sogar Metall zerfrißt? Du mußt auf dich aufpassen!«

Daraufhin zog Elizabeth über Marys Trinkgewohnheiten her: »Du hast es gerade nötig! Die, die immer etwas Süßes haben muß wie ein kleines Kind!«

Mary fauchte zurück: »Ich traue mich wenigstens, Alkohol zu mir zu nehmen. Ich sitze nicht rum wie eine Dörrpflaume und habe solche Panik davor, daß ich die Kontrolle verlieren könnte, daß ich nur Wasser trinke! Und noch dazu so teures Wasser! Wenn ihr schon nichts anderes trinkt als Wasser, warum holt ihr es euch dann nicht aus der Leitung? Von wegen, wir müssen sparen!«

Und als Ronnie dann später eine Zigarette von Elizabeth schnorrte, zeterte Mary: »Du bist wirklich eine feine Umweltbiologin! Wie kannst du dir so etwas Widerwärtiges angewöhnen!«

Selbst Alex schien nervös, stand dauernd auf, ging im Zimmer herum, goß sich Wein nach, sah aus dem Fenster, setzte sich wieder. Schließlich platzte sie heraus: »Ach, Ronnie, mach uns ein Feuer!« Als müßten sie ohne Feuer alle elend zugrunde gehen.

Mary beschwerte sich, es sei zu heiß für ein Feuer, und es war an diesem Abend wirklich warm im Zimmer, aber Ronnie stand auf und kauerte sich vor den Kamin. Sie setzte sich auf die Fersen. »Was denn nun? Feuer oder kein Feuer?«

»FEUER!« brüllte Alex. »Dreh die verdammte Heizung runter, wenn es dir zu warm ist!«

Mary zuckte zusammen, verstummte. Ronnie schichtete Zeitungspapier und Anfeuerholz auf, zündete es an, legte ein paar kleinere Scheite darauf. Als die Flammen hochschlugen, stand sie auf. Sie wischte sich die Hände an den Jeans ab und drehte sich um. »Was, zum Teufel, ist los mit euch?«

Mary brach in Tränen aus. Elizabeth stierte vor sich hin. Alex starrte auf den Boden und kaute auf ihrer Unterlippe. »Der Alte hat euch fest in seinen Fängen, was?«

»Es war einfach ein Schock«, sagte Elizabeth.

»Was? Daß er wieder aufgewacht ist?«

»Wie er aussah.«

»Scheiß drauf. Ihr seid nicht besorgt. Ihr wart starr vor Angst dort drinnen. Ihr habt immer noch Angst. Alle miteinander. Schon bevor ihr reingegangen seid, habt ihr gezittert.«

»Wir waren angespannt. Weil wir nicht wußten, was uns erwartet«, sagte Mary steif und förmlich, mit einem Hauch von Ärger über Ronnies Sturheit.

»*Du* hattest auch Angst«, warf Alex Ronnie vor.

»Hatte ich nicht!« rief Ronnie, aber sie hielt inne und versuchte sich zu erinnern. »Ich glaube nicht, daß ich welche hattc«, setzte sie hinzu.

»Warum! Warum, warum, warum!« explodierte Alex. »Ich habe ihn achtzehn Jahre nicht mehr gesehen, aber er ist mein Vater, warum sollte ich Angst vor ihm haben!«

»Vielleicht, weil wir ihn verraten haben«, sagte Mary.

Alle starrten sie an. »Wieso?« rief Alex.

»Indem wir uns miteinander angefreundet haben. Er hat es gemerkt, er wußte es sofort, als er uns sah.«

»Wir sollen uns nicht miteinander anfreunden...?« fragte Ronnie verwundert.

»Nein, natürlich nicht! Versteht ihr denn nicht? Er hat es nie zugelassen.« Sie legte den Kopf in die Hände und stöhnte, ein langer, aus der Tiefe kommender Laut der Pein.

Elizabeth wandte sich Mary zu. »Du hast recht«, sagte sie langsam. »Er hat uns gegeneinander ausgespielt. Uns ständig miteinander verglichen. Mich hat er heruntergemacht, weil ich nicht so charmant und liebenswürdig war wie du...«

Marys Kopf ruhte immer noch in ihren Händen, und sie schien gar nicht zu hören, was Elizabeth sagte.

»Und zu dir hat er gesagt, du wärst dumm – im Gegensatz zu mir«, fuhr Elizabeth fort. »Meine Mutter hat es genauso gemacht. Uns immer gegeneinander ausgespielt. Und später auch gegen Alex. Ich war entweder besser oder schlechter als ihr.«

»Ich! Aber ich war doch noch ein Baby!«

Elizabeth sagte achselzuckend: »Egal.«

»Warum?« fragte Ronnie verwundert.

Sie sahen einander an. Elizabeth zuckte wieder die Achseln.

Mary hob ihr blasses Gesicht; es wirkte faltig, fast grau. »Was mit deiner Mutter war, weiß ich nicht. Aber *er* hat es gemacht, weil er der *einzige* sein wollte«, sagte sie. »Nicht nur der

Mittelpunkt für uns, sondern alles, was wir hatten. Wenn wir uns gern gehabt hätten, hätten wir uns womöglich zusammengerottet, gegen ihn rebelliert, uns gegen ihn verbündet. Er mußte Zwietracht unter uns säen.«

Sie dachten darüber nach.

»Das ist sehr clever, Mary«, sagte Elizabeth leise. »Sehr clever von dir.«

Es war ein Maß für Marys Abgelenktheit, daß sie nur abwehrend sagte: »Tja, in manchen Dingen...«

Ronnies Stimme fragte beklommen: »Meint ihr, daß es wegen mir war? Daß meine Anwesenheit ihn darauf gebracht hat? Daß wir zusammengefunden und uns angefreundet haben?«

»Es hat ihn sicher nicht gerade beruhigt«, sagte Mary trokken.

»Und ich habe noch gesagt, wir sollten uns um den alten Mistkerl kümmern, damit er nicht ins Pflegeheim muß«, sinnierte sie.

Alex schauderte. Ronnie nahm eine von Elizabeths Zigaretten, ohne zu fragen. Sie sah Mary an. »Kann nicht anders. Ich höre wieder auf, sobald ich von hier weg bin. Versprochen.«

Sie starrten ins Feuer.

»Ist aber gut, daß wir das erkannt haben«, sagte Elizabeth nachdenklich. »Es macht die Sache irgendwie anders.« Sie sah die anderen an. »Verändert mein Gefühl euch gegenüber.«

»Ja. Wenn wir uns gegenseitig an die Gurgel gehen, tun wir nur, was er will«, sagte Alex. »Wir sollten zusammenhalten«, setzte sie ein bißchen pompös hinzu.

»Wie denn, wenn wir uns hassen?« sagte Ronnie düster.

»Jetzt nicht mehr«, setzte Alex dagegen. »Ich habe euch sowieso nie gehaßt. Und ich glaube nicht, daß ihr mich haßt.« Sie betrachtete Mary und Elizabeth.

Mary sah sie dankbar an. »Ich habe dich auch nie gehaßt. Ich habe nur auf dich runtergeguckt.«

Alex lachte. »Ich weiß, daß du auf mich runterguckst. Aber das ist kein Haß.«

»Es ist nur – eine Gewohnheit. Eine tiefsitzende Einstellung. Ich werde versuchen, sie zu ändern. Du warst so nett bei der Tee-Einladung neulich. Meine Freundinnen haben dich so sympathisch gefunden. Ich glaube, sie fanden dich netter als mich«, schloß sie ein wenig bekümmert und ein wenig empört.

»Aber du liebst die Vorstellung, daß es Leute gibt, die mehr wert sind als andere«, sagte Ronnie biestig.

»Ja.«

»Und daß du dazu gehörst aufgrund deiner Herkunft.«

»Ja.«

»Und deiner Hautfarbe.«

Sie nickte.

»Und deines Geldes.«

Mary starrte stumm ins Feuer. »Ich habe das immer geglaubt. Ich habe es so gelernt. Es ist schwer, sich davon freizumachen. Nicht im Kopf, aber… in den tiefsitzenden Einstellungen, verstehst du? Es ist ja auch irgendwie tröstlich.«

»Aber fühlst du dich dadurch nicht…« – Alex hielt inne – »… isoliert? Allein?«

»Ganz und gar nicht!« sagte Mary überheblich. »Ich bin Teil einer Klasse, einer Gruppe, es gibt andere wie mich!«

Sie sahen sie an. Sie starrte wieder ins Feuer. Nippte an ihrem Drink. »Aber ich muß zugeben – als ich neulich mit dir in Boston war« – sie wandte sich Ronnie zu – »und deine Freundin getroffen habe – Linda?«

Ronnie nickte.

»Sie hat dich wirklich gern. Das sieht man, sie hat dich umarmt und dir ihre Hilfe angeboten, und wenn du in einer Notsituation wärst, Ronnie, würde sie dich bestimmt aufnehmen. Sie hätte immer ein Bett für dich, stimmt's? Sie würde dich sogar durchfüttern.«

»Klar.«

»Ich habe auf der ganzen Welt keine einzige solche Freundin«, sagte Mary bitter.

»Ich würde dich bei mir aufnehmen, Mary«, sagte Alex warm.

»Ich auch«, sagte Elizabeth.

Mary sah beide verblüfft an. Dann lächelte sie. Sie wandte sich Ronnie zu. »Du bietest mir nichts an.«

Ronnie lachte. »Mary, ich habe kein Bett, das ich dir anbieten könnte, und auf meinem würdest du nicht schlafen wollen!«

Mary zog eine Grimasse, lächelte. »Das stimmt.« Sie stand auf und ging an die Bar. »Möchte noch jemand etwas?«

»Welch einmalige Gelegenheit!« rief Ronnie. »Mary bedient uns persönlich! Ich nehme noch eine Cola – nein! Ein Glas Wein!« Alle wollten noch einen Drink.

»Aber ich bin nicht der einzige Snob hier in diesem Zimmer«, verteidigte sich Mary, als sie wieder zum Tisch kam. »Was ist mit Elizabeth?«

Alle drei sahen Elizabeth forschend an.

»Was ist das hier, eine Bußveranstaltung?« schnappte sie. »Eine Horde Nonnen, die sich zur Selbstgeißelung versammelt haben?«

»Elizabeth glaubt an die Überlegenheit des Geistes über den Körper«, verkündete Mary munter.

»Des Mannes über die Frau«, schoß Ronnie dazwischen.

»Das wäre doch Selbstabwertung, oder?« fragte Elizabeth kühl, während sie sich eine Zigarette anzündete.

»Vielleicht ist Snobismus immer Selbstabwertung«, warf Alex schüchtern ein.

Elizabeth verdrehte die Augen. »Narrenweisheit.«

»Das ist nicht fair, Lizzie!« protestierte Mary. »Alex ist nicht dumm.«

»Ach?« Elizabeth wandte sich ihr zu. »Seit wann bist du denn dieser Meinung?«

Mary wurde rot.

Alex schüttelte den Kopf. »Ach, du brauchst dich nicht zu schämen, Mary. Ich weiß ja, daß ihr alle auf mich runterguckt. Mich für dumm haltet. Ich tu's ja auch. In manchen Dingen. Aber in anderen...« – sie sah weg, senkte den Blick – »traue ich mir. Traue ich meinem Gefühl. Zum Beispiel habe ich gewußt, daß ich hierherkommen muß, obwohl – es mir schrecklich davor gegraut hat. Ich meine, ich habe mich darauf gefreut, euch beide endlich wiederzusehen«, sagte sie, indem sie Elizabeth und Mary ansah. »Aber... Vater. Ich hatte vor achtzehn Jahren ein scheußliches Erlebnis mit ihm. Ich habe es bis heute nicht vergessen. Und auch nicht vergeben.«

Mary hob den Kopf. »Was war denn los?«

»Ich habe es keinem Menschen je erzählt. Meiner Mutter nicht und nicht mal David. Ich kam hierher, um ihm mein erstes Kind zu zeigen, Stevie. Mom wollte nicht, daß ich fahre, hat versucht, mich davon abzubringen. Aber ich habe gesagt, sie soll mir einen vernünftigen Grund dafür nennen, und da hat sie klein beigegeben. Ich dachte, es würde ihn freuen, daß ich meinen Sohn nach ihm benannt hatte. Es würde es vielleicht wiedergutmachen – was immer es war, was ihn dazu getrieben hatte, all die Jahre so zu tun, als gäbe es mich gar nicht.

David, mein Mann, er ist Jude, er heißt David Stein. Ich bin bei unserer Heirat zum Judentum konvertiert, nicht ihm zuliebe, sondern wegen Sam und Lilian, es war ihnen so wichtig, jüdische Enkelkinder zu haben, und das ging nur, wenn ich konvertierte. Und ich hatte sie gern und wollte ihnen den Gefallen tun. Es war mir egal. Ich meine, ich empfinde schon irgendwie religiös, ich glaube, man kann das so nennen, aber es ist nicht an einen bestimmten Glauben gebunden. Es ist an gar nichts gebunden, außer vielleicht an die freie Natur... Na, jedenfalls – Vater wußte nichts davon, aber ich nehme an, er wußte, daß ich einen Juden geheiratet hatte. Er war ganz okay, als ich anrief, meinte, ich könne kommen, er sei hier. Es war im

Juli, Davids Urlaub. Und Vater war ganz höflich, als wir ankamen, begrüßte David freundlich, gab ihm die Hand, klopfte ihm auf die Schulter, sagte, er freue sich, seinen Schwiegersohn kennenzulernen, wenn auch mit ein paar Jahren Verspätung. Stevie war in seinem Autositz eingeschlafen, und wir trugen ihn rein, ließen ihn aber vorn in der Halle stehen, in der Diele oder wie ihr diesen großen Eingangsflur nennt. Wir wollten ihn nicht wecken, er war die ganze Fahrt über so quengelig gewesen.

Dann ging David nach oben, um sich frisch zu machen, und Stevie fing an zu nölen, und ich nahm ihn aus seinem Autositz und brachte ihn mit rein… hier rein…« – sie sah sich um – »…und hielt ihn Vater hin. Er war sieben Monate, noch ganz klein und rosig und süß, aber sehr aufgeweckt, er konnte schon sitzen. Ich hatte ihm einen kleinen weißen Strampelanzug angezogen und ihn in eine Decke gewickelt, die ich selbst mit einem Bogenmuster umhäkelt hatte.

Und Vater nahm ihn ziemlich ungeschickt hoch, er wußte nicht, wie man ein Baby hielt. Und ich sagte, flüsterte, besser gesagt – ich Schaf habe wohl gedacht, er würde gerührt sein, *ich* jedenfalls war es –, ich sagte also: ›Er heißt Stephen.‹ Und er stieß ihn einfach von sich, schmiß ihn mir fast zurück, und er sagte mit einem breiten Grinsen im Gesicht: ›Dann trägt jetzt also ein kleiner Itzig meinen Namen‹ und drehte sich weg.«

Langes Schweigen.

»Typisch Vater«, sagte Elizabeth schließlich.

»Und ich… ich tat etwas Schreckliches! Ich warf Stephen auf einen Sessel, schmiß ihn einfach dorthin und rannte hinaus, ich war so getroffen, aber ich wollte vor diesem Menschen nicht weinen, ich wollte ihm nicht zeigen, daß er mich zum Weinen gebracht hatte. Ich warf den Kleinen einfach auf den Sessel, er war schockiert und schrie, aber ich rannte einfach immer weiter, bis ich ihn nicht mehr hören konnte. *Ich habe ihn weggeworfen!* Als ob ich dachte, wenn Vater ihn nicht will,

will ich ihn auch nicht. Ich kann mir das nicht verzeihen. Und ich kann es Vater nicht verzeihen.«

Sie schlug die Hände vors Gesicht.

Ronnie sagte: »Dein Vater brüllte nach meiner Mutter. Sie rettete den Kleinen, nahm ihn hoch und beruhigte ihn. Falls es dich tröstet – er hat den Sessel vollgepinkelt.«

Mary und Elizabeth lachten schrill und anhaltend, fast schon hysterisch. Nach und nach beruhigte sich Alex wieder.

»Er hat wahrscheinlich ein Trauma fürs Leben davongetragen«, stöhnte sie. Ihre Nase war verstopft. Sie schneuzte sich, aber ihre Stimme klang immer noch verschnupft. »Immer, wenn er mich verächtlich behandelt – und das tut er! –, denke ich, das ist die Strafe dafür. Ooooh!« Sie legte die Hände an die Schläfen. »Ich dachte, ich würde nie wieder hierherkommen. Aber als ihr angerufen habt, war mir klar, daß ich fahren mußte. Ich hatte das Gefühl, ich müßte Vater sagen, wie sehr er mich verletzt hat, von ihm verlangen, daß er sich entschuldigt, bei mir und David und Stevie und all den Millionen Menschen, die er in einem Atemzug abgewertet, mißachtet, verunglimpft hat! Ich wollte, daß er dafür um Verzeihung bittet!« Sie fischte sich eine Zigarette aus Elizabeths Päckchen und zündete sie an.

Elizabeth schaute verblüfft, amüsiert. Mary verzog das Gesicht. Ronnie grinste Mary an, beugte sich zu ihr hinüber und tätschelte ihr die Hand. »Es ist wie in einem dieser alten Kriegsfilme«, sagte sie. »Dieser Moment schrecklicher Intensität, alles vibriert vor Schmerz und Trauer, Worte reichen nicht aus, da bietet der eine Soldat dem anderen eine Zigarette an. Wir sind alle einer Gehirnwäsche zum Opfer gefallen. Kein Entkommen möglich!« lachte sie.

Alex hustete Rauch aus, und ihre Stimme klang noch belegter. »Und ich möchte wissen, warum er mich nicht einmal besucht oder zu sich eingeladen hat. All die Jahre«, schloß sie, indem sie die Zigarette grimmig ausdrückte.

Sie schwiegen eine ganze Weile. Als Mary sprach, war ihr Gesicht eine tragische Maske. »Es ginge ja alles noch, man könnte ja damit fertig werden – wie sie waren, was sie getan haben, daß die eigenen Eltern einem spitze Steine in den Weg gestreut haben und einen mit bloßen Füßen darübergejagt haben. Daß sie einen grausam behandelt haben, einen verletzt haben… Das wäre ja alles nicht so schlimm, wenn…« – ihre Stimme wurde hart – »…man nicht mit dieser gottverdammten Liebe an ihnen hinge! Wenn man sie einfach hassen könnte und basta, sie einfach auf den Müll werfen könnte wie eine alte Zeitung voller Fischgräten.«

Sie starrte ins Feuer, blaß. »Hassen ist einfach. Und Lieben ist einfach – am Anfang jedenfalls. Aber das, was dazwischen liegt…«

»Manche Leute verdienen es nicht, daß man sie liebt«, sagte Ronnie grimmig.

»Kein Baby verdient es, daß man es nicht liebt«, sagte Alex.

»Das stimmt.« Rosas Babys, die ihr die Ärmchen entgegenstreckten, sobald sie die Wohnung betrat. »Babys sind nicht schlecht, nur bedürftig. Sie brauchen Liebe. Aber« – ihre Stimme wurde scharf – »sie werden zu schrecklichen Erwachsenen, wenn sie keine kriegen.«

»Genau, da hast du's doch! *Jeder Mensch* braucht Liebe!« verkündete Alex, als hätte sie soeben Amerika entdeckt. »Schließlich hören wir ja nie auf, Babys zu sein, oder nicht? Wir sind alle immer weiter auf Liebe angewiesen!«

»Sag das Hitler«, knurrte Ronnie.

Das Stöhnen kam direkt aus Marys Mitte, jener Stelle gleich über dem Venushügel, unter der Rundung des Bauchs, wo die Wahrheit wohnt. Die eigene Wahrheit, nicht die ewige, falls es so etwas gibt. Das war kein Theater, um Aufmerksamkeit auf sich zu lenken, kein Selbstmitleid. Es war der Laut, von dem ich mir immer vorstelle, daß Frauen ihn von sich geben, wenn sie gebären. Was hat sie gesagt? »Weil er der einzige sein wollte, nicht nur unser Mittelpunkt, sondern alles, was wir haben.« Wie ist sie darauf gekommen? Es stimmt natürlich, sobald sie es gesagt hatte, sah ich es auch. Aber ich bin nicht von allein drauf gekommen.

Aber dieses Stöhnen.

Den Blick abwesend auf den Spiegel gerichtet, trocknete sich Elizabeth das Gesicht ab. Sie zog ihren Flanellschlafanzug an. Kalt heute nacht. Sie ging wieder in ihr Schlafzimmer und schlüpfte ins Bett, lehnte sich gegen die Kissen und fischte nach einer Zigarette. Sie zündete sie an, stellte den Aschenbecher auf ihre Knie und knipste das Licht aus. Denkt sich besser im Dunkeln.

Sie hatte die Vorhänge aufgezogen, aber kein Stern drang durch die grauschwarze Wolkendecke. War es Angst? Aber eine so tiefe Angst! Okay, sie braucht Geld, vielleicht braucht sie seine Hilfe, aber das war kein Stöhnen der Sorge. Ich meine, wie schlecht kann sie schon dran sein? Sie steht ja wohl nicht vor der totalen Verarmung. Oder doch? Vielleicht kommt sie ja schneller auf mein Angebot zurück, als ich denke, hah!

Aber nein, dieser Laut kam aus der Vergangenheit, aus einer Zeit, als er tatsächlich noch der Gott war, der er sein wollte. Jedenfalls für seine Kinder. Herr über Leben und Tod, Herr über Körper und Geist. Mein Gott, wie hat er es nur geschafft, sie so zu terrorisieren?

Kann es sein, daß er das mit mir auch gemacht hat?

O ja. Das kann sein. Ach, das arme verängstigte kleine Ding! Das traurige kleine Gesichtchen, das zu mir aufsah, Lizabit, spielst du mit mir, bitte?

Und ich habe sie gehaßt.

Laura so *soignée,* schlank und elegant in einem weißen Leinenkostüm, die schmalen Hände immer mit den richtigen Ringen, das glatte, dunkle Haar immer korrekt frisiert. Sie war die leibhaftige Perfektion. Mutter konnte nie mehr sein als eine mangelhafte Imitation. Ihre Stimme leise, ihr Sprachschatz bemerkenswert umfangreich, Grammatik und Aussprache, an Upton-Standards gemessen, korrekt, nicht so wie Mutters Kreischen, ihre Gossensprache, ihre Whiskystimme, die ihn verwünschte. Lauras Hände schlank, die nie sehr langen Nägel blaßrosa lackiert, wenn sie Marys Wange tätschelte. Mutters feuerwehrrote Krallen. Mary reagierte nicht sonderlich empfänglich auf ihre Mutter – ich hielt sie für ein verwöhntes Balg. Aber vielleicht wußte sie ja – bestimmt, denn ich wußte es ja auch –, daß Lauras Gesten nur Show waren, daß sie die Mutter spielte, nicht wirklich Liebe zeigte.

Ich vergötterte Laura, aber sie sah durch mich hindurch. Die Feindin: Erstgeborene und Thronerbin, aber das Kind einer gemeinen Frau aus dem Volk, so illegitim wie Ronnie. Was Laura wohl von Ronnie gehalten hätte? Sie tat, als wäre ich gar nicht da, ignorierte mich und schob ständig Mary in den Vordergrund, zog ihr weiße Spitzenkleidchen an, gab sie Vater in die Arme, ist sie nicht süß, Stephen? Alles da für Mary, Kinderfrauen, Klavierstunden, Tanzunterricht, und die Kleider, die dieses Kind hatte! Und das Spielhaus.

Gott, das Spielhaus.

Ich weigerte mich, in diesen Teil des Gartens zu gehen, als sie es bauten, drehte den hocherhobenen Kopf in die andere Richtung, wenn ich mit meinem Buch zu meinem Plätzchen im Wald ging. Ich war über solche Kindereien erhaben. Ein kleines weißes Schindelhäuschen mit einem grünen Dach, einem eigenen kleinen Kinderklo und einem Spülbecken, sie mußten Rohrleitungen durch den Garten legen, um die Tennisplätze herum und sorgsam am Pool vorbei. Ich behandelte Mary die ganze Zeit geringschätzig, nannte sie »Baby«, wollte – was sie auch tat und wie sie auch flehte – nicht mit ihr hingehen, um es mir anzusehen. Und als es dann fertig war, ließ ich sie tagelang warten, ehe ich mitging. Wie mußte sie betteln, weinen, schmollen, bis ich schließlich nachgab!

Dabei hungerte ich danach, es zu sehen. Oh, dieses Spielhaus. Kleine Glasfenster mit Fensterkreuzen und Fliegengittern, man glaubt es nicht, und Spitzengardinen, von der Haushälterin aus alten Spanngardinen genäht, die zwar da und dort zerschlissen waren, aber immer noch genug intakten Stoff für die kleinen Fensterchen hergaben. Sie hingen an Stangen, die so vor den Fenstern montiert waren, daß das oberste Viertel frei blieb. Tisch, Stühlchen, wo hatte Laura dieses kleine Sofa aufgetrieben? Marys Puppen und Marys Puppenwagen, Marys wunderhübsches Puppenhaus voller antiker kleiner Möbel, sogar ein Puppenhochstuhl, und Marys sämtliche Stofftiere. Mir lag gar nichts an Stofftieren. Das war es nicht. Es ging darum, daß ich keine hatte und sie so viele, zu viele, um sie wirklich liebzuhaben.

Und dieses kleine Teeservice, Mini-Teekanne, Tassen, Untertassen, Küchenteller, französisches Porzellan mit rosa Rosen und grünen Blättern und Goldrand. Die Haushälterin, wer war das damals, Mrs. Abbott, ja, Eloise, weißhaarig, rund, mit Goldrandbrille, wie Haushälterinnen auszusehen hatten, wie sie damals noch aussahen – sie brachte jeden Nachmittag eine Thermoskanne mit dünnem Tee, einen Krug Milch und einen Teller mit Keksen zu Marys Spielhaus. Und Mary goß den Tee in ihre kleine Teekanne und die Milch in ihr Milchkännchen – die Zuckerdose war immer voll – und trank mit ihren Puppen Tee.

Sie war glücklich oder wäre es gewesen, wenn sie nur jemanden zum Spielen gehabt hätte. Aber ich spuckte auf das alles, Babykram, Babybeschäftigungen, mit Puppen spielen, ich spielte nie mit Puppen, nur blöde kleine Babys spielten mit Puppen, das war unter meiner Würde, ich war zehn und las Adam Smith.

Ich stolzierte davon und ließ sie heulen. Armes, einsames Herzchen.

Sie drückte die Zigarette aus, knipste das Licht an, nahm

eine neue aus dem Päckchen und zündete sie an, knipste das Licht wieder aus. Sie schob die Bettdecken von sich, knipste das Licht wieder an, fand ihren Morgenrock, schlüpfte hinein und verließ das Zimmer. Sie ging, unterwegs Lampen anschaltend, den Flur entlang, die Treppe hinunter und ins Wohnzimmer, zu der Bar an der Wand. Sie füllte ein Glas halb mit Scotch, löschte das Licht und ging wieder zurück.

Was tue ich?

Sie stieg wieder ins Bett, knipste das Licht aus, zog tief an ihrer Zigarette. Wenn ich hierbleibe, werde ich noch zur Alkoholikerin. Warum tue ich das?

Ich brauche es.

Sie starrte auf das Fenster und das wattige Dunkel dahinter. Ich bin dreiundfünfzig und quäle mich mit Erinnerungen an ein Spielhaus herum, das gebaut wurde, als ich zehn war. Was, zum Teufel, ist mit mir los?

Ich fand es wunderbar, dieses Spielhaus, die Gardinen, die Stofftiere, das kleine Sofa, die kleine Toilette und das Spülbekken mit den kleinen Handtüchern, die mit ihrem Namen bestickt waren, man stelle sich vor!... Am allerwunderbarsten fand ich das Teeservice. Und ich haßte Mary, weil sie das alles hatte.

Sie hätte es sicher mit mir geteilt. Aber das war nicht das, was ich wollte. Teilen würde nie genug sein.

Also nahm ich es.

Das muß gewesen sein, nachdem Laura sich umgebracht hatte, denn Mary war schon im Internat. Ende August oder vielleicht Anfang September, sie mußte vor mir weg, ein paar Tage früher, und ich war allein mit den Dienstboten, dem Rumpfpersonal. Mutter ließ mich immer erst kurz vor Schulanfang wieder heimkommen. Ich fühlte mich hundeelend, mutterseelenallein. Wollte nicht mit Mary spielen, wenn sie da war, aber wenn ich allein war, hatte ich das Gefühl, daß mich niemand wollte. Und ich ging hinüber zum Spielhaus, saß einfach nur da und nahm ihre Spielsachen hoch und legte sie wieder hin, rümpftc die Nase. *Mir* brachte niemand Tee und Kcksc. Und ich beschloß, das Geschirr an mich zu nehmen.

Am nächsten Tag brachte ich etwas mit, was? Irgend etwas Weiches, um es einzuwickeln, eine Tragetasche? Packte alles sorgfältig ein, jedes einzelne Stück. Steckte es in die Tragetasche, packte es in meinen Koffer. Nahm es mit nach Boston, stopfte es in ein Fach in meinem Wandschrank. Schaute es nie wieder an, packte es nicht einmal aus.

Ich frage mich, was daraus geworden ist. Vielleicht ist es ja immer noch da.

Ob Mary es vermißt hat? Ob sie es überhaupt gemerkt hat?

Sie hätte es mir wahrscheinlich sogar geschenkt, wenn ich sie darum gebeten hätte. Aber ich hätte darum bitten müssen.

Nicht ihre Schuld.

Sie kippte den Rest ihres Scotch hinunter und drückte die Zigarette aus. Sie musterte verzweifelt den dunklen Himmel, als wartete sie darauf, daß dort etwas Riesiges, Neongrelles aufleuchtete, ein Wort, ein Zeichen.

Ich konnte nie mit ihm reden. Kleines Dummtier, Mary-Dickkopf nannte er mich. Sobald sich mein Mund öffnete, kam nichts als dummes Zeug heraus. *Ich stand vor dir angewurzelt im Grund / Mir klebte die Zunge im Mund / In einer Stacheldrahtfalle voll Blut.* Fotze hat er mich genannt, hat Elizabeth gesagt. Hat mir aber dann doch einen Wagen gekauft – einen Jaguar mit Chauffeur. Und mir diese Hochzeit ausgerichtet. Liebt mich, liebt mich nicht.

Erst als sie in den Schlaf hinüberglitt, fiel es ihr wieder ein: Lizzie hat gesagt, ich bin clever.

Ronnie wälzte sich unbehaglich auf ihrer klumpigen Matratze.

Typisch Vater, hat sie gesagt. Einfach so. Kein Erstaunen, keine Erbitterung, eine objektive Feststellung, wie ein Ornithologe, der einen Vogel anhand der Merkmale identifiziert, die man ihm eben beschrieben hat. Ja, typisch Goldtaucher.

Jemand hat die ganzen Menschen in die Baracke gesperrt und dann von außen die Gasdüsen geöffnet? Typisch Vater. Jemand hat ein Baby in den Armen seiner Mutter erschossen? Typisch Vater.

Sie setzte sich fröstelnd auf. Kalt heute nacht. Sie stieg aus dem Bett und zog ihren alten Flanellmorgenmantel über. Sie fand ihre dreckigen Socken und zog sie an, ging hinaus in die Küche und machte Licht. Sie ließ Wasser in den Kessel und setzte ihn auf.

Typisch Ronnie.

Sie nahm einen Teebeutel und einen Becher heraus und setzte sich an den Tisch, den Kopf in die Hand gestützt. Wir sind innerlich alle noch Babys, immer noch zutiefst bedürftig, hat Alex gesagt. Heißt das, sie kann ihm verzeihen? Hätte sie fragen sollen. Reden ist eine Sache. Ihre Hauptbeschäftigung. Zu meinen, was man sagt, ist eine andere Sache.

Es scheint, als ob Elizabeth denkt: Er ist nun mal, wie er ist. Ich bin, der ich bin: Sagt Gott das nicht in der Bibel? »Typisch Vater.« Na, toll. Männer: Sie sind, wie sie sind, und Frauen müssen sich damit abfinden und versuchen, sich irgendwie drum herum zu manövrieren. Vor allem Männer mit Macht. Geld. Männer, die es gewohnt sind, die Oberhand zu haben. Die Hand zu erheben. Mommas Philosophie. Auf dich, Mama.

Sie hob den leeren Becher.

Was bringt es, sich gegen sie zu wehren. Was bringt es. Zu kämpfen, in einem ständigen Zorn zu leben, der einen total erschöpft und auslaugt, der bewirkt, daß die Leute einen hassen, was bringt das? Man kriegt trotzdem nicht, was man will, alles, was man davon hat, ist Müdigkeit.

Typisch Vater. Wenn du sie nicht schlagen kannst, schlag dich auf ihre Seite. So kriegst du vielleicht am Ende doch etwas von dem, was du willst. Aber was, zum Teufel, will ich?

Als der Kessel lospfiff, fuhr sie zusammen, und ihr Kopf rutschte von ihrer Hand ab. Sie lachte über sich selbst, stand auf, goß kochendes Wasser in den Becher mit dem Teebeutel und schwenkte es ein bißchen herum. Dann setzte sie sich wieder hin.

Um glücklich zu sein im Leben, mußt du lieben, Ronalda.

Also mal angenommen, ich lasse es. Höre auf, mich feministisch zu engagieren, tarne mich, lege mir ein Kostüm zu und Schuhe mit Absatz und Strumpfhosen und einen Job, der darin besteht, eine große Firma gegen Umweltschutzbestimmungen abzusichern oder was immer Umweltbiologen in großen Firmen so tun, und verdiene zwanzig- oder dreißigtausend Dollar im Jahr, vielleicht sogar mehr, und kann mir ein Auto leisten, eine hübsche Wohnung, Möbel.

Okay, vergiß es.

Aber angenommen, ich bin weniger… kämpferisch. Ein bißchen habe ich das ja schon gelernt, oder? Sehe, daß Alex wirklich ein liebes Mädchen ist, selbst Mary ist in vielem wirklich eine anständige Haut. Elizabeth – die ist verblendet und sogar gefährlich. Aber irgendwie hat sie etwas Tragisch-Tapferes. Die schlechten Eigenschaften kommen bei allen hauptsächlich daher, daß sie unglücklich sind. Bei mir auch? Also nehmen wir mal an, ich sage einfach wie Elizabeth: typisch Vater. Vergebe oder vergesse zumindest. Nehme die Welt von der positiven Seite, so wie es uns die Werbung einhämmert?

Sie nahm den Teebeutel heraus und nahm einen Schluck. Zu heiß.

Zähl die positiven Dinge auf.

Erstens: Er hat sie nicht rausgeworfen, als er mich entdeckte. Er hätte es tun können, hätte es, obwohl ich sein Kind war, zu anderen Zeiten *bestimmt* getan. Im neunzehnten, achtzehnten oder siebzehnten Jahrhundert. Vielleicht auch im sechzehnten. Es war ein Akt der Güte und der Großmut, daß er sie mit einem plärrenden Kind dableiben ließ.

Es sei denn, er begehrte sie noch.

Sie schlürfte von ihrem Tee.

Okay. Zweitens: Er war auch einmal ein Baby. Wuchs unter erheblichen Zwängen auf. Erdrückenden Zwängen: Geschlechts-, Klassen-, Familientradition. Machten ein Monster aus ihm. Aber wenn diese Dinge so toll sind, wenn es Privilegien sind, warum machen sie dann Leute zu Monstern? Und warum sah und sieht niemand, daß er ein Monster ist? Warum hat Momma es nicht gesehen? Warum haben ihn alle wie einen Gott behandelt?

Eine Erinnerung blitzte hinter ihrer Stirn auf: ein großer, schlanker, gutaussehender Mann in weißen Hosen und einem Pullover mit V-Ausschnitt ging mit einem Krocketschläger auf dem Rasen herum. Seine tiefe, feste Stimme drang bis zu der Terrasse herüber, wo Momma den Teetisch deckte, Schnittchen und Gebäck, aber auch eine Auswahl an alkoholischen Getränken neben Kaffee und Tee. Er lachte und scherzte mit dem alten Senator aus Massachusetts und dem jungen aus New York und einem Berater des Präsidenten. Der Vereinigten Staaten. Er erklärte ihnen immer wieder, Krocket sei wirklich ein gemeines Spiel. Ich konnte nicht verstehen, warum es dadurch *toller* wurde, wie er offenbar meinte. Er sah großartig aus auf dem kissengepolsterten, schmiedeeisernen Stuhl, bequem zurückgelegt, Sandwich in der einen Hand, Bloody Mary in der anderen. So selbstsicher, so lässig. Munter und witzig plaudernd. Die anderen, weit weniger großartig, dickbäuchig und glatzköpfig, lachten mit ihm, stimmten ihm zu. So weit der Blick reichte, gehörte alles ihm. Und er bestimmte über alles, was dieses riesige Alles betraf, das ihm gehörte. Er war wunderbar: ein Gott, golden, strahlend, unerschütterlich.

Das war es also in Wirklichkeit, ich war es, dachte Alex. Sie saß reglos und völlig angezogen im Sessel in dem Zimmer, das ihr zugewiesen worden war. Eins der Gästezimmer, unpersönlich eingerichtet. Sie hatte den Sessel ans Fenster gezogen, ein antikes Stück mit harter, gerader Rückenlehne und hölzernen Armlehnen. Sie saß mit dem Gesicht zum Fenster und musterte die Sterne. Sie strahlten so hell hier, weit weg von der Stadt, mitten im Wald.

Sie sah sich im Zimmer um.

Nicht das Zimmer, in dem ich schlief, als ich hier gewohnt habe. Das muß in dem Flügel sein, der jetzt nicht mehr genutzt wird. Ich erinnere mich an eine Suite – Kinderzimmer, Spielzimmer, Bügelzimmer, Toiletten, Bad, Nannys Zimmer.

Komisch, wie das Haus hier aufgeteilt ist: die Elternsuite – Vaters Zimmer, das Zimmer seiner Frau und ihr gemeinsames Wohnzimmer – auf der einen Seite, die Kindersuite ganz drüben auf der anderen Seite und all die anderen Zimmer dazwischen: Man sollte doch meinen, Eltern wollten in der Nähe ihrer Kinder sein, nicht am entgegengesetzten Ende des Hauses. Dauert ja Minuten, bis man dort ist, wenn sie schreien. Aber man hört sie wahrscheinlich nicht mal.

Vermutlich war das der Sinn, daß man sie nicht hört. Nannys Job, sich um schreiende Babys zu kümmern. Ich würde das nicht wollen. Ich würde mein Kind selbst hochnehmen wollen, es selbst trösten. Warum kriegt man sonst Kinder?

Die einzigen Menschen im Leben, die man bedingungslos lieben kann. So, wie sie einen auch lieben. Jedenfalls solange sie klein sind. Aber ich denke, das bleibt, liegt vielleicht nur unter einem Haufen anderer Dinge verschüttet. Wichtig, so was zu haben, oder nicht? Einmal im Leben? Bedingungslose Liebe. Wie das Fundament eines Hauses.

Liebe ich Vater auf diese Weise?

Vielleicht liebt man nur die Menschen, die sich wirklich um einen sorgen. Vater war mit Sicherheit nie so fürsorglich wie David.

Ich sollte nach dem Schlüssel fragen, mir diesen Flügel angucken, vielleicht fällt mir ja etwas ein.

Das hier ist nicht das Zimmer, das sie David und mir damals gegeben haben... Ich erinnere mich zwar nicht mehr so genau, habe es nur kurz gesehen, durch meinen Tränenschleier, als ich hochgerannt bin, um unsere Sachen wieder einzupacken. Jemand hatte sie ausgepackt, ein Mädchen vermutlich. Habe ihn nicht zur Rede gestellt, mich nicht gewehrt, bin einfach nur davongestürzt, ohne mich zu verabschieden. Er hielt mich wahrscheinlich für albern. Weglaufen bringt nichts, ändert nichts, macht nichts leichter. Es kümmerte ihn nicht.

Was kümmert ihn überhaupt? Ich nicht, das steht fest. Liebt er Mary? Was wäre passiert, wenn ich mich gewehrt hätte, ihn angefahren hätte, ihn attackiert hätte, so wie Elizabeth, weil er mich im Stich ließ?

Ich rannte weg, weil ich wollte, daß er seine Worte bedauern sollte, ohne daß ich ihn direkt zur Rede stellte. Der Trick eines Feiglings.

David hatte Mitleid mit mir, sah die Tränen, aber es waren keine Tränen des Gekränktseins, es waren Tränen der Wut. Aber in Wahrheit, das sehe ich jetzt, war ich wütend, weil *ich* das getan hatte, ich gab ihm die Schuld dafür, weil er mich dazu getrieben hatte, aber ich war es doch, ich habe Stevie weggeworfen wie Müll. Hörte ihn brüllen, dieses plötzliche Weggestoßenwerden hatte ihn entsetzt, ihn erschreckt, aber das kümmerte mich nicht. Er war Müll. Vater sagte, er sei Müll.

Wie konnte ich das tun?

Wie konnte ich nur?

11

Sie standen unter dem Säulenvordach, warteten, daß Aldo mit dem Auto vorfuhr. Marys Blick konzentrierte sich auf die Tannen, die das Haus zur Straße hin abschirmten, als sie entspannt, fast singend fragte: »Glaubt ihr, daß wir ihn nacheinander besuchen sollten?«

Alex und Elizabeth verständigten sich mit einem Blick, Alex sah Ronnie an, die mit hartem, keine Gefühlsregung verratendem Gesicht geradeaus starrte.

»Nein«, entschied Elizabeth zögernd. Alex legte den Arm um Ronnie und drückte sie an sich. Ronnie schüttelte den Arm ab. Auf der Intensivstation lobte Edna Thompson Stephen überschwenglich, weil er sein linkes Bein bewegen konnte. An seiner Nase und an seiner Brust waren immer noch Schläuche befestigt, er reagierte nicht auf die Schwester und starrte finster geradeaus. Als seine Töchter in sein Blickfeld traten, drehte er den Kopf zur Seite.

Bemerkt er einen Unterschied in der Art, wie wir hier stehen, sieht er, daß sich unsere Schultern leicht berühren, daß wir uns einig sind?

Die Krankenschwester begrüßte die Schwestern herzlich, besonders Elizabeth, dann verließ sie das Krankenzimmer.

Erstaunlich. Früher hatte sie Elizabeth nicht gemocht, was man ihr angesehen hatte. Konnte ihre Arroganz nicht ausstehen. Was war jetzt anders, fragte sich Mary.

Elizabeth trat vor, begrüßte Stephen, gab ihm einen Kuß auf die Stirn, fragte nach seinem Befinden. Mary küßte ihn ebenfalls und fragte, ob sie irgend etwas für ihn tun könnten. Er starrte finster geradeaus. Die anderen beiden blieben stehen, wo sie waren.

»Guten Tag, Vater«, sagte Alex.

»Sir«, nickte Ronnie.

Mary sprach im Plauderton mit ihm, fragte, ob das Essen in Ordnung sei, ob er bequem liege, ob er etwas zum Lesen wolle. Als er den Kopf drehte und sie ansah, erstarb ihre Stimme. Er hob die linke Hand und wedelte in Richtung Tür.

»Wir sollen gehen?« fragte Elizabeth kühl. »Dann gehen wir.«

Dr. Stamp erwartete sie und führte sie in ein Raucherzimmer, wo sich Elizabeths Laune sofort besserte.

Er versuchte, sich allen gleichermaßen zuzuwenden, aber seine Augen kehrten immer wieder zu Elizabeth zurück. »Wir haben Ihren Vater seit seinem Schlaganfall kontinuierlich untersucht. Unsere Tests ergaben eine Aphasie sowie eine Hemiparesis. Das heißt, daß er nicht sprechen kann und rechtsseitig gelähmt ist. Wir können keine Prognosen stellen, inwieweit eine Besserung möglich ist, doch Sie sollten sich auf die Möglichkeit gefaßt machen, daß es möglicherweise keine geben wird. Aber wir werden ihn aus der Intensivstation verlegen müssen.«

»Wann?«

»Sobald wir… vielleicht schon morgen.«

»Sobald Sie – was wollten Sie sagen?«

»Wir müssen uns vergewissern, daß er selbständig, das heißt ohne Beatmungsgerät, atmen kann. Und daß Herz und Kreislauf stabil sind und keiner ständigen Überwachung mehr bedürfen. Jedenfalls sollten Sie anfangen, sich über seine künftige Unterbringung Gedanken zu machen.«

»Woran denken Sie?«

»Das Beste wäre, wenn eine Rehabilitationsklinik ihn aufnehmen würde. Wir werden unsere Sozialstation veranlassen, Kontakte mit einer Klinik aufzunehmen – wir haben gute Erfahrungen mit dem Middlesex-Rehazentrum. Man wird von dort eine Krankenschwester herüberschicken, die seinen Zustand einschätzen wird. Wenn sie allerdings zu dem Schluß kommt, daß er nicht rehabilitiert werden kann, weil er zu schwer geschädigt ist, werden sie ihn nicht bei sich aufnehmen. Und er wird ein chronischer Pflegefall sein.« Er schenkte Mary einen mitfühlenden Blick. »Es tut mir leid, daß die Aussichten nicht besser sind.«

»Ist es hoffnungslos?« Mary blickte zu ihm auf wie zu einem Gott. »Nein. Er wird eventuell die bislang eingeschränkte Beweglichkeit seiner rechten Seite wiedergewinnen, vielleicht wird er sogar wieder sprechen können. Aber seine linke Hirnhälfte ist in einem wesentlichen Bereich schwer geschädigt. Was wahrscheinlich irreversibel ist.«

Er erhob sich. Er will schnell weg, dachte Elizabeth. Gefiel ihm gar nicht, schlechte Nachrichten überbringen zu müssen. Sie erhob sich ebenfalls, streckte die Hand aus, um sich zu verabschieden. Sie standen alle auf, gaben ihm die Hand, tauschten Höflichkeitsfloskeln aus. Er ist nicht der richtige Gesprächspartner. Hat keine Ahnung von diesen Dingen.

Als er weg war, sagte Elizabeth: »Ich würde gern… hättet ihr etwas dagegen, noch ein wenig zu warten, weil ich gern noch mit der Schwester reden würde.«

»Wir begleiten dich«, sagte Mary bestimmt.

Sie entdeckten Edna Thompson im Kontrollraum der Intensivstation. Elizabeth sprach sie leise und respektvoll an.

Großer Gott, was ist denn in sie gefahren? Wo ist ihre arrogante Art geblieben? wunderte sich Mary.

»Schwester Thompson, wir – meine Schwestern und ich – hätten noch eine Frage. Unser Vater scheint – irgendwie verärgert. Er scheint zu bemerken, daß wir da sind, aber er reagiert nicht auf uns. Das beunruhigt uns.«

Die Schwester legte ihre Hand auf Elizabeths Arm und sah ihr in die Augen (das hat sie noch nie getan, dachte Mary): »Oh, Miss Upton, ich kann Ihre Beunruhigung verstehen. Aber versuchen Sie, sich vorzustellen, was Sie fühlen würden, wenn Sie aufwachten und feststellen müßten, daß Sie gelähmt sind, nicht mehr sprechen können, nichts mehr alleine machen können. Noch dazu ein so bedeutender Mann wie er. Die arme Seele ist einfach verwirrt und frustriert. Es wird ein paar Tage brauchen, bis er begriffen hat und akzeptiert, was geschehen ist. Und das kann manchmal hart für die Angehörigen sein, weil sie diese Frustration als Groll mißdeuten – aber glauben Sie mir, Ihr Dad ist nicht wütend, er ist einfach durcheinander und frustriert. In ein paar Tagen wird es ihm schon wieder bessergehen, Sie werden sehen.«

Aber es ging ihm nicht besser. Am Montag wurde er einen Stock höher verlegt, in ein Privatzimmer, lag in einem Meer von Zeitschriften und Blumen (von seinen Töchtern, die anderen hatten ihn inzwischen vergessen) und starrte finster ins Leere.

»Hadert mit seinem Schicksal, da ist bei einem so eloquenten und bedeutenden Mann nur verständlich.« Dr. Stamp schüttelte bedauernd den Kopf. »›Geh nicht gelassen in die gute Nacht‹«, zitierte er angeberisch, »›im Sterbelicht sei doppelt zornentfacht!‹« Die Krankenschwester des Rehazentrums habe ihn in der Tat abgewiesen, sagte Dr. Stamp entschuldigend. Es gebe ein ausgezeichnetes Pflegeheim in der Nähe von Boston, an der North Shore. Teuer, aber er nehme an, das sei kein Problem. Es sei praktisch, liege nicht allzuweit vom Flughafen entfernt. Sie könnten jederzeit hinfliegen, um ihn zu besuchen, und am selben Tag wieder zurückfliegen. Ob sie hinfahren und es sich ansehen wollten?

»Könnten wir ihn mit nach Hause nehmen?« fragte Alex schüchtern, wobei sie Elizabeth ansah.

Er hörte abrupt auf zu reden. »Wozu?«

»Um ihn selber zu pflegen.«

»Sind Sie sicher, daß Sie das wollen?«

»Nein. Was halten *Sie* davon?« fragte Elizabeth.

Erstaunlich, dachte Mary. Sie klingt geradezu menschlich. Er schüttelte bedenklich den Kopf. »Hmm.« Haben keine Ahnung, worauf sie sich da einlassen wollen, die Damen. Liebe, Zuneigung, Pflichtgefühl, bewundernswert, selbstverständlich, aber –

»Nun, es würde sehr schwer sein, ich muß Sie warnen. Sie würden eine Krankenschwester brauchen, die täglich zum Blutdruckmessen kommt, Herz und Lunge abhorcht, darauf achtet, daß sich keine Thrombose bildet oder eine Venenentzündung in den Beinen. Er muß gefüttert werden – natürlich kann er mit seiner linken Hand dabei helfen. Er muß sich in eine Bettpfanne entleeren, die gereinigt werden muß, er muß täglich gewaschen werden. Er könnte, wird sich wahrscheinlich wundliegen, das heißt, daß er eingecremt werden muß. Sie müßten dafür sorgen, daß er immer trocken liegt. Er braucht ein elektrisch bedienbares Krankenhausbett und vieles mehr – das wird das Pflegepersonal wissen. Eine Latexmatratze, ein weiches Laken aus einem bestimmten Material.«

»Chamois. Und einen Bettisch«, sprang Alex hilfreich ein.

»Richtig.« Er sah sie bedeutungsschwer an. »Sie müßten sich um alle seine Bedürfnisse kümmern. Wie bei einem Baby. Rund um die Uhr. Möglicherweise jahrelang.«

»Danke, Doktor, wir werden darüber nachdenken«, sagte Elizabeth spitz.

»Er könnte erneut einen Schlaganfall erleiden. Das könnte ziemlich traumatisch für Sie sein«, warnte er.

»Wie hoch ist die Wahrscheinlichkeit«, fragte Mary ängstlich, »daß er noch einen weiteren Schlaganfall bekommt?«

Er zuckte die Achseln, seufzte, schüttelte den Kopf. »Das kann ich nicht sagen. Aber die meisten Menschen in seinem Zustand leben nicht mehr lange.«

Die Schwestern verabschiedeten sich und gingen nach Hause.

Als sie mit dem Mittagessen fertig waren und der Tisch abgeräumt war, fing Elizabeth an: »Was sollen wir machen?«

»Er würde es hassen, in ein Pflegeheim verfrachtet zu werden«, sagte Alex.

»Würde es ihm gefallen, wenn *wir* ihm den Hintern abwischen?« fragte Elizabeth.

»Er fände es gräßlich«, stöhnte Mary auf.

»Erwartet nicht, daß ich das übernehme«, warnte Ronnie.

»Warum denn nicht? Hat er sich denn nicht um dich gekümmert, als du klein warst«, tadelte Mary, »hat er dir nicht die Windeln gewechselt und dich mit Breichen gefüttert? Was bist du doch für ein undankbares Mädchen!« Ronnie drehte sich zu ihr hin, um sie anzusehen, aber Mary lachte und legte ihre Hand auf Ronnies Hand. Ganz ohne Handschuhe. »Wir könnten eine Frau dafür einstellen«, sagte sie. »Eine Fremde. Eine Pflegerin, falls es so etwas noch geben sollte.«

»Das würde ihm am besten gefallen. Daß er in seinem eigenen Haus wäre, aber von einer Pflegerin gepflegt werden würde. Er würde es hassen, wenn wir das machten, aber ein Pflegeheim würde er auch hassen.«

»Ist es uns so wichtig, was er haßt?«

»Uns ist wichtig, was *wir* hassen.«

»Wenn er in ein Pflegeheim kommt, wird er dahinsiechen und sterben. Dann können wir ihn gleich abschreiben, dann werden wir nie ein Wort aus ihm herausbekommen.«

Sie starrten auf den Tisch, preßten die Lippen zusammen, schwiegen. »Und wir wollen etwas aus ihm herausbekommen. *Ich* jedenfalls.«

»Das wird dir vielleicht trotzdem nicht gelingen.«

»Aber sind wir bereit, monatelang, vielleicht sogar jahrelang hier zu wohnen und uns um ihn zu kümmern?« fragte Elizabeth. »Ich jedenfalls nicht.«

»Ich auch nicht. Wir müssen unser eigenes Leben weiterleben«, pflichtete Mary ihr bei. Wie soll ich mir Geld von einem Mann leihen, der nicht sprechen kann?

»Ich habe noch eine Rechnung mit ihm offen«, beharrte Alex. »Wir können ihn in ein Pflegeheim stecken, wenn wir mit ihm abgerechnet haben. Sagen, daß es uns zuviel wird. Dr. Stamp wird bestimmt Verständnis dafür haben.«

»Du bist wirklich knallhart«, sagte Mary überrascht.

Sie sahen Alex an, dann musterten sie sich gegenseitig.

»Wollt ihr nicht auch noch ein paar Antworten von ihm?« fragte Alex schneidend.

Mary und Elizabeth wechselten einen langen Blick. Sie sahen zu Ronnie, die die Augen senkte.

»Dann ist es also beschlossen?«

»Ich bin dafür. Für eine Weile.« Elizabeth legte ihre Hand in die Mitte des Tischs. Mary legte ihre darüber. Alex fügte ihre hinzu. Ronnie zögerte, dann legte sie ihre obendrauf. »Ist das ein Pakt?« fragte sie.

Sie nickten.

Sie grinste. »Blutsbrüderschaft?«

Elizabeth und Mary wußten nicht, wo er sein konnte, doch Ronnie sah im Schlüsselschrank nach, und da war er, der Schlüssel mit dem Anhänger »Kindertrakt«. Alex ging nach oben und probierte ihn aus. Der Schlüssel ließ sich drehen, aber die Tür klemmte. Sie drückte und rüttelte, aber die Tür ließ sich nicht öffnen, bis sie mit ihrem ganzen Gewicht die Klinke hinunterdrückte. Da schwang die Tür auf, und sie spähte hinein. Kein Wunder, daß die Tür geklemmt hatte, sie war seit Jahren nicht mehr geöffnet worden, vielleicht seit Jahrzehnten nicht mehr, so wie es da drinnen aussah. Verstaubte Spinnweben vor den Fenstern, an den Tischbeinen, in den Ekken, an der Decke. Die Spinnweben dämpften das Tageslicht, das von den Fenstern kam, aber das Zimmer war immer noch hell genug, ein großes Kinderzimmer, vollgestellt mit schweren altmodischen Möbeln, Sessel mit bunten Chintzbezügen, Kinderstühle und Tische zum Malen und Spielen, an den Wänden Regale mit Puppen, Kinderbüchern, Stapeln von Spielen. Alex ging hinein und besah sich die Regale etwas genauer. Das meiste Mädchenspielzeug, aber auch ein paar Spielzeugautos, ein Chemiebaukasten. Mußte von Elizabeth sein. Oder von mir? Eisig hier. Die Heizung war abgestellt, die Luft kalt und muffig, vielleicht ist hier nicht mehr gelüftet worden, vielleicht seit ich neun war nicht mehr. War wohl das letzte Kind, das hier gespielt hat. Ronnie hat mit Sicherheit nie hier spielen dürfen. Warum bloß nicht? Zu schade.

»Hätte die Unterschiede verwischt, was immer zu Katastrophen führt.«

War das seine Stimme? Kann ich mich an seine Stimme erinnern?

Sie ging nach rechts, über den Flur, zu einem Zimmer, das Nannys Zimmer gewesen war, wie ihr einfiel. Ja, da war die Toilette und das Badezimmer. Sie blieb stehen, sie erinnerte sich plötzlich: Mommy! Ihre Mutter, hier. Sie hat hier geschlafen, als ich krank war. Und als ich die Alpträume hatte. Schreckliche Alpträume. Sie konnte sich noch ganz genau erinnern, an die grausigen Ungeheuer, die sie verfolgten, sie in die Ecke drängten…

Sie stieß die Tür zu Nannys Zimmer auf – es war kahl und schäbig, aber ebenfalls hell. Die Zimmer hier oben waren heller als die unten. Obwohl es doch Schlafräume waren. Verkehrte Welt.

Das schmale Metallbett war mit einem billigen Baumwollüberwurf bedeckt, an dem Spiegel über der Kommode mit den

Schubladen steckten ein paar alte verblichene Fotos – mußte Mary sein, mit drei oder vier. Zurückgelassen von der letzten Nanny?

Sie ging zum Fenster und sah hinunter – ein Küchengärtchen, von vorn nicht sichtbar, umgeben von einem Lattenzaun.

Kann mich nicht daran erinnern. Hätte mir sehr gefallen, zuzusehen, wie das Gemüse wächst. Ich hätte beim Pflanzen geholfen oder wenigstens beim Ernten. Tomaten gepflückt. Grüne Bohnen. Hätte Spaß gemacht. War das damals schon da? Das Beet? Ich wette, daß Noradia es angelegt hat. Ronnie und ihre Pflanzen. Ja.

Sie drehte sich um, ging zurück, durch das Spielzimmer, nach links, durch den anderen Flur. An der Schwelle zu einem großen, weißen, funktionell eingerichteten Zimmer blieb sie stehen. Ein Babyzimmer. Ein Arbeitsplatz. Keine Wiegen mit Spitzenvolants und rosa Schleifen. Zwei schmale Betten, ein großes Gitterbett und ein kleineres. Ein Wickeltisch. Regale mit Stapeln von Moltontüchern, Strampelanzügen, winzigen Unterhemden, Hunderten von Windeln, nun vergilbt und verstaubt. Sie warf einen Blick in das alte Badezimmer. Die Babybadewanne aus Gummi war riesig und dreckig. Sie zitterte. Sie blickte auf die Gitterbetten, fragte sich, in welchem sie gelegen hatte. Sie sah auf die Betten, blickte weg, ihr Körper zuckte. Sie bekam keine Luft mehr, sie konnte nicht mehr atmen, das Zimmer drehte sich. Sie streckte die Hand aus, um sich festzuhalten, griff in eine Spinnwebe, die am Regal hing, schrie auf, zuckte zurück, an ihrer Hand klebte ein langer Faden.

Als sie wieder zu sich kam, lag sie zusammengekrümmt auf dem Fußboden. Sie streckte die Hand aus, um sich hochzuziehen, und faßte wieder in das klebrige Gewebe, wimmerte. Sie stolperte aus dem Zimmer und durch das Spielzimmer ins Bad, drehte den Hahn weit auf und hielt die Hände unter das fließende Wasser. Sie blieb stehen, als der Wasserstrahl mit voller

Wucht auf ihre Hände platschte und auf ihre Hose und den Fußboden spritzte. Als ihre Hose pitschnaß war und der Boden schwamm, zog sie endlich die Hände zurück und sah sich nach einem Handtuch um.

Die Handtücher, die auf einer Stange hingen, starrten vor Staub. Sie wischte sich die Hände seitlich an der Hose ab, dann hielt sie sie wieder unter den Strahl, formte mit den Händen eine Muschel und warf sich das Wasser ins Gesicht. Sie drehte den Hahn zu, griff mit spitzen Fingern nach einem staubigen Handtuch und warf es über die Lache auf dem Boden. Ohne das Wasser aufzuwischen, ging sie so schnell sie konnte zur Tür des Kindertrakts. Und als sie draußen war, verschloß sie sie wieder.

Elizabeth drehte sich in ihrem Schreibtischstuhl hin und her. Verflucht, was mache ich hier, worauf lasse ich mich da ein, das könnte mich meinen Job kosten, das ist einfach verrückt. Ich werde in ihren Augen noch zu einer Person, auf die kein Verlaß ist, ich werde noch das bißchen Ansehen verlieren, das ich habe. Männer lassen sich nicht beurlauben, weil sie einen kranken Vater pflegen müssen. Pflegen noch nicht mal ihre kranke Frau oder ihre Kinder. Du mußt wirklich total verrückt sein, wenn du das machst. Du mußt wie sie sein, wenn du vorankommen willst. Steck ihn in ein Pflegeheim und vergiß ihn. Die anderen werden jedem Entschluß von dir zustimmen. Durch dein Schweigen ist ein Machtvakuum entstanden, das es Alex ermöglicht hat, ihnen ihren Willen aufzuzwingen. Was verdankst du ihm denn schon? Eine gute Ausbildung. Mehr nicht. Und bei seinem Geld hat ihm das nicht weh getan.

Ich tue es ja nicht für ihn.

Für wen dann? Verliere bloß nicht deine Prioritäten aus den Augen. Was willst du, was brauchst *du?* Laß dich nicht in emotionale Kämpfe verwickeln, die dich nicht weiterbringen, in das Gefühlsdickicht mit seinen versteckten Fußangeln, die die

Menschen in ihrer Vergangenheit festhalten, auch wenn sie glauben, daß sie den Blick auf die Zukunft richten.

Alles, was ich je getan habe, habe ich für ihn getan.

Unsinn. Du hast eine Menge Freude an deiner Arbeit, und an deinem Status erst recht.

Hat nichts genützt. Hat mich nicht für alles andere zu entschädigen vermocht.

Nichts und niemand... Dann tu also das, was jetzt das beste für dich ist.

Sie warf ihre Brille auf den Schreibtisch und stand auf, starrte hinaus in die Dämmerung. Noch nicht mal vier Uhr, und es wird schon dunkel. Der Wievielte ist heute? Der sechsundzwanzigste November. Noch einen Monat bis zur Wintersonnenwende am zweiundzwanzigsten Dezember, bis zum kürzesten Tag des Jahres, wenn jede Hoffnung gestorben scheint.

Clare ist im Mai gestorben.

Sie preßte die Lippen zusammen. Ihr Herz krampfte sich zusammen wie ein Magen, der sich übergeben wollte.

Sie und Clare. Sie tranken etwas in seinem Lieblingspub in Oxford, im Spread Eagle. Sie saßen draußen, an einem rustikalen Tisch. An einem Abend im Mai. Und sie redeten und redeten. Sie konnten sich endlos miteinander unterhalten, sie fanden kein Ende. Von ihr aus hätte es ewig so weitergehen können, aber er mußte natürlich immer irgendwann nach Hause. Sie schlenderten langsam zu seinem Auto, dann fuhren sie nach London zurück, er setzte sie in Hampstead ab, fuhr schnell nach Hause, zu Ellen. Manchmal nahm er sie mit in den Landbroke Grove, in sein unordentliches altes Haus, das von riesigen alten armseligen viktorianischen Kästen eingekeilt war. Von der Straße aus wirkte es unbewohnt, weil es immer dunkel war, aber er ging schnurstracks nach hinten durch, wo Ellen sich in einem alten Gewächshaus ein Atelier eingerichtet hatte. In dem zugigen, naßkalten Raum lief ein Heizlüfter auf

Hochtouren. Sie blickte von ihrer Staffelei oder von ihrem Skizzenblock auf, oh, hallo, du bist zum Tee nach Hause gekommen? Hallo, Elizabeth, du hier, zum Tee? Ging aus dem Raum, verschwand für zwanzig Minuten, kam ins Wohnzimmer und brachte auf einem Tablett spärlich belegte Sandwiches, Tee, Kuchen aus der Packung mit. Und das ausgerechnet für Clare, den Feinschmecker. Aß selber sehr wenig, war dünn wie ein Strich und schenkte Clare keinerlei Beachtung, und er redete wie ein Wasserfall weiter, als sei ihm Ellen völlig gleichgültig, als würde er ihren Ärger nicht bemerken oder ihre Distanz, oder was immer es war, als würde er nicht bemerken, wie miserabel das Essen war, wie *lieblos.* Ungemütlich. Mochte dort nicht sein. Besser, wenn wir woanders waren, in seinem Arbeitszimmer in der London School of Economics oder in Oxford, wenn wir dort jemanden besuchten. Er besuchte mich nie in meinem Zimmer. Habe ich ihn überhaupt mal eingeladen? Wahrscheinlich nicht. Schämte mich für die schäbige Einrichtung, den Gaskocher, den elektrischen Wasserkessel, die neugierige Zimmerwirtin. Angst davor, was er tun würde, wenn er in meinem Schlafzimmer wäre…

Der Tag, als er nach Paris eingeladen wurde und mich mitnehmen wollte: als seine Assistentin! Gott, wie mein Herz geklopft hat, war es soweit, würde er jetzt mit mir schlafen, sollte ich jetzt die Liebe kennenlernen? Ich war zweiundzwanzig, sehr dünn, hatte fast keine Brüste, keine Hüften, ein Knabenkörper. Die Leute behaupteten, ich sähe aus wie Katharine Hepburn. Mein Haar war lang und glatt, feuerrot damals, erregte Aufmerksamkeit. Kurz vor der Reise ging ich in eine kleine Boutique neben dem Claridge-Hotel und gab einen Monatsscheck für einen Satinpyjama und einen dazu passenden Morgenmantel in einem dunklen Grau aus, vergaß jedoch, dazu passende Pantoletten zu kaufen, hätte wirklich albern ausgesehen, aufgedonnert, in Satin, aber mit bloßen Füßen.

War sowieso egal.

Mein Gesicht muß rot wie mein Haar gewesen sein, so aufgeregt war ich, als wir uns im Hotel eintrugen, einem bezaubernden Haus am linken Seine-Ufer, sah aus wie ein altes Bauernhaus. Das Zimmer war mit echten Möbeln ausgestattet, alte Stücke, große alte Fenster mit bezaubernden Spitzengardinen. Steht nicht mehr. Jedenfalls konnte ich es nicht mehr finden, als ich letztes Mal am linken Ufer spazierenging. In einer Ecke meines Zimmers stand eine riesige Badewanne, hinter einem mit Spitzenstoff bezogenen Paravant. Zwei Zimmer, natürlich. Natürlich. Meine Hände zitterten, als ich auspackte, meine Sachen in den Schrank hängte, ich hatte Probleme mit den Bügeln, die Kleider rutschten dauernd herunter. Ging zur Konferenz, um mich einzutragen, alle kannten ihn, er stellte mich allen vor, lauter Männer, aus ihren musternden Blicken schloß ich, daß sie Bescheid wußten. Sie nahmen mich nicht ernst. Das war mir peinlich, ich war noch unschuldig, ich wußte nicht, daß das Mitbringen von Geliebten zu Konferenzen Standard war, aber, oh, ich war auch stolz – daß ich ihm gehörte, daß ich ihn liebte, daß er mich liebte. Ich weiß, daß er mich geliebt hat. Aber er hat es dir nie richtig gesagt, stimmt's, Elizabeth? Er hat es noch nicht einmal angedeutet. Damals nicht. Erst, als es zu spät war. Unsere Gespräche waren nie persönlicher Natur. Oh, er wollte etwas über Vater wissen, über mein Leben in den Staaten. Ich tat so, als würde ich immer in Lincoln, im Herrenhaus, wohnen. Concorde Academy, Smith College, hörte sich alles prima an.

Dinner mit mehreren Leuten in einer Brasserie, waren damals exotische Speisen für mich: *Choucroute garnie,* Schweinshaxen, Käse, Schnecken, viel Wein und anschließend ein Gespräch um Mitternacht. Flüchtiger Kuß auf die Wange. Gute Nacht, Elizabeth, Liebes. Wir sehen uns morgen früh um acht, sei bitte pünktlich.

Ich ging über den Flur in mein Zimmer, ich war nicht ganz bei mir, genau wie am Morgen, ich sah nichts, hörte nichts, mein Herz klopfte nicht mehr nur heftig, es vollführte einen Trommelwirbel: Er liebt mich nicht. Er würde nicht mit mir schlafen. Warum nicht? Bin ich häßlich? Uncharmant? Kann ich einen Mann nicht so umgarnen wie Mary?

Ich zog den Satinpyjama und den Morgenmantel an, ich setzte mich an den kleinen Tisch vor dem großen Doppelfenster, sah auf die Straße hinunter und goß mir ein Glas aus der Flasche Whisky ein, die ich auf Clares Drängen hin im Duty-free-Shop gekauft hatte. Ich trank mir zu. Auf Elizabeth, die so häßlich, uncharmant, reizlos, hölzern, egozentrisch, überheblich, arrogant und geschlechtslos ist, daß selbst der Mann, der sie liebt, nicht mit ihr ins Bett gehen will!

Ich habe mich so betrunken, daß ich den ganzen nächsten Tag mit einem dicken Kopf dem Verlauf der Konferenz folgen mußte. Natürlich brauchte er mich überhaupt nicht, und ich fragte mich, warum er mich überhaupt mitgenommen hatte, und beim Abendessen, als es mir wieder besserging, fragte ich ihn danach. Vielleicht etwas verbittert.

»Liz, ich möchte, daß du gesehen wirst. Daß du die professionelle wissenschaftliche Welt kennenlernst, die bekannten Namen, die Sprache, die Verhaltensmuster – das sind die Dinge, die zählen, glaube mir. Ich möchte, daß du mit all dem vertraut wirst. Daß du mit den Leuten redest, Verbindungen knüpfst. In der akademischen Welt kann das ausschlaggebend sein.«

Mein Herz war wie eine Wüste, auf die unverhofft der Regen niederprasselte. Dankbarkeit überschwemmte mich. Wie hatte ich nur an ihm zweifeln können. Er war so gut, so bedacht auf meine Karriere, er führte mich ein in die Welt, von der er hoffte, daß sie mich aufnehmen würde. Natürlich würde er nicht mit mir ins Bett gehen, er war ein verheirateter Mann, er war anständig, er achtete die Frauen, selbst seine verbitterte, gleichgültige Ehefrau, er achtete mich.

Und so ging es mit uns weiter, und unter diesen Voraussetzungen entfaltete sich mein Intellekt, ich konnte ihm vertrauen, seiner Klugheit, seinem Charakter, seiner Ehrlichkeit. Er liebte mich als seinen Schützling, so wie Männer Knaben lieben, sie fördern, und wenn da noch ein anderes Moment in seiner Liebe war, so mußte es eben der Ehre geopfert werden. Wir machten jahrelang so weiter, auch dann noch, als ich nach Washington zurückgekehrt war. Wir schrieben uns jede Woche, wir telefonierten. Jeden Sommer fuhr ich nach England, besuchte ihn. In einem Sommer sind wir zusammen nach Italien gefahren, im nächsten an die Loire, dann in die Normandie – Mont-Saint-Michel, Saint-Malô, die Wandteppiche von Bayeux, Gerichte mit gekochten Äpfeln, Schlagsahne und Calvados. Wovon ich mich einmal übergeben mußte.

1958 verließ er Ellen. Oder sie ihn. Hörte, daß sie mit einer Frau zusammenlebt. Wer weiß? Als er anrief, um es mir zu sagen, stiegen all die jahrelang begrabenen Gefühle wieder in mir hoch. Ich dachte: Das ist es. Jetzt geht es los! Denn ich war nur mit wenigen Männern ausgegangen – wer konnte sich schon mit Clare messen? Ich hatte ein paar Männer in meinem Ministerium kennengelernt, Intellektuelle, die die einzigen waren, die mich attraktiv fanden. Aber auch ihr Intellekt machte sie nicht anders als andere Männer, mit denen ich im Lauf der Zeit ausgegangen war, sie waren haarscharf wie all die anderen Typen, mußten dauernd ihr Ego aufgebaut kriegen, für ein anderes Ego gab es in ihrem Universum keinen Platz. Jeder andere Mann wurde als Bedrohung empfunden, und alle Frauen waren Krankenschwestern mit offenen Ohren und Verbandszeug.

Ohne mich.

Warum bildest du dir dann ein, daß du Vater pflegen könntest?

Sie zuckte die Achseln. Scheiße.

Ich ging zu Vater und verhandelte mit ihm. Eigentlich erpreßte ich ihn. Und er besorgte Clare einen Job als Berater im

Wirtschaftsministerium und einen Lehrstuhl am Brookings-Institut. Und er verstieß mich. Ich war für ihn erledigt. Weil ich seine Beziehungen ausgenutzt hatte. Verboten. Und nicht nur das, sondern weil ich ihn als Trumpfkarte benutzt hatte. Ich habe es nie bereut.

Ihr Mund verzog sich.

Und Clare kam. Ich holte ihn vom Flughafen ab, er sah schrecklich aus, dunkle Ringe unter den Augen, zerfurchtes Gesicht. Was hatte sie ihm angetan? Mein armer Liebling, ich wollte ihn mit nach Hause nehmen, ihn pflegen, aber irgend jemand hatte ihm seine Wohnung überlassen, er wollte allein sein und nachdenken und mit der Vergangenheit fertig werden. Das konnte ich natürlich verstehen, was denn sonst.

Wir fielen wieder in unser altes Verhaltensmuster zurück. Mitten in der Woche Kino, ein Theaterstück oder ein Konzert, Drinks und Dinner am Freitag. Er fand eine Wohnung in Georgetown, er lud mich nie dorthin ein, sagte, es sei ein Loch, aber er würde sich dort wohl fühlen, wir trafen uns in einem Restaurant oder in einem Café in der Nähe, redeten und redeten und redeten, nächtelang. Fuhren halb tot gegen zwei Uhr morgens nach Hause. Manchmal kam er mit nach oben in meine Wohnung, und wir redeten weiter bis fünf. Aber er ging immer nach Hause. Als er anfing, am Sonntagmorgen joggen zu gehen, kam er nach dem Laufen immer bei mir vorbei und machte für uns ein spätes Frühstück. Köstlich – anders als bei Ellen. Bauernomelett mit Schinken, Pfannkuchen mit Preiselbeeren. Oder er brachte irgend etwas mit – zum Beispiel wunderbare Blaubeermuffins aus einem kleinen Laden am anderen Ende der Straße.

Es war erstaunlich, wie genau er über mein Privatleben Bescheid wußte. Ich habe ihm nie etwas erzählt. Er schien über einen Radarstrahl zu verfügen, der meinem Körper folgte und alle meine Aktivitäten registrierte. Er wußte immer, wenn ich mich mit jemandem verabredet hatte. Andy Bacatelli – intelligent, gutaussehend, mit einem angenehmen Sinn für Humor, ein bißchen der Macho-Typ, aber bei mir war er sehr vorsichtig, er bedrängte mich nicht, ich hatte einen Status, trug den Namen Upton. Keine Ahnung, was er an mir fand. Warum er mich mochte. Er schien mich wirklich zu mögen. Eines Tages kam Clare ins Finanzministerium, sah mich mit Andy in der Halle stehen, wir lachten gerade alle beide. Fragte mich aus. Zog eine Augenbraue hoch. »Kleiner Schuhverkäufer«, sagte er, und seine Stimme triefte vor Mißbilligung. Klang genau wie Vater. »Nicht dein Stil, Liz. Nicht deine Klasse. Steht weit unter dir.«

Ich habe mit Andy Schluß gemacht.

Lange Zeit verabredete ich mich nur noch mit ihm. Dann fing ich an, mit anderen Männern auszugehen, es waren, weiß Gott, nicht viele, aber ich war noch jung, erst Ende Zwanzig, ich wollte immer noch die Liebe kennenlernen. Aber ich liebte niemanden außer Clare. Und er kam mir immer auf die Schliche und befand alle Männer meiner nicht würdig.

Und ich akzeptierte sein Urteil immer.

Als ich hinter sein Geheimnis kam, traf ich mich gerade öfter mit Jack Johnson. Er war einfach und geradeaus, stammte aus dem Mittelwesten. Ehrgeiziger Typ, Blitzkarriere – selbst für damalige Verhältnisse – im Innenministerium. Ist heute stellvertretender Staatssekretär. War auf der Suche nach einer Frau, die ihm weiterhelfen würde, die etwas Besonderes darstellte. Weil er im Innenministerium arbeitete, sah Clare uns nie zusammen. Jack und ich trafen uns ziemlich regelmäßig. Es wurde Sommer, ich wußte, Jack hoffte, daß ich ihn zu Vaters Fest am Unabhängigkeitstag einlud. Diese Feste waren natürlich in Regierungskreisen berühmt, jeder wußte, wer eingeladen war und wer nicht. Für ihn wäre es ein Erfolg, es würde seiner Karriere dienlich sein. Ich überlegte es mir.

Wie ist es passiert, welcher Art war der Gang der Ereignisse? Clare hatte mich um einen Finanzbericht gebeten, den er nicht über seine üblichen Kanäle bekommen konnte. Er hatte alle Vollmachten, aber aus irgendeinem Grund hielten sie diesen einen Bericht unter Verschluß. Er sagte, daß er ihn unbedingt haben müßte, und ich sagte, ich würde ihm eine Kopie besorgen. Ich sollte sie ihm am Freitag abend mitbringen, aber dann wurde eine Krisensitzung anberaumt, und ich mußte bis spät in die Nacht arbeiten und kam erst nach Mitternacht nach Hause. Deshalb fuhr ich am nächsten Morgen in aller Frühe bei ihm vorbei, um die Kopie bei ihm abzugeben. Ich wußte, daß er immer früh aufstand. Ich hatte mich lange gefragt, warum er mich nie zu sich einlud – er behauptete, bei ihm sei es zu vergammelt, bei mir sei es viel schöner, aber mir gefiel sein Wohnhaus, ein schönes altes Gebäude in einer hübschen typischen Georgetown-Straße. Er hatte sogar einen Fahrstuhl, was meinte er also mit vergammelt? Mir ging immer noch kein Licht auf, als ein junger Mann die Tür öffnete, ein wunderschöner junger Mann, Anfang Zwanzig, der nur ein Handtuch um die Hüften geschlungen hatte. Er wußte offenbar auch nichts von mir, denn er lächelte, bat mich herein, sah den großen braunen Umschlag in meiner Hand, dachte vielleicht, ich sei seine Sekretärin. Er rief völlig unbefangen: »Clare, hier ist jemand für dich, um etwas abzugeben«, ging barfuß zurück zum Schlafzimmer, stieß die Tür auf. »Clare, bist du anständig angezogen?«

Clare in der Schlafzimmertür, in Pyjamahosen, ohne Oberteil, barfuß, starrte mich an. Ich starrte ihn an.

»Pardon«, murmelte ich. Hielt ihm den braunen Umschlag entgegen. »Wollte nur den Bericht abgeben, den du haben wolltest.«

Daraufhin kam er – die Höflichkeit in Person – auf mich zu, nahm den Umschlag, zog mich am Arm herein. »Komm, komm, du mußt einen Kaffee trinken. Antony, würdest du uns einen machen, sei ein lieber Junge, ja?« Aber ich wollte nicht, konnte nicht. »Muß gehen, habe noch tausend Dinge zu erledigen, wollte ihn dir nur schnell vorbeibringen, ein anderes Mal.« Rannte weg.

Fuhr nach Hause, packte meine Tasche, lud sie ins Auto, fuhr sofort hierher. Rief am Montag morgen im Büro an, sagte, daß ich einen Notfall in der Familie hätte. Hier war noch niemand, nur das Personal. Vater wurde erst in ein paar Tagen erwartet, Mary und Alberto sollten übermorgen kommen, aber das fand ich gut so, weil ich nicht gesehen werden wollte.

Das einzige Zuhause, das ich je gehabt habe. Hätte schlecht nach Hause zu Mutter gehen können, sie hätte mich mit ihren Blicken durchbohrt. »Elizabeth, was ist los mit dir?«

Innerlich vibrierte ich, als ob die Moleküle jedes einzelnen Blutkörperchens, jedes Muskels, jedes Knochens in mir zitterten und meine Haut sprengen wollten. Stierte auf den Gewehrschrank meines Vaters im Arbeitszimmer, nahm sogar einige Flinten heraus, prüfte sie, suchte nach Munition. Wußte nicht, welche Patrone zu welcher Flinte gehörte. Alte Waffen, lange vor Vaters Zeit gemacht, wahrscheinlich aus der Zeit seiner Urgroßmutter. Antik. Verwirrend. Rannte durch den Wald, starrte auf den See, überlegte, ob ich mich ertränken sollte. Als Mary kam, bestand sie darauf, mit mir hinauszurudern, aber dann war ich es, die rudern mußte. Sie lehnte sich wohlig zurück, selbstgefällig und zufrieden. »Ich weiß alles über die Liebe«, sagte sie. Wie hatte ich nur so abgrundtief dumm sein können? Jede andere Frau hätte es viel früher gemerkt – all die Ausweichmanöver in all den Jahren, die unerklärlichen Abwesenheiten, Ellens Verhalten... einunddreißig Jahre und immer noch so dumm. Blind, taub und dumm. Ich verdiente, was mir widerfahren war.

Irgendwie überstand ich die Party am vierten Juli, schleppte mich durch, grau im Gesicht, halbtot, richtiggehend krank. Was wohl die Leute gedacht haben. Okay, sie haben sich gar nichts gedacht, niemand beachtet dich, Elizabeth, das solltest du inzwischen wissen.

Als ich zurückfuhr, beschloß ich, Jack zu heiraten. Rief ihn sofort an, als ich wieder da war, er war begeistert. Ich hatte noch nie soviel Enthusiasmus ihm gegenüber gezeigt. Verabredeten uns noch am gleichen Abend zum Dinner, und ich gestattete ihm endlich, mich zu verführen. Er war in Hochstimmung, dachte, er hätte den Fisch am Haken. Sex, was für eine Enttäuschung. Ein paar schwere Atemzüge, ein paarmal über meine Brüste gestreichelt, ein paar Stöße, rumms-bumms. Das soll der große Triumph sein?

Aber ich dachte, daß ich damit leben könnte, wenn es nicht zu oft vorkam. Es war nicht nur unangenehm.

Am nächsten Morgen im Büro: fünf Nachrichten von Clare. Ich zerriß sie. Doch er rief dauernd an, und schließlich willigte ich ein, ihn zu sehen. Wir trafen uns in der Scala, einem Café in Georgetown, das er mochte und in dem damals schon Cappuccino serviert wurde. Ich wußte gar nicht, wie wütend ich auf ihn war, dachte, ich sei nur auf mich wütend. Aber meine Stimme klang sehr verbittert.

»Was bin ich denn all die Jahre für dich gewesen? Deine Tarnung?«

Er griff über den Tisch nach meinen Händen, aber ich zog sie schnell zurück. »Elizabeth, Liz, bitte... du mußt doch wissen, daß ich dich liebe, meine Liebste, ich habe dich immer geliebt.«

Da fing ich doch, verflucht noch mal, zu heulen an.

»Du bist die Frau meiner Träume, du bist meine Idealfrau – klug, schön, stark. Du bist der Mensch, mit dem ich mich besser unterhalten kann als mit irgend jemand sonst auf der Welt. Das weißt du. Nur, daß ich einfach nicht mehr sein kann für dich als dein bester Freund. Es ist leider nicht möglich. Aber dein Wohlergehen liegt mir sehr viel mehr am Herzen als irgendeinem Mann, der eine sexuelle Beziehung zu dir hat. Das kannst du mir glauben, das weiß ich, weil ich genauso bin. Ich bin meinen Geliebten kein guter Freund, und umgekehrt auch nicht. Du bist mein bester Freund, und es würde mich umbringen, buchstäblich umbringen, glaube ich, wenn ich dich verlieren sollte.«

Es klang sehr verständlich, so wie er es sagte. Fast hätte ich ihm verziehen. Wieder einmal. Er schaffte es immer, mich einzuwickeln. Aber ich riß mich zusammen. Ich wischte mir die Tränen ab, schlürfte meinen Cappuccino, wischte mir den Schaum von der Oberlippe.

»Ausgezeichnet. Ganz ausgezeichnet. Wir werden die besten Freunde sein. Und du wirst Antony haben – übrigens, wie lange hast du ihn denn schon?«

Er wollte es mir nicht sagen, aber ich ließ nicht locker. Trotzdem bekam ich nur Bruchstücke, Worthülsen, das Bild an sich mußte ich mir selbst zusammenfügen.

Antony war die große Leidenschaft seines Lebens. Nach Jahren voller Techtelmechtel mit einer langen Latte von Studenten und anderen jungen Männern hatte er in London, auf einer Party von Freunden, wo lauter Künstler und Schriftsteller waren, Antony kennengelernt. Antony, ein junger Komponist, mittellos natürlich, war mit einem älteren Mann nach London gekommen – mit dem Maler Harmon Ascelot, kennst du seine Bilder? Hingen in einigen Museen, wirklich sehr gut. Antony lebte mit Harmon zusammen, Harmon unterstützte ihn finanziell. Er konnte sich nicht selbst über Wasser halten. Clare verliebte sich bis über beide Ohren, er mußte Antony einfach haben. Und Antony liebte Clare. Aber es war aussichtslos, da war Ellen, und er hatte nicht so viel Geld, um eine zweite Wohnung zu finanzieren. Sie gingen in billige Hotels, aber Clare brannte lichterloh, ihm war alles egal, das einzige, was zählte, war die Liebe. Sie war ihm so wichtig, daß er sogar zum Coming Out bereit war, nach all den Jahren des Versteckspielens. Er bat Ellen um die Scheidung, wohl wissend, daß sie ihn öffentlich bloßstellen könnte.

Aber das tat sie nicht. Saß ihm gegenüber auf der Couch, sah ihn mit ihren blassen, leblosen Augen an, sagte: »Warum nicht. Warum diese Charade weiterspielen?«

Clare witterte die Chance, auch weiterhin in Deckung bleiben zu können, und ergriff sie. In London würde das allerdings nicht möglich sein, weil dort jeder ihn und Antony kannte und Ellen auch, zumindest wußte jeder, daß es sie gab. Er würde in die Staaten zurückkehren müssen. In einer großen Stadt wie Washington wäre es eher möglich, die Anonymität zu wahren, unentdeckt zu bleiben.

»Besonders mit mir als Tarnung«, sagte ich bitter.

»Darum geht es nicht bei uns beiden«, sagte er traurig.

Diesmal erlaubte ich ihm, meine Hände zu nehmen.

»Du hast ihn«, weinte ich, schluchzte wie ein kleines Kind. »Aber was habe ich?«

»Du hast deine Arbeit und den besten Teil von mir.« Ich entzog ihm meine Hände und tupfte mir mit der Serviette das Gesicht ab. Gott, wenn Vater mich so sehen würde. »Ich werde Jack Johnson heiraten, ich werde mir genau das nehmen, was du hast!«

Jack hatte mir noch nicht mal einen Antrag gemacht, aber ich wollte, daß Clare merkte, was leiden hieß.

Seine bleichen Wangen wurden aschgrau, er verrutschte seinen Stuhl so, daß er mit dem Gesicht zur Straße saß, es war ein heißer Sommerabend, die Hitze stand flimmernd über dem Asphalt. Er zündete sich eine Zigarette an. Trommelte mit den Fingern der rechten Hand auf dem Tisch herum. Ich kannte die Signale. Er war wütend.

Gut so, dachte ich mit einem Stich der Genugtuung. Er sah mich wieder an, distanziert und überlegen, ein Gesichtsausdruck, den er bei Konferenzen aufsetzte, wenn er im Begriff war, die Argumente der Gegenseite auseinanderzunehmen – oder den Gegner. Er konnte in geradezu brillanter Weise boshaft sein. Seine Boshaftigkeit löste in mir immer eine geheime Schadenfreude aus. Er hatte sie nie bei mir ausgespielt, jedenfalls nie eine volle Breitseite auf mich abgefeuert. Er winkte dem Ober, verlangte die Rechnung. Er sagte: »Ich kann nicht. Es tut mir leid, Elizabeth, ich kann es einfach nicht ertragen, mit ansehen zu müssen, wie deine sprühende Intelligenz, dein Mut, deine Bildung in der Mühle des Hausfrauendaseins untergehen und von diesem Bauern mit Füßen getreten werden. Denn genau das wird passieren. Zerrieben in der Mühle der Gewöhnlichkeit, wie Isabel Archer in diesem wundervollen Roman von Henry James. Du weißt, welchen ich meine. Ich liebe dich zu sehr, um danebenzustehen und es mit anzusehen.«

Er beugte sich über den Tisch und küßte mich auf die Stirn. »Liebling. Versuch, etwas von dir in dieser Ehe zu bewahren. Ich werde dasein, wenn du dich anders entscheiden solltest. Ich werde dich immer lieben. Dein Wohlergehen wird mir immer am Herzen liegen.«

Er verabschiedete sich. Für immer.

Leben ohne Clare.

Und jetzt lebe ich auch ohne ihn. Stehe mit leeren Händen da.

Mary fluchte über ihre Hände und schloß den Deckel über den Tasten des Flügels.

Was ist heute bloß los mit mir, ich bin ungeschickt und schwerfällig. Gestern habe ich das Stück viel besser gespielt. Andererseits gibt es das immer wieder, daß man an einem Tag besser spielt, am anderen Tag schlechter. Das hat gar nichts zu bedeuten.

Sie stand auf und schlenderte durch die Räume, warf einen Blick in Vaters Arbeitszimmer. Auf dem Schreibtisch ein Durcheinander von Papieren, aber Elizabeth war nirgendwo zu entdecken.

Sie ging in das große Foyer, ihre Absätze klackten auf dem Parkettboden und hallten in dem stillen leeren Raum mit der hohen Decke. Sie sah im Eßzimmer nach, im Salon, in der Küche. Keiner da. Sie blieb stehen, dann stieß sie die Tür auf, die zu der kleinen Mädchenkammer im ersten Stock führte, und klopfte an Ronnies Tür. Auf Ronnies Rufen hin stieß sie die Tür auf. Ronnie lag angezogen auf dem gemachten Bett, neben sich ein aufgeschlagenes Skript, die Augen verschlafen.

»Oh, Verzeihung, habe ich dich geweckt?«

Ronnie schüttelte den Kopf. »Schon gut. Bin eingeschlafen. Das Zeug kann wirklich langweilig sein.«

»Kann ich mir vorstellen. Möchtest du einen Tee?«

Ronnie überlegte. Sie setzte sich auf. »Eigentlich ja.«

Mary strahlte. »Ich kann uns welchen machen!«

»Oh, du kannst Tee kochen?« grinste Ronnie leicht ironisch. Sie stand auf und ging ins Bad und putzte sich die Zähne. Mary begann währenddessen mit dem Tee-Ritual.

Als sie in die Küche kam, fragte Ronnie: »Wo ist Mrs. Browning?«

»Ich weiß nicht. Wie spät ist es?«

Ronnie sah auf ihre Uhr. »Kurz nach vier. Sie müßte eigentlich hier sein. Heute ist doch Montag, oder? Also nicht ihr freier Tag.«

»Vielleicht ist sie in der Stadt. Es ist schön, daß sie nicht hier ist«, sagte Mary, die mit einem Löffel sorgfältig den Tee in die Kanne maß. Ihre Hand zitterte. »Es ist schön, unsere Küche für uns allein zu haben.«

Ronnie sah sie an, schwieg. *Schön ohne* Personal? *Unsere* Küche?

»Du hast heute nicht lange gespielt.«

»Das hast du bemerkt?«

»Es klingt gut. Mir gefällt's, ich höre dich gern spielen. War das Chopin?«

»Eben? Ja.«

»Hast du schon mal daran gedacht, öffentlich aufzutreten?«

Marys Hand zuckte, kochendes Wasser schwappte auf den

Tresen. »O nein!« lachte sie und sah sich vergeblich nach etwas zum Wegwischen um.

Ronnie fand einen Schwamm und wischte es weg.

»Dazu hat es nie gereicht. Nicht im geringsten! Vater sagte, ich hätte einen gefälligen, fraulichen Anschlag, angenehme Unterhaltung für nach dem Abendessen. Er mochte es, wenn ich spielte«, fügte sie tonlos hinzu.

»Ich glaube, daß du mehr kannst.«

Mary, die im Schrank herumsuchte, drehte sich um. »Wirklich?« Sie schüttelte den Kopf. »Nein, nein, ganz bestimmt nicht. Weißt du, heutzutage gibt es so viele wirklich begabte Menschen. Die wahren Talente konzertieren schon mit sieben oder neun Jahren. Die Spreu wird früher vom Weizen getrennt.«

»Und du bist die Spreu?«

Mary lachte. »Ich fürchte, ja.« Sie legte kleine Kekse auf einen Teller. »Laß uns gehen.« Sie nickte in Richtung Wintergarten.

War noch nicht soweit, sich in der Küche häuslich niederzulassen.

Ronnie folgte ihr mit der Teekanne. Sie setzten sich an den kleinen Glastisch.

»Tee hat so etwas Beruhigendes«, sagte Mary und goß ein. Sie verschüttete ein bißchen Tee auf die Untertasse. »Oh!« rief sie atemlos. »Ich weiß nicht, was heute mit mir los ist!«

»Nun, es war immerhin ein traumatischer Tag.«

»Traumatisch?«

»Klar. Wir haben beschlossen, den alten Mann hierher zurückzuholen, und uns verpflichtet, ihn zu pflegen. Das ist eine weitreichende Entscheidung.«

Mary klammerte sich an ihre Tasse. »Ja.«

»Vielleicht kommen dir jetzt Zweifel.«

»Dir?«

Ronnie zuckte die Achseln. »Willst du die Wahrheit wissen?

Ich habe kein Geld, und ich weiß nicht, wo ich momentan sonst hin soll. Ich könnte mir vielleicht in Boston irgendeinen Job suchen, aber das würde gerade für das Essen und die Miete reichen, und es würde mich von meiner Dissertation abhalten. Im günstigsten Fall würde sie sich lediglich verzögern. Um Jahre vielleicht. Ich muß sie schreiben, weil ich den akademischen Titel brauche, um in dem Spezialgebiet meines Fachs arbeiten zu können, in dem ich gern arbeiten würde. Wenn ich sie jetzt nicht schreibe, schreibe ich sie vielleicht nie. Ich will sie schreiben. Wenn ich ein paar Monate hierbleiben könnte, würde mir das sehr weiterhelfen.« Sie machte eine Pause, um sich eine Zigarette anzuzünden.

Mary schüttelte mißbilligend den Kopf. »Ich kann es nicht fassen, daß Elizabeth dich zum Rauchen angestiftet hat.«

Ronnie lachte, blies den Rauch aus, sagte: »Es ist nicht ihre Schuld. Ich schätze, ich kann meinen Teil der Pflege leisten und gleichzeitig an meiner Dissertation arbeiten. *Und* ich kann hier kostenlos wohnen, während ich das tue. Wahrscheinlich sollte ich dir das gar nicht erzählen. Du denkst sowieso schon, daß ich ein Schmarotzer bin.«

Mary sah sie über ihre Tasse hinweg an und biß sich auf die Lippen. »Wenn du ein Schmarotzer bist, was bin ich dann? Ich habe wenigstens mit etwas Geld angefangen«, sagte sie bitter.

»Was?«

»Ich bin pleite. Total. Ich schaffe es gerade noch, die Hypotheken, die auf meiner Wohnung lasten, abzubezahlen. Mit den laufenden Kosten hinke ich hinterher. Ich habe sogar Schulden. Wenn Vater nicht krank geworden wäre, wäre ich auch hergekommen, um ihn um ein Darlehen zu bitten – von meinem Erbe natürlich«, fügte sie hastig hinzu.

»Ich dachte, du hättest lauter Millionäre geheiratet«, platzte Ronnie heraus.

»Oh, das ist Elizabeths Sicht der Dinge. Ja, natürlich habe ich Millionäre geheiratet. Aber Harrys Hinterlassenschaft war jahrelang durch einen Gerichtsbeschluß nicht verfügbar, und dann hat der Richter den größten Teil davon in einen Trust für Marty festlegen lassen, ich habe lediglich drei Millionen Dollar bekommen, oh, ich weiß, Ronnie, daß das für dich nach viel Geld klingt, aber es ist nicht viel, glaube mir. Nicht, wenn man davon drei Wohnsitze finanzieren muß und ein Auto samt Chauffeur und Kinder, die erzogen und auf gute Schulen geschickt werden müssen, *und* dazu noch einen Ehemann. Denn Alberto hatte kein Geld. Es hieß, daß er reich sei, aber das war er nicht, *er* war nun wirklich ein Schmarotzer, ich mußte letzten Endes immer für alles aufkommen, sogar für seine Bar-Rechnungen«, jammerte sie, und Ronnie wandte die Augen ab.

»Als er mich verließ, wurde mir fabelhaft viel Unterhalt vom Scheidungsrichter zugesprochen, alle denken, ich hätte tonnenweise Geld, aber ich habe noch nie etwas davon gesehen. Keinen einzigen Penny. Ich weiß, was die Frauen durchmachen, von denen man in den Zeitungen liest, die von Sozialhilfe leben, weil die Männer nach der Scheidung nicht für ihre Kinder aufkommen. Das weiß ich nur zu gut!« Sie schüttelte den Kopf, preßte wütend die Lippen zusammen. »Und Alberto ist in Europa, deshalb kann ich überhaupt nichts dagegen unternehmen!«

Ronnie starrte sie an.

»Also habe ich Paul geheiratet, und es würde mir gutgehen, wenn ich einfach bei ihm geblieben wäre. Aber dann lernte ich Don kennen…« Ihre Stimme verlor sich, ihr Blick ging in die Ferne.

»Don«, hakte Ronnie nach.

Mary sah in den Garten hinaus. »Er war Journalist, aber vor allem war er ein Individualist. Und er war immer auf der falschen Seite. Er verdiente kaum genug Geld für sich selbst. Aber ich war verrückt nach ihm. Ich habe noch nie soviel für jemanden empfunden wie für ihn. Es war überwältigend. Ich hätte alles, alles für ihn gegeben. Und ich habe ihm alles gegeben«, schloß sie verbittert. »Ziemlich traurige Geschichte, was? Mädchen, das auf eine einzige Karriere getrimmt wurde, nämlich darauf, reich zu heiraten, kann noch nicht mal das.« Sie starrte auf den Tisch.

Ronnie wollte sagen: Du könntest sparsamer leben, eine bescheidenere Wohnung mieten, den Führerschein machen, deine Seal- und Nerzmäntel verkaufen, das Hermelincape, den Schmuck. Du könntest dir einen Job suchen. Sie starrte Mary an, versuchte, sie sich in einer Dreizimmerwohnung vorzustellen, in einem Kleid von der Stange, in der U-Bahn, auf dem Weg zu einem Job als Tippse. Es gelang ihr nicht.

»Vielleicht könntest du etwas verkaufen.«

»Oh, das habe ich schon. Den gesamten Schmuck von Harry. Und den von Paul. Das gute Zeug ist alles weg. Für getragene Pelze bekommt man nichts, und meine sind sehr altmodisch. Ich besitze kein Auto mit Chauffeur mehr. Nach Dons tödlichem Unfall habe ich das Haus in Vail verkauft. Das Haus in Vermont war schon viel früher weg. Ich habe nichts mehr. Und Marie-Laure ist noch auf dem College«, seufzte sie.

»Und dein Sohn…?«

Mary verzog den Mund. »Marty ist der Ansicht, daß es töricht von mir war, Paul zu verlassen, und daß ich es nicht besser verdient habe. Natürlich hat er recht.«

»Reizendes Früchtchen.«

»Nicht sonderlich liebenswert. Ich habe als Mutter versagt. Bin nicht der mütterliche Typ. Ich wurde zur Kurtisane erzogen«, sagte sie bitter. »Und sogar darin habe ich versagt.«

Ronnie streckte die Hand über den Tisch und legte sie auf die von Mary.

»Du wirst es schon schaffen«, flüsterte sie.

»Das werde ich auch«, sagte Mary entschlossen. »Das muß ich einfach.« Sie warf Ronnie einen koketten Blick zu. »Wieviel, glaubst du, verdient so ein Arzt? Glaubst du, daß Dr. Stamp verheiratet ist?«

12

Am Dienstag morgen rückte Elizabeth einen Stuhl an Stephens Bett. Sie setzte sich, während die anderen stehend zusahen, blickte ihm in die Augen und unterrichtete ihn, langsam sprechend, über sein weiteres Schicksal.

»Vater, das Krankenhaus kann dich nicht länger hierbehalten. Sie können nichts mehr für dich tun. Alles weitere ist jetzt Sache deines Körpers, man kann es nicht beschleunigen. Sie werden dich vermutlich am Freitag entlassen. Die meisten Patienten in deiner Situation kommen in ein Pflegeheim.«

Stephen, der bis dahin finster auf seine Bettdecke gestarrt hatte, warf den Kopf herum und fixierte sie mit seinem grimmigen Blick.

»Sie sagen, es gibt da ein sehr nettes Pflegeheim an der North Shore«, fuhr sie fort.

Stephen hämmerte mit der linken Faust geräuschlos auf die Bettdecke: klopf klopf klopf klopf klopf.

»Es gibt noch eine andere Möglichkeit«, sagte sie, und ihr Blick glitt weg. Sie riß sich zusammen und sah ihn wieder an. »Wir könnten dich nach Hause holen und dich dort pflegen.«

Er starrte sie argwöhnisch an.

»Einmal am Tag müßte eine Schwester kommen und nach dir sehen, und wir würden eine Frau anstellen, die tagsüber kommt und deine Grundversorgung übernimmt. Wir glauben, daß es in deinem Sinn ist, wenn wir das nicht selbst machen.

Das Hauspersonal wird sich ebenfalls um dich kümmern, jedenfalls Mrs. Browning und Teresa.«

Er blickte immer noch mißtrauisch.

»Aber wir überlassen dich nicht gern der Obhut von... Leuten, die nicht zur Familie gehören, die womöglich deine Hilflosigkeit ausnutzen könnten – sie müßten Schecks einlösen, um dein Essen zu bezahlen, sie würden das Geld selbst verwalten. Und wir wohnen alle zu weit weg, um ständig kontrollieren zu können, wie sie dich behandeln.«

Seine Stirn legte sich in Falten.

»Um sicherzugehen, daß du ordentlich gepflegt wirst, werden wir also hierbleiben. Wir alle.«

Der Mund verzog sich abwehrend. Nein?

»Es sei denn, du möchtest lieber in ein Pflegeheim.«

Oh, diese kalte Stimme. Sein Blick war jetzt so feindselig, daß Alex nach Luft schnappte. Mary zuckte zusammen. Elizabeth zeigte keine Regung.

»Könntest du uns mitteilen, was dir lieber ist?«

Es macht ihr Spaß, dachte Ronnie. Das Blatt hat sich gewendet. Zwischen ihnen ging es immer um Macht, und jetzt sitzt sie am längeren Hebel. Die Macht der Jugend. Flüchtig, wie sie ist. Wenn Elizabeth dort im Bett läge – und vielleicht wird sie das ja eines Tages –, wer würde dann bei ihr sitzen? Mary? Es würde mit Sicherheit auf das Pflegeheim hinauslaufen.

»Du mußt dich entscheiden«, sagte Elizabeth ruhig. »Da du nichts davon hältst, die Hand zu heben, dachte ich, du möchtest vielleicht schreiben. Das hier habe ich im Spielzimmer gefunden.« Sie drückte ihm ein Täfelchen mit einer Plastikfolie und ein spitzes Stäbchen in die Hände. Man konnte mit dem Stäbchen auf das Plastik schreiben und es jemandem zeigen, aber wenn man die Folie hochzog, verschwand die Schrift wieder. »Du kannst mit der linken Hand schreiben – wenn du magst – oder einfach nur drauftippen. Einmal für ja, zweimal für nein.«

Sie sollte es nicht so machen, dachte Alex, nicht auf diese Weise. Sie tut es lieblos, weiß nicht, wie sie es liebevoll tun soll, es ist schrecklich. Demütigend. Ich sollte es machen.

Aber kann ich es liebevoll tun? Liebe ich ihn?

Sie trat vor. »Elizabeth? Soll ich mal?«

Elizabeth stand auf. Ihr Gesicht war angespannt und bleich, sie sah alt aus. »Bitte«, sagte sie, während sie ihren Platz am Bett räumte. Sie zog sich an die Tür zurück und lehnte sich gegen den Rahmen. Vielleicht hatte sie doch keinen Spaß daran, vielleicht wußte sie nur nicht, wie sie anders mit ihm reden sollte.

Alex setzte sich hin und legte ihre Hand auf Stephens unbrauchbare Rechte. Sie lächelte ihn an und sagte leise und freundlich: »Hallo, Vater. Uns ist klar, wie unangenehm dir das alles sein muß. Du mußt das Gefühl haben, nicht mehr selbst über dein Leben bestimmen zu können. Aber weißt du, eines Tages werden wir in der gleichen Situation sein, falls wir so lange leben sollten. Deshalb können wir uns in deine Lage hineinversetzen, und wir fühlen mit dir. Wir möchten, daß du so weit wie möglich selbst bestimmen kannst. Wir möchten, daß du alles das entscheidest, was du entscheiden *kannst.* Im Moment ist es notwendig, daß sich jemand um dich kümmert, aber dein Gesundheitszustand kann sich verbessern, und irgendwann wirst du vielleicht auch wieder sprechen können. Wir wollen versuchen, dir zu helfen. Was du bestimmen *kannst,* ist, wer für dich sorgen soll und wo.«

Sein Gesicht war weicher geworden, während sie gesprochen hatte, und Ronnie schwor später, daß sie Tränen in seinen Augen gesehen hatte. Mary hatte dafür nur ein höhnisches Schnauben übrig; Alex war sich nicht sicher. Sie sah etwas blitzen, ob Tränen oder Bosheit, konnte sie nicht sagen.

»Möchtest du lieber in deinem eigenen Haus sein als in einem Pflegeheim?«

Der alte Mann nickte.

»Und möchtest du, daß eine ausgebildete Pflegerin – eine Fremde – deine… deine persönliche Pflege übernimmt?«

Er nickte wieder.

Alex lächelte und tätschelte ihm die Hand. »Und wäre es dir lieber, wenn wir da wären, um darauf zu achten, daß du ordentlich gepflegt wirst?«

Seine Augen glitzerten, er sah sie jetzt an. Er schien zu nikken. Alex beschloß, es als Ja zu nehmen.

»Dann werden wir es so machen.« Sie lächelte, tätschelte seine Schulter und stand auf. Seine Augen flackerten wild, sein Mund öffnete sich, zitterte, die Zunge mühte sich. Er versuchte, etwas auf die Tafel zu schreiben, konnte sie aber nicht richtig halten. Alex drehte sich zu ihm um, bemerkte es und schoß hinzu, um ihm das Täfelchen zu halten. Er krakelte große, unförmige Lettern. Sie waren nicht zu entziffern. Er fuchtelte mit dem Arm zu Mary und Ronnie hinüber, die an der hinteren Wand standen. Es schien, als wollte er sie verscheuchen.

»Du willst nicht, daß Mary oder Ronnie sich um dich kümmern?« übersetzte Alex. Er nickte. »Wer dann? Elizabeth?«

Er schüttelte heftig den Kopf.

»Keine von uns?« fragte Alex stirnrunzelnd. Er zeigte mit der funktionierenden Hand auf sie.

»Ich? Nur ich?«

Er nickte.

Sie ging zu ihren Schwestern hinüber, drehte sich um, sah ihn an. Ihre Stimme klang verblüfft, aber auch eisig. »Nach all den Jahren, die du mich nicht angerufen, mir nicht geschrieben, keinen Kontakt mit mir gehabt hast, willst du jetzt, daß ich dich pflege?«

Er strengte sich gewaltig an, fuchtelte mit dem Täfelchen, warf den Kopf hin und her. Alex stand reglos da. Marys Gesicht war leichenblaß. Ronnie ging zu ihm hinüber, hielt ihm die Tafel. »Schreib es auf«, befahl sie ihm.

KONTE NICHT, krakelte er. Er hielt das Täfelchen schief von sich.

Ronnie musterte es. »Soll wohl *konnte nicht* heißen.«

Alex trat vor, ganz gespannte Erwartung. »Warum nicht?«

Er versuchte zu schreiben, aber die Tafel fiel ihm aus der Hand. Ronnie fischte sie auf und hielt sie ihm hin. Er kritzelte grimmig. Während er noch am Schreiben war, beugte sich Alex zu ihm, um mitzulesen. Es ergab keinen Sinn. Er sah auf ihr Gesicht und zog unbeholfen die Plastikfolie ab. Er schrieb wieder: VEREINBART… das Wort rann von dem Täfelchen herunter.

»Vereinbart? Mit wem?«

Er ließ den Kopf in die linke Hand sinken.

»Du hast eine Vereinbarung getroffen? Mit meiner Mutter? Warum?«

Sein Kopf fiel auf das Kissen. Er schloß die Augen, nickte.

»Warum?«

Er machte die Augen nicht auf und versuchte auch nicht zu antworten.

Ronnie legte Täfelchen und Stift auf den Nachttisch und ging wieder zu ihren Schwestern. Sie starrten ihn alle vier an.

Alex sprach: »Tut mir leid, aber ich bleibe nicht ohne die anderen – sie alle. Wir sind nur zusammen zu haben. Als eine Einheit. Nicht einzeln.«

Er öffnete die Augen und sah sie an. Der Grimm war erloschen, er war erschöpft. Er senkte den Blick, sah auf seine unbrauchbare Hand, schloß die Augen wieder.

Wortlos gingen die Schwestern hinaus.

Ronnie nahm ein paar Arbeitshandschuhe und ging hinaus zu der alten Scheune. Sie marschierte mit der Schubkarre zum Wald, zu der Stelle, wo sie zuletzt mit dem Holzsammeln aufgehört hatte, und begann, Zweige in die Karre zu packen. Sie füllte sie rasch, schob die Fuhre zurück, kippte sie in den Reisigkorb in der Scheune und ging wieder los, um die nächste Ladung zu holen. Sie arbeitete flink und angestrengt, versuchte, die Gedanken beiseite zu schieben, ins Schwitzen zu kommen. Nach drei Fuhren war sie schweißnaß und außer Puste, und sie mußte langsamer machen. Ihre Gedanken kippten um in wirre Bilder, unerträglich, unerträglich, aber es war alles unerträglich, alles, Elizabeth wie eine Lehrerin, die einem Kind die Grundzüge der Geschichte eintrichtert, aber es war die Zukunft, seine Zukunft, von der sie redete, mit soviel Gefühl, als rezitierte sie die Schlachten im Zweiten Weltkrieg, und Mary, die zitternd und weiß daneben stand, als erwartete sie Schläge.

So widerwärtig, das alles.

Was war nur mit dieser Familie los? All das Schöne, das diese Menschen umgab, die Gärten, das Haus, die Möbel. Die ganze angeheiratete Schönheit, die mit jeder Generation noch feinere Haut und Nasenflügel, noch glänzenderes Haar hervorbrachte. Und doch war alles, was sich zwischen ihnen abspielte, so widerwärtig. War das immer so in Familien?

Angenommen, Enriqué wäre nach einem Schlaganfall ans Bett gefesselt: Was würde Rosa tun? Ronnie sah sie neben ihm sitzen, seine unbrauchbare Hand streicheln. Sie würde sein Gesicht mit Küssen bedecken, sie würde weinen. Er würde wahrscheinlich ebenfalls weinen, aber er würde seine funktionierende Hand auf ihre Hand legen, sich bemühen, so zu tun, als hätte er alles im Griff. Die Kinder würden sich unbeholfen um ihn drängen, Sachen umwerfen, Krach machen, Tränen in den Augen. Wenn sie ihm sagen würden, sie wollten ihn heimholen, um ihn zu pflegen, was würde er tun? Er würde weinen, Rosas Hand packen, versuchen, zu protestieren, ihnen zu sagen, er wolle ihnen nicht zur Last fallen, aber er würde froh und dankbar sein...

Lag es daran, daß sie arm waren, daß Geld und Macht in ihrer Familie keine Themen waren?

Aber Geld und Macht *waren* Themen in ihrer Familie. In jeder Familie. Rosa und Enriqué hatten sich darüber gestritten, wie sie mit den Kindern umgehen sollten, vor allem mit Tina, und mit Raoul, als er mit der Gang herumgezogen war, sie stritten, weil Enriqué sich Freitag abends mit seinen Arbeitskollegen betrank: Es waren nicht einmal seine Freunde, beklagte sich Rosa, und er gab so viel Geld aus. Er konnte es ihr nicht erklären, es ihr nicht klarmachen. Er versuchte ihr zu sagen, diese Kumpels sind das einzige, was ich habe, was mich zum Mann macht, alles, was ich überhaupt habe außer dir und den Kindern, und diese Wohnung, unser Heim, die Kinder, dies alles gehört dir. Hier bin ich kein Mann, sondern nur ein Teil von dir, von allem. Als Raoul tot war und Tina auf dem Strich, wurde Rosa immer härter. Sie hörte auf, ihm ihr ganzes Geld zu geben, damit er die Rechnungen bezahlen konnte, sie war wild entschlossen, etwas zu sparen, um Téo von dort, wo sie waren, wegzubringen, ihn aufs College zu schicken. Sie hatten einen bösen Streit. Er sagte, er brauche ihr Geld, um über die Runden zu kommen. Sie wurde wütend, sagte, das Geld, das er vertrunken habe, hätte gereicht, um Raoul zu retten. Da drehte er durch, er hatte Raoul geliebt, fühlte sich wahrscheinlich schuldig an dem, was passiert war. Er schlug sie. Sie sagte, er solle verschwinden. Er weinte.

Aber das war das einzige Mal, daß er sie je geschlagen hatte. Enriqué war ziemlich anständig für einen Mann. Was hatte Linsey damals an dem Abend gesagt? Als Emily Tedesco erklärte, sie habe geheiratet, fände es aber schwer, mit einem Mann zu leben. »Es ist ein Scheißjob, aber irgend jemand muß es ja machen.« Ha! Enriqué liebte seine Familie, die meiste Zeit über jedenfalls. Und angenommen, Enriqué wäre dauerhaft auf die Hilfe anderer angewiesen, über Monate und Jahre hinweg, er würde eine schwere Belastung werden. Würde Rosa ihn immer noch liebevoll versorgen, würden die Kinder mithelfen? Angenommen, Rosa hätte einen Schlaganfall? Würde Enriqué sich dann um sie kümmern?

Ja, das würde er.

Ich muß einfach glauben, daß er es tun würde.

Alles verkehrt sich ins Gegenteil, Babys werden groß, Eltern werden alt, jetzt muß das Baby die Eltern wickeln und füttern, ihnen den Hintern pudern, ihre Bettpfannen ausleeren... Gräßlich. Die meisten Leute gaben sie in Altersheime. Zum Sterben.

Die natürliche Ökonomie des Lebens. Alte Leute wurden nicht wieder gesund und leistungsfähig, konnten keine Kinder mehr kriegen und großziehen. Elizabeth sagt, das Leben ist von Natur aus grausam. Nein. Was hat sie gesagt? »Die natürliche Ökonomie des Lebens ist grausam.«

Ronnie setzte sich auf einen klammen Stein, zog eine Zigarette aus dem Päckchen, das sie in der Tasche hatte, zündete sie an und tat einen tiefen Zug.

Montag, gestern, hatten sie ihren Pakt geschlossen. Hatten abends mit ihren Drinks im Wohnzimmer gesessen. Alex war aufgewühlt gewesen, blaß, hatte am ganzen Leib gezittert, aber nicht sagen wollen, warum. Wenn ich's recht bedenke, war das gewesen, nachdem sie dort droben im Kindertrakt gewesen ist, nachdem ich den Schlüssel für sie aufgetrieben hatte... Sie wollte ein Feuer, ich habe eins für sie gemacht. Mary blaß und unruhig, zwirbelte an ihrem Gürtelband herum – dieses Kleid, das sie anhatte. Seide, also, das *war* Seide, ein ganz, ganz helles Bläulichgrün, tief ausgeschnitten, irgendwie kitschig, weiß der Teufel, wie man diesen Kleiderstil nennt. Sah aus wie eine Prinzessin. Lange, lange Perlenkette. Echt? Vielleicht könnte sie sie verkaufen? Elizabeth rauchte eine Zigarette nach der anderen, angespannt, das Gesicht bleich und faltig.

Sie hatte gerade über irgendeine Katastrophe aus der Zeitung gesprochen, sinnierte gerade vor sich hin und sagte dann: »Die natürliche Ökonomie des Lebens ist grausam.« Schwadronierte drauflos, klang wie eine lange Verteidigungsrede für ihre ökonomischen Theorien. Möchte wissen, gegen wen sie sie verteidigt hat. Überleben der Tauglichsten, was sie borniertenweise mit Stärksten gleichsetzt – dreht sich alles nur um Muskeln und Geld in ihrer Ökonomie. Die Tauglichsten boxen die weniger Tauglichen beiseite, nehmen sich alle Nahrung, sämtliche Frauen – die bei alledem offenbar gar nichts mitzureden haben. Sie quakte immer weiter von der Freiheit des Individuums. Ich sagte, ich hätte den Eindruck, sie verteidige die Freiheit einiger weniger Männer, alle anderen Leute auszurauben und umzubringen. Sie hörte es nicht mal.

Wahnsinn, diesen Neodarwinismus aufzufahren, um die kapitalistische Ausbeutung der ganzen Welt durch eine kleine Elite zu rechtfertigen. Eine Lebensform, die unhaltbar ist. Kann nicht so weitergehen, wir werden alle verrecken, weil die Erde vergiftet ist. Gruppen brauchen Kooperationsfähigkeit, Adaptationsfähigkeit, um zu überleben. Individuen überleben sowieso nicht. Aggression vernichtet die Aggressoren *und* die Opfer. Das ist den Leuten einfach nicht klar. Auf den Sklavenschiffen starben proportional mehr Sklavenhändler als Sklaven. Jede militaristische Gesellschaft expandiert über und geht plötzlich zugrunde. Assyrien, Athen, Sparta, Rom, na gut, das hat wohl ein bißchen gedauert, kaffeelöffelweise schwand es dahin. Ist das aus einem Gedicht? Englisch-Grundkurs? England, Deutschland, die USA. Wir sind auf dem absteigenden Ast. Sie weiß das auch. Das Ende einer Ära, sagt sie, das Ende der westlichen Zivilisation, wie wir sie kennen. Sie hat es weiß Gott verdient unterzugehen, mit all ihren Killer-Helden, deren Denkmäler sich über den ganzen Globus verteilen, Zeugnisse ihrer brutalen Triumphe über braungelbrotschwarze Menschen und arme Weiße. Aber sie beklagt das Ende dieser Zivilisation, als sei sie etwas Nobles und Glorreiches gewesen. Klagt sie um ihren Vater? Sie verteidigt ihn, seine Politik. Verteidigt den Teufel. Diesen Mann, den sie geliebt hat, wie hieß er doch gleich, Clarence?

Ihre politische Einstellung ist ihr wahres Erbe von ihrem Daddy.

Konnte nicht weiter mit ihr streiten, sie sah so schlimm aus. Als müßte sie sterben, nicht er. Haut gelbgrau, Haare schlaff, Gesicht verzerrt. Als hätte sie Schmerzen. Alex ging zu ihr, setzte sich auf die Armlehne ihres Stuhls, legte die Arme um sie, hielt sie fest. Ich hasse ihre politischen Ansichten, aber mein Impuls war derselbe. Merkwürdig, so etwas bei mir.

Elizabeth duldete Alex' Arme, aber ihr Körper erstarrte ein wenig. Sie versuchte, sich der Umarmung zu überlassen. Schloß die Augen. Eine Träne rann über ihre Wange, und Alex wischte sie mit dem Handrücken weg. Sie tätschelte Alex' Hand, erkannte ihre freundliche Geste an.

Sie riß sich zusammen. »War ein harter Tag«, sagte sie. Hartes Leben. Den Teufel unterstützen, seine Sache vorantreiben. Wie Momma. Aber Momma konnte den Teufel nicht erkennen. Er präsentierte sich groß und schlank und phantastisch aussehend, in weißen Schuhen und einem Tennispullover, plauderte kultiviert bei einem Cocktail. Er stand am Pool bei einer Gartenparty in seinem eigenen Park, trank dem Präsidenten der Vereinigten Staaten zu, scherzend, lachend, selbstverständlich. Verzichtete mannhaft auf den Schutz des grün-weiß gestreiften Zelts, obwohl es zu regnen begann, hielt dann aber doch inne, aufmerksam, wenn es um gewisse Leute ging, geleitete den Präsidenten zum Zelt, faßte ihn am Ellbogen, fragte ihn, ob er nicht lieber ins Trockene gehen wolle. Bemerkte mich gar nicht, als ich auf das Zelt zuflitzte, mit einer wunderschönen Platte mit gedünstetem Lachs Petersilie Gurke Zitrone Radieschen, von Momma mühsam arrangiert, und jetzt klatschten die Regentropfen darauf. Er rammte mich fast. Wäre natürlich meine Schuld gewesen. Ich schlug einen Haken, schaffte es, der Lachs flutschte fast vom Teller, mein Herz fast aus meinem Hals, aber ich schaffte es. Zu Tode erschrokken.

Legitimität heißt, sich selbstverständlich zu bewegen. In jeder Situation, überall.

Niemand bewegt sich überall und in jeder Situation selbstverständlich.

Ergo ist niemand legitim.

Ist das anständige sokratische Logik?

Noch mal.

Legitimität heißt, den Eindruck zu erwecken, daß man sich überall und in jeder Situation selbstverständlich bewegt. Heißt auch, jede Situation zu vermeiden, in der man es nicht kann. Also ist Legitimität einschränkend – es gibt so vieles auf der Welt, was man vermeiden muß. So viele Menschen, Situationen, Orte!

So wie Mary. Geriet in Panik, als wir in meiner alten Wohngegend waren, studierte mein Apartment, wie ich eine Mongolenjurte studieren würde. Behielt die ganze Zeit die Handschuhe an. Ich wette, sie hat sogar die Klospülung mit Handschuhen betätigt.

Sie fühlt sich nicht legitim, sie fühlt sich dumm, klein, schüchtern, verängstigt. Klammert sich an den Strohhalm ihrer Legitimität, das macht sie niederträchtig. Aber sie rutscht als legitim durch, als Mitglied der Elite. Sie gehört auf eine Art *dazu,* wie du nie dazugehören wirst, was immer du getan hast oder tun wirst, Ronalda Velez.

Sie schnippte mit den Fingern. Soviel zu dir und deinem Doktortitel, du lächerlicher Tropf.

Sie drückte ihre Zigarette aus, warf einen Zweig auf die Schubkarre und richtete sich auf. Es tat weh, und sie streckte sich und massierte sich das Kreuz.

Wann wirst du lernen, daß du dich nicht aus einer Schublade herausdenken kannst? Du hältst dich für hartgesotten? Du weißt nicht mal, was das ist. Elizabeth…!

Nur Ronnie sah normal aus, als sie sich an diesem Abend zum Cocktail versammelten. Sie machte Feuer, ohne daß sie jemand darum gebeten hätte, und sie war es auch, die die Drinks zubereitete.

»Herrgott, ich komme mir vor, als ob ich drei Zombies bediene. Wir müssen es nicht tun. Wir haben es dem Arzt noch nicht mal gesagt.«

Langes Schweigen, dann sagte Elizabeth mit toter Stimme: »Nein, ich will es tun.«

Marys Gesicht, sonst immer so schimmernd weiß wie Porzellan, war von Schatten durchzogen. »Ja«, sagte sie schwach.

»Wir *müssen* es tun«, sagte Alex wild entschlossen. Sie sah am schlimmsten aus; ihre blonde, hübsche Munterkeit war erloschen, ihr Gesicht matt und zerfurcht.

»Hey, bin ich die einzige, die nicht weiß, was läuft?« fragte Ronnie argwöhnisch.

»Was läuft denn?« schnappte Alex ärgerlich zurück.

Elizabeth regte sich. »Sei nicht paranoid.«

»Dann sagt mir um Himmels willen, was los ist.«

Die Schwestern sahen einander an.

»Ich kann für niemand anderen sprechen«, sagte Elizabeth. »Ich habe meine eigenen Probleme.«

»Und was sind das für welche?«

»Ach, die Erinnerungen. Die Vergangenheit.«

»Oder die fehlenden Erinnerungen«, platzte Alex heraus. »Ich habe heute nachmittag meine Mutter angerufen. Ich habe ihr erzählt, was er gesagt hat. Und wißt ihr, was sie gesagt hat? Sie hat behauptet, sie habe keine Ahnung, wovon er rede, er sei wohl geistig verwirrt infolge seines Schlaganfalls! Könnt ihr euch das vorstellen? Meine Mutter! Ich kann meiner eigenen Mutter NICHT TRAUEN!«

»Willkommen im Club«, knurrte Elizabeth.

»Ich habe meine kaum gekannt«, sagte Mary traurig.

Momma.

»Sie lügt mich an! Ich weiß es! Ich weiß es genau!« rief Alex.

»Vielleicht ist das ein Glück«, sagte Elizabeth mit einem boshaften Grinsen. »Die schlimmsten Dinge, die ich je gehört habe, waren die Wahrheiten, die meine Mutter mir eröffnet hat.«

»Meine Mutter hat überhaupt nie mit mir geredet.«

Meine Mutter hat den Teufel geliebt.

»Und du warst auch nicht besser«, sagte Mary vorwurfsvoll zu Elizabeth.

»Ich bin nicht deine Mutter«, zischte Elizabeth.

Ronnie hielt sich die Ohren zu. »Großer Gott, geht das jetzt schon wieder los? Ich dachte, das hätten wir hinter uns.«

»Es kümmert sie nicht, daß ich leide!« rief Alex. »Es kümmert sie nicht, daß ich das Gefühl habe, ich werde verrückt. Ich habe es ihr gesagt, ich habe gesagt, ich muß es wissen! Aber sie lügt mich nur an.«

»Muttertrieb«, sagte Ronnie mit einem grimmigen Lächeln.

»Ohne ihre Triebe wären wir nicht hier«, murmelte Elizabeth, und alle lachten.

Sie lachen. Gut, dachte Ronnie.

»Hört mal«, sagte sie, »das geht so nicht, es wird unerträglich, wenn ihr die ganze Zeit so seid. Wir können es nicht tun, wenn ihr so weitermacht. Was immer es ist, was euch aufeinander losgehen läßt, ihr müßt darüber hinwegkommen, oder es geht nicht. Wißt ihr, ich möchte wirklich gern ein paar Wochen mit euch hierbleiben, aber das halte ich nicht aus.«

»Ich habe dir doch gesagt, warum ich so aufgewühlt bin«, beschwerte sich Alex.

»Wir sind alle aufgewühlt, oder nicht? Das ist doch auch verständlich: Wir haben eine einschneidende Entscheidung gefällt. Wie kommt es, daß du dich davon ausnimmst?« fragte Elizabeth Ronnie.

»Aaah!« schrie Ronnie. »Ich streite doch schließlich mit niemandem, oder? Und ich bin nicht so aufgewühlt wie ihr anderen alle. Das heißt nicht, daß ich nicht auch meine Probleme damit habe. Es ist – ich meine, er kommt zurück und ist in einer völlig anderen Position, ich bin in einer völlig anderen Position, ich bin nicht als die Tochter seines Dienstmädchens hier, sondern... mit euch... als eine von... seinen Töchtern. Aber was mir zu schaffen macht, ist... es ist alles so widerwärtig, seine... Ohnmacht und sein Zorn – und unsere... Angst, oder was immer es auch ist... und...« Sie starrte ins Feuer, rang um Worte. »Es ist so seltsam, wenn man sieht, wie sich alles so plötzlich völlig verkehrt. Jetzt haben wir die Macht. Eltern können mit ihren Kindern machen, was sie wollen... aber jetzt sind wir die Eltern. Gewissermaßen. Es fühlt sich an, als ob wir einen dunklen Tunnel hinunterrutschen, in die Hölle...«

»Macht korrumpiert«, sagte Alex phrasenhaft.

»Einen dunklen Tunnel hinunter in die Hölle. Ja«, sagte Elizabeth leise. »Das Gefühl habe ich auch. Aber ich fühle etwas anderes – wie soll ich es sagen? – so hier in diesem Haus zu sein – ohne Vater, ohne Heerscharen von Dienstboten und Gästen – nur mit dir« – sie sah Mary an – »und dir« – sie sah Alex an – »versetzt mich in die Sommer zurück, die ich als Kind hier verbracht habe. Das waren nicht die glücklichsten Zeiten meines Lebens. Es katapultiert mich zurück, als wäre ich körperlich, emotional und von meinem ganzen Selbstwertgefühl her immer noch zehn, elf, zwölf... Ich *fühle* mich wie dieses Kind. Aber ich bin kein Kind, und ich erwarte mehr von mir. Diese Gefühle sind schrecklich und beängstigend. Hier bin ich mit meinen zweiundfünfzig Jahren – fast dreiundfünfzig sogar...«

»Oh! Stimmt ja!« rief Mary aus. »Du hast ja bald Geburtstag. Am dreißigsten, richtig? Wann ist das?«

»Hmm... Freitag, glaube ich«, sagte Elizabeth gleichgültig. »Erinnert ihr euch, wie ihr euch als Kinder gefühlt habt? Das ist so schrecklich! Die Kindheit ist die gräßlichste Zeit im ganzen Leben!« Sie hörte auf, sich die Haare zu raufen, und sah die anderen an. »Für euch nicht?«

»Doch«, murmelte Mary.

»Ich war als Kind glücklich«, sagte Alex vage. »Glaube ich. Ich habe viele schöne Erinnerungen, vor allem an Grandpa und Charlie, nachdem er in unser Leben getreten war … Komisch, an meine Mutter habe ich eigentlich keine positiven Erinnerungen – und auch keine negativen. Charlie und Grandpa waren die Menschen, mit denen ich Spaß hatte, sie haben mit mir gespielt.«

Ronnie lächelte. »Es ist schon eine komische Sache – hier bin ich – eine halbe *Chicana*, das uneheliche Kind eines Dienstmädchens, das keinen Penny besaß. Klar, wir hatten ein Dach über dem Kopf und genug zu essen, aber sonst – nichts. Aber ich hatte eine wundervolle Kindheit. Ich war richtig glücklich – draußen im Freien jedenfalls. In der Schule nicht. Aber es war so schön, nach der Schule hierherzukommen und da draußen herumzutoben. Wißt ihr, eine Zeitlang gab es hier Pferde …«

»Noch aus den Zeiten meiner Mutter«, sagte Mary sanft. »Ich weiß nicht mehr, wann er die letzten weggegeben hat. Du?« fragte sie Ronnie.

»Ich erinnere mich an Pferde!« rief Alex aufgeregt. »Ich habe ihnen Zucker gegeben! Da war ein Mann …«

»McIrgendwas«, sagte Mary. »Er hat sie versorgt. McDonough?«

Elizabeth runzelte die Stirn. »McCormick?«

»Ja«, sagte Alex träumerisch. Sie entschwebte.

»Nein«, wandte Mary ein. »MacTavish?«

»Niemals! Er war Ire. MacTavish ist schottisch!«

Mary zuckte die Achseln. »Egal. Jedenfalls verstand er etwas von Pferden. Wann hat Vater sie verkauft, Ronnie?«

»Ich war noch klein. Weiß nicht. Eines Tages waren sie einfach weg. Ich habe so geweint. Momma hat mir ein kleines Tonpferdchen gekauft, um mich zu trösten, und ich habe es vor Wut auf den Boden geschmissen, so daß es in Stücke ging.

Ich werde ihr Gesicht nie vergessen. Als ob ich ihr eine geknallt hätte. Das vergesse ich nie. Ich war so grausam zu ihr.«

»Kinder sind grausam«, sagte Alex.

»Eltern auch«, sagte Mary kalt.

»Jedenfalls war vieles an meiner Kindheit schön. Da waren Hunde und Katzen und die ganzen wilden Tiere da draußen – Vögel und Schmetterlinge und Eichhörnchen und Waschbären –, aber es gab hier auch Rehe, wilde Truthähne, Füchse, Fasane und Wachteln. Und die Pflanzen! Blumen und der Gemüsegarten und Bäume zum Klettern oder Schaukeln. Wenn niemand da war, habe ich am Swimming-pool gespielt... Und Momma – ich konnte immer auf ihren Schoß klettern, sie hatte immer Kekse und Milch für mich, immer die Zeit, mich zu streicheln. Ich war glücklich, bis ich dahinterkam, daß er...«

»Es war wunderschön. Aber ich konnte das alles nicht sehen«, klagte Elizabeth. »Mich nicht daran freuen.«

»Nein«, murmelte Mary.

»Bist du ein Echo oder was?«

»Ich wollte nur sagen, daß es mir auch so ging, Lizzie«, sagte Mary gekränkt.

»Dann erzähl deine eigene Geschichte.«

Marys Finger drehten an ihren Ringen. »Am deutlichsten erinnere ich mich an die Hilflosigkeit. Das Gefühl, so klein zu sein, ein Nichts. Ich wußte, daß ich traurig war, aber ich wußte auch, daß ich nichts dagegen unternehmen konnte. Weil ich ein Kind war. Ich wollte groß sein, damit ich hier weg konnte...«

»Ich auch. Ich wollte selbst bestimmen, mein Leben selbst in die Hand nehmen. Und ich wußte, um das tun zu können, mußte ich weg. Von ihm, von meiner Mutter. Meine Mutter war nicht böse, sie hat es nicht so gemeint, sie war einfach nur völlig davon besessen, daß ihr Unrecht getan worden war. Trotzdem verschloß ich mich immer vor ihr, wenn ich in ihrer Nähe war, damit sie mich nicht drangsalieren konnte. Aber wenn ich hier war – die Sachen, die dann passierten – ob Vater oder die Dienstboten, oder die Tanten und Onkel, deine Mutter« – sie sah Mary an – »irgend jemand tat etwas oder sagte etwas. Vielleicht nicht mal zu mir oder über mich – zu dir zum Beispiel oder über dich, du warst so ein Goldkind... Und sie behandelten uns so unterschiedlich, daß ich es einfach nicht übersehen konnte. Ich bemühte mich. Ich weinte nicht und sagte nichts, ich schämte mich für meine Schwäche, empfand es als demütigend, daß sie mir weh tun konnten. Ich ging raus in den Wald. Ich konnte nicht weinen. Ich versuchte es manchmal sogar, aber es ging nicht. Ich stellte mir vor, daß ich groß war und wegging und Dinge tat, für die die Leute mich liebten, mich großartig fanden. Und jetzt passiert es mir, daß ich da draußen im Wald spazierengehe und mich das alles plötzlich wieder überkommt, genau das gleiche Gefühl wie damals...«

Mary beugte sich vor, starrte auf den Boden, die Hände lokker vor dem Körper gefaltet, fast wie zum Gebet. »Bei mir war es anders. Alle beachteten mich, ich wurde hochgenommen und geküßt und geherzt. Aber dann wurde ich immer abgeschoben, zu irgendeiner Nanny. Manche waren ja nett. Aber... Und als Mutter dann tot war... Vater war ja nicht viel da... und selbst wenn, beachtete er mich nicht weiter, außer... Er beachtete mich, wenn Leute da waren. Und sonst nur... ich konnte ihn nur dazu bringen, mich zu beachten, indem ich mich auf eine bestimmte Art und Weise verhielt, kokettierte und ihn umgarnte, mit ihm flirtete, genaugenommen...«

»Ja«, sagte Elizabeth traurig. »Ich habe versucht, bei Tisch kluge Dinge zu sagen. Er hat mich die meiste Zeit ausgelacht.«

»Nein, das hat er nicht, Lizzie! Als du klein warst, hat er mit dir geredet! Er hat gelacht, aber auf eine nette Art. Er fand dich wirklich gescheit, über mich hat er sich lustig gemacht, wenn ich auch mitreden wollte. Er hat gesagt: ›Was willst du denn? Du versuchst wohl, auch so klug zu sein wie deine Schwester!‹ Und er hat mich ausgelacht.«

»Ich kann mich nicht daran erinnern, daß er mit mir geredet hat.«

»Hat er aber. Bevor du nach London gegangen bist und dann den Job in Washington bekamst. Danach nicht mehr. Ich habe mich immer gefragt, warum nicht. Es schien, als ob er Angst vor dir hätte, seine höhnischen Bemerkungen, die Art, wie er dich keinen Satz zu Ende sagen ließ. Aber als wir klein waren, habe ich immer versucht, auch gescheite Sachen zu sagen, so wie du. Ich saß in meinem Spielhaus und spielte feine Dame, aber mir fiel nie etwas ein, was ich sagen konnte. Ich sagte nach, was du gesagt hattest, aber ich wußte, ich kriegte es nicht richtig hin. Und es machte auch nicht viel Spaß, weil ich nicht wußte, was feine Damen taten, außer Tee trinken und mit anderen feinen Damen plaudern, über Kleider und über die Damen, die nicht da waren. Und ich war ganz allein…«

»Ich habe dein Geschirr gestohlen«, sagte Elizabeth.

»Was?«

»Dein kleines Teeservice. Aus dem Spielhaus. Als du in dem einen Jahr schon wieder im Internat warst, habe ich es gestohlen.«

Mary lehnte sich zurück. »Mein Geschirr!«

»Weißt du nicht mehr? Das kleine Teeservice, das du hattest, weiß mit rosa Rosen und Goldrand?«

»Ich erinnere mich an ein Teeservice…« Sie verstummte, starrte Elizabeth an. »Aber warum?« fragte sie in sanftverblüfftem Ton.

Elizabeth brach in Tränen aus. »Ich nehme an, ich wollte dir die Liebe stehlen, die du in meinen Augen bekamst.«

Die drei anderen saßen erschrocken da. Elizabeth weinte? Sie schluchzte ein paarmal hart und trocken, zog ein Taschentuch aus ihrer Tasche und schneuzte sich. Sie hob den Kopf.

»Entschuldigung«, sagte sie steif.

»Oh, Lizzie, ich hätte es dir doch geschenkt, wenn ich gewußt hätte, daß du es wolltest. Ich hätte dir alles gegeben…«

Elizabeths Augen glänzten feucht. »Ich weiß.« Sie brach wieder in Tränen aus, vergrub das Gesicht in den Händen. Niemand rührte sich.

Es dauerte eine ganze Weile, bis jemand den Mund aufmachte, und dann war es Alex, die versonnen sagte: »Mein Gott, was Mütter doch für eine wichtige Rolle spielen! Ich glaube, das war mir noch gar nicht bewußt. Findet ihr das nicht auch schwer? Ich meine, ich bin Mutter, und ich weiß, wie sehr ich mich bemüht habe, was ich alles getan habe, aber ich wette, meine Kinder haben ähnliche Klagen vorzubringen. Kann denn irgendeine Mutter irgendeinem alles das geben, was von ihr verlangt wird? Ist Muttersein überhaupt machbar?«

»Ach, meine Mutter wollte nicht gemein sein«, sagte Elizabeth. »Sie war nur selbst so unglücklich. Sie hat nie verwunden, was Vater ihr angetan hat. Was er tat, fiel auf das, was ihr Vater getan hatte, was ihre Mutter getan und nicht getan hatte, und alles miteinander vermengte sich zu einer giftigen Brühe. Sie wollte, daß ich es einmal besser haben sollte. Aber sie hatte keine Ahnung, was Kindsein hieß. Von ihrem sechsten Lebensjahr an mußte sie sich immer um irgendwelche Babys kümmern. Sie hat gar keine Kindheit gehabt.«

»Du bist so großherzig«, sagte Mary kleinlaut. »Ich kann meiner Mutter nicht verzeihen, und dabei hat sie weiter nichts getan, als zu sterben. Man kann doch nichts dafür, wenn man stirbt.«

Elizabeth sah sie nachdrücklich an.

»Na ja, sie vielleicht doch«, sagte Mary defensiv, »aber es war doch nur, weil sie so unglücklich war, daß nichts anderes mehr zählte. Aber ich glaube, das ist es, was ich ihr nicht verzeihen kann. Daß ich ihr überhaupt nie wirklich wichtig war!«

»Entschuldige mal, willst du sagen, Elizabeth sei ein großherziger Mensch?« fragte Ronnie ungläubig.

Alle lachten, auch Elizabeth.

»Na ja, vielleicht in diesem einen Punkt«, sagte Mary lächelnd.

»Ich bin nicht großherzig. Ich hasse sie«, sagte Elizabeth. »Ach, ich liebe sie wohl auch. Das ist ja das Vertrackte zwischen Eltern und Kindern. Es blieb mir ja gar nichts anderes übrig, als zu verstehen, warum sie sich so verhalten hat. Sonst hätte ich davon ausgehen müssen, daß es an mir lag, an meiner... schrecklichen Person. Ich meine, *niemand* hat mich geliebt. Gar niemand. Meine Mutter nicht, mein Vater nicht, meine Großeltern nicht, meine Onkel und Tanten nicht... kein Mensch.«

»Armes Kind!« hauchte Alex.

Elizabeth funkelte sie wütend an, aber ihre Augen glänzten. Ronnie wechselte das Thema. »Wir fühlen uns also alle in unsere Kindheit zurückversetzt. In unsere frühe Kindheit, würde ich sagen. Wo man über nichts die Kontrolle hat, nicht mal über die eigenen Emotionen.«

Elizabeth wischte sich über die Augen. »Es ist so seltsam, dieser Aufenthalt hier. Ich weiß nicht, was es ist – ihr alle, Vater, das, was in meinem Leben passiert ist. Entscheidungen, bei denen ich mir ganz sicher war, daß sie richtig waren, erscheinen mir auf einmal völlig verrückt. Mir ist, als ob die ganze Grundlage meines Lebens, der Boden, auf dem alles steht, eingebrochen ist und ich hindurchfalle, in einen dunklen Keller...«

Mary beugte sich vor, ihr Gesicht war plötzlich ganz lebendig. »Oh, Lizzie, genauso geht es mir auch, nur daß ich das Gefühl habe, ich bin in einem senkrechten Tunnel und falle und falle, und es ist dunkel, und da ist nichts Vertrautes, kein Wegweiser, nichts, wonach ich greifen könnte, was ich berühren könnte, was ich wiedererkenne. Außer Vater, und Vater ist so riesengroß, da ganz oben ist sein Gesicht, ich weiß, ich habe mich bereit erklärt, mich mit um ihn zu kümmern, aber ich weiß nicht, ob ich es kann, ich habe solche Angst...«

»Angst wovor?« fragte Ronnie.

Mary rang grimmig die Hände. Sie schüttelte den Kopf, hin und her, immer wieder.

»Letzte Nacht«, flüsterte sie, »habe ich geträumt, er läge im Bett, es war ein Bett wie das im Krankenhaus, aber es war hier, oben in seinem Zimmer. Und ich bin mit einem Tablett mit Tee zu ihm gegangen und habe gesagt: ›Schau mal, Vater, den habe ich selbst gemacht‹, und er hat sich aufgerichtet und gesagt: ›Das kannst du nicht‹, und er ist aus dem Bett gestiegen und auf mich zugekommen und hat mir das Tablett aus den Händen geschlagen und ein Messer gezogen und mich umgebracht. Mich umgebracht!« Sie verbarg den Kopf in ihren Händen. »Es heißt immer, man stirbt im Traum nicht wirklich, aber ich bin gestorben. Ich fühlte, wie ich fiel, ich wußte, ich sterbe, ich schlug auf dem Boden auf. Dann bin ich aufgewacht.«

»Du denkst doch nicht etwa, daß das ein prophetischer Traum war?« fragte Elizabeth nicht unfreundlich.

»Doch, das denke ich wohl«, schniefte Mary.

»Mary!« sagte Elizabeth scharf. »Der Schaden, den er davongetragen hat, ist weitgehend irreversibel! Er *kann* nicht aufstehen, er *kann* weder gehen noch die rechte Hand gebrauchen! Und er wird es auch nie wieder können!«

Mary brach in lautes Schluchzen aus. Sie preßte mit der einen Hand das Taschentuch vors Gesicht und streckte die andere in Ronnies Richtung aus. »Ronnie! Ronnie!« heulte sie.

Ronnie ging zu ihr, kauerte sich neben sie. Sie berührte Marys Hand. »Ich bin da, Mary.«

Mary schlang den Arm um Ronnies Nacken. »Du wirst mich beschützen, sag, daß du es tust.«

»Mary«, protestierte Ronnie.

»Du kannst es! Du kannst es! Du bist wie ein Junge! Und er war nie wie ein Vater zu dir. Er war nicht dein Vater, da war nichts als ein kurzes Zucken in den Lenden. Du kannst es. Du bist frei von diesem Makel. Du bist wie die Jungfrau aus der Legende, die das Einhorn zähmen kann, die den Menschen Frieden und Eintracht bringen kann, du weißt doch, wie bei Shakespeare!«

Ronnie streichelte Marys Hand. »Frei von welchem Makel?« fragte sie kühl.

»Frausein! Du bist keine richtige Frau, du bist eine Lesbierin, du bist wie ein Mann. Du kannst tun, was wir nicht können.«

Ronnie schüttelte den Kopf und stand auf.

»Das ist verrückt, Mary«, sagte Elizabeth.

»Vielleicht! Vielleicht ist es das! Aber genau so empfinde ich!« Sie sah zu Ronnie empor. Ihr Gesicht war wie das eines Kindes, feucht und verquollen und gerötet, und sie flehte: »Versprich mir, daß du mich vor ihm beschützt.«

Ronnie strich über Marys Stirn. »Ich verspreche es. Was immer das bringt.«

Mary beruhigte sich. Sie putzte sich die Nase. Sie legte den Kopf an die Sessellehne.

Elizabeth starrte auf den Boden, die Stirn in tiefe Falten gelegt.

»Mit mir redet niemand«, sagte Alex weinerlich. »Niemand fragt mich, niemand hilft mir!«

»Was sollen wir denn machen?« fragte Elizabeth gereizt. »Deine Mutter anrufen und zur Schnecke machen? Was können wir denn tun für dich?«

»Jede von uns trägt an ihrem eigenen Schmerz, Alex«, sagte Mary selbstgerecht.

»Ihr versteht mich offenbar nicht«, sagte Alex heftig. »Ich verstehe mich selbst nicht!« Sie stand auf. »Ich habe das Gefühl, daß ich verrückt werde! Im Ernst! Ich habe Blackouts! Ich falle manchmal in Ohnmacht! Gestern bin ich ohnmächtig geworden, ich bin einfach umgekippt!« Sie ließ sich wieder in ihren Sessel fallen. »Ich habe keine Erinnerung an meine frühe

Kindheit! Da ist nur ein weißer Fleck! Sonst nichts! Ich brauche Hilfe!«

»Ein toller Haufen«, murmelte Ronnie. »Und *wir* sollen uns um einen kranken Mann kümmern?«

13

Die Schwestern erstellten mit Hilfe der Krankenschwestern eine Liste der Dinge, die sie brauchen würden, gingen nach Hause und verteilten untereinander die Aufgaben. Zwei Tage lang telefonierten sie herum, Vorbereitungen zur Anmietung eines Krankenhausbettes wurden getroffen, eine examinierte Krankenschwester und eine Pflegerin angestellt sowie ein Mädchen, das Mrs. Browning und Teresa bei den zusätzlich anfallenden Arbeiten helfen sollte. Sie riefen in einem örtlichen Fachgeschäft an und kauften einen Fernseher, einen schwenkbaren Tisch und einen Videorecorder. In Boston bestellten sie telefonisch einen kleinen Computer, der es Stephen ermöglichen würde, Mitteilungen auf den Fernsehbildschirm zu tippen – das Gerät würde allerdings erst in einer Woche geliefert werden können. Mit Mrs. Browning wurde seine Diät besprochen und mit dem gesamten Personal die neuen Dienstpläne und Pflichten. Abgesehen von diesen vielen Besprechungen redeten die Schwestern kaum miteinander. Wenn sie ihre Aufgaben erledigt hatten, zogen sie sich zurück – Elizabeth in die Bibliothek, Ronnie in ihr Zimmer, Mary übte im Spielzimmer (das sie sich nun statt des Wohnzimmers oder des Salons erkoren hatte), und Alex ging spazieren.

Abends trafen sie sich wie immer auf einen Drink, aber am Mittwoch kamen sie zum ersten Mal wieder alle zusammen, sie fanden sich im Spielzimmer ein, einem großen Raum an der

Rückseite des Hauses mit Schiebetüren aus Glas, die auf die Terrasse und den Garten hinausgingen. Er war so abgelegen, daß Geräusche aus diesem Zimmer nicht bis in die Repräsentationsräume des Hauses – Eßzimmer, Wohnzimmer, Salon – drangen. Anders als der Kindertrakt im ersten Stock, war es für größere Kinder eingerichtet worden. Es hatte einen großen gemauerten Kamin und war mit bequemen, ausladenden chintzbezogenen Sesseln und Sofas eingerichtet, einem Fernseher, einer Stereoanlage, einer Pingpongplatte, die an die Wand geschoben worden war. Durch die vielen Möbel wirkte das Zimmer gemütlich. Die Schwestern setzten sich vor den Fernseher, sahen die Abendnachrichten, tranken Perrier, Cola, Wein und Vermouth Cassis, sahen Berichte über eine weitere Scheinbemühung, den Krieg in El Salvador zu beenden, einen weiteren scharfen Einbruch der Börsenkurse, die chilenische Polizei, die Bürger in allen Städten des Landes festnahm.

Komisch, daß jedes lange Schweigen immer als ärgerliches Schweigen empfunden wird, dachte Ronnie. Im Moment zieht sich jede von uns in sich selbst zurück. Bis auf Alex, die für gewöhnlich die verbindlichste von uns ist. Jetzt ist sie zänkisch, platzt vor Nervosität. Schrie ärgerlich »Scheiße!«, als sie die Handtasche fallen ließ, während wir auf das Auto warteten. Tränen standen ihr in den Augen, als sie sich bückte, um ihre verstreuten Utensilien wieder einzusammeln. Ich half ihr, aber sie brachte kaum ein Dankeschön zustande.

Das Abendessen verlief fast genauso schweigsam. Marys Vorschlag, Vaters Bett an die Nordwand des Zimmers zu stellen, damit er mit dem Gesicht zum Fenster lag, wurde ebenso lang und breit, aber leidenschaftslos erörtert wie Elizabeths Angst, daß die neue Gegensprechanlage nicht richtig funktionierte. Vom Eßzimmer gingen sie zurück ins Spielzimmer, stellten sofort wieder den Fernseher an, ließen irgendeine Sendung über sich ergehen, sahen die 11-Uhr-Nachrichten, dann murmelte jede ein liebloses Gutenacht und ging zu Bett.

Am Vormittag des Umzugs nach Hause verharrte Stephen in einem eigensinnigen, grimmigen Schweigen. Er sah aus wie ein Mann, der in die Todeskammer geführt werden sollte. Schwester Thompson maß seinen Puls und den Blutdruck und sagte freundlich: »Ich glaube nicht, daß Ihnen bewußt ist, wie glücklich Sie sich schätzen können, Mr. Upton. Ich weiß, daß Ihre Lage für Sie sehr unangenehm ist, aber glauben Sie mir, wenige Menschen haben soviel Glück wie Sie. Ich versichere Ihnen, ich sehe es jeden Tag: Die Leute verfrachten ihre Eltern in Pflegeheime, ohne noch einen weiteren Gedanken daran zu verschwenden. Und Sie haben diese wunderbaren Töchter, die Ihre Pflege selber übernehmen wollen. Sie haben wirklich großes Glück.«

Während des Transports hatte sein Gesicht die Farbe von Pergament. Mary beobachtete, wie die Träger ihn auf der Trage in den Wagen der Ambulanz schoben, der ihn ins Leben zurückbrachte, ins richtige Leben, nicht in ein Krankenhaus, das nur eine Übergangsstation war, sondern in sein Haus, sein Heim, sein eigenes Zimmer, trotz seines Zustands. Der sich nicht mehr ändern würde. Hilflos, für immer und ewig. Unerträglich muß das sein, dachte sie.

Alex sah die Tränen in ihren Augen. Sie legte die Hand auf Marys Arm.

Eine Unmenge von Helfern und Zuschauern begleitete Stephens Verlegung in sein eigenes Haus, in die Obhut seiner sich für ihn aufopfernden Töchter. Arme Mädchen, dachte Dr. Stamp, sie wissen nicht, worauf sie sich da eingelassen haben. Er muß ein bemerkenswerter Mann sein, daß seine Töchter ihn so sehr lieben. Natürlich kann es sein, daß viel Geld im Spiel ist. Vielleicht ist es das. Er hat sie vielleicht an der Kandare wegen ihres Erbes. Das wird es sein, das muß es sein. Dr. Stamp verabschiedete sich und ging wieder an die Arbeit. Er wußte, daß sie sich wieder melden würden. Es konnte nicht lange dauern.

Die verschiedenen Mitglieder des Teams hatten jeweils ihre eigenen Vorstellungen von dem richtigen Ablauf der Verlegung, die Träger stritten sich zuerst mit den Krankenhausschwestern, dann mit der Krankenschwester, die im Haus wartete, die stritt sich wiederum mit Mrs. Browning und der Pflegerin, die ebenfalls dem wichtigen Ereignis beiwohnen wollten. Die Schwestern standen auf dem Flur des Krankenhauses Wache, dann im Hof und dann wieder vor dem Herrenhaus, sie sagten nichts, obwohl Mary einmal losstürzen wollte, als sie dachte, daß die Trage zu sehr nach einer Seite gekippt wurde. Aber er wurde sicher wieder im Haus abgeliefert, in seinem alten Schlafzimmer im vorderen Teil des Hauses, oben im ersten Stock, einem Zimmer, das seit fast sechzig seiner zweiundachtzig Jahre als sein Zimmer bezeichnet wurde und das eine Tür zu einem kleinen Wohnzimmer mit angrenzendem Schlafzimmer hatte, in dem drei verschiedene Frauen zu Hause gewesen waren und das nun leer war und auch bleiben würde.

Es war ihm gleichgültig.

Es ist ihm gleichgültig, dachte Mary. Sex bedeutet ihm jetzt nichts mehr. »Ein Schauder in den Lenden gebiert dort schon / Den Sturz der Mauern, das brennende Haus und den Turm / Und den Tod Agamemnons.« Bin ich nichts weiter für ihn als ein Schauder in den Lenden? Ist das für ihn Vaterschaft? Für die Väter meiner Kinder ist es nicht mehr gewesen. Harry wollte nicht noch mehr Kinder, nicht noch eine Familie. Alberto wollte überhaupt keine: Er hat Marie-Laure nie gesehen. Sie ist ihm zum ersten Mal im vergangenen Jahr auf einer Party begegnet. Seine Oberflächlichkeit schockierte sie. *Das* sollte ihr Vater sein? Er tanzte mit irgendeiner unbedeutenden Filmschauspielerin. Sie wollte ihn ansprechen und sich vorstellen und traute sich nicht. Armes Kind, was muß das für ein Gefühl sein, daß der eigene Vater sich nie die Mühe gemacht hat, dich zu sehen. Wie bei Alex. Vielleicht sollten wir die Väter einfach abschreiben. Trotzdem, ich kann Alberto nicht vorwerfen, daß er so ist, wie er ist, weil ich selbst so gewesen bin, oberflächlich, eitel. Haltung, Grammatik, gute Manieren, Make-up, du *mußt* darauf achten, du bist ein Mädchen. Sie haßt mich dafür. Immer mußt du an mir herumnörgeln. Versucht, mir aus dem Weg zu gehen.

Mary stand schweigend und beobachtend neben der Tür, versuchte, den verschiedenen Helfern nicht in die Quere zu kommen, die Stephen Upton wieder in sein Heim zurückbrachten. Vater, dachte sie, versuchte, das Wort mit dem hilflosen grauen, gebrochenen Mann im Bett in Verbindung zu bringen.

Sieht aus wie ein Außerirdischer, der nicht sicher ist, ob er in dieser Luft atmen kann. Alt, er ist alt und verängstigt, hat sein Leben nicht mehr unter Kontrolle, versuch, das nicht zu vergessen. Elizabeth, versuch, freundlich mit ihm zu sprechen.

Hat er denn je freundlich mit mir gesprochen?

Und was heißt das jetzt, willst du ihn etwa schlagen? Er hat dich nie geschlagen.

Er hat Schlimmeres mit dir gemacht.

Elizabeth. Versuch, ein anständiger Mensch zu sein. Versuch, wie Alex zu sein.

Aber sie konnte ihren Drang, sich einzumischen, nicht kontrollieren und legte sich immer wieder mit den Pflegern an, die den Mann hereintrugen und die Sauerstoffflasche, für den Notfall, neben ihm deponierten, und mit der Krankenschwester, die das Bett bezog und die Möbel an ihren Platz schob. Der geduldige, leidende Blick der Krankenschwester vertrieb sie schließlich, und sie stellte sich neben Mary. Beide standen nun da, die Hände hinter dem Rücken verschränkt. Elizabeth zuckte plötzlich zusammen, weil sich etwas Seltsames, Warmes, Feuchtes in ihre Hand schlängelte. Marys Hand. Sie ergriff sie. Sie hielten sich hinter dem Rücken an den Händen wie Kinder.

Alex wurde von einer heftigen Wut geschüttelt. Sie konnte es kaum ertragen, ihn anzusehen. Ein nie gekannter Haß bohrte sich in ihre Eingeweide, schnürte ihr die Kehle zu. Scheußlicher, schrecklicher alter Mann, ein Vater, der keiner war, der mich verlassen hat, der mir noch nicht einmal eine Geburtstagskarte geschickt hat. Was habe ich ihm denn getan, wie hätte ich ihm überhaupt etwas Schreckliches antun können, ich war doch erst neun Jahre alt.

Ich habe ein Recht auf dieses Gefühl. Mein Vater hat mich verlassen, und die Wahrheit ist, daß meine Mutter mich auch verlassen hat, immer hat sie das getan, man kann jemanden verlassen, auch ohne wegzugehen. Genau das tut sie, wenn sie sich weigert, mir zu sagen, warum sie ihn verlassen hat, warum sie mich mitgenommen hat, warum sie mich meinen Schwestern und meinem Vater entzogen hat. Und jetzt kann er nicht sprechen. Das ist unerträglich. ER KANN NICHT SPRECHEN!

Ronnie versuchte, sich nützlich zu machen. Weil sie zu den unterschiedlich dunklen Hautschattierungen der Helfer paßte, wurde sie akzeptiert und ihre Hilfe dankbar angenommen. Ihr indianisches Gesicht blieb ausdruckslos. Sie sagte kein Wort.

Kranker alter Mann, hilflos jetzt. Auf unsere Gnade angewiesen. Wir werden ihm vielleicht jedes Glied einzeln ausreißen.

Will ich das wirklich? Ist er mir nicht eigentlich völlig egal?

Als Antwort verkrampften sich ihre Eingeweide zu einem Knoten, der bewirkte, daß sie sich für einen Moment lang zusammenkrümmte.

Während der gesamten Prozedur starrte Stephen finster vor sich hin. Grimmig fixierte er das Krankenhauspersonal, und als die Helfer gegangen waren, brütete er vor sich hin, während Alex aufzählte, welchen Komfort sie für ihn arrangiert hatten (denn die Schwestern waren sich einig darin, daß Alex sich am besten mit ihm verständigen konnte). Schau, hier ist der Knopf der Sprechanlage – auf dem Tisch neben seiner Hand, falls er etwas brauchte, und der Fernseher, genau vor seiner Nase, mit einer Fernbedienung, ein Bettisch, ein Nachttisch, auf dem alles stand, was er benötigte. Und falls etwas fehle, könne er einfach auf den Knopf drücken. Ende der Woche würde noch ein kleiner Computer geliefert werden, er müsse nur lernen, ihn zu bedienen, aber das würde er bestimmt schaffen, und dann könne er seine Anweisungen auf die Art und Weise übermitteln. Bei dieser Information bleckte er die Zähne. Gut, okay, wenn du von dieser Vorstellung nicht begeistert bist, hier hast du eine Tafel, auf die du mit diesem Stift schreiben kannst. »Und jetzt«, sagte sie, wobei sie sich auf den Lehnstuhl setzte, der von nun an neben seinem Bett stehen sollte, »sag uns, was du essen möchtest.«

Zum allerersten Mal sah er Ronnie direkt an. Nickte mit dem Kopf in ihre Richtung.

»›Sie weiß es‹, will er sagen«, übersetzte Elizabeth. Sie sahen Ronnie an. Sie zuckte die Achseln. »Ich habe nicht darauf geachtet«, sagte sie. Sie sah ihn an. »Ich weiß es nicht. Ich bin nicht meine Mutter«, sagte sie kalt.

»Du weißt, was er in den vergangenen Monaten gegessen hat, Ronnie«, sagte Mary gereizt.

»Ich kann mich nicht daran erinnern. Anglo-Essen ist in meinen Augen immer dasselbe.«

Alex zog einen Stuhl neben den Lehnstuhl und klopfte auf den Sitz. »Also, Ronnie, nun setz dich doch mal hin, und dann werden wir Vater fragen, was er essen möchte.«

Ronnie rührte sich nicht von der Stelle. »Er liebt die Anglo-Küche. Roastbeef, gebackene Kartoffeln, Lammkeule, gut durchgebraten, Hummersalat, Omelett. Mrs. Browning weiß Bescheid, ich nicht. Muß er nicht Diät essen? Hat der Arzt euch denn keinen Diätplan mitgegeben?«

»Ich glaube ja.« Elizabeth schoß wie der Blitz durch das Zimmer zu ihrer Tasche und kramte hektisch suchend darin herum. Alex beugte sich zu Stephen vor. »Okay, Vater, wenn ich jetzt etwas sage, dann schreibst du auf die Tafel – hier, ich lege sie so hin, daß du darauf schreiben kannst –, also, dann schreibst du eine Nummer darauf, du bewertest das, was ich gesagt habe, sagen wir, mit Zahlen von eins bis fünf, je nachdem, wie gern du es möchtest. Verstehst du das? Wenn du etwas sehr magst, schreibst du eine Eins, wenn du etwas gar nicht leiden kannst, schreibst du eine Fünf. Mit Fünf bezeichnete Sachen werden wir dir nicht geben. Okay? Das dürfte nicht zu schwer sein.«

Stephen starrte sie finster an. Er nahm mit seiner linken Hand den Stift und kritzelte etwas auf die Tafel: ANWALT. Er zog das Plastikteil hoch und kritzelte wieder: TESTAMENT.

»Das habe ich gewußt«, murmelte Elizabeth Mary zu.

»Wenn du es gewußt hast, warum hast du es dann geschehen lassen!« Marys Frisur, für gewöhnlich tadellos in Ordnung, war zerzaust, überall standen Locken ab. Ihr Gesicht war feucht von Schweiß, sie schnaufte, als wäre sie gerannt.

»Es ist meine Schuld«, sagte Alex, den Tränen nahe. »Ich habe ihn wie ein Kind behandelt. Aber ich wußte nicht, was ich sonst hätte tun sollen oder wie ich es sonst hätte anstellen können.«

»Es ist nicht deine Schuld. Es ist niemandes Schuld«, sagte Elizabeth. »Noch nicht mal meine!« sagte sie und drehte sich zu Mary um. »Man kann ihm absolut gar nichts recht machen. Gar nichts…«

»Was machen wir jetzt?« jammerte Mary.

»Ruft doch seinen gottverdammten Anwalt an, warum denn nicht?« Ronnie hob die Schultern. »Herrgott noch mal, ihr seid eine Horde verdammter Säulenheiliger, warum habt ihr solche Schuldgefühle?«

»Angenommen, er enterbt uns!« schluchzte Mary. »Angenommen, er ist so wütend auf uns, weil wir ihn pflegen wollen, daß er uns alle enterbt!«

»Glaubst du nicht, daß sein Anwalt – Hollis oder wie er heißt –, glaubst du nicht, daß er das als geistige Zerrüttung werten würde? Das wäre es ja auch.«

Mary tastete hinter sich nach den Armlehnen des Lehnstuhls und ließ sich langsam darauf nieder. »Wirklich?« fragte sie immer noch zitternd.

»Aber sicher, Mary!« sagte Alex beherzt und zuversichtlich. »Ich meine, das ist doch eine gute Tat, das ist doch nett von uns!«

»Tatsächlich?«

Elizabeth lächelte ihr bitteres Lächeln und setzte sich neben Mary. Sie tätschelte Marys Hand. »Mary ist immer so emotional. Und sie kennt unsere subversiven Absichten. Sie weiß, daß wir nicht nett sind.«

Ronnie saß am Glastisch im Wintergarten und starrte auf den trockenen grauen sonnenbeschienenen Garten hinter dem Haus. »Was für ein meisterhafter Spieler er ist«, sagte sie. »Er wußte ganz genau, wie er das Blatt wieder wenden kann. Wie er euch alle auf die Knie zwingen kann.« Sie stieß ein Lachen aus.

Elizabeth starrte sie an. Sie zündete sich eine Zigarette an. »Natürlich. Ronnie hat absolut recht, genau so ist es. Versucht, uns einzuschüchtern. Mit Erfolg. Ich werde jetzt Hollis anrufen. Und dann werden wir gemeinsam nach oben gehen und ihm sagen, daß wir ihn angerufen haben.« Sie stand auf und ging aus dem Zimmer.

Mary saß immer noch zitternd auf ihrem Stuhl, sie war blaß und schwitzte. Ronnie sah sie an, ging zu ihr hinüber und setzte sich neben sie. Legte ihre Hand auf Marys Arm.

»Hör mal, Mary – hörst du mir zu? Du kannst auch ohne viel Geld leben. Du kannst es lernen. Verkaufe, was du kannst, investiere das Geld, das du dafür bekommst, und lebe von den Zinsen. Das geht. Ich kann es dir zeigen.«

»Das verstehst du nicht!« weinte Mary. »Wenn ich nicht mehr in dem Stil leben kann wie früher, werde ich alle meine Freunde verlieren! *Wer wäre ich dann?*«

Ronnie zuckte zurück.

Elizabeth kam wieder herein. »Okay«, sagte sie kurz, »gehen wir.«

Alex stand sofort auf, Ronnie blickte hoch, stellte die Beine auf, erhob sich. Sie sah Mary an. »Komm, Mare.«

Mary sah Elizabeth flehend an, wie ein Kind, das einen Löffel Lebertran schlucken soll. »Muß ich mitkommen?«

»Ja. Wir müssen alle zusammen zu ihm gehen. Los!« befahl Elizabeth.

Ronnie streckte die Hand aus. Mary nahm sie und zog sich hoch. »Ich bin euch keine Hilfe. Ich bin zu... fertig.«

Elizabeth packte sie am Arm und umschloß ihn fest mit ihrer Hand.

»Au!« wimmerte Mary.

»Jetzt hör mir mal zu«, flüsterte Elizabeth. »Du benimmst dich jetzt wie ein erwachsener Mensch! Er versucht, uns einzuschüchtern, und wir werden ihm zu verstehen geben, daß ihm das nicht gelingen wird. Wir werden es ihm *zeigen.* Verstanden?«

»Aber er kann es!« rief Mary. »Er kann mich verletzen. Das hat er schon immer gekonnt, und das kann er immer noch. Begreifst du das denn nicht?«

Elizabeth blieb stocksteif stehen. Sie wandte sich Mary zu, die ein paar Zentimeter kleiner war, und trat etwas zurück, damit sie nicht auf sie hinuntersehen mußte. »Mary, die einzige Macht, die er jetzt noch hat, ist sein Geld. Und ich verspreche dir: Wenn er uns enterbt, werde ich ein Haus in Virginia kaufen. In einer guten Gegend. Ich kann es mir leisten. Du kommst zu mir, und wir werden zusammen wohnen. Auch dort gibt es

Leute aus besseren Kreisen. Ich habe ein hohes, öffentliches Regierungsamt mit einem hohen gesellschaftlichen Status inne. Du hast dort alte Freunde. Man wird dich akzeptieren.«

Marys Wimpern wurden feucht. Sie biß sich auf die Lippen. Sie blickte zu Elizabeth auf wie ein ungezogenes Kind. »Angenommen, du verlierst deinen Job. Angenommen, achtundachtzig gewinnen die Demokraten. Was machst du dann?«

Elizabeth lächelte. Sie ist wirklich eine Pest. »Dann lasse ich es mir gutgehen. Ich spare seit Jahren. Ich habe mein Gehalt nie ganz ausgegeben. Ich werde einen Ruf an eine Universität bekommen, oder ich werde für einen Think-Tank arbeiten, oder für eine Investmentfirma, und ein Schweinegeld verdienen. Es wird mir gutgehen, und dir wird es auch gutgehen. Wenn wir das, was du hast, und das, was ich habe, zusammenlegen, können wir wie die Königinnen leben. Wir brauchen ihn nicht, Mary. Versuch mir zu glauben.«

Mary umarmte Elizabeth und vergrub den Kopf an ihrer Brust. Elizabeth wurde steif, war peinlich berührt. Sie legte ihre Hand auf Marys Rücken und tätschelte ihn mechanisch. »Okay? Bist du soweit?«

Mary richtete sich auf, wischte sich die Augen. »Ich bin soweit.«

Und sie marschierten die Treppe hinauf.

Der Fernsehapparat in Stephens Zimmer war auf einen CNN-Nachrichtenkanal eingestellt. Stephens Augen waren halb geschlossen. Florence, die Pflegerin, eine mandelbraune Frau mit orientalischen Augen und britischem Akzent, sah von ihrem Strickzeug hoch, als sie eintraten, und lächelte sie an. »Es geht ihm gut«, versicherte sie und ließ das Strickzeug sinken. »Hat ferngesehen.«

»Danke, Florence. Vielleicht möchten Sie etwas Tee? Mrs. Browning ist in der Küche, ich bin sicher, daß sie Ihnen gern einen machen wird. Würden Sie uns bitte entschuldigen? Wir müssen etwas mit unserem Vater besprechen.«

»Selbstverständlich!« sagte die junge Frau herzlich, legte ihre Arbeit beiseite und stand auf. »Ich strecke mich gern ein bißchen«, sagte sie, bog den Rücken durch und dehnte die Arme hinter ihrem umfangreichen Körper. Sie lächelte entschuldigend, ging flink um sie herum und verließ das Zimmer.

Elizabeth machte den Fernseher aus. Erst da nahm Stephen sie zur Kenntnis, blickte scharf auf, wütend.

»Hallo, Vater, wie geht es dir?« begann Elizabeth und trat auf sein Bett zu. Die anderen folgten, standen hinter ihr wie Wachposten.

Wütend sah er sie an.

»Ich habe Hollis angerufen. Er konnte heute nachmittag nicht, und am Wochenende geht er segeln, aber er wird am Montag vormittag gegen elf kommen. Er weiß, daß du mit ihm dein Testament besprechen willst. Er fragt, ob du möchtest, daß er seine Sekretärin mitbringt?«

Stephen schüttelte mühsam den Kopf. Nein.

»Ich werde es ihm ausrichten. Jetzt zu deinen Mahlzeiten. Mrs. Browning sagt, daß sie weiß, was du gern ißt, und sie hat den Diätplan, den das Krankenhaus empfiehlt. Sie wird die Speisefolgen zusammenstellen, und wir werden uns in dieser Sache nicht einmischen. Solltest du eine Änderung wünschen, dann laß es uns wissen. Wir werden dich jetzt allein lassen, aber wir werden dich nach dem Abendessen noch einmal besuchen kommen. Willst du noch etwas? Können wir noch etwas für dich tun?«

Er schüttelte den Kopf, schlug auf den Knopf der Fernbedienung und stellte den Fernseher wieder an.

Wieder unten in der Diele angekommen, flüsterte Mary: »Warum mußten wir *dafür* nun alle antanzen?«

Elizabeth schüttelte den Kopf, legte den Finger an die Lippen. Sie führte sie durch das Wohnzimmer in die Bibliothek und schloß die Tür. Selbst dort sprach sie leise, beinahe flüsternd.

»Ich möchte, daß er weiß, daß wir uns völlig und in allem einig sind. Daß er uns nicht auseinanderdividieren und beherrschen kann. Daß wir stark sind. Okay?«

Sie nickten.

»Außerdem will ich, daß die Pflegerin uns als die vier besorgten Töchter sieht, die sich mit liebevoller Fürsorge um ihren Vater kümmern. Wenn er sich entschließt, darauf mit Haß oder Gemeinheit zu reagieren – nun, das ist dann seine Sache. Ich will nicht, daß sie uns in irgendeiner Weise uneins sehen, und vor allem will ich nicht, daß sie denken, daß wir uns gegen ihn *verschworen* hätten.«

»Haben wir das?« fragte Alex.

Ronnie grinste, schüttelte den Kopf, strich Alex über den Kopf und ging zur Flügeltür. Sie blieb stehen und sah durch die Glasscheiben auf die leere Terrasse, den graubraunen Garten, die kahlen Bäume dahinter.

»Aber warum?«

»Alex! Du willst etwas von ihm, oder nicht?« rief Mary. »Gegen Vater muß man sich verschwören, um etwas aus ihm herauszuholen. Egal, was!«

»Ich will lediglich ein paar Antworten«, protestierte Alex. »Das Geld ist mir egal. Was ist daran verwerflich?«

»Wir wollen alle ein paar Antworten. Das ist das letzte, was er uns geben wird. Eher noch wird er uns Geld geben.«

»Das begreife ich nicht«, sagte sie anklagend. »Ich bin nicht gern konspirativ.« Verdrießlich warf sie sich in einen Sessel.

Ronnie drehte sich zu ihr um und sah sie an. »Du möchtest unschuldig bleiben, du willst ein artiges kleines Mädchen sein. Aber du willst, daß er dir gibt, was du haben willst. Darin bist du recht hartnäckig. Aber du kannst nicht beides haben. Begreifst du das denn nicht?«

»Nein!« schrie Alex. »Das begreife ich nicht! Was will ich denn Schlimmes?«

»Du willst nicht das, was Daddy will, du Idiot!« Ronnie

wandte sich schnell ab. »Manchmal frage ich mich, wie du nur so dumm sein kannst.«

Elizabeth setzte sich an den Schreibtisch, Mary setzte sich auf das Ledersofa, sackte in sich zusammen wie eine alte Frau.

»Ich verlange doch nichts Unerhörtes!« sagte Alex.

»Du verlangst etwas, das er dir nicht geben will. Das heißt, wir müssen ihn irgendwie dazu zwingen. Wir müssen Druck auf ihn ausüben, unsere Überlegenheit ausspielen«, erklärte Elizabeth und zündete sich eine Zigarette an.

Alex überlegte. »Vielleicht... vielleicht...« – sie starrte zu Boden – »...vielleicht wäre es besser, wenn wir alle weggingen. Damit er uns vermißt. Dann könnte immer eine von uns zu Besuch kommen«, sagte sie entschlossen.

»Hah!« rief Elizabeth.

»Du glaubst, daß er dich mag«, mutmaßte Ronnie. »Du glaubst, daß er es dir sagen würde, wenn du mit ihm allein wärst.«

»Vielleicht würde er das«, jammerte sie.

»Er wird uns nie mehr trauen«, warf Mary von ihrer Sofaecke aus ein. »Keiner von uns!«

»Warum nicht?« fragte Alex empört.

»Weil wir zusammen sind. Begreifst du das denn nicht? Er würde ganz und gar anders reagieren, wenn wir – na ja, vor allem wohl, wenn wir ohne Ronnie gekommen wären. Daß sie hier ist, war ein Volltreffer. Das war mir zuerst gar nicht so klar, obwohl ich so ein Gefühl hatte... Und dann, wenn wir eine nach der anderen gekommen wären oder wenn wir uns dauernd streiten würden, wenn wir uns nicht so... *einig* wären.«

»Das waren wir ja zuerst auch nicht.«

»Das stimmt, das waren wir nicht.«

»Aber wir waren es, als er das Bewußtsein wiedererlangte«, sagte Elizabeth.

»Tut es dir leid, Mary?« fragte Alex.

Mary überlegte. »Nein. Nein. Ich... ich hatte immer große Angst vor Vater. War immer nervös. Vor ihm komme ich mir vor wie eine Bettlerin. Und ich war auch immer eine... Genau wie jetzt. Ich brauche dringend Geld, ich schätze, daß ihr das alle inzwischen gemerkt habt. Ich habe große finanzielle Probleme. Aber« – sie blickte auf und sah sie der Reihe nach an – »ich habe das Gefühl, daß ich in euch etwas gefunden habe. Etwas, das von Dauer sein wird, das mich stärker macht, nicht schwächer. Etwas, das ihn... fast bedeutungslos werden läßt.« Sie lächelte schwach. »Nicht, daß ich nicht immer noch schreckliche Angst vor ihm hätte, ich weiß nicht genau, warum er mir solche Angst einjagen kann. Diese Angst... hat etwas Demütigendes für mich. Keine von euch hat solche Angst vor ihm.« Sie wandte sich an Ronnie.

»Ronnie, ich habe ziemlich lange über dich nachgedacht – über der ganzen Unruhe, die mit Vaters Heimkehr verbunden war, habe ich vergessen, es anzusprechen. Aber ich glaube, du solltest zu uns in den ersten Stock ziehen. Such dir eines der Gästezimmer aus – eines der großen Zimmer, die nach vorn rausgehen und die für besondere Gäste reserviert sind, für Präsidenten und Minister. In allen steht ein großer Schreibtisch, ein Sofa und ein Sessel. Sie haben große Schränke, große Bäder. Du verbringst soviel Zeit in deinem Zimmer. Oben hättest du es viel komfortabler.«

Ronnie starrte sie an. Als sie sprach, klang ihre Stimme heiser. »Danke, Mare, aber ich werde bleiben, wo ich bin. Ich schätze dein Angebot – sehr sogar –, aber ich glaube, ich werde mich nie irgendwo in diesem Haus wohl fühlen, außer in meinem oder Mommas Zimmer, oder in der Küche. Mit dir kann ich hier sitzen oder im Wohnzimmer, oder im Spielzimmer – aber nicht, wenn ich allein bin.« Sie zuckte die Achseln. »Die strenge Erziehung meiner Kindheit«, lächelte sie.

Mary lächelte zurück. »Gut. Wenn du deine Meinung änderst, dann machst du es einfach, okay?«

Ronnie nickte.

»Einverstanden«, sagte Elizabeth. Sie erhob sich, als wollte sie eine Konferenz beenden. »Vater ißt früh zu Abend, gegen fünf, damit Florence gegen sechs gehen kann. Sobald sie weg ist – dann ist gerade Zeit für unsere Cocktailstunde –, werden wir nach oben gehen und anfangen, ihn zu bearbeiten.«

Alex rutschte auf ihrem Stuhl nach vorn, ihre Augen leuchteten. »Oh, danke, Elizabeth. Ich danke euch allen!«

»Mach dir keine Hoffnungen«, warnte Elizabeth.

Ronnie lag auf ihrem Bett, neben sich ein aufgeschlagenes Buch, als ob sie arbeiten würde. Sie drehte sich zum Fenster, um in den dämmernden Nachmittagshimmel blicken zu können, legte den Kopf gegen die Kissen, die sie an das alte Holzbrett am Kopfende gelehnt hatte. Marys Worte. Marys Gesicht hing in ihrer Erinnerung wie eine Farbe, wie ein Geschmack, wie etwas Süßes, süß und dick und so heilsam wie Blut, kittete einen Sprung in ihrem Herzen. Nahm eine Last von ihrem Bauch, befreite ihre Finger, ihre Schultern von ihrer Verkrampfung. Sie biß sich auf die Lippen. Daß sie dieses Akzeptiertwerden so sehr brauchte, daß es ihr soviel bedeutete, daß es mit Worten ausgedrückt wurde. Beschämend. Diese Abhängigkeit. Von ihnen. Überhaupt von jemandem.

Ich bin genauso schlimm wie Mary. *»Wer wäre ich dann?«* Genau wie sie bin ich auf Leute angewiesen, die mir sagen, wer ich bin. Als ob ich nicht auch ohne sie etwas sein könnte. Vielleicht ist das unmöglich. Vielleicht habe ich bisher nur Lügen gelernt. Man lehrt uns, daß wir eigenständig sind, daß unsere Identität individuell ist, aus unserem eigenen Denken kommt. Was andere Leute von uns halten, ist unwichtig, sie können dem rational denkenden Menschen nichts anhaben, dem freien Menschen. Vielleicht gilt das nur für Männer.

Weil Frauen wissen, daß sie Frauen sind, ohne daß ihnen ein anderer das bestätigen muß. Aber sie wissen nicht, wer sie sind, nein, das wissen wir nicht, nicht wahr. Was uns zusammenhält, ist das ständige Gezeter gegeneinander und miteinander, das unsere Identität bestimmt. Ich, die großspurige Selfmade-Woman, die starke Frau, die bauernschlaue Klassenbeste, hatte alles auf der Reihe. Niemand konnte mich knacken. Habe Tanja einfach weggestoßen, als sie versuchte, mit mir über solche Dinge zu reden. Habe mich im Guten von ihr getrennt, weil sie nicht damit aufhören wollte, packte einfach meine Sachen. Hatte einen Ausdruck im Gesicht, als wollte ich sie erstechen. Dafür habe ich sie gehaßt. Habe sie jahrelang gehaßt. Aber sie war ein süßes Mädchen – nur zu bedürftig. Zu anhänglich. Wirklich. Sarah genauso, bis sie mich dann verließ. In einem Moment anhänglich, im nächsten hatte sie mich verlassen. Das sagt alles. Und Susan, so eifersüchtig, so wachsam. Lila war wie ich, hat an den ganzen Quatsch nicht geglaubt. Nur keine zu große Nähe. Also ließen wir es, aber das ging auch nicht gut. Seltsam, wie verzweifelt ich war, als wir uns trennten. Bei Sarah auch. Tut immer noch weh.

Liebe stinkt. Egal, was Mary sagt. Klammert sich an ihre Liebe, an diesen Don, als ob sie eine transzendentale Erfahrung gemacht hätte. War vielleicht der einzige Typ, bei dem sie je einen Orgasmus gehabt hat. Ein Fehler, Mary, den Orgasmus mit dem Paradies zu verwechseln. Ich sollte ihr raten, es mal mit einer Frau zu versuchen: zuverlässiger Orgasmus, auf Knopfdruck.

Wenn mir jemand vorausgesagt hätte, daß ich dem, was meine sogenannten Schwestern von mir halten, auch nur die leiseste Bedeutung beimessen würde, dann hätte ich laut geschrien. Natürlich hätte mir das niemand vorhersagen können, weil gar niemand wußte, daß ich Schwestern habe.

Um wieviel wollen wir wetten, daß sich unser Verhältnis ändern wird, sobald wir von hier weggehen. Tschüs, Ronnie, schön, dich kennengelernt zu haben. Dann schlägt die Stunde der Wahrheit. Es ist eine Sache, wie wir uns zueinander verhalten, wenn wir hier zusammen sind. Aber wenn sie erst alle wieder zu ihrem normalen Leben zurückgekehrt sind, werden sie mich nicht mehr kennen wollen. Gütiger Gott, wie sollten sie mich denn vorstellen? Ich möchte Ihnen meine Schwester vorstellen, unseren lesbischen Mexikanerbalg?

Lädt mich ein, zu ihnen zu ziehen, in eines der Gästezimmer, oben, im ersten Stock, was für ein Lacher. Lady Wohltätigkeit persönlich. Sitzt mitten in der Nacht in der Küche und spricht über ihre Geldsorgen. Sollte mal meine hören. Ich kann mir schon jetzt ihr Gesicht vorstellen, wenn ich sie zufällig in New York auf der Straße treffen würde, wie sie gerade mit einer Freundin, mit der sie ins Cirque zum Lunch gehen will, aus dem Wagen steigt. Du bist beim Tee entschuldigt, Ronnie. Oder Elizabeth, wenn ich sie in ihrem Büro besuchen und sagen würde, kannst du mir helfen, einen Job bei der Regierung zu ergattern? Sie würde zu Eis erstarren, von fehlenden Qualifikationen und Voraussetzungen faseln. Alex wäre zuvorkommend, ausweichend, würde mich damit zur Raserei bringen.

Nicht, daß ich jemals in ihre Kreise eindringen würde. Warum sollte ich. Was hätte ich davon?

Mary schlenderte in die Bibliothek, lungerte in der Tür herum wie ein gelangweiltes Kind. »Elizabeth.«

Elizabeth blickte über den Rand ihrer Lesebrille.

»Kann ich mit dir reden?«

»Komm herein, setz dich«, sagte Elizabeth, stand vom Schreibtisch auf und ging zu einem Sessel neben dem Ledersofa. Mary rutschte auf dem Kissen des Ledersofas ganz nach vorn.

»Es geht um Vater. Ich habe mir überlegt...« Sie zögerte, wandte sich Elizabeth hilfesuchend zu. Aber Elizabeth sagte nichts.

»Wir haben... nun, wir denken nicht groß darüber nach, wie es ihm geht, was er fühlt. Alex schon, aber sie verhält sich... sie ist... sie tut so, als ob er ein Kindergartenkind wäre, und das muß ihn ja verrückt machen.«

Elizabeth nickte.

»Sie ist freundlich, ich will sie nicht kritisieren. Aber sie hat sich dieses Verhalten von den Schwestern im Krankenhaus abgeguckt, in dem sie ehrenamtlich arbeitet, glaube ich jedenfalls. Und das funktioniert bei Vater nicht.«

»Ja.«

»Aber ich habe über ihn nachgedacht. Als ich heute Klavier geübt habe. Es war nicht besonders gut, weil meine Gedanken immer zu ihm gewandert sind...«

»Ich fand, daß du sehr gut gespielt hast. Was war das? Debussy?«

»Ja. *Suite pour le piano.* Ich habe sie mal vor Jahren gespielt, als wir noch Kinder waren.«

»Ich erinnere mich. Sie ist herrlich, und sie klingt phantastisch. Du spielst richtig professionell.«

Mary errötete. »Danke. Ich dachte, ich...« Sie hielt inne. »Danke.«

»Es wäre für jeden schrecklich«, fuhr sie fort. »Für mich. Für dich. Wenn wir in diesem Zustand wären. Aber für ihn erst! Du kennst ihn genausogut wie ich. Ich habe nie gesehen, daß er nach dem Personal geläutet hätte, solange meine Mutter noch lebte – damals hatte man Glöckchen dafür. Er war so mächtig, daß ihm einfach alles vorgesetzt wurde, was er wollte, alle in seiner Umgebung bemühten sich um ihn. Und selbst später – als wir beide und auch Alex nicht mehr hier waren – hat Noradia bestimmt das gleiche für ihn getan. Ich bin sicher, daß sie ihm alles gegeben hat, was er wollte. Er lebte nicht in derselben Welt wie wir. Ich wette, er hat noch nie einen Supermarkt von innen gesehen.«

»Und du?« grinste Elizabeth.

»In letzter Zeit«, lächelte Mary reumütig, »oft.« Sie hörte auf zu lächeln. »Er hat nie gewußt, was es heißt, mit leeren

Händen dazustehen, nicht einmal für einen Moment. Ich weiß nicht, ob er je Schmerz empfunden hat.«

»Jeder Mensch kennt Schmerzen.«

»Vielleicht. Aber jetzt ist er völlig hilflos – er kann nicht sprechen, er kann sich kaum bewegen, er kann noch nicht einmal zur Toilette gehen... ich kann verstehen, daß ihn das rasend macht, du auch?«

Elizabeth nickte. »Wir waren so durcheinander... wegen seines... wie er sich verhielt, als er aufwachte. Als ob wir seine Feindinnen wären.«

»So sieht er uns ja auch an.«

»Aber es könnte sein, daß wir ihn schockiert haben. Er ist wahrscheinlich nie auch nur auf die Idee gekommen, daß wir dazu fähig wären.«

Mary rutschte noch weiter an den Rand des Sofas und beugte sich zu Elizabeth vor. »Aber das ist nicht wichtig, Lizzie. Wir brauchen jetzt etwas von ihm. Ich bin mir nicht sicher, was. Alex braucht Antworten, ich brauche Geld, na ja, ich dachte, daß ich Geld brauche. Aber ihr habt mir gezeigt – oh, ich weiß nicht, was –, daß ich überleben kann, schätze ich. Irgendwie. Auch ohne sein Geld. Ronnie möchte möglicherweise ein Zeichen, einen Funken der Anerkennung, armes Kind. Ich weiß nicht, was du willst... aber ich weiß, daß du nicht hier wärst, daß wir alle nicht hier wären, wenn wir nicht etwas von ihm wollten.«

Elizabeth drückte ihre Zigarette aus und steckte sich sofort eine neue an. Ihr Gesicht war rauchverschleiert.

»Ich habe mir also überlegt – wenn wir etwas von ihm wollen, müssen wir ihn bei Laune halten. Laß mich das übernehmen. Der Arzt hat gesagt, daß er täglich einen kleinen Drink haben darf, daß ihm das vielleicht sogar guttun würde. Ich möchte, daß Mrs. Browning in seinem Zimmer eine Bar einrichtet. Nur eine kleine – mit Bourbon und Brandy, Scotch, Gin, etwas Wein und Portwein, hat er nach dem Abendessen nicht immer Portwein getrunken? Und Perrier und einen Shaker, und Cola für uns, und einen Eiskübel und Gläser. Ich glaube, daß ihm das ein Gefühl der Selbständigkeit vermitteln könnte. Und wir könnten uns unsere Drinks oben bei ihm machen. Und ich möchte heute abend das Gespräch mit ihm führen.«

»Toll«, seufzte Elizabeth.

»Hast du nichts dagegen? Sonst übernimmst du doch immer die Verantwortung.«

»Ich übernehme sie nur, weil irgend jemand sie übernehmen muß und weil keine von euch dazu in der Lage zu sein schien... nun, Ronnie *könnte* sie übernehmen, aber sie fühlt sich...«

»Nicht legitimiert«, sagte Mary mit einem boshaften Grinsen.

Elizabeth grinste ebenfalls. »Stimmt.« Sie drückte ihre Zigarette aus. »Ich hasse es, mit ihm zu reden. Ich weiß nie, wie ich es angehen soll. Ich habe nie gewußt, wie ich mit ihm reden soll. Jetzt habe ich einen Tonfall wie... ich weiß nicht... ich muß mich wie ein Feldwebel anhören, der Befehle erteilt... Scheiße, ich höre mich an wie er!«

»Ich bin sicher, daß du es besser kannst. Wenn du nicht mehr soviel Angst hast. Du mußt es nicht tun, wenn du Angst hast. Das macht nur alles kaputt.

Ich habe Angst, aber ich habe nicht zuviel Angst. Ich fühle, daß ich weiß, was ich tun muß.« Sie erhob sich.

Elizabeth erhob sich ebenfalls. Unsicher ging sie auf Mary zu, umarmte sie zögernd. »Bestimmt weißt du das«, log sie.

14

Florence ließ Stephens Zimmertür offen, sofern sie sich nicht gerade um seine körperlichen Bedürfnisse kümmerte. Also klopfte Mary um sechs leicht an die geöffnete Tür. Ihre Schwestern lauerten hinter ihr in der Türöffnung. Florence, die eben noch ein letztes Mal das Bettzeug zurechtzog, bevor sie ging, blickte auf.

»Oh, da sind Ihre Töchter, Mr. Upton! Ein bißchen Besuch kommt doch gerade recht, nicht wahr? Ist das nicht schön! Ihre lieben Töchter kommen Sie besuchen!«

Mary trat munter ein. »Wir nehmen gewöhnlich um diese Zeit einen Cocktail, Vater, und wir haben gedacht, es wäre lustig, das hier mit dir zu tun.«

»Ja, ich habe es bemerkt«, sagte Florence mißbilligend. »Eine Bar hier in seinem Zimmer? Was sagt denn der Doktor dazu?«

»Er sagt, ein Drink würde ihm sicher guttun, Florence. Nur ein Schlückchen. Und es wird ihn freuen. Vater hat immer gern nach dem Essen ein Gläschen getrunken.«

»Dann wird es wohl recht sein.« Sie nahm ihren Pullover und ihr Strickzeug an sich, holte ihren Mantel aus Stephens Wandschrank. »Ich gehe dann jetzt. Er ist soweit versorgt. Hat fein gegessen, alles aufgegessen, wie ein braver Junge! Gemüsesuppe, Roastbeaf mit Backkartoffeln und Bohnen und Eis. Er hat einen prächtigen Appetit, das muß ich sagen. Hat alles weggefuttert!« Sie kam bis zur Tür, dann drehte sie sich noch einmal um.

»Miss Upton? Kann ich Sie noch einen Moment sprechen?« sagte sie wispernd zu Elizabeth, die daraufhin mit ihr hinausging.

»Miss Upton!« flüsterte Florence eindringlich. »Wissen Sie, wenn er etwas trinkt, muß er womöglich… muß er vielleicht Wasser lassen. Jemand muß ihm die Bettpfanne bringen und sie ausleeren. Haben Sie das bedacht?«

Elizabeth lächelte. »Von allein hätten wir wohl nicht daran gedacht, Florence, aber wir werden uns darum kümmern.«

Florence seufzte. »Tja, dann ist es ja gut«, sagte sie lächelnd. Dann strebte sie auf die Treppe zu.

Stephen sah ihr finster nach. Mary lächelte ihn an, und als sie Florences Schritte drunten auf dem Holzboden der Diele hörten, flüsterte sie: »Sie muß dich ja verrückt machen!«

Stephen sah überrascht auf. Sein grimmiges Gesicht glättete sich. Mary lächelte. »Ich fürchte, sie sind alle so, Vater. Sie meint es gut, und sie sorgt doch auch gut für dich, oder?«

Er nickte zögernd.

»Wir wollen dich nicht vom Schlafen abhalten, falls du müde bist. Ich nehme an, im Krankenhaus beginnt die Nachtruhe gleich nach dem Abendessen. Es ist zwar noch sehr früh, aber vielleicht möchtest du lieber schlafen?«

Er starrte sie einen Moment mißtrauisch an, entspannte sich dann aber. Er schüttelte den Kopf.

»Meinst du, du möchtest etwas trinken?«

Er nickte.

Ronnie stand an der Bar. »Was darf es sein, Sir?« fragte sie eilfertig.

Er sah erstaunt auf, entspannte sich dann aber noch weiter.

Die Welt ist wieder in Ordnung, dachte Ronnie.

Er schrieb etwas auf sein Täfelchen. Mary beugte sich darüber, um seine kaum leserliche, fehlerhafte Krakelschrift zu entziffern. »Cognac«, dolmetschte sie für Ronnie. »Remy Martin«, instruierte sie sie. »Gieß ihn in eins von den großen Ballongläsern.« Sie sah Stephen kokett an. »Ronnie ist die gehobene Lebensart nicht gewöhnt.«

Seine Augen huschten prüfend über ihr Gesicht. Er nahm Ronnie das Glas mit der linken Hand ab.

»Und ihr?« Ronnie wandte sich ihnen zu. »Das Übliche?«

»Nein. Für mich auch einen Cognac«, sagte Mary.

»Vor dem Essen, Mary?« wandte Elizabeth ein.

Sie sagte achselzuckend: »Ich möchte Vater Gesellschaft leisten.«

»Ich nehme einen Gin Tonic«, sagte Elizabeth. »Soll ich dir helfen?« Sie trat an die Bar. »Ronnie?«

»Ich nehme das, was ich neulich abend hatte. Mit dir. Was immer das war. Es war braun. Scotch?«

»Eis?«

Ronnie nickte. Sie zog einen Lehnstuhl von der hinteren Wand rechts neben das Bett und rückte dann eine kleine Sitzbank von der Fensterwand näher heran. Mary half ihr, sie vor die Fernsehkonsole zu bugsieren. Der Schaukelstuhl, den sie für die Pflegerin aus dem Kinderspielzimmer geholt hatte, stand links neben Stephens Fußende, das jetzt von Sitzgelegenheiten umrahmt war. Mary ließ sich im Schaukelstuhl nieder, Elizabeth im Lehnstuhl. Ronnie, die bis zuletzt gewartet hatte, setzte sich neben Alex auf die Sitzbank. Sie wartete angespannt darauf, daß Alex ausrief: »Ist das nicht wunderbar?« Aber Alex sagte nichts.

»Wie geht es dir, Vater?« sagte Mary teilnahmsvoll.

Sein Gesicht verzerrte sich, erschlaffte.

»Hast du Schmerzen?«

Er schüttelte matt den Kopf.

»Nur die ganze Situation?«

Er hob den Blick zu ihr empor. Sein rechter Mundwinkel hing herunter, und er sabberte, ohne daß er es verhindern konnte. Auch die ganze rechte Gesichtshälfte hing. Das rechte Auge war halb geschlossen. Er öffnete den Mund, versuchte mit aller Macht zu sprechen, aber es kam nur ein Grunzen heraus.

Er ist so allein. Immer gewesen, oder? dachte Ronnie stirnrunzelnd. Sind wir etwa alles, was er hat? War wohl nicht sonderlich darauf bedacht, für die Zukunft vorzusorgen. Ob er irgendwelche Freunde hat? Wo sind sie? Herrje, er ist zweiundachtzig, sie sind entweder tot oder in der gleichen Verfassung wie er. Auch wenn er ein Teufel war, jetzt ist er ein armer Teufel. So mächtig, sein Leben lang... Aber hatte er Mitleid mit ihr gehabt, als er mächtig gewesen war und sie hilflos? Sie verhärtete ihr Herz. Vergiß nicht, er würde dich peinigen, wenn er könnte.

»Es tut mir so leid«, sagte Mary gefühlvoll.

Er blinzelte, und eine Träne quoll aus seinem Auge. Er hob die linke Hand ein wenig, ließ sie dann wieder sinken. Eine Geste absoluter Hilflosigkeit.

Bedauernswert, dachte Mary. Armer Kerl. Sie wollte ihn umarmen, aber irgend etwas hielt sie zurück.

»Weißt du, diese Zeit hier, diese Wochen, die wir jetzt hier gewohnt haben – das hat uns alle zurückkatapultiert, Vater. In unsere Kindheit.«

Er hob den Blick. Argwohn trat in seine Augen.

»Wir haben von früher geredet – über mein Spielhaus, die Pferde, Mama, die Feste, die du hier veranstaltet hast – und meine Hochzeit! Was für eine herrliche Hochzeit du mir ausgerichtet hast, Vater! Alex war damals noch ganz klein, sie hat Blumen gestreut, weißt du noch?«

Seine Augen glitzerten. Er sah Alex an, lächelte.

»Aber weißt du was? Ab da kann Alex sich an nichts mehr erinnern. Ist das nicht komisch? In ihrer Erinnerung ist ein großes Loch, und das macht ihr schwer zu schaffen. Ganze Jahre ihres Lebens sind völlig weg. Ihre Erinnerung setzt erst wieder ein, als sie schon eine Zeitlang in Baltimore wohnten. Aber da warst du nicht mehr da, und sie... sie hat dich vermißt. Sie muß wissen, was damals passiert ist. Warum ihr euch getrennt habt, du und Amelia, warum sie nie wieder etwas von dir gehört hat.«

Stephens entstelltes Gesicht veränderte sich radikal. Er starrte sie an wie eine feindliche Armee, die ihn umstellt hatte. Seine Züge verhärteten sich, er stellte den Cognac auf sein Bettischchen. Ein bitteres Lächeln verzerrte sein Gesicht noch mehr – sie konnten sehen, wie er dachte: Verrat. Hätte mir keine Blöße geben dürfen. Er hob die linke Hand, wedelte in ihre Richtung, scheuchte sie weg.

Alex schoß halb von ihrem Sitz empor. »Bitte, Vater, bitte, sag es mir!« rief sie verzweifelt. »Es macht mich krank. Ich habe Blackouts, ich falle in Ohnmacht...!«

Stephen schnaubte höhnisch, wandte sich ab. Er griff nach der Fernbedienung und knipste den Fernseher an. Er stellte ihn auf volle Lautstärke. Der Apparat, der direkt hinter der Sitzbank thronte, donnerte los. Alex krümmte sich, hielt sich die Ohren zu. Ronnie stand auf, streckte die Hand aus und drehte den Ton leise. Sie sah ihn zornig an. Sein Gesicht war hart und mürrisch wie das eines wütenden Kindes, und er jagte die Lautstärke wieder nach oben.

»Wir könnten den Stecker herausziehen«, sagte Elizabeth, aber durch den dröhnenden Werbespot hörte er sie nicht.

Mary erhob sich, sah Elizabeth an. Alex sah sie beide an. Ronnie stand still da und betrachtete Stephen. Sein Mund war geöffnet, er rang darum, etwas herauszubringen. Schließlich griff er nach dem Täfelchen. Er kritzelte etwas darauf, streckte es ihnen entgegen, wedelte damit.

RAUS

Er ließ es sinken, krakelte noch etwas, hielt es wieder hoch.

LUDR

Orthographiefehler, dachte Mary.

Die anderen schlichen hinunter ins Spielzimmer, aber Elizabeth ging in ihr Arbeitszimmer und schloß die Tür. Sie setzte sich an den Schreibtisch, den Stuhl zum Fenster gedreht. Dunkel draußen, sie konnte nichts sehen. So ein Reinfall. Es war hoffnungslos. Mary hat es versucht, hat ihr Bestes gegeben. Warum, zum Teufel, sind wir noch hier?

Das Leben zerrinnt. Heute ist mein Geburtstag. Dreiundfünfzig. Er hat natürlich nicht daran gedacht, hat ja nicht mal daran gedacht, als er noch gesund war. Die anderen auch nicht. Warum sollten sie auch? Ich denke auch nie an irgend jemandes Geburtstag. Nur bei Clare habe ich immer ein großes Getue gemacht.

Ich werde Jack heiraten.

Wenn das so ist, leb wohl.

Nein, was er gesagt hat, war: Ich werde dasein, wenn du es dir anders überlegst. Ich werde dich immer lieben, dein Wohl wird mir immer am Herzen liegen. Aber ich kann nicht dabeistehen und zusehen.

Leben ohne Clare.

Ich ließ mich von dem Chauffeur nach Washington zurückbringen, schickte ihn dann heim und ging zu Fuß nach Hause. Ein langer Fußmarsch, Washington keine Fußgängerstadt, die Bürgersteige an den Boulevards menschenleer. Muß ein verrücktes Bild gewesen sein, ich ganz allein zu Fuß unterwegs, mit hängendem Kopf, eine gutgekleidete Stadtstreicherin, fix und fertig. Am Boden zerstört. Mein Leben vorbei.

Ging heim und nahm den Hörer ab, verabredete mich mit Jack für den Abend, um ihn dazu zu bringen, mir einen Antrag zu machen. Zu selbstherrlich, dieser Clare, zu einseitig das Ganze. Nicht genug. Und nicht fair. Wieso solltest du ein Liebesleben haben und ich nicht? Natürlich sind es zwei völlig verschiedene Dinge, ob ein Mann etwas mit einem Mann hat oder ob eine Frau heiratet. Heirat. Heißt irgendwie für die Frau immer noch, in den Besitz eines Mannes überzugehen. Aber mit Jack würde ich ein richtiges Leben haben, Kinder vielleicht.

Ich würde Sex in meinem Leben haben.

Sex mit Jack. Hektisches Gefummel, schnell vorbei. Nicht viel drin für mich. Aber vielleicht konnte ich es ihm ja beibringen, ihm zeigen, was ich allein herausgefunden hatte. Ich hatte in all den Jahren weiß Gott genug masturbiert.

Ich fand Sex mit Jack gräßlich.

Was war los mit mir?

Ich wußte, was mit mir los war. Es stand ja damals in allen Büchern. Ich war frigide. Komisch, wie die Frigidität aus der Welt verschwunden ist. Das war nur ein schönfärberisches Wort für die männliche Ignoranz dem weiblichen Körper gegenüber, aber so haben wir es damals genannt. So haben wir damals gedacht.

Jack erschien, echauffiert und aufgekratzt, dachte, er hätte mich jetzt soweit. Führte mich zum Essen in ein französisches Restaurant, chic für damalige Washingtoner Verhältnisse. War rot im Gesicht, aufgeregt. Bestellte Champagner, sagte: »Du hast mir gefehlt.« Liebte er mich oder nur meinen Namen? Meinen potentiellen Reichtum? Ich bin nie dahintergekommen. Wieso wußte ich es nicht? Ich wußte, *Clare* liebte mich – so, wie es ihm möglich war. Ich saß da und sah Jack an, versuchte, es mir vorzustellen, seinen Mund auf meinem, seinen Körper um meinen, in meinem, jede Nacht oder fast jede. Nie mehr allein zwischen kühle, saubere Laken schlüpfen, die Brille aufsetzen, eine Zigarette anzünden, ein Buch nehmen. Ruhige, friedliche Nächte. Würde er von mir erwarten, daß ich abends für ihn kochte? Ich, die ich nie für mich selbst kochte? Daß ich seine dreckigen Socken aufsammelte, seine Wäsche wusch, sein Dienstmädchen wurde? War es nicht das, was Männer von der Ehe erwarteten?

Wir gingen in meine Wohnung und machten Liebe. So nennt

man das, Liebe machen. Alles in mir rebellierte. Ich versuchte, ihn zu dirigieren, ihm zu zeigen, was ich brauchte. Er hörte nichts, war ganz absorbiert von seinen eigenen Bedürfnissen, seiner Leidenschaft. *Galt sie mir oder meinem Namen?* Er blendete mich beim Sex völlig aus, ich war gar nicht da, nur er war da, ich war nicht wichtig, würde nie wichtig sein. Die Ehe würde mich auslöschen.

War wohl ihm gegenüber nicht fair: Er törnte mich einfach nicht an, wie die jungen Leute heute sagen würden. Clare törnte mich an. Clare erregte mich – aber er war unerreichbar, unantastbar, unnahbar, wie die Dame in einem alten Troubadourlied.

Aber ich war es auch. Unerreichbar, unantastbar, unnahbar. Es ging mir auf, während er mit mir Liebe machte: Clare und ich gehörten zusammen. Und später, als wir im Bett eine Zigarette rauchten und Champagner tranken und Jack mich fragte, ob ich ihn heiraten wolle, schoß das *Nein* einfach so aus mir heraus. »Ich kann nicht«, sagte ich. Er schien total geknickt. Konnte es sein, daß ihm wirklich an mir lag? Er heiratete, nur ein paar Monate später. Ich dachte, *na bitte:* Es war doch nicht so ernst gemeint gewesen. Aber das mußte nicht unbedingt stimmen: Wenn man voller Liebe ist, kann es sein, daß man damit einfach irgendwohin muß.

Warum habe ich dann nichts mehr davon gespürt?

Ich konnte Clare nicht anrufen. Ich war zu stolz. Wieder angekrochen kommen, nachdem er mich verlassen hatte, mir nicht geben wollte, was er hatte? Ich würde allein leben, beschloß ich, mit niemandem, das war alles einfach zu viel, ich konnte es nicht verkraften, hielt es nicht aus. War am Ende, emotional, geistig, seelisch. Machte meinen Job wie ein Roboter. Aber er erfuhr es. Jack war wohl mit einer anderen Frau gesehen worden, vielleicht mit der, die er später geheiratet hat. Clare rief mich an. Tat, als ob nichts gewesen wäre, als ob wir erst neulich zusammen Kaffee getrunken hätten und es jetzt

Zeit für unser allwöchentliches Abendessen sei. Wir fingen einfach da wieder an, wo wir aufgehört hatten. Von Jack war nie wieder die Rede. Ich habe ihn dafür geliebt, daß er meinen Stolz nicht verletzte. Aber er konnte es sich leisten: Er hatte die Bedingungen diktiert.

Wäre nicht gutgegangen, eine Ehe mit Jack. Ob er mich nun liebte oder nicht – ich liebte ihn nicht. Aber ich hatte immer gedacht, wenn ein Mann mich nur wirklich lieben würde, wäre seine Leidenschaft so stark, daß sie mich davonschwemmen würde und ich ihn automatisch wiederlieben müßte. Warum habe ich das gedacht? So eine reaktive Sichtweise…

Niemandes Leidenschaft hat mich je davongeschwemmt. Nicht mal meine eigene. Mary hat diese Leidenschaft wenigstens einmal erlebt. Glückskind. Nein. Nicht Glück.

Mut.

Aber es stimmt nicht, daß du nicht gelebt hast! Du hattest wunderschöne Zeiten mit Clare. Wahre geistige Nähe, ohne die Komplikationen von Sex und Häuslichkeit. Viele Paare hören irgendwann in der Ehe mit dem Vögeln auf. Wir haben gar nicht erst angefangen, na und? Heißt das, daß wir uns nicht geliebt haben?

Es wäre schön zu wissen, wie das ist, Sex mit Liebe.

Die moderne Gebrauchsausführung einer Nonne, das bin ich. Mary nennt mich eine frigide Zicke. Macht spitze Bemerkungen über Clares Männlichkeit. Sie weiß Bescheid. Cleveres kleines Biest. Vielleicht durchschaut sie Vater ja auch.

Vater.

Das ist der Grund.

Während der letzten Tage hatte Mary in der Küche mit Mrs. Browning geflüstert und sie bezüglich des Menüs und der Kerzen für Elizabeths Geburtstagsessen am Freitag instruiert. Am

Donnerstag nachmittag, während Elizabeth arbeitete, schlichen sie, Ronnie und Alex sich heimlich aus dem Haus, um in Concord Einkäufe zu machen. Sie waren alle ein bißchen aufgekratzt: Die Planung der Geburtstagsüberraschung brachte einen Hauch von Aufregung in ihre einförmigen Tage. Mary hatte Stephen noch daran erinnern wollen, Elizabeth zu gratulieren, bevor sie zum Essen hinuntergingen, aber über seinem Ausbruch hatte sie es total vergessen. Sie waren schließlich kleinlaut aus seinem Zimmer geschlichen.

Sie mußten an die Tür zum Arbeitszimmer klopfen, um Elizabeth zu Tisch zu rufen, und als sie ins Eßzimmer trat, gaben alle ihr Bestes, um Fröhlichkeit zu verbreiten. Sie küßten Elizabeth und wünschten ihr alles Gute. Mary versicherte ihr, sie sehe aus wie fünfundvierzig. Alex erklärte, sie sei so froh, nach all den Jahren ihre Schwester wiedergefunden zu haben. Ronnie drückte Elizabeth die Hand und sagte: »Ich auch.«

Das Menü enthielt Elizabeths Lieblingsspeisen – gedünsteten Lachs, pürierten Spinat, Risotto –, und Mrs. Browning trug stolz die Geburtstagstorte herein, die sie gebacken hatte. In der Mitte brannte eine einzelne große Kerze.

»Zur Feier des ersten Geburtstags, den wir zusammen verbringen«, erklärte Mary. »Mit Zitronenfüllung, das hast du doch immer so gern gemocht.« Sie bestand auf dem Ritual des Auspustens und Aufschneidens. Dann überreichten sie ihre Geschenke, von denen jedes mit Oohs und Ahs quittiert werden mußte – ein Buch mit Louise-Gluck-Gedichten von Mary, eine Platte (Debussys *Suite pour le piano,* eindeutig Mary-inspiriert) von Alex und ein paar gestrickte Wollhandschuhe von Ronnie. »Für deine Spaziergänge«, sagte sie schüchtern. »Ich denke, Wolle ist wärmer als Leder.«

Elizabeths blasses, erschöpftes Gesicht war verzerrt, ihre Augen schimmerten feucht.

»Das ist der schönste Geburtstag meines Lebens«, erklärte sie. Nicht ganz gelogen. Einmal hatte Clare ihr zum Geburtstag einen Flug nach Paris spendiert, zu einer Kunstausstellung; ein andermal waren sie nach San Francisco geflogen. Sie hatte sich gefreut, aber alle ihre Reisen waren mit leiser Trauer untermischt gewesen, weil sie ihn so sehr liebte, ihn so sehr wollte und doch wußte, sie würde nie… Aber Leid schwingt immer mit, dachte sie, was immer uns auch im Leben widerfährt. Nichts ist je vollkommen. Man muß lernen, sich auf das Positive zu konzentrieren, auf die Freude statt auf das andere: Leid ist eine fixe Größe, man kann es als gegeben hinnehmen. Sie bemühte sich, sagte, dies sei ihr schönster Geburtstag.

Und es gelang: Sie glaubten ihr alle, glaubten ihren feuchten Augen, dem verzerrten Lächeln, der brüchigen Stimme. Und weil sie ihr etwas gegeben hatten, waren sie von Liebe zu ihr erfüllt. Sie scharten sich um sie, als sie vom Tisch aufstanden, und umarmten sie, und Mary und Alex hielten die Arme um sie gelegt, während sie ins Spielzimmer zurückgingen.

Dort wurden sie wieder still. Elizabeth zündete sich eine Zigarette an. Mary zwirbelte an ihrem Gürtelband herum. Alex kauerte mit angezogenen Beinen in einem Sessel und schien in eine Art katatonische Starre gefallen.

»Ich verstehe nicht«, sagte Alex schließlich mit dünner Stimme, »warum er so zornig geworden ist. Okay, er hat wohl etwas getan, was er nicht hätte tun sollen – ich meine, warum hätte Mom ihn sonst verlassen sollen? Oder warum hätte er sie wegschicken sollen? Aber nach all den Jahren – wie schlimm kann es denn schon gewesen sein? Selbst wenn er eine andere Frau hatte, wenn er sie schlecht behandelt hat, wenn er nie daheim war – was kann er denn so Fürchterliches getan haben?« Sie führte die Hand an den Mund und kaute an der Nagelhaut ihres rechten Zeigefingers.

Elizabeth krümmte sich vornüber und verschränkte die Hände zwischen den Schienbeinen. Mary lehnte sich zurück und reckte den Kopf, als wollte sie ihn vom Körper losreißen. Sie sah nach oben und atmete schwer.

Beim Anblick der beiden erstarrte Ronnie plötzlich. Sie saß absolut regungslos da und atmete kaum.

»Versteht ihr das?« fuhr Alex fort. Sie kaute auf ihrer Unterlippe, hielt inne, hob wieder die Hand an den Mund und knabberte an der Nagelhaut.

Elizabeth richtete sich auf. »Ich brauche einen Drink.«

»Wir brauchen alle einen«, sagte Mary.

Ronnie erhob sich seufzend. »Was darf es sein?«

Elizabeth stand auch auf. »Ich helfe dir. Was wollt ihr haben?« Sie orderten alle Scotch, auch Alex.

»Das ist gut«, hauchte Alex. »Das Richtige für ein ernsthaftes Gespräch.«

»Ich werde noch zur Säuferin«, murmelte Ronnie. Sie und Elizabeth gingen ins Wohnzimmer, wo die Bar aufgebaut war, und kamen mit Flaschen und Gläsern wieder zurück. Alex ging in die Küche, um Eis zu holen. Als jede ihren Drink hatte, setzte sich Elizabeth. Sie zündete ihre ausgegangene Zigarette wieder an und inhalierte tief. Dann wandte sie sich langsam und gezielt Ronnie zu. »Warum bist du so früh von zu Hause weggegangen, Ronnie? Du warst doch erst vierzehn, und deine Mutter war prima zu dir, oder nicht? Nicht so wie meine oder Marys Mutter. Warum also?«

Ronnie sah zu Boden. »Ich habe es hier nicht mehr ausgehalten, als ich wußte… Ich mochte euren Vater nicht besonders, aber als ich kapierte, daß er auch mein Vater war, war ich wütend auf meine Mutter, und ich konnte es ihr nicht sagen, ich wollte ihr nicht weh tun. Es machte mich wahnsinnig, hier zu leben und es vor Augen zu haben, jeden Tag, jede Nacht, mich zu fragen, ob sie bei ihm war…«

»Ja, das kann ich verstehen. Aber reicht das aus, damit ein behütetes Kind wegläuft? Hinaus auf fremde, gefährliche Straßen? In die Großstadt?«

»So behütet war ich nicht… Ich konnte die Situation einfach nicht mehr ertragen.«

»Es muß schlimm gewesen sein, um dich auf die Straße zu treiben.«

»Ich habe euch doch gesagt, ich war bei meiner Tante. Rosa.«

»Warum hackst du auf dem Mädchen herum, Lizzie?« protestierte Mary. »Es ist doch absolut verständlich, daß sie unter den Umständen nicht mehr hier leben wollte.«

»Kinder ertragen viel Schlimmeres. Es braucht schon etwas *wirklich* Unerträgliches, damit sie von zu Hause weglaufen.«

»Wieso kennst du dich so gut mit Kindern aus?«

»Weil ich eins war.« Elizabeth beugte sich vor wie ein Ankläger und sah Ronnie ins Gesicht. »Warum bist du von hier weggelaufen?«

Ronnie sah auf. Ihre Augen loderten. »Verpiß dich, Elizabeth!«

Elizabeth lehnte sich in dem tiefen, weichen Sessel zurück und gab einen Seufzer von sich, der fast schon ein Stöhnen war. »Also gut«, flüsterte sie. Sie zündete sich eine neue Zigarette an einer halb aufgerauchten an. Sie nahm einen großen Schluck Scotch.

Mary fixierte Elizabeth entsetzt und regungslos. Ronnie starrte mit gequälter Miene auf den Fußboden.

»WAS?« rief Alex. »Was ist los? Was willst du sagen?« Sie sprang auf, puffte Elizabeth gegen die Schulter, wirbelte zu Mary herum. »WAS, WAS, WAS?«

Elizabeth legte die Hand über die Augen. Ihre Stimme war tonlos. »Ich habe noch nie darüber geredet. Ich habe es noch niemandem erzählt. Keinem Menschen. Ich habe mich zu sehr…« – sie brachte es kaum heraus – »geschämt.« Sie legte den Kopf zurück, als studierte sie die Decke. »Als ich zehn war und den Sommer über hier war, hat Vater mich mißbraucht.«

Alles im Raum erstarrte. Niemand atmete auch nur.

Ihr toter Blick streifte Mary. »Du warst noch klein, erst fünf oder sechs. Du hast noch im Kindertrakt geschlafen, mit deiner Nanny. Laura war da, aber sie soff. Der Krieg hatte begonnen, und Vater hatte ständig in Washington zu tun oder mußte nach England fliegen. Er kam nur ab und zu für ein verlängertes Wochenende nach Hause, und auch das nur ein paarmal in dem Sommer. Also aßen Laura und ich meistens allein zu Abend. Sie war um die Essenszeit schon ziemlich voll und trat kurz danach völlig weg. Die Dienstboten beförderten sie ins Bett. Wenn Vater kam, redete sie kaum mit ihm, und an ihrer Trinkerei änderte sich auch nichts. Es war ihre Form der Rebellion, schätze ich.

Einmal kam er spät in der Nacht in mein Zimmer. Ich schlief fest. Ich wachte auf, weil ich fühlte, wie… weil da…« – ihre Stimme zitterte – »irgend etwas jemand mich berührte gegen mich preßte da…« – sie brachte ihre Stimme wieder unter Kontrolle – »unter meinem Nachthemd.« Sie hielt inne, zog tief an ihrer Zigarette. Sie nahm ein paar kleine Schlucke aus ihrem Glas. Sie betrachtete sie mit trockenen Augen. Sie starrten sie alle drei an, saßen da wie gelähmt.

»Ich war noch ein Kind. Ich fing erst mit vierzehn an zu menstruieren, ich hatte noch keine Brüste, ich hatte noch nie masturbiert, noch nie sexuelles Verlangen verspürt.« Sie nahm wieder einen Zug von ihrer Zigarette, inhalierte, hob den Blick zur Decke. »Ich habe mich gewehrt, ich habe ihn weggestoßen, habe geschrien. Er hat mir die Hand auf den Mund gelegt. Ich hatte schreckliche Angst, ich dachte, er wollte mich umbringen. Er sagte, er wolle mir nichts tun, mich nur zur Frau machen. Es sei Zeit, daß es jemand tun würde, und es sei Aufgabe des Vaters. Ich wand mich immer noch und schlug um mich, und er tätschelte mir den Kopf. Er tätschelte mir den Kopf!« rief Elizabeth. »Er sagte, er hätte mich doch lieb! Lieb!« Sie brach in Tränen aus. »Und das sei die Art, wie Männer Frauen ihre Liebe zeigten. Und ich… ich… ach, ich sehnte mich so danach, geliebt zu werden!« Sie senkte den Kopf, barg ihn in den Händen, schluchzte leise.

Die Schwestern saßen erstarrt da, bis Alex aufstand, ins Bad ging, mit einer Packung Papiertaschentücher zurückkam und sie Elizabeth hinstreckte. Elizabeth trocknete ihr Gesicht.

»Es passierte nicht oft. Er war ja nicht oft da. Aber wenn er da war, lag ich total angespannt in meinem Bett, weil ich nie wußte... Ich konnte nicht schlafen. Und selbst wenn er nicht da war, war die Erinnerung... irgendwie klebte die Erinnerung an diesem Bett, diesem Haus, dieser Stadt.«

»Deshalb bist du in ein anderes Zimmer umgezogen!« platzte Mary heraus. »Einmal, als du zum Unabhängigkeitstag hergekommen bist, hast du ein großes Getue gemacht und darauf bestanden, daß du ein anderes Zimmer bekamst. Ich dachte, England sei dir zu Kopf gestiegen, aus irgendeinem snobistischen Grund würde dir dein altes Zimmer nicht mehr passen...«

»Warum hast du deiner Mutter nichts gesagt?« fragte Alex schlicht. »Warum hast du nicht gesagt, du wolltest nicht mehr herkommen?«

»Ich habe es ihr ja gesagt! Ich habe ihr gesagt, daß ich nicht mehr hierherfahren wollte«, setzte sie kläglich hinzu.

»Warum hast du ihr nicht gesagt, was er mit dir gemacht hat?« fragte Alex mit wachsender Empörung.

Ronnie starrte auf den Fußboden.

Elizabeth zündete sich eine neue Zigarette an, inhalierte tief, trank von ihrem Scotch, gewann die Fassung wieder. »Ich hatte Angst«, sagte sie bitter.

»Das verstehe ich nicht. Du warst doch noch ein kleines Mädchen...«

»*Nein, du* verstehst das nicht!« fuhr Elizabeth sie an. »Du hattest eine Mutter, die dich liebte! Die dich getröstet hätte. Die dir keine Schuld gegeben hätte! Ich wußte nicht, was meine Mutter sagen würde, und ich hätte es nicht ertragen können, wenn sie...« Ihre Stimme brach, sie senkte den Kopf.

»Wie lange ging das so?« fragte Mary mit harter Stimme.

»Bis ich siebzehn war.«

Mary rechnete nach. »Und ich zwölf.«

»Da habe ich es abgestellt.«

»Du hast es abgestellt!« sagte Mary fassungslos. »Wie?!«

Elizabeth wandte sich ihr langsam zu. »Du nicht?«

»Ich hatte Angst!« rief Mary. »Er fing an, als ich erst acht war! Er sagte, ich sei sein kleines Mädchen, wir beide hätten uns doch lieb, und jetzt, wo Mommy tot sei, seien wir beide ganz allein auf dieser Welt. Er sagte, er sei einsam, und ich könne ihn glücklich machen, und er würde mich glücklich machen, und es sei völlig in Ordnung. Väter würden das mit ihren Töchtern machen. Aber ich dürfe es niemandem erzählen. Das würde ihn umbringen: Wenn ich irgend jemandem etwas davon sagen würde, würde er einschrumpeln und sterben, und dann wüßte ich, daß ich ihn umgebracht hätte. Und wenn er sterben würde, käme ich in ein Heim, ein Waisenhaus, und ich wäre ganz allein. Und später dann, Jahre später, zeigte er mir eine Pistole. Er nahm sie aus seiner Kommode und sagte, wenn ich etwas weitererzählen würde, würde er sich erschießen!«

»Mir hat er gesagt, wenn ich etwas sagen würde, würde er Mutter kein Geld mehr schicken«, sagte Elizabeth.

»Er hat es meistens in dem Haus in Georgetown getan, wenn ich über die Ferien daheim war. Aber als ich dann älter wurde, hat er es hier gemacht, im Sommer, wenn er herkam«, ergänzte Mary. »Das muß wohl damals angefangen haben, so etwa, als ich zwölf war. Als du es abgestellt hast.« Sie starrte Elizabeth an. »Woher wußtest du, daß es bei mir auch so war?«

»Ich wußte es nicht. Es war nur – seit wir hier sind – ein paar Sachen, die du gesagt hast – die Angst, die du vor ihm hast. Das war die einzig plausible Erklärung.«

»Ich bin nie auf die Idee gekommen, daß er es mit dir auch getan haben könnte. Er schien sich nicht viel aus dir zu machen, und zu mir war er zärtlich. Ich dachte, daß er mich liebte. Ich dachte, das sei der Beweis. Das sei der Preis, den ich für seine Liebe zahlen müßte. Aber es war so gräßlich. Es tat weh, und ich wollte es nicht! Deshalb war es für mich so schrecklich, als du nach England gegangen bist: Ich wußte, ich würde hier ganz allein mit ihm sein, ohne einen Menschen, der ihn daran hindern konnte, und inzwischen war er fast den ganzen Sommer über da. Ich konnte es nicht ertragen, ich versuchte, von hier wegzukommen, ich bettelte, daß er mich Fahrstunden nehmen oder die Ferien bei Aunt Pru verbringen lassen sollte. Aber er wollte nichts davon wissen. Er wollte mich nicht gehen lassen. Deshalb habe ich geheiratet! Um ihm zu entkommen. Und er wußte das! Er versuchte, es zu unterbinden! Er tobte. Aber ich konnte es nicht mehr aushalten! Ich dachte, mit einem Ehemann könnte es auch nicht viel schlimmer sein!«

Niemand rührte sich, um sie zu trösten. Sie saß zusammengekrümmt da und weinte.

»Deshalb habe ich dich so gebraucht!« klagte sie mit erstickter Stimme durch ihre Hände.

Elizabeth stand auf, ging zu Mary, bückte sich, legte steif die Arme um sie und hielt sie fest. »Es tut mir so leid«, flüsterte sie in das Haar über Marys Ohr. »So leid«, wiederholte sie ein paarmal.

Mary schlang die Arme um Elizabeths Hals. »Du hast es ja nicht gewußt, du konntest es ja nicht wissen«, schluchzte sie.

»Ich hätte es wissen müssen. Ich hätte es mir zusammenreimen können. Ich war so eifersüchtig auf die Liebe, die du von ihm bekamst…«

»Liebe! Das soll Liebe gewesen sein!« rief Ronnie.

»Natürlich ist das Liebe!« schluchzte Mary. »Deshalb ist es ja so… schrecklich!«

»Das ist keine Liebe, das ist Ausbeutung! Unterdrückung! Mißbrauch! Was ist los mit euch!« schrie Ronnie.

»Es nimmt die Form von Liebe an«, sagte Elizabeth. »Und das macht es so schlimm. Weil es irgendwie die Liebe für einen definiert. Wie Pornographie, verstehst du? Wo Liebe als Quälerei definiert wird. Das setzt sich in deinem Kopf fest. Und es vergiftet dein ganzes restliches Leben, die Vorstellung, die du von diesen Dingen hast... von Sex... von Liebe. In meinem Kopf hieß sexuelle Liebe für eine Frau, ausgelöscht, vernichtet zu werden. Ich habe geglaubt, die Lust einer Frau bestünde ausschließlich darin, einem Mann Lust zu verschaffen. Ich dachte, daß da bei mir etwas fehlte, daß ich keine richtige Frau war – weil ich es nicht ertragen konnte, so zu leben, es nicht über mich bringen konnte. Ich dachte, ich sei frigide«, sagte sie, wobei sie Mary ins Gesicht sah. »Wie du es immer gesagt hast.«

Marys Lippen zitterten. Ihr Mund formte ein Tut-mir-leid.

»Und außerdem«, sagte Mary mit dünner Stimme, *»liebt* man ihn. Den eigenen Vater.« Sie starrte die Wand an. »Der Gott steigt herab«, sagte sie, »und zieht dich an sich, bietet dir das an, wonach du dich all die Jahre gesehnt hast, was dir gefehlt hat, so daß du verkümmert bist wie eine Pflanze ohne Sonne oder ohne Regen. Aber er gibt es dir auf eine Weise, die mit Schmerzen verbunden ist und mit einer Scham, die dich auslöscht.« Sie schauderte.

Ronnie schrie auf, als hätte sie sich plötzlich weh getan, und Elizabeth drehte sich zu ihr hin.

»Hast du dich auch so gefühlt?« bohrte Elizabeth.

Ronnie saß vornübergebeugt, die Ellbogen auf die muskulösen, Jeans-verhüllten Schenkel gestützt, die Hände vor dem Gesicht.

»Deshalb bist du weggegangen, stimmt's?« fuhr Elizabeth erbarmungslos fort.

Sie nickte.

»Erzähl es uns.«

Ronnie ließ die Hände sinken. »WARUM?! WARUM?! Reicht es nicht, daß ihr es wißt? Muß ich euch alle die pikanten Einzelheiten auftischen, damit ihr euch darin suhlen könnt, in Selbstmitleid, in einer greinenden Opferhaltung? NEIN!

NEIN! Ich habe nicht die Probleme, die ihr habt. Ich habe ihn nie geliebt, und ich wußte, daß er mich nicht liebte! Ende. Es war schiere Ausbeutung!«

Sie erhob sich brüsk, ging zu dem Tisch, wo die Flaschen standen, und goß sich ein großes Glas Perrier ein. Sie stand da und murmelte: »Ihr habt ihn wirklich geliebt. Das ist natürlich, er war euer Vater, selbstverständlich habt ihr ihn geliebt. Und ihr wolltet, daß er euch lieben sollte, also wolltet ihr in gewisser Weise das, was passiert ist...«

Sie schrien protestierend auf. Ronnie hob die Hand. »Hey, hey! Ich sage nicht, ihr wolltet, daß er euch mißbraucht. Ich meine nur, ihr fühlt euch mitschuldig, weil ihr es für Liebe gehalten habt und weil ihr Liebe wolltet. Dieses Gefühl der Mitschuld macht euch fertig. Deswegen fühlt ihr euch so... schmutzig.«

Sie ging zu ihrem Sessel zurück und zündete sich eine Zigarette an. »Was ich sagen will, ist, daß ich dieses Gefühl der Mitschuld nicht habe. Ich war das Kind eines Dienstmädchens, ich war ihm scheißegal. Ich war ein kleines *Chicana*-Gör, ein Niemand, ein Nichts. Ich wußte nicht mal, daß er mein Vater war, bis ich damals seine Augen gesehen habe. Ich habe ihn nicht geliebt. Und wenn er das mit mir gemacht hat, mich einfach genommen hat, so grob, als sei ich ein Stück Fleisch... habe ich das nie mit väterlicher Liebe verwechselt.«

Sie lehnte sich zurück, das Gesicht hart und verschlossen, und blies Rauch aus.

»Wollt ihr sagen, so war es bei... *euch allen?*« rief Alex. Sie fühlte sich, als steckte ihr Kopf in einer Taucherglocke, weit weg. Es dauerte eine Weile, bis die Stimmen zu ihr durchdrangen, und auch dann erreichten sie sie nur ganz schwach. Bett. Sie mußte ins Bett gehen. Sie erhob sich, aber ihre Beine gaben nach. Ronnie sprang auf und packte sie, damit sie nicht fiel.

»Bett. Ich muß ins Bett«, brummelte sie. Es klang betrunken.

Elizabeth warf Mary einen warnenden Blick zu. »Du solltest

vielleicht ein bißchen Perrier trinken«, sagte Mary, indem sie aufstand und Alex' Glas nahm. »Ich hol' dir was.« Aber Alex hatte ihren Drink kaum angerührt: Ihr Glas war noch fast voll. Mary hielt es hoch, um es Elizabeth zu zeigen.

»Cognac«, sagte Elizabeth.

Mary ging welchen holen.

Ronnie bugsierte Alex wieder in ihren Sessel. Sie sah alt aus, totenbleich. Ihre Augen waren eingesunken und von dunklen Ringen umgeben. Sie starrte ins Leere.

»Ich lag in meinem Gitterbettchen. Im Kinderzimmer«, krächzte sie. »Ich fühlte dieses Ding und wachte auf, und da war Vater. Seine Hand war in meinem Höschen. Er rieb an mir herum. Es war... das Gefühl war... schön. Es tat weh. Es machte mir angst. Baby hat Angst«, wimmerte sie. »Mommy, Mommy!«

Mary kam mit dem Cognac herbeigeeilt, hielt ihn ihr unter die Nase. »Hier, riech dran. Trink das.«

Alex roch, nippte. Sie lehnte sich zurück. Ronnie kauerte neben ihr, Mary kniete an ihrer anderen Seite. Elizabeth stand auf. Alex sah zu ihr empor und reckte ihr die Hände entgegen, wie ein Baby die Ärmchen ausstreckt, damit die Mutter es aus dem Bettchen nimmt. Elizabeth schluchzte auf, ging zu Alex, beugte sich hinunter und umarmte sie.

»Ich war die Älteste. Ich hätte euch helfen müssen! Aber ich habe euch nicht davor bewahrt!« schluchzte Elizabeth. »Ich habe nur versucht, mich selbst zu retten!«

»Das haben wir alle getan«, sagte Mary mit gesenktem Kopf und erstickter Stimme. »So gut wir konnten.«

»Was hättet ihr denn sonst tun können?« fragte Ronnie verwirrt. »Was hätte denn irgend jemand von uns tun können? Wir waren doch noch Kinder!«

Alex klammerte sich immer noch an Elizabeth. Mary setzte sich auf die Armlehne von Alex' Sessel und legte den einen Arm um sie. Ronnie legte den Kopf auf Alex' Knie, umschlang sie mit den Armen. Dann begannen sie alle, sich leise zu bewegen, sich sachte hin und her zu wiegen. Sie stöhnten, murmelten, klagten wie Frauen bei einer Totenfeier, flüsterten und wiegten sich im Gleichtakt, ein einziges, trauerndes weibliches Wesen.

15

Am nächsten Morgen, als Stephen gegen zehn einnickte, piepte Florence Mrs. Browning über die Gegensprechanlage an und bat sie flüsternd, jemanden nach oben zu schicken, weil sie eine Pause bräuchte. Teresa kam auf Zehenspitzen ins Zimmer, lächelte. Florence gab ihr mit Gesten zu verstehen, daß sie Tee trinken wollte, Teresa nickte freundlich, drehte den Schaukelstuhl so, daß sie den Fernseher sehen konnte, in dem gerade irgendein Sportereignis lief.

Florence ging die Treppe hinunter, in die Küche, und sagte Mrs. Browning, daß sie Miss Upton sprechen wolle. Mrs. Browning runzelte die Stirn und sagte, daß sie erst mal fragen müsse. Sie ging hinaus, kam zurück und führte Florence von der Küche durch einen langen Flur, vorbei an der großen, salonähnlichen Diele, durch ein Zimmer mit einem Billardtisch, in die Bibliothek. Ein Raum mit einer heruntergezogenen Decke, Holzbalken und einem gemauerten Kamin. Miss Upton saß hinter einem riesigen Tisch.

Florence Douley marschierte fast grimmig auf den Tisch zu, aber dann sah Miss Upton auf und lächelte.

»Miss Upton, es geht um die kleine Sache, die wir gestern, ehe ich ging, besprochen haben.«

»Verzeihung, Florence. Welche kleine Sache?«

Florence verzog den Mund. »Es ging um den eventuellen Gebrauch der Bettpfanne, Miss Upton.«

Elizabeth lehnte sich zurück, nahm die Brille ab. »Richtig.«

»Tja, ich habe mich gefragt, ob Mr. Upton gestern abend vielleicht geklingelt hat. Weil sein Bett heute morgen naß war.«

Elizabeth erhob sich. »Wie bitte?«

»Es tut mir leid. Ich wollte nicht… es ist nur… ich frage mich, ob er geklingelt hat oder… manche Patienten werden trotzig wie Kleinkinder und nässen einfach… ein.«

»Vater hat ins Bett gemacht?« Sie schien es nicht fassen zu können.

»Vielleicht hat er geklingelt, und Sie haben es nicht gehört?«

»Die Gegensprechanlage ist mit der Küche verbunden und mit Mrs. Brownings Zimmer und auch mit meinem, zur Sicherheit. Ich kann mir nicht vorstellen, daß niemand von uns das Klingeln gehört hätte. Haben Sie ihn danach gefragt?«

»Das habe ich, Ma'am«, gab Florence zu. »Und ich hatte das Gefühl, als würde er mich auslachen. Natürlich könnte ich mich irren, so wie sein Gesicht aussieht.«

Elizabeth starrte sie an. »Es tut mir sehr leid, Florence. Es muß Ihnen sehr viel Ärger bereitet haben, die Bescherung wieder sauberzumachen.«

Die Worte brachen aus Florence nur so heraus: »Er ist ja nicht inkontinent. Die inkontinenten Patienten können ja nichts dafür, und ich kann ihnen Windeln umbinden. Glücklicherweise habe ich daran gedacht, ein Gummituch unter das Chamoislaken zu legen, sonst wäre es schwieriger geworden. So mußte ich ihn heute morgen nur als erstes gleich in den Rollstuhl verfrachten, die Matratze lüften, das Gummituch abwischen und trocknen lassen. Es schien ihm aber gutzugehen, er hat sein Frühstück mit Appetit gegessen.«

Nach diesem Ausbruch fühlte Florence sich besänftigt. »Tja, sicherlich gehört auch das zu meinem Job, Ma'am. Ich dachte aber, daß ich Sie fragen sollte. Denn wenn er inkontinent ist, müssen wir ihm Windeln umbinden.«

»Ja.« Elizabeth setzte sich wieder, und Florence schickte sich an zu gehen. »Florence?« rief sie.

»Wenn er es wieder macht... dann sagen Sie es mir bitte, einverstanden?«

»Vater hat ins Bett gemacht!« rief Mary aus. »Das glaube ich nicht! Vater?«

»Vielleicht konnte er nicht anders«, sagte Alex.

Mrs. Browning und Teresa kamen herein und trugen Teller mit dampfender Erbsensuppe auf.

»Wieder ein grauer Tag«, bemerkte Elizabeth.

»Ja«, seufzte Mary. »Ich überlege, ob ich morgen nicht nach Boston fahren soll. Es ist zwar Sonntag, aber die Museen werden geöffnet haben. Will noch jemand mitkommen?«

»Ich«, sagte Ronnie und hob die Hand.

Die Bediensteten gingen.

»Wie können wir es herausfinden?« fragte Mary Elizabeth.

»Frag ihn doch«, sagte Ronnie.

Elizabeth schnaubte. »Würde er es uns sagen?«

»Wir könnten den Arzt fragen«, sagte Alex.

Nach langer Diskussion entschieden sie sich für beides. Elizabeth sollte Dr. Stamp anrufen, Mary wurde beauftragt, mit Stephen zu sprechen.

Mary klopfte an die Tür. Florence blickte von ihrem Strickzeug auf.

»Oh, Gott sei Dank, ich bin schon ganz ausgetrocknet«, sagte sie und legte die Handarbeit weg. Sie nickte in Stephens Richtung, ohne zu lächeln. »Es geht ihm gut«, sagte sie kurz. »Er ist freundlich und still, sieht fern«, erklärte sie, als wäre das nicht offensichtlich. Er sah sie nicht an, und sie machte sich nicht die Mühe, ehe sie ging, sein Kissen aufzuschütteln oder die Bettdecke glattzuziehen.

»Kann ich mit dir reden, Vater?« fragte Mary.

Stephen stellte den Ton ab.

Sie zögerte, dann ging sie um das Bett herum und setzte sich in den Schaukelstuhl.

»Florence hat sich heute morgen sehr aufgeregt.«

Er blickte sie finster an.

Den Blick kenne ich. Was, zum Teufel, geht es mich an, wenn sie sich aufregt?

»Natürlich gehört es zu ihrem Job, sie betreut häufig inkontinente Patienten. Sie regt sich auf, weil sie glaubt, daß du dich unter Kontrolle hast. Wenn nicht, müssen wir das wissen, damit wir… etwas unternehmen können… dagegen.«

Er öffnete wütend die Augen. Selbst das halb geschlossene Auge schien größer zu werden.

Jemand anders hätte das übernehmen sollen, dachte Mary mit flatterndem Magen. Nicht ich. Bitte, sei nicht wütend auf mich, Daddy. Nein. Gib nicht nach! Was würde Elizabeth sagen? Und Ronnie würde dich auslachen.

Ihre Stimme wurde lauter. »Es hat keinen Zweck, mich so wütend anzustarren, Vater! Du hast ins Bett gemacht! Wie ein Baby! Aus purer Bosheit. Das weiß ich! Und wenn du das noch einmal machst, wird Florence dich in Windeln stecken! Willst du das?«

Stephen wurde blaß, seine Augen weiteten sich, er griff sich ans Herz. Mary stand schreckerstarrt da, dann rannte sie aus dem Zimmer und die Treppe hinunter.

»Elizabeth! Lizzie!«

Ronnie kam in den Flur. »Was ist?«

»Ich glaube, er hat einen Herzanfall!«

Alex und Elizabeth tauchten auf, dann rannten sie alle vier nach oben. Stephen saß im Bett und sah fern.

Mary zog eine Grimasse. Dieses Schwein. Hat es immer schon geschafft, mich zu erschrecken.

»Vater, ich habe gerade mit dem Doktor gesprochen. Er sagt, daß es für eine Inkontinenz keinen Grund gibt. Wenn das so weitergeht, mußt du gewickelt werden«, sagte Elizabeth kalt.

Ein Ausdruck von abgrundtiefem Haß legte sich wie eine Totenmaske über Stephens Gesicht.

Elizabeth starrte ihn an.

Er senkte die Augen, schob sich die Tafel zum Schreiben zurecht.

LANGWEIL, schrieb er und sah Elizabeth mitleidheischend an.

»Ja, natürlich, dir muß ja langweilig sein«, sagte Mary mitfühlend.

Er schrieb wieder. ZEIT

»Du willst wissen, wie spät es ist?« fragte Elizabeth.

Er schüttelte den Kopf.

»Zeitungen?«

Er nickte.

»Den *Globe?* Die *New York Times?*«

Er nickte.

»Beide?«

Ja.

»Die *Washington Post?*« fragte Elizabeth.

Ja.

»Den *Christian Science Monitor?* Eine Chicagoer Zeitung? Die *L. A. Times?* Wir werden sie bestellen. Willst du auch Zeitschriften?«

Ja.

»Okay. Also alle Nachrichtenmagazine. Noch irgendwelche anderen?«

Er grinste boshaft, kritzelte: PLAYBOY.

Am Abend klingelte Stephen nur wenige Sekunden, nachdem Florence gegangen war. Ronnie, die sich in der Nähe der Küche aufhielt, hörte es und rannte nach oben. DRNK, stand auf seiner Tafel. Er hielt sie hoch. Sie zögerte, dann fragte sie, was für einen. BRAN, schrieb er. Sie goß ihm ein Glas ein, reichte es ihm und blieb einen Moment stehen. Er entließ sie mit einem Nicken, und sie ging.

»Er wollte einen Brandy«, erzählte sie den Schwestern, als sie sich im Spielzimmer versammelten, wo sie inzwischen die Bar installiert hatten. Mary mochte es, durch die großen Verandatüren in den Garten sehen zu können, obwohl es um sechs Uhr bereits völlig dunkel war.

»Paß auf, er wird wieder ins Bett machen«, schnaubte Elizabeth.

»Wer geht, wenn er nach der Bettpfanne klingelt?« wollte Ronnie wissen.

»Doris. Dafür haben wir sie eingestellt.«

»Gut!« seufzte Ronnie. »Hauptsache, ich muß es nicht machen.«

»Oder ich«, sagte Mary.

»Ich würde es machen«, sagte Alex.

»Was bist du, eine verdammte Heilige?«

»Nein, ich bin es nur gewöhnt. Manchmal, wenn zu wenig Krankenschwestern da sind, helfe ich im Krankenhaus aus, ich arbeite nur ehrenamtlich, aber das schon seit so vielen Jahren, daß sie mich mit kleineren Aufgaben betreuen. Es ist kein großes Krankenhaus. Ich helfe ihnen oft«, Alex' Stimme klang dünn und flach, als ob ihr Atem nur aus der Kehle käme, nicht aus der Lunge. Sie sah niemanden an.

Nach dem Abendessen versammelten sie sich wieder im Spielzimmer, plauderten über dieses und jenes, aber Alex schwieg wie schon beim Abendessen. Ronnie sprach sie an: »Sind deine Erinnerungen wiedergekommen?«

Sie zuckte zusammen, sah sie mit ängstlichen Augen an. »Bitte?«

»Kannst du dich an etwas erinnern?«

Sie nickte, zog die Augenbrauen zusammen, fixierte einen

Punkt zwischen Wand und Fußboden. »Mir ist alles wieder eingefallen. Heute, im Wald, als ich spazierenging. Ich habe es vor mir gesehen. Ganz plötzlich.«

»Willst du es uns erzählen«, fragte Mary zögernd, mit einem Blick auf Ronnie. »Ich meine, möchtest du darüber reden?«

Alex dachte nach. »Ich glaube, das muß ich wohl, nach all den vielen Jahren, in denen ich es ausgelöscht habe.

Es war in Mommys Zimmer, im Zimmer meiner Mutter. Ich saß an ihrer Frisierkommode und puderte mir das Gesicht. Ich war neun. Sie hatte es mir erlaubt. Sie sagte, daß ich auch ihren Lippenstift nehmen dürfe und ihren Augenbrauenstift. Sie hatte sich hingelegt, sie hatte Kopfschmerzen. Daddy kam herein und fragte, wie es ihr ginge, und sie sagte, es ginge ihr nicht sehr gut. Er sagte, ich solle sie schlafen lassen und in seinem Zimmer spielen. Ich wollte nicht. Ich wollte wegrennen, aber er packte meinen Arm und zog mich in sein Zimmer. ›Stephen!‹ rief sie mit schwacher Stimme, als er die Tür schloß. Er machte sie wieder auf und sagte: ›Ich werde mich eine Weile um sie kümmern, Liebes. Du ruh dich aus.‹ Das war in Georgetown. In diesem Haus waren ihre Zimmer nicht miteinander verbunden, sie lagen nebeneinander. Er führte mich in sein Zimmer und schloß die Tür. Er sagte, ich würde wie eine erwachsene Lady aussehen mit meinem Puder und dem Lippenstift. Er hob mich hoch und legte mich aufs Bett, und dann fing er an… dann machte er, was er machte. Ich wimmerte. Ich wollte nicht, daß er das tat, aber ich hatte auch Angst, ich wußte, daß Mommy direkt im Nebenzimmer war. Ich wollte nicht, daß sie es hörte. Also wimmerte ich leise.

Aber sie muß einen Verdacht gehabt haben. Ich weiß nicht, warum. Gott weiß, daß er es seit Jahren tat, aber irgend etwas muß ihren Verdacht erregt haben. Vielleicht hatte sie deshalb so oft Kopfschmerzen. Jedenfalls ging plötzlich ganz leise die Tür auf, als wollte Mommy sich anschleichen, und ich sah auf und in ihr Gesicht. Er sah sie nicht. Er lag neben mir, auf dem

Bauch, sah mich an, hatte seine Hände auf mir. Mir blieb das Herz stehen. Ich kam mir so schlecht vor, so schmutzig, so ungezogen. Ich schrie auf, und Vater wirbelte herum, und sie stand da und starrte ihn an. Dann marschierte sie zum Bett und packte meinen Arm, sie griff so fest zu, daß es weh tat, und zog mich vom Bett und schubste mich vor sich her bis in mein Zimmer. Sie sagte: ›Ich komme gleich wieder!‹ und schloß mich ein. Sie schloß mich ein! Ich weinte. Mir war kalt. Ich hatte keine Unterhose an. Ich wollte sterben, ich wollte tot sein. Ich hörte, wie sie sich draußen in der Diele anschrien. Ich konnte nicht verstehen, was sie sagten, aber ich erinnere mich, daß sie schrie: ›NIEMALS NIEMALS NIEMALS!‹ Daß sie weinte. Nach langer Zeit, so schien es mir, kam sie mit einem Koffer in mein Zimmer. Sie warf meine Kleider hinein, griff nach meinem Mantel, stülpte mir meinen Hut über den Kopf und schubste mich zur Tür hinaus. Ich grübelte, fragte mich, warum sie mich wegschaffte und ob sie mich töten wollte. Sie sagte kein Wort. Sie merkte noch nicht mal, daß ich keine Unterhose anhatte.

Ein Taxi kam, und wir stiegen ein. Wir nahmen einen Zug. Wir fuhren zu Grandma. Mommy sagte zur Begrüßung nur, daß ich ein Bad nehmen müsse. Sie ging mit mir nach oben und steckte mich in die Wanne. Dann ging sie hinunter, und ich hörte, wie sie mit Grandma und Grandpa redete, sie flüsterte und schrie und weinte. An der Art, wie sie mit ihr redeten, erkannte ich, daß sie versuchten, sie zu beruhigen. Grandma kam nach oben und hob mich aus der Wanne. Ich war neun und konnte natürlich allein aus der Wanne, aber sie hat mir trotzdem geholfen. Sie wickelte mich in ein großes Handtuch und drückte mich fest an sich und half mir, mich abzutrocknen, und herzte mich. Da weinte ich. Sie drückte mich an sich. Ich fühlte mich geborgen.

Aber seitdem habe ich mich bei meiner Mutter nie mehr geborgen gefühlt. Jedenfalls lange nicht. Vielleicht nie mehr. Ich spürte, daß sie mir die Schuld gab. Sie hat nie wieder darüber gesprochen, und sie war immer sehr lieb und freundlich zu mir. Aber ich habe ihr nie mehr richtig vertraut.

Jetzt wird mir klar, daß sie oder Grandpa mit Vater irgend etwas ausgehandelt haben muß. Vielleicht hat sie gedroht, daß sie es öffentlich machen würde, wenn er je versuchen sollte, mich zu sehen oder mir zu schreiben, oder mich anzurufen. Vielleicht hat er das gemeint, als er das Wort ›VEREINBART‹ schrieb.«

»Ob er Unterhalt für dich gezahlt hat?« überlegte Elizabeth.

»Das weiß ich nicht. Wahrscheinlich. Mutter verdiente nicht viel – zwei- oder dreitausend im Jahr. Großvater verdiente mehr, aber auch nicht viel, und dann wurde er pensioniert. Aber es ging uns immer gut. Natürlich lebten wir bescheiden. Selbst nach Mutters Heirat mit Charlie. Ich könnte sie fragen«, fügte sie bitter hinzu, »jetzt, wo ich es weiß, wird sie vielleicht mit mir reden.« Sie wandte sich an Elizabeth: »Hast du es deiner Mutter je erzählt? Später, meine ich. Ich meine, weiß sie es jetzt?«

»Nein«, sagte Elizabeth kurz.

Sie sahen sie schweigend an, ohne sie zu verurteilen.

»Ich kann es immer noch nicht fassen, daß es dir gelungen ist, ihn zu zwingen, damit aufzuhören!« sagte Mary.

»Ja. Eine Ironie – daß es, nach all den Jahren, so einfach war. Ich sagte einfach: ›Nein, hör auf damit.‹ Ich war siebzehn, hatte im Juni die High-School abgeschlossen, ich wollte im September aufs College, ich konnte es einfach nicht mehr ertragen. Er war mit Amelia verheiratet, du –«, sie sah zu Alex, »warst noch ein Baby. Er kam zum Unabhängigkeitstag und faßte mich nicht an und reiste nach ein paar Tagen wieder ab. Jedesmal, wenn er abfuhr, entspannte sich mein Körper, ich merkte, wie sich mein Magen entkrampfte. Aber ich wußte, daß er wiederkommen würde. Das machte mich fertig, ich hatte immer das Gefühl, daß ich schlecht war, daß mein Körper gezeichnet war, vergiftet, als ob er stinken würde, es mußte etwas faul sein damit, denn sonst würde er mir solche Dinge nicht antun. Er sagte immer, daß es meine Schuld sei, daß mein Körper ihn dazu bringen würde. Ich erinnere mich, daß ich stundenlang im Wald saß und versuchte, herauszubekommen, was an meinem Körper ihn dazu brachte...«

»Ich auch«, schrie Mary. »Genau das hat er zu mir auch gesagt! Daß mein Körper ihn dazu brächte, es zu tun! Abends stellte ich mich immer nackt vor den Spiegel und sah mich an, fragte mich, *was* es war... denn ich war klein, weißt du, genau wie Alex, ich war noch ein kleines Mädchen und noch gar nicht entwickelt. Aber er sagte, ich sei ein kleiner Schelm, und daß ich es wollte.« Sie dachte nach, dann schüttelte sie heftig den Kopf und sah Elizabeth an. »Also, was hast du gemacht?«

»Er kam im August zurück. Es war ein paar Tage nach seiner Ankunft. Er wollte einen ganzen Monat bleiben. Mein Herz wurde schwer wie ein Stein, als ich das hörte. Ich hatte mir nicht *vorgenommen,* ihn davon abzubringen. Das wäre mir nie eingefallen. Es ist mir nie in den Sinn gekommen, daß ich das könnte, daß ich die Macht hätte, irgend etwas dagegen zu unternehmen. Eines Nachmittags, ihr wart alle im Pool – Amelia und ihr beide, Alex und Mary –, hatte ich mich, schmollend, wie üblich, in mein Zimmer verkrochen und las. Er kam herein und schloß die Tür. Ich wußte, was das bedeutete. Ich lag bäuchlings auf dem Bett. Ich erinnere mich, daß ich gerade angefangen hatte, *Die Brüder Karamasow* zu lesen, mit dem niederträchtigen Vater, der ermordet wird. Vielleicht hat mich das beeinflußt, ich weiß es nicht. Ich setzte mich auf, immer noch auf dem Bett, und starrte ihn wütend an. Ich hielt das Buch schützend vor mich, wie einen Schild, wie ein Kreuz gegen das Böse in einem Vampirfilm. Und ich schrie: ›NEIN! NEIN! NEIN! Das reicht! Ich will, daß du damit aufhörst.‹

Er sagte: ›Überlege es dir noch mal, Elizabeth. Du und deine Mutter, ihr braucht meine Unterstützung. Frag sie, ob ich nicht recht habe. Und solange du von meinem Geld lebst, wirst du machen, was ich sage.‹ Ich stand auf, ich sprang auf, ich war groß, dünn, aber stark. In der Schule spielte ich Hockey. Und ich stellte mich in Positur – ich weiß nicht, wo ich das herhatte, ich beugte meinen Oberkörper nach vorne, nur ein bißchen, knickte die Knie ein, leicht, wie bei Karate, versteht ihr? Aber ich konnte gar kein Karate, ich kannte noch nicht mal das Wort. Ich sagte: ›Du zahlst den gesetzlich festgesetzten Unterhalt für meine Mutter, er ist vertraglich festgelegt.‹ Ich wußte, leider Gottes, inzwischen genau, daß er zwei Detektive angeheuert hatte, um meine Mutter auszutricksen, daß er sie zur Trennung gezwungen hatte. Ich wußte, was für eine Ratte er war. Trotzdem – er war mein Vater. Deshalb – egal. Ich machte ein tapferes Gesicht, viel tapferer, als mir zumute war. Ich war eiskalt. Ich redete wie eine erwachsene Frau. Ich sagte: ›Was mich betrifft, so brauche ich deinen Unterhalt nicht. Es ist mir gleichgültig. Ich kann meinen Weg auch ohne dich gehen. Du wirst mich nie wieder anrühren!‹ Wenn ich heute daran denke, muß ich über mich selber lachen, aber ich glaube, ich schaffte es, etwas bedrohlich zu wirken.

Er war wütend und kalt – ihr wißt, daß er Ungehorsam nicht ertragen konnte, besonders bei seinen Kindern nicht. Aber ich glaube, daß es ihn auch ein bißchen amüsiert hat.« Sie zündete sich eine Zigarette an und räusperte sich. »Dann ging ich mit erhobenen Fäusten auf ihn zu, bereitete mich darauf vor, auf ihn einzuboxen. Es hätte Gott weiß was passieren können, wenn ich es wirklich getan hätte. Ich schrie: ›RAUS! RAUS AUS MEINEM ZIMMER!‹ Und er ging.

Er ging tatsächlich. Er schnarrte: ›Das wirst du bereuen, Elizabeth‹, aber er machte auf dem Absatz kehrt und knallte die Tür hinter sich zu. *Ich hatte ihn dazu gezwungen zu gehen.* Das war der größte Triumph meines Lebens. Zum ersten Mal in meinem Leben verspürte ich so etwas wie Macht. Ich war nicht nur ein Pingpongball im Spiel anderer Leute, ein Ding, das sich von buchstäblich jedem herumschubsen lassen mußte. Von Vater, Mutter, Großeltern, Verwandten... Lehrern. Ich konnte über mein Leben bestimmen. Das war ein wundervolles Gefühl. Ich fühlte mich so stark, daß ich meinen Badeanzug anzog und hinunterrannte, um zu euch in den Pool zu kommen. Aber ihr wart bereits wieder draußen. Aber ich sprang trotzdem hinein und schwamm allein. Ich muß eine halbe Stunde geschwommen sein, ich hatte soviel Kraft...«

Sie starrte lange auf das dunkle Fenster, dann wischte sie sich die Wange ab, schwitzte leicht. Ruhig legte sie die Hände in den Schoß. »Ich wußte, daß er mich nicht noch einmal belästigen würde. Und das tat er auch nicht. Aber er hat mir nie verziehen, und ich habe dann etwas gemacht, was fast genauso verwerflich ist wie das, was er getan hat. Es war mir egal, versteht ihr, ich habe... ich hatte... keine Skrupel. Nicht ihm gegenüber. Ich ging zu ihm, als ich einen Job brauchte, und ließ es ihn wissen, ließ ihn einfach wissen, daß ich von ihm erwartete, daß er mir half. Damals hat er mir geholfen, leicht amüsiert wegen meiner Chuzpe. Aber dann machte ich es wieder, als Clare in die Staaten zurückkehrte. Er hatte einen Idiotenjob an einem kleinen College, aber er brauchte und verdiente etwas viel Besseres, etwas mit Prestige. Ohne politische Fürsprache hätte er keine Chance gehabt. Also ging ich wieder zu Vater. Ich sagte, daß es ihm nur zur Ehre gereichen würde, daß Clare ein brillanter Ökonom sei, behauptete, daß er mit den Republikanern sympathisiere. Normalerweise hätte ich gar nichts weiter zu sagen brauchen, denn so funktioniert unser System, heute nennt man es ›networking‹ – politische Seilschaften, das alte Kumpelsystem. Er hätte mir einfach so, ohne viel Federlesens, helfen müssen. Clare helfen müssen. Aber er wollte nicht. Er fragte von oben herab, warum *er auch nur einen Finger für mich* krumm machen solle. Als ob ich nicht seine Tochter sei. Ich schätze, daß er gedacht hat, Clare sei mein Freund. Ich sah rot – buchstäblich –, mein Augapfel wurde rot. Tatsächlich platzte mir an dem Tag ein Äderchen im Auge. Ich mußte deshalb einen Arzt aufsuchen. Ich zischte: ›Weil du es mir schuldig bist.‹

Oh, seine Augen! Na, ihr könnt es euch ja vorstellen! Er nahm seinen Füller, fragte mich, welche Art von Job ich mir für Clare vorstellte, schrieb sich seinen Namen und seine Telefonnummer auf. Sagte, seine Sekretärin würde sich bei uns melden. Dann legte er den Füller weg und starrte mich mit diesem boshaften Blick an, ihr kennt ihn ja. Und sagte: ›Ich will dich nie wieder in meinem Büro sehen. Ich verbiete dir, jemals wieder Kontakt mit mir aufzunehmen.‹ Und wißt ihr was?« Sie drehte sich zu ihnen um und sah sie gequält an. »Da hätte ich am liebsten geweint. Ist das nicht verrückt? Ich hatte ihn gerade erpreßt, aber ich fühlte nur, daß mich mein Vater hinausgeworfen hatte – als ob alles andere nicht geschehen sei, als ob er einfach ein ganz normaler Vater war und ich ein ganz normales kleines Mädchen, das er soeben verstoßen hatte. Ich dachte, daß ich ihn nie wiedersehen würde.« Sie drehte sich wieder zum Fenster, ihre Wangen waren feucht. »Ich wollte mich ihm vor die Füße werfen, seine Knie umfangen, ihn anflehen, betteln, bitte, Daddy, verstoße mich nicht!

Ich habe es nicht gemacht. Ich riß mich zusammen und marschierte hinaus – irgendwie. Und ich wurde weiterhin zu seinen Familienfesten eingeladen. Über seine Sekretärin. Aber er hat nie wieder ein persönliches Wort mit mir gesprochen. Nur vor anderen Leuten.« Sie seufzte tief und laut auf, als ob sie eine schwere Last abgelegt hätte, die sie viele Meilen mit sich herumgeschleppt hatte. Sie lehnte ihren Kopf zurück, starrte auf das dunkle Fenster. »Und das machte mich wütend. Sehr wütend. Ich kann ihm immer noch nicht verzeihen. Deshalb fällt es mir so schwer, jetzt mit ihm zu reden. Ich glaube nicht, daß er jemals in seinem Leben auch nur ein einziges freundliches Wort zu mir gesagt hat, außer wenn er in meinem Bett war. Und wenn er in meinem Bett war, tat er etwas mit mir, was ich nicht wollte, was mir das Gefühl gab, als hätte ich keinen eigenen Willen, als hätte ich kein Ich – als sei ich ein Ding, das ihm gehörte. Deshalb sind für mich Freundlichkeit, Liebe, Sexualität bis auf den heutigen Tag gleichbedeutend mit Vernichtung.« In ihren Augen sammelten sich langsam die Tränen, bis sie überflossen. »Er hat mein Leben zerstört«, sagte sie mit schwacher Stimme.

Sie schwiegen.

»Bitte, sag das nicht«, flehte Alex. »Bitte, das kann ich nicht ertragen.« Sie saß kerzengerade in einem Sessel und starrte die Wand an. Keine sagte etwas.

»Er hat jede von uns zerstört«, beharrte Elizabeth. »Sieh uns doch an – nichts als ein Häufchen Elend.«

»Ich habe immer diese Blackouts«, sagte Alex. »Sie werden durch irgend etwas ausgelöst, glaube ich, durch eine Erinnerung oder Assoziation, und ich versinke in einer – Wolke. Ich weiß nicht, was mit mir passiert, während ich in dieser Wolke bin, ich werde nicht ohnmächtig… bis auf das eine Mal. Ich komme plötzlich wieder zu mir und weiß, daß ich weg gewesen bin.« Sie schwieg. »Ich befürchtete schon, daß ich besessen sein könnte. Versteht ihr das? Daß ich Visionen hätte, religiöse Visionen, obwohl ich mich hinterher nie an eine erinnern konnte. Dann überlegte ich, ob ich vielleicht krank sei. Ob ich einen Gehirntumor hätte oder vielleicht Epilepsie. Das machte mir angst.

Seit ich hier bin, passiert es mir fast jeden Tag. Diese Blackouts. Beim Spazierengehen oder Radfahren… ein Wunder, daß ich noch nicht mit dem Rad gestürzt bin. Weil es nicht erst in Georgetown angefangen hat. Er hat hier damit angefangen, in diesem Haus, als ich noch im Kindertrakt schlief… ich weiß nicht, wie klein ich war, als er damit anfing, aber ich weiß, daß es hier angefangen hat… dort oben, in dem Zimmer… »Sie brach ab. »Wie alt«, sie schniefte, »wie alt sind Kinder, die noch im Kindertrakt schlafen müssen?«

Mary zog die Stirn hoch. »Meine Kinder bekamen mit neun ihre eigenen Zimmer, aber ich verließ den Kindertrakt mit sieben. Weil ich ins Internat kam und keine Nanny mehr hatte.«

»Nein, nein«, wimmerte Alex. »Ich war noch klein. Drei oder vier. Ich lag noch in einem Gitterbett. Ich bin mir ganz sicher!«

Die Frauen schwiegen, stellten sich das Bett vor.

»Meine Mutter hat immer gesagt«, erinnerte sich Elizabeth, »besonders nach dem zweiten Manhattan – dann hat sie richtig gekeift, daß kein Gesetz ihn davon abhalten könnte, sie reinzulegen, und daß alle Gesetze auf seiten der Stephen Uptons dieser Welt seien. Damals hat mich das sehr schockiert, weil ich dachte, daß sie vielleicht gewußt hat, was er mit mir machte, und mir damit sagen wollte, daß sie ihn nicht daran hindern könne, daß das Gesetz auf seiner Seite sei. Ich glaube, daß ich das glauben wollte. Ich wollte glauben, daß sie es wußte, weil ich glauben wollte, daß sie Mitleid mit mir hatte, mit mir fühlte, aber nichts dagegen unternehmen konnte. Ich wollte nicht das Gefühl haben, daß ich es ihr nicht erzählen konnte, weil sie mir nicht glauben würde oder weil sie mir die Schuld gegeben hätte...«

Sie schwieg, zündete sich eine Zigarette an. »Aber natürlich hegte sie keinen Verdacht – soweit ich weiß. Aber sie hatte recht: Die Gesetze sind auf seiner Seite.«

»Das stimmt nicht«, wandte Ronnie ein. »Inzest ist verboten.«

»Tatsächlich?« schnaubte Elizabeth. »Glaubst du, man hätte ihn belangt, wenn wir ihn angezeigt hätten, als wir klein waren? Glaubst du denn, daß uns überhaupt irgendein Mensch geglaubt hätte? Der große Stephen Upton als Kinderschänder, der sich an seinen eigenen Töchtern vergreift?«

Sie hingen ihren Gedanken nach.

»Sogar jetzt. Wenn wir ihn anzeigen würden, würde irgend jemand irgend etwas unternehmen?«

»Vielleicht«, sagte Alex.

»Ein kranker alter Mann. Wir haben keine Beweise. Wir haben all die Jahre gewartet. Wir haben Angst, daß er uns enterbt. Oh, vergeßt es!« rief Mary. »Sie würden uns als Ungeheuer ansehen, als monströse Töchter, als undankbare, mißgünstige Gonerils und Regans, die einen armen alten Mann im Alter zerstören wollen.«

»Wer sind Goneril und Regan?«

»Oh, zwei Figuren in einem Stück. Monster-Töchter, die als *unnatürlich* bezeichnet werden. Als ob die Liebe zu den Eltern etwas Natürliches wäre.«

»Aber das ist sie doch auch«, sagte Alex schwach.

Sie sahen sie an.

»Wir lieben ihn doch. Jede von uns.«

»Ich nicht«, sagte Ronnie wütend.

»Ich sehe die Kinder im Krankenhaus, die mißhandelten Kinder«, fuhr Alex fort, »sie sind grün und blau, haben Striemen, Verbrennungen oder gebrochene Knochen, Gehirnerschütterungen. Aber wenn ihre Eltern sie besuchen kommen, die Menschen, die das verursacht haben, strecken sie ihnen die Arme entgegen, sie sind *so glücklich,* sie zu sehen. Selbst wenn sie Angst vor ihnen haben. Es ist herzzerreißend.«

»Und was ist mit den Älteren?«

»Sie ducken sich ein bißchen, sie haben mehr Angst. Aber sie weinen, wenn ihre Eltern gehen. Es ist... es ist so aussichtslos.«

»Und meistens sind die Männer die Mißhandler«, polterte Ronnie.

»Stimmt nicht«, sagte Elizabeth gelangweilt. »Frauen sind zur Hälfte daran beteiligt.«

»Die Frauen sind neunzig Prozent der Zeit mit ihnen zusammen«, schrie Ronnie.

»Ronnie, beherrschen und unterwerfen ist ein Naturgesetz...«

»Das ist kein Naturgesetz, das ist ein Gesetz des Patriarchats!«

Mary stöhnte auf und legte den Kopf in die Hände.

»Oh, dann sind also alle Löwen Patriarchen, weil sie alles töten, was kleiner ist als sie?«

»Sie töten, um zu fressen, nicht um es zu beherrschen. Nur Männer töten, um zu beherrschen.«

»Männer und Frauen.«

»Frauen selten.«

»Aber du gibst zu, daß es passiert?«

»Frauen werden auch gelegentlich von der Macht verführt«, verkündete Ronnie.

»Sie sind also nicht das heilige und reine Geschlecht, unbefleckt durch die Kraft ihrer Hormone?«

»Sie sind besser als Männer«, beharrte Ronnie. »Sie übernehmen die Verantwortung für die Kinder, sie opfern sich auf für ihre Kinder, die Kinder kommen immer zuerst.«

»Wie bei deiner Mutter?« schoß Elizabeth dazwischen.

»Meine Mutter *hat* sich für mich aufgeopfert! Sie hat fünfzehn Jahre lang denselben Wintermantel getragen, sie hat sich kaum jemals ein neues Kleid geleistet, und wenn, dann war es irgendein billiger Fetzen, und das war alles, was sie sich gekauft hat! Sie hat jeden elenden Penny, den euer Schwein von Vater ihr gezahlt hat, in meine Erziehung gesteckt! *Er* hat, weiß Gott, nichts dazugegeben. Er hat nie auch nur für eine einzige Windel bezahlt, nicht mal für eine Sicherheitsnadel! Keine Arztrechnung. Hat mir nicht ein Heft für die Schule gekauft! Sie mußte hierbleiben. Es war die beste Möglichkeit, mich zu beschützen!« Ronnie schüttelte den Kopf, ihr kamen die Tränen. »Du bist so gemein! Nur weil deine Mutter grausam war…«

»Warum, warum, warum müßt ihr euch, wenn ihr euch über Politik streitet, persönlich angreifen!« schrie Alex.

»Sie hat angefangen«, protestierte Ronnie.

»Könnt ihr euch nicht einfach darauf einigen, daß ihr euch nicht einig seid?« sagte Mary sauer.

»Herrgott noch mal!« Ronnie sprang auf. Sie tänzelte wütend herum, als ob ihre Füße in Flammen stünden. »Ihre beide tut so, als ob wir uns über irgend etwas Theoretisches streiten würden, über Engel auf Stecknadelköpfen oder wer mit dem Abwasch dran ist. Aber wir streiten uns um existentielle Dinge! Um etwas, das uns bis ins Mark geht, das alles betrifft, unsere Ansichten über das Leben, die Menschen, unsere Art zu leben. Sie glaubt« – sie blieb stehen und schoß Elizabeth einen erbosten Blick zu – »daß der Drang zu beherrschen, angeboren ist, und ich wette, sie glaubt, daß Männer diesen Drang heftiger verspüren als Frauen. Testosteronvergiftung, zweifellos«, fügte sie giftig hinzu.

»Ich wäre dir dankbar, wenn du nicht versuchen würdest, meine Überzeugungen zu interpretieren, Ronnie«, sagte Elizabeth steif.

Ronnie beachtete sie nicht. »Demnach ist das Leben ein einziger Kampf um Macht, wobei die Männer in einer besseren Ausgangslage sind als die Frauen – wahrscheinlich, weil die Frauen Kinder kriegen – stimmt's, Elizabeth?« höhnte sie. »Und wenn das stimmt, dann werden die Frauen immer die Opfer bleiben, dazu verdammt, um Sicherheit zu kämpfen, von Generation zu Generation, und Zuflucht zu suchen unter den Fittichen des am wenigsten verkommenen Mannes, den sie finden können…!« Atemlos schwieg sie.

»Wogegen du«, nahm Elizabeth den Faden auf, »und deinesgleichen *so tun,* als sei Herrschaft nicht ein zentrales menschliches Streben. *So tun,* als könnten wir, wenn wir nur wollten, eine süße kleine gemütliche Welt schaffen, in der jeder mit jedem zusammenarbeitet, sich um jeden kümmert – als ob man Gewalt, Wut, Neid auslöschen, ausreißen könnte…«

»Meine Vision ist besser als deine! Deine folgt dem Rat der Hölle!«

»Und deine kommt direkt vom Himmel?«

Ronnie seufzte, beruhigte sich, setzte sich wieder hin. »Hör mal, wir wissen beide, daß sich die Natur des Menschen nicht dingfest machen läßt, daß wir sie nie wirklich kennen werden. Daß jede Definition des Menschen ein Konstrukt ist, daß wir die Wahrheit über uns nicht kennen, noch nicht mal wissen, ob es diese Wahrheit gibt. Warum nehmen wir uns nicht das Recht, uns auf die Weise zu definieren, die uns am glücklichsten macht und uns nicht auf eine Endlosschleife verzweifelten Machtstrebens setzt? Verzweifelt deshalb, weil es nie zu Ende ist, man hat nie genug Macht, niemand. Warum nicht eine Philosophie aufgreifen, die dir eine alternative Art des Lebens erlaubt? Meine ermöglicht zumindest eine positive Haltung.«

»Und meine läßt Frauen wachsam bleiben, zwingt sie, klug zu sein, sich selbst zu schützen – was in dieser Welt für sie unerläßlich ist.«

Das darauf folgende Schweigen wurde von Mary unterbrochen. »Ich hasse Politik«, sagte sie von oben herab. »Politik ist weltlich, veränderlich, vergänglich. Ich meine, wenn ihr Shakespeare lest, wollt ihr dann genau wissen, um welche Königin es sich handelt? Die Kunst beschäftigt sich mit den universellen Erfahrungen des Menschen, und das allein zählt.«

Ronnie starrte sie wütend an. »Wenn du glaubst, daß Kunst nicht politisch ist, dann bist du auch ein Dummkopf.«

Alex sah sie verwirrt an. »Ihr redet alle... also, ihr klingt, als hättet ihr keinerlei Gespür für das Göttliche – als ob da kein göttlicher Wille oder Geist, oder wie ihr es nennen wollt, über euch stünde, als ob ihr euch *selber* erschaffen hättet. Wie könnt ihr das glauben?!«

Alle drei stöhnten auf.

16

Jeder weiß doch, daß die Kunst über der Politik steht, dachte Mary, während sie steif zur Seite sah und dem harten Blick auswich, mit dem Ronnie sie vom Notsitz gegenüber fixierte. Wie kann sie sagen, Kunst sei politisch? Die großen Klassiker, die sie im Rahmen ihrer nicht allzu umfassenden Schulbildung gelesen hatte – *die Ilias, die Aeneis, die Shakespeare-Dramen, das verlorene Paradies* –, die waren gewiß nicht politisch. Aber das, was Ronnie unter »politisch« verstand, hatte offenbar nichts mit Republikanern und Demokraten zu tun und nicht einmal mit Kommunismus...

Aldo brachte Mary und Alex nach Back Bay, wo sie mit Eloise zum Lunch verabredet waren. Ronnie sollten sie unterwegs an der Universität absetzen. Elizabeth hatte es vorgezogen, daheim zu bleiben.

Sie sprachen wenig während der Fahrt.

Alex' Gedanken waren ein wunder, wirrer Nebel, der um die Frage kreiste, wie andere Leute die Welt sahen. Sie verstand einfach nicht, wie sie lachen konnten, wie ihnen das fremd sein konnte, diese ganze gewaltige Erfahrungsdimension. Erlebten sie das denn nie? Dieses starke Gefühl des Verbundenseins mit etwas Jenseitigem, Ewigem, über allem Schwebendem, stets Präsentem, eine Dimension, die für sie fundamental wichtig war, in der sie die meiste Zeit zubrachte. Wie war es wohl, ohne dieses Gefühl zu leben? Wie konnten sie nicht spüren, daß es da war, um sie herum, sie umfing, sie einbettete in das große Ganze, die Gesamtheit aller Menschen, aller Kreaturen, der gesamten Schöpfung? Sie versuchte angestrengt, sich dieses Gefühl wegzudenken, aber sie schaffte es lediglich, ihre Umgebung auszublenden. Die Landschaft von Massachusetts, der Übergang vom Land zur Stadt, die Straße, die Autos, die anderen im Wagen, alles verschwand, und sie glitt hinüber in den ihr so vertrauten opaken Raum, wo sie die Luft über ihre Haut streichen fühlte, die Dinge als winzige tanzende Teilchen wahrnahm, ihrer aller Herzen im Gleichgewicht schlagen hörte, den Rhythmus des Tanzes spürte...

Ronnie, die sich zwei verschlossenen, distanzierten Gesichtern gegenübersah, preßte trotzig die Lippen aufeinander. Ihr Mißtrauen war berechtigt gewesen, sie waren genauso, wie sie anfangs gedacht hatte. Wie hatte sie sich dazu verleiten lassen können, Gefühle in sie zu investieren? Sie taugten nichts, schlimmer als das. Alex war eine totale Spinnerin, Mary eins von diesen hochnäsigen Leichtgewichten, die immer auf der Oberfläche dahintrieben wie Schaum, nie mit irgend etwas Realem in Berührung kamen, nur sahen, was zu sehen *fashionable* war. Und Elizabeth! Von ihnen allen war Elizabeth diejenige, der sie sich am ehesten verwandt fühlte, am ehesten *ähnlich.* Aber – großer Gott! Man konnte einfach nicht mit jemandem befreundet sein, der politisch so dachte wie sie. Wenn Elizabeth wirklich gelernt hätte, sie zu akzeptieren, sie zu mögen, sie zu *sehen,* müßte sie ihre faschistischen Überzeugungen in Frage stellen. Also hatte ihr freundliches Verhalten keine echte Grundlage. Andererseits war Elizabeth zu allem fähig, sogar dazu, ihren eigenen Vater zu erpressen, um von ihm zu kriegen, was sie wollte. Das einzige, was sie alle vier verband, war dieser... Mißbrauch.

Vielleicht war das ja alles, was die Frauen als Geschlecht gemeinsam hatten.

Sie brauchte sie nicht. Sie hatte sich einlullen lassen, aber jetzt war sie auf der Hut, gewarnt, sensibilisiert, wach, kampfbereit. Sie hatte all die Jahre ohne sie gelebt, und sie konnte es auch weiterhin, danke vielmals.

Sie versuchte, ihre rotierenden Gedanken zu beruhigen, sich auf das zu konzentrieren, was sie heute zu tun hatte. Ein gutes Statistik-Handbuch kaufen, das war wichtig. Ein paar Buchhandlungen hatten sonntags offen, aber welche? Sie konnte sich nicht daran erinnern, es schien Jahre zurückzuliegen, daß sie studiert hatte, in einem anderen Leben. Bevor Momma krank geworden war. Bevor Momma gestorben war.

Aldo setzte Ronnie bei der Bibliothek ab. Mary hatte es so arrangiert, daß er sie, Alex und Eloise um zwei Uhr in Back Bay abholen und zum Isabella-Gardner-Museum bringen würde. Er würde dort auf sie warten und dann etwa um halb fünf Ronnie an der Bibliothek wieder einsammeln. Sie trennten sich fast wortlos.

Doch als die beiden ein paar Stunden später wiederkamen, um Ronnie abzuholen, begrüßten sie sie herzlich. Sie waren fröhlich und redselig.

»Also, ich verstehe zwar nichts von Kunst, aber wie sie die Sachen arrangiert hat – das finde ich wirklich sehr komisch. Was sagst du, Mary?« sagte Alex lachend. »Riesige Kandelaber neben einem wunderbaren Gemälde und daneben…«

»Der letzte Kitsch!« prustete Mary heraus.

Ronnie, in noch trüberer Stimmung als vorhin, versank in düsterem Schweigen.

Aber Alex ließ es nicht zu. »Hast du gefunden, was du gesucht hast, Ronnie?«

»Oh, du hast eine offene Buchhandlung entdeckt!« rief Mary, indem sie auf die braune Papiertüte zeigte, die Ronnie auf dem Schoß hielt. »Was hast du gekauft?«

Sie quittierten die abschreckenden Titel mit ehrfürchtigen Ausrufen und begannen zu frotzeln. Mary schlug willkürlich eins der Bücher auf und las vor: »›Antheridien und Gameten bei Moosen?‹ ›Strukturen und Adaptationsmechanismen bei Bryophyten?‹«, worüber selbst Ronnie lachen mußte. Bis Lincoln war die Harmonie einigermaßen wiederhergestellt.

»Es ist schon fast Cocktailzeit«, verkündete Mary, als sie ankamen. »Sollen wir uns zum Essen umziehen und uns dann im Spielzimmer treffen?« Sie steckte den Kopf durch die Tür der Bibliothek. »Hallo, Elizabeth! Wir sind wieder da-aa!« sang sie. »War ein toller Nachmittag! Kommst du zum Drink?«

»Ich habe zu tun«, knurrte Elizabeth. Sie sah auf ihre Uhr. »Wie spät ist es überhaupt? Erst halb sechs!«

»Ach, bitte, komm doch, Lizzie!« bettelte Alex, die hinter Mary im Flur stand. »Ich muß dir von diesem verrückten Museum erzählen, wo wir waren. Wir ziehen uns nur eben um, sind gleich wieder da.« Sie saßen alle drei im Spielzimmer, als Elizabeth in schäbigen alten Hosen und einem blauen Arbeitshemd hereingeschlurft kam.

»Willst du dich nicht zum Essen umziehen!« rief Mary aus.

Elizabeth sah an sich herunter. »Vergessen.« Sie sah Mary an. »Muß ich?«

»Natürlich! Nur Ronnie darf zum Essen kommen wie ein Klempnerlehrling«, sagte sie mit einem boshaften Grinsen.

»Stimmt. Ronnie ist auch nicht umgezogen, warum sollte ich es dann müssen?« Elizabeth seufzte und ließ sich in einem Sessel nieder. »Ich bin total erschossen.«

»Ich hol' dir was zu trinken«, erbot sich Alex, indem sie aufsprang. »Perrier?«

»Nein. Gin.«

»Du scheinst dem Perrier abgeschworen zu haben«, bemerkte Ronnie.

»Das ist die Geselligkeit. Die treibt einem zum Trinken.«

»Lizzie, du mußt dich wirklich umziehen. Du schockierst sonst die Dienstboten«, protestierte Mary.

»Ist das der Sinn von gesellschaftlichen Umgangsformen? Die Sensibilitäten von Dienstboten nicht zu verletzen?«

Ronnie grinste breit. »Genau! Wenn ihr wollt, daß wir euch wie Götter behandeln, dann müßt ihr verdammt noch mal auch so aussehen!«

»Kannst du dir nicht einfach schnell einen Rock anziehen und dich kämmen?«

»Ach, laß sie doch, Mary.«

»Wir verkommen noch völlig, wir passen uns dem niedrigsten Level an!«

»Das bin wohl ich?«

»Offensichtlich.«

Alex, die an dem Bartisch stand, drehte sich verdutzt um. Sie hörte aggressive Worte, aber keinen Ärger in den Stimmen. »Macht ihr Spaß?«

»Halb und halb«, sagte Mary.

»Warum bist du so fertig?« nahm Ronnie jetzt Elizabeth aufs Korn. »Hast du einen logischen Fehler gefunden, den du nicht aus der Welt rationalisieren konntest?«

Elizabeth zog eine Grimasse. »Ökonomie ist keine exakte Naturwissenschaft.«

»Obwohl die Ökonomen so männlich denken?«

»Hört auf, hört ihr wohl sofort auf!« schimpfte Alex. »Ihr wißt doch, die Zankerei bringt uns nicht weiter!«

»Wenigstens«, fuhr Elizabeth munter fort, »versuchen ein paar von uns, den Realitäten ins Gesicht zu sehen. Im Unterschied zu euch Feministinnen in eurem Wolkenkuckucksheim.«

»Müssen wir uns das alles noch mal anhören? Das ist so langweilig!« beschwerte sich Mary.

»Hör mal, Mary«, sagte Elizabeth ärgerlich. »Ronnie und ich haben nun mal echte Differenzen, und wir müssen sie austragen. Es tut mir leid, wenn dir das nicht gefällt.«

»Fein!« fauchte Mary. »Dann tragt sie unter euch aus! Belämmert uns nicht damit! Uns interessiert das nicht.«

»Sollte es aber«, insistierte Ronnie. »Das ist wichtig.«

»Ja. Zumal es unsere Situation hier betrifft«, stimmte ihr Elizabeth bei.

»Was soll das heißen?«

»Ich will dir sagen, was das heißt, Ronnie« – sie wandte sich ihr zu – »und ich sage es nicht aus Zorn, darüber bin ich hinweg. Aber du bist jung genug, um meine Tochter zu sein, du könntest meine Tochter sein…«

»Wohl kaum«, warf Ronnie sarkastisch ein. »Falsche Hautfarbe. Und wenn ich das sagen darf: Ich bin froh, daß ich nicht deine Tochter bin.«

»Ich auch. Hauptsächlich, weil ich froh bin, daß ich nie Mutter gewesen bin. Aber das ist jetzt unwichtig. Was ich sagen will, ist, daß du dein Leben auf einen Haufen Lügen baust.«

Ronnie wurde blaß, aber ihre Stimme blieb fest. »Ach, und du hast wohl die Wahrheit gepachtet«, gab sie zurück.

Elizabeth hob die Hände. »Ich behaupte nicht, daß ich im Besitz der absoluten Wahrheit bin. Ich will nur einen kleinen Punkt geraderücken.« Sie zündete sich eine Zigarette an. »Sich selbst etwas vorzumachen, kann weitreichende Auswirkungen haben. Neulich abend zum Beispiel, als wir – als wir entdeckt haben – als wir aufgedeckt haben –, daß wir alle das gleiche mit Vater erlebt haben – da hast du – und zwar du als einzige – gelogen, Ronnie.«

Alex schnappte nach Luft. Mary hielt den Atem an. Ronnie lehnte sich in ihrem Sessel zurück, das Gesicht hart und dunkel.

»Du hast gesagt, für dich sei das mit Vater nicht so gewesen wie für uns, weil du ihn nie geliebt hättest. Und das war gelogen, Ronnie.«

Ronnie schnellte nach vorn, die Zähne gefletscht. »Wie kannst du es wagen! Wie kannst du dir ein Urteil darüber anmaßen, was ich fühle, was ich gefühlt habe? Woher willst du das wissen!«

»Muß *ich* sagen, wie es war, wie es gewesen sein muß? Das

große Haus, der große Mann, der Mann, den deine Momma geliebt hat... Er sah gut aus damals. Groß, attraktiv, elegant gekleidet, immer souverän. Ich habe die Fotos gesehen – Herrgott! Ich weiß es doch selbst noch! Er war der große Boß, er hatte die Macht. Er *muß* deiner Mutter als ein Gott erschienen sein, und dir auch, Ronnie!«

»Gott! Er erschien mir als der Teufel!« schrie Ronnie.

Elizabeth sah sie fest an.

Ronnie stand auf. »Er ist ein Teufel«, zischte sie Elizabeth an. »Dein Vater! Ein Vergewaltiger, ein Kinderschänder, ein Faschist, ein Mörder! Du weißt, was er politisch gemacht hat, im Krieg, danach...! Und du bist auch ein Teufel, in dem Maße, wie du ihn unterstützt! Ich will nichts mit dir zu tun haben, und ich will nicht mehr in diesem Haus bleiben!« Sie stürmte aus dem Zimmer.

»Also, wirklich, Elizabeth«, murmelte Mary. »Mußte das sein?«

Elizabeth ließ den Kopf hängen. »Ich dachte, es müßte sein«, sagte sie.

Sie würde alles tun, sie schreckt vor nichts zurück, das hat sie selbst gesagt, sie hat keine Skrupel, schlägt ganz nach ihrem Alten. Ronnie wälzte sich im Bett herum, probierte es jetzt auf der linken Seite, zusammengerollt, als hätte sie Magenschmerzen.

Es ist nicht wahr, er hat mir nie etwas bedeutet, wie kann sie es wagen, mir ihre Gefühle, wie war doch gleich das Wort, aufzuokkupieren aufzuoptieren aufzuoktroyieren und mir damit meine abzusprechen, mein Wort in Frage zu stellen. Woher will sie wissen, was ich empfunden habe? Wie sollte sie das wissen können?

Dieses Miststück, diese Verräterin ihres Geschlechts, diese Kollaborateurin des Teufels, diese Jammergestalt, so jämmerlich, die unglücklichste Frau, die ich kenne, das hat sie nun von ihrer Einstellung. Wenn man teuflische Gedanken denkt, lebt man ein höllisches Leben.

Sie wälzte sich wieder herum.

Verteidigt ihren Vater, der sie vergewaltigt hat. Kein Wunder, daß sie darauf beharrt, daß ihn alle lieben müssen. Sie hat recht, sie ist ein kaputter Mensch, ihr Leben ist ein Schrotthaufen. Ein Monument patriarchalen Denkens, das ist sie: genau wie er. Allein, allein, sie ist total allein. Okay, ich habe auch noch nicht die Richtige gefunden, die eine Frau, die ich für immer lieben kann, aber ich habe eine Menge Menschen geliebt, und eines Tages werde ich die Richtige finden, das weiß ich. Ich bin noch jung, noch jung, und ich bin lebendig. Es ist nicht so, daß ich keine funktionierenden Beziehungen eingehen könnte. Ich bin nicht wie sie.

Sie drehte sich wieder herum, aber ihr Kopfkissen war naß, und sie stützte sich auf und knipste die Nachttischlampe an. Sie stemmte sich seufzend ganz hoch, saß auf der Bettkante und angelte nach dem Päckchen Zigaretten, das sie an diesem Abend aufgemacht hatte – nach drei Tagen Nichtrauchen, auch das noch! Mist! –, und zündete sich eine an. Sie stieg aus dem Bett. Der Fußboden war kalt unter ihren bloßen Füßen.

Sie fand ihre Socken, schlüpfte in ihre Jeans, knöpfte sie über dem T-Shirt zu, das sie als Nachthemd trug, und verließ das Zimmer. Im Haus war es dunkel und still, und sie machte kein Licht, tastete sich leise in die Küche, durch den Flur, die Diele, das Wohnzimmer, durch den Gang am Billardzimmer vorbei und schob die angelehnte Tür zur Bibliothek auf. Mondlicht fiel durch die Terrassentür über den abgetretenen Perserteppich und schnitt einen scharfen Streifen aus dem Boden.

Sie blieb stehen, bis ihre Augen sich an das Dunkel und die helle Bahn des Mondlichts gewöhnt hatten. Der Raum, den ich immer gemieden habe. Sie musterte die Glastür, die Fenster, den Schreibtisch, die niedrige Balkendecke, den großen steinernen Kamin, die Bücherwände. Sie ging zum Schreibtisch, klopfte ihre Zigarettenasche über dem großen runden Aschenbecher ab, den Elizabeth immer benutzte. Er war leer, gesäubert, tüchtige Dienstboten in diesem Haus.

Ich dachte, er wäre weg.

Das war er auch gewesen, er war den Tag über nach Boston gefahren, aber er muß wohl wegen der Hitze früher zurückgekommen sein. Es war schrecklich heiß. Momma schwitzte in der Küche, sie machte eine Saucengrundlage, für eine *Blanquette de veau,* er hatte gesagt, er würde vielleicht jemanden zum Essen mitbringen. Ich wußte, sie würde es mir nicht erlauben, also witschte ich heimlich hinaus zum Pool, meinen Badeanzug unter dem Hemd versteckt, ich traute mich nicht, nackt reinzugehen, weil die Gärtner irgendwo dort draußen waren. Sie hätten mich nicht verpetzt, es kümmerte sie nicht, ob ich den Pool benutzte, aber sie hätten gegrinst und herumgewitzelt, wenn ich nackt gebadet hätte. Ich zog meinen Badeanzug zwischen den Büschen an und sprang mit einem Kopfsprung ins Wasser. Oh, war das wunderbar, sie hatten es ja so gut, da war dieser Pool gleich hier, und sie kamen nicht mal her, benutzten ihn kaum, aber es war herrlich, das kühle Wasser, das über mir zusammenschlug, und ich tauchte hin und her, um durch und durch naß zu werden, und schwamm, ich hatte mir selbst das Schwimmen beigebracht, indem ich mich hierhergestohlen hatte, wenn niemand da war, Momma hatte es nicht mitbekommen, oder vielleicht wußte sie es, ließ es sich aber nicht anmerken…

Ach, ich genoß es so. Ich muß wohl eine Stunde im Wasser geblieben sein, denn meine Finger waren ganz verschrumpelt und bläulich, als ich schließlich genug hatte. Ich stieg aus dem Pool und huschte in die Büsche.

Ronnie ging an die Glastür und öffnete sie, trat hinaus auf die Terrasse und startete auf die dunklen Hügel der kahlen Sträucher – Forsythien, Orangenblüten, Flieder. Die Spitzen der kahlen Zweige waren vom Mondlicht versilbert.

Genau dort. Ich zog meinen nassen Badeanzug aus und griff nach meinen Shorts... und...

»Hierher, Mädchen!«

Ich erstarrte. Ertappt. Er war da, er war zurück, er stand dort drüben in der Tür, genau hier, wo ich jetzt stehe. Konnte er mich durch die Blätter sehen? Er muß mich sehen, ruft mich, ich bin ganz nackt, was wird er Momma sagen, wird er uns rauswerfen, wird sie weinen, werden wir verhungern?

Ich wollte in meine Shorts steigen.

»Hierher! SOFORT!«

»Ja, Sir«, wimmerte ich, indem ich die Shorts fallen ließ, aber mein Hemd an mich raffte. »Ich muß nur mein...«

»SOFORT!«

Gott, ich hatte Brüste, ich hatte Haare dort unten, ich war körperlich reif, kein kleines, unbefangenes Kind mehr, ich konnte nicht...

»AUF DER STELLE!«

Ich kam hinter den Büschen hervor, zitternd, verängstigt, begann zu weinen, bitte Sir tut mir leid aber es war so heiß ich will es nie wieder tun ich habe es noch nie getan das war das erste Mal es war so schrecklich heiß heute...

Aber ich sagte nichts von alledem, weil *Er* herauskam und mich am Arm packte, ich ließ meine Kleider fallen, er zerrte mich in die Bibliothek, meine Füße schleiften über den Boden, er schleppte mich hier herein und warf mich auf die Couch.

Langsam drehte Ronnie sich um und ging wieder hinein, schloß die Tür und wandte sich der langen Ledercouch zu. Langsam durchquerte sie das Zimmer und verschloß die Tür zum Flur. Dann stand sie da und sah auf die Couch hinunter.

Er löste seinen Gürtel, ich dachte, er wollte mich schlagen, ich hatte Kinder in der Schule davon reden hören: Hat dich dein Vater verhauen? Ja, er hat mich verdroschen, mit dem Gürtel.

Ich weinte, zitterte, es war heiß, aber ich fror, und dann warf er sich auf mich, etwas Schreckliches, Hartes bohrte sich in mich, ich öffnete den Mund um zu schreien er hielt ihn mir zu er zerriß mein Innerstes dort unten er schlitzte mich auf…

Ronnie stand vor der Couch. Tränen liefen ihr über die Wangen.

Dann erschauerte er, und ein heißer Strom von etwas Flüssigem ergoß sich in mich. Er stand auf, zog seine Hosen hoch, ich lag da, und das schleimige Zeug rann aus mir heraus, er schloß seinen Gürtel.

Er wollte mich nicht schlagen…

»Steh auf.«

Ich tat es. Das Zeug floß aus mir heraus und über die Ledercouch. Als hätte ich gepinkelt. So demütigend, so beschämend…

Er starrte mich an, diese eisigen Augen, mein kleiner, gerundeter brauner Körper zitternd und nackt. »Wenn du irgend jemandem etwas davon sagst, werde ich deine Mutter entlassen. Dann sitzt ihr beide auf der Straße, hast du verstanden?«

Ich nickte.

Er wedelte mit der Hand in Richtung Terrassentür.

Ich lief hin, sie war verschlossen, ich fummelte daran herum, bekam sie nicht auf; endlich floh ich nach draußen, zurück zu den Büschen, ich fand meine Kleider und zog sie an, zitternd, weinend, wimmernd wie ein Baby, was war das, was hatte er mit mir gemacht, warum? Ich rannte nach drinnen, Momma sah mich nicht, ich lief die Mansardentreppe hinauf, zu den nicht mehr benutzten Mädchenkammern, ich legte mich auf ein Bett, es war mit einem Tuch zugedeckt, voller Staub, ich mußte die ganze Zeit niesen, es war mir egal, ich lag nur da und zitterte, weinte, versuchte, die Geräusche zu unterdrücken, damit mich niemand hörte…

Danach schlich ich nur noch herum. Ging nie wieder in den Pool. Nie, so heiß es auch war. Auch dann nicht, wenn er nicht da war. Aber er fand mich doch, wenn Momma einkaufen war oder in der Küche irgendein besonderes Essen zubereitete, er kommandierte mich zu sich, rief mich wie einen Hund, nannte mich »Mädchen«, packte mich am Arm, zerrte mich hier herein, warf mich auf diese Couch. Immer dasselbe, er sagte nie wieder etwas zu mir. Wie ich diesen Raum hasse.

Ronnie schlich langsam und mit eingezogenem Kopf aus der Bibliothek und wieder zurück zur Küche.

Sie sagt, ich hätte ihn geliebt. Wie kommt sie dazu. Sie haben ihn vielleicht geliebt, lieben ihn vielleicht immer noch. Er hat sie auch nicht so behandelt wie mich. Er hat zumindest behauptet, er würde es aus Liebe tun, hat sie bei ihren Gefühlen gepackt. Er hat das Wort benutzt, egal, was er wirklich empfunden hat. Er hat an ihre Liebe appelliert. Aber mich hat er behandelt wie ein weißer Plantagenbesitzer seine afrikanische Sklavin. Aber ich wette, manche Sklavenhalter haben auch behauptet, ihre Sklavinnen zu lieben; oder sie haben wenigstens Begierde gezeigt. Er hat noch nicht mal das getan, er war kalt, bis auf die Augen, darin brannte etwas, war das Begierde, war das die Art, wie er sie zeigte, dieser intensive Blick, der meinen Körper vereinnahmte, ihn besitzergreifend musterte, so wie eine Hausfrau ein schönes Stück Fleisch taxiert, das sie zum Essen kaufen will? Ich war die Vesper, Momma das Abendessen.

Momma wußte alles über das *droit du Seigneur,* sie erzählte oft, wie die weißen Vorarbeiter und Farmer die mexikanischen Frauen einfach nahmen. Frauen waren Eigentum ihres Herrn. Das wußten alle – Männer, Frauen und Kinder. So war es nun einmal. Sie versuchten, ihre zehn- oder elfjährigen Töchter zu verstecken, wenn die schäbigen Kleider die schwellenden Brüste, die jugendstraffen Schenkel und Bäuche nicht mehr verbergen konnten. Mädchen, die noch wie Kinder dachten und fühlten, aber die Männer sahen etwas anderes, sahen, was sie sehen wollten, nahmen sich, was sie haben wollten. So war es auch ihrer eigenen Mutter ergangen, und sie selbst war die Frucht eines solchen Aktes, wahrscheinlich habe ich daher meine blauen Augen. Und Großmutter Maria liebte Großvater Rogelio, weil er sie deswegen nicht schlug, ihr nicht drohte, sie umzubringen, er wußte, sie hatte dabei nichts zu sagen, konnte nichts dagegen tun. Er liebte sogar das Baby, Momma, und sie – oh, wie sie ihn liebte!

Wenn ich es ihr gesagt hätte – was hätte sie getan? Es war natürlich etwas anderes, er war nicht nur der Herr, er war mein Vater. Und er wußte es. Das war ja gerade der Kitzel, seine Töchter zu ficken, er hatte sie alle gekriegt, war das für ihn ein heimlicher kleiner Triumph?

Aber angenommen, ich hätte es ihr gesagt und sie hätte es achselzuckend hingenommen? Ich hätte sie auf ewig gehaßt, hätte sie nie wieder lieben können. So konnte ich ihr verzeihen, daß sie nichts dagegen tat, weil sie es nicht wußte.

Er tat es zehnmal in diesem Sommer, zehnmal, ich zählte mit, und jedesmal fühlte ich mich hinterher wie ein Stück Fleisch, wie eins von den Kalbssteaks, die Momma manchmal für ihn machte und die mit einem Holzhammer bearbeitet wurden, bis sie ganz schlaff und flach waren, weil alle Muskelfasern zerschmettert waren. Ich wartete darauf, daß er abreiste, aber er tat es nicht. Er ist im Ruhestand, sagte Momma. Ruhestand! Er würde nie mehr weggehen. Ich lebte in ständiger Furcht, konnte nicht lernen, meine Noten ließen nach, die Lehrer sahen mich an, als löste ich endlich mein Versprechen ein, die faule, nichtsnutzige *Chicana* war erwachsen. Meine Brüste waren groß, aber meine Seele war immer noch die eines Kindes. Ich war runder als all die weißen Mädchen, reifer. Fühlte mich jeden Tag in der Schule vergewaltigt, mußte weg, mußte unter meinesgleichen.

Konnte es nicht ertragen, nach der Schule hierher zurückzukommen, genau wie Mary. Ich weiß nicht, ob ich je den Mumm gehabt hätte, ihm einfach zu sagen, er solle mich in Ruhe lassen, so wie Elizabeth.

Nein. Ich hätte schreckliche Angst gehabt, daß er Momma rauswerfen würde. Weglaufen war die einzige Lösung. Sie wußte auch nicht, wo ich war, also konnte er sie nicht verdächtigen, daß sie etwas damit zu tun hatte. Sie war völlig außer sich. Er konnte es nicht an ihr auslassen. Sie dachte, ich wollte sie bestrafen, aber ich hatte es alles genau durchdacht. Für mich war es auch schwer, sie nicht anzurufen, mir vorzustellen, wie sie sich um mich sorgte...

Ich war wohl ganz schön tapfer.

Und alles, was sie sah, war Liebe. Herrgott. Ach, sie hatte wohl auch ein bißchen Liebe verdient, oder nicht?

War es die schiere Bosheit, die mich dazu getrieben hat? Was habe ich mir dabei gedacht? War es die Rache für einen gräßlichen Tag, an dem ich nicht klar denken, nicht arbeiten konnte, alles nur ihretwegen, an dem ich dagesessen und mir die Haare gerauft habe, nur wegen ihrer blödsinnigen politischen Ansichten? So wie Mary und Alex mich angesehen haben, könnte man meinen, ich hätte ein kleines Hündchen umgebracht.

Verdammt, was kümmert es mich?

Es kümmert mich aber. Ich will nicht, daß sie mich hassen, daß sie schlecht von mir denken.

Warum? Sie sind so dumm, alle beide, was, zum Teufel, macht es da aus, was sie von mir halten? Die Diktatur der weiblichen Nettigkeit, ich will mich ihr nicht unterwerfen, habe es nie getan, werde es nie tun.

Aber wenn wir uns alle gut verstehen... dann wird mir so warm ums Herz, leichter, ich fühle mich nicht mehr so hyperangespannt und zerrissen... auch Ronnie. In gewisser Weise mag ich sie am liebsten, sie ist mir am ähnlichsten. Aber warum mußte ich dann...

Ich pfeife auf ihre politischen Ansichten, sentimentaler feministischer Quatsch, der dem Tageslicht nicht standhält. Ich weiß die gesamte abendländische Philosophie hinter mir, die besten Köpfe der Jahrhunderte und alle ökonomischen Denker, bis auf ein paar unbedeutende Spinner. Aber ich versuche nicht, *sie* zu bekehren, warum beharrt sie darauf, daß ich glauben soll, was sie glaubt? Die Diktatur des neuen feministischen Proletariats, alle müssen sich gleich anziehen und gleich verhalten, kein Make-up, keine hohen Absätze und vor allem keine abweichenden Meinungen – schlimmer noch als die Roten.

Ich stehe für die Freiheit ein. Die Freiheit des Individuums. Das ist die Grundlage meiner politischen Überzeugungen, meiner ökonomischen Überzeugungen, meines Lebens.

Elizabeth drehte sich befriedigt auf die andere Seite und suchte sich eine bequemere Lage zwischen dem Gewirr aus Laken und Decken, den zerknautschten Kissen. Sie schloß die Augen. Setzte ihre ganze Willenskraft daran einzuschlafen. Aber ihre Gedanken gaben keine Ruhe.

Wollte sie einfach nicht mit ihren Lügen davonkommen lassen, wenn sie sich selbst belügen muß, um Feministin zu sein, meinetwegen, aber uns wird sie nichts vorlügen, um besser dazustehen als wir, reiner. Das werde ich nicht zulassen. Wie kommt sie dazu, uns zu suggerieren, sie sei reiner als wir! Wir hätten mitgespielt bei unserer eigenen... und sie nicht! Er hat sie einfach gepackt und vergewaltigt, ist es das, was sie uns einreden will? Warum hat sie nicht geschrien, warum hat sie es ihrer Mutter nicht gesagt? Einer Mutter, die sie liebte, das behauptet sie doch. Das wäre nicht Vaters Stil, so würde er sich nicht verhalten, so war er zu keiner von uns, das ist doch deutlich geworden, als wir darüber geredet haben, er hat sich unsere Liebe zunutze gemacht, unsere Liebe zu ihm, seine... Liebe... was auch immer... zu uns. Das ist das Schlimmste, das Tödliche an der Sache, das, worüber man nicht hinwegkommt, worüber ich nicht hinwegkomme. Ich habe ihn geliebt, ich wollte, daß er mich liebte, auch wenn das bedeutete, daß er… o Gott.

Elizabeth drehte sich wieder um und setzte sich schließlich resigniert auf. Sie griff nach ihrer Uhr: zehn nach vier. Sie fühlte sich zerknittert, sie spürte, wie die Tränensäcke unter ihren Augen schwollen. Sie seufzte, zündete sich eine Zigarette an, schlüpfte aus dem Bett und zog ihren Morgenrock über. Sie ging barfuß über den weichen Teppich ans Fenster und öffnete die Vorhänge. Der Mond war verschwunden, keine Sterne zu sehen, der Himmel ganz schwarz. Man konnte kaum erkennen, wo die Bäume aufhörten und der Himmel anfing. Sie setzte sich auf das Liegesofa und starrte hinaus ins Nichts.

Vater.

Ich habe ihn vergöttert. All die Jahre. Sah ihn herumgehen und lachen und scherzen, mit all diesen bedeutenden Männern, und sie hörten ihm alle zu, als sei er jemand, jemand Wichtiges, und ach, wie ich mir wünschte, mich danach sehnte, danach hungerte, daß er mich nur einmal liebevoll ansah, mich lobte, irgend etwas an mir lobte, mich anerkannte. Und als ich diese Hoffnung aufgab, als ich größer wurde, wünschte ich mir sehnlich, so zu werden wie er. Was möchtest du denn mal werden, wenn du groß bist, Kleines? Mein Daddy.

Dann kam er zu mir. Sagte Wörter zu mir. Sagte *Liebe.*

Wie sollte ich Mutter lieben, das gottverdammte ewige Opfer, die resignierte, verbitterte, zornige, nichtsnutzige Frau, die auf ihrem Hintern saß und wartete, daß das Telefon klingelte, tagträumte – von Rache? Von Entschädigung? Das einzige, das sie in ihrem ganzen Leben je getan hat, war, mich zur Welt zu bringen. O ja, sie hat für mich gesorgt, das ist wohl schon etwas, das verlangt wohl einiges.

Aber sie würde genauso über Ronnies Ideen denken wie ich.

Ihr haßt Frauen, hat Ronnie gesagt.

Vielleicht können wir es nicht ertragen, die Hoffnung sprechen zu hören, wenn wir selbst keine haben.

Die hohle Hand unter ihrer Zigarette haltend, stand sie auf, um einen Aschenbecher zu suchen. Sie drückte die Zigarette aus, schlüpfte dann wieder in das zerwühlte Bett, versuchte vergebens, die Decken zu entwirren, und lag auf dem Rücken da, die Arme unter dem Kopf verschränkt.

Sie hofft auf dieselben Dinge wie ich, auf dieselben Dinge, auf die ich hoffen würde, wenn ich hoffen könnte. Gerechtigkeit, Anstand, Menschlichkeit. Der Unterschied zwischen uns ist nur, daß ich es besser weiß.

Deshalb versuchst du, ihre Illusionen zu zerschlagen, alle miteinander. Sie ist fünfundzwanzig, jung genug, um meine Tochter zu sein. Der Jugend sollten Illusionen gestattet sein.

Sie würde vermutlich sagen, es seien keine Illusionen. Das würde sie doch sagen, oder?

Und was würde Clare sagen?

Ihr Herz stockte.

Nichts kam.

Sie wußte sonst immer, wie Clare auf irgendwelche Behauptungen reagiert hätte, aber diesmal hatte sie keine Ahnung. Sie wußte, er war gegen den Feminismus gewesen, aber sie wußte nicht wirklich, warum. Sie hatte sich einfach nur mit ihm darüber lustig gemacht. Und jetzt war er verstummt. Die Zimmerdecke war weiß und kahl. Sie starrte in Panik nach oben; tiefe Einsamkeit erfüllte das Zimmer.

Alex saß in dem steifen Armsessel, das Gesicht zum Fenster gewandt, und sah hinaus auf den jetzt mondlosen Himmel, verschiedene Schattierungen von Dunkelheit, Himmel, Bäume, darunter der Rasen. Würde ein Künstler diese Farben benennen? Hätte er Wörter dafür – Nachtrasenschwarz, Nachtbaumschwarz, Nachthimmel... was?

Während sie sich Stück für Stück zusammensetzte, ihre Vergangenheit wieder zurückgewann, die fehlenden Teilchen einfügte, fiel um sie herum alles auseinander. Eine schreckliche Vergangenheit, aber es war besser, sie zu kennen, etwas zu haben, womit man diese gräßlichen klaffenden Löcher stopfen konnte. Mutter, die mich zu geistiger Retardation verdammte: dachte sie, sie täte mir damit einen Gefallen?

Warum, Elizabeth Ronnie, was ist es, was ist los? Wir haben es so gut gemacht, wir haben gelernt, einander zu lieben, einander zu umarmen, einander zu helfen, wir haben weiß Gott Hilfe nötig, wir brauchen einander, wir, die wir ganz allein sind mit unserer schrecklichen Wahrheit, unserer unerzählbaren Story, unserer Geschichte, die nie in einem Geschichtsbuch stehen wird. Frauenleben, unüberliefert, unbekannt, als ob eine Spezies von Geschöpfen auf dieser Welt leben würde, irgendeine exotische Sorte Ameisen oder Käfer, die emsig ihre Nester baut, ihre Nahrung herbeischafft, Junge bekommt und aufzieht, und niemand wüßte es, niemand wüßte irgend etwas darüber, alle würden sich abwenden und sagen, das gibt es nicht. Das ist gar nicht da. Das geschieht nicht. Das ist undenkbar.

Undenkbar.

Vater.

Wie ihn anschauen, sehen, wie über ihn denken fühlen das Undenkbare. Weiß nicht, ist alles so durcheinander, so verrückt, und jetzt ist er nur noch ein hilfloser alter Mann, todkrank, selbst nur ein Opfer. Kann nicht.

Sie lehnte sich zurück, die Augen halb geschlossen, sah ihre eigenen Wimpern, dunkel vor der Dunkelheit. Ließ die Hände schlaff auf die hölzernen Armlehnen sinken, den Kopf zurückfallen, ließ es alles von sich abfallen.

Jahrtausend um Jahrtausend Menschen auf dieser Erde, der Schmerz der Geburt des Lebens des Sterbens der Ungerechtigkeit, Geschöpfe, die in prachtvollen Körpern erblühen, dann verfallen, Unterdrückte und Unterdrücker Tänzer und Tanz, Jahrtausend um Jahrtausend, geborgen in der Hand der Ureltern, klein, braun und verhutzelt sehe ich sie, haltet mich, hütet mich, zieht eure Decke über mich, ich bin eins der Kinder, die für kurze Zeit hier wandeln, ich brauche eure weiche Hand an meiner Wange. Geburt Wachstum Verlangen der Tanz auch ich tanze meinem Tod entgegen in Verlangen und Sehnsucht und Wut und Schmerz, der ewige Tanz, haltet mich, macht diesem Schmerz ein Ende. Ich flehe euch an.

17

Elsie Noonan, die Krankenschwester, die Mr. Upton täglich medizinisch versorgte, kam am Montag schon früh, so daß Florence genug Zeit blieb, Mr. Upton wiederherzurichten – er saß, elegant in seinem seidenen Pyjama und dem Morgenmantel aus schwerer dunkler Seide – mußte ein Vermögen gekostet haben – im Rollstuhl und wartete auf den Besuch seines Anwalts um elf Uhr. Sie hatte sich Sorgen gemacht, weil Elsie manchmal nicht vor zehn oder halb elf kam, und dann hätte sie ihn nicht rechtzeitig vor dem Eintreffen seines wichtigen Besuchers herrichten können, und das wäre ihr peinlich gewesen. Aber heute war Elsie schon um halb zehn gekommen, und alles war in Ordnung. Florence hatte ihm, kurz bevor Elsie kam, bereits ein gutes Frühstück servieren können und mußte ihn dann nur noch baden und rasieren und ihm den Morgenmantel überziehen – was schwieriger war, als man hätte glauben sollen – und sein Haar kämmen.

Sie hatte die Türklingel nicht gehört, man hörte nie etwas in diesem Haus, weil es so groß war, aber plötzlich stand Miss Upton in der Tür, mit zwei Männern in Schlips und Kragen, wichtige Männer, das sah man gleich. Und sie wußte natürlich, was sich gehörte und ging auf Zehenspitzen die Treppe hinunter, um ihr zweites Frühstück einzunehmen, Mrs. Browning hatte heute Apfelstreuselkuchen für sie, einfach fabelhaft waren die, und sie konnte eine kleine Verschnaufpause brauchen.

Sie blieb fast eine ganze Stunde sitzen, dann kam Miss Upton herein, um Mrs. Browning zu fragen, ob es möglich sei, zwei Lunchgäste zusätzlich zu beköstigen, keine Sorge, wenn nicht, könnten sie ins Lincoln Inn essen gehen. Und Mrs. Browning sagte, sie habe eine wundervolle Champignonsuppe, und zwar reichlich davon, und frischen Apfelstreuselkuchen und ob sie mit Omeletts zufrieden wäre? Sie habe noch etwas Schweizer Käse und Schinken, die sie dazugeben könne, und ein frisches Baguette, das gerade heute vormittag geliefert worden sei, oder würde sie ein Soufflé bevorzugen? Und Miss Upton sagte, ein Soufflé wäre wunderbar, und ob sie dazu grünen Salat haben könnten?

Die Herren blieben also zum Lunch.

Hollis kam als erster wieder herunter, allein. Einen Moment lang blieb er unsicher in der Halle stehen, dann spähte er ins Wohnzimmer. Niemand da. Er ging auf die andere Seite des Foyers und spähte ins Eßzimmer – was für ein majestätischer Raum! An dem Tisch hatten mindestens fünfzig Personen Platz! Dann ging er durch die große Diele und spähte in den Bogengang unter der Treppe.

»Hallo?«

Niemand da.

Er ließ den Bogengang hinter sich, ging durch einen weiteren großen Flur, an dessen Ende sich eine offene Tür befand. Sie führte zur Bibliothek, in der Elizabeth an einem Tisch saß.

»Elizabeth!«

Sie nahm ihre Brille ab. »Ja, Hollis. Sind Sie fertig? Kommen Sie herein.«

Sie hat sich verändert, dachte er, während er auf dem Ledersofa Platz nahm. Ist irgendwie freundlicher.

»Sie und Ihr Kollege – Mr. Kaplan? – bleiben doch hoffentlich zum Lunch.«

»Ich kann nicht für ihn sprechen, aber ich würde mich

freuen. Ich glaube, daß Kaplan beabsichtigt, heute nachmittag noch Cabs Arzt aufzusuchen, ich könnte mir also vorstellen, daß er für eine kleine Unterbrechung dankbar wäre. Und Boston liegt nicht gerade um die Ecke, ich würde gern vorher noch etwas essen. Besonders in so reizender Gesellschaft!« fügte er hinzu, ganz Kavalier alter Schule.

Elizabeth zündete sich eine Zigarette an.

»Sie rauchen immer noch? Ich habe es vor fünf Jahren aufgegeben. Evelyn saß mir im Nacken, hat mich verrückt gemacht. Aber ich gestehe, daß ich den Geruch von Zigaretten immer noch genieße.« Er lächelte gezwungen. »Elizabeth...«

Sie blickte auf. Sein Tonfall hatte sich verändert.

»Wie geht es Cab? Wie verhält er sich?«

Ein Adrenalinstoß durchfuhr Elizabeth. Paß jetzt auf. Vorsicht. Sie sah ihn direkt an. Er hatte die Stirn gerunzelt, stützte den Kopf in die Hand, der Ellenbogen ruhte auf der Lehne des Sofas.

»Ich fürchte... daß er... unglücklich ist, Hollis«, sagte sie mit einem entschuldigenden Lächeln. »Natürlich haben wir dafür Verständnis. Es muß unerträglich für einen so aktiven... so *mächtigen* Mann sein, fast hilflos zu sein. So abhängig zu sein, wie er ist.« Ihre Stimme wurde leise, dann atmete sie tief ein und hob wieder von neuem an. »Deshalb haben wir beschlossen, unser Leben eine Zeitlang hintanzustellen und seine Pflege hier zu Hause zu überwachen. Die einzige Alternative wäre ein Pflegeheim gewesen – oder ihn hierherzubringen, ohne daß ein Mitglied der Familie anwesend ist und sich vergewissert, daß er ordentlich versorgt wird – so wie es angemessen ist...«

»Natürlich«, murmelte Hollis, sein Gesicht drückte Mitgefühl aus. »Was ihr Mädchen da macht, ist – nun, es ist wirklich verdammt großartig, Elizabeth. Jeder von uns wäre glücklich, wenn er soviel liebevolle Zuwendung bekäme, wenn er alt und hilflos ist. Gott weiß, wie schrecklich das Alter sein kann.«

»Ja«, pflichtete sie ihm sanft bei.

Wußte nicht, daß ich so sein kann.

»Wissen Sie, Lizzie, ich muß Ihnen gestehen, daß ich Cab nie als guten Vater empfunden habe. So viele Frauen – entschuldigen Sie bitte, aber Sie wissen schon, und er war nie da, und all das. Aber etwas muß er richtig gemacht haben.«

Als sie lächelte, versuchte sie, sich das Bild der heiligen Teresa von Bernini vorzustellen: »Vater ist uns allen sehr teuer.«

»Er reagiert seinen Frust an Ihnen ab, nicht wahr?« Der alte Mann sah sie wissend an.

Sie schüttelte freundlich den Kopf. »Das ist doch verständlich. Wir sind seine Familie. Besser, er läßt es an uns aus als am Pflegepersonal«, fügte sie lachend hinzu. »Sonst kündigen sie vielleicht.«

Er lachte. »Ha, ist eben nichts mehr so wie früher, nicht wahr, Lizzie?«

Ein verzweifeltes Rufen aus dem Flur: »Hallo? Hallo?« Hollis erhob sich schmunzelnd. »Das ist Tom. Hat sich im Irrgarten verlaufen. Ich habe vergessen, wie groß das Haus ist. Wirkte vor Jahren ganz anders, damals, als es noch voller Menschen war.«

»Hollis, warum gehen Sie nicht mit – Tom – ins Wohnzimmer. Ich komme in einer Minute nach. Ich werde die anderen holen. Wir können zusammen einen Drink nehmen.«

Elizabeth ging, um ihre Schwestern zu suchen. Während die Rechtsanwälte im Wohnzimmer die Köpfe zusammensteckten und sich flüsternd unterhielten, holte Elizabeth ihre Schwestern in Ronnies Zimmer, das abgeschiedener war als der Wintergarten oder das Spielzimmer, und flüsterte: »Ich glaube – ich bin mir nicht ganz sicher –, daß Vater von Hollis verlangt, uns aus seinem Testament zu streichen. Ich vermute, daß Hollis meint, daß Vater nicht mehr ganz bei Sinnen ist. Die Frage ist, ob der andere Anwalt – der gesetzlich eingesetzte *vorläufige* Vormund – das auch denkt.«

»Was will denn dieser andere Anwalt hier?« wimmerte Mary.

»Das ist der *vorläufige* Vormund«, wiederholte Elizabeth. »Das Gericht hat ihn eingesetzt. Er hat die Aufgabe, zu entscheiden, ob Vater zurechnungsfähig ist oder nicht. Wir müssen ihn davon überzeugen, daß Vater nicht ganz klar im Kopf ist.«

»Nun, das ist er ja auch nicht«, sagte Mary.

»Er denkt es aber. Und wer weiß, vielleicht stimmt es ja.«

»Du meinst, er ist genauso bei Verstand wie immer«, sagte Ronnie finster. »Das klingt gut.«

»Aber diesmal ist er derjenige, der beurteilt wird«, sagte Alex ruhig.

Sie starrten sie an.

»Ja«, sagte Elizabeth, sie klang überrascht. »Deshalb dürfen wir keinen Fehler machen. Wir müssen vor diesen beiden Typen die aufopfernden, leidgeprüften, liebenden Töchter mimen, die ihm seinen irrationalen Haß nachsehen.« Sie sah prüfend in ihre Gesichter. »Wenn ihr das nicht könnt«, warnte sie, »dann bleibt dem Lunch fern. Ich werde sagen, daß ihr nicht da seid, daß ich keine Ahnung hatte, daß ihr einen Termin beim Arzt habt...«

Mary und Alex bedeuteten nickend, daß sie gewappnet seien. Ronnie wandte sich steif ab, stand am Fenster.

»Ronnie?« fragte Elizabeth. »Alles in Ordnung? Schaffst du das?«

Sie drehte sich um. »Ich bin zum Lunch eingeladen?«

»Selbstverständlich!« sagte Elizabeth scharf, als sei das eine dumme Frage. Sie ging voraus und machte in der Küche halt. »Mrs. Browning, wir werden mit Mr. Whitehead und Mr. Kaplan im Wohnzimmer einen Drink nehmen. Würden Sie jemanden zum Servieren schicken?«

Die Schwestern gingen durch den vorderen Flur ins Wohnzimmer. Beide Anwälte standen auf.

»Hollis«, sagte Elizabeth, »Sie haben unsere Halbschwester Ronalda Velez noch nicht kennengelernt. Wir selber haben sie erst kürzlich entdeckt.« Sie bedeutete Ronnie mit einem Nikken, nach vorn zu treten. Elizabeth legte ihr leicht die Hand auf den Rücken. »Hollis Whitehead und... Mr. Kaplan?«

»Tom, bitte«, sagte der junge Mann lächelnd.

»Ich wußte nicht...«, stotterte Hollis schockiert. »Noch eine Tochter?«

»Ja, Vater scheint sich auf Töchter spezialisiert zu haben«, lächelte Elizabeth. »Soweit wir wissen! Bitte, setzen Sie sich!«

Hollis starrte Ronnie an, während er seinen großen Körper in den Sessel sinken ließ. Sein Gesicht drückte Mißfallen aus. Die sechs saßen im Kreis um den kalten Kamin. Geschäftig trugen Teresa und Doris die Tabletts herein und stellten Flaschen und Eis auf eine kleine Anrichte.

Alex erhob sich. »Erlauben Sie mir, Ihnen etwas zu trinken zu holen«, lächelte sie.

»Oh«, Hollis erhob sich halb aus seinem Sessel. »Sind Sie sicher, daß ich das nicht übernehmen sollte, kleine Lady?«

Alex lächelte schüchtern. »Nun, vielleicht bin ich darin nicht so perfekt wie Sie, aber ich würde es gern versuchen.«

Scheiße, dachte Ronnie. Du dummes Ding. Du bist genauso schlimm wie Mary.

Sobald sie alle mit Drinks versorgt waren, sagte Hollis: »Sie wissen, daß der Richter Tom zu seinem vorläufigen Vormund bestellt hat, damit er sich um die Vermögensangelegenheiten kümmert. Es obliegt ihm, Cabs Zustand zu beurteilen, zu beurteilen, ob er fähig ist, seine Angelegenheiten selbständig zu regeln. Er wird heute nachmittag mit seinen Ärzten sprechen. Wie heißen die beiden, Tom?«

Tom zog ein Notizheft aus seiner Brusttasche. »Dr. Stamp – das ist wohl der Neurologe, der Mr. Upton im Krankenhaus behandelt hat? Und Dr. Biddle. Der langjährige Hausarzt, soweit ich weiß.«

Die Schwestern nickten. Hollis nickte ebenfalls.

»Gute Männer, gute Männer«, verkündete er ernst.

»Wenn ich einen Vorschlag machen dürfte...«, sagte Elizabeth zögernd.

Elizabeth und zögernd? Scheiße!

»Sie könnten vielleicht auch mit Schwester Edna Thompson sprechen. Sie hat wahrscheinlich mehr von Vater mitbekommen als die Ärzte – was den alltäglichen Teil betrifft.«

»Exzellente Idee. Exzellent!« sagte Hollis dröhnend.

Tom kritzelte etwas in sein Notizbuch.

Hollis stellte seinen Sherry auf den Beistelltisch. »Nun, Mädchen, hören Sie mir zu, ich kenne Sie, also Lizzie und Mary jedenfalls, und Alex kenne ich aus der Zeit, als sie gerade laufen lernte...« Er blickte peinlich berührt zu Ronnie, wandte den Blick ab.

»Ich bin Cabs Anwalt, ich bin verpflichtet, seine Wünsche in die Tat umzusetzen, das wissen Sie, aber... nun, ich erzähle Ihnen möglicherweise nichts, was Sie nicht schon wissen. Als Sie mich anriefen, sagten Sie, daß er mit mir über sein Testament reden möchte. Das Problem ist, Cab möchte sein Testament ändern. Die Frage, vor der wir stehen ist, ob er... nun, ob er bereits wieder ganz bei Verstand ist. Ich hatte eine angenehme kleine Unterredung mit Elizabeth«, er lächelte sie wohlwollend an, »aber ich würde gern wissen, wie der Rest von Ihnen denkt.« Er sah eine nach der anderen an, sein Blick blieb an Mary hängen. »Mary, was denken Sie, meine Liebe?«

Mary schlug die Augen nieder, biß sich auf die Unterlippe, blickte dann scheu zu Hollis hoch, mit der für sie typischen, um Hilfe flehenden Kopfhaltung. »Oh, Hollis, Sie wissen, wie schwer es für ihn sein muß«, sagte sie leidenschaftlich. »Es wäre für jeden von uns schwierig, aber für einen Mann seines Schlages! Es ist... es ist...«, wieder schlug sie die Augen nieder, »manchmal ist es sehr schwer. Wissen Sie, er war immer so ein, nun, so ein *liebevoller* Vater.« Sie machte die Schultern rund, hob ihr Gesicht wieder seinem faszinierten Blick entgegen. »Ich hatte immer das Gefühl, daß ich sein besonderer Liebling bin, aber wie es scheint, hatten die anderen...«, sie sah ihre Schwestern an, »...manchmal denselben Eindruck.« Sie zog ein blütenweißes Taschentuch aus der Tasche ihres Seidenkleides, betupfte sich damit leicht die Nase.

Glaubt sie wirklich, daß sie heutzutage und in ihrem Alter damit durchkommt?

»Es ist ein bißchen hart...«, sie sah bittend hoch, »es ist *sehr* hart für uns, wenn er uns behandelt, als wären wir seine Feinde, dabei haben wir ihn nach Hause geholt, um ihn hier pflegen zu können, weil wir ihn lieben. Das kann ich einfach nicht verstehen, das kann keine von uns...« Sie schwieg, hob den Kopf und starrte tapfer in den Kamin. »Aber es spielt keine Rolle. Wir werden ihn pflegen, solange es geht. Wir wissen, wenn wir das nicht mehr können, wenn wir ihn in ein Pflegeheim schicken müssen – nun, dann können wir gleich jegliche Hoffnung auf Besserung aufgeben. Sie wissen«, sie wandte sich anklagend an Hollis, »wie die Menschen in Pflegeheimen einfach so wegsterben.« Sie schlug wieder die Augen nieder, starrte auf ihre Hände, als ob sie sich schämte, als ob sie etwas verraten hätte.

Hollis sah gerührt aus.

Ronnie dachte beeindruckt, sie ist meisterhaft. Habe nicht gewußt, wie gut sie ist. Sie hat recht, das ist ein Beruf, es ist eine große Kunst, in ihrer Welt eine Frau zu sein.

»Ich möchte, daß Sie wissen, daß ich euch Mädchen ganz wunderbar finde«, sagte Hollis mit belegter Stimme, zog ein Taschentuch aus der Hosentasche und schneuzte sich geräuschvoll. Er wandte sich an den anderen Anwalt. »Hast du das gehört, Tom?«

»Das habe ich«, sagte Tom und sah Mary mit wissendem Blick an. Hat er sie durchschaut?

»Und Sie, meine Liebe?« sagte Hollis freundlich zu Alex.

»Nun, Mr. Whitehead…«

»Hollis, Hollis!«

»Hollis. Wissen Sie, Hollis, ich habe Vater seit Jahren nicht mehr gesehen. Er und meine Mutter…« – sie hob die Schultern – »es war eine sehr schwierige Scheidung. Ich war noch sehr klein.«

»Solche Dinge gibt es«, nickte Hollis ernst. »Traurig – aber wahr.«

»Aber ich erinnere mich an einen Mann, der mit mir spielte, der mir einen kleinen Hund mitbrachte…« Alex versagte die Stimme.

Das muß echt sein, dachte Ronnie. *Sie* könnte das nicht spielen.

»Ich war so glücklich, ihn nach all den Jahren wiederzusehen!« sagte sie, und ihre Stimme festigte sich. »Ich dachte, das sei er auch, ich *wollte* ihn pflegen, es war mir eine Freude, mich um ihn zu kümmern! Aber er… reagiert auf mich, als ob er mich hassen würde, und ich weiß nicht, warum! Er tut so, als ob er uns alle hassen würde, dabei geben wir uns so große Mühe…« Wieder versagte ihr die Stimme, sie sprang auf und rannte aus dem Zimmer, verdeckte ihr Gesicht mit den Händen.

Schweigen.

Schließlich sagte Elizabeth: »Alex ist ein sehr einfühlsamer Mensch. Sehr gefühlvoll. Sie ist ein Schatz – sowohl was ihn betrifft als auch für uns. Für sie ist das alles ganz besonders schwer.«

Hollis nickte ernst, beugte sich in seinem Sessel vor, verschränkte die Hände zwischen den Beinen. Er sah Tom bedeutungsvoll an. Tom sah ihn bedeutungsvoll an.

»Ja, ich glaube, ich weiß, was ich wissen muß«, sagte er und hob den Kopf und sah Tom an.

»Sie haben Ronnie noch nicht nach ihrer Meinung gefragt«, sagte Mary liebenswürdig. »Sie hat in den vergangenen sechs, sieben Monaten hier gewohnt, um ihre Mutter zu pflegen, sie weiß also mehr über ihn aus der letzten Zeit als wir…«

»Ronnies Mutter war Vaters Haushälterin, und er hatte seit etwa dreißig Jahren ein eheähnliches Verhältnis mit ihr…«, erklärte Elizabeth.

Hollis machte ein Gesicht, als hätte man ihm gerade versichert, daß der Präsident einen Astrologen zu Rat ziehe, um politische Entscheidungen zu treffen.

»Selbstverständlich haben wir nichts davon gewußt. Wir haben es erst entdeckt, als wir wieder hierherkamen, und ich kann verstehen, Hollis, daß Sie schockiert sind, nun, für uns war es auch ein Schock. Aber Sie müssen wissen, daß Ronnie eine große Hilfe für Vater war, als ihre Mutter im Sterben lag. Sie hat ihm Kraft gegeben. Noradias Tod war ein schrecklicher Schlag für ihn. Tatsächlich war er unmittelbar vor seinem Schlaganfall über ihren Tod sehr bekümmert, der Schlag traf ihn an dem Tag, an dem sie beerdigt wurde, direkt nach dem Begräbnis…«

Der Anwalt gab sich Mühe, nicht mit offenem Mund in die Runde zu starren. Auf seiner Stirn erschien ein feiner Schweißfilm, und er zog wieder sein Taschentuch heraus und wischte darüber. »Ich verstehe«, sagte er schwach. »Das wußte ich nicht.« Er versuchte, Ronnie anzusprechen, aber es schien ihm nicht zu gelingen, sie direkt anzublicken.

Alex kam leise wieder zurück. »Verzeihung«, murmelte sie. »Es tut mir sehr leid«, sagte sie zu Hollis, »ich bin sonst nicht so. Es ist nur…«

»Schon gut, schon gut«, sagte der Anwalt, der sich bei ihrem Eintreten erhoben hatte. »Völlig verständlich, meine Liebe, völlig verständlich. Nicht wahr, Tom?«

»Natürlich«, sagte Tom.

Egal, ob er es Mary abgekauft hat oder nicht, dachte Elizabeth, Alex jedenfalls hat er es abgekauft. Ausgezeichnet.

»Ich persönlich glaube, daß ich wirklich nicht mehr wissen

muß. Was ich gerne vorschlagen würde – wenn Ihnen das nicht zuviel Mühe macht, ich möchte euch Mädchen keine Unannehmlichkeiten bereiten –, wäre, daß ich in einer Woche oder zehn Tagen wieder vorbeikomme, um noch einmal mit Cab zu reden und zu sehen, wie es ihm dann geht. Ich habe ihm gesagt, es würde etwas dauern, bis ich das... um die Dinge vorzubereiten, und daß ich für die Unterzeichnung wiederkommen würde... das wird er also verstehen.«

»Selbstverständlich«, murmelte Elizabeth.

»Überhaupt kein Problem«, sagte Mary.

»Wir freuen uns, wenn Sie kommen«, warf Alex ein, »und Vater auch.«

Der Anwalt seufzte. »Die Dinge sind nicht immer so, wie sie scheinen«, stellte er fest. »Nicht wahr, Tom?«

Tom nickte, steckte seinen Notizblock wieder ein.

»Was sagen Sie zu den Wahlen, Hollis?« fragte Elizabeth. »Ein echter Triumph, was?«

»Das war Wahnsinn, Elizabeth«, sagte Ronnie scharf, als die Anwälte gegangen und sie ins Spielzimmer umgezogen waren. »Wirklich verrückt. Ein unvertretbares Risiko.«

»Wovon redest du?«

»Erstens hätte ich euch nicht ins Zimmer begleiten dürfen! Und wie du mich vorgestellt hast. Du hättest wissen müssen, daß ihn das aus der Fassung bringt. Und daß sich das gegen *euch* richten könnte, nicht gegen euren Vater. Du hast ihn in Verlegenheit gebracht!«

»Ja«, sagte Mary leise, »du hast es ihm unter die Nase gerieben.«

»Was?« fragte Alex.

»Daß er... nun, Elizabeth hat das verletzt, was in besseren Kreisen unter Anstand und Sitte verstanden wird, Alex«, erklärte Mary.

Ronnie lachte. »Hat ihm unter die Nase gerieben, was sich

dahinter verbirgt! Hast du wirklich gedacht, das würde seinen Glauben an den geistigen Gesundheitszustand eures Vaters ins Wanken bringen? Eher bringt es seinen Glauben an deinen ins Wanken! Ich finde, du hast deine gesamte Zukunft aufs Spiel gesetzt, euer aller Zukunft, euer Geburtsrecht, euer Erbe!«

»Das war notwendig«, sagte Elizabeth kühl.

»Warum?«

Mary sah Elizabeth forschend an. »Ja«, stimmte sie zu, »das war es.«

»WARUM?« schrie Ronnie.

»Schscht!« machte Mary. »Willst du, daß das Personal uns hört?«

»Ich weiß es nicht so genau«, sagte Elizabeth unsicher.

»Komm schon, Elizabeth, du machst nie etwas, ohne nicht vorher alle Möglichkeiten durchgespielt zu haben. Schon gar nicht bei so einem Täuschungsmanöver. Was seid ihr doch für Betrügerinnen!«

»Ich bin keine Betrügerin«, protestierte Alex.

»Kann sein«, sagte Ronnie höhnisch, als ob sie dächte, daß Alex besser dastünde, wenn sie es wäre.

»Und nicht genug damit, wie du mich vorgestellt hast, dann mußtest du auch noch« – sie wandte sich an Mary – »eins drauf setzen.«

»War das nicht komisch?« kicherte Mary.

»Willst du damit sagen, daß du versucht hast, ihn zu provozieren? Begreifst du denn nicht, was auf dem Spiel steht?«

Mary zuckte die Achseln. »Ich weiß nicht, was ich damit bezwecken wollte. Was ist los mit dir, machst du dir Sorgen über *unsere* Zukunft? – Du warst anwesend, aber dich hat er nichts gefragt...«

»Ja«, bekräftigte Elizabeth. »Verstehst du, du bist hier. Es gibt dich.«

»Als er das erste Mal hier war, habt ihr mich nicht vorgestellt.«

»Das ist lange her«, sagte Mary.

»Ja. Vier Wochen«, kommentierte Ronnie trocken.

»Wir haben uns eben verändert.«

»Du bist unser Wahrzeichen«, sagte Elizabeth. »Unser Symbol.«

»VERDAMMT!« schrie Ronnie. »Ich bin ich, ein Mensch, nicht euer Symbol oder euer Maskottchen, wie eine kleine Ziege oder ein Hund...«

»Nein, nein, nein!« schrie Elizabeth ungeduldig. »Begreifst du denn nicht? Du bist wir, wir sind du. Wir sind illegitim. Alle. Wir haben als Frauen keinerlei Rechte, noch nicht mal an unseren eigenen Körpern. Wir haben noch nicht einmal das Recht, uns zu beschweren. Unter der glitzernden Oberfläche sitzen wir alle im selben Boot. Deshalb war es notwendig. Wir müssen zusammenhalten. Alle.«

Sie saßen da und schwiegen.

»Laßt uns einen Spaziergang machen«, sagte Alex plötzlich. »Raus aus diesem Haus.«

Diesmal nahmen sie die Einfahrt, die zur Straße führte, und gingen mit schnellen Schritten in Richtung Stadt. Sie hatten Schwierigkeiten, alle vier nebeneinander auf dem Grasstreifen zu laufen, aber sie versuchten es.

»Okay. Ich verstehe, was du meinst«, gab Ronnie zu. »Und ich glaube, daß ich dir sogar zustimme. Und natürlich gibt es mir noch mehr das Gefühl... von euch anerkannt zu werden. Aber ich wünschte, ich könnte glauben, daß dieser Hollis euren Vater für die peinliche Situation verantwortlich macht und nicht dich, weil du ihn damit konfrontiert hast.«

»Warum sagst du ständig *euer* Vater? Er ist auch dein Vater, Ronnie«, protestierte Alex.

Ronnie zuckte die Achseln. »Er erkennt mich aber nicht an, oder? Ich weiß nicht, wie ich ihn anreden soll. Ich kann ihn nicht Vater nennen, und ich werde ihn niemals mit Mr. Upton anreden – wie er es wahrscheinlich richtig finden würde. Würdet ihr es besser finden, wenn ich zu ihm dreckiger alter Sack sage?«

Schweigen.

Sie nahm den Gesprächsfaden wieder auf: »Ich wurde nicht als eine Upton erzogen, und ich kann nicht für mich beanspruchen, Expertin für die Moral eurer Klasse zu sein. Aber ich möchte wetten, daß nach Hollis' Moral eure Sünde schwerer wiegt als die eures Vaters. Er ist anerkannt, ihr wißt ja – Männer dürfen sich alles erlauben, alles. Die Person, die Unmoralisches aufdeckt, begeht den Frevel.«

»Er denkt, daß wir mit einer bestürzenden Neuigkeit konfrontiert wurden und als tapfere Mädchen das Beste daraus machen«, erklärte Mary.

»Bist du sicher? Bist du sicher, daß er nicht glaubt, daß ihr skandalöse Töchter seid«, sagte Ronnie scharf, »die ihm diesen Dreck unter die Nase reiben wollen?«

»Nein. Das Wort ›skandalös‹ paßt zu ›Frauen‹, nicht zu ›Mädchen‹«, sagte Elizabeth nachdenklich. »Und er hat weiter ›Mädchen‹ zu uns gesagt. Ich glaube also, daß wir gewonnen haben.«

Marys Stimme klang wieder besorgt: »Aber eines ist unausweichlich. Wenn Vater darauf besteht, uns zu enterben, dann muß Hollis uns früher oder später enterben...«

»Wir werden es bald wissen. Wenn Kaplan mich mit der Vormundschaft betraut, heißt das, daß er nicht glaubt, daß Vater seine Angelegenheiten selbständig regeln kann.«

»Armer Vater«, sagte Mary traurig.

»Was?«

»Nun, überlegt doch mal, wie er sich fühlen muß. Er ist *nicht* verrückt oder senil. Er ist der, der er immer war. Aber plötzlich ist er völlig machtlos. Er kann noch nicht mal seinen Anwalt dazu bringen, seinen Willen auszuführen.«

»Ich glaube nicht, daß er derselbe Mann ist wie früher«, bestritt Alex, »nicht so, wie ich ihn erinnere. Und er muß schon ein bißchen verrückt sein, um uns derart haßerfüllt zu begegnen, obwohl wir versuchen, freundlich zu ihm zu sein...« Ihre Augen wurden feucht.

»Er findet nicht, daß wir freundlich zu ihm sind«, brummte Elizabeth. »Und da hat er recht.«

»Also ich will freundlich zu ihm sein«, sagte Alex, eine Träne kullerte ihre Wange hinunter. Sie wischte sie hastig mit der Hand weg.

»Ich nicht«, sagte Ronnie leise und hart. »Er hat sich mir gegenüber immer wie ein Schwein benommen. Er verhält sich mir gegenüber jetzt nicht anders als damals, als ich vierzehn war. Nur daß er mich jetzt nicht mehr vergewaltigt.«

»Ich bin mit so viel gutem Willen hierhergekommen. Mit so viel... Sehnsucht«, sagte Alex heiser.

»Du hast doch nicht immer noch dieselben Gefühle, jetzt, wo du weißt, was er getan hat?« sagte Mary angriffslustig.

»Ich kann nicht einfach *aufhören* damit – ich habe mich zeit meines Lebens nach meinem Vater gesehnt und werde mich immer nach ihm sehnen. Egal, ob er da ist oder nicht, ob er lebt oder gestorben ist. Die Sehnsucht nach dem Vater, den ich einst gekannt habe... oder nach dem Vater, den ich mir erträumt habe... oder danach, wie er manchmal zu mir war...« Sie fragte Ronnie: »Du nicht? Du bist ganz und gar ohne einen Vater aufgewachsen. Hast du nie diese Sehnsucht gespürt...?«

»NEIN!« explodierte Ronnie.

Sie blieben stehen und starrten sie schweigend an.

»HÖRT AUF! Hört auf, mich anzustarren!« Sie ging wütend weiter, schüttelte ihre geballten Fäuste, ihre Augen blitzten. »Ich begreife nicht, warum ihr alle so beharrlich seid...«, schrie sie. »Es ist besser, keinen Vater zu haben. So oder so – sie sind alle Schweine!« Sie stürmte voraus, dann blieb sie stehen, drehte sich um und ging in Angriffsstellung. »Ihr seid diejenigen, die verrückt sind«, schrie sie und rannte weg.

Die Schwestern gingen schweigend weiter.

»Ich glaube«, sagte Alex schließlich langsam und ruhig, »daß wir Vater dazu bringen müssen, Ronnie anzuerkennen. Sosehr es uns auch verletzt hat, sie hat er am meisten verletzt.«

»Ja«, sagte Mary, »du hast recht. Aber wir müßten ihn dazu bringen, alles anzuerkennen – auch das, was er uns angetan hat. Ich hätte nie mit neunzehn geheiratet, wenn er nicht… Vielleicht hätte ich dann nicht geglaubt, daß die Ehe… Sexualität… das einzige wäre, wozu ich tauge.«

»Vielleicht doch«, sagte Elizabeth düster. »Weil man uns das damals so beigebracht hat.«

»Vielleicht«, stimmte Mary zu. »Aber vielleicht wäre ich auch Lyrikerin geworden.«

»Lyrikerin!«

Mary reckte herausfordernd das Kinn. »Ich schreibe Gedichte.«

»Das wußte ich nicht«, sagte Elizabeth kleinlaut.

»Ich habe, seit wir hier sind, jeden Tag ein Gedicht geschrieben«, verkündete sie. »Vielleicht sind sie nicht gut. Wahrscheinlich sind sie schrecklich.«

Elizabeth legte den Arm um Mary, Alex umarmte sie von der anderen Seite. An der Kreuzung, wo die Straße auf die Hauptstraße traf, stand Ronnie und kickte wartend Dreck vor sich her. In Schweigen versunken gingen sie zurück.

Mary kam etwas zu spät zum Abendessen. Sie hatte telefoniert. »Das war Chris, Christina, eine von meinen Freundinnen, die zum Tee hier waren. Sie möchten Vater besuchen. Ich habe ihr gesagt, daß er wieder zu Hause ist, und sie wollen ihn gerne besuchen. Morgen. In Ordnung?« Sie blickte in die Runde.

Sie sahen sie einfach nur an.

»Ich glaube, ja«, sagte Elizabeth.

»Sie wollen um elf kommen. Ich finde, wir sollten sie zum Lunch einladen«, sagte sie zögernd.

»Nicht, wenn es wieder so ein großer Aufwand wird wie der Tee«, sagte Elizabeth. »Das stehe ich nicht noch einmal durch.«

»Ich helfe dir gern, Mary«, bot Alex an.

»Es würde ausreichen, ihnen etwas im gleichen Stil wie heute den Männern vorzusetzen«, sagte Mary. »Vielleicht eine etwas elegantere Nachspeise. Sie wissen, daß wir nicht mit ihnen gerechnet haben. Also, einverstanden? Ich werde mit Mrs. Browning sprechen.«

Teresa kam herein, um die Teller abzuräumen.

»Habt ihr gehört, daß sie einen weiteren Sikh gefaßt haben, der Mrs. Gandhi ermordet haben soll?« fragte Elizabeth in die Runde.

Sie versammelten sich im Spielzimmer, und Alex machte den Fernseher an. Elizabeth nahm ein Buch in die Hand, das auf einem Tisch lag – Gedichte von Barbara Greenberg. Muß Marys sein, dachte sie. Fing an zu lesen. Ronnie sah blicklos durch die Glastüren auf die Terrasse.

Mary rauschte herein. »Also, das ist erledigt! Kressesuppe und Geflügelsalat – es ist noch genug übrig von den Hühnchen, die wir heute abend hatten, und sie wird ein wunderbares Dressing zubereiten und den Salat mit Dill, schwarzen Bohnen und Tomaten servieren. Und morgen früh will sie Petits fours backen, ist das nicht wundervoll?«

»Hört sich köstlich an, Mary«, sagte Alex herzlich.

»Diese Gedichte sind wirklich wundervoll«, murmelte Elizabeth.

»Ja, nicht wahr? Sie stammt aus dieser Gegend. Ich habe sie in der Bücherstube in Concord entdeckt.«

»Gibt es ein Gedicht über Inzest?« fragte Elizabeth.

»Nein, nicht von ihr. Aber bei Anne Sexton. Und ich habe mich oft gefragt, ob Sylvia Plath…«

Ronnie saß verkrampft da und sah erst Mary finster an, dann Elizabeth, dann Alex. Sie erwiderten ihren Blick. Elizabeth legte langsam das Buch beiseite. Alex knipste den Fernseher aus.

»Muß mich entschuldigen«, sagte Ronnie.

»Nicht nötig«, murmelte Elizabeth.

»Macht nichts«, sagte Mary.

»Oh, meine Liebe«, Alex streckte die Hand nach ihr aus.

»Ihr hattet natürlich recht«, sagte sie tonlos. »Ich weiß nicht, warum es mir so schwerfällt, es auszusprechen. Es nur zu denken. Es zuzugeben.«

Sie drehte sich um und sah sie an. »Als ich klein war, lag ich im Bett und habe mir vorgestellt, daß mein Vater eines Tages kommen und mich mitnehmen wird, er kommt mit einem großen schwarzen Wagen, er hebt mich hoch und herzt und küßt mich. Und er bringt mich und Momma von hier fort, in unser eigenes Haus, wo ich herumtoben kann, soviel ich will. Meine Momma hatte wunderbare Eltern, ihr Poppa hat sie immer auf seinen Schultern getragen, wenn sie alle morgens aufs Feld hinausgingen. Im Gras hing noch der Tau, es war kühl, und sie hatte keine Schuhe. Sie erinnerte sich daran, wie die Sonne aufging, sie erinnerte sich an ihn mit so viel Liebe. Ich wollte einen Poppa wie diesen Mann, einen Mann, der mich haben wollte, der wollte, daß es mich gab. Ich meine nicht das, was er… euer Vater… wollte. Und Poppa würde mit meiner ganzen Verwandtschaft kommen, mit meinen Großmüttern und Großvätern, meinen Cousinen und Cousins, Tanten und Onkeln, und alle wären glücklich, daß es mich gibt. Daß ich lebe. Ich habe mich nach diesem Gefühl gesehnt und nach ihnen, nach dem Gefühl, von ihnen umringt zu werden, ich wollte in dieser Welt willkommen sein.« Sie schwieg, stand auf, ging aus dem Zimmer. Sie hörten, wie die Badezimmertür zugeknallt wurde, dann nichts mehr.

Nur Alex horchte ihr nicht hinterher, war mit ihren Gedanken woanders. »Ja«, seufzte sie fast wie zu sich selbst. »Getragen werden! Gewärmt werden durch die Wärme eines anderen

Körpers, einen Körper riechen können, die Poren der Haut sehen können, das Grau der Haare, ein Teil davon zu sein, dazugehören, unvollkommen zwar, aber erwünscht. Dann weißt du, was Zuhause ist!«

Elizabeth blickte angelegentlich auf die Tischtennisplatte. Sie bemühte sich angestrengt, nicht mit den Augen zu rollen.

Ronnie kam mit verschwollenen Augen und gewaschenem Gesicht zurück. Selbst ihr Haar war naß. Sie setzte sich auf den Rand eines Fußkissens und starrte zu Boden.

»Rede mit uns, Ronnie«, bettelte Alex. »Es wird dir guttun, und es wird uns das Gefühl geben, erwünscht zu sein.«

»Wieso erwünscht?«

»So, als ob wir dir etwas bedeuten würden. Es wäre schön, wenn wir dir etwas bedeuten könnten. Das würde uns guttun.«

Ronnie schnitt eine Grimasse. Sie bat Elizabeth um eine Zigarette. Sie senkte den Blick, rauchte.

»Euer Vater«, sagte sie mit erloschener Stimme, »kam mir wie ein Gott vor, als ich klein war. Er war so groß, so gutaussehend und reich und mächtig, und meine Mutter betete ihn an, und er ging so ungezwungen mit all diesen vielen bedeutenden Leuten um…«

Sie schwieg. Niemand sagte etwas. Sie sah hoch. »Aber er behandelte mich wie eine Niggersklavin, und ich möchte nicht mehr darüber reden«, sagte sie bestimmt.

»Wir werden nicht mehr davon anfangen«, sagte Elizabeth nach einer langen Pause.

»Danke.« Erloschenes Gesicht, tonlose Stimme.

Die vier saßen schweigend und mit nachdenklichen Gesichtern zusammen.

»Man sollte wegen seiner Verbrechen Anklage gegen ihn erheben«, sagte Elizabeth schließlich.

»Anklage erheben?« Alex runzelte die Stirn. »Du meinst, wir sollten ihn vor Gericht bringen?« fragte sie ungläubig.

»Ja. Anklage erheben und vor Gericht stellen – Inzest *ist* ein Verbrechen, und wir alle wissen, daß er dieses Verbrechen begangen hat.«

»Das wird nie geschehen«, sagte Mary.

Ronnie sagte: »Selbst wenn wir in der Lage wären, es zu erzählen, selbst wenn uns irgend jemand anhören würde, selbst wenn uns irgend jemand glauben würde, kannst du dir vorstellen, daß sie gegen einen Mann ermitteln, bei dem einst Präsidenten ein und aus gegangen sind?«

»Genau das hat meine Mutter immer gesagt: Er steht über dem Gesetz«, sagte Elizabeth. »Aber das ist unakzeptabel.«

»Ja«, sagte Alex sanft. »Wir müssen Vater dazu bringen, seine Taten einzugestehen.«

Sie schwiegen.

»Das wird er niemals tun, und wir werden ihn nicht dazu zwingen können«, sagte Elizabeth schließlich.

»Nein. Kein Staatsanwalt wird gegen einen alten kranken Mann wie ihn Anklage erheben, selbst wenn wir ihn anzeigen sollten. Und könnt ihr euch vorstellen, wie sie uns ansehen würden, wenn wir es täten, besonders jetzt? Sie würden sagen, daß wir verrückt sind oder rachsüchtig, oder Schlimmeres! Sie würden ihm erlauben, sein Testament zu ändern!« gab Mary zu bedenken.

»Außerdem könnte er eine Gerichtsverhandlung gar nicht durchstehen. Er kann nicht sprechen.«

»Auch wenn er jetzt nicht sprechen kann, so hat er doch mehr Kontrolle über sein Leben als ich damals, als ich zwei oder drei war«, sagte Alex.

Sie dachten darüber nach.

»Das stimmt«, pflichtete Mary bei.

»Wir könnten selber über ihn richten«, sagte Alex.

Sie starrten sie an.

»Hier ein Tribunal veranstalten. Abends, wenn das Personal im Bett ist. Vor elf oder halb zwölf dreht er nie das Licht aus.

Erst nach den Nachrichten. Wir könnten nach dem Abendessen zu ihm hochgehen.«

»Wie würde unser Tribunal aussehen?« fragte Ronnie.

»Das weiß ich nicht. Wir würden unsere Beweise vorlegen… unsere Erinnerungen… und sehen, was er sagt. Tut. Schreibt. Wie er sich verhält.«

»Wenn wir das machen wollen, dann müssen wir es richtig machen«, sagte Elizabeth. »Eine muß anklagen, eine verteidigen, eine urteilen.«

»Aber wir sind alle seine Opfer.«

»Mir gefällt die Idee«, sagte Alex. »Elizabeth sollte die Anklägerin sein, sie kennt sich in diesen juristischen Dingen am besten aus.«

»Mary hat am meisten Mitgefühl mit ihm. Sie könnte ihn verteidigen.«

»Und Alex könnte die Richterin sein. Sie ist die Entgegenkommendste von uns und wahrscheinlich die Gerechteste.«

»Und was ist mit mir!« protestierte Ronnie.

»Du bist am schwersten verletzt worden. Du bist die Hauptklägerin«, sagte Elizabeth.

»Meine Verletzungen sind die schwersten? Wieso? Weil ich lesbisch bin? Ist es das, was ihr glaubt? Das hat nichts mit dem zu tun, was ergetan hat…«

»Nein, Ronnie!« unterbrach Mary sie. »Dir sind die schwersten Verletzungen nicht nur deshalb zugefügt worden, weil er dich sexuell mißbraucht hat, obwohl du ein Kind warst, sondern weil er sich geweigert hat, dich als sein Kind anzuerkennen, er hat nichts für dich getan, er hat dich völlig mittellos in die Welt gestoßen, nicht nur ohne Geld, sondern ohne Liebe, ohne Hilfe, ohne – ohne Umarmung. Und aus der Art, wie Hollis reagiert hat, war klar, daß er dich noch nicht einmal in seinem Testament bedacht hat.«

Ronnie war besänftigt.

»Okay.«

»Also? Werden wir es machen?«

Sie waren alle dafür.

»Was haltet ihr von Mittwoch abend, wenn Mrs. Browning frei hat und nur Doris im Haus ist. Sie ist neu, sie durchschaut den Haushalt noch nicht richtig. Das Risiko, gestört zu werden, ist dann kleiner«, schlug Mary vor.

»Dann also Mittwoch abend. Bereitet euch auf eure Aufgaben vor, Frauen.«

18

Ronnie wollte nicht, wollte auf keinen Fall dabeisein, wenn sie kamen, die Lunch-Ladys, wie sie sie nannte, wollte nicht mit ihnen essen, nicht mit ihnen Konversation machen, sich nicht mal blicken lassen. Aber Elizabeth und Mary waren hartnäkkig.

»Du gehörst zu uns, wir haben das alles hier zusammen durchgestanden, du bist nun mal eine von uns – von uns Schwestern!« argumentierte Elizabeth.

»Du bist jetzt ein Teil von unserem Leben. Was willst du denn machen – jedesmal verschwinden, wenn irgend jemand anderes aus unserem Leben auftaucht? Trau dich, Ronnie. Ich dachte, du wärst so mutig!«

Der Appell an ihre Macho-Seite wirkte, und sie erklärte sich bereit zu erscheinen, aber ihr Magen war so verkrampft, daß sie eine Pille nehmen mußte, um ihn zu beruhigen, ehe die Frauen kamen.

Marys Freundinnen kamen um kurz nach elf in einer überlangen Limousine, die Francine gehörte. Teresa machte ihnen auf, aber Mary stand hinter ihr in der Diele bereit, um sie zu begrüßen. Nachdem Teresa ihnen die Mäntel abgenommen hatte und sie sich auf jene verkrampft-distanzierte Art umarmt hatten, die typisch für solche Frauen war, führte sie sie nach oben.

»Meine Schwestern sind gerade bei ihm«, erklärte sie. Sind bei ihm, um ihn dazu zu bringen, sich seinen Gästen gegenüber anständig zu benehmen. Aber tatsächlich waren ihre Bemühungen überflüssig. Stephen war in dieser Hinsicht bestens trainiert, und sobald sie ins Zimmer traten, verzog sich sein seltsam entstelltes Gesicht zu einem Lächeln, dem ersten, das die Schwestern an ihm sahen.

»Oh, Mr. Upton, erinnern Sie sich noch an mich, ich bin Chrissie, Christine Bidwell, so hieß ich damals, meine Mutter hat mich öfters mit nach Lincoln gebracht, damit ich mit Mary spielen konnte. Meine Mutter war eine gute Freundin von Laura, sie sind zusammen zur Schule gegangen. Und Sie waren auch ein paarmal bei meinen Eltern zu Besuch, Anne und Walter Bidwell, erinnern Sie sich, wir wohnten in Back Bay und am Wasser, in Manchester...« Sie beugte sich herunter, um ihn auf die Wange zu küssen, und er tätschelte ihr mit seiner funktionierenden Hand den Arm und streckte sie dann der nächsten Besucherin hin.

»Frankie, Mr. Upton. Wir haben mal zusammen Krocket gespielt, Sie haben mir die Finessen des Spiels beigebracht, wissen Sie noch?« Er öffnete den Mund zu einer Art Lachen, streckte den Arm aus, ganz der alte Stephen, immer für ein Späßchen zu haben. Francine küßte ihn ebenfalls auf die Wange, dann stellte Eloise sich vor: »Lulu, Mr. Upton«, und alle redeten jetzt durcheinander, schwelgten in Erinnerungen. »Wißt ihr noch, damals in Manchester, als Mary auf einem Baum saß und sich nicht mehr runtertraute?« – »Erinnert ihr euch noch an die Party, wo Willy Lowell so betrunken war, daß er in den Pool fiel?« – »Ich weiß noch, wie ich hier bei Ihnen durch den Wald geritten bin, auf einem herrlichen Braunen namens Baby!« Wissen Sie noch... erinnert ihr euch. Ihre Erinnerungen waren taktvoll ausgewählt: Niemand sprach davon, wie Laura im Suff hingefallen war oder wie Francines Vater, ebenfalls ziemlich betrunken, bei einer Party plötzlich ihre Mutter ins Gesicht geschlagen hatte, oder wie Elizabeth sich immer irgendwo abseits verkrochen hatte. Sie erwähnten keine Scheidungen, weder seine noch die ihrer eigenen Eltern, noch ihre eigenen. Wenn man ihnen so zuhört, dachte Ronnie, könnte man meinen, das Leben sei eine einzige Gartenparty.

»Ich bin ja so froh, daß Sie wieder daheim sind und daß es Ihnen bessergeht. Mary sagt, Sie erholen sich prima. Ich wette, Sie werden im Nu wieder sprechen können und auf den Beinen stehen.« Niemand schien zu erkennen, daß Stephen ganz bestimmt nie wieder auf die Beine kommen würde. Sie überschütteten ihn mit ihren glücklichen Erinnerungen, die ebenso fiktiv waren wie ihre guten Wünsche für die Zukunft, überzeugt, daß ihn das auf dem Weg der Besserung voranbringen würde. Sie plauderten ein Viertelstündchen, bemerkten dann, er sehe müde aus, ach, sie strapazierten ihn, es war wohl besser, wenn sie jetzt gingen, aber sie hatten ihn unbedingt sehen wollen, wieder daheim und schon fast gesund…

Stephen war tatsächlich müde. Das ganze Gelächle, immerzu den Mund verziehen, damit es so aussah, als lachte er, so anstrengend, höflich zu sein. Er war das nicht mehr gewohnt. Er benahm sich jetzt immer so, wie er sich fühlte. Ehrlichkeit wird zu einer Gewohnheit, die schwer zu durchbrechen ist.

Die Frauen gingen alle wieder nach unten. Ronnie kam als letzte, sie hatten sie immer noch nicht vorgestellt, aber sie sah ein, daß Stephens Zimmer nicht der rechte Ort dafür war. Mary wartete, bis sie sich alle mit ihren Drinks im Wohnzimmer niedergelassen hatten, wo heute ein Feuer brannte. »Ich glaube, ihr kennt meine Halbschwester Ronalda noch nicht«, begann sie, und die Frauen sahen Ronnie jetzt zum ersten Mal an. Unter ihren Blicken war sie nahe daran, aus dem Zimmer zu stürzen. Nur das glühende Bestreben, ihre Schwestern nicht zu blamieren, ließ sie ausharren.

»Deine Halbschwester! Oh, guten Tag.« Eine behandschuhte Hand streckte sich ihr entgegen. »Ich wußte gar nicht, daß du noch eine Schwester hast, Mary.«

»Tja, so ist es. Ronnie ist Ökologin, sie macht gerade ihren Doktor an der BU. Ihr Spezialgebiet sind Moose und Flechten.«

»Wie faszinierend. Schön, Sie kennenzulernen.«

»Freut mich«, murmelte Francine. Sie platzten fast vor Fragen, die sie nicht zu stellen wagten, plauderten aber brav über Frankies jüngste Errungenschaft, ein Gemälde von David Salle, über Christines Tochter und ihre Verlobung mit einem überaus passenden jungen Mann, der in Princeton studierte, über Lulus Marokko-Reise. Francine unternahm einen Vorstoß.

»Könnte es sein, daß wir jemanden aus Ihrer Familie kennen? Wir besuchen gelegentlich Freunde auf ihrer Ranch in der Nähe von Acapulco – die D'Honorios, kennen Sie die?«

»Die sind vermutlich spanischer Abstammung. Meine Leute sind Indios – Mayas, genauer gesagt.« Sie hat sofort gemerkt, daß ich Mexikanerin bin. Woran? Ich könnte doch alles mögliche sein, Ecuadorianerin, Puertoricanerin…

»Wesentlich älterer Adel«, warf Mary ein.

Ronnie sah Mary an und verdrehte die Augen. »Wer sagt was von Adel?«

Alex grinste. »Ronnie sorgt immer dafür, daß wir bei der Wahrheit bleiben«, sagte sie. »Sie läßt jeden Bluff sofort platzen.«

Die Damen schienen bei diesen Worten in schockiertem Schweigen zu erstarren. Aber Alex fuhr fröhlich fort: »Egal, worüber wir reden, sie durchschaut jedes verlogene Gehabe – im Leben, in der Politik, in der Religion. Weißt du« – sie wandte sich Ronnie zu – »du bist wirklich erstaunlich.«

Ronnie wandte sich verlegen ab, aber Elizabeth nahm amüsiert den Faden auf. »Ja, sie hält uns auf Trab. Sie ist eine eingefleischte Feministin. Sie bringt mich ganz schön ins Schwitzen.«

»Dich, Elizabeth!« rief Christine. »Ich habe dich immer für die Intellektuelle gehalten.«

»Oh, das ist sie auch«, sagte Mary inbrünstig. »Aber Ronnie nimmt sie ordentlich in die Zange.«

»Tatsächlich.«

»Also damit verbringt ihr eure Tage? Mit Streitgesprächen über... intellektuelles Zeug?«

»Nein, wir arbeiten«, antwortete Elizabeth. »Ronnie an ihrer Dissertation, ich an meinem Buch, Mary an ihren Gedichten, Alex... an ihrer Seele, schätze ich«, schloß sie lächelnd.

»Oh, das ist hübsch. Das gefällt mir, Elizabeth.« Alex strahlte.

»Ihr arbeitet.«

»Ich wußte gar nicht, daß du Gedichte schreibst, Mary.«

»Ich bin nicht besonders gut darin. Aber ich übe.«

»Ihr beschämt uns ja«, sagte Eloise, ohne auch nur eine Spur beschämt auszusehen. »Ich für mein Teil tue gar nichts, ich genieße einfach nur das Leben. Ich meine, davon abgesehen, daß wir alle diverse Wohltätigkeitsorganisationen unterstützen und Essen und Bälle veranstalten und solche Dinge, was ja wohl auch eine Art gesellschaftlicher Beitrag ist. Aber die meiste Zeit« – sie zuckte die Achseln wie ein unbeschwertes Kind – »amüsieren wir uns.«

»Ach, erzählen Sie mal«, sagte Francine zu Ronnie. »Haben Sie sie schon zum Feminismus bekehrt?«

Ronnie sagte achselzuckend, aber ernst: »Ich versuche es nicht.«

»Nun ja, sie hat mich dazu gebracht, anders über die Dinge nachzudenken. Die Art, wie sie die Geschichte sieht...« Mary ließ den Halbsatz in der Luft hängen.

»Ich weiß nicht, ob das Feminismus ist...«, begann Alex zögernd. »Also, vieles von dem, was Ronnie denkt, denke ich auch, aber ich habe nie gewußt, daß das feministische Ideen sind.«

»Zum Beispiel?«

»Ach, ich weiß nicht. Was im Leben wirklich wichtig ist, was mehr wiegt als andere Dinge. So wie Liebe und Gemeinschaft und Gesundheit. Im Gegensatz zu, na ja, Macht, denke ich. Weltlicher Macht. Die ja nur eine gigantische Illusion ist, aber die Leute halten sie für etwas Reales, versteht ihr? Als ob sie etwas wäre, was man für immer behalten kann, was einen schützt.«

Drei Augenpaare blickten immer starrer in die Gegend, während Alex in diesem Stil weiterredete, bis, zur Erleichterung der Gäste, gemeldet wurde, daß das Essen angerichtet sei. Mary lenkte das Gespräch geschickt wieder zurück auf Klatsch und Tratsch und Neuerwerbungen, Reisen und Partys, und Ronnie verkroch sich wieder in ihr Schweigen, froh, daß sie bis zum Ende des Essens niemand beachtete.

Doch als es vorbei war und die Gäste gegangen waren und sie zurück in ihr Zimmer wanderte, fühlte sie sich im Einklang mit sich selbst, mit ihren Schwestern. Sie hatten sie dabeihaben wollen, sie wollten, daß die anderen sie akzeptierten, sie hatten sie extra vor ihnen herausgestellt. Sie selbst hatte nicht viel dazu beigetragen, und sie bereute es nicht. Diese Frauen waren nicht ihre Kragenweite, würden es nie sein. Sie würden sie nicht wiedererkennen, wenn sie ihr in Boston auf der Straße begegneten, oder wenn, würden sie sicher nicht stehenbleiben wollen. Aber sie auch nicht. Bedeutete Frauensolidarität, daß alle Frauen alle anderen Frauen voll und ganz akzeptieren und mögen mußten? Wenn ja, war Frauensolidarität nicht möglich. Aber irgendwo hinter dem seichten Geplauder hatten sie über die ernsten Dinge nachgedacht, die angesprochen worden waren, und obwohl sie alle – jedenfalls zu einem gewissen Grad – von reichen Männern abhängig waren und die Werte jener Welt akzeptierten, hatten sie doch auch Mitgefühl und so etwas wie ein schlechtes Gewissen, weil sie nicht woanders standen, für etwas anderes einstanden. Und das war doch schon etwas, oder nicht? Sie waren keine Feindinnen. Sie waren nur nicht gerade Freundinnen.

Sie setzte sich energiegeladen an ihren Computer und arbeitete den Rest des Nachmittags sehr konzentriert.

Dienstag abend nach dem Essen versammelten sich die Schwestern im Spielzimmer zu einer Strategiediskussion. Elizabeth und Mary notierten Stichworte auf linierten Blöcken; Alex stand an der Glastür und suchte bei den Sternen Rat. Ronnie hörte zu, stimmte zu, widersprach. Schließlich – nach einer streckenweise recht heftigen Debatte – verwarfen sie ihren ursprünglichen Plan zugunsten eines neuen Beschlusses: Jede von ihnen sollte sowohl Anklägerin sein als auch Verteidigerin, Alex würde am Ende das Urteil fällen, aber alle hatten ein Mitspracherecht.

Am Mittwoch waren sie still und angespannt, jede für sich – man sah es förmlich, dachte Ronnie – am Argumentieren, am Vorbereiten ihrer Auseinandersetzung mit dem stummen alten Mann. Sie aßen kaum etwas von dem kalten Abendbrot, das Mrs. Browning ihnen hingestellt hatte, zwangen sich aber, so lange am Tisch sitzen zu bleiben wie sonst auch. Während Doris abräumte, gingen sie hinüber ins Spielzimmer, wo sie den Fernseher anstellten. Sein Gedröhne und Geflimmere ging ins Leere: Sie sahen und hörten es kaum.

»Wir müssen die Rufanlage lahmlegen«, sagte Elizabeth.

»Warum? Das klingt ja, als planten wir ein Verbrechen!« Alex schauderte. »Einen Einbruch oder so was.«

»Willst du, daß er Doris alarmiert? Daß er dauernd auf den Knopf drückt, während wir reden? Das wird er tun. Es summt im ganzen Haus, und sie kommt angerannt und merkt, daß da was faul ist.«

»Das übernehme ich«, sagte Ronnie.

Es war halb zehn, als sie nach oben gingen. Stephens Fernseher lief, aber er hatte die Augen geschlossen. Ronnie bückte sich und zog den Stecker der Rufanlage heraus. Mary stöpselte das

Telefon aus. Elizabeth zog vorsichtig die Fernbedienung unter seiner schlaffen linken Hand hervor, knipste den Fernseher aus und legte das Bedienungsteil auf eine Kommode auf der anderen Seite des Zimmers. Alex schob die Konsole, auf der der Fernseher stand, ein Stück zurück und stellte drei Stühle ans Fußende des Betts und einen vierten ans Fenster, dem Bett zugewandt, aber ein Stück weiter weg.

Stephens Augen öffneten sich in dem Moment, als der Ton abbrach. Sein linkes Auge weitete sich erschrocken, und er griff nach der Fernbedienung. Als er merkte, daß sie nicht da war, tastete er nach der Rufanlage. Er drückte wie wild auf den Knopf, aber niemand kam die Treppe heraufgerannt. Ungerührt von seinem verzerrten Gesicht, seinem grimmigen Einhämmern auf die Rufanlage, seiner gereckten Faust, seinen gebleckten Zähnen, seiner Wut, blickten die Schwestern auf ihn herab. Er sieht aus wie der Bösewicht in einem Stummfilm, dachte Mary. Sie standen alle vier auf der einen Seite des Betts. Auf Stephens Gesicht zeichnete sich unverhohlener Alarm ab, es sah aus wie…

Ich habe ihn noch nie ängstlich gesehen, dachte Ronnie.

Ich hätte nie gedacht, daß Vater Angst haben könnte, dachte Mary.

Gott, dachte Elizabeth, er ist zu Tode erschrocken.

Oh, der arme Mann, er hat solche Angst, dachte Alex. Er muß denken, wir wollten ihn umbringen oder so was.

Elizabeth ergriff das Wort. »Vater, da sind noch Dinge offen zwischen dir und uns. Das ist dir doch klar?«

Er funkelte sie böse an.

»Wir haben erwogen, dich anzuzeigen«, sagte Mary traurig. »Hinzugehen und auszupacken, bei der Staatsanwaltschaft oder wo immer man so was macht. Wir wissen, daß es für solche Sachen keine Verjährung gibt – oder daß die Frist zumindest erst dann beginnt, wenn das Opfer sich an die Tat erinnert.«

»Nicht, als hätten *wir* es je vergessen«, sagte Elizabeth. »Aber Alex. Ihr ist die Erinnerung erst jetzt wieder gekommen.«

Seine linke Gesichtshälfte verzerrte sich, seine linke Körperhälfte zuckte vor Wut, seine Faust drohte, sein Mund arbeitete, sein Auge flackerte wild. Sie standen eng beieinander, ihre Schultern berührten sich fast.

»Aber dann dachten wir – na ja, sie würden dir ja jetzt wohl kaum mehr den Prozeß machen, oder? Du kannst ja noch nicht mal für dich selbst sprechen. Und damals, als es passiert ist, hätten sie dich ja wohl auch nicht vor Gericht gestellt, oder? Sie hätten uns nicht geglaubt. So ein bedeutender Mann...« Elizabeth trat zurück, ging zu einem der Stühle und setzte sich. »Meine Mutter – du erinnerst dich doch noch an meine Mutter? –, sie hat immer gesagt, du stündest über dem Gesetz. Du hast sie reingelegt und bist damit durchgekommen. Und weiß der Himmel, womit sonst noch. Wir sind doch sicher nicht deine einzigen Opfer gewesen.« Sie blies ihren Rauch in Richtung Tür aus, schlug die Beine übereinander und wippte mit dem Fuß, einziges Zeichen ihrer Nervosität.

Lächelte er? Konnte es sein, daß er lächelte?

»Ich habe in deinen Papieren gelesen, weißt du?« fuhr sie fort. »Bin unten in deinem Büro gesessen und habe mich durch Kartons mit dreißig Jahre alten Unterlagen gewühlt. Du warst ein gemeines Schwein. Eines Tages wird jemand eine ziemlich fiese Biographie über dich schreiben, Vater. Natürlich wird jemand anders eine wunderbare Gegenbiographie verfassen. Aber auf eins kannst du dich verlassen« – sie wandte sich ihm zu und sah ihn an – »es wird keine von uns sein.«

Soweit man seinen Gesichtsausdruck deuten konnte, schien er höhnisch zu grinsen.

Elizabeth seufzte. »Ich weiß, ich weiß, was du denkst: Frauen verstehen nichts von Realpolitik. Wissen nicht, wie man das Spiel spielen muß, um zu gewinnen.«

»Laß uns jetzt nicht darauf einsteigen, Lizzie«, drängte Mary. Sie wandte sich selbst an den alten Mann. »Es geht um das, was du uns angetan hast. Wir hatten nie irgendeine Handhabe gegen die schrecklichen Dinge, die du uns angetan hast. Wir waren noch Kinder. Auch wenn du nicht der gewesen wärst, der du bist… es wäre so gut wie unmöglich gewesen. Und wir haben auch jetzt keine wirkliche gesetzliche Handhabe. Aber wir haben Macht. Über dich. Und das gibt uns eine faktische Handhabe. Wir werden selbst über dich zu Gericht sitzen.«

Seine eine Mundhälfte zog sich auseinander, ein Geräusch kam aus seiner Kehle.

Das alte Schwein lacht, dachte Ronnie. Aber die linke Hand suchte nach dem Telefon. Sie krabbelte auf dem Nachttisch herum, tastete das Bettzeug ab.

»Wir werden dir wegen Inzests den Prozeß machen, ein Urteil sprechen und dieses Urteil vollstrecken, Vater«, sagte Mary.

Alex' helle, sanfte Stimme mischte sich ein. »Zuerst hatten wir vor, daß eine von uns als Staatsanwältin agieren sollte, eine als Verteidigerin, eine als Zeugin der Anklage und eine als Richterin. Aber wir konnten uns nicht entscheiden, wer die Verteidigung und wer die Anklage übernehmen sollte… weil wir im Prinzip alle deine Anklägerinnen sind. Und weil keine von uns unparteiisch genug ist, um den Richter zu machen.«

Sie sprach so ruhig und vernünftig, als legte sie jemandem ein Grundsatzproblem dar, das dieser einfach verstehen mußte.

Sein Mund war immer noch zu diesem bizarren Grinsen verzogen.

»Deshalb wird jede von uns für dich und gegen dich sprechen. Das ist doch fair, oder? Es ist die beste Lösung, die uns eingefallen ist, Vater. Und wir werden alle über das Urteil abstimmen.«

»Aber die Strafe wird Alex allein festsetzen«, warf Elizabeth kalt ein. »Weil sie die gütigste von uns ist und weil sie einen Draht zu den höheren Dingen hat«, erklärte sie. Dann setzte sie trocken hinzu: »Oder jedenfalls zu haben glaubt. Und da keine von uns etwas Ähnliches verspürt, sind wir bereit, es ihr zu überlassen.«

Sein Mund verzog sich noch weiter. Er fand das Ganze erheiternd.

»Okay«, sagte Ronnie abrupt, »laßt uns anfangen. Elizabeth, du bist die älteste. Du zuerst.«

Elizabeth richtete sich kerzengerade auf. Ronnie und Mary nahmen rechts und links von ihr Platz. Alex ließ sich auf dem Stuhl am Fenster nieder. Sie hielt Block und Stift locker in den Händen.

»Wenn du irgend etwas sagen möchtest, dann...« – Elizabeth sah auf seine Hand – »...heb einfach die Hand, und ich mache eine Pause. Dann kannst du auf deine Plastiktafel schreiben. Wir werden uns alles anhören, was du zu sagen hast. Beziehungsweise zu schreiben.«

Elizabeth hatte ebenfalls einen Notizblock auf dem Schoß liegen, warf aber keinen Blick darauf. Sie sah auch Stephen nicht an. Sie starrte auf ihre Hände, die sie lose über dem Block gefaltet hielt. Sie sagte: »Im August 1942, als ich zehn Jahre alt war, bist du hier in diesem Haus nachts in mein Schlafzimmer gekommen und hast mich mißbraucht. Du hast zu mir gesagt, das sei die Art, wie Väter Töchtern ihre Liebe zeigten, und du hättest mich lieb. Ich will nicht näher auf die Handlungen eingehen, die du an mir vollzogen hast, die ich an dir vollziehen mußte.« Sie drehte den Kopf zur Seite, holte Luft, räusperte sich.

Ronnie starrte ihn ungläubig an. Grinste er?

»Hinterher hast du mir gedroht, wenn ich irgend jemandem davon erzählen würde, würdest du meine Mutter und mich ohne einen Penny vor die Tür setzen. Außerdem hast du gesagt, mir würde sowieso niemand glauben. Danach hast du mich immer wieder mißbraucht, bis zu dem Sommer, als ich siebzehn war und dich gezwungen habe, damit aufzuhören.«

Jetzt sah sie Stephen an. »Hast du irgend etwas dazu zu sagen? Bestreitest du irgend etwas von dem, was ich gesagt habe?«

Ronnie schnappte leise nach Luft. Er starrte sie an, lächelte tatsächlich.

Elizabeth starrte zurück. So hatte Ronnie ihr Gesicht noch nie gesehen: dumpf, hilflos, flehend, wie ein kleines Mädchen. Er senkte seinen Blick nicht. Sie gab nach. Jetzt sah sie auf ihren Block.

»Es war nicht schwer, deine Verteidigung aufzubauen. Denn ich bin sicher – und wenn ich jetzt dein Gesicht sehe, noch sicherer als je zuvor –, daß du wie Generationen von Männern vor dir der Meinung warst, Inzest sei dein Privileg, dein gutes Recht – der Meinung, Väter hätten ein Eigentumsrecht an den Körpern ihrer Töchter, so wie auch an denen ihrer Frauen und Sklavinnen. Und daß du wie sie geglaubt hast, es sei dein Recht, andere Menschen zu besitzen, über sie zu verfügen, und daß sich Männlichkeit sogar über diese Fähigkeit, andere zu beherrschen, definiert. Da ich meine, dein Innerstes zu kennen, bin ich davon überzeugt, daß du so gedacht hast. Und deshalb habe ich gestern und heute den ganzen Tag damit verbracht, mich in der Geschichte, Mythologie und Philosophie umzutun, damit ich diese Anklage auf eine Art und Weise formulieren kann, die du verstehst und akzeptierst.«

Die Lippen wurden schmal, das Auge verengte sich.

»Und ich denke, dazu muß ich zunächst das Wesen der Vaterschaft selbst erörtern. Doch um Vaterschaft zu definieren, müssen wir meines Erachtens zunächst Mutterschaft definieren. Nun, herkömmlicherweise bedeutet Mutterschaft, ein Kind im eigenen Körper auszutragen und zu gebären. Manche Mütter nähren ihr Kind mit ihrem eigenen Körper, manche übernehmen seine tägliche Versorgung, bis es erwachsen ist. Aber diese Fürsorge ist nicht möglich in Gesellschaften, deren Wirtschaftsformen es der Mutter nicht gestatten, ihr Kind mit sich herumzutragen, während sie die Nahrung sammelt oder anbaut, so wie es in Jäger- und Sammlergesellschaften oder in primitiven Ackerbaukulturen der Fall war. Ergo ist Mutterschaft keine natürliche Rolle, sondern zu einem Teil durch die Natur vorgegeben und zu einem anderen Teil durch die Ökonomie der jeweiligen Gesellschaft definiert.«

Elizabeth flüsterte Ronnie etwas zu. Die nahm den Krug, den Alex auf einem Beistelltischchen deponiert hatte, und goß ihr ein Glas Wasser ein. Alex bot Stephen mit einem fragenden Blick ebenfalls Wasser an, aber er starrte nur wütend zurück. Knisternde Stille herrschte im Zimmer, während Elizabeth trank. Alex sah ihr mit feierlicher Miene zu. Ronnie und Mary schauten starr geradeaus. Stephen versuchte, auf die Wand zu seiner Rechten zu starren. Elizabeth räusperte sich und fuhr fort.

»Und die Ökonomie der Gesellschaft wird von Männern bestimmt. Väter haben schon immer die praktische Verantwortung für Babys von sich gewiesen. Die Mütter haben sie traditionell auf sich genommen, aber sie sind keineswegs in besonderer Weise dazu verpflichtet, vor allem, wenn das Kind erst einmal entwöhnt ist: Da beide Eltern im Kind gleichermaßen genetisch repräsentiert sind, haben beide objektiv das gleiche Interesse daran, dafür zu sorgen, daß es überlebt.

Außerdem ist es offensichtlich, daß in verschiedenen Wirtschaftsformen verschiedene Handlungsweisen notwendig sind, um ein Kind großzuziehen. Während in Jäger- und Sammlergesellschaften ein Elternteil allein für ein Kind sorgen kann – vor allem, wenn er oder sie in einer Dorfgemeinschaft lebt –, ist das in Ackerbaugesellschaften schon schwieriger, es sei denn, der sorgetragende Elternteil, bei dem es sich gewöhnlich um die Mutter handelt, hat selbst das Nutzungsrecht an

Grund und Boden. In einer Industriegesellschaft wie der unsrigen sind zwei oder mehr Personen nötig, um für ein Kind zu sorgen. Ist das klar?« fragte sie Stephen barsch.

Er reagierte nicht. Sie stand auf. Ging herum auf seine rechte Seite. Beugte sich dicht an ihn heran und sah ihn an.

»IST DAS KLAR?« brüllte sie ihn an. »KLAR?«

Er fuhr zusammen, nickte.

Die Schwestern, durch dieses Zwischenspiel ebenfalls aufgeschreckt, rutschten auf ihren Stühlen hin und her. Elizabeth ging wieder zu ihrem Stuhl zurück.

»Was jetzt noch zu erörtern bleibt« – sie wandte das oberste Blatt ihres Blockes um, setzte ihre Lesebrille auf, inspizierte die Seite, nahm dann die Brille wieder ab und sah Stephen an – »ist die Frage des Besitzrechtes. Du« – sie zeigte mit dem Finger auf Stephen, der auf die Wand schaute – »du, Stephen Upton« – er wandte das Gesicht ein wenig in ihre Richtung – »hast dich immer als einen Fürkämpfer der Freiheit bezeichnet, als einen Streiter für die verfassungsmäßigen Grundrechte, die Freiheit des Individuums, die Menschenrechte. Ist das richtig?« Sein Gesicht, ihr jetzt zugewandt, war ausdruckslos.

Sie beugte sich vor und nahm ein dickes Ringbuch vom Boden. Sie schlug es auf; es war voller Plastikhüllen, in denen Zeitungsausschnitte steckten. »Ich habe hier eins deiner Souveniralben, über die Jahre liebevoll geführt von deinen verschiedenen Sekretärinnen. Es enthält Auszüge aus Reden, die du gehalten hast, Pressezitate und Artikel über deinen Einfluß auf die Politik dieses Landes. Möchtest du, daß ich daraus vorlese, oder können wir es als gegeben voraussetzen, daß dein Ideal immer ein freiheitlicher Individualismus war?«

Finsterer Blick.

»Soll ich vorlesen?« Oh, diese kalte, gehässige Stimme.

Seine linke Hand wedelte abwehrend.

»Nun gut.« Sie legte das Buch wieder auf den Boden. »Innerhalb dieser Weltanschauung gilt die Vorstellung, daß irgendein Mensch einen anderen Menschen besitzen kann, als empörend. Die Denker, die diesem Ideal anhängen, formulieren diese Überzeugung so, daß jeder Mensch das Eigentumsrecht an sich selbst hat. In der juristischen Literatur wird an vielen Stellen darauf hingewiesen, daß Mensch ein Oberbegriff für Mann und Frau ist. Kinder kommen allerdings in diesen Schriften nicht vor, und es ist unklar, ob Kindern auch das Eigentumsrecht an sich selbst zugesprochen wird oder nicht. Es scheint, daß du, entgegen deinen libertären Überzeugungen, Kindern dieses Recht nicht zubilligst, sondern davon ausgehst, daß sie Eigentum ihrer Väter sind. Das entspricht letztlich dem römischen Konzept der *Patria Potestas,* nach dem der Familienvater das Eigentumsrecht an Frau und Kindern hat, was auch das Recht beinhaltet, sie zu züchtigen, zu verkaufen oder in sonstiger Weise über ihre Körper zu verfügen, ja sogar, sie zu töten.«

Sie trank von ihrem Wasser. Stephen sah sie jetzt alle an, sein lebendiges Auge ein flammender Zornesstrahl.

Erstaunlich, was er an Ausdruck zeigen kann, dachte Ronnie. Verachtung, Entrüstung, Spott, Hohn, Haß, Herabsetzung, Ungläubigkeit – und das alles mit nur einem Auge und einem halben Mund.

»Nach römischem Recht entwuchsen Söhne mit einem bestimmten Alter der väterlichen Verfügungsgewalt, Töchter jedoch nie, bis sie verheiratet wurden und dadurch – mit gewissen Ausnahmen – in die Verfügungsgewalt ihrer Ehemänner übergingen. Mein Argument lautet daher, daß Stephen Upton nach römischem Recht eindeutig berechtigt war, seine Tochter Elizabeth zu mißbrauchen, da dieses Recht sie für sein Eigentum erklärt und ihr keine eigene juristische Existenz zubilligt. Aber das Konzept der *Patria Potestas* kollidiert mit der libertären Weltanschauung, und das römische Recht gilt nicht in den Vereinigten Staaten, dem Land, in dem Stephen Upton lebt und in dem er sich einen Ruf als großer Streiter für die individuelle Freiheit geschaffen hat. Ich beantrage daher, daß er nach amerikanischem Recht entweder des Inzests für schuldig erklärt wird oder aber einer so ungeheuren Heuchelei, womit rückwirkend seine gesamte politische Karriere als null und nichtig zu betrachten wäre. Und als Strafe fordere ich von ihm ein unterschriebenes Geständnis seiner Schandtaten. Ich habe sogar schon zwei Geständnisse«, sie zog ein paar maschinenbeschriebene Seiten unter ihrem Block hervor, »zur Unterzeichnung vorbereitet. Es genügt, wenn du einfach nur ein Kreuzchen daruntersetzt.«

Stephens Kopf fuhr mit einem Ruck herum, sein linkes Auge schien aus der Höhle springen zu wollen.

Sie legte ihm die Seiten vor und hielt ihm einen Stift hin. »Willst du sie unterschreiben?«

Stephen fegte die Blätter mit der funktionierenden Hand von seinem Bettisch und sah Elizabeth mit der trotzig-finsteren Miene eines Zehnjährigen an.

Sie bückte sich und hob die Blätter auf. Sie sah zu Alex hinüber. Die nickte. »Ich bin fertig«, sagte Elizabeth in den Raum hinein zu niemand Bestimmten.

»Soll ich?« fragte Mary. Ronnie nickte. Elizabeth ging zu ihrem Stuhl zurück, setzte sich und verharrte absolut regungslos, den Blick auf ihren Schoß gesenkt.

Mary hatte auch einen Block, aber als sie sich aufrichtete, um das Wort zu ergreifen, glitt er von ihrem Schoß. Sie schien es gar nicht zu merken. Sie trug etwas Schweres, Weißes, fast so etwas wie eine Mönchskutte, und in den Falten dieses Gewands hing ein Anhänger an einer langen goldenen Kette. Sie sah nicht in Stephens Richtung, sondern auf ein Kruzifix, das schon seit ewigen Zeiten an der seitlichen Wand des Zimmers hing, ein schlichtes Goldkreuz, das seiner Urgroßmutter gehört hatte.

»Ja«, murmelte sie. »Okay.« Sie sah Stephen an. »Im Jahr 1944, als ich acht war, kurz nach dem Tod meiner Mutter, bist du in mein Schlafzimmer in Georgetown gekommen und hast dich zu mir ins Bett gelegt und mich in die Arme genommen und gesagt, daß du mich liebhättest und daß Väter und Töchter, die sich liebhätten, sich diese Liebe auf diese Art zeigen würden, und dann hast du mich mißbraucht. Deinen Penis hast du damals nicht benutzt. Du hast zu mir gesagt, wenn ich es jemandem erzählen würde, müßtest du sterben, und dann wäre ich ein Waisenkind, stünde ganz allein da, ganz ohne Eltern. Du hast mich immer weiter mißbraucht, in Georgetown und hier in Lincoln, bis du dann zwei Jahre später Amelia geheiratet hast. Ich mußte dieses Datum nachsehen, denn aufgrund der schrecklichen Sachen, die du im Bett mit mir gemacht hast, hatte ich seit dieser Zeit immer Angst, wenn ich mit dir in einem Haus war. Bis heute. Als Amelia schwanger wurde, hast du wieder angefangen. Als ich zwölf war, hast du regelrechten Geschlechtsverkehr mit mir praktiziert und gesagt, du würdest mich jetzt zur Frau machen. Hinterher hast du mir eine Pistole gezeigt und gesagt, damit würdest du dich umbringen, wenn ich je jemandem etwas davon erzählen würde. Du hast mich immer weiter mißbraucht, bis ich achtzehn war und mich verlobt habe. Das war 1954.«

Sie drehte den Kopf, um ihn anzusehen, und ihre Augen verschleierten sich. »Das Problem war, daß ich dich wirklich geliebt habe, Vater.«

Er sah sie argwöhnisch an.

»Meine Anklage lautet daher, daß du mich nicht nur mißbraucht hast, was als solches schon ein Verbrechen ist, sondern daß du außerdem in mir die Fähigkeit zerstört hast, Liebe und Macht, Sex und Unterwerfung voneinander zu unterscheiden. Du hast mein Gefühlsleben zerstört. Für immer.« Sie wandte sich wieder dem Kruzifix zu.

»Elizabeth hat ihre Anklage *und* ihre Verteidigung auf mehr oder minder juristischen Argumenten aufgebaut. Jedenfalls nehme ich an, daß es welche waren, da ich nichts von Rechtslehre verstehe – wie du ja weißt. Und auch sonst von nichts, willst du jetzt vermutlich sagen.«

Sie zog ein blütenweißes Taschentuch aus ihrer Rocktasche und betupfte sich die Gegend unter den Augen, vorsichtig, um ihr Makeup nicht zu verschmieren.

»Aber ich bin sorgfältig im episkopalischen Glauben unterwiesen worden, von meinen Nannys, die wohl meinten, die religiöse Erziehung gehöre zu ihrem Job. Und obwohl ich mich später von der Kirche abgewandt habe – und vom Glauben auch –, ist bei mir doch sehr wohl hängengeblieben, daß die verschiedenen Priester immer von Gottvater geredet haben und daß Unser Vater und Gott dasselbe waren. Und wenn alle Väter für ihre Familien Götter waren, dann war mein Vater ein noch höherer Gott – Stephen Upton, der Vertraute der Präsidenten, geschätzt von den Mächtigen dieses Landes, einer der Handvoll Männer, die in den Büchern, in denen ›das Establishment‹ behandelt wird, genannt werden. Stephen Upton ist nicht nur ein Gott für seine Familie, sondern ein Gott auch unter den Männern, ein Herrscher, von dem ich glaube, daß er sich auch selbst im Besitz göttlicher Fähigkeiten wähnt. Und wir alle wissen, daß sich diejenigen, die die Gesetze machen, über die Gesetze erhaben fühlen. Stephen Upton ist so gut wie identisch mit Gottvater, dessen Willen wir uns, wie die Priester sagen, zu fügen haben. Ich habe diese Botschaft vernommen und mich immer daran gehalten. Ich habe mich Männern immer untergeordnet und vor allem meinem Vater – meinem Gott.«

Sie wandte sich von dem Kruzifix ab und sah auf ihren Schoß, fingerte an dem großen goldenen Anhänger herum. »Als ich dann älter wurde und nachzudenken begann – ich weiß, du hältst das für einen Witz, Vater, aber tatsächlich bin ich ein relativ intelligenter Mensch, ich habe sogar ein paar philosophische Werke gelesen –, da verwarf ich die Vorstellung von einem gütigen Gott, der die Welt regiert. Aber nicht die Vorstellung von Gott-Vater. Und was den Vater-Gott so mächtig machte, war nicht Güte, sondern Geld. Geld, mit dem man Waffen kaufen kann und Panzer und Flugzeuge und Soldaten und Besitztümer und Häuser und Grund und Boden und Ölquellen und Firmen; Sachen, die andere Leute auf die eine oder andere Weise dazu zwingen, einem zu gehorchen. Den Glauben an diesen Gott habe ich nie verloren – aber für mich ist Glaube der Glaube an seine Macht, der Glaube, daß man ihn besänftigen muß, weil er einen sonst bestraft – ich habe an ihn geglaubt, bis... Ich weiß, es wird dich nicht interessieren, aber einmal in meinem Leben habe ich mich von diesem Gott abgewandt und einen anderen angenommen, einen, über den du dich sicher lustig machen wirst, den Gott der Liebe, der mir ekstatischere Erfahrungen schenkte, als sie die heilige Teresa oder sonst irgendwelche episkopalischen Heiligen je gemacht haben, da bin ich mir sicher... nun ja...«

Sie betupfte sich wieder unter den Augen. Sie sah auf, diesmal direkt in sein Gesicht.

»Und ich *bin* bestraft worden. Aber ich hätte um nichts in der Welt darauf verzichten wollen... nicht mal für das ewige Leben im Himmel, wenn ich oder du, oder irgend jemand von uns an so etwas glauben würde. Mein Plädoyer zu deiner Verteidigung lautet, daß du ein Gott bist und daß göttliche Macht real ist, auch wenn sie nur auf Geld basiert. Wie die Väter zu all dem vielen Geld gekommen sind, ist eine andere Frage, und die kann ich nicht beantworten, das muß ich Ronnie überlassen, sie weiß es sicher. Für mich ist nur wichtig, daß sie es haben und daß sie es nicht freiwillig hergeben werden.

Also!« Sie sah ihn tapfer an. »Meine Verteidigung basiert auf einer religiösen Begründung – daß dieses Tribunal unzulässig ist, weil gewöhnliche Sterbliche keinen Gott vor Gericht stellen können. Und da der Vater ein Ersatzgott ist, sein Stellvertreter auf Erden, kann kein Kind seinen Vater vor Gericht stellen – und schon gar nicht weibliche Kinder, die illegitim und keine vollgültigen Menschen sind. Frauen haben in den Augen des Vaters keinerlei Rechte, Töchter ebensowenig wie Ehefrauen, freie Frauen ebensowenig wie Sklavinnen.«

Ihre Stimme wurde sanfter, weniger formell. »Aber so wie wir diese Verhandlung aufgezogen haben, muß dich jede von uns anklagen, verteidigen und richten, Vater. Ich klage dich wegen Inzests an, und ich verteidige dich unter Berufung auf deine Göttlichkeit. Aber als ich mir Notizen gemacht habe, ist mir aufgefallen, daß ich Göttlichkeit als Macht definiert habe. Und das bestimmt auch mein Urteil. Dieser Vater, den ich hier vor mir habe, der über die Macht des Geldes verfügt und erst vor kurzem gedroht hat, sie gegen uns zu richten, dieser Vater besitzt tatsächlich kaum noch andere Macht. Und auch sein Geld kann ihm jetzt nicht mehr helfen; er hat es zwar noch, aber er ist trotzdem nahezu impotent. Das heißt, Vater ist nicht mehr gleichbedeutend mit Macht, Vater ist nicht mehr Gott. Jetzt, in diesem Moment, haben wir, die rechtlosen Frauen, die physische Macht, dich uns zu unterwerfen und dich sogar zu töten, wenn wir es wollen. Jetzt sind wir die Götter und können ungestraft tun, was uns paßt, genau wie du es konntest, als du ein Gott warst. Jetzt stehen *wir* über dem Gesetz. Ich schlage als Strafe vor, daß wir dir Gewalt antun, so wie du uns Gewalt angetan hast – mit einem Instrument natürlich, nicht mit unseren Körpern –, nach dem alten Gesetz des Auge um Auge.«

Stephens funktionierendes Auge trat hervor, sein Mund verfärbte sich grau, Speichel floß aus dem rechten Mundwinkel, seine linke Hand krümmte sich zu einer Klaue. Er streckte sie aus, als wollte – könnte – er ihr damit das Gesicht zerfetzen. Aber Mary sah ihn nur an. Zum ersten Mal in ihrem Leben nicht verängstigt, dachte Elizabeth, während sie beobachtete, wie Mary sich fast heiter im Zimmer umsah, ihren Notizblock auf dem Fußboden entdeckte, ihn aufhob, einen Blick auf Stephen warf und sich dann ruhig Alex zuwandte.

»Willst du jetzt, Alex?«

Alex leckte sich die Lippen. »Kann ich als letzte?«

Die Schwestern wandten sich Ronnie zu. »Okay, Ron?«

Sie zuckte die Achseln, nickte. Sie musterte das Bettzeug an Stephens Fußende. Sie wandte sich Elizabeth zu. »Ich habe nicht viel zu sagen. Ich weiß nicht, ob ich ihn verteidigen kann.«

Elizabeth nickte.

Stephen ließ nur kurz sein eines Auge argwöhnisch zu ihr herüberhuschen und drehte sich dann weg, als weigerte er sich, auch nur ihre Anwesenheit in diesem Zimmer zur Kenntnis zu nehmen.

Ronnie sah ihn ruhig und traurig an, so wie eine Schulleiterin einen armen Schüler, dessen Relegation sie erwägt.

»Ich denke, was sie gesagt hat – Mary, meine ich –, stimmt, gibt wieder, wie Sie die Dinge sehen. Gesehen haben. Immer noch sehen würden, wenn Sie jünger wären, die Macht hätten. Sie hatten alle Rechte. Also dachten Sie wohl auch, Sie hätten das Recht, meine Mutter zu vögeln – sie war Ihr Dienstmädchen, ich nehme an, das bedeutete für Sie soviel wie Ihr Eigentum. Aber sie hat Sie geliebt, das weiß ich. Und ich denke, Sie haben sie auch geliebt, aber ich könnte wetten, daß Sie es ihr nie gesagt haben. Und daß sie es trotzdem wußte. Meine Mutter ist eine andere Sache. Ihr zu verzeihen ist schwer.

Ihnen zu verzeihen, ist unmöglich. Sie haben mich genommen wie ein lebloses Stück Fleisch, eine Sklavin, ein Tier. Wissen Sie noch? An dem Tag, als ich in *Ihrem* Pool geschwommen bin?« Sie beugte sich mit grimmigem Gesicht zu ihm hin.

Er wich zurück, atmete scharf ein – schnappte er nach Luft? Er starrte sie finster an.

»Sie haben mich vergewaltigt. Sie haben mich behandelt wie einen Gegenstand, über den Sie uneingeschränkt verfügen konnten, ein Ding ohne Gefühle, ohne Stolz, ohne Würde, ohne Rechte. Das hat bei mir das Gefühl der Hilflosigkeit und Minderwertigkeit hinterlassen – das Gefühl, daß ich kein eigenständiges Wesen bin, daß ich nicht zähle –, und ich werde mein Leben lang dagegen ankämpfen müssen.

Sie sind mein leiblicher Vater« – ihre Stimme war belegt, sie unterbrach sich, setzte dann wieder an – »aber Sie haben Ihre Vaterschaft geleugnet, meine Kindschaft geleugnet. Deshalb werde ich, solange ich lebe, auf der Suche nach meiner Identität sein.

Ich habe Ihnen nie etwas getan – dafür, daß es mich gibt, daß ich geboren bin, kann ich ja schließlich nichts –, und ich habe Ihnen nie etwas Böses gewollt, aber Sie haben mich zu einem ewigen Schattendasein und ewigem Leiden verurteilt.« Sie hob den Blick. Stephens linkes Auge sah sie an. »Ich will Vergeltung«, sagte sie.

Sie wandte sich Elizabeth zu. »Ich kann ihn nicht verteidigen. Das mußt du tun.«

Elizabeth nickte, sah Stephen an.

»Es ist offensichtlich, daß von allen Töchtern Ronalda Velez die ohnmächtigste ist. Sie ist nicht nur eine Frau, sondern auch noch ein Bastard, und nicht nur ein Bastard, sondern auch noch farbig, nicht der herrschenden Klasse zugehörig, ohne finanzielle Mittel und ohne Freunde an hoher Stelle, das heißt, ein soziales Nichts. Daß sie diese Anschuldigungen vorbringt, ist eine unglaubliche Frechheit, und ihre Anmaßung muß bestraft werden. Es muß ein Exempel statuiert werden, damit sich nicht noch andere Angehörige der unteren Schichten erfrechen, die herrschende Klasse herauszufordern. Die herrschende Klasse herauszufordern, gilt in jedem Staat als Hochverrat. Der Richter sollte – wie es schon viele Richter in solchen Situationen getan haben – nicht nur ihre Klage in vollem Umfang abweisen, sondern Ronalda Velez darüber hinaus wegen Hochverrats verurteilen.« Sie wandte sich Ronnie zu, die Augenbrauen fragend in die Höhe gezogen.

Ronnie grinste sie begeistert an.

Stephen starrte sie beide erschöpft und perplex an.

Mary mischte sich ein. »Aber da ist noch mehr zu sagen. Obwohl Ronalda Velez dein Kind ist, hast du sie nicht nur nie anerkannt, sondern auch nie unterstützt, weder finanziell noch emotional. Du hast ihr nicht mal eine Ausbildung bezahlt.« Sie sah Stephen bedeutungsvoll an. »Wenn sie inzwischen sämtliche Studienvoraussetzungen für ein Doktorexamen in Umweltwissenschaften hat und derzeit an ihrer Dissertation arbeitet, so hat sie das einzig und allein ihrer eigenen Kraft zu verdanken. Ihre Dissertation ist nur deshalb noch nicht fertig, weil sie auf Stephen Uptons Geheiß hierher nach Lincoln zurückkam, um ihre Mutter zu pflegen.«

Stephen starrte Ronnie an.

Ronnie schaute auf ihren Schoß. Danke, Mary. Sie vermied es sorgsam, Stephen anzusehen, aber die drei anderen Schwestern fixierten ihn. Er senkte den Blick.

»Daher habe ich für dich ein Dokument zur Unterzeichnung vorbereitet. In fünffacher Ausfertigung, damit jede von uns ein Exemplar bekommt.« Elizabeth streckte ihm mehrere maschinenbeschriebene Blätter entgegen. »Es besagt, daß du Ronalda Velez als dein leibliches Kind anerkennst und daß ihr ein voller Erbschaftsanteil zusteht.« Sie stand auf und legte die Seiten auf seinen Bettisch.

Er funkelte sie haßerfüllt an. Spuckte auf die Blätter.

Elizabeth ließ die Blätter liegen, wo sie lagen. Sie setzte sich wieder. Sie wandte sich an Alex. »Willst du jetzt?«

»O ja, doch, ich denke schon«, sagte Alex leise. Sie zog einen kleinen, flachen Davidsstern aus ihrer Bluse hervor und fingerte daran herum. Sie schien in intensiver Kommunikation mit etwas Unsichtbarem, etwas Innerem. Sie warteten schweigend. Schließlich sah sie Stephen an.

»Ich habe alles vergessen. Da war nur ein Loch in meiner Erinnerung. Meine Vergangenheit war mir verlorengegangen. Ich habe den Verlust gespürt, es war so, als wenn einem ein inneres Organ fehlt und man zwar trotzdem weiterleben kann, aber nicht richtig – man weiß, daß einem irgend etwas fehlt. Aber die Umgebung hier hat Dinge wieder wachgerufen – ich war oben im alten Kindertrakt…«

Stephens Auge weitete sich.

Tränen standen in Alex' Augen. »Ich war noch ein Baby, Vater. Wie alt war ich, zwei? Drei? Ich schlief noch im Gitterbettchen! Wie konntest du das nur tun?«

Sein Mund zog sich in die Breite. Er grinste! Er zog seinen Block zu sich herüber und krakelte HAT DIR GEFALN.

»Vermutlich hat sie darum gebeten«, sagte Ronnie grimmig.

Alex musterte ihn. »Vater«, begann sie tastend, »hast du – glaubst du wirklich, daß das, was du mit uns gemacht hast, in Ordnung war?«

Er drehte das Gesicht ruckartig weg.

Alex kehrte sich wieder nach innen, befingerte ihren Stern. »Der Punkt ist«, murmelte sie, »daß wir dich wirklich geliebt haben. Selbst Ronnie, auch wenn sie es abzustreiten versucht. Wir haben dich geliebt. Dich geliebt.« Ihre Stimme verlor sich.

Er wandte sich ihr zu, das Gesicht eine Grimasse, ein Beinahe-Grinsen. Er nahm wieder sein Täfelchen. ÄNDRE TESTAMT. KÖNNT IR NIX MACHN.

Alex riß ihm das Täfelchen weg, zog die Plastikfolie ab, schrie: »SCHEISS DRAUF! WEN JUCKT DAS! Wirst du jetzt Ronalda Velez als deine Tochter anerkennen? SCHREIB!« befahl sie schrill. Sie knautschte ihm die Blätter in die linke Hand.

Er schleuderte sie von sich, krakelte auf das Zellophan. Ronnie stand auf, nahm das Täfelchen, las: BASTD stand da.

»Stephen Upton«, sagte Alex' Stimme zittrig, »gibst du zu, daß du deine Töchter mißbraucht und ihnen für den Rest ihres Lebens unermeßlichen Schaden und großes Leid zugefügt hast?«

Es sah aus, als lachte er sie aus.

»SCHREIB!« schrie sie wieder.

LEKT MICH ALLE, schrieb er ziemlich deutlich.

»O Vater!« Mary erbleichte.

Schließlich fragte Alex: »Heißt das, du bekennst dich schuldig? Du gibst zu, daß du uns alle zu sexuellen Handlungen gezwungen hast?«

Er starrte sie wütend an, drehte dann das Gesicht weg, starrte geradeaus, seine Miene ganz Würde, fast schon stolz. Er würde nicht mitspielen. Er weigerte sich, diese Prozedur in irgendeiner Weise anzuerkennen. Er würde überhaupt nichts sagen. Sie hatten kein Recht. Keins. Gar keins.

Sie betrachteten sein Gesicht, seinen Körper, seine linke Hand. Sie verstanden.

Alex sah auf ihn hinunter, so reglos und tragisch wie eine Märtyrerin auf ihrem Heiligenbildchen. Sie dachte: Er bräuchte weiter nichts zu tun, als den Arm auszubreiten, und wir alle – na ja, jedenfalls Mary und ich, vielleicht auch Elizabeth – würden uns an seine Brust werfen, ihn umarmen, ihm verzeihen, heulen, ihm das Gesicht tätscheln. Okay, die beiden vielleicht nicht, aber ich... Er ist mein Daddy. Aber obwohl doch eine simple Geste reichen würde, damit wir ihm verzeihen, uns mit ihm versöhnen, egal, was er an Greueltaten verbrochen hat, egal, wie verdorrt und verhärtet er ist, sein Herz seine Seele seine Psyche, oh, Vater, unser Vater, wie immer du gewesen bist, das Gesetz der Natur zwingt uns, dich auf ewig zu lieben – obwohl das alles ist, was er zu tun bräuchte, stößt er uns von sich.

Elizabeth starrte auf das Bild, das über seinem Bett hing, ein weiblicher Akt im Stil von »Septembermorgen«. Er hing dort, seit Stephen dieses Zimmer bewohnte.

Alex wandte sich ab, ging ans Fenster, zog Gardine und Vorhang auf und sah hinaus auf den Mond, der jetzt strahlend hell über den Baumwipfeln hing. Sie lehnte die Stirn gegen die kalte, feuchte Scheibe. Sie fingerte immer noch an ihrem Stern herum. Begriff er, daß er einen schrecklichen Fehler gemacht hatte? Wußte er, was er verspielt hatte? Machte es ihm etwas aus? Die Schwestern beobachteten sie; selbst Stephen sah einmal kurz und unsicher zu ihr hinüber, bevor er den Kopf wieder geradeaus drehte und stoisch auf den toten Fernseher starrte.

Endlich sagte sie etwas. »Ich werde jetzt mein Urteil verkünden.« Sie hob den Kopf, drehte sich aber nicht um. »Ich habe mal einen Film über einen Gerichtsprozeß gesehen, und ich glaube, in solchen Fällen müßte sich der Richter eigentlich eine Kapuze über den Kopf ziehen. Ich habe aber keine, deshalb werde ich mich einfach wegdrehen.

Es ist meine Beobachtung und meine Überzeugung, und ich halte es für ein Naturgesetz, daß der Unterdrücker die, die er unterdrückt, viel mehr haßt als sie ihn. Wir hassen die, die uns etwas antun, aber dieser Haß ist nicht so erbittert, denn der, dem etwas angetan wird, leidet unter etwas, das von außen kommt, nicht aus seinem eigenen Inneren. Er tut sich nicht selbst etwas an. Sie tut sich nicht selbst etwas an. Jemand, der einem anderen etwas antut, tut sich hingegen auch selbst etwas an, verletzt sein innerstes Wesen. Die großen Hasser sind daher die, die Leid zufügen, und am meisten hassen sie die, denen sie es zufügen.

Und deshalb, Vater, haßt du uns mit einer Inbrunst, die unseren Haß weit übersteigt. Wie du gerade bewiesen hast. Aber du denkst, wir hassen dich genausosehr. Das ist deine schlimmste Sünde.«

Sie hielt einen Moment inne.

»Was du getan hast, sind Verbrechen der übelsten Sorte – Verbrechen an deinem eigenen Fleisch und Blut, an denen, die du doch irgendwo in deiner gequälten Seele lieben müßtest, denen, die dir anvertraut waren, damit du sie beschützt und für sie sorgst. Für ein solches Verbrechen verdienst du die höchste Strafe – den Tod.«

Selbst Ronnie blieb die Luft weg. Die drei Schwestern starrten Alex atemlos an. Stephens linkes Auge funkelte, flammte, schien in seinem Kopf zu schwimmen. Seine linke Hand zuckte. Er warf den Kopf herum, sah sie jetzt plötzlich panikerfüllt an. Natürlich, sie konnten es tun. Sie konnten!

»Und dieses Gericht verurteilt dich zum Tod«, fuhr Alex fort.

Stephen zog sich hoch, öffnete den Mund, ein schwacher Laut kam heraus... Oooooo.

Marys Hand fuhr an ihren Mund. »Vater...!« rief sie erstickt.

Alex wandte sich ihm einen Moment lang zu. »Denkst du, wir wollen dir ein Kissen aufs Gesicht pressen, dich ersticken, dich ermorden, bevor du dein Testament ändern kannst?«

Sie lachte grimmig auf und wandte sich wieder ab. »Was immer du denkst, ich weiß, du wirst es nicht glauben, aber keine von uns ist wegen deines Geldes hierhergekommen. Wir sind hier wegen etwas, wofür du nur Hohn übrig hast, wegen etwas, das du uns auf keinen Fall geben willst – deiner Liebe, die es uns ermöglichen würde, dir zu verzeihen.

Dieses Gericht verurteilt dich dazu, an mangelnder Liebe zugrunde zu gehen. An deiner Unfähigkeit, Liebe zu geben oder zu fühlen. Wir werden dich verlassen. Und du wirst an deinem eigenen Haß sterben, Tag für Tag ein Stück mehr, allein hier in diesem Haus, deinem Haus, deinem Besitz. Diesem Besitz, den du deinem eigenen Fleisch und Blut nicht gönnst. Behalte ihn und lebe mit deiner Einsamkeit, denn du hast uns verleugnet, und jetzt verleugnen wir dich. Morgen werden wir unsere Sachen packen und dieses Haus – und dich – für immer verlassen. Wir kommen nicht wieder. Es kümmert uns nicht mehr, wer dich betreut, ob es ehrliche, anständige, freundliche Menschen sind. Es ist uns egal, ob sie dich beschimpfen, berauben oder mißhandeln. Wir machen nicht mit dir, was du mit uns gemacht hast: Wir vergehen uns nicht an deinem Körper oder deiner Seele oder – was dir das Wichtigste ist – an deinem Portemonnaie. Aber wir werden uns in Zukunft weigern, deine

Menschenwürde zu respektieren, so wie du dich geweigert hast, die unsere zu respektieren. Wir leugnen deine Gefühle, so wie du unsere geleugnet hast.«

Alex redete noch, aber Stephens Kopf war zurückgeworfen, sein Mund weit geöffnet, er keuchte und krallte die Hand um die Brust. Sein Auge rollte weg, er sank zurück, sein Gesicht war blau geworden, der Mund klaffte, der Arm fiel herunter. Groß, verkrümmt und bläulich lag seine Hand auf dem Laken. Seine Augen starrten sie an.

Alex verstummte und drehte sich um. Die Schwestern starrten sie schweigend an, und sie ging zu ihm, umfaßte sein Handgelenk, tastete nach dem Puls, schaute sie mit offenem Mund an.

Sie sahen sie an, dann standen sie alle vier um das Bett herum, betrachteten sein verzerrtes, blaues Gesicht, seine starren, hervorgequollenen Augen.

Der Sarg muß geschlossen werden, dachte Mary.

DRITTER TEIL

Das Erbe

19

Wie Verbrecherinnen beeilten sie sich, das Telefon wieder an seinen Platz zu stellen, die Stühle wegzuräumen, den Fernseher zurechtzurücken, die Fernbedienung auf das Tablett zu legen und die Gegensprechanlage einzustöpseln. »Als wollten wir nach einem Verbrechen die Spuren verwischen«, sagte Alex beunruhigt. »Stimmt ja auch«, sagte Ronnie, während Elizabeth von Stephens Telefon aus Dr. Stamp anrief und seinen Auftragsdienst erreichte.

Sie legte den Hörer auf und blickte sich prüfend im Zimmer um. Alles an seinem Platz. Gut. Okay. »Es ist« – sie blickte auf ihre Uhr – »fünfzehn nach elf. Vater schlief normalerweise gegen halb zwölf ein, nach den Spätnachrichten, deswegen sind wir kurz vorher noch nach oben gegangen, um ihm gute Nacht zu sagen, und da haben wir ihn so vorgefunden. Oder soll ihn nur eine entdeckt haben? Wäre das besser?« Sie sah Elizabeth an. Alex und Mary nickten. Sie dachte nach. »Ja, eine ist besser«, stimmte sie zu. »Sie hat versucht, ihn aufzuwecken, hat seinen Namen gerufen, ihn angefaßt, war verstört. Es hat ein paar Minuten gedauert, bevor sie die anderen gerufen hat und wir etwas unternehmen konnten. Okay, welche?«

Sie sahen sich gegenseitig prüfend an. »Bricht eine von euch zusammen? Das ist in Ordnung, wenn es nicht anders geht, aber wir müssen eine Geschichte parat haben.« Alex sah unnatürlich blaß aus. Marys Gesicht war tränenverschmiert. Ronnie wirkte steif und grau. »Wie sehe ich aus?« fragte Elizabeth und rannte zu Stephens Spiegelkommode und sah sich prüfend an. Gealtert und grau. Das ist okay. »Wer von uns ist nach oben gegangen?« Sie sah eine nach der anderen an.

»Ich nicht«, sagte Ronnie.

»Nein.«

»Ich«, sagte Mary. »Mich hält sowieso jeder für oberflächlich, ich habe einfach nicht gewußt, was ich machen sollte, ich flatterte aufgeregt hin und her, rief seinen Namen, tätschelte seine Hand, versuchte, ihn wieder zu sich zu bringen. Kam erst nach Minuten auf die Idee, nach euch zu rufen. Dann bin ich zusammengeklappt. Was stimmt.« Sie brach in Tränen aus.

»Ja, okay. Wir sahen gerade die Spätnachrichten. Haben wir den Fernseher angelassen?«

»Ich werde nachsehen«, sagte Alex, rannte nach unten.

»Er hätte versucht, die Gegensprechanlage zu betätigen«, sagte Ronnie.

»Ja. Er hat ungeschickt danach gegriffen, dabei ist sie ihm wahrscheinlich runtergefallen.« Elizabeth trat ans Bett, nahm einen Zipfel des Lakens und griff damit nach der Gegensprechanlage und ließ sie dann langsam an dem Kabel zu Boden gleiten. Das Gerät fiel mit dem Gesicht nach unten auf den Bettvorleger. Als das Telefon klingelte, zuckten sie zusammen. Elizabeth griff nach dem Hörer.

»Ja, Dr. Stamp.« Ihre Stimme klang verängstigt. »Ich bin mir nicht sicher. Wir sind uns nicht… wir glauben, daß er tot ist. Alex kann seinen Puls nicht fühlen. Wir haben ihn eben gefunden…«

Alex kam außer Atem zurück. »Der Fernseher ist an. Ich habe nicht gemerkt, daß wir ihn nicht ausgeschaltet haben«, flüsterte sie Mary zu, während Elizabeth mit dem Arzt telefonierte. Sie legte auf. »Er schickt den Rettungswagen.« Ihr Blick kehrte zu Stephen zurück. »Besteht auch nur die leiseste Möglichkeit, daß er nicht tot ist?« fragte sie Alex.

Wieder nahm Alex sein Handgelenk und fühlte nach dem Puls. Sie legte den Kopf an seine Brust und horchte. Sie zuckte die Achseln. »Ich glaube nicht.« Sie ließ sich in den Lehnstuhl fallen und legte den Kopf in die Hände. »Ich habe ihn umgebracht. Ich habe ihn wirklich umgebracht. Ich habe ihn zum Tode verurteilt, und er ist gestorben.«

Die anderen setzten sich ebenfalls und betrachteten den leblosen Körper ihres Vaters.

»Wenn du ihn getötet hast, dann haben wir ihn alle getötet.«

»Oh, verdammt, macht das einen Unterschied?« fragte Ronnie müde. »In uns ist er immer noch lebendig. Frißt uns immer noch von innen auf.«

»Hast du nicht ein Gefühl von ausgleichender Gerechtigkeit?« fragte Mary überrascht. »Ich hätte gedacht, du würdest jetzt… nun, vielleicht… ein Gefühl der Genugtuung haben.«

»Ronnie will keine ausgleichende Gerechtigkeit, Mary«, sagte Alex.

»Das hat sie aber gesagt.«

Sie wollte umarmt werden, dachte Alex. Wie wir alle. Mehr hätte es nicht bedurft.

»Wir sollten Aldo verständigen. Er wird uns wohl ins Krankenhaus bringen müssen. Und eine von uns müßte nach unten gehen und den Leuten vom Rettungswagen die Tür öffnen«, sagte Elizabeth und stand auf.

Sie standen alle auf. Als sie hinuntergingen, sahen sie, wie am Himmel hinter den Bäumen das Blaulicht einer Ambulanz blitzte.

Es war etwa halb zwei, als Dr. Stamp ihnen die Hand drückte, etwas von einem Segen murmelte und daß das doch kein Leben gewesen wäre für einen Mann wie ihn, und das Krankenhaus verließ. Stephens Leichnam war zur Autopsie freigegeben worden. Die Schwestern saßen schweigend im Wagen, der sie zum Haus zurückbrachte. Endlich angekommen, war es fast zwei, sie sagten sich still gute Nacht und gingen sofort, ohne noch groß miteinander zu reden, zu Bett. Elizabeth fiel gerade noch ein, daß Doris einen fürchterlichen Schreck bekommen würde, wenn sie am Morgen in Stephens Zimmer käme, um ihn zu versorgen, also schrieb sie ihr einen Zettel, ging über die Hintertreppe in den zweiten Stock und schob ihn unter Doris' Tür hindurch. Dann zog sie sich hastig aus und fiel ins Bett, wusch sich noch nicht einmal das Gesicht.

War sowieso naß, warum? Warum sollte ich ihn beweinen, weine ich um mich? Heute nacht habe ich getötet. Wir haben ihn in den Tod getrieben, wir hätten genausogut ein Kissen nehmen können. Ich habe meinen Vater getötet. Dabei muß doch jeder Mensch etwas fühlen. Warum ich nicht? Fühle ich etwas? Grimmiger Mann mit einem Pferdegesicht, der mich finster anstarrt. Weg. Für immer weg. Werde ihn nie wiedersehen. Hat den Tod verdient. Es war Gerechtigkeit. Keine Gnade. Gnade hat mir nie etwas bedeutet. Ihm auch nicht. Hat keinen Zweck, die Eisenbahngleise zum Konzentrationslager zu bombardieren. Verschwendung von Munition, Energie, Gefahr für unsere tapferen Piloten. Wen kümmern schon ein paar Juden? Wen kümmern schon ein paar Töchter? Ihn nicht.

Wir haben ihm einen gerechten Prozeß gemacht, wir sind zwar nicht nach den gesetzlichen Regeln vorgegangen, aber der Prozeß war gerecht. Jede von uns hat ihn verteidigt. Mit seinen eigenen Argumenten, seinen Maßstäben. Wenn er sich selbst verteidigt hätte, hätte er nicht genau dieselben Argumente vorgebracht? Seine Rechte, seine Privilegien, seine Macht. Und wir haben sie ihm alle zugestanden. Wir haben ihn dazu verurteilt, an seinen eigenen Werten zu sterben. Und er ist gestorben. Wenn das keine Gerechtigkeit ist.

Früher habe ich ihn gehaßt, später dann, als ich wußte, daß ich für immer vor ihm sicher sein würde, habe ich ihn bewundert, er war so berühmt, hatte so viel Macht, genoß soviel *Ansehen* – Leute beugten sich seinem Urteil, hohe Regierungsbeamte, selbst als er nicht mehr dazugehörte! Einfluß Anerkennung. Wollte ich auch haben. Ein Witz.

Das höchste Regierungsamt, das eine Frau erreichen kann, Elizabeth, hat Eleanor Roosevelt erreicht! Er brach in wieherndes Gelächter aus, fand, sie war ein Witz, er machte sich über ihre Art zu sprechen lustig, über ihre Zähne. »My Day, mein Tag…«, zitierte er sie wiehernd. Die Zeitungskolumne, die sie schrieb. Er lachte Tränen, meine Augen brannten. Ich bat, vom Tisch aufstehen zu dürfen, aber er erlaubte es nicht, saß da und wieherte. Ich wollte nicht wie Eleanor Roosevelt sein, ich wollte keine Witzfigur sein…

Ich wollte wie er sein.

Vielleicht habe ich Glück gehabt, daß ich eine Frau bin. Als Mann wäre ich vielleicht wie er geworden.

Sie schauderte, drehte sich erst auf die eine Seite, dann auf die andere, dann setzte sie sich auf, steckte sich eine Zigarette an.

Wir hassen die, die uns verletzen, mehr, als sie uns hassen, hat Alex gesagt, aber ich hasse ihn heute nacht nicht, zum ersten Mal seit Jahren hasse ich ihn nicht.

Kein Haß. Nur…

Sie verspürte eine große Leere, eine gähnende Leere, eine abgrundtiefe Sehnsucht. Ihre Gebärmutter, dazu bestimmt, neues Leben hervorzubringen, würde nie fruchtbar sein, würde nie etwas anderes hervorbringen als Leere.

Sie hatte die Vorhänge nicht zugezogen und starrte hinaus in den dunklen nächtlichen Himmel. Der Mond war bereits hinter den Bäumen untergegangen. Himmel ohne Sterne.

Er wird nie…

Nie was? Worauf hatte ich gehofft?

Der Traum eines Kindes, nein, eines Babys, schon mit vier oder fünf wußte ich es besser, wußte, er würde es nie tun. Der Traum eines Babys, die Forderung eines Babys, heb mich hoch, halte mich, wärme mich, beschütze mich…

Nicht nur das. Nun wird er nie mehr erfahren können, daß ich ihn geliebt habe, nie mehr eingestehen, daß meine Liebe ihm irgend etwas bedeutet hat.

Ihr Gesicht war jetzt ganz naß, und sie wischte es mit der Bettdecke ab, die feucht auf ihre nackte Brust zurückfiel.

Erstaunlich. Ich habe es geschafft, den idealen Liebhaber für mich zu finden, der mich nie berührt hat, bis auf einen keuschen Kuß auf die Stirn. Seine Lippen, immer kalt, ich frage mich, was für ein Liebhaber er bei Männern gewesen ist. Er war immer so kalt, sein Körper, seine Hände, sein Mund – wurde er wärmer, wenn er mit ihnen zusammen war, wie sah er aus, wenn er leidenschaftlich war, hatte so kalte Augen, entflammte nur, wenn wir argumentierten. Denken stimulierte ihn, Gespräche weckten die Leidenschaft in ihm, unsere jahrelangen Gespräche, unsere Form von Geschlechtsverkehr...

Er war möglicherweise das Beste, was ich bekommen konnte. Deshalb habe ich seine Erpressung zugelassen, seinem Druck nachgegeben. Frage mich, ob er irgendwie gewußt hat, was mit mir los war, daß ich nicht... ob er wußte, was ich nicht...

Was für eine Art von Ehe hätte ich geführt, wie lange hätte es gedauert, ehe der Mann, den ich geheiratet hätte, Vaters Gestalt angenommen hätte, heiße schwitzige Hände auf meinem Körper, ich in Tränen aufgelöst, oder später einfach wie betäubt, schweigend. Vaters Körper war immer so heiß, so naß, rieb sich an meinem, der gemarterte Schrei, wenn er kam, wie ich das gehaßt habe, die heiße, pulsierende Flüssigkeit, die ich wahrnahm, obwohl er wenigstens Kondome benutzt hat, die eigene Tochter zu schwängern, das *hätte* seinen Ehrenkodex verletzt. War das Gegenteil von Clare, heiße Hände, heiße Augen, obwohl sie auch kalt sein konnten, so kalt wie die von Clare. Meine auch, manche Menschen behaupten, ich hätte kalte Augen. Vater hatte einen großen Mund, große Zähne. Clares Gesicht war zart, zarte Züge, feines blondes Haar...

Angenommen, ich hätte geheiratet ... wen auch immer. Sehe mich nicht als Mutter, hätte nie eine Mutter sein können. Wüßte nicht, wie, würde nie eine sein wollen, ich würde jedes Kind von mir hassen ... Ein Glück, daß ich keine bekommen habe, Glück für sie, für meine gesegneten Ungeborenen ... Sehe mich auch nicht als Ehefrau, warum sollte ich auch, eine Ehefrau ist nicht mehr als eine unbezahlte Dienerin und Hure, eine Gebärmaschine für die Söhne, die den Besitz des Mannes erben werden. Ich war weise, ich habe die richtigen Entscheidungen getroffen. Ich habe mir die beste aller Möglichkeiten herausgepickt. Meiner Möglichkeiten.

Nicht, daß ich kein Leben gehabt hätte. Die Bilder in den Nachrichten von den äthiopischen Juden, die nach Israel fliehen, Frauen unter zwanzig, ausgedörrt und krank, mit Kindern auf dem Arm, die nur noch Haut und Knochen sind, sie halten sie fest, drücken sie an sich, und die Nachrichten von Bhopal und den Menschen dort, was haben sie von ihrem Leben gehabt, oder die Millionen von Menschen, überall auf der Welt, die verhungern, die vergiftet, gefoltert, eingekerkert werden, und selbst sie würden sagen: Ich habe gelebt.

Das Leben ist gemein, es endet mit dem Tod. Den Satz hatte mal jemand auf seinem T-Shirt stehen.

Wenn man bedenkt, wie Millionen von Menschen leben müssen, dann habe ich schätzungsweise noch Glück gehabt, trotz Vater. Angenommen, ich hätte einen Vater wie meine Mutter gehabt, Grampa Callahan. Hätte ich es dann besser gehabt? Wäre nett gewesen, eine Mutter zu haben, die mich hätte lieben können, dann wäre alles anders gewesen. Muß sie heute nachmittag anrufen, sie wird triumphieren, das alte gemeine Biest, späte Genugtuung, ich habe das Schwein überlebt, bekomme mein Legat.

Ihr Gesicht war wieder naß, und sie drehte sich auf die Seite und drückte ihre Wange in das Kissen. Sie schloß die Augen.

Versuch, an etwas Freundliches zu denken, an etwas, was sie

dir mal gegeben haben, einer von ihnen, einer wenigstens. Einmal.

Sie kramte in ihrem Gedächtnis.

Einmal hat er mich aufs Pferd gehoben. Half mir beim Aufsitzen, sagte mir, wie ich sitzen, wie ich die Zügel halten muß. Erzengel hieß das Pferd. Befahl McCutcheon – genau, so hat er geheißen! –, die Zügel zu nehmen und mit mir im Kreis zu gehen. Sah zu. Sagte: »Gut, Elizabeth.« Ich dachte, er würde lächeln, weil der Trainer dabei war, aber vielleicht auch nicht. Vielleicht nicht.

Hat einmal ein Buch für mich gekauft. Kam von einer Reise, gab mir eine Papiertüte mit dem Buch, sagte, er habe gedacht, daß es mir vielleicht gefallen würde. Ich war neun. »Arabische Nächte«. Seltsam. Plante er da bereits...

Das zählt nicht.

Sie hat ihren Bridge-Club aufgegeben, um mich von dem gesparten Geld auf die katholische Schule schicken zu können, wußte, daß sie ihn damit zwingen würde, das Geld für die Privatschule zu bezahlen. Und sie liebte ihren Bridge-Club. Ist allerdings nie wieder eingetreten. Konnte es sich nicht leisten, mit den reichen Frauen zu spielen, obwohl sie eine Superspielerin ist. Wollte, daß ich auf eine gute Schule ging. Hat sich für mich aufgeopfert. Hat mir während meines gesamten Englandaufenthalts monatlich eine kleine Summe geschickt. Hat vielleicht Dosensuppen gegessen, um das zu ermöglichen.

Ich erinnere mich, daß sie mich einmal, als ich klein war, in die Arme genommen hat. Einmal? Muß mich im Arm gehalten haben, als ich ein Baby war, oder? Liebevoll?

Es gab Gutes in meinem Leben, ich neige bloß nicht dazu, mich daran festzuhalten, ich klammere mich an die anderen Dinge, hege den Haß.

Ich verurteile dich, an deinem eigenen Haß zu sterben...

Ich hatte Clare. Alles in allem war Clare etwas Gutes.

Ich hatte meinen Beruf. Ich habe meinen Beruf.

Sie. Ich habe jetzt sie.

Meine Schwestern.

Sie schlief.

Mary ging, trotz der späten Stunde, den ganzen Abend noch einmal durch, sie weinte, als sie unter der Dusche stand, weinte, als sie sich das Gesicht eincremte, die Tränen zogen Rinnen durch die Creme, schließlich mußte sie lachen und hörte auf zu weinen. Sie ging schnurstracks zur Chaiselongue und öffnete das kleine Emailledöschen mit dem Marihuana (hätte mir denken können, daß Christine einen Lieferanten kennt, sie hatte immer den besten Shit bei Miss Pippibody) und drehte sich einen Joint. Sie lehnte sich zurück, inhalierte tief, ließ das Licht aus und starrte in die Dunkelheit.

Ein Schluchzen brach aus ihr heraus. Sie erlaubte es sich, eine Weile zu schluchzen, dann hörte sie auf, schnaubte sich die Nase und wischte sich das Gesicht ab. Sie stand auf, ließ das nasse Taschentuch auf die Frisierkommode fallen und fand in einer Schublade ein frisches. Sie steckte es in die Tasche und ging zurück zur Couch. Sie nahm noch einen Zug, aber wieder mußte sie schluchzen, und sie beugte sich vor, legte den Kopf in die Hände und deponierte die Zigarette im Aschenbecher.

Oh, Daddy.

Er kam zu ihr ins Bett, als sie klein war und allein und ängstlich, weil Mommy weggegangen war, und er schmuste mit ihr und nahm sie in die Arme, und dann machte er die Sachen mit ihr, die ihr nicht gefielen, aber trotzdem, er lag bei ihr, hielt sie im Arm, er war so warm, sein Körper war immer so heiß, heiß und naß, und wenn sie fror, hielt er sie warm, ich wärme meine kleine Mary, sagte er, und sie konnte sich an ihn schmiegen und sich geborgen fühlen, in gewisser Weise jedenfalls, denn sie wußte nie, wann er mit der anderen Sache anfing, und manchmal machte er es, aber immer blieb er, bis sie eingeschlafen war…

Später natürlich, da war es anders. Als sie größer war. Mache eine Frau aus dir, sagte er. Viel Getue wegen ihrer Brüste, sie waren so groß, sogar damals schon, wegen ihres Hinterns, er liebe ihren Hintern, sagte er, so rund und fest. Ich war wie erstarrt. Lag einfach da wie eine Lumpenpuppe, genau wie bei Harry und Paul. Alberto hat mich zuerst etwas erregt, aber er wollte mich immer nur umdrehen und von hinten in mich hineinstoßen. Nur eine Lumpenpuppe, mein Leben lang, Kopf aus Porzellan, Körper aus Lumpen. Außer bei Don.

Hat Daddy mir beigebracht.

Trotzdem, ich liebte ihn so sehr, ich liebte ihn, liebte ihn... kann nicht aufhören, ihn zu lieben.

Wir haben ihn heute nacht getötet, denke ich. Nicht, daß er sonst noch sehr viel länger gelebt hätte. In gewisser Weise haben wir ihm einen Dienst erwiesen, wahrscheinlich hätte er es vorgezogen, zu sterben, als so zu leben, aber er hat nie etwas gesagt, noch nicht einmal angedeutet, gebt mir Tabletten... Ich frage mich, ob er noch die Waffe hat, die er mir mal gezeigt hat. Ich frage mich, wo sie ist. Ich hätte ihm nicht geholfen, zu sterben. Hätte gesagt, geh zum Teufel. Ich geh' deinetwegen nicht ins Gefängnis, du Mistkerl, du hast mein Leben zerstört, du hast mich für den Rest meines Lebens zerstört. Ich hätte dir diesen Gefallen nicht erwiesen.

Trotzdem habe ich es letztlich getan. Seltsam.

Wieder brachen die Schluchzer aus ihr heraus, tiefe heftige Krämpfe, die aus dem Bauch zu kommen schienen, sie krümmte sich vor Schmerz, wurde blaß. Sie versuchte, das Schluchzen in den Griff zu bekommen, und langsam verebbte es. Sie nahm ihr Taschentuch, es wurde klitschnaß, sie ließ es auf die Frisierkommode fallen und holte sich ein frisches. Dann blickte sie auf die nassen, zerknüllten Taschentücher. Muß wirklich eklig für Teresa sein, meine verrotzten Taschentücher einsammeln zu müssen.

Sie klaubte mehrere feuchte Taschentücher auf, trug sie ins

Badezimmer, ließ Wasser in das Handwaschbecken einlaufen und warf sie hinein. Zumindest waren sie jetzt nicht mehr so verrotzt.

Sie ging wieder zum Sofa, griff nach dem Joint, aber er war heruntergebrannt, noch nicht mal die Kippe war übriggeblieben. Sie drehte sich einen neuen, lehnte sich zurück, versuchte, sich luxuriös, verwöhnt, umsorgt vorzukommen, aber es gelang ihr nicht, sie fand es ungemütlich, die Lehne des Sofas war nicht sehr bequem, auch wenn sie noch so anmutig geschwungen war, und die Kissen verrutschten. Sie richtete sich auf und starrte hinaus.

Mein Daddy ist schon vor Jahrzehnten gestorben. Jetzt ist mein Vater tot. Er war alt, er hatte ein langes, erfülltes Leben, er hatte alles, was er haben wollte, es ist okay. Warum klage ich dann, wieso mache ich... Wieder stieg ihr ein Schluchzen in die Kehle, aber sie schluckte es mühsam hinunter.

Wenn er mir nicht genug Geld hinterläßt, dann werde ich das Apartment verkaufen und mit Lizzie zusammenziehen, von dem, was mir bleibt, wenn alle Schulden bezahlt sind, kann ich noch lange leben, wenn ich nicht zuviel aus gebe. Ich kann Klavier spielen. Lizzie gefällt es, außerdem arbeitet sie den ganzen Tag; und ich kann Gedichte schreiben, und es gibt Leute, mit denen ich etwas unternehmen kann, ich kann mit ihnen zum Lunch gehen, in Museen, es ist völlig akzeptabel, wenn Schwestern unseres Alters zusammenwohnen, das ist doch sehr sinnvoll, sogar Alex könnte uns besuchen kommen, sie wohnt in der Nähe, wir können unsere Zusammenkünfte abhalten, wir können ein Schmuckstück von Haus in Falls Church finden, so wie das, in dem Alice Willie vor Jahren gewohnt hat, mit einem großen Garten, großen Bäumen, einer kleinen japanischen Brücke über einem Bach...

Ich brauche keinen neuen Ehemann. Dieser Gedanke war so schockierend, daß sie ganz still saß. Sie hielt ihren Joint so lange regungslos in der Hand, bis er ausging.

Das habe ich nicht mehr nötig. Nie mehr. Ich muß nicht mehr so tun, als fände ich einen Mann wunderbar, ich muß nicht mehr so tun, als sei ich dumm, ich muß nie mehr im Bett liegen und... Außer wenn ich einem wie Don begegne, einem, für den ich genauso empfinde, einem, für den *ich* genauso empfinde, oh, wenn ich doch nur...

Sie starrte auf das schwarze Fenster.

Das Bild des Gesichts ihrer Tochter erschien in der Dunkelheit.

Mein Gott, wie ich sie im Stich gelassen habe. Wie meine Mutter mich, nur ohne Grund, denn ich lebe noch, wenn man das als Leben bezeichnen will...

Lizzie würde nie mit einem Kind zusammenwohnen wollen. Und Marie-Laure ist eine solche Schlampe, erwartet, daß das Mädchen sogar ihre Unterwäsche aufsammelt. Hat im Leben noch keinen Teller abgewaschen, hilft noch nicht mal Marguerite, wenn wir an Feiertagen bei Marty zu Besuch sind, geht einfach ins Wohnzimmer, stellt den Fernseher an oder nimmt eine Zeitschrift zur Hand, liest noch nicht mal Bücher, natürlich stimmt es, Marguerite hat genug Hilfe in der Küche, aber trotzdem.

Nun, vor einem Monat hast du dich noch ganz genauso verhalten.

Marie-Laures blasses, trotziges Gesicht nahm in der Phantasie ihrer Mutter mit einem Mal einen gequälten Ausdruck an, war ein Gesicht voller Sehnsucht, in dem ein stummes Flehen stand...

Mary erhob sich und ging zum Nachttisch, wo sich das Telefon befand, und wählte die Nummer ihrer Tochter. Es dauerte lange, dann meldete sich eine verschlafene Stimme.

»Marie-Laure, Liebes? Ja, hier ist Mama. Mom. Deine Mutter. Ich weiß, es tut mir leid, ich weiß, daß du tief geschlafen hast, aber ich mußte dich einfach anrufen. Ich muß mit dir sprechen. Nein, natürlich nicht, ich habe nicht wieder geheiratet, wie kommst du denn darauf? Du weißt, daß ich bei Großvater bin. Ich wollte dir sagen« – Marys Stimme brach – »er ist heute nacht gestorben.« Sie schluchzte, bedeckte die Sprechmuschel mit der Hand.

Die junge schläfrige Stimme am anderen Ende schwieg. Nach einer Pause sagte sie: »Das tut mir leid, Mom.«

»Danke, Liebes«, sagte Mary gefühlvoll. »Ich habe deine Brüder noch nicht angerufen, das mache ich morgen. Ich wollte nur deine liebe Stimme hören.«

Schockiertes Schweigen am anderen Ende der Leitung. »Ist mit dir alles in Ordnung?« fragte die junge Stimme schließlich zögernd.

»Oh, ja, selbstverständlich, meine Schwestern sind hier. Ich möchte, daß du sie kennenlernst, du hättest Thanksgiving hier sein sollen, es war einfach… weißt du, er lag noch im Krankenhaus und… du hast Alex oder Ronnie noch nie gesehen. Ronnie ist nicht viel älter als du.«

»Ronnie? Wer ist das?«

»Oh. Noch eine Schwester.«

»Ich wußte nicht, daß du noch eine Schwester hast.«

»Ich auch nicht«, log Mary.

»WIRKLICH?« Die Stimme war jetzt hellwach.

»Ich erzähl' dir alles später. Schlaf wieder ein, ich wollte nur, daß du es weißt.«

»Hat Grandpa dir viel Geld hinterlassen?«

»Das weiß ich nicht. Das ist mir egal.«

»EGAL???? Warst du nicht…«

»Ja. Ja. Aber jetzt ist alles anders. Ich bin jetzt anders.«

»Hmmm«, bestätigte die Stimme.

»Ich komme dich bald besuchen. Sehr bald.«

Die Stimme sagte überglücklich: »Wirklich?«

»Wirklich«, sagte Mary bestimmt.

»Ja, okay dann. Das mit Großvater tut mir leid.«

»Danke, Liebes.«

Schweigen.

»Gut. Ich werde jetzt einschlafen können, Liebling. Wirst du wieder einschlafen können?«

»Sicher.«

»Schlaf gut, Baby.«

Mary legte auf, schlüpfte ins Bett und schlief tief und fest. Wie ein Baby.

Alex trug immer noch das Kleid, das sie für den Abend gewählt hatte. Ein strenges Pulloverkleid, das sie gekauft hatte, weil sie fand, daß es ihrer Rolle als Richterin entsprach. Jetzt empfand sie es als das Kleid, in dem sie ihren Vater umgebracht hatte. Mit verschränkten Armen und gesenktem Kopf ging sie im Schlafzimmer auf und ab, versuchte, einen Platz zu finden, an dem ihr Herz zur Ruhe kommen könnte. Wütend und unter Tränen redete sie mit sich selbst, mit dem Geist, mit Schechina, der weiblichen Seele Gottes, die in ihr lebte.

Hast du mich als Racheengel vorgesehen, hast du mich deshalb hergeschickt? Dieser Job ist für jede Frau eine Zumutung, aber du hast mir keine andere Wahl gelassen, ich wollte nie Richter sein, den Job hätte ich nie übernommen, wenn ich das gewußt hätte…

Sie sprach nicht laut vor sich hin, aber manchmal kamen Laute aus ihrem Mund, ein wütendes Brummen, ein Keuchen, ein Schluchzen, ein Zischen. Nach einer halben Stunde wurde sie plötzlich still, riß sich das Kleid vom Leib, warf es auf den Fußboden, warf sämtliche Kleidungsstücke, die sie auszog, auf den Boden und rannte unter die Dusche. Sie stellte das Wasser so heiß ein, wie sie es gerade noch aushielt, seifte sich ein, stand so lange unter der Dusche, wie sie es ertragen konnte. Dann rubbelte sie sich heftig mit dem Handtuch ab. Sie war von Kopf bis Fuß krebsrot, als sie fertig war und erschöpft auf ihre Uhr sah. Mist, ich habe die Uhr zum Duschen nicht abgenommen. Sie zeigte vier Uhr fünfzehn.

Sie ist nicht wasserdicht, aber sie geht noch. Ist das ein gutes Zeichen?

Müde ging sie in ihr Zimmer, sammelte die Kleidungsstücke auf und warf sie auf einen Stuhl. Sie schlug die Bettdecke zurück und kletterte nackt ins Bett, etwas, was sie noch nie zuvor gemacht hatte.

Es war an mir, es zu machen, weil ich noch ein Baby war, als er... Damit hat er mein ganzes Leben vergiftet, alles ist von diesem vergessenen Ereignis geprägt worden. Die Götter haben mich also dafür vorgesehen, haben immer geplant, mich zu ihrem Werkzeug zu machen, ich war nur halb lebendig, ohne Erinnerung: ein Werkzeug, das angesetzt und benutzt wird, wenn die Zeit dafür gekommen ist. Darum habe ich immer das Gefühl gehabt, nicht richtig lebendig zu sein. Dieses Gefühl habe ich jetzt nicht mehr.

Heißt lebendig sein, mit dieser schrecklichen Schuld leben zu müssen? Ich habe meinen Vater getötet. Nie, nie wird dieses Verbrechen von mir genommen werden können.

Wart ihr das, ihr Wesen, ihr Götter, warst du das, Schechina, oder wie immer sie dich nennen? Wie kannst du es wagen! Einen Menschen zu benutzen, um einen anderen Menschen zu bestrafen.

Das kann nicht sein.

Die Natur funktioniert harmonisch innerhalb des Chaos und garantiert damit den Überlebensprozeß, sie reagiert, greift aber nicht persönlich strafend ein. Das besorgt mißbräuchlich der Mensch. Unglück und Tod sind zufällige Ereignisse, die nichts mit Gerechtigkeit zu tun haben, mit menschlichen Wertmaßstäben. Wenn ich gestern eine der Frauen von Bhopal gewesen wäre, eine brave Frau, eine tugendhafte Frau, oder ein braver Mann, oder ein Kind, so wäre ich jetzt trotzdem tot oder läge im Sterben.

Ich war nur zufällig der Anlaß für Vaters Tod.

Warum konnte er nicht begreifen, daß er nur die Arme nach

uns auszustrecken brauchte – er hätte nur VERZEIHUNG auf seine Tafel zu kritzeln brauchen, und jede von uns hätte – gut, Ronnie vielleicht nicht, aber Elizabeth, Mary und ich –, oh, wir hätten uns auf ihn gestürzt, wir hätten ihn geherzt, geküßt. Wußte er es nicht, konnte er es nicht spüren, daß wir ihn geliebt haben und daß auch diese Liebe nichts mit Gerechtigkeit zu tun hat, es ist das Werk der Natur, daß Säuglinge ihre Eltern lieben...

Er hat sich also selbst getötet, er hat mein Urteil vollstreckt, mein Urteil, die Worte, die mir Schechina in den Mund gelegt hat. Schechina wirkte durch mich, es lag nicht in meinen Händen. Ich war ihr Werkzeug. Es war ein reines Naturereignis, so wie ein Hurrikan, ein Waldbrand, der sich selbst entzündet, eine Springflut, ein Sonnenuntergang, ein Sonnenaufgang, ein Grashalm, der durch den Beton wächst, und Vater war wie der Beton, und er ist geborsten. Schechina hat mich endlich mit meiner wahren Natur ausgestattet, mich zum Leben erweckt, jetzt lebe ich, jetzt kann ich die sein, die ich bin. Jetzt bin ich Alexandra. Ich bin der Grashalm. Ich wachse und bringe den Beton zum Bersten.

Tot, tot, tot für immer immer immer für den Rest meines Lebens illegitimer Bastard uneheliches Kind unehelich gezeugt von niederer Herkunft falsche Seite der Decke mein Wappenzeichen aber das haben mit Sicherheit nur Männer nur Männer besitzen Schilde kommen damit heim halten sie entweder in der Hand oder liegen obendrauf frohe Botschaft aber man braucht ein Schild um ein Wappen zu haben Frauen haben keins niemals keinen Schutz nicht mal Unterhosen. In seinen Augen Latinonigger Indianerschlampe schwarz Bimbo Niggerpack Mexikanergesindel Mulattin Halbblut muß noch mehr geben kenne ich vielleicht sogar fallen mir jetzt nicht ein. Wie kann ich mich selbst achten, einen Weg finden, aufrecht gehen und gleichzeitig seine Hälfte in mir ablehnen, wie soll das gehen, soll ich mir einen Arm abhacken, ein Bein, welches? Scheiße, Ronnie, du hast seine Hälfte in dir dein Leben lang abgelehnt.

Sie lag angezogen auf ihrem gemachten Bett, steif wie aufgebahrt, die Hände fromm über dem Bauch gefaltet, starrte an die Decke. Sie grinste, wurde sich plötzlich ihrer Haltung bewußt.

Hoffe, daß mein Sarg bequemer ist als meine Matratze.

Was war er doch für ein Narr. Konnte er nicht sehen, daß sie sich danach sehnten, ihm zu verzeihen? Zumindest Alex und vielleicht auch Mary. Ist lieber gestorben, als ihre Liebe anzunehmen, ihnen Liebe zu geben, wodurch wird ein Mensch so?

Schreckliche, unfaßbare, überwältigende Angst.

Herrgott, eine der reichsten Familien Amerikas, einer der mächtigsten Männer des Landes, du glaubst trotzdem, daß er Angst hatte?

Angst, daß er es nicht verdiente. Angst, es zu verlieren.

Du glaubst also, daß es stimmt, daß die Armen glücklicher sind als die Reichen? Ronnie lachte laut auf, ein hartes, hohles Lachen, das plötzlich abbrach.

Idiot.

Es ist also vorbei. Ich bin frei.

Du hast dich schon vor Jahren von ihm befreit.

Ich werde mich nie von ihm befreien können. Was hätte ich gemacht, wenn er seinen Arm ausgestreckt und mich umarmt hätte? He?

Nein. Hätte ich nicht gekonnt.

Nein.

Und wenn er gesagt hätte, daß es ihm leid tut?

Ich hätte einen Schritt auf ihn zugehen können. Ich hätte ihm ohne Haß ins Gesicht gesehen.

Und seine Hand ergriffen?

Nein.

Wenn er sie dir gereicht hätte? Dir allein?

Sie brach in Tränen aus. Sie erlaubte es sich, zu weinen, niemand konnte sie hören, sie weinte lange in ihr Kissen hinein, stöhnte und schluchzte, ruhte sich dann aus, atmete in tiefen Zügen ein und aus. Dann setzte sie sich auf und suchte in ihrer Hemdtasche herum, fand eine zerdrückte Packung Zigaretten, ein paar waren noch drin, steckte sich eine an. Muß damit aufhören. Werde ich. Sobald ich von hier wegmuß. Sie inhalierte tief und stand vom Bett auf und ging in die Küche, die Diele, das Spielzimmer, sah durch die Fenster in den dunklen Garten.

Erinnere dich an die schönen Dinge. Wenn die Beerdigung erst vorbei ist, wirst du dieses Haus wahrscheinlich nie mehr betreten. Wahrscheinlich überhaupt kein Haus dieser Art mehr. Jedenfalls nicht von vorn. Muß jetzt irgend etwas unternehmen. Muß einen Job finden. Bin mit der Dissertation auch noch nicht viel weitergekommen. Etwas schon. Brauche noch fünf, sechs Monate. Mindestens.

Ah, und wenn schon. Dann schaffst du es eben nicht. Na und? Was macht das schon, ob vor deinem Namen zwei Buchstaben mehr stehen? Würde das irgend etwas ändern?

Etwas, vielleicht.

Brauchst du das etwa, um dich als Mensch zu fühlen? Die zwei Buchstaben vor deinem Namen?

Ehelich, unehelich, weiß, schwarz, braun, bronze, rot, gelb, das ganze Zeug, weiblich, männlich: Warum mißt du dem soviel Bedeutung bei?

Weil es so ist.

Für sie. Für sie.

Und für mich.

Für dich?

Sie rauchte die Zigarette auf und drückte den Stummel in einem Aschenbecher aus. Sie ging in ihr Zimmer und zog sich aus. Sie legte sich nackt ins Bett, es war warm heute nacht, warm für Dezember, vielleicht hatten sie vergessen, diese Hetze, nein, ich meine, die Hitze abzustellen, ich meine, soll ich den Thermostat überprüfen, hol's der Teufel, ich bin so müde, so müde. Sie krabbelte in das durchgelegene Bett und streckte sich aus.

Ich bin keine Heilige, Herrgott noch mal. Ich kann nicht so tun, als würde es mir nichts ausmachen, was sie von mir halten. Es ist mir nicht egal. Jedesmal, wenn sie mich ansehen, mit mir reden, mich nicht ansehen, nicht mit mir reden, mir einen Job geben, mir keinen Job geben, mir ein Apartment vermieten, mir kein Apartment vermieten…

Du könntest nach Mexiko gehen. Dort ist es aber nicht besser: indianisches Blut, spanisches Blut, Mulattin. Vielleicht sind sie sogar noch schlimmer. Wie auch immer, du mußt von innen heilen.

Wenn sie… wenn Elizabeth und Mary und Alex…

Vergiß es.

Vergiß es. Das ist vorbei.

Es ist vorbei.

Sie drehte sich auf die Seite und schloß die Augen und fiel in einen unruhigen Schlaf.

20

Da sie alle an diesem Morgen bis nach zehn geschlafen hatten, saßen Elizabeth, Alex und Ronnie noch vor ihren Kaffeetassen, als Mary um halb elf hereingeschlurft kam. Sie trug einen weißen Satinmorgenrock über ihrem Nachthemd und weiße Seidenpantoffeln. Alex sah verdutzt aus.

»Kein Frühstück im Bett heute morgen?«

»Ich habe gerade beschlossen, runterzukommen und meine zweite Tasse Kaffee mit euch gemeinsam zu trinken«, sagte Mary munter. Sie sah, wie Elizabeth ihren Morgenrock musterte. »Vater ist tot. Ich kann jetzt im Morgenrock runterkommen, wenn ich will.«

Ronnie stand auf, ging in die Küche, kam mit einer sauberen Tasse samt Untertasse zurück und stellte sie vor Mary auf den Tisch.

»Danke, Ronnie, lieb von dir.«

Alex goß ihr Kaffee aus der Karaffe ein und reichte ihr die Sahne, die Mary jedoch ablehnte. Alex und Ronnie sahen sie erstaunt an.

»Ich fange eine Diät an.«

Elizabeth faltete die Zeitung zusammen, die sie gerade gelesen hatte, nahm ihre Brille ab, lehnte sich zurück und zündete sich eine Zigarette an.

»Steht was über Vater drin?« fragte Mary.

»Nein. Ist noch zu früh. Morgen. Aber es kam heute in den

Lokalnachrichten im Fernsehen, hat Mrs. Browning gesagt. Vielleicht haben wir bald Reporter hier.«

»Ich nehme an, es gibt hunderttausend Dinge zu tun«, sagte Alex eifrig. »Ich muß David anrufen. Und meine Mutter. Aber was kann ich sonst noch machen? Kümmerst du dich um das Organisatorische?« fragte sie Elizabeth. »Kann ich irgendwas helfen?«

Elizabeth schien vorerst nicht bereit, irgend etwas zu organisieren. »Wahrscheinlich schon. Ich denke nur – ich meine, die Beerdigung wird uns wohl aus der Hand genommen werden. Aber wir müssen die Agentur von Florence anrufen, diesen Heimpflegedienst...«

»Richtig«, stimmte ihr Mary zu. »Und Hollis.«

Aber sie blieben alle noch am Tisch sitzen. Teresa steckte den Kopf durch die Tür, um nachzusehen, ob sie abräumen könnte. Sie verzog das Gesicht, drehte sich zu Mrs. Browning um und zeigte auf ihre Armbanduhr. »Es wird ja Mittag, bis ich den Frühstückstisch abräumen kann«, beschwerte sie sich.

»Sie waren die ganze Nacht auf, Tess«, sagte Mrs. Browning tadelnd. »Warum fängst du nicht schon mal oben an? Ich räume dann das Frühstücksgeschirr ab.«

Aber die Schwestern blieben weiter sitzen. Sie wechselten ein paar Worte über das Wetter, einen frechen Spatzen in einem Strauch, ihre Müdigkeit, Marys Kopfschmerzen, aber sie schienen alle auf etwas zu warten, beobachteten einander mit hungrigem Blick.

Mary setzte dem schließlich ein Ende. »Tja, ich gehe mich jetzt anziehen. Ich werde Hollis anrufen. Wann werden sie wohl mit der Autopsie fertig sein?« fragte sie Elizabeth, die nur die Achseln zuckte.

»Vermutlich heute abend oder morgen früh«, sagte Alex, indem sie ebenfalls aufstand.

»Hört mal«, warf Ronnie dazwischen, und alle wandten sich ihr zu. »Soll ich jetzt von hier verschwinden?«

»Verschwinden?«

»Jetzt?«

»Warum?«

»Also, es werden doch eine Menge Leute kommen. Es wird Öffentlichkeit geben. Eine Trauerfeier. Ich möchte wissen, was ihr wollt, was ich tun soll.«

»Oh, daran habe ich noch gar nicht gedacht«, sagte Mary.

Elizabeth sah Ronnie grübelnd an.

»Wieso solltest du irgendwas tun?« platzte Alex heraus.

Mary musterte Ronnie. »Nein, du würdest sicher nicht wollen, daß…« Sie wandte sich Elizabeth zu. »Lizzie?«

»Ronnie ist unsere Schwester«, sagte Elizabeth. »Was immer irgendwelche Leute dazu sagen.«

»Ja. Schließlich können sie *uns* die Schande nicht anhängen, nur ihm«, sagte Mary unsicher.

Ronnie lief rot an, war den Tränen nahe, ihr Gesicht verhärtete sich zu einer zornigen Maske.

Alex schaute entsetzt. Mary wandte sich ihr zu. »Du weißt genau, was ich meine. Ich rede über die Welt dort draußen. Man hat gewöhnlich keine unehelichen Kinder am Grab stehen. Die Presse…«

Ronnie flüchtete, schaffte es gerade noch bis in ihr Zimmer, ehe sie in Tränen ausbrach. Mit der einen Hand geben, mit der anderen nehmen, dachte sie, als sie sich aufs Bett warf.

»Also wirklich, Mary«, sagte Elizabeth.

Mary sah sie mit festem Blick an. »Lizzie, ich meine es doch nicht böse! Kannst du dir vorstellen, was die Presse daraus machen wird? Was sie mit *ihr* machen wird?«

Elizabeth verstummte.

»Ich denke doch nicht nur an uns. Ich weiß nicht, ob sie das wollen würde.«

»Ich glaube nicht, daß sie das kapiert hat.«

»Dann werde ich es ihr erklären«, sagte Mary im Aufstehen.

Sie klopfte leicht an Ronnies Zimmertür. Ronnie murmelte irgend etwas.

»Ich bin's, Mary. Darf ich reinkommen?«

»Das ist dein Haus. Tu, was du willst.«

Mary betrat das kleine, schäbige Zimmer, holte tief Luft, als sie es sah – sie war zwar schon hier drinnen gewesen, aber irgendwie hatte sie das Gefühl, es bis jetzt nie wirklich gesehen zu haben. Ronnie stand neben dem Bett. Als Mary auf sie zutrat, wich sie zurück.

»Ach, Ronnie, sei mir nicht böse! Als ich gesagt habe, sie könnten uns die Schande nicht anhängen, habe ich gemeint, daß keine von uns sich wegen irgend etwas zu schämen braucht. Nur Vater. Wir nicht. Und du auch nicht.«

Ronnie musterte sie argwöhnisch. Als Mary ihr die Hand auf den Arm legte, schüttelte Ronnie sie ab.

»Aber so funktioniert das mit der Presse nicht, Ronnie. Ich sage dir, Ron… wenn sie rauskriegen, wer du bist, machen sie ein Schlachtfest daraus. Sie schlachten dich, deine Mutter. Du weißt doch, daß es keine Rolle spielt, daß es die Männer sind, die so was machen. Was immer Männer tun – es sind die Frauen, die es abkriegen, die ganze… Attacke. Die Hetze. Die öffentliche Neugier. Auf den Fotos, die abgebildet werden, sind meistens Frauen zu sehen. Es kann dir passieren, daß Fotoreporter hinter dir herschnüffeln, Leute ausfragen, die mit dir zur Schule gegangen sind, irgendwelche Freundinnen, die sie in Boston auftreiben können, Leute, die hier mit Noradia zusammengearbeitet haben. Ich weiß nicht, ob du das willst. Ob du möchtest, daß dir sein Name und diese ganze Geschichte für den Rest deines Lebens anhängen. Wenn du das in Kauf nehmen möchtest… stehe ich zu dir. Es ist deine Entscheidung.«

Mary trat an sie heran, legte die Arme um sie. »Aber was immer du tust und wie immer wir damit umgehen, wir wollen nicht, daß du gehst. Ich will nicht, daß du gehst.«

Ronnie vergrub den Kopf an Marys Schulter. Mary hielt sie umfangen und neigte ihren Kopf auf Ronnies Scheitel. »Wir sind Schwestern«, flüsterte Mary.

Ronnie entzog sich ihr sanft, wischte sich mit dem Hemdsärmel über die Augen, setzte sich aufs Bett und zündete sich eine Zigarette an. Sie deutete auf die einzige andere Sitzgelegenheit, den harten Holzstuhl vor dem Schreibtisch. »Wir sind Schwestern«, sagte Ronnie näselnd. »Jetzt. Aber sobald wir von hier weg sind... dein Leben... mein Leben... vielleicht willst du mich dann gar nicht mehr kennen.«

Mary senkte den Blick. Unmöglich, ganz ausgeschlossen, Ronnie in ihr Leben zu integrieren, in ihren Bekanntenkreis, ihre Welt. Ronnie würde das alles sowieso verabscheuen. Sie sah auf.

»Dein Leben und mein Leben. Tja, das wird sich nie... du weißt ja... wir leben in zwei verschiedenen Welten. Und du würdest in meiner gar nicht leben wollen. Manchmal will ich selbst nicht in meiner Welt leben, aber sie ist nun mal die einzige, die ich kenne, die, an die ich gewöhnt bin, die, in der ich mich zu Hause fühle. Aber ich will dich nicht verlieren. Ich möchte, daß meine Tochter dich kennenlernt, Marie-Laure, ich glaube, du könntest ihr helfen, ich meine, ich verlange nicht von dir, daß du ihr hilfst, aber sie braucht Hilfe, und ich kann sie ihr nicht geben, ich habe meine Chance vertan. Es würde ihr guttun, jemanden wie dich kennenzulernen.«

»Hast du keine Angst, ich könnte sie verführen?«

»Das würde ihr vielleicht guttun«, sagte Mary lachend, »wenn es kein Inzest wäre. In dieser Familie hat es schon genug Inzest gegeben.«

Ronnie lachte, lachte immer weiter, vor Erleichterung ein bißchen hysterisch, noch nicht ganz frei von Tränen.

»Weißt du, was mir letzte Nacht klargeworden ist?« fragte Mary stolz.

Ronnie schüttelte den Kopf.

»Ich brauche nicht wieder zu heiraten! Ich brauche keinen neuen Ehemann! Ich brauche nie wieder mit jemandem zu schlafen, es sei denn, *ich* will es!«

Ronnie grinste. »*Yeah,* die Ehe ist ein dreckiger Job, aber jemand muß ihn ja machen.«

Mary hörte gar nicht zu. »...Und das verdanke ich dir. Euch dreien. Es hat nichts zu tun mit... mit dem... mit Vater... aber jetzt wo Vater... na ja, ich kann im Morgenrock runterkommen, wenn ich möchte! Ich kann meine Gedichte an Lyrik-Zeitschriften schicken...!« Auf ihrem Gesicht lag ein gelöstes, spontanes Grinsen, das Ronnie noch nie an ihr gesehen hatte.

»Ich frage mich«, sagte Ronnie, die die konkreten Details dieser neuen Freiheit nur vage verstand, die Essenz aber sehr wohl erfaßte, »ob ich je in der Lage sein werde, mich so in diesem Haus zu bewegen, als gehörte ich hierher.«

Mary sah sie an. »Ich hoffe es sehr.«

»Was meinst du denn, was ich tun soll? Ich will *nicht,* daß irgendwelche Reporter hinter mir herschnüffeln oder hinter Momma. Ich will *nicht,* daß mein Foto in den Zeitungen erscheint. Ich will nicht überall als Stephen Uptons Fehltritt bekannt sein. In *meiner* Welt würde das meinen Ruf ruinieren«, sagte sie mit einem durchtriebenen Grinsen. Dann senkte sie den Blick. »Aber ich will auch nicht ausgeschlossen sein, mich irgendwo verstecken müssen, während ihr drei...« Ihre Augen schimmerten. »Da fühle ich mich wie ein Stück Dreck.«

Mary dachte nach. »Laß mich mit Lizzie reden.«

Ronnie nickte.

Marys Blick wanderte über den Computer, die Bücherberge. »Weißt du, was auch immer in Vaters Testament steht, das Haus wird sicher verkauft werden. Und das dauert Monate, vielleicht sogar Jahre. Und so lange wird jemand hier wohnen müssen, wir können es nicht völlig leerstehen lassen. Aus dem Nachlaß wird jemand bezahlt werden müssen, der hier einzieht und sich darum kümmert. Das bringt nicht viel, aber genug zum Leben. Und wir brauchen eine vertrauenswürdige Person. Ich meine – das wäre doch vielleicht etwas für dich – du könntest hier wohnen, während du deine Doktorarbeit fertigstellst… Du könntest in Vaters Arbeitszimmer ziehen…«

»NEIN!«

Mary fuhr zusammen, starrte sie an, blinzelte, begriff. »Oder wohin du möchtest. Hier hättest du Ruhe. Du könntest den Alfa benutzen. Wenn es dir zu einsam wird.«

»Wieder Dienstmagd im Hause Upton?« sagte Ronnie barsch.

Mary dachte nach. »Klingt mein Vorschlag so? Ich hatte eigentlich gedacht, ich könnte vielleicht auch herkommen. Meine Wohnung verkaufen und eine Zeitlang hier leben. Nur bis das Haus verkauft ist. Es ist näher bei Marie-Laure, als wenn ich zu Lizzie ziehe. Ich muß mehr Zeit mit ihr verbringen. Sie könnte ja manchmal am Wochenende herkommen und Freunde mitbringen. Wenn schönes Wetter ist. Vielleicht könnte ich auch ein bißchen Geld sparen, wenn ich hier wohne. Du könntest mir weiter Fahrunterricht geben.« Sie lächelte schüchtern.

»Willst du sagen, ich soll mit dir hier wohnen?« Ungläubig.

»Ich weiß nicht, was ich sagen will. Mir kommen nur lauter Ideen. Es ist, als ob die ganze Welt noch mal von vorn anfängt! Als wäre meine ganze Vergangenheit ausradiert und alles würde ganz neu beginnen.«

Ronnie versuchte, mit steter Stimme zu sprechen. »Vielleicht ginge es ja.«

Das Haus war an diesem Nachmittag mit Aktivität erfüllt, da Wagen kamen, um das für Stephen gemietete Krankenpflegezubehör abzuholen und Blumen zu bringen. Die Telefone klingelten – alle drei fast ständig –, und ein paar Reporter standen vor der Haustür. Aber diesmal übernahm Elizabeth nicht die Organisation. Niemand übernahm sie. Irgendwie wußten sie alle ganz gut, wie man Reporter abwimmelte und mit Lieferanten und Telefonanrufen umging, wie man die Namen der Leute, die Blumen schickten, notierte, um später Danksagungen zu versenden, und wie man die Dienstboten beruhigte – Teresa war besonders betroffen, wischte sich dauernd die Augen und murmelte »So ein gütiger Mensch«. Vielleicht dachte sie an ihren eigenen Vater, überlegte Elizabeth. Aber sie hatte etliche Stunden an Stephens Bett gesessen. Hielt ihn wahrscheinlich deshalb für gütig, weil er sie nie geschlagen hatte. Es wäre eine nette Geste, die Frau heute früher gehen zu lassen, dachte Elizabeth, aber dann merkte sie, daß es schon fast vier war. Morgen konnte sie ihr nicht frei geben, sie brauchten jede Hand. Und danach würde sie wohl sowieso gehen müssen – die Schwestern würden abreisen und sie nicht mehr brauchen. Vielleicht war das der eigentliche Grund ihrer Tränen.

Elizabeth seufzte, lehnte sich in Vaters Armstuhl zurück und blies befriedigt den Rauch aus. Sie hatte den ganzen Nachmittag damit zugebracht, seine Papiere wieder einzusortieren und die Kartons zu kennzeichnen. Es würde noch zwei, drei Tage dauern, bis sie damit fertig war. Die Kartons würden an irgendein Archiv gehen, an ein College oder eine Universität, vielleicht würde sogar jemand Geld dafür bezahlen. Es gab noch mehr Papiere, einen ganzen Schrank voll hier, vielleicht noch weitere in New York, Boston, Washington. Mochte jemand anders seine Lebensgeschichte schreiben. Sein abscheuliches Leben bearbeiten. Ihn zum Helden erklären.

Hollis hatte sich bedeckt gehalten, sagte Mary. Natürlich hatte er ihnen sein tiefempfundenes Beileid ausgesprochen, es tut mir ja so leid. Sie Ärmste, ich fühle mit Ihnen und Ihren lieben Schwestern, ja, aber er war vorsichtig gewesen. Mary hatte lachend gemeint: »Er kommt nicht her, um das Testament zu eröffnen, bevor nicht feststeht, daß die verdammte Autopsie keine Anzeichen für irgendwelche unlauteren Machenschaften ergeben hat.«

Was kümmert es mich. Gar nichts kümmert mich mehr, nichts von dem, was einmal wichtig war. Noch nicht mal, ob er mich als Testamentsvollstreckerin eingesetzt hat oder nicht. Wenn nicht, wird es ein bißchen piksen, aber das war es dann auch. Irgendwie ist alles anders geworden. Ich muß mir ein neues Leben aufbauen. Muß mir überhaupt ein Leben aufbauen. Wenn sie mich aus dem Finanzministerium rausschmeißen, suche ich mir einen Job. Eine Dozentur vielleicht. Hier in der Nähe vielleicht. Dann kann ich hier wohnen. Nein. Zu teuer, das Haus zu unterhalten. Schwestern. Sie hatte jetzt Schwestern, Menschen, die sie kannten, die sie nicht einfach nur für ein kaltherziges, kaltschnäuziges Aas hielten. Menschen, die willens waren, den Arm um sie zu legen. Menschen, deren Berührung sie ertragen konnte. Ja, sogar gern hatte.

Sie sah auf ihre Uhr, nahm zum zwanzigsten Mal an diesem Tag den Telefonhörer ab, lehnte den Kopf gegen Hand und Hörer und drückte dann langsam die Nummer.

»Hallo, Mutter. Hier ist Elizabeth.«

»Du hättest früher anrufen können. Muß ich aus dem Fernsehen erfahren, daß mein eigener Mann gestorben ist?«

»Hätte ich dich um halb zwei Uhr nachts anrufen sollen? Da bin ich nämlich nach Hause gekommen.«

»Du hättest mich heute morgen anrufen können.«

»Ich habe lange geschlafen.«

»Es ist jetzt vier Uhr. Bist du gerade erst aufgestanden?«

»Nein, aber ich mußte erst die Energie aufbringen, um dich anzurufen. Es ist nicht angenehm, mit dir zu telefonieren, und ich muß mich dafür stählen.«

»Reizend, wie du mit mir redest.«

»Willst du irgendwelche Informationen von mir haben? Wenn nicht, hänge ich wieder ein.«

»Hast du sein Testament gesehen?«

»Nein.«

»Warum nicht?«

»Der Anwalt will es erst öffnen, wenn die Autopsie beendet ist.«

»Wieso machen sie eine Autopsie?«

»Um die genaue Todesursache festzustellen.«

»Und wie lautet die?«

»Woher soll ich das wissen?«

»Was habt ihr gemacht – ihn ermordet oder so was?«

»Ich vermute, er hatte noch einen Schlaganfall.«

Elizabeth hörte, wie ein Streichholz angezündet wurde, dann ein tiefes Ausatmen.

»Tja, zumindest habe ich ihn überlebt.«

»Ja. Du warst ja auch wild entschlossen dazu.«

»Er mußte mir fünfundzwanzigtausend Dollar hinterlassen. Das klang natürlich 1934 viel üppiger als heute.«

»Nein, Mutter, er mußte fünfundzwanzigtausend Dollar für dich auf ein Treuhandkonto legen. Heute sind das wahrscheinlich schon Millionen.«

»WIRKLICH?«

»Wirklich.«

»Ich werde mein eigenes Geld haben! Ich werde die einzige von uns Schwestern sein, die ihr eigenes Geld hat.«

»Das wirst du.«

Catherine schwieg. Schließlich sagte sie lebhaft: »Laß es mich wissen, wenn du Bescheid weißt wegen dem Testament. Und wegen der Beerdigung. Ich will hin.«

»Ich werde dafür sorgen, daß du dabei bist.«

»Gut. Werde ich dich zu sehen kriegen?«

Nach kurzem Schweigen sagte Elizabeth: »Ich denke, ich könnte für einen Tag vorbeikommen.«

»Ich würde dich gern sehen, Elizabeth. Ich sehe dich nie.«

»Dann werde ich kommen.«

Beiläufig beim Tee darauf die Sprache bringen: Ach, übrigens, Mutter, hast du gewußt, daß Vater mich gebumst hat, regelmäßig, jahrelang? Und daß ich deshalb geweint habe und dich angebettelt habe, mich nicht hierherzuschicken, weil ich nicht wollte, daß er mich fickt, fickt, fickt, hast du das gewußt, Mutter? Mutter?

Was würde sie sagen? Ich habe nicht die leiseste Vorstellung, keinen Schimmer, nicht den Hauch einer Ahnung. Ich glaube, ich kenne sie gar nicht.

Angenommen, sie würde sagen: Ja, das dachte ich mir. Könnte ich das ertragen? Angenommen, sie sagt: Besser dich als mich. Oder: Warum hast du mir nichts gesagt? Oder: Das glaube ich dir nicht. Könnte es nicht ertragen. Nein. Also besser nichts sagen. Wie könnte sie sonst reagieren? Sie könnte weinen, mich in die Arme nehmen, sagen, es tut mir leid, daß ich dir nicht zugehört habe.

Elizabeth dachte nach.

Besser nichts sagen.

Alex war den ganzen Tag eifrig dabei, Blumen in Vasen zu stellen, das Telefon abzunehmen, an die Tür zu gehen und Reporter abzuwimmeln, Teresa den Rücken zu tätscheln und Mrs. Browning für ihre gefaßte Haltung zu loben. Zwischen diesen Tätigkeiten schien sie sich jedoch in Luft aufzulösen, und Mary, Elizabeth und Ronnie, die ebenfalls im Haushalt eingespannt waren, bemerkten immer wieder ihre Abwesenheit. Doch wenn es das nächste Mal an der Tür klingelte, war sie wieder da, und so fragte niemand nach.

Als sie sich um sechs zum Cocktail versammelten, war Alex besonders still, und Ronnie berührte ihre Hand.

»Ist alles in Ordnung? Du wirkst so – abwesend. So zurückgezogen.«

Alex zeigte ein strahlendes Lächeln. »Mit mir ist alles bestens.«

»Was hast du den ganzen Tag über gemacht? Außer dieser ganzen Scheißarbeit?«

»Telefoniert.« Sie nippte an ihrem Wein.

Alex wortkarg?

»Eins noch«, sagte sie plötzlich. »Ich möchte Alexandra genannt werden. Nicht Alex. Wenn ihr dran denken könntet«, setzte sie schüchtern hinzu.

Sie starrten sie an.

»Wen hast du angerufen?« platzte Ronnie heraus.

»Ach, David und die Kinder natürlich. Und meine Mutter. Ich hatte ein langes Gespräch mit meiner Mutter.« Sie lächelte und nippte wieder an ihrem Glas. Alle beugten sich zu ihr hin.

»Hast du's ihr gesagt?«

»Nicht direkt. Ich habe nur gesagt, meine Erinnerung sei wieder zurückgekehrt. Soll sie eine Weile daran kauen. Ich will es ihr nicht am Telefon sagen. Ich will ihr Gesicht sehen.«

»Was hat sie gesagt?«

Alex lachte. »Sie hat ein bißchen herumgedruckst und gesagt: ›Ach, die Erinnerung woran?‹« Sie lachte wieder, ein dunkles, rauhes Lachen, und alle drei starrten sie erstaunt an. »Meine Mutter«, schloß sie bitter.

»Unsere Mütter waren uns keine große Hilfe«, sagte Elizabeth.

Sie saßen alle ein Weilchen nachdenklich da.

»Ich frage mich – wenn meine Mutter noch gelebt hätte, wenn sie sich nicht umgebracht hätte...«, begann Mary, »hätte sie mir dann geholfen? Hätte er trotzdem...«

»Er hat es mit mir gemacht, obwohl meine Mutter lebte«, fuhr Alex dazwischen. »Eine Frau, von der ihr sagt, daß er sie geliebt hat.«

»Ich möchte wissen, was es war. Warum er das tun mußte.«

»Wie ein Hunderüde, der an einen Baum pinkelt«, sagte Ronnie. »Um sein Revier zu markieren.«

»Glaubst du wirklich?«

»Er fand wahrscheinlich gar nichts Schlimmes dabei. Er sah uns wohl wirklich als sein Eigentum an.«

»Und unsre Mütter? Dachten die auch so?«

Schweigen.

»Meine Mutter«, sagte Elizabeth schließlich, »ist hocherfreut, daß sie ihn überlebt hat. Und jetzt an ihr Treuhandgeld kommt. Ich könnte schwören, selbst wenn sie todkrank gewesen wäre, hätte sie so lange durchgehalten.«

»Was wäre mit dem Geld passiert, wenn sie vor ihm gestorben wäre?« fragte Ronnie.

»Nichts. Es wäre an ihn zurückgefallen.«

»Du hättest es nicht bekommen?«

Sie schüttelte den Kopf.

»Ich bin immer wieder fassungslos. Über ihn. Über seine…« Ronnie warf den Kopf hin und her, als wollte sie Wasser aus ihren Ohren schütteln.

»Ja. So fremd, so völlig anders, als unsere ganze Art zu denken. Zu sein. Zu fühlen. Ich möchte wissen, ob alle Männer allen Frauen so fremd sind«, sinnierte Mary.

»Wirst du's ihr sagen?« fragte Ronnie weiter, wobei sie Elizabeth ansah. »Deiner Mutter?«

»Ich glaube nicht. Nein.«

»Angst, hmm?« sagte Ronnie wissend. Elizabeth fuhr zu ihr herum, aber Ronnie grinste nicht. Sie schien nachdenklich.

»Ja«, sagte Elizabeth.

»Aber nimm doch mal an, du hättest eine Tochter«, sagte Mary zu Elizabeth. »Würdest du auch so denken – daß sie sein Eigentum ist, daß er mit ihr machen kann, was er will – ihr Vater, meine ich?«

»Nie und nimmer!«

»Ich auch nicht!« erklärte Alex.

»Ich ebensowenig«, sagte Mary.

»Ich würde ihn umbringen!« rief Elizabeth.

Ronnie wandte sich Elizabeth zu. »Wenn du es deiner Mutter sagen würdest – was von all dem, was sie sagen könnte, wäre für dich am schlimmsten?«

Elizabeth überlegte. »Daß sie mir nicht glaubt.«

»Wäre das schlimmer, als wenn sie sagen würde – wie auch immer, ich meine, egal, wie implizit, weil sie es wahrscheinlich nicht geradeheraus sagen würde –, daß er das Recht dazu hatte?«

Elizabeth nickte. »Ist es das, was deine Mutter gesagt hätte?«

»Ich weiß es nicht. Ich habe den Verdacht, daß sie es so gesehen hätte, aber ich bin mir nicht sicher. Ich denke, sie hätte geweint und mich in die Arme genommen, aber weiter nichts. Sie hätte nicht versucht, ihn daran zu hindern. Das denke ich.«

»Wie kommt es, daß wir so sind und unsere Mütter nicht?« fragte Alex. »Wieso haben sie uns nicht geholfen?«

»Feminismus«, sagten alle drei im Chor, dann lachten sie los.

Alex lächelte, senkte den Blick, hob ihn wieder, schaute wie ein ungezogenes Kind. »Ich habe noch jemanden angerufen. Die Dominikanerinnen von St. Cecilia. Einer Klosterschule in der Nähe von Newark«, setzte sie hinzu.

»Bist du katholisch?« fragte Mary perplex.

»Nein. Ich bin jüdischen Glaubens. Ich habe euch doch erzählt, daß ich konvertiert bin, als ich David geheiratet habe.«

»Die Nonnen«, erinnerte sie Elizabeth.

»Ah ja. Ich kenne sie von dem Krankenhaus, wo ich ehrenamtlich arbeite, und sie sind so phantastisch, so lebendig und fröhlich und zufrieden. Ich fühle mich sehr zu ihnen hingezogen. Deshalb gehe ich manchmal zu ihnen, um ihnen ein bißchen zu helfen. Sie verstehen es wunderbar mit den Kindern, aber sie sind auch sehr politisch. Sie helfen Flüchtlingen aus El Salvador, sie nehmen sie auf und helfen ihnen weiter und verstecken sie, wenn die Einwanderungsbehörden hinter ihnen her sind. Und sie schicken Nonnen und medizinisches Personal dort hinunter, um die Menschen medizinisch zu betreuen. Sie hassen den Papst, achten gar nicht auf ihn. Sie lieben ihr Leben, sie sind immer so… so lustig. Ich dachte, wenn ich so leben würde wie sie, würde ich vielleicht auch so werden.«

»Gefährlich, in El Salvador für die Kirche zu arbeiten«, sagte Elizabeth.

»Ja. Eine von den Nonnen, die dort unten umgebracht wurden – ihr erinnert euch? –, war aus ihrem Kloster. Aber auch die medizinische Arbeit ist schon gefährlich. Allein nur den Bauern zu helfen, ist gefährlich. Das Regime ist so schlimm – eine richtige Schreckensherrschaft.«

Ronnie beugte sich vor. »Sag, Alex – Alexandra –, warum hast du sie angerufen? Denkst du daran, ihrem Orden beizutreten?«

»O nein, das ginge gar nicht! Ich bin jüdischen Glaubens!«

Ronnie starrte sie immer noch an, aber Alex wich ihrem Blick aus. »Nein. Ich wollte einfach nur wissen, wie es ihnen geht. Ich habe sie vermißt. Ich wollte hören, was sie gerade machen.«

»Und was machen sie gerade?« fragte Elizabeth leise amüsiert, während sie sich eine Zigarette anzündete.

»Sie planen, noch ein weiteres Team dort runterzuschicken. Nach Weihnachten vermutlich, vielleicht auch erst zu Beginn des Frühjahrs. Sobald sie genug Geld beisammenhaben. Ein paar Nonnen – eine Ärztin, eine Schwester, ein paar Helferinnen. Und jemand für die Verwaltung, nehme ich an.« Außerstande, eine von ihnen anzusehen, stand sie auf, um sich Wein nachzuschenken. Sie fragte nicht einmal, ob jemand von ihnen noch etwas wollte.

»Alex! Alexandra! Was ist Sache?« stellte Elizabeth sie zur Rede.

Sie lief knallrot an, eine rote Linie um ihren Hals trennte ihr glühendes Gesicht von ihrem restlichen Körper. Sie biß sich auf die Unterlippe. Sie starrte die Wand an. »Na ja, ich weiß ja nicht einmal, ob ich überhaupt berücksichtigt bin, ob er an mich gedacht hat, ich meine, er hat es ja sonst nie getan. Aber ich dachte... falls Vater mir irgendwelches Geld vermacht hat... wißt ihr, sie brauchen natürlich immer Geld für diese

Sachen.« Sie wandte sich ihnen verlegen zu, ihre Miene beflissen, um Entschuldigung heischend. »Und da wollte ich wissen, für den Fall, daß es so ist, daß da irgendwas *wäre,* ob es irgendwas gibt, ich meine, ob ich irgendwas tun kann. Versteht ihr?«

Sie lächelten, umarmten sie mit den Augen.

»Findet ihr mich raffgierig?«

Sie schüttelten die Köpfe.

Alex seufzte. Sie setzte sich wieder in ihren Sessel und nahm einen großen Schluck Wein. »Tja, das habe ich heute gemacht!«

Das Abendessen verlief still, aber die Schwestern umgab ein tiefer Friede, den selbst Mrs. Browning bemerkte, wenn sie ihn auch als Trauer deutete. Obwohl der alte Mann jetzt tot war, blieb der Platz am oberen Tischende weiterhin frei. Sie saßen sich immer paarweise am einen Ende der langen Tafel gegenüber.

Elizabeth seufzte. »Herrje, es gibt so viel zu tun, sobald sie den Leichnam freigeben. Hunderttausend Anrufe. Wir müssen einen Sarg aussuchen und all das. Das hält einen wahrscheinlich aufrecht, wenn man wirklich trauert.«

»Tun wir das nicht?« wollte Mary wissen.

»Tun wir's?« gab Elizabeth zurück.

»Man hat wohl immer gemischte Gefühle, oder nicht?« sagte Mary.

»Vermutlich«, sinnierte Alex.

»Na ja, man kann jedenfalls nicht sagen, daß wir ihn vermissen«, meinte Elizabeth sehr leise.

Keine Reaktion.

»Oder?« fragte sie überrascht.

Dreifaches Kopfschütteln.

»Aber wenn ein Mensch stirbt, dann stirbt so vieles mit ihm. Oder ihr. Was dieser Mensch für einen bedeutet hat. Was man sich von ihm erhofft hat. Wie man ihn gerne haben wollte«, sagte Alex. »Und man weiß, das waren alles nur Träume, Illusionen, es wird nie passieren, und man muß es aufgeben. Für immer. Und dann trauert man. Um all das. Um die eigenen Wünsche.«

Sie saßen schweigend da.

Mrs. Browning bekam es mit, als sie die Suppenschälchen abräumte und die Koteletts und das Gemüse auftrug. Arme Dinger, dachte sie. Haben so an ihm gehangen.

»Ich habe schon zu Ronnie gesagt«, hob Mary an, als sie zu essen begannen, »daß das Haus wohl verkauft werden wird, egal, wer es erbt. Ich meine, ob wir es nun sind oder eine Stiftung, ich kann mir nicht vorstellen, daß es jemand behalten will. Und dann wird der Nachlaßverwalter jemanden anstellen müssen, der sich darum kümmert, bis es verkauft ist. Für *Geld.* Und ich dachte, Ronnie würde vielleicht eine Weile hier wohnen bleiben wollen. Bis sie mit ihrer Doktorarbeit fertig ist.«

Elizabeth nickte und murmelte mit vollem Mund: »Gute Idee.«

»Ich dachte, ich könnte vielleicht auch hier wohnen. Heimfahren, meine Wohnung zum Verkauf anbieten und dann wieder herkommen und ihr Gesellschaft leisten.«

Elizabeth legte ihre Gabel hin.

»Ich dachte, du wolltest zu mir kommen.«

»Ja, das will ich auch. Wenn das Haus verkauft ist und meine Wohnung auch und ich ein bißchen Geld habe und Marie-Laure nicht mehr … wenn ich sie ein bißchen besser kennengelernt habe. Ich dachte, dann könnten wir vielleicht zusammen ein Haus in Virginia kaufen. Es gibt hinreißende kleine Häuschen in Falls Church und sogar in Arlington. Was sagst du dazu?«

»Großartig!« rief Elizabeth aus und nahm ihre Gabel wieder auf. »Ich hätte schrecklich gern ein Haus nach all diesen Jahren, die ich in einem Apartment verbracht habe. Vielleicht finden wir ja eins mit einem kleinen Garten. Oder sogar einem

Pool. Früher bin ich so gern geschwommen.« Sie wandte sich unvermittelt Ronnie zu. »Vielleicht könntest du ja einen Job bei der Regierung finden und mit uns kommen! Alex lebt gleich drüben in Wilmington! Wir könnten uns jede Woche einmal zum Essen treffen!«

Ronnie starrte sie an. Ihre Kehle war wie zugeschnürt, sie konnte nur knurren: »Ich würde nie im Leben für die verdammte Regierung arbeiten, und das weißt du ganz genau, Elizabeth!« Doch als sie ihre Rührung hinuntergeschluckt hatte, setzte sie hinzu: »Aber ich bin sicher, daß ich in einem Job auf meinem Fachgebiet jede Menge Gründe haben werde, nach Washington zu fahren, um irgend jemanden von der Regierung anzubrüllen.«

»Nein, Ronnie, so läuft das nicht. Wenn man in Washington etwas erreichen will, brüllt man niemanden an, man schafft sich Freunde!« sagte Elizabeth belehrend.

»Wie bist du dann bloß vorangekommen?« schnappte Ronnie. »Du bist ungefähr so freundlich wie ein bissiger Hund.«

Mary und Alex prusteten los. Alex versteckte ihr Lachen hinter ihrer Serviette. Selbst Elizabeth mußte grinsen.

»Wenn du in Washington etwas erreicht hast, kann ich das auch, Elizabeth«, argumentierte Ronnie.

»Ich verdanke meinen Aufstieg hauptsächlich Vaters Namen«, sagte Elizabeth.

»Aha!« griente Ronnie. »Na ja, jedenfalls werde ich bestimmt aus irgendwelchen Gründen dort runterkommen, und ich bestehe darauf, daß ihr in eurem Haus ein Gästezimmer habt, an dem mein Name an der Tür steht.«

»Okay. Welchen Stil hättest du denn gern?«

»Stil?«

»Ja. Welche Art Möbel magst du am liebsten? Welche Farben?«

Ronnie schien auf ihrem Stuhl zusammenzuschrumpfen, und Mary ging plötzlich auf, daß sie noch nie im Leben den Luxus genossen hatte, selbst zu bestimmen, wie ihre Umgebung aussehen sollte.

»Hmm«, sagte Ronnie schließlich. »Du kennst doch den alten Kiefernholztisch, den ich als Schreibtisch benutze? In meinem Zimmer? Den hätte ich gern dort stehen.«

»Ach, der!« rief Mary aus. »Der ist alt und vermutlich wertvoll, aber er ist nicht – na ja, ich würde ihn nicht in meinem Haus haben wollen. Du kannst ihn haben, wenn du willst. Aber das ist ein guter Anhaltspunkt – du magst *Early American,* ich sehe schon. Vielleicht ein paar indianische Webteppiche auf dem Fußboden – Navaho-Teppiche –, was hältst du davon, Elizabeth? Ich finde sie wundervoll. Ein Zimmer ganz in Erdtönen, das würde zu Ronnie passen.«

Ronnies Gefühle wechselten von Ärger über die gönnerhafte Herablassung zu Ärger über die karitative Großzügigkeit zu Ärger über die Bevormundung, bis sie schließlich innerlich zu lachen begann, und gleich darauf explodierte das Lachen nach außen.

Alex lächelte milde, wie von sehr weit weg. »Wie schön! Wie schön, daß ich meine Schwestern gefunden habe!« rief sie mit weicher Stimme aus. Dann streckte sie Ronnie, die neben ihr saß, die eine Hand hin und Elizabeth auf dem Platz gegenüber die andere, und die beiden griffen nach Marys Händen, und so saßen sie alle vier eine lange Minute in lächelndem Schweigen da.

21

Die Autopsie war am Freitag vormittag abgeschlossen. Die natürliche Todesursache wurde bescheinigt und Stephens Leichnam zur Bestattung freigegeben. Die wenigen Reporter, die vor dem Krankenhaus herumlungerten, verschwanden, und Dr. Stamp rief an und fragte, ob er auf dem Weg vom Krankenhaus in sein Büro gegen elf vorbeikommen dürfe, um den Upton-Schwestern seine Aufwartung zu machen.

Die vier erwarteten ihn im Salon, wo auf dem Teetisch bereits Kaffee und Gebäck bereit standen. Als er das Haus betrat, bestaunte er ehrfürchtig das riesige Foyer, die Wandteppiche und Skulpturen und schritt gemessen, wie ein Mann, der ein Museum besucht oder ein Heiligtum, oder einen berühmten Wissenschaftler, in den Salon. Mary trug ein dunkles Wollkleid, dazu eine Perlenkette, nur die kleinen Plisseefalten am Rocksaum lockerten die Strenge etwas auf, aber die anderen trugen Pullover und Hosen – Ronnie sogar Jeans – und flache Schuhe. Sie schenkten ihm Kaffee ein. Der Arzt sah zu Mary, aber heute schien sie nicht auf seinen Blick zu warten. Sie verhielt sich, als wäre *er* derjenige, der ihrer Begutachtung standhalten müsse. Er spürte den Unterschied, hätte ihn aber nicht in Worte fassen können. Beunruhigt fragte er sich, ob sie ihm den Tod ihres Vaters vorwarf.

»Ich möchte, daß Sie wissen, daß wir alles, was in unserer Macht stand, für ihn getan haben…«, sagte er.

Sie versicherten ihm, davon seien sie überzeugt.

»Inzwischen wissen Sie ja, daß Ihr Vater an einer Lungenembolie gestorben ist. Eine häufige Todesursache bei bettlägerigen Menschen, und ich möchte nicht, daß Sie und Ihre Schwestern sich in irgendeiner Weise dafür verantwortlich fühlen. Sie haben alles für ihn getan, was Sie tun konnten. Seine Zeit auf Erden war begrenzt – schließlich war er zweiundachtzig. Nichts hätte ihn retten können. Sie müssen sich keinerlei Vorwürfe machen.«

»Ja, schon«, sagte Elizabeth. Aber auf ihrem Gesicht lag ein so seltsamer Ausdruck, daß er das Gefühl hatte, Mitspieler in einem Drama zu sein, ohne seine Rolle zu kennen. Er blickte zu den anderen Schwestern und bemerkte denselben Ausdruck auf ihren Gesichtern. Er versuchte, die unbehagliche Atmosphäre zu überspielen. »Tapfere Mädchen!« erklärte er.

»Wir sind wohl kaum mehr als Mädchen zu bezeichnen, Dr. Stamp«, sagte Ronnie.

Er riß Mund und Augen auf.

»Ich bin die Jüngste, und ich bin fünfundzwanzig. Elizabeth ist fünfzig. Würden Sie einen fünfzigjährigen Mann als Knaben bezeichnen?«

Er wand sich in seinem Stuhl. »Verzeihung, natürlich, das war unüberlegt. Ich wollte sagen, daß die Damen wirklich großartig gewesen sind.«

Ronnie wollte wieder etwas sagen, unterließ es aber.

Er stürzte sich in eine Erklärung des Phänomens der Lungenembolie, erklärte, daß ihr Vater schnell gestorben sei, unter minimalen Schmerzen, und daß sein Tod letztlich eine Gnade gewesen sei, in Anbetracht seines Zustandes, über den er so unglücklich gewesen war. Der Arzt wollte gehen, aber er wußte nicht, wie er das so schnell bewerkstelligen sollte, deshalb redete und redete er. Die Schwestern hörten höflich zu, nickten manchmal, stellten aber keine Fragen.

Endlich hatte er das Gefühl, seine Serviette hinlegen und

sich verabschieden zu dürfen. »Ich möchte betonen, daß es mir eine Ehre war, mich um Ihren Vater kümmern zu dürfen. Es tut mir leid, daß das Ergebnis nicht glücklicher ausgefallen ist.«

Elizabeth lächelte höflich, aber Dr. Stamps Augen wanderten sehnsüchtig zu Mary, suchten nach diesem süßen, emporgewandten Blick, den sie ihm immer geschenkt hatte. Aber sie sah ihn kaum an. Wahrscheinlich der Kummer.

Hastig verließ er sie, war tief enttäuscht und beunruhigt. Seltsame Frauen, dachte er.

Nein, sagte sich Mary, als er gegangen war, er ist völlig ungeeignet: fliehendes Kinn und keine Ahnung, wie man sich anzieht. Und er würde ununterbrochen Bestätigung brauchen. Das ist es nicht wert, es sei denn, er wäre Trillionär. Selbst dann nicht.

»Glaubst du, wir sollten Hollis anrufen und ihn darüber informieren, daß die Todesursache bestätigt wurde?« fragte sie Elizabeth mit verschwörerischem Lächeln.

»Ich denke, er weiß es bereits. Beziehungen«, sagte Elizabeth trocken.

Und tatsächlich rief Hollis bald darauf an, um ihnen mitzuteilen, daß er am späten Nachmittag zu ihnen kommen und das Testament eröffnen würde.

Andere Telefonate folgten, Hunderte riefen an: der Präsident, der Innenminister, der Gouverneur von Massachusetts, viele hohe Beamte der Regierung, Präsidenten der Konzerne, Präsidenten der Universitäten, Präsidenten von Stiftungen. Elizabeth und Mary erledigten die Telefonate. Der Gouverneur wollte, daß die Begräbniszeremonie in Boston stattfand, in der St.-Paul's-Kathedrale, wo Generationen von Uptons den Gottesdienst besucht hatten. Er argumentierte damit, daß der Bischof die Grabrede für diesen bedeutenden Mann halten wolle und daß die Kathedrale, auch wenn sie alt und schäbig wirkte, doch ein ehrwürdiges Bauwerk sei. Und für den Präsidenten sei es einfacher, nach Boston zu kommen als nach Lincoln.

Elizabeth und Mary waren dankbar, die Verantwortung für die Trauerfeier delegieren zu können. Stephen hatte nie den Gottesdienst in Lincoln besucht, er war überhaupt nie in die Kirche gegangen, Hochzeiten und Beerdigungen ausgenommen. Die offizielle Begräbnisfeierlichkeit in der Bostoner Kathedrale, die auf das Jahr 1830 zurückging und trotz ihres verfallenen Zustands durch das Prestige des Bischofs aufgewertet wurde, die Teilnahme des Präsidenten und des Gouverneurs und der anschließende kleine Empfang für etwa hundertfünfzig geladene Gäste in Worth Juniors Haus am Louisburg Square würden sie der Pflicht entheben, einen persönlicheren Abschied für ihn auszurichten. Trotzdem mußten hunderttausend Kleinigkeiten erledigt werden. Sie hatten nur noch Zeit für die praktischen Anforderungen des Todes.

Mary dachte, wenn man wirklich große Trauer empfindet und der Schmerz wie flüssige Lava durch die Adern schießt, durch Arme, Beine, Finger, so wie es damals bei ihr gewesen war, als Don gestorben war, dann konnte diese Geschäftigkeit hilfreich sein. Wie hatte Emily Dickinson es ausgedrückt?

Die Unrast im Haus
Am Morgen nach dem Tod:
Erhabenste Arbeit
Die auf Erden vollbracht wird.

Vielleicht war sie bekümmert. Diese Schwäche, die durch ihre Adern rann, als ob ihr Blut wäßrig geworden wäre, die ihr die Kraft raubte, so daß jeder Schritt eine Anstrengung war und ihre Stimme nur noch ein Krächzen, war das vielleicht Trauer? Wieso trauerte sie um einen Mann wie ihn? Aber auch Elizabeth wirkte bleich und steif und äußerte sich auf eine schroffe und knappe Art und Weise, so wie zu Beginn ihres Aufenthalts hier, war angespannt und kleinlich. Sogar Ronnie schien zurückgenommen und in sich gekehrt, sie versteckte sich fast den ganzen Tag in ihrem Zimmer. Sie half nicht mit, ließ sich in keinen Plan mit einbeziehen, weigerte sich, ans Telefon zu gehen, selbst wenn sie genau daneben stand, wenn es klingelte. Nur Alex schien gelassen und befreit, nun, natürlich, sie hatte ihre Erinnerungen wiedergefunden. Aber *was* für Erinnerungen! Wie konnte eine auf diese Art gefüllte Lücke den Kopf erleichtern?

Obwohl Hollis zur Zeit ihrer üblichen Cocktailstunde kam, erschien Ronnie nicht im Salon, wo sie auf ihn warteten. Er warf ihnen einen schnellen prüfenden Blick zu, trug sein joviales mitteilsames Selbst zur Schau, war ganz der Mann, der gute Nachrichten brachte, wie Elizabeth mit einer gewissen Erleichterung dachte. Äußerst umständlich öffnete er seine Aktenmappe und zog die Papiere heraus, setzte die Lesebrille auf. Fragte, ob sie nicht besser in Stephens Arbeitszimmer gehen sollten, aber Elizabeth war dagegen. Sie wollte nicht, daß er sich an Vaters Schreibtisch setzte. Es sei zu unordentlich, log sie, überall Papiere, und er bestand nicht darauf, er war zufrieden mit sich, mit ihnen, mit dem Timing des Todes, das ihm eine schmerzliche Entscheidung abgenommen hatte. Sosehr er auch Cabs Tod bedauerte, er hatte ein langes Leben gehabt, ein erfülltes Leben, hatte viel erreicht, war einer der prominentesten Männer seiner Generation…

Glücklich nahm er den Manhattan in Empfang, den Mary für ihn gemixt hatte. Die Schwestern tranken ein schickliches Glas Wein.

Das Testament war lang und enthielt Legate an viele Institutionen – Schulen und Kirchen und konservative Stiftungen. Es enthielt den Treuhandbetrag für Catherine Callahan Upton und, wie Alex überrascht vernahm, einen für Amelia Upton Massey; es gab beträchtliche Treuhandkonten für Albert und

Marie-Laure di Cenci und kaum Nennenswertes für Martin Burnside, dem der eigene Vater viel vermacht hatte. Der Rest – und das war der Löwenanteil – ging an seine Töchter Elizabeth, Mary und Alexandra.

»Das macht für jede von Ihnen zwischen zehn und fünfzehn an Investmentpapieren, schätze ich – Tagespreis gerechnet. Er war ein sehr gerissener Investor. Und vielleicht vier oder fünf zusätzlich pro Nase für die Anteile an Grund- und Bodenbesitz. Seine Besitztümer haben eine beträchtliche Wertsteigerung erfahren. Natürlich ist der Immobilienmarkt sowieso immer in der Hausse.«

»Zehn bis fünfzehn… Tausend?« fragte Alex unschuldig.

Er sah sie über den Rand seiner Brille an.

»Zehn bis fünfzehn Millionen, meine Liebe«, sagte er gekränkt von oben herab.

Und er hatte Elizabeth zur Testamentsvollstreckerin bestimmt.

Etwas in ihrem Herzen zersprang mit einem lauten Knall und gab dann Ruhe.

»Ich bin wirklich froh, daß wir nichts geändert haben. Er war offensichtlich nicht mehr er selbst zum Schluß«, stellte er fest. »Das wäre ohnehin nicht mehr möglich gewesen. Tom Kaplan hatte beschlossen, Ihnen die Vormundschaft zu übertragen«, sagte er zu Elizabeth. »Ich muß Ihnen gestehen, daß er sogar uns beiden gegenüber nicht er selbst war. Ich habe Cab noch nie so erlebt – nun, das ist jetzt sowieso Schnee von gestern, aber sein Zustand schien ihn dazu gebracht zu haben, alle Menschen zu hassen…«

Nachdem er die guten Nachrichten überbracht hatte, war er glücklich, sich zurücklehnen und mit diesen entzückenden Damen väterlich plaudern zu können, den geliebten Töchtern eines Multimillionärs, eines großen Mannes, denen der Vater den Löwenanteil seines Besitzes vermacht hatte. Zu schade, daß er keinen Sohn hatte, aber sie waren würdige Erbinnen.

Großartige Ladys. Ein Schatten zog über sein Gesicht. Er stellte seinen Drink ab, beugte sich vor und senkte die Stimme.

»Ich weiß … ihr Mädchen seid … Sie sind wirklich etwas Besonderes, das ist mir bewußt. Die Art und Weise, wie Sie Ihr persönliches Leben aufgegeben haben, um Cab zu pflegen, wie Sie seine … Verwirrung ertragen haben … überhaupt alles, was Sie für ihn getan haben. Und wie Sie seinen Fehltr … seine uneheliche Tochter akzeptiert haben, das war ein Akt wahrer Christenliebe, ein Beweis Ihrer Großherzigkeit und Freundlichkeit. Sie waren wie Heilige, wenn Sie mich fragen. Und sie ist, ich kenne sie ja kaum, möglicherweise ebenfalls ein feiner Mensch, eine gute Frau. Aber« – er warf einen vorsichtigen Blick in die Diele – »sie könnte auch ein Problem für Sie werden. Er hat sie nicht anerkannt, hat sie nicht berücksichtigt, aber« – er lehnte sich zurück und hielt sich andeutungsweise die Hand vor den Mund – »wenn sie irgendeinen Beweis für ihre Herkunft hat … dann könnte sie … also, sie könnte Ihnen Schwierigkeiten bereiten. Selbst ohne Beweise kann sie Ihnen Schwierigkeiten machen. Vielleicht nicht das Testament anfechten, aber vor Gericht gehen, und es könnte eine Weile dauern, vielleicht sogar Jahre …«

Elizabeth stand auf. »Ich kann Ihnen nicht gestatten, über Ronnie zu sprechen, ohne daß sie dabei ist. Ich werde sie holen.«

Hollis richtete sich entsetzt in seinem Sessel auf. »Nein! Das ist doch der Punkt … Elizabeth, hören Sie, setzen Sie sich!«

Sie blieb stehen.

»Ich wollte gerade vorschlagen, daß Ihr Mädchen jeweils eine kleine Summe abzweigt, hundert, hundertfünfzig, zweihundert pro Nase, und als Gegenleistung muß sie ein Papier unterschreiben, daß sie das Testament nicht anfechten wird. Sie wird glücklich sein, und Sie werden vor ihr sicher sein.«

»Hundertfünfzig Dollar?« flüsterte eine verärgerte Alex Mary zu.

Mary lächelte herablassend: »Tausend, meine Liebe.«

»Sagen Sie in ihrer Gegenwart, was Sie zu sagen haben, und warten Sie ab, was sie dazu zu sagen hat«, sagte Elizabeth kurz angebunden und verließ den Raum.

Hollis lehnte sich zurück und sah Mary und Alex unangenehm berührt an. Was war in Elizabeth gefahren? Und die anderen beiden, sitzen einfach nur da, haben noch nicht mal den Versuch gemacht, sie zurückzuhalten. Noch nie erlebt, so etwas. Lächerlich. Und der Alte zum Schluß durchgedreht, vielleicht liegt das in der Familie, sind vielleicht alle plemplem, vielleicht war er immer verrückt, die vielen Ehefrauen, die anderen Frauen, Gott, ich kann mich noch an einige erinnern, er war ein echter Weiberheld, warum konnte er nicht einfach mit der ersten, wer war das noch, ja, die irische Sekretärin, verheiratet bleiben, nun, damals war er ja noch ein Milchbart, und die nächste ist gestorben, Selbstmord, wie behauptet wurde, trotzdem, ein Gentleman sollte sich nicht scheiden lassen, sondern sein Sexualleben mit Diskretion führen, das gelingt uns anderen doch auch, man muß nicht ständig heiraten, und, verdammt noch mal, man muß keine Bastarde zeugen...

Elizabeth kam lange nicht wieder, und während sie weg war, sagte niemand etwas. Mindestens eine Viertelstunde verging, dann kam sie mit leicht gerötetem Gesicht zurück und schob eine widerstrebende Ronnie vor sich her. »Mußte in den Wald gehen und sie suchen«, verkündete sie etwas außer Atem. Sie ließ sich in einen Sessel fallen und bedeutete Ronnie, es ihr gleichzutun. Ronnie schlüpfte aus ihrer Jacke, warf sie auf einen Sessel und setzte sich neben Elizabeth.

»Würden Sie jetzt bitte wiederholen, Hollis, was Sie zu uns gesagt haben«, bat Elizabeth höflich.

Auf seinem Gesicht erschienen rote Flecken, und er schien einen Moment lang nicht in der Lage zu sprechen. Alex hatte Mitleid mit ihm. Sie stand auf und nahm ihm das Glas aus der Hand. »Noch einen Manhattan, Hollis?«

Er nickte.

»Du weißt, daß du keinen Manhattan mixen kannst, Alexandra«, sagte Mary und stand auf, um es zu übernehmen. Hollis überließ sich ihnen und machte erst den Mund auf, als er einen Schluck von seinem frischen Cocktail getrunken hatte.

»Miss… Velez. Ich weiß, daß die Damen hier glauben, daß Sie ihre Halbschwester sind, die uneheliche Tochter ihres Vaters…«

»Glauben? Sehen Sie sich ihre Augen an. Ihr Kinn!« wurde er von Elizabeth unterbrochen.

»Hmmm«, murmelte er und blätterte in irgendwelchen Papieren. »Trotzdem, er hat Sie in seinem Testament nicht anerkannt, was bedeutet, daß Sie keinen rechtlichen Anspruch auf seinen Besitz erheben können. Damit will ich sagen, daß Ihr Vater Ihnen nichts hinterlassen hat. Die Damen wären bereit, Ihnen…«

»NEIN!« sagte Elizabeth scharf. »Wir haben gar keine Bereitschaft signalisiert. Was schlagen Sie vor, Hollis.«

Er errötete wieder, und seine Stimme veränderte sich, wurde zur Stimme eines Anwalts, der es mit der Gegenseite zu tun hat, einem unnachgiebigen Verhandlungsführer, einem Feind. Unser Feind, dachte Mary.

»Ich schlage folgendes vor: Die Damen entschädigen Sie für das Versäumnis Ihres Vaters und zweigen Teile ihres Erbes für Sie ab. Ich habe eine gewisse Summe genannt, aber darüber kann selbstverständlich noch verhandelt werden. Doch mir scheint, einige hunderttausend Dollar würden Ihnen doch ein Stück weit das Gefühl geben, daß Ihnen ein wenig Gerechtigkeit widerfährt, und Ihr Leben auch entschieden einfacher gestalten.«

Ronnies Gesicht war ausdruckslos. »Und als Gegenleistung?« fragte sie.

»Als Gegenleistung unterzeichnen Sie ein Papier, mit dem Sie sämtliche Ansprüche auf den Besitz aufgeben.«

»Tu's nicht, Ronnie«, riet Mary. »Man kann nie wissen. Vielleicht taucht doch noch irgendein Brief auf, in dem er etwas zugibt. Du hast die Sachen deiner Mutter noch nicht durchgesehen. Vielleicht hat sie etwas...«

»Meine Liebe!« explodierte Hollis.

»Wir werden sowieso mit dir teilen, ohne daß du etwas unterschreiben mußt, Ronnie«, sagte Alex. »Er hat *soviel* hinterlassen!« Sie sah Mary an. »Also, *ich* teile mit dir. Du kannst die Hälfte von meinem Anteil haben.«

Ronnie sah Elizabeth an. Elizabeth zuckte die Achseln. »Wir haben dich nicht darum gebeten, *er* bittet dich.«

Hollis' Herz schlug wie wild, er legte die Hand darüber. »Meine Damen, meine Damen«, protestierte er schwach, »als Ihr Anwalt, als Anwalt Ihres Vaters, kann ich nicht dulden, daß Sie derartige Versprechungen, derartige...«

»Ich werde, verdammt noch mal, gar nichts unterschreiben«, sagte Ronnie wild. »Er hat mich nie anerkannt, ich habe ihn nie anerkannt. Aber ich will Ihnen eins sagen, alter Mann: Ich will sein Geld nicht. Ich will weder die Hälfte von Alexandras Erbe noch die von irgend jemand anderem. Das einzige, was ich vielleicht je gewollt habe, das konnte er mir nicht geben.« Sie stand auf, griff nach ihrer Jacke. »Wenn das alles war, dann gehe ich wieder nach draußen. Draußen ist die Luft besser.«

Sie ging. Die Schwestern beobachteten Hollis' Gesicht. Er starrte Ronnie hinterher, dann starrte er sie an.

Schließlich sagte er steif und offiziell: »Vielleicht möchten Sie, daß ein anderer Anwalt das Testament für Sie bestätigt. Ich habe sämtliche Unterlagen, ich kann sie ohne großen Aufwand einem anderen Anwalt übergeben.«

»Nein, Hollis, wir sind recht zufrieden mit Ihrer Arbeit. Sie verstehen Ronnie nur nicht. Aber wir möchten, daß Sie die Sache abwickeln. Wie lange wird es dauern, was glauben Sie?«

»Sechs, acht Monate. Mindestens.«

»Das Haus ist an uns gegangen?«

Er nickte und fing an, die Papiere wieder in die Aktenmappe zurückzustecken. Er sah dabei keiner der Frauen direkt in die Augen, bis Mary sich, als er sich verabschiedete, an ihn heranschlängelte und fragte, ob die Chance bestünde, schon vorher etwas bekommen zu können – vielleicht eine Viertelmillion –, vielleicht schon nächsten Monat. Nun, *das* verstand er. Er lächelte wohlwollend. »Mary, meine Liebe, mit einem Erbe dieser Größenordnung dürfte es, so denke ich, in diesem Punkt keine Schwierigkeiten geben. Ich werde mich gleich nächste Woche darum kümmern.« Er ging mit dem Gefühl, daß die Ordnung wiederhergestellt worden war.

Zehn bis fünfzehn Millionen Dollar. Zehn bis fünfzehn Millionen Dollar. Mindestens. Kann meine Schulden bezahlen, wieder Personal einstellen, mir einen Chauffeur leisten, ein Auto, mein altes Leben wiederaufnehmen. Lunch im *Cirque,* Modenschauen, Wohltätigkeitsbälle und -essen, Reisen, vielleicht sogar irgendwohin, wo es schön ist, ein kleines Haus kaufen. Capri.

Mary zog sich langsam aus, das Wunder verschönte auch ihren Körper, der in ihren Augen unter der Dusche schimmerte wie die weiße Seide der Unterwäsche, die sie ausgezogen hatte, wie das weiße Nachthemd, das sie anzog. Sie schritt wie eine Königin zu ihrem Sofa, würdevoll, mit hoch erhobenem Kopf. Zehn bis fünfzehn Millionen Dollar. Ich muß keinen Finger mehr krumm machen, um wieder einen Mann zu finden, sie werden sich um mich scharen wie in alten Zeiten, als ich jung war, aber jetzt bin nicht ich der Köder, sondern mein Geld, jetzt kann ich sie mir aussuchen, wählerisch sein. Ich kann auf den Richtigen warten, auf einen neuen Don. Wenn es je einen neuen Don gibt…

Werde ich je wieder soviel für einen anderen Menschen empfinden können?

Sie brannte ihren Joint an und sah entspannt in die Dunkelheit, als blickte sie auf die gewundenen Pflasterstraßen von Capri, auf Bougainvillea, den immerblauen Himmel, die Bucht... Sie erinnerte sich, wie sie einmal mit Don in San Francisco gewesen war. Sie hatten irgend etwas geplant gehabt, ein Picknick, einen Spaziergang? Aber als sie morgens aufwachten, war es dunkel und unheimlich, der Nebel rollte in dicken Wolkenschwaden über die Spitzen der Berge, ergoß sich über sie wie Lava, eine Welle nach der anderen, und Regen würde ihnen einen Strich durch die Rechnung machen. Aber es war nur Nebel, der über die Berge strömte, und um zehn hob sich der Nebel, und der Himmel glänzte wie frisch gewaschen.

Es wurde einer ihrer vollkommenen Tage.

Das würde vielleicht nicht wiederkommen, aber jetzt war alles wieder so wie vor Jahren, wie es immer gewesen war. Mein Geburtsrecht ist mir wiedergegeben worden, wenigstens das hat er gemacht. Aber wenn er jetzt nicht gestorben wäre...

Sie schob den Gedanken beiseite.

Elizabeth und ich hätten nie zusammen wohnen können, wie konnte ich das auch nur denken, wir würden uns nur streiten, uns verbindet nichts, gar nichts, und ein Zimmer im Haus für Ronnie, was für ein Unsinn! Als was würden wir sie vorstellen? Sie würde womöglich ihre Freundinnen anschleppen, einen Haufen Latinolesben, für die wir Gastgeber spielen sollen? Sogar Alex ist ein Problem, sie paßt nicht in meine Welt, auch Elizabeth ist nur akzeptabel, weil sie Manieren hat und Vaters Namen und Staatssekretärin im Finanzministerium ist oder Assistentin, oder was auch immer...

Was habe ich mir dabei gedacht, als ich mit Ronnie hierbleiben und Marie-Laure in den Schulferien nachkommen lassen wollte, ich muß den Verstand verloren haben.

Zehn bis fünfzehn Millionen Dollar.

Marie-Laure wird sofort an das Geld aus ihrem Treuhandkonto herankommen, zum Glück habe ich die Vollmacht darüber. Sie wird ihre Ausgaben selber zahlen, das Schulgeld, die Kleidung, das Auto bekommen, mit dem sie mir auf die Nerven gegangen ist... Muß aufpassen, daß sie auch ein Testament macht, will nicht, daß Alberto an mein Geld rankommt. Berti auch, nun, er ist Anwalt und verheiratet, er hat bestimmt ein Testament aufgesetzt, und es ist absolut ausgeschlossen, daß er Alberto darin bedacht hat. Ich muß mich um sie nicht mehr sorgen, sie wird eine gute Partie machen, sie hat zwar nicht sehr viel, aber es reicht, es reicht, um einen attraktiven Mann aus guter Familie zu ködern... Wenn noch einer übrig ist, bei den vielen Skandalen. Heutzutage scheint jedermann korrupt zu sein.

Vielleicht ist das immer so gewesen, und wir haben es nur nicht gewußt. Waren die Menschen vor Jahren ehrlicher? Wer war das noch mal, der in der Zeit der Revolution Importgüter gekauft und verkauft hat, nachdem er geschworen hatte, es nicht zu tun, und einen Boykott unterzeichnete? Ich glaube, das war John Hancock, und jetzt ist ein Gebäude nach ihm benannt. Und Paul Revere, der Silberschmied, der Held der Revolution, der ein Ereignis, bei dem es auf beiden Seiten zu Gewalttätigkeiten kam, in seiner Gravur zu einem Massaker von Soldaten an friedlichen Bürgern ummünzte, so daß es als das Boston-Massaker in die Geschichte einging. Und wie hieß noch mal der, der arme Einwanderer von den Schiffen in Eisenbahnwaggons verfrachtete, die sie direkt bis in die Fabriken rollten, wo sie als Streikbrecher arbeiten mußten, und die armen Männer wußten nicht, wie ihnen geschah, wann war das, wer war das? Andrew Carnegie? Elizabeth wird es wissen.

So haben sie alle ihr Geld gemacht.

Ich frage mich, wie die Uptons reich geworden sind. Ich frage mich, wie Vater...

Nicht darüber nachdenken.

Bestimmt ist er wenigstens in seinem Beruf immer ehrenwert gewesen, er war Anwalt, er mußte ehrlich sein, sonst wäre er in Schwierigkeiten geraten. Aber Anwälte, mit ihrem Zugang zu Interna, hören immer sehr viel über Geschäfte…

Harry war kein ehrlicher Geschäftsmann. Nach seinem Tod ist irgend etwas herausgekommen, damals habe ich gespürt, daß er unter irgendeinem Druck stand, er war so gereizt, trank sehr viel, daran ist er gestorben, nicht weil er herumgevögelt hat, er wußte, daß ihm irgendeine Regierungskommission im Nacken saß, weil er der Airforce Teile zu überhöhten Preisen verkauft hat, irgend etwas in der Richtung. Ich habe die Geschichten nicht richtig gelesen…

Laß diese Gedanken.

Außerdem habe *ich* nie etwas Böses getan.

Sie nahm einen tiefen Zug von ihrem Joint und drückte ihn aus. Die Dunkelheit vor dem Fenster war jetzt fast undurchdringlich, nur eine zarte Linie teilte den Himmel von den Wipfeln der Bäume. Himmel ohne Sterne.

Zehn bis fünfzehn Millionen Dollar, mal drei, macht fünfundvierzig Millionen, ohne den Grundbesitz, die Häuser und die anderen Legate, alles in allem muß er hundert Millionen oder mehr gehabt haben, Gott, so reich, wie ist er so reich geworden, wie kann man überhaupt so reich werden? Du bist die Wirtschaftswissenschaftlerin, Elizabeth, du solltest es wissen.

Es wird durchsickern, auch wenn ich mich ganz still verhalte. Es wird die Weichen endgültig stellen. Welchen Gütestempel ich bis jetzt auch gehabt haben mag, er wird sich ins Unermeßliche vervielfachen, allein schon der Geruch des Geldes ist zwingend, in Washington genauso wie in L. A. oder in New York und überall, überall, schon allein die Andeutung macht dich zu einem Magneten, zieht sie alle an, die Machtlosen und die Mächtigen, die Möchtegerns und die Macher. Sollte Mary zu mir ziehen, könnten wir uns ein Haus in Georgetown kaufen, sie könnte es einrichten, wir könnten kleine Dinnerpartys geben, nur die Allermächtigsten einladen, sie würden kommen, so viel Geld, sie ist eine großartige Gastgeberin, sie hat Charme, und ich könnte mit den Männern über Politik diskutieren, wir wären wie Gertrude Stein und Alice B. Toklas, nur kein Paar. Vielleicht komme ich sogar als erste Frau in den außenpolitischen Rat.

Elizabeth saß immer noch völlig angekleidet in ihrem Schlafzimmer auf dem Sofa und rauchte. Sie drückte die Zigarette aus und stand auf, kam sich groß und einflußreich vor, so einflußreich wie... Vater. Sie ging ins Bad und entkleidete sich langsam, stellte sich vor, wie die Leute sie jetzt behandeln würden, die kleinen Zeichen der Hochachtung, die ihr zuteil werden würden, nicht, daß man ihr jetzt nicht auch mit Hochachtung begegnete, aber von nun an würde alles sehr viel ausgeprägter und deutlicher sein...

Sie konnte ein Auto mit Chauffeur für Mary anschaffen, sie selbst hätte natürlich ihren Dienstwagen, sie konnte sich alles, alles leisten, soviel Geld konnte man gar nicht ausgeben, jede von ihnen würde zehn bis fünfzehn Millionen bekommen, selbst konservativ angelegt, würde das ein oder zwei Millionen Zinsen jährlich bringen, selbst von ihrem Gehalt, das nur einen Bruchteil dessen darstellte, konnte sie schon jetzt immer etwas abzweigen, um es zu sparen. Nein, das war zu viel Geld, sie konnte sich nicht vorstellen, es auszugeben, vielleicht sollte sie sich nach irgendeiner Stiftung umsehen, die es verdiente, unterstützt zu werden. Ich habe keine Kinder.

Was kann man Sinnvolles mit zehn bis fünfzehn Millionen Dollar anfangen, etwas, was so großartig ist, wie man es sich vorstellt, so großartig, wie es klingt, was einen so glücklich machen kann, wie allein schon der Gedanke daran? Mutter wird ein paar Millionen bekommen. Was auf der Welt will ich oder könnte ich wollen, was genauso toll wäre?

Vielleicht etwas, was Ronnie wichtig ist, Umweltschutz, das ist ein Manko von uns Republikanern, wir sind nicht so gut, was die Umwelt betrifft. Aber es ist wichtig. Vielleicht richte ich eine Stiftung ein, und Ronnie übernimmt den Vorsitz, nein, das würde ihr nicht gefallen. Möchte die Gewißheit haben, daß sie Geld verdient, sie will von uns nichts annehmen, das weiß ich. Muß mich irgendwie um sie kümmern. Alles steht gegen Leute wie sie, gegen Menschen, die nicht ganz so sind wie wir. Nichts an ihr ist so wichtig wie diese Tatsache... sie darf ein Bankert sein, wen kümmert das schon, wen würde das stören? Oder eine Lesbierin, gut, das müßte sie natürlich verstecken. Aber ihre goldene Haut, die kann sie nicht verstecken...

Und mich hat er zur Testamentsvollstreckerin bestimmt, dachte sie, und ein Lächeln huschte über ihr Gesicht. Als sie unter die Dusche ging, kam sie sich groß vor und einflußreich, als sei sie heute ein paar Zentimeter gewachsen. Er hat mir die Verantwortung übertragen, er hat mich nicht wie eine Frau behandelt, er hat mich wie einen Sohn behandelt, natürlich hätte er einem Sohn den größten Teil seines Vermögens vermacht und den Töchtern nur unbedeutendere Legate, aber er hatte keinen Sohn. Ha, ha. Und mich hat er trotzdem zur Testamentsvollstreckerin bestimmt.

Sie lächelte, als sie aus der Dusche kam und sich abtrocknete, und als sie sich das Haar bürstete und dabei in den Spiegel blickte, sah sie, daß sie immer noch lächelte.

Zehn bis fünfzehn Millionen, dachte sie. Ich werde nie mehr einsam sein.

Gütiger Himmel. Ich kann mir zehn bis fünfzehn Millionen noch nicht mal vorstellen. Wie soviel Geld wohl aussieht? Was kann ein einzelner Mensch denn bloß mit soviel Geld anfangen?

Alex zog sich aus, fühlte sich unbehaglich, irgendwie nicht wie sie selbst, und ging unter die Dusche. Ganz in Gedanken stellte sie nur das kalte Wasser an und wurde von einem eiskalten Regen überschüttet. Sie trat zurück und rutschte aus, fast wäre sie gefallen. O Gott. Sie korrigierte die Temperatur, hielt die Hand unter das Wasser, bis es die richtige Wärme hatte, dann trat sie vorsichtig wieder unter den Strahl.

David wird es investieren wollen, für die Zukunft der Kinder, aber es ist so viel da, sie brauchen nicht so viel, so viel Geld schadet nur. Besonders Kindern. Nein. Das darf ich nicht zulassen. Etwas davon, ja, aber nicht alles. Aber ich habe David noch nie in irgendeiner Angelegenheit widersprochen. Warum sollte ich es jetzt tun? Dieses verdammte Geld wird meine Ehe zerstören, diese Erbschaft, warum mußte er mir das antun?

Was ich gern damit machen würde, er würde das wahrscheinlich nicht gutheißen, ich würde es gern den Nonnen geben – sie könnten es für etwas Wichtiges gebrauchen. Vielleicht gebe ich ihm die Hälfte, damit er den äthiopischen Juden helfen kann, in Israel Fuß zu fassen. Er hatte Tränen in den Augen, als wir neulich abend darüber geredet haben, ich hörte es an seiner Stimme, er war so stolz auf Israel, daß es diese armen Menschen, die keine Heimat und auch sonst nichts mehr haben, aufgenommen hat. Obwohl Israel so klein ist und so viele eigene Probleme hat, rückt das jüdische Mutterland für Juden immer zusammen, ein Staat, wie er sein sollte, aber fast nie ist, sagte er, ein Staat, der nicht für die Menschen in der Regierung da ist, sondern für sein Volk. Meistens ist er wütend auf Israel und sagt, es sei militaristisch. Aber vielleicht bedeuteten die Tränen, daß ich ihm mehr fehle, als er zugibt.

Sie trocknete sich das Haar, ging nackt in ihr Schlafzimmer und riß das Fenster auf. Die kalte Luft strömte herein, aber sie stand da, als versuchte sie, wieder zur Besinnung zu kommen.

Betrunken, es ist, als sei ich betrunken. Macht man das nicht mit Betrunkenen? Stellt man sie nicht unter die kalte Dusche? Sie wickelte sich in das Handtuch und zitterte, zog das Fenster zu und suchte ihren Pyjama.

Ich muß nüchtern werden. Trunken vor Geld? Der Verheißung von Geld. Von Worten, die Geld bedeuten. Nichts hat sich wirklich verändert. Ich bin immer noch dieselbe wie heute morgen, oder nicht? Warum konnte ich David nicht anrufen und es ihm erzählen? Saß hier fast eine ganze Stunde und konnte mich nicht dazu bringen, den Hörer abzunehmen.

Damals, in Jerusalem, als David bei der Konferenz für Chemie-Ingenieure war. Wir wohnten in einem wundervollen Gästehaus. Mishkenot Sha'ananim. Die erste Nacht konnte ich nicht einschlafen, und ich beobachtete, wie die Sonne über den Mauern der Altstadt aufging. Damals hörte ich zum ersten Mal von Schechina, der »Ein-Wohnenden«, der inneren Göttin. Esther hat gesagt, die innere Göttin spricht zu uns, stellt Gemeinschaft her. Esther, gebildeter als ein Rabbi, aber sie darf keiner sein, sie ist eine Frau, sie sprach wie eine Prophetin, eine Heilerin, sie verkaufte Medizin, geheimnisvolle Tees und Kräuter. Wohnte über einem Keramikladen in der Altstadt. Mauern aus Stein, Straßen aus Stein, die Stimmen hallten wider, die Stille im jüdischen Viertel, in den Vierteln der Moslems und der Christen war es laut wie in einem Bazar, leuchtend bunte Seide über die Straßen gespannt, um Schatten zu spenden, alle zupften an einem herum, komm, komm rein, kauf, kauf. Aber die Straße, in der das Keramikgeschäft lag, Yoel Moshe Salomon, war nur eine schmale Straße, wie ein Weg, die Bürgersteige so eng, daß man hintereinandergehen mußte. Winzige Geschäfte lagen an der Straße, die Türen standen weit offen. Durch die Tür des Keramikgeschäfts kam man direkt in einen Hof, wo die Töpferscheibe stand. Esther stellte sich in das Geschäft, wenn der Töpfer Ton holen ging oder Bestellungen auslieferte oder im Hof an der Töpferscheibe arbeitete. Ich besuchte sie, als David auf seiner Konferenz war, ich saß mit ihr in dem schönen kühlen Geschäft, das voller Gegenstände aus Ton war, die dieser Mann eigenhändig angefertigt hatte, und wir tranken Tee. Sie sagte, daß ich außen um die Mauer der Altstadt herumgehen sollte, einfach nur gehen.

Vor dem Damaskus-Tor erheben sich, so weit das Auge reicht, die braunen Berge, wie eine eigene Hemisphäre schmoren sie unter einer gnadenlosen Sonne, ein paar Bäume wie Punkte auf den Terrassen der Berge, schmale hohe ausdrucksvolle Zypressen, Olivenhaine, ein paar Eukalyptusbäume. Vor langer Zeit wuchsen in Jerusalem Pflaumenbäume, erzählte sie. Gibt es nicht mehr. Ich dachte mir die häßlichen neuen Gebäude weg, die Brigham-Young-Universität, das Hyatt-Hotel, das Hilton-Hotel. Ich versuchte, es so zu sehen, wie ich es in Erinnerung hatte, ich wußte, wie es mal ausgesehen hat, ich wußte, daß ich schon mal hier war, in einem anderen Leben.

Ich stand damals wie jetzt auf einem der Berge, Ziegen rannten um meine Beine. Ich stand stundenlang so, hatte die Arme verschränkt und starrte auf die rotbraunen Hügel, damals waren sie bewaldeter, ich erinnere mich an Olivenbäume und ein paar verputzte Kuppelhäuser. Gab nur wenige damals. Der Himmel war derselbe, blau und weit, ich konnte meilenweit sehen, die trockenen roten Berge, das gnadenlose Land, um das alle kämpften, warum, frage ich mich. Habe ich es damals gewußt? Hielt nach irgend etwas Ausschau, vielleicht nach einer Armee, vielleicht nach einer Horde von Männern, ich plante etwas, ich war für etwas verantwortlich. Ich hatte ein Herz aus Stahl. Ich war eine Kämpferin, die Anführerin von Kämpfern. Harte Erde, kratzte mit den Fingernägeln Nahrung aus der Erde, hartes Leben, aber ich stellte es nicht in Frage, damals stellte ich nichts in Frage, versuchte nur, zu überleben, man wußte damals, was das Überleben sicherte. Das wußten wir alle.

Ich war groß für eine Frau und sehr dünn, mit dem Gesicht eines Habichts und dicken, langen, strähnigen Haaren, die mir der Wind ins Gesicht blies. Ich stand mit verschränkten Armen und hielt Ausschau. Vor fünftausend Jahren etwa. Und wenn ich sprach, hörten die Menschen mir zu. Ich sagte etwas, und die Leute hörten mir zu und richteten sich danach. Vielleicht war ich eine Prophetin.

Die Morgendämmerung hob sich über den Mauern, die

steinalt sind, die Zeit hatte sie vergoldet, abgeschliffen und zerfurcht, aber ich kannte sie noch, als sie neu waren, ich kannte diesen Ort besser als meinen Namen, doch als ich dort jetzt wieder stand, kannte ich meinen Namen nicht und nicht meine Geschichte, meine Vergangenheit.

Aber ich wußte, wer ich war, wer ich gewesen war, was ich tun mußte, etwas, was ich noch nie gewußt habe. Doch als ich wieder zu Hause war, hatte ich es vergessen. Wie konnte mir das passieren? Ausgelöschte Erinnerungen. Bis jetzt. Was haben zehn Millionen Dollar damit zu tun? Das Geld wird einen Keil zwischen David und mich treiben, das kann ich nicht ertragen, ich hasse es. Ich wünschte, er hätte mich nicht in seinem Testament bedacht. Ich wünschte, er hätte mich völlig vergessen. Ich wünschte, Ronnie würde es annehmen. Das ist nicht das, was ich von ihm haben wollte, es ist nicht das, was ich brauche, ich kann damit nichts anfangen.

Sie schlug die Bettdecke zurück und legte sich in das kalte Bett, sie zitterte immer noch.

Und das Schlimmste daran ist, daß es wirklich niemanden gibt, mit dem ich darüber reden kann. Elizabeth und Mary würden mich nicht verstehen, ich weiß, daß sie mich nicht verstehen würden. David würde mich nicht verstehen. Die Nonnen würden nicht verstehen, warum ich es ihnen nicht einfach gebe. Aber wie kann ich sicher sein, daß es nicht dafür verwendet wird, Aktionen von Abtreibungsgegnern zu finanzieren oder ähnliches. Und wenn ich es an Israel gebe, wie kann ich sicher sein, daß sie es nicht dazu benutzen, Waffen zu kaufen? Und genau das würde ich nicht wollen, ganz und gar nicht. Mit Ronnie darüber zu sprechen, wäre taktlos: sie *wurde* nicht bedacht. O Gott, ich frage mich, wie sie sich fühlt. Bestimmt noch schlimmer, als ich mich fühle.

Ronnie lag nackt auf dem Bett, die Arme seitlich ausgestreckt, und starrte an die Decke. Sie hatte einen bitteren Geschmack im Mund, der nicht wegging, müssen die Erdbeeren gewesen sein, die es zum Abendessen gegeben hat, Erdbeeren im Dezember, wahrscheinlich unreif gepflückt und aus Kalifornien oder Costa Rica eingeflogen. Anhaltend saurer Geschmack. Alles war so eingetroffen, wie sie es erwartet hatte. Sie hatte nichts anderes erwartet. Was denn? Daß er sich nach all den Jahren an irgend etwas erinnerte, was ihn einmal berührt hatte, an das winzige Aufleuchten eines Auges, einen Sprung oder einen Lauf, etwas, was sein Herz gerührt hatte? Fügen Sie eine kleine Klausel über meine uneheliche Tochter ein... Er hat mich überhaupt nie zur Kenntnis genommen, bis er mich vergewaltigt hat, natürlich muß er mich gesehen haben, auch wenn ich es nicht gemerkt habe, ich war ständig unter seinen Augen... sonst hätte er nicht... wie hätte er es sonst wissen können? Nein, wenn er mich hätte anerkennen wollen, hätte er es mir ins Gesicht gesagt, als er noch lebte, er hätte den Beweis seines kleinen Fehltritts niemals schriftlich niedergelegt, in seinem Testament, damit es die ganze Welt erfährt, mit der Nase darauf gestoßen wird, damit es schwarz auf weiß und von einem Gericht besiegelt in die Annalen der Geschichte eingeht, der große Staatsmann Stephen Upton...

Nicht eine Minute habe ich mit einer Anerkennung gerechnet.

Niemals, niemals, nicht eine Sekunde. Warum ist es dann so bitter?

Geld ist eine Scheiße, Freud hat das gesagt, oder?

Die meisten Leute denken, Geld ist Liebe. Vielleicht denke ich das auch? Nicht wirklich Liebe, aber Geben oder Nichtgeben scheint ein gewisses Maß an Zuneigung auszudrücken. Essen auch. Momma, die mit vom Kochen erhitztem Gesicht in der Küche den Tisch deckt, freut sich, freut sich so sehr, daß wir genug zu essen haben, Essen für mich, gutes Essen sogar, so glücklich, daß der Duft meine Augen aufleuchten läßt, der Dampf, der aufsteigt. Mommas gutes Essen. Ich war so glücklich, wenn ich aß, das machte sie auch glücklich. Sich an den Händen halten, eine Umarmung, ist so ähnlich. Nur bei Geld ist es anders. Ich weiß nicht, vielleicht, weil es eine so scharfe Waffe ist. Aber das gilt für Essen auch, wenn du dir die Äthiopier ansiehst oder die Somalis, Sperrung der Nahrungsmittelzufuhr im Krieg... die Nazis in ihren Konzentrationslagern, die Leute mußten arbeiten, während sie verhungerten.

Nichts ist ohne Makel.

Von der Liebe hat er nichts verstanden, er verstand etwas von Geben und Zurückhalten. Bestimmt ist er mal geliebt worden, von der Nanny, die ihn hielt, vielleicht sogar von seiner Mutter und seinem Vater, reiches Kind in einem Haus voller Luxus und Behaglichkeit, warum nicht? Anders als die arme Rosa, die sich ein Kind unter den Arm klemmte, während sie mit der anderen Hand im Topf herumrührte und ein schreiendes Kleinkind, das gerade laufen lernte, sich an ihre Beine klammerte...

Aber er hat Momma geliebt. Das weiß ich. Sie wußte es auch. Nur er wußte es nicht.

Vielleicht hat Mary recht, vielleicht sollte ich mir ihre Sachen ansehen, vielleicht gibt es ja etwas, einen Zettel, einen Brief, einen Gruß zum Valentinstag. Das hätte ihr sehr viel bedeutet, auch wenn sie es nicht lesen konnte, sie hätte gewußt, was drauf steht... vielleicht hat er einmal nicht aufgepaßt und ihr etwas Schriftliches in die Hand gegeben.

Was für ein Unsinn. Warum hätte er einer Frau, die nicht lesen kann, etwas aufschreiben sollen?

Alles ist ganz genau so, wie ich es erwartet habe. Sogar sie, so wie sie sich verändert haben, als Hollis gegangen war, man konnte es förmlich sehen, waren plötzlich reiche Frauen, in sich gekehrt, überlegten schon, wie sie es ausgeben würden. Ihre Welt hat sich völlig verändert, Mary ist gerettet worden. Habe ich es nicht vorausgesagt, daß unsere Schwesterlichkeit nicht von Dauer sein würde? Ist Schwesterlichkeit nur in schweren Zeiten möglich? Bricht sie zwangsläufig auseinander, wenn die Zeiten leichter werden? Lilah und ich waren zusammen, als es uns schlechtging, als wir versuchten, mit unseren Tutorengehältern auszukommen, wir wohnten in diesem schrecklichen Zimmer in Roxbory, Crackabhängige an jeder Straßenecke. Lebten von Reis und Bohnen und Salat, wir haben soviel gelacht, wir haben uns über unsere Armut so köstlich amüsiert. Aber einmal ist sie von diesem verdammten Professor Wittlow, wir nannten ihn Witzlos, so grausam entmutigt worden, daß sie daran zerbrochen ist, hat die Schule verlassen, einen Job als Sekretärin angenommen und ist ausgezogen, wollte mich nicht mehr, wahrscheinlich hat ihr die Vorstellung nicht gepaßt, mich aushalten zu müssen…

Nicht, daß Brüder besser wären. Brüderlichkeit ist schwer aufrechtzuerhalten, wenn man erst mal befördert worden ist; das ist das Geheimnis, nimm einen heraus und befördere ihn, und die Einheit löst sich auf, das nennt man dann Stratifikation. Zerstört die Einheit, die Gemeinschaft.

Sie werden jetzt ihrer eigenen Wege gehen, wieder so werden, wie sie waren, als sie hergekommen sind. Trotzdem, es war nett, solange es dauerte. Es hat mir gefallen.

Aber wenn jetzt alles ganz genauso ist, wie ich es erwartet habe, warum fühle ich mich dann plötzlich so allein? Allein in diesem Haus, in dieser Welt, in diesem Universum, wie eine Zacke, die von einem Stern abgebrochen ist, der sich vor langer Zeit und viele Lichtjahre entfernt drehte, ein winziges abgebrochenes Teilchen, das im Weltraum herumwirbelt, für immer und ewig und ewig allein in dem dunklen kalten Schweigen. Oder habe ich mich immer so gefühlt und es nur nicht erkannt?

Du bist allein. Du hast weder Mutter noch Vater, und deine Halbschwestern leben in anderen Welten. Du hast keine Familie, die dich akzeptiert.

Sie blickte aus dem Fenster in den nächtlichen Himmel, der

über den Bäumen kaum sichtbar war, dann stand sie auf und stellte sich ans Fenster und schaute in den Himmel hinauf. Dunkle Nacht heute, dunkel, dunkel, sternenlos. Manchmal ist der Himmel mit Sternen geradezu überbevölkert, richtiggehend übersät, so daß man sich vorstellen könnte, daß ein Stern über dem anderen wohnt, wie in einer Straße, wo die Leute aus den Fenstern sehen, auf Türschwellen sitzen, in den Geschäften stehen, am Abwasch...

Geh zurück, wo du hergekommen bist. Besser dort als hier. Warum willst du hier als ihre Hausmeisterin wohnen? Noradias Tochter, wie die Mutter, so die Tochter, und sie gehen zurück in ihre Penthousewohnungen und vergessen, daß sie dich je gekannt haben.

Was ist mit deiner Dissertation?

Scheiß drauf.

Such dir irgendwo einen Job, irgendeinen Job, irgendeinen, von dem du anständig leben kannst, warum willst du etwas erreichen, was in ihre Welt gehört? Du kannst nichts machen, nichts und niemals, nichts wird sie dazu bringen, dich als Mensch zu sehen, so daß sie gezwungen wären, dich anzuerkennen. Das Höchste, was du je erreichen kannst, ist, Teil des Powerblocks einer Randgruppe zu werden, verabscheut, gefürchtet, verlacht, eine weitere Illegitime, die versucht, die Türen aufzusprengen. Konzentriere dich auf das, was dich glücklich machen wird: Such dir eine hübsche warme Frau, eine, die freundlich ist und dich in die Arme nimmt, die dich versteht, mit der du weinen kannst.

Mit der du weinen kannst?

Herrgott noch mal, Ronnie, Mädchen! Eine, mit der du lachen kannst, wäre besser.

Du bist heute einfach depressiv. Du bist ausgeschlossen worden. Und du hast geglaubt, daß sie dich lieben.

Was bist du doch für eine verdammte Närrin.

22

»Du mußt mitkommen«, sagte Elizabeth fast schon drohend. »Du mußt.«

Ronnie schüttelte den Kopf.

»Wir brauchen dich«, jammerte Alex. »Ohne dich werde ich mich so allein fühlen!« Sie drehte sich zu Elizabeth und Mary herum, griff nach Marys Arm und setzte rasch hinzu: »Nicht *wirklich* allein, ist doch klar. Aber ihr kennt all diese berühmten Leute, und ihr wißt, wie man mit ihnen umgeht, und ich nicht, und« – sie wandte sich wieder Ronnie zu – »ich brauche Ronnie, sie muß mir die Hand halten.«

»Auf der Basis, daß ich auch nicht weiß, wie man mit ihnen umgeht«, sagte Ronnie trocken. Steif und distanziert wie am Anfang, dachte Elizabeth. Sie hat sich verändert. Seit der Testamentseröffnung ist sie anders. Vater hat uns wieder gespalten. Sie nahm ihre ganze Energie zusammen.

»Wir müssen zusammen hin«, insistierte sie, »alle vier! Wir sind Schwestern! Wir brauchen einander! Wir brauchen dich! Und du brauchst uns! Sei doch mal ehrlich, wie wirst du dich fühlen, wenn du allein hier herumsitzt, während wir auf Vaters Beerdigung sind? Du wirst in deinem Zimmer hocken, vor deinem Computer, und dich einsam und elend und ausgeschlossen fühlen. Und uns wird es genauso gehen!« Sie stand auf und legte die Hände an die Schläfen. »Wir dürfen es nicht zulassen, daß Vater wieder gewinnt!« rief sie aus.

Großer Gott. Geht ihr das wirklich so nahe? Ronnies Gesicht wurde weicher, und sie sprach ruhig und sanft. »Hör zu, Lizzie, Mary hat recht. Wenn ich mit euch komme, riskiere ich, daß die Presseleute einen Skandal daraus machen, herumfragen, Nachforschungen anstellen, Artikel schreiben, Fotos bringen, von meiner Mutter, von mir… Ich will nicht für den Rest meines Lebens überall als sein Fehltritt bekannt sein!«

Elizabeth ließ die Hände sinken und schüttelte heftig den Kopf. Sie wandte sich verzweifelt Mary zu. »Sag was«, flehte sie.

»Wir *wissen* nicht, ob sie das tun werden«, sinnierte Mary. »Es kann sein, daß sie dich gar nicht weiter beachten. Daß sie uns alle gar nicht beachten. Zumal der Präsident anwesend sein wird.«

»Erzählt mir doch nichts!« rief Ronnie. »Ihr wißt doch genau, daß sie euch fotografieren werden, in der Limousine, beim Aussteigen, in der Kirchenbank, beim Händeschütteln mit dem Präsidenten und so fort. Ihr mit euren eleganten schwarzen Kleidern und Hüten, und ich soll in meinen abgewetzten Jeans hinterherzockeln.«

»Na ja, wir könnten dich ja ein bißchen aufmöbeln«, sagte Mary herablassend. »Du könntest sehr attraktiv sein, wenn du dir ein wenig Mühe geben würdest. Es sei denn, du betrachtest es als Ehrenzeichen, nichts anderes zu tragen als Jeans.«

»Besten Dank. Ich besitze nichts anderes«, knurrte Ronnie. Drei Jeans, ein paar T-Shirts, zwei kurze Tops, ein Regenmantel, eine Jeansjacke und eine Daunenjacke: das ist meine Garderobe. Ich reise mit leichtem Gepäck.

»Hmm, vielleicht könnten wir etwas für dich ändern. Teresa ist sehr geschickt mit Nadel und Faden. Ich habe ein Schwarzseidenes, das ich nicht mehr trage«, sagte Mary, und man konnte sie förmlich denken hören, als sie den Blick zu Ronnies Beinen und Füßen herunterwandern ließ: schwarze Satinpumps und Seidenstrümpfe…

Dann sah sie Ronnies Gesicht.

Mary lehnte sich zurück. »Vielleicht«, sagte sie, »könntest du ja getrennt hinkommen. Du könntest mit dem Alfa fahren, dich in der Kirche hinten hinsetzen. Wir könnten es so arrangieren…«

»Was würde das bringen!« rief Elizabeth. »Das ist doch nicht der Sinn der Sache! Wir vier – darum geht es doch –, daß wir alle zusammenstehen, gegen ihn, versteht ihr denn nicht?«

Alex starrte sie an. Ronnie schaute an die Decke. Mary setzte eine mitfühlende Miene auf und wandte sich Ronnie zu. »Ich verstehe, was du empfindest. Und ich will, daß du mitkommst, ich will es wirklich, es erscheint mir einfach falsch, wenn du es nicht tust.« Ihre Stimme veränderte sich, als ob sie plötzlich wirklich fühlte, was sie sagte. »Ohne dich fehlt uns etwas, ein Teil des Ganzen… ein Stück von unserem Herzen.«

Ronnie sah ihr zum ersten Mal in die Augen. Sie stand auf, ging an die Bar, stellte ihr Cola-Glas ab und goß sich einen Scotch ein. »Noch jemand?«

Sie standen alle auf, traten an die Bar, gossen sich Drinks ein. Elizabeth berührte Ronnies Arm, als sie neben ihr stand; Mary legte die Hand auf Ronnies Kopf. Alex umarmte sie, wollte sie eine ganze Weile nicht wieder loslassen. Dann setzten sie sich alle wieder hin.

»Puuuh, was für ein Tag!« stöhnte Mary, während sie ihre Schuhe von sich schlenkerte.

»Ich verstehe nicht, warum du immer so hohe Absätze trägst«, sagte Elizabeth gereizt. »Kein Wunder, daß du erschossen bist. Und außerdem ruinieren sie dir die Füße.«

»Normalerweise habe ich keine Probleme mit meinen Füßen, besten Dank, Elizabeth!«

»Es muß doch irgendeinen Weg geben, das Ganze zu umgehen«, sagte Alex, auf ihrer Unterlippe kauend. »Irgendeine Möglichkeit, wie Ronnie mitkommen kann, ohne allzuviel Aufmerksamkeit auf sich zu lenken…«

»Ich könnte ja als Tochter der langjährigen Haushälterin der Familie kommen. Werden treue Dienstboten nicht manchmal zur Beerdigung ihres Herrn und Gebieters eingeladen? Kommt Aldo nicht auch? Und Mrs. Browning? Dürfen sie sich nicht irgendwo in die zweihundertste Reihe quetschen?«

Niemand antwortete.

»Oder du könntest ein Kleid mit einer Schleppe tragen, Mary, und ich könnte hinter dir hergehen und sie tragen.«

Sie trank von ihrem Scotch, sah auf die gesenkten Köpfe und beugte sich beschämt vor. »Tut mir leid. Ich weiß, ihr habt diese Situation nicht verursacht, und ich glaube euch, daß ihr ebenfalls nicht glücklich darüber seid.«

Drei Augenpaare hoben sich, warm vor Dankbarkeit.

»Hört mal her. Er hat mich nie anerkannt. Ich werde ihn auch nicht anerkennen. Zu seiner Beerdigung zu gehen, in welcher Form auch immer, hieße für mich, ihn anzuerkennen.«

»Aber ihn nicht anzuerkennen, heißt, *uns* nicht anzuerkennen«, argumentierte Alex. »Über ihn sind wir doch miteinander verbunden.«

Ronnie lehnte sich zurück, dachte nach. »Ja«, befand sie schließlich, »Stephen Upton ist der Urheber der Blutsbande zwischen uns, aber er hat alles getan, um uns davon abzuhalten, irgendwelche anderen Bande zu knüpfen. Und außerdem – wie oft trifft man auf Schwestern, die sich gut verstehen, die sich mögen? Wie oft findet man zwischen Brüdern nichts als Neid und Rivalität? Unsere Verbindung gründet in uns selbst, in unserem Bemühen... unserer... Liebe.« Ihr Gesicht glühte.

Ich kann nicht glauben, daß ich dieses Wort benutzt habe.

»Und wenn diese Bande nicht halten«, setzte sie langsam und bedächtig hinzu, »dann deshalb, weil diese Liebe nicht genügt.«

Alle sahen sie an.

»Er *war* bei der Beerdigung deiner Mutter«, sagte Alex mit listiger Miene.

»Und hat mir hinterher sofort befohlen, ihren Krempel aus diesem Haus zu schaffen«, knurrte Ronnie.

Sie starrten alle auf den Teppich.

Als Ronnie schließlich aufsah, war ihre Stimme ruhig und fest. »Wenn ich nicht mitgehe, bedeutet das – wie ihr sagt – für euch das Gefühl, daß euch etwas fehlt, und für mich das Gefühl, ausgeschlossen zu sein. Okay, ich gebe es zu: wahrscheinlich wird es so sein. Aber wenn ich hingehe, besteht die Gefahr, daß die Presse auf mich aufmerksam wird und dahinterkommt, in welchem Verhältnis ich zu euch stehe, und mir das Leben sauer macht – und euch womöglich auch. Also habe ich die Wahl zwischen zwei potentiellen Übeln. Aber sie sind nicht gleich schlimm. Angenommen, die Presse bemerkt mich nicht, was wollt ihr hinterher mit mir machen? Mich mit zu dem Empfang am Louisburg Square nehmen und mich dem Gouverneur vorstellen? Dem Neffen eures Vaters, der vielleicht der nächste Gouverneur von Massachusetts sein wird? Oder werdet ihr mich bitten, mit Aldo im Wagen auf euch zu warten? Oder mit dem Zug nach Lincoln zurückzufahren und vom Bahnhof aus zu Fuß heimzumarschieren? Oder zu Rose nach Roxbury zu gehen und dort zu warten, bis ihr mich abholt? Eine *Limousine* in Roxbury? Das würde ihr ewig anhängen. Oder soll ich vielleicht mit der U-Bahn zu Linda fahren?

Versteht ihr denn nicht? Was ich auch tue, ich werde mich auf jeden Fall ausgeschlossen fühlen. Es gibt keine Alternative für mich.«

Sie sahen sie alle traurig an. Mary stand auf, ging zu ihr hinüber, beugte sich über sie und küßte sie leicht auf die Stirn.

Hollis hatte sich selbst zum Zeremonienmeister ernannt und war schon frühzeitig zur Stelle, um die großen Männer zu begrüßen, wenn sie aus ihren Limousinen stiegen, und angemessen Konversation zu betreiben – ein schwerer Verlust, ja, aber ein erfülltes Leben, ein langes Leben, kein Grund zu übertriebener Trauer, und wie geht es dir, Chip, habe gehört, du hast letzte Woche den großen Coup in Bonn gelandet...

Aber er konnte erst dann wieder befreit durchatmen, als er den Uptonschen Wagen vorfahren und *drei* Schwestern aussteigen sah, Gott, diese Mary, phantastisch in dem schwarzen Chiffonkleid, auch wenn er langsam alt wurde und ihn nicht mehr ständig hochkriegte, auch wenn sie die Tochter eines seiner besten Freunde war, er hätte nichts dagegen...

Aber das Wichtigste war, daß dieser braune Bankert nicht dabei war. Das hatte ihm den ganzen Morgen Magendrücken bereitet, ihn gezwungen, mehrere Pillen zu schlucken, und schließlich hatte Evelyn ihm noch ein paar Teelöffel von diesem widerlichen weißen Zeug eingeflößt...

Was hätte ich dem Präsidenten sagen sollen? Dem Gouverneur? Bill Benton von der BCLI-Bank? Was der Presse? Natürlich, Unwissenheit vorschützen, irgend etwas murmeln von einem alten Faktotum der Familie, aber dennoch...

Es wäre einfach unmöglich gewesen, das Mädchen stach so hervor, mit dieser Hautfarbe, dem kleinen, kräftigen, mexikanischen Körper und diesen blitzblauen Upton-Augen im Gesicht, Herrgott, und sogar Cabs Kinn, so auffallend, unübersehbar, apart, das Mädel, könnte es jedenfalls sein, wenn es einmal etwas anderes tragen würde als dreckige Jeans und T-Shirts... Wenn die Mutter auch nur halbwegs so ausgesehen hatte, konnte man verstehen, wieso Cab...

Aber nun war ja alles in Ordnung, dachte er aufatmend und sein Lächeln geziemend dämpfend, während er sich verbeugte und ihnen die Hände küßte, drei Schwestern, aufrecht und würdevoll, ganz in Schwarz, alle mit Hüten, Mary mit einem Schleier, so hübsch, die Stufen hinauf, in die Kirche hinein, ein Skandal, daß sie in so schlechtem Zustand war, aber sie hatte eine große Vergangenheit, einen bedeutenden Platz in der Geschichte Neuenglands. Und wenn der Bischof persönlich den Gottesdienst hielt, hatte sie auf eine schäbig-elegante Weise durchaus Stil – war das Markenzeichen Bostons, nicht wie der Glitter von New York oder L. A.

Alle anderen waren schon da, außer dem Gouverneur, und der würde den Präsidenten begleiten, sie würden als letzte kommen, da war schon die Limousine. Hollis trat vor, wappnete sich, die Wagentür ging auf, er stand kerzengerade, streckte die Hand aus, Mr. President, Mrs. Reagan, Herr Gouverneur, führte sie in die bereits volle Kirche, geleitete sie zu ihren Plätzen in der ersten Bankreihe, neben Ex-Präsident Nixon, dem deutschen Bundespräsidenten Richard von Weizsäkker und dem britischen Botschafter. Jim Baker in der zweiten Reihe, mit dem Vize-Präsidenten und den trauernden Witwen… Töchtern, Töchtern natürlich… und fast dem gesamten außenpolitischen Beraterstab. In der Reihe dahinter, der Uptonschen Familienbank (gekennzeichnet durch ein diskretes Schildchen), die Nichten und Neffen, der Prominenteste unter ihnen Worth Upton IV., der wahrscheinlich der nächste Gouverneur von Massachusetts werden würde und eines Tages vielleicht sogar Präsident.

Mit tiefer Befriedigung bemerkte Hollis den texanischen Ölmilliardär Peter Highland, den Calloosa-Chef Arnold M. Richards und noch ein paar Dutzend Präsidenten der größten Firmen und Stiftungen der Nation. Er registrierte drei Ex-Minister, Elizabeths Boß aus dem Finanzministerium sowie Vertreter der wichtigsten Anwaltssozietäten in New York, Boston und Washington. Als er sich umsah, entdeckte er die Präsidenten sämtlicher großen amerikanischen Versicherungsgesellschaften. In der ersten Reihe links saß Henry Kissinger neben einem Rockefeller, hochrangigen Vertretern der Weltbank und des Internationalen Währungsfonds, dem Ex-Vorsitzenden des Zentralbankrats, dem derzeitigen Sicherheitsberater. Alles, was bei den Republikanern Rang und Namen hatte, war anwesend.

Es war die Trauerfeier des Jahrzehnts, und er, Hollis Whitehead, hatte sie organisiert – mit Assistenz einiger Leute aus dem Stab des Gouverneurs und des Präsidenten natürlich. Er, Hollis Whitehead, durfte sich den Anwalt und engen Vertrauten eines der größten Männer des Landes nennen. Im feierlichen Bewußtsein des historischen Gewichts all dieser Persönlichkeiten ging er zum Rand der Upton-Bank, wo Evelyn auf ihn wartete, um seinen Platz unter ihnen einzunehmen, als einer der Ihren – wenn auch nur der geringeren. Und als er mit gesenktem Kopf und demütigem Herzen die Hand seiner Frau ergriff, standen Tränen in seinen Augen. Guter alter Cab.

Ronnie saß zwei Stunden am Computer, sah den Bildschirm jedoch kaum. Sie schob lediglich Wörter hin und her. Sie beschloß, einen Spaziergang zu machen, um klarer im Kopf zu werden, und marschierte drauflos, in Richtung Stadt, das war ein längerer Weg als die Runde durch den Wald. Alles wirkte grau – der Boden, die Bäume, der Himmel. Die Kapuze der Daunenjacke fiel ihr ins Gesicht, aber sie war froh über ihre Indianermiene, die, wie sie wußte, undurchdringlich war und jeden inneren Aufruhr verbarg. Mein Gesicht hat einen eingebauten Blickschutz, dachte sie.

Sie hatten sich nicht so verhalten, wie sie gestern abend gedacht hatte, es war wieder einmal ihr eigenes negatives Denken gewesen. Sie hatten sie nicht einfach im Stich gelassen, sie mochten sie, zu einem gewissen Grad jedenfalls, nein, sehr, sie hatten dasselbe Verbundenheitsgefühl wie sie, sie schienen es auch so zu empfinden, daß ihre Beziehung etwas sehr Wichtiges war, daß sie jede von ihnen davor bewahrte, sich wie ein abgetrennter Teil von etwas zu fühlen – dieses schreckliche Gefühl, wie eine einzelne Hand oder ein Auge im leeren Raum zu treiben, immer auf der Suche nach dem Arm oder dem Kopf, zu dem man gehörte. Blutsbande waren etwas anderes als Freundschaft, Freunde konnte man wechseln, Blutsverwandte nicht – an eine Familie war man unauflöslich gebunden. Über alle Meinungsverschiedenheiten, Konflikte, sogar über allen Haß hinweg. Selbst wenn man die Bande durchtrennte, bestanden sie fort, führten sie ein Eigenleben. Leute, die ihre Eltern oder Geschwister haßten, konnten ihnen jahrzehntelang aus dem Weg gehen, aber wenn sie dann doch wieder mit ihnen zusammenkamen, symbolisch oder real, passierte es, daß sie von rasender Wut gepackt wurden, explodierten, ja sogar töteten. Blutsbande waren viel stärker als Ehebande – Eheleute konnten sich scheiden lassen und einander völlig vergessen. Man sah ja, wie wenig von Marys Ehen geblieben war – allen, außer der letzten mit Don...

Blutsbande dagegen!... Man braucht sie sich doch nur anzugucken. Mary, die immer weiter nach Elizabeths Liebe und Anerkennung gehungert hat, all die Jahre. Alex, der es all die Jahre das Herz zernagt hat, nichts von ihren Schwestern zu wissen. Und Elizabeth, die alles geleugnet hat, die vorgab, niemanden zu brauchen, und die doch die Einsamste von allen war, die mit der größten Sehnsucht nach... ich weiß nicht, was. Nach mir hat sich natürlich nie jemand gesehnt. O doch, Mama natürlich, was denke ich da? Aber ich saß hier und hatte keine Ahnung, daß ich etwas von ihnen wollte, und habe mir doch die ganze Zeit gewünscht, anerkannt zu werden, als ihre Schwester, als sein Kind, fast dringender noch, als zu atmen oder zu essen, oder mich zu bewegen, und wußte es nicht einmal.

Um zu leben, mußt du lieben, Ronnie.

War es das, was sie gemeint hat?

Okay, sie fühlen es auch, aber ist es stark genug, um die Wirkung der Millionen Dollar aufzuwiegen, die sie erben? So stark, daß ich, wenn sie von hier wegfahren, noch mehr für sie sein werde als ein peinliches Anhängsel, jemand, an den man denkt, mit dem man aber nichts mehr zu tun haben will, wie irgendeine schwachsinnige Halbschwester, die vor Jahren geheiratet hat und jetzt als versoffene Schlampe irgendwo im Westen in einer Trailer-Siedlung lebt.

Zu viele Unterschiede zwischen uns. Schon die äußerlichen sind verblüffend. Lizzie und Mary sind episkopalisch, jedenfalls so erzogen, mich halten sie wohl für katholisch, und Alex scheint sich als Jüdin zu begreifen.

Aber selbst wenn wir in all diesen Dingen gleich wären, hätten wir doch Schwierigkeiten, einander zu verstehen. Unsere Grundeinstellung ist nicht dieselbe. Wir leben nicht in derselben Gedankenwelt und ganz gewiß nicht in derselben… Herzenswelt. Wir mögen uns gern genug, um die extremen Unterschiede überbrücken zu können.

Das ist wie das Problem, das sich in der Frauenbewegung immer wieder stellt – die Frauen kommen aus verschiedenen Schichten, sind verschiedenen Glaubens, verschiedener Hautfarbe… Keine Bewegung kann sie alle auf Dauer einen, die Differenzen überwinden. Reiche Frauen wollen Dienstmädchen, brauchen es, daß andere Frauen arm sind. Haß zwischen Weiß, Schwarz, Braun, Gelb, Rot, all die verschiedenen Varianten, all den religiösen Gruppen und Splittergruppen, wie clever von denen, die dieses System erfunden haben, die es aufgebaut haben. Wir gehen uns gegenseitig an die Gurgel, und sie sitzen hübsch sicher in ihrem Luxus und streichen die Knete ein. Zetteln Kriege an, schicken uns aus, damit wir uns gegenseitig umbringen, während sie daheimbleiben und Gesetze machen und Waffen fabrizieren.

Und alle machen freudig mit, Männer hassen Frauen, Weiße hassen Schwarze, Heteros hassen Homos, eine Religion haßt die andere…

Und du bist so ein Unschuldsengel? Herrgott, ich mache genau das gleiche, beteilige mich daran. Mein ganzes Leben schon mache ich mit. Wen hasse ich nicht alles? Reiche weiße Weiber, die auf eine kleine *Chicana* runtergucken, homophobe Heteros, Weiße, die Farbige als Dienstbotenkaste behandeln, Frauen, die mehr für ein Kleid ausgeben, als eine Arbeiterin im Monat verdient, Männer, die sich Dreitausend-Dollar-Anzüge, wahnsinnsteure Autos, Stereoanlagen, Flugzeuge und all das übrige Männerspielzeug kaufen, Männer, die Frauen als Dienstbotenkaste behandeln, Männer, die Frauen anstieren, als wären sie käufliche Objekte, die ihnen auf der Straße hinterherpfeifen, Männer, die Frauen vergewaltigen, ermorden, schlagen, Männer, die Frauen wie mir zu wenig zum Leben zahlen, Männer, die frauenfeindliche Gesetze erlassen, Männer, die meinen, daß die Körper der Frauen ihr Eigentum sind, Männer, die sich bei Wahlen selbst mehr und mehr Macht zuschanzen, Männer, die Rüstungsgüter herstellen und uns mit unseren Steuergeldern dafür blechen lassen, Männer, die die ganze Erde vergiften, Männer, die herrschen, Männer wie *Ihn*...

Ihn.

Aber wie sollte ich ihn nicht hassen? Wie sollte ich seinesgleichen nicht hassen? Wie sollte ich nicht das System hassen, das ihnen diese Macht verleiht?

Und wenn ich meinen Haß aufgebe, was soll mich dann zusammenhalten?

Sie blieb auf dem Grasboden unter einer alten Eiche stehen und dachte nach. Dann ging sie weiter, die Hände in den Taschen, den Kopf gesenkt, kraftlos wie eine müde alte Frau.

Alex, Mary und Ronnie saßen im Spielzimmer und tranken Wein. »Nicht, als bräuchte ich noch was«, seufzte Alex. »Du lieber Himmel, es gab ja so viel zu essen und zu trinken bei diesem – wie hieß er noch mal?«

»Worth, Trottelchen!«

»Das paßt«, rief Alex, und ihre Stimme wurde laut und empört. »Die Werte springen einem ins Gesicht!« Sie kicherte leicht beschwipst. »Was die Leute getrunken haben! Ich habe noch nie Leute so viel trinken sehen. Du lieber Gott, dieser Mr.

Nixon! Und dieser große, bullige Mann, den sie offenbar alle so mochten und der ständig gewitzelt hat, er sei im Feindesland, wieso hat er das gesagt?«

»Er ist Demokrat«, sagte Mary trocken.

»Oh. Na, jedenfalls – sein Gesicht war so rot wie ein Stück Wassermelone. Aber all die anderen auch… und das sind die Leute, die dieses Land regieren? Das ist ja schockierend!«

Elizabeth war nicht mit den anderen zurückgekehrt. Sie hatte sich von Aldo beim Apartment ihrer Mutter im Prudential Center (»Gräßliches Ding«, schnaubte Mary) absetzen lassen und würde dort übernachten »und vielleicht auch morgen noch einen Teil des Tages bleiben!«, wie Mary konsterniert verkündete. »Ich kann's nicht fassen, daß sie die alte Hexe besuchen will.«

Alex sah sie an. »Kennst du Elizabeths Mutter?«

Mary hob die Augenbrauen. »Ich habe sie ein-, zweimal gesehen. Vor vielen Jahren, in Boston, als Lizzie noch bei ihr gewohnt hat.«

»Woher weißt du dann, daß sie eine alte Hexe ist?«

»Ach, du hörst doch, was Lizzie von ihr erzählt!«

Alex sah sie ernst und eindringlich an.

Mary zuckte hochmütig mit den Schultern und wandte sich ab.

Alex nippte an ihrem Wein und musterte Mary über ihren Brillenrand hinweg.

»Also, weißt du, Alexandra, du benimmst dich, als wärst du hier die… Priesterin… oder so was. Wieso bist du so überheblich?«

Alex sah sie erstaunt an. »Kommt das bei euch so an? Das tut mir leid. Es ist schwer, sich richtig zu verhalten, wenn man etwas sagen will und das Gefühl hat, daß man es nicht kann. Ich war immer zu – zu schüchtern – zu verlegen –, um zu sagen, was ich denke, und ich habe beschlossen, daß ich das nicht mehr will. Es ist schwer, sich von Grund auf zu ändern.«

»Wieso solltest du das?« fragte Ronnie erstaunt.

»Weil ich jetzt ein anderer Mensch bin. Ich bin jetzt... na ja, Alexandra.«

»Also, *Alexandra,* was ist es, was du unbedingt sagen willst?« fragte Mary sarkastisch.

Alex sah auf ihre Finger. »Nur, daß es so leicht ist, uns gegenseitig alte Hexe oder Kuh, oder Ziege zu nennen, so wie Frauen andere Frauen eben nennen – ihr wißt ja. Und vor allem unsere Mütter. Vielleicht ist Elizabeths Mutter ja ganz okay. Wir wissen es doch nicht. Ich muß daran denken, wie wütend ich auf meine Mutter bin, wie ich – sie manchmal hasse, weil sie mich belogen hat, weil sie es mir nicht gesagt hat, weil sie zugelassen hat, daß ich rumlaufe und mich ganz hohl fühle, wo eigentlich... irgend etwas Wichtiges sein sollte – mein Herz oder mein Bauch, oder mein Rückgrat. Aber ich *weiß,* meine Mutter ist eine nette Frau, ein guter Mensch, ich weiß, sie hat nur mein Bestes gewollt. Ich bin so... verbittert, ich schätze, ich bin es, weil... ich gebraucht hätte, daß sie etwas tut, was sie nicht getan hat. Weil ich ihre Tochter bin.«

Mary studierte ihre Ringe. »Okay. Du willst also sagen, ich bin nur eifersüchtig, weil Elizabeth eine Mutter *hat,* die sie besuchen kann, und ich nicht.«

»Das habe ich *nicht* gesagt!«

»Kann sein, aber vielleicht stimmt es ja trotzdem.«

Alex seufzte.

Ronnie betrachtete die beiden, die immer noch ihre Trauergarderobe trugen, Mary ein Chiffonkleid mit weitem, mehrstufigem Rock, Alex ein wollseidenes Futteralkleid, das ihre grazile Figur betonte. Ronnie hatte dreckige Jeans und ein zerrissenes Sweatshirt angezogen. Eigens für diesen Anlaß, murmelte sie innerlich.

»Und? Wie war die Trauerfeier?« fragte sie schließlich.

»Oh, großartig«, sagte Mary spöttisch. »Absolut phantastisch. Lauter wunderbare Trauerreden, der Bischof, der Präsident, der Gouverneur, der Ex-Präsident, der Ex-Außenminister, der Senior-Partner aus seiner alten Anwaltskanzlei und noch viele, viele andere mehr…! Und alle priesen ihn als den herausragendsten Mann seiner Generation, was sie ihm natürlich leicht zugestehen können, er gehört ja nicht zu *ihrer* Generation. Sie nannten ihn brillant, einen genialen politischen Strategen, ach, ohne ihn hätten wir den Zweiten Weltkrieg wahrscheinlich nie gewonnen, einen Mann von enormem Humor – er hat ihn wohl ausschließlich Männern gegenüber entfaltet, jedenfalls habe ich nichts davon mitbekommen –, einen Mann, der Geheimnisse wahren konnte – nun ja, da ist etwas dran –, einen Mann, der das Vertrauen der Staatsoberhäupter der halben westlichen Welt genoß, und nicht nur das ihre, sondern auch das ihrer Geheimdienstchefs, Bankenbosse…«

»Das habe ich nicht gehört, Mary!« protestierte Alex.

Mary zog eine Grimasse und beugte sich zu Alex hin. »Ich weiß, Schätzchen«, sagte sie. Sie tätschelte ihr die Hand.

»Oh, war ich wieder mal naiv?« fragte Alex kläglich.

»Also, wer war alles da?« fragte Ronnie begierig.

»Das habe ich doch schon gesagt!« Mary listete noch einmal ein paar Dutzend Namen auf, angefangen mit dem Präsidenten, aber der letzte Schwung Namen sagte Ronnie nichts.

»Die wahren Herrscher dieser Welt, mein Herzchen«, erklärte Mary.

»Und wo saßen die alle?«

»Hollis und der Protokollchef des Gouverneurs hatten eine Sitzliste gemacht.« Mary skizzierte Ronnie grob die Platzverteilung. »Die Familie saß größtenteils in der Familienbank«, schloß sie.

»Und Elizabeths Mutter?«

»Ach, die saß irgendwo hinten. Ganz hinten wohl. Ich habe nicht gesehen, wo.«

»Und gab es auch eine Dienstbotenbank?« fragte Ronnie mit einem gehässigen Grinsen.

Mary fuhr die Stacheln aus. »Ich weiß nicht. Ich glaube, Aldo saß irgendwo hinten, aber Mrs. Browning meinte, sie würde hierbleiben und ihre Arbeit machen, sie wolle lieber auf ihre Weise trauern.«

»Hmmm.«

Wie schaffte es dieses Mädchen bloß, daß alles, was es sagte, so schnippisch klang?

»Und wie war der Empfang?«

»Großartig. Jede Menge Essen und Trinken und große Namen.«

»War der Präsident auch da?«

»Nein, er mußte nach Kalifornien weiterfliegen, um eine Rede zu halten. Aber Nixon und Vize-Präsident Bush schauten auf ein Viertelstündchen vorbei. Worth hat insgeheim gejubelt, man sah ihn förmlich beim Händeschütteln den politischen Nutzen addieren. Ich wette, er wird bei den nächsten Gouverneurswahlen antreten. Hollis war so beeindruckt; wenn er es nicht für würdelos erachtet hätte, wäre er vor ihm auf die Knie gefallen…« Mary lachte.

»Und ihr wurdet all diesen Leuten offiziell vorgestellt?«

»Jaaaa!« sagte Alex gedehnt, indem sie sich in ihrem Sessel zurücklegte und Arme und Beine von sich streckte. »Gott, ich war kreidebleich vor Angst. Meine Hände waren eiskalt. Aber die sehen einen ja gar nicht wirklich an. Außer Mary, dich haben sie sogar so was wie angeguckt, stimmt's, Mary?« Sie glotzte mit übertriebenen Stielaugen auf Mary, die eine Fratze schnitt. »War nichts dabei. Außer, daß ich nicht wußte, ob ich einen Knicks machen sollte, und es die ganze Zeit tun wollte und Lizzie mich am Arm hochgezerrt hat.« Sie kicherte.

»Und wie ist Worths Haus so?«

»Kleiner und dunkler als dieses hier, aber vornehmer. Keine gemütlichen Spielzimmer oder Wintergärten. Aber die Atmosphäre ist ähnlich. Es riecht genauso wie hier – du weißt schon, Bienenwachs und Lavendel –, und alles glänzt. Lauter alte Möbel und Bilder und ein paar Fenster mit Buntglas aus dem vorigen Jahrhundert. Hübsch. Nicht so heruntergekommen wie dieses hier.«

»Und worüber haben die Leute geredet?«

»Worüber sie immer reden – Klatschgeschichten: Sex, Politik, Geld –, natürlich in verbrämter Form, du weißt ja, Geschäfte.«

»Ich hätte es gräßlich gefunden, oder?«

»Du hättest dich wahrscheinlich nicht beherrschen können. Du wärst auf einen Tisch gesprungen und hättest eine Rede geschwungen und alle diese Männer dazu verdammt, im ewigen Höllenfeuer zu schmoren. Du hättest wahrscheinlich ein bißchen Leben in die Bude gebracht.« Mary zog eine Augenbraue hoch. »Also wärst du doch gern mitgekommen! Du wärst gern dabeigewesen!« krähte sie triumphierend.

»Ich wollte nur wissen, wie diese obszöne Veranstaltung aussah«, sagte Ronnie hochmütig, dann grinste sie boshaft. »Und? Mary? Hast du unter all diesen Leuten keinen potentiellen Ehemann entdeckt?«

Mary zog eine Grimasse. »Etliche. Da kommt man ins Nachdenken über sich selbst. Über sein *altes* Selbst«, sagte sie, zu Alex gewandt.

Alex strahlte sie dankbar an. »Du *verstehst* es also!«

Ronnie beobachtete sie neugierig. Alex sah durch die Terrassentür auf den dunklen Wald hinter dem Garten. Auf ihrem Gesicht lag fast so etwas wie selige Verzückung. Alex starrte auf ihre gefalteten Hände, als sei sie mitten in einer tiefsinnigen Betrachtung. Herrje. Wenn das die neuen Frauen sind, gebt mir die alten wieder.

»Elizabeths Mutter ist also gekommen?«

»Ja. In einem unechten Chanelkostüm, kannst du dir so was vorstellen?« sagte Mary bissig.

Na ja, *so* anders als die alte war die neue Mary wohl doch nicht.

Alex nörgelte: »Wir konnten ihr nicht mal guten Tag sagen! Ich war so enttäuscht, ich hatte Elizabeth doch gesagt, daß ich sie kennenlernen wollte. Hinterher ist sie gleich verschwunden, klar, sie war ja auch nicht zu dem Empfang eingeladen. Aber wir hätten doch mit rausgehen können, als wir Elizabeth abgesetzt haben, nur auf einen Drink! Ich habe es Elizabeth noch gesagt! Aber sie hat mich abgewimmelt: ›Ein andermal, Alex.‹ Sie meinte, es sei nicht genug Zeit, aber ich weiß nicht, was die Hektik sollte. Sie hat nicht mal daran gedacht, mich Alexandra zu nennen. Für diese ganzen bedeutenden Männer hatte sie natürlich Zeit genug. Um mit denen zu reden, hatte sie es nicht zu eilig!« setzte sie gekränkt hinzu.

Ich glaube, die alte Alex war mir lieber.

Alex schmollte ein bißchen und sagte dann lebhaft zu Ronnie: »Ach, das war ein gräßlicher Tag, Ronnie! Fürchterlich! Alles so steif und langweilig und...«

»Hochgestochen«, warf Mary ein.

»GENAU!« rief Alex. »Ich wünschte, du wärst dagewesen, Ronnie! Wir hätten zusammen gackern können.«

Hmm, vielleicht ist sie ja doch nicht so übel.

»Und was hast du heute gemacht?«

Ronnie sagte achselzuckend: »Spazierengegangen. Bißchen in meiner Seele geforscht.«

»Du? Ich dachte, du hättest das für dich längst alles geklärt. Du hättest für dein ganzes Leben genug Selbsterforschung getrieben«, sagte Mary ohne jede Boshaftigkeit, ja vielleicht fast schon liebevoll-akzeptierend.

»Das hast du gedacht?«

»Aber ja. Du scheinst doch die einzige von uns zu sein, in deren Kopf einigermaßen Klarheit herrscht. Generationssache, nehme ich an.«

»Aber vielleicht ist da in meinem Kopf auch nur ein Haufen Mist...«

Mary musterte sie prüfend. »Und selbst wenn, ist es auch

kein schlimmerer Mist als der, den wir mit uns rumschleppen. Wenigstens hast du ein Ziel im Leben.«

»Ich habe auch ein Ziel im Leben«, sagte Alex träumerisch.

»Und was ist das, mein Häschen?« fragte Mary mütterlich.

»Ein Grashalm zu sein und Beton zu sprengen«, bekannte Alex.

Ein Grashalm zu sein und Beton zu sprengen. So was. Was mag sie damit meinen? Aber ist das nicht irgendwie das Ideal? Geschmeidig und grün, zarte Halme, die die Erde nähren, die Tiere, und morgens so frisch duften, und wenn man sie abmäht, scheinen sie den duftenden Saft nur so zu verströmen, und doch sind sie so stark, können sie durch Beton dringen, Straßen überwuchern, Risse in ein Marmormausoleum treiben, eine ganze Stadt verschlingen, wenn man ihnen Zeit läßt, all die lebensfeindlichen Strukturen knacken, die wir errichten, um zu beweisen, daß wir die Kontrolle über das Gras haben, daß wir die Herrscher sind...

Wer hätte gedacht, daß ausgerechnet Alex mit so etwas ankommen würde? Ist das nicht genau das, was ich sein will, ist es nicht genau das, was Umweltschutz für mich heißt, studiere ich nicht ein Moos, das sich dem Vormarsch der Maschinen entgegenstellt, ein Moos, das die Stimme erhebt und schreit, daß sein Platz in der Natur wichtig ist, daß wir ohne es nicht leben können, daß das kleinste Ding ebenso zentraler Bestandteil des Ganzen ist wie das größte, daß nichts unbedeutend ist...

Ronnie hockte in Slip und T-Shirt auf ihrem Bett, im Schneidersitz, starrte hinaus auf den Nachthimmel und rauchte.

Wie kommt sie auf dieses Ziel? Und wie will sie es realisieren? Mit ihren Millionen vielleicht. Was in aller Welt wird ihr Mann dazu sagen? Wenn sie all das viele Geld den hungernden

Armeniern gibt? Hey, Alex, sieh dich doch mal vor deiner Haustür um…

Na ja, das ist ihr Problem.

Meins ist dieser Haß.

Wie nicht mitmachen, nicht Teil dieses Haß-Systems sein? Wie sich dem entziehen und trotzdem für sich selbst eintreten? Kann man den Haß aufgeben und trotzdem kämpfen, trotzdem so hart sein, wie man muß? Kann man sich widersetzen, ohne zu hassen?

Hassen – das heißt, einen Strich in den Sand ziehen und sagen, okay, was jenseits dieser Linie ist, ist böse, was diesseits ist, nur nicht ganz sauber. Kann man verstehen und sich gegen Dinge stellen, ohne zu hassen?

Wie?

Um zu leben, muß man lieben, Ronnie.

Wie kann ich lieben…?

Versuch, ihn dir vorzustellen, wie er dich freundlich ansieht, freundlich berührt, freundlich behandelt, nur ein einziges Mal…

Vergiß es.

Versuch, ihn dir vorzustellen, wie er Momma freundlich ansieht, berührt, behandelt…

Er hat es wahrscheinlich getan, aber nicht, wenn ich dabei war.

Versuch, ihn dir vorzustellen, wie er überhaupt irgendwelche Gefühle zeigt…

Verzweifelt, zornig, das war er, als er darauf beharrte, daß es Momma besserging, während sie doch offensichtlich im Sterben lag.

Als sie starb. Sie legte nur ihre Hand auf meine, ich saß auf ihrem Bett, und sie hörte auf zu sehen, einfach so, ihre Augen erloschen, und ich schrie auf und schlug die Hände vors Gesicht, weinte heftig und laut. Er stand hinter mir, stand da, weil ich ihm gesagt hatte, er sollte jetzt wohl besser reinkommen…

und er legte die Hand auf meinen Arm, fühlte sich an wie eine stählerne Klaue, ich riß meinen Arm weg, es erinnerte mich... aber er hatte es nicht auf mich abgesehen, er schrie mir ins Ohr, schrie mich an, nein, schrie sie an: »Nein! Nein! Nein!«

23

Als Elizabeth am Sonntag nachmittag mit dem Zug aus Boston in Lincoln ankam, wurde sie nicht von Aldo abgeholt, sondern von Ronnie, mit dem Alfa. Für Dezember war es warm, wie an einem frühen Herbsttag, und sie hatte das Verdeck runtergeklappt. Lizzie überraschte sie zur Begrüßung mit einer – wenn auch etwas steifen – Umarmung, schwieg dann aber die meiste Zeit. Sie war immer noch in ihrer Trauergarderobe, einem eleganten schwarzen Kostüm mit Stehkragen, aber sie trug in einer Einkaufstüte einen großen unhandlichen Karton. Elizabeth nahm sonst noch nicht mal eine Handtasche, sondern eine schmale Brieftasche, die sie in die Jackentasche stecken konnte, wie ein Mann. Im äußersten Fall trug sie einen Aktenkoffer.

»Habe diesen Thatcher-Handtaschen-Look noch nie gemocht«, hatte sie irgendwann einmal beiläufig erwähnt.

»Sie versucht immer, die gute alte Queen zu imitieren«, hatte Mary gedehnt geantwortet und hinzugefügt: »Obwohl dieser Sinn für Uneleganz *genetisch* bedingt sein muß.«

Deshalb platzte Ronnie jetzt heraus: »Was schleppst du da mit?«

»Etwas für Mary«, sagte Elizabeth nur.

Elizabeth setzte ihren kleinen schwarzen Hut ab und löste den Knoten, in dem sie die Haare hinten im Nacken zusammengehalten hatte. Sie warf den Kopf nach hinten, und das offene glatte Haar, ein stumpfes Braun mit Silberfäden, flatterte im Wind. Sie zündete sich eine Zigarette an.

»Okay«, sagte sie. »War besser, als ich gehofft habe. Oder mir vorstellen konnte.«

»Was heißt das?«

Sie schwieg längere Zeit. »Irgend etwas ist passiert. Sie hat sich verändert. Ich habe sie natürlich lange nicht gesehen. Seit mehr als einem Jahr. Und wir haben uns seit Jahren immer nur sehr kurz gesehen, sind miteinander zum Essen gegangen, ehe ich irgendwohin fliegen mußte. Wir haben seit langem – ich weiß gar nicht mehr, seit wie vielen Jahren – keinen ganzen Abend mehr miteinander verbracht. Vielleicht hat sie sich also schon lange verändert, und ich habe es nur nicht gewußt.

Sie wohnt in einem Hochhaus, in einem langweiligen Schuhkarton von Wohnung, aber mit Fenstern, fast einer Fensterwand, mit Blick über die ganze Stadt. Wir konnten die Skyline sehen und den Sonnenuntergang und wie die Lichter der Stadt angingen, großartig und doch irgendwie irritierend, ich würde es nicht jeden Abend sehen wollen, es ist kein Anblick, der dir Ruhe und Geborgenheit vermittelt. Sie hatte immer noch ihr Chanelkostüm an, das unechte, wie Mary behauptet, ich könnte den Unterschied nicht erkennen – diese Kostümchen mit Goldborten und den billig aussehenden Ketten à la Nancy Reagan sehen für mich alle gleich häßlich aus…

Wir nahmen einen Drink… meine Güte, sie trinkt noch nicht mal mehr Manhattans! Sie trank Weißwein, und ich war so angespannt, daß ich mir einen Scotch genehmigte… und sie fing an, mir einen Vortrag über Abtreibung zu halten. Dabei bezog sie sich immer wieder auf diese Vereinigung der ›Katholiken für freie Entscheidung‹. Sie war mit Feuereifer dabei, so daß ich sie fragte: ›Heißt das, daß du dich heute, wenn du in der Situation wärst, anders entscheiden würdest?‹

Sie lehnte sich zurück und zündete sich eine dieser langen dünnen Zigaretten mit goldenem Mundstück an, blies den

Rauch aus und überlegte. Dann wandte sie den Blick ab. Sie starrte aus dem Fenster, sie ist dünn, ihr Profil hat etwas von der Eleganz eines hageren Vogels, du weißt ja, wie alte Leute manchmal aussehen.

Sie sagte: ›Weißt du, man ist so, wie man geworden ist, man ist das, was das Leben aus einem gemacht hat. Ich könnte heute ebensowenig sagen, ich wünschte, ich hätte mich anders entschieden, wie ich sagen könnte, ich wünschte, ich hätte nie gelebt oder du hättest nie gelebt. Und ich bin sehr stolz darauf, daß du lebst.‹«

Elizabeths Stimme schwankte, aber Ronnie vermied es, sie anzusehen. Die Bäume am Rand der kurvenreichen Straße sausten vorbei. Elizabeth lehnte sich zurück und atmete tief die kalte harzige Luft ein.

»Dann« – Elizabeth lachte ein tiefes kehliges Lachen – »verwandelte sie sich in die Mutter, die ich kannte! Sie sagte: ›Ganz gleich, was ich bin, was aus mir geworden ist, eins kann ich dir sagen – ich bin verdammt froh, daß ich lebe und er tot ist, daß ich ihn überlebt habe und nun *sein* Geld bekomme und es nach Gutdünken ausgeben kann! Wir Callahans besaßen noch nicht mal den Dreck unter unseren Fingernägeln – weder in der alten Heimat noch hier. Vielleicht wäre es anders gekommen, wenn nicht irgendwelche britischen Killer beschlossen hätten, daß alles, was uns gehörte, ihnen gehört, vielleicht auch nicht. Vielleicht wären dann irgendwelche irischen Killer gekommen oder irgendwelche römisch-katholischen Italiener mit denselben Absichten. Aber eins habe ich in den letzten Jahren gelernt – es sind die Killer, die das Geld bekommen, für uns bleibt die *tsuris!*‹

›Tsuris‹, lachte ich auf, ›wo hast du denn das Wort aufgeschnappt?‹

›Oh, habe ich dir nicht erzählt, daß ich eine neue Freundin habe, wir sind jetzt seit mehreren Jahren eng befreundet. Sie wohnt zwei Treppen höher, Florence Abzug. Sie ist verwitwet, aber wir spielen keine Karten. Sie interessiert sich für Kommunalpolitik, sie hat mir wirklich sehr geholfen, sie hat mir viel beigebracht, sie hat mich dazu gebracht, mich zu engagieren! Wenn ich daran denke, daß ich jahrelang nur rumgesessen und darauf gewartet habe, daß mich irgendeine feine Dame anruft, um sich mit mir zum Bridge zu verabreden oder zum Tee, oder zu einer Cocktailparty! Florence ist AKTIV! Wir engagieren uns beim Frauennotruf und im Frauenhaus, und jeden Sonntag helfen wir in der Kirche, in der Suppenküche für die Obdachlosen. Ich möchte, daß du sie kennenlernst, sie wird dir sehr gefallen, sie ist voller Tatendrang.‹

Dann schwieg sie und bedachte mich mit einem fast wehmütigen Blick. ›Sie hat *Hoffnung*‹, sagte sie, als sei das eine erstaunliche Tatsache. ›Hoffnung für die Welt. Das Wort stammt von ihr, *tsuris,* Kummer, Qual, kommt aus dem Jiddischen, ein großartiges Wort, findest du nicht?‹

Ich sagte, daß ich das Wort kennen würde, aber daß die Catherine Callahan Upton, die ich kannte, sich lieber ein Stück ihrer Zunge abbeißen würde, als ein jiddisches Wort zu benutzen. Sie sagte: ›Pech für die kleine Betschwester!‹« juchzte Elizabeth. »Wie findest du das?« Sie prustete los, und Ronnie lächelte ihr zu.

Elizabeth hörte auf zu lachen und legte die Hand auf Ronnies Hand, die auf dem Schaltknüppel lag. »Ronnie, ich möchte dich nicht verlieren, wenn das hier vorbei ist. *Ich* möchte dich nicht verlieren. Und das meine ich ernst.«

Ronnie knallte fast in eine Hecke, weil sie den Kopf drehte, um Elizabeths Gesicht zu sehen, während sie schnell um eine Kurve fuhr. Sie blickte wieder auf die Straße, korrigierte schnell den Kurs, und als sie wieder hinübersah, hatte Elizabeth den Kopf weggedreht.

Als sie vor dem Haus hielten, standen Mary und Alex unter den Säulen der Eingangshalle und erwarteten sie, und sie umarmten Lizzie, als sei sie monatelang fort gewesen.

»Wie war es, wie war es!« schrie Alex.
»Oh, Liz, arme Kleine, war es schlimm?« Mary umarmte sie.

Elizabeth hatte das Mittagessen verpaßt, und da sie sich unbedingt unterhalten wollten, beschlossen sie, obwohl es noch nicht nachmittags war, im Wintergarten Tee zu trinken, mit Kuchen und belegten Broten.

»War es schlimm?« fragte Mary mitfühlend.

»Nein, sie hat sich verändert. Sie kümmert sich um andere Menschen. Sie hat wieder Kontakt zu ihrer Familie aufgenommen. Sie will ihre Erbschaft dazu benutzen, um ihnen zu helfen. Die Callahans machen schwere Zeiten durch. Eine ihrer Schwestern muß putzen gehen, seit ihr Mann arbeitslos geworden ist. Ihre Tochter mußte eine Stellung annehmen, obwohl sie ein Stipendium für das Boston College hat. Deshalb will Mutter für ihren Schwager eine Autowerkstatt kaufen, sie denkt, daß sie damit die Familie retten kann. Erstaunlich, wie die Möglichkeit, Lady Wohltätigkeit zu spielen, die Großmut fördert. Ich glaube nicht, daß das lange anhalten wird bei ihr. Die Ressentiments werden unweigerlich wieder hochkochen. Aber wenigstens macht sie sich nützlich.«

»Geld versöhnt also. Ist das die Botschaft?« fragte Ronnie heiser.

»Hast du es ihr gesagt?« fragte Mary.

Elizabeth schüttelte den Kopf. »Meine einzige barmherzige Geste.«

Ronnie warf Elizabeth einen Blick zu. »Hast du ihnen erzählt, daß sie jetzt die Abtreibung befürwortet?«

Elizabeth zündete sich eine Zigarette an und beugte sich vor. »Sie hat gesagt: ›Heutzutage sollten die Mädchen besser abtreiben.‹« Elizabeth imitierte den affektierten harten und monotonen Ton ihrer Mutter. »›Und, Elizabeth Catherine, du weißt genausogut wie ich, daß das, was mir passiert ist, heute nicht mehr passieren würde. Heutzutage würden Familien wie die Uptons ein Mädchen, das sie nicht kaufen können, umbringen lassen. Denk an Teddy Kennedy und Chappaquiddick. Denk an die Kennedys und Marilyn Monroe. Und Stephen war noch nicht mal verheiratet – heutzutage wird es nicht mehr als Skandal angesehen, wenn ein lediger Mann eine Frau schwängert und sich weigert, sie zu heiraten. Das passiert doch dauernd.‹

›Mutter, das Problem war doch, daß sie für ihn eine politische Karriere vorgesehen hatten.‹

›Oh, ich weiß, ich weiß, jetzt weiß ich das alles, ich habe es schon vor Jahren begriffen, aber damals noch nicht. Damals spürte ich nichts als mein gebrochenes Herz, die Kränkung, ich konnte nur die Ungerechtigkeit sehen. Weißt du, ich gehe nicht mehr zur heiligen Messe, ich fühle mich nicht mehr als Katholikin – und gehöre keiner Kirche an, die einem Protestanten erlaubt, seine Ehe zu annullieren, obwohl dadurch eine der ihren Schaden erleidet... aber was die Sünde betrifft, so glaube ich, daß die Katholiken recht haben. Die Sünde ist eine Tat, die dir selbst am meisten schadet. Sie kann anderen schaden oder nicht – das ist eher nebensächlich –, hauptsächlich aber geht es um Gewalt gegen das eigene Selbst. Meine Sünde bestand darin – tja, ich weiß nicht, worin sie bestand. Ich meine, ich weiß nicht, wie die Kirche sie benannt hätte. Aber ich weiß, daß ich mir selbst geschadet habe, daß ich mich gegen mich selbst versündigt habe, weil ich mich jahraus, jahrein vor Kummer verzehrt habe. Und ich weiß, daß dich das verletzt hat.‹ Dann beugte sich meine Mutter, das größte und gemeinste Biest der Welt, zu mir hinüber und legte mir ihre Hand aufs Knie und sagte: ›Und das bedaure ich zutiefst‹ und brach in Tränen aus.«

Elizabeth schwieg unvermittelt. »Muß sofort diese Klamotten ausziehen«, verkündete sie und verschwand.

In ihrem Zimmer blieb Elizabeth wie erstarrt stehen, erinnerte sich, daß sie ihre Mutter stocksteif angestarrt und ihr

Schluchzen gehört hatte. Mitleid kratzte an ihrem Herzen, aber sie konnte sich nicht bewegen. Ihr Gesicht war grau, steinern, die Augen wie tot. Die ältere Frau schluchzte, ihr Kopf ruhte auf ihrer Hand. Dann hörte sie auf zu schluchzen und hob den Kopf. Wimperntusche verschmierte ihr Gesicht, zog Streifen über die knallroten Flecken auf ihren Wangen, Schnodder lief ihr auf die Unterlippe, und sie wischte ihn mit der Hand weg. Sie sah Elizabeth nicht an. Sie hatten schweigend dagesessen, lange, keine hatte sich bewegt. Erst jetzt gestattete Elizabeth sich ein paar Tränen. Sie kullerten ihr Gesicht hinunter.

Sie packten. Alex ging fast trotzig durch das Haus, sammelte die wenigen Dinge ein, die sie hatte herumliegen lassen – ein Buch über El Salvador (das einzige Buch, das die Schwestern sie überhaupt lesen gesehen hatten), ein paar Flugblätter der Mission, ein Taschentuch, das unter dem Kissen eines Stuhls lag, eine Handtasche. Sie legte alles zusammen auf die Treppe und mißachtete damit die Regeln des Hauses, wie Mary schaudernd bemerkte. Alex ließ die Schultern hängen, ihr Haar hing schlaff herab, sie ähnelte eher einer Frau, die ins Gefängnis mußte, als einer Frau, die sich auf ihr Zuhause freute. Manchmal nahm sie ein Häufchen unter den Arm und ging damit nach oben, sie hörten, wie sie oben die Koffer hin und her schob und eine Ladung Schuhe fallen ließ.

»Ich verstehe nicht, warum du nicht Teresa bittest, dir zu helfen«, schalt Mary, die an ihrem Zimmer vorbeiging. »Sie ist heute extra gekommen, obwohl Sonntag ihr freier Tag ist, nur um uns beim Packen zu helfen.«

Mary selbst hatte ihre Sachen über das ganze Haus verteilt – es war ziemlich unmöglich, ihre gesamte Hinterlassenschaft einzusammeln, und sie versuchte es erst gar nicht. Videobänder, Noten, alte 33er-Schallplatten, die sie in einem Antiquariat in Concord gefunden und für den alten Stereoapparat gekauft hatte, Tonbandkassetten und viele Bücher. Sie sammelte zwei oder drei Handtaschen ein, die ihr gehörten, Halstücher, Ohrringe, die nicht zueinander paßten, Zeitschriften, die sie behalten wollte, Zeitschriften, die weggeworfen werden konnten. Stöhnend suchte sie einiges zusammen und ließ die Ladung in Teresas Arme fallen, dann warf sie sich in einen Sessel, seufzte: »Oh, ich kann nicht mehr!« Teresa trug den Haufen gehorsam nach oben, in Marys Zimmer, wo sie versuchte, in Marys noch größerer Unordnung dort eine Ordnung zu bringen und zu packen. Ab und zu kam sie leise ins Spielzimmer geschlichen, wo Mary auf der Couch lag und nervös einen Dokumentarfilm über Wale sah, und fragte: »Die weiße Satinunterwäsche paßt nicht mehr ganz in die Satinwäschebeutel. Ist es in Ordnung, wenn ich ein paar Sachen ohne Wäschebeutel in den Koffer lege?« Oder: »Die Schuhbeutel sind alle voll, aber es sind noch drei Paar Schuhe übrig, Ma'am, was soll ich damit machen?«

Schließlich verkündete Teresa: »Die Kleider gehen nicht alle in den Kleiderkoffer, Ma'am.«

»Sie gehen nicht rein? Oh, richtig«, erinnerte sich Mary. »Ich habe mir ja ein paar Sachen in Boston gekauft. Versuch, so viel wie möglich einzupacken, ich komme gleich. Vielleicht werde ich ein paar Sachen hierlassen. Tatsächlich...« – sie nahm ihre ganze Kraft zusammen und stand auf – »...komme ich jetzt mit nach oben und werde ein paar Sachen aussortieren. Kann ebensogut ein paar Sachen hierlassen. Wahrscheinlich werde ich irgendwann hierher zurückkommen«, fügte sie mit einem leisen Unterton hinzu.

Elizabeth, die die Tage damit zugebracht hatte, die Papiere ihres Vaters für die Archive, an die sie gehen sollten, wieder einzupacken, hatte jetzt ihre eigenen Bücher und Papiere schnell und umsichtig eingepackt und schloß nachmittags gegen fünf die Tür zu einem makellos aufgeräumten Zimmer, ihr Computer war eingepackt, die Bücher in Kisten, ihre Disketten sicher aufbewahrt in einer antimagnetischen Diskettenbox, obwohl sie nicht die Absicht hatte, mit dem Flugzeug nach Washington zurückzukehren. Sie hatte beschlossen, daß es für die Schwestern bequemer sein würde, wenn Aldo sie nach Hause fuhr, weil sie alle soviel Gepäck hatten.

Das gab sie während der Cocktailstunde um sechs bekannt.

»Nein, nein!« beharrte Alex. »Ich werde fliegen. Wilmington ist zu abgelegen.«

Elizabeth sah niedergeschlagen aus.

»Bist du ganz sicher?«

»Bestimmt«, sagte sie fest.

»Gut, dann werden wir dich in Logan absetzen.«

Aber Mary war hoch erfreut, daß sie nach Hause gefahren wurde, und erzählte gut gelaunt, wie viele Kleider sie hierlassen würde. Alex ging mit verschränkten Armen im Zimmer auf und ab. Ihre Taschen standen bereits an der Tür.

Das Spielzimmer wirkte mit einem Mal spartanisch, obwohl sich immer noch stapelweise Spiele und Schallplatten, die Pingpongplatte, der Kartentisch, die ausladenden Polstermöbel darin befanden. Als sie sich alle im Zimmer versammelt hatten, brachte sie das plötzliche Gefühl zum Schweigen, daß das Haus ihr Gerümpel ausspuckte, ihren Mist, ihre Spuren, daß es ihnen den Rücken zukehrte, vergessen hatte, wie sie rochen, schmeckten und sich anfühlten, obwohl sie immer noch körperlich anwesend waren. Mary seufzte kaum hörbar auf, Ronnie ließ ihr Heft sinken, Elizabeth ihr Buch. Alex warf sich in einen Sessel.

Elizabeth sagte schließlich: »Wollen wir heute abend Champagner trinken?«

»Wundervoll, Liebes«, sagte Mary aufgeregt.

»Klar, warum nicht«, brummte Alex.

Ronnie zuckte die Achseln. Sie wollte nicht zugeben, daß sie noch nie Champagner getrunken hatte, und als sie sah, wie sie die Kelchgläser hielten, gab sie sich große Mühe, ihr Glas nicht so zu nehmen wie Mary und Elizabeth, sondern nahm das langstielige Glas wie ein Wasserglas in die Hand.

Elizabeth beugte sich vor und erhob ihr Glas. »Auf uns«, sagte sie und hielt ihr Glas den anderen entgegen.

Sie folgten ihrem Beispiel, tranken einen Schluck, und Mary ließ sich in die Polsterlehne ihres Sessels zurückfallen, schlenkerte ihre Schuhe ab, seufzte und sagte: »Ich möchte, daß ihr wißt, daß ich das niemals erwartet hätte. Es ist das Zweitbeste, was mir je widerfahren ist, es hat mich aufgewühlt« – sie beugte sich vor – »daß ich meine Schwestern gefunden habe.«

Alex putzte sich die Nase.

»Was ist denn heute los mit dir, Alexandra«, schimpfte Mary, »du tust, als würden wir dich in die Wüste schicken.«

»In die Wüste?«

»Ja, zur Strafe, statt nach Hause, in den Schoß deiner geliebten Familie…«

Alex platzte mit tränenerstickter Stimme heraus: »Für mich ist alles ganz anders als für euch. Ihr seid glücklich, daß ihr soviel Geld habt, ihr braucht es, ihr wolltet es, ich nicht. Es macht mein Leben kompliziert, schwer. Wahrscheinlich werde ich mich mit David streiten müssen, und ich will mich nicht mit David streiten…« Sie senkte den Kopf. Ihre Stimme klang bekümmert: »Ich möchte keinen Widerwillen gegen ihn empfinden.«

Sie hob den Kopf. Ihre Augen blickten gequält. »Und was soll ich mit meiner Mutter machen? Soll ich ihr sagen, was ich weiß? Ich weiß, es wäre freundlicher, es sein zu lassen, aber ich glaube nicht, daß ich es aushalte, nichts zu sagen, sie nicht anzuschreien, warum sie meine Erinnerungen ausgelöscht hat. Warum sie gelogen hat. All die Jahre der Lügen!« Sie wischte sich das Gesicht mit dem Taschentuch ab, das sie zerknüllt in der Hand hielt, und putzte sich die Nase. Sie trank einen Schluck Champagner. Sie holte tief Luft. »Und dann muß ich mit meiner Familie sprechen – muß die Kraft finden, es ihr zu sagen…« Sie brach ab.

»WAS!«

»Was ich vorhabe. Möchte. Machen möchte.«

»Was du vorhast?« Mary saß auf der Kante ihres Sessels.

»Ich will ein Krankenhaus bauen. In El Salvador. Für die Landbevölkerung. Zusammen mit den Nonnen.«

Drei Gesichter starrten sie fassungslos an. »Und dann?« Ronnie schnappte nach Luft.

»Ich will dort unten leben. Jedenfalls zeitweise. Die Klinik leiten. Das kann ich, ich weiß, daß ich das kann, ich arbeite seit Jahren ehrenamtlich in Krankenhäusern, und ich lerne schnell. Ich werde die bestmögliche Unterstützung haben – die Nonnen sind fabelhafte Ärztinnen, Krankenschwestern, Verwalterinnen –, und ich habe das Geld. Ich möchte ein Grashalm sein«, sie jammerte fast, »aber ich weiß nicht, ob irgend jemand von ihnen – David, meine Kinder – sie werden mich nicht verstehen, das weiß ich!«

Ronnie starrte sie ehrfürchtig an. »Mein Gott«, flüsterte sie. »Meinst du's ernst?«

Alex ließ sich heftig zurückfallen, zog ihren Pullover von der Schulter und feuerte ihn von sich, ihr Gesicht wirkte bestimmt: »Natürlich meine ich es ernst! Ich habe wochenlang darüber nachgedacht! Ich weiß, was ich tun muß, was jetzt wichtig ist in meinem Leben. David – oh, er ist lieb, wir führen eine gute Ehe, die Kinder sind entzückend, aber sie brauchen mich eigentlich nicht mehr. Und die Wahrheit ist vielleicht, daß ich sie auch nicht mehr brauche, jetzt brauche ich etwas anderes, jetzt brauche ich das.«

»Aber du opferst dich auf!« schrie Mary.

»UNSINN, Mary!« rief Alexandra aus. »Das ist *kein* Opfer. Darum geht es doch gerade! Wenn es ein Opfer wäre, würde ich vielleicht selbstverständlicher damit umgehen, denn von Frauen wird schließlich erwartet, daß sie sich aufopfern. Ich sehne mich einfach danach, es zu tun, meine gesamte Zukunft hängt davon ab. Wie sieht denn mein Leben zur Zeit aus? Was glaubt ihr? Ich stehe auf und mache Frühstück für meine Familie. Ich putze das Haus, ich gehe unter die Dusche, und dann begebe ich mich zu irgendeiner ehrenamtlichen Tätigkeit, ich komme nach Hause, ich gehe einkaufen, ich mache das Abendessen, ich unterhalte mich mit meinen Kindern und mit David. Ich putze, ich sehe fern... das ist kein Leben! Das ist – Zeit absitzen! Ich will mehr! Ich will mich nützlich machen.«

Sie leerte ihr Glas Champagner in einem Zug, beugte sich vor und hielt es Elizabeth hin. Elizabeth goß es wieder voll.

»Ich fühle mich nie so lebendig wie in der Zeit, in der ich im Krankenhaus arbeite, anderen Menschen helfe – aber was kann ich schon machen, ich bin weder Ärztin noch Krankenschwester, noch Therapeutin, meinen Tätigkeiten sind Grenzen gesetzt. Aber mit Geld und Medikamenten und einem Krankenhaus – kann ich sehr viel tun!«

»Du willst also Macht«, stellte Elizabeth ohne Kritik fest.

Alex setzte sich zurück. »JA! JA! Das ist es, genau.«

»Tja«, sagte Mary, die immer noch nicht beeindruckt schien, »das ist natürlich bewundernswert.«

»Das ist nicht bewundernswert! Es ist überhaupt nichts dergleichen! Es ist einfach mein Bedürfnis. Nach so etwas wie Macht, genau wie Lizzie sagt. Es ist in mir und muß herauskommen. Es ist nicht bewundernswerter als Elizabeths Ehrgeiz, Innenministerin zu werden, oder Ronnies Bestreben, Umweltwissenschaftlerin zu werden, oder daß du Gedichte schreibst. Ich brauche es einfach.«

»Die Ziele sind schon etwas unterschiedlich«, bemerkte Elizabeth trocken.

»Ich weiß nicht«, beharrte Alex eigensinnig. »Glaubst du nicht, daß du das Leben der Menschen verbessern könntest, wenn du Innenministerin wärst? Glaubt Ronnie nicht dasselbe...?«

»Den Anspruch habe ich nicht ganz«, sagte Elizabeth mit einem leisen Lächeln, »was immer Ronnie will.«

»Es ist eine Menschheitsfrage, ob Lyrik das Leben erträglicher machen kann«, sagte Mary lächelnd. »Meine aber bestimmt nicht, denn sie ist noch nicht mal veröffentlicht worden.«

»Oh, Mary! Könntest du uns nicht eines von deinen Gedichten vorlesen? Nur eins?«

»Ach, sie sind alle eingepackt.«

»Aber du wirst doch *eins* auswendig kennen?«

Mary schüttelte den Kopf. »Nicht heute.«

»BITTE! Für mich! Vor meiner Feuerprobe!«

Mary stellte ihr Glas ab. »Gut. Ich habe heute eins geschrieben. Es ist mir noch im Kopf. Es ist etwas unfertig. Sagt mir nicht, was daran nicht stimmt, ja? Es heißt ›Vater‹.«

Vaters großer warmer Körper an meinen gepreßt
Als ich vier war und weinte.
Arme, die mich umfingen
Mich lehrten, was Geborgenheit hieß.
Was ist ein Vater?
Sicherheit, Wärme, Nähe, Körper,
meiner und seiner, immer.

Vaters breites Lachen bestimmt für die anderen
Seine Reden, seine Augen, alles für die anderen.
Vater ist fort.
Was ist ein Vater?
Etwas, das fehlt.
Ein Mädchen wurde unsichtbar.

Vaters großer warmer Körper an meinen gepreßt
Als ich acht war und fast schon schlief.
Arme, die mich umfingen
Mich lehrten, was Furcht hieß.
Was ist ein Vater?

Ein Dieb in meinem Herzen
Stahl er dem unsichtbaren Mädchen
Alles, was es noch hatte: den Willen.

Schweigen. Elizabeth zündete sich eine Zigarette an. Ronnie betrachtete ihren Daumen. Alex blickte ehrfürchtig. »Oh, Mary, es ist wundervoll! Einfach wundervoll. So ausdrucksstark!«

Mary zuckte die Achseln. »Es ist unfertig.«

Elizabeth stand unvermittelt auf. »Ach! Ich habe etwas für dich. Ich muß dir etwas zurückgeben«, fügte sie hinzu und ging zu den Regalen, wo die Plastiktüte mit dem großen eingedellten Pappkarton lag. »Es ist nicht eingepackt, aber es ist ja auch kein Geschenk«, sagte Elizabeth und gab es Mary.

Mary ließ sich beim Öffnen viel Zeit. Sie hob den Deckel ab. In dem Karton war ein Puppen-Teeservice. Winzige Tassen und Untertassen und Teller aus Porzellan, eine Zuckerdose, deren Deckel kaputt war, und ein angeschlagenes Milchkännchen.

Verblüfft sah sie zu Elizabeth hoch.

»Dein Puppen-Teeservice. Das ich dir damals gestohlen habe. Ich gebe es dir hiermit zurück. Es hat all die Jahre in der Wohnung meiner Mutter im Regal gelegen.«

»Das mußtest du doch nicht, Lizzie«, protestierte Mary.

»Doch, mußte ich.«

Ehe sie sich für die Nacht trennten, gingen sie noch einmal ihre Abmachungen durch. Ronnie würde in Lincoln bleiben und sich zusammen mit dem abgespeckten Personal, Mrs. Browning, Teresa und Aldo, um das Haus kümmern. Im Frühjahr würde sie die Gärtner instruieren, das Grundstück für den Verkauf des Hauses herzurichten. Für diese Arbeit würde sie zweihundert Dollar in der Woche bekommen – mehr wollte sie nicht annehmen. Elizabeth und Mary versprachen, in ständigem Kontakt mit ihr zu bleiben – Alex auch, sobald sie ihr Leben geordnet hatte. Ihr Gespräch hatte sie beruhigt – niemand hatte sie lauthals ausgelacht, niemand hatte ihr empört ihre Pflichten gegenüber ihren Kindern, ihrem Mann, der Familie ihres Mannes, ihrer Mutter vorgehalten … Und sie hatte mehr Klarheit über ihre eigenen Vorstellungen gewonnen, hatte sie grob skizziert, was ihr die Kraft gab, weiterzugehen. Aber die anderen Schwestern hatte keine Entscheidungen für sich getroffen, wenn doch, so hatten sie sie nicht diskutiert. Ronnie beobachtete, wie sie vorsichtig um ihre Zukunft herumschlichen, und wettete innerlich, wie die Chancen standen, daß Mary zu ihrem alten Lebensstil zurückkehren und ob Elizabeth in der Lage sein würde, ihre grausame Isolation zu beenden. Auch umeinander schlichen sie vorsichtig herum, waren nicht gewillt, Themen anzuschneiden, die Streitigkeiten aufkommen lassen könnten, kehrten die Seiten hervor, die Elizabeth immer – verächtlich – als »Harmoniebedürfnis« unter Frauen abtat. Am Abend, ehe jede in ihr Bett ging, umarmten sie sich innig, standen im Kreis, legten die Köpfe aneinander.

Montag morgen, um neun Uhr, fuhr der Wagen davon. Ronnie winkte ihm vom Säuleneingang hinterher. Sie ging zurück in den Wintergarten, trank noch einen Kaffee und rauchte, wie sie sich schwor, die letzte Zigarette. Das Haus fiel in ein düsteres Schweigen. Nichts, worauf sie sich freuen konnte, kein Gelächter, kein Streit zum Lunch, keine Cocktails um sechs, keine erheiternden Gespräche, die sich beim Abendessen leise um das Personal herumbewegten. Vorbei. Für immer.

Sie fühlte sich zu leer zum Arbeiten und unternahm einen langen Spaziergang im Wald hinter dem Haus, nahm sich vor, sich einen Plan zu machen. Es dauerte einige Stunden, aber schließlich machte sie sich an die Arbeit, bedrängt von der gespenstischen Stille des Hauses, der Abwesenheit ihrer Schwestern. Kann hier nicht lange bleiben, zu einsam. Muß weiterkommen. Sie fing ernsthaft an zu arbeiten: Sie machte sich einen Plan, schrieb sich auf, welche Belegstellen sie suchen mußte, und plante Fahrten nach Boston, um in die Bibliothek zu gehen und Freundinnen zu besuchen – damit sie nicht verrückt würde. Danach schaffte sie es, sich an ihren Computer zu setzen.

Der Tag verging in einem Schweigen, das erfüllt war von den Erinnerungen, die in dem Haus hingen. Sie arbeitete verbissen, konnte aber keine echte Konzentration aufbringen. Und als sie sah, daß Mrs. Browning für sie einen Platz an dem riesigen Eßzimmertisch gedeckt hatte, erbleichte sie.

»Kann ich einen kleinen Tisch im Spielzimmer gedeckt bekommen«, sagte sie fast jämmerlich, und Mrs. Browning nickte wissend. Sie denkt, das Blut schlägt durch, dachte Ronnie, aber das war ihr egal. Während sie aß, ließ sie den Fernseher laufen, schmeckte kaum, was sie aß.

Am nächsten Tag wachte sie in demselben erstarrten Zustand auf, aber es war regnerisch, kalt und stürmisch, zu schlecht das Wetter, um spazierenzugehen.

Ich werde Mommas Zimmer putzen.

Die robuste Teresa war erfreut, ihr helfen zu dürfen.

»Wird Zeit«, brummelte sie, »ist ja ein richtiges Rattennest da drin.« Ronnie kippte den Inhalt der Schubladen und des Schranks ihrer Mutter auf das Bett, dann schob Teresa die beiden Kommoden in den Flur, verrückte das Bett und saugte mit dem Staubsauger unter und vor dem Bett, sie saugte die Wände ab und das Innere des Schranks. Sie nahm die schäbigen Vorhänge ab, die unter ihren Händen zerrissen, nieste vor Staub und sparte nicht mit Bemerkungen über den Zustand des Zimmers. Sie putzte die Fenster, wusch Fensterbretter und Türen ab. Mit Aldos Hilfe trugen sie eine der Kommoden auf den Dachboden. Während Teresa staubsaugte und staubwischte und den Dreck feucht aufwischte (siehst du, wie einfach es ist, andere Leute die schwere Arbeit verrichten zu lassen, sagte

Ronnie zu sich), ordnete Ronnie die Besitztümer ihrer Mutter. Sie zählte:

6 Baumwollunterhosen, eine davon kaputt
6 Strumpfhosen, zwei davon kaputt
2 BHs, 34D, beide schmutzig und zerrissen, rosa
1 BH, 34D, schwarze Seide, kaum getragen
6 Kittelschürzen, unterschiedlich stark reparaturbedürftig
2 schwarze Uniformen mit weißem Häubchen und Schürze
1 Paar weiße Krankenschwesternhandschuhe
2 Paar müffelnde Holzpantinen
1 Paar schäbige schwarze Pumps
1 schwarzes Kleid, aus zweifelhaftem Seidenzeug, in noch zweifelhafterem Antik-Look; mehrere schäbige Handtaschen, ein Hut mit einer Feder, ein alter schwarzer Mantel, eine kratzige Jacke

Die Kleidungsstücke waren zu alt, um in die Altkleidersammlung gegeben zu werden, jede Obdachlose mit Selbstachtung würde die Nase darüber rümpfen. Sie mußten einfach weggeworfen werden. Sie packte die Kleidungsstücke in einen Karton, der in den Müll sollte, aber dann blieb sie regungslos und verwundert stehen. Noradia war die angesehene Dienstbotin eines gutsituierten Hauses gewesen. Wieso hatte sie überhaupt gar nichts? Das war unbegreiflich. Sie hätte zumindest zwei gute Kleider haben müssen, natürlich, da war das rote Kleid gewesen, in dem sie beerdigt worden war, aber das hier war alles Schrott. Wieso? Er hatte sie doch anständig bezahlt, oder nicht?

Sie raufte sich das Haar und untersuchte den Rest, der auf dem Bett und oben auf der anderen Kommode lag. Noch mehr Schrott. Ein paar Fotografien von Ronnie, ein sepiabraunes Portrait von Noradias Familie, um 1930, in einem alten vergoldeten Rahmen, ein Rosenkranz, ein paar Schmucksachen – die er ihr geschenkt haben muß, nichts sonderlich Wertvolles, ein kleiner Opalring, ein paar Jettohrringe. Wahrscheinlich passend zum schwarzen BH und Höschen. Eine schäbige Schachtel mit Make-up-Utensilien – wie finde ich das denn? – Lippenstift und Wimperntusche von Woolworth. Und da war ein Umschlag, versiegelt und adressiert: »An meine Tochter Ronalda.« Hatte Momma das geschrieben? Es sah so sorgfältig aus, als ob sie es immer und immer wieder geübt hätte.

Ronnie brach das Siegel mit zitternden Fingern. Ein Brief:

Ich, Algonzada Olguin, Freundin von Noradia Velez, schreibe heute, am 15. März 1984, in Boston für sie an ihre Tochter Ronalda diesen Brief, nach ihrem Tod zu öffnen:

Meine Ronalda,
ich weiß, ich sterbe bald. Als du klein warst, ich habe beschlossen, für dich immer allein zu sorgen. Nicht er, niemand, nur ich. Du bist mein Kind. So bin ich mit Murray, du kennst sie, Zimmermädchen, zur Bank, und ich habe ein Konto eröffnet, und darauf geht alles, was ich verdiene. Und als du achtzehn wurdest, bin ich zur Bank gegangen und habe ihnen gesagt, das Konto soll dir und mir gehören. Gemeinsames Konto, nennen sie das. Ja. So hier ist dein Sparbuch. Du brauchst sie jetzt nicht mehr. Deine Momma wird immer für dich sorgen, Ronacita. Sag nichts, mach keinen Ärger. In ihrer Welt ist das nicht gut. Bringt nichts. Nimm, geh, werde glücklich damit. Liebe.
Ich werde Dich immer lieben.
Deine Mutter.
Noradia Velez.

Außerdem steckten in dem Umschlag Dutzende von Sparbüchern, jedes voll mit kleinen regelmäßigen Einzahlungen – zwanzig Dollar und fünfundzwanzig Dollar –, eingezahlt Woche für Woche, über Jahre. Die Höhe und die Form der Eintragungen änderten sich im Laufe der Zeit, und schließlich waren es nur noch Computerauszüge. Der letzte Computerausdruck zeigte, daß Noradia über zweihunderttausend Dollar gespart hatte. Mein Gott.

Plötzlich war Ronnie von Kraft, Energie und Konzentration erfüllt. Eine Zukunft, sie hatte eine Zukunft, sie konnte sich eine Zukunft vorstellen. Plötzlich wurde ihr bewußt, daß ihr Bild der Zukunft daraus bestanden hatte, sich vorzustellen, daß sie einen langen dunklen Flur entlangging, in dem sämtliche Türen geschlossen waren. Jetzt hatte sich, ebenso plötzlich, eine geöffnet. Heilt Geld? Ist Geld Liebe? Denn durch die Entdekkung der Sparbücher, ihrer Erbschaft, hatte sich der Nebel in ihrem Kopf gelichtet und ein Weg geöffnet. Sie arbeitete die ganze Woche hindurch hart, kam gut voran, und am Sonntag fuhr sie nach Boston und aß bei ihrer Freundin Linda zu Abend – Nudeln und Salat, billiger Wein – mit vielen Freundinnen und viel Gelächter. Sie blieb lange und trank mehr, als sie gewohnt war, und nahm glücklich das Angebot an, auf Lindas Couch zu übernachten – obwohl sie sich im Schlaf ständig Sorgen um das Auto machte, sie nahm sich vor, das nächste Mal mit dem Zug zu kommen. Aber der Alfa stand – welch Wunder – am nächsten Morgen noch da, und sie fuhr singend nach Lincoln zurück, wünschte sich, daß es warm genug wäre, um das Verdeck runterklappen zu können, freute sich darauf, wieder an ihre Arbeit zu kommen.

Aber irgend etwas grummelte in ihrem Bauch, etwas Unangenehmes, fast Widerborstiges. Mehrere Tage schob sie es weg, aber am Mittwoch vormittag, ihr Körper war müde vom langen Sitzen, hatte sie heftige Magenschmerzen, und sie beschloß, in den Wald zu gehen und Feuerholz zu sammeln – einfach nur so –, sie brauchte kein Feuerholz, sie machte sich nie ein Feuer nur für sich allein. Sie nahm sich eine Thermoskanne mit Kaffee mit und ein Sandwich, sammelte mehrere Stunden hintereinander Holz, schob es in der Schubkarre zum Holzschuppen, ging noch mehr holen. Sie genoß die körperliche Arbeit. Gegen Mittag machte sie Pause, ging zu Alex' Platz im Wald und setzte sich auf den flachen Baumstumpf, um zu essen.

War es das Geld? Ihr Kopf verweigerte sich entschieden dem Gedanken, daß Geld tatsächlich heilen konnte, daß es ihr wichtig war. Daß Geld ihren Glauben an die Liebe ihrer Mutter stärken, daß Geld, *Geld* sie glücklich machen konnte.

Nun, Geld nicht, sagte sie sich, aber das, was es kaufen kann. Keine Sorgen mehr, das Ende der Angst, denn sie *hatte* sich große Sorgen gemacht, wovon sie in den kommenden zwei oder drei Jahren leben sollte, bis sie einen anständigen Job fand – wann würde das sein? Ihre Dissertation war noch nicht mal fertig geschrieben, von der Annahme ganz zu schweigen – natürlich könnte sie vielleicht eine Assistentenstelle an der Universität bekommen, aber Assistenten verdienten nicht mehr als ein paar tausend Dollar im Jahr, davon konnte man kaum leben, und nach ihrer Zeit hier, in Lincoln, nachdem sie dieses Leben kennengelernt hatte, wäre es schrecklich, wieder zu den kärglichen, fast immer kalten Mahlzeiten zurückkehren zu müssen, zu den vielen Unbequemlichkeiten des Studentenlebens. In einem Apartment, in dem sie mal gewohnt hatte, war der Putz von der Decke des Schlafzimmers gebröckelt, und die Badewanne stand in der Küche, in einem anderen hatte es im Bad kein Waschbecken gegeben, sondern nur eins in der Küche, in keinem gab es einen bequemen Sessel oder einen Fernsehapparat, oder ein gutes Bett. Nun, um die Wahrheit zu sagen, ein gutes Bett hatte sie hier auch nicht.

Das war es also, das Bewußtsein, daß sie in Zukunft in der Lage sein würde, einigermaßen anständig zu wohnen, ohne sich deshalb den Kopf über Geld zerbrechen zu müssen. Das also erleichterte sie. Sie konnte ein paar Tausend vom Konto abheben und davon leben. Sie würde das meiste drauf lassen, sie würde das Erbe ihrer Mutter nicht verplempern, das schwere Arbeitsleben ihrer Mutter hatte sich ausgezahlt, buchstäblich, in Scheine und Münzen verwandelt. Und da sie das meiste von dem Geld sparte, das sie während ihres Aufenthalts hier als Verwalterin verdiente, konnte sie dem Ganzen sogar noch etwas hinzufügen. Es würde ihr gutgehen – sie konnte davon leben und würde genug Geld haben, um sich anständig über Wasser halten zu können, bis sie einen Job gefunden hatte. Vielleicht sogar ein Auto kaufen können. Ein Auto!

Und Momma hatte das für sie getan, sie hatte es möglich gemacht, indem sie alles für die Zukunft ihres Kindes geopfert hatte. Ronnie wußte, daß sie es nicht als Opfer betrachtet hatte, sondern als Triumph, als Macht: Sie war in der Lage, die Zukunft der Person zu sichern, die sie am meisten liebte. Sie machte sich nichts aus Kleidern, aus Besitz, oder wenn, dann lagen diese Wünsche begraben unter vielen Schichten von Armutserfahrung, unter der Entschlossenheit, daß Ronnie nie so leiden sollte wie sie selbst. Sie hatte klare Moralvorstellungen, geformt von bitterster Not und Seelenqual, nachdem sie fast ihre gesamte Familie auf die eine oder andere Art verloren hatte. Außer dem Überleben, dem eigenen und dem ihres Kindes, war ihr nur wichtig, zu lieben und geliebt zu werden. Sie war stolz auf sich, vielleicht fand sie sogar ein boshaftes Vergnügen daran, arm und schäbig für ihn auszusehen, während sie sein Geld für das Kind sparte, dem er die Anerkennung verweigerte.

Ronnies Hände waren kalt, und sie schlang sie um die Thermostasse. Eine Woge von Stolz überschwemmte ihr Herz. Sie war nicht nur sein Opfer gewesen, sie hatte selber Vorsorge getroffen. Sie hatte ihn nicht nur sklavisch geliebt, war nicht die unterwürfige, bedingungslos liebende Dienerin eines großen Mannes gewesen, oder jedenfalls nicht nur. Sie hatte ein eigenes Ziel verfolgt, und sie hatte es erreicht, und sie hatte es gewußt. Die heitere Ruhe auf ihrem Gesicht, als sie auf dem Sterbebett lag, bewies: Sie hatte im Leben erreicht, was sie hatte erreichen wollen. Und auch wenn Ronnie sie eine Zeitlang abgelehnt, sie ein ganzes Jahr lang in einem qualvollen Vakuum hatte hängenlassen, am Ende war sie dagewesen, an der Seite ihrer Mutter, hatte sich um sie mit der gleichen liebevollen Fürsorge gekümmert, mit der sich ihre Mutter um sie gekümmert hatte, als sie ein Baby gewesen war. Und auch er war dagewesen, hatte seine Liebe auf seine eigene seltsame Weise gezeigt. Wer weiß, was sie sagten oder taten, wenn sie beide allein waren. Vielleicht hielt er ihre Hand, vielleicht glättete er ihre Augenbraue, vielleicht redete er sogar mit ihr, vielleicht sagte er ihr, daß er sie liebte.

Sie versuchte es, aber sie konnte es sich irgendwie nicht vorstellen. Aber wer weiß?

Es war zu kalt, um noch länger sitzen zu bleiben. Sie stand auf, ging zu der Stelle zurück, wo sie die Schubkarre hatte stehen lassen, und schob sie zum Holzschuppen. Nachdem sie das Holz abgeladen hatte, ließ sie die Thermoskanne stehen und ging zurück, um noch eine weitere Fuhre zu holen. Sie hatte genug Feuerholz für zwei Wochen gesammelt. Wenn sie je wieder den Kamin anmachen würden.

Andererseits, warum sollte sie heute abend nicht den Kamin ganz allein für sich anmachen? Sie liebte das Kaminfeuer. Sie hatte es geliebt, mit ihren Schwestern und einer Cola oder einem Glas Wein, oder einem Scotch davor zu sitzen und in die Flammen zu starren. Sie hatte ein Recht darauf, diese Freude allein zu genießen. Warum nicht? Ja, das würde sie tun.

24

Etwa eineinhalb Wochen nach der Abreise der Schwestern, als Ronnie gerade vor dem Feuer im Spielzimmer saß und ein Glas Wein in den Händen wärmte, klingelte das Telefon. Es war Elizabeth. Ihre Stimme klang fern und angespannt. Ja, alles sei bestens, nicht leicht, sich wieder in die Arbeit einzufinden, sie habe noch nie so lange nichts getan und gar nicht gewußt, wie gut ihr das gefalle. Hart, sich wieder daran zu gewöhnen, an den Trott, die Bürokratie, die Intrigen.

»Ich vermisse euch«, sagte sie schließlich.

Klingt ganz so. »Ich auch«, sagte Ronnie.

»Ich dachte…«

»Was?«

»Was hast du denn Weihnachten vor?«

»Weihnachten?«

»Ja, Weihnachten. Das ist nächste Woche.«

»Nichts.« Könnte Rosa besuchen. Sollte wohl.

»Tja, was würdest du davon halten, wenn ich dir ein bißchen Gesellschaft leiste? Ein paar Tage? Oder würde dich das bei deiner Arbeit stören? Wir könnten einen Weihnachtsbaum aufstellen. Ich habe noch nie einen eigenen Weihnachtsbaum gehabt. Sei ehrlich, Ronnie, ich möchte nicht kommen, wenn du mich nicht dahaben willst.«

»Ich fände es toll«, sagte Ronnie leise und weich.

Elizabeths Stimme klang jetzt lebendiger. »Na gut. Dann

komme ich am Wochenende, wenn es dir paßt. Irgendwann am Samstag. Ich rufe dich vorher noch mal an, um dir zu sagen, welchen Flug ich nehme, damit Aldo mich abholen kann. Dann haben wir noch Zeit, den Baum aufzustellen und unser Weihnachtsessen zu planen. Ist dir das recht?«

»Das ist prima«, sagte Ronnie ruhig, bemüht, den Jubel in ihrem Herzen zu überspielen.

Sie legte benommen auf. Elizabeth vermißte sie. Elizabeth hatte sie gern. Es war nicht nur die Situation gewesen, nicht nur die Krankheit des alten Mannes, die sie zusammengeschweißt hatte, nicht nur die Art Nähe, wie sie bei Tagungen, in Krisensituationen oder im Urlaub entsteht, wenn Leute aufeinandertreffen und sich für die besten Freunde halten, sich ewige Freundschaft schwören oder zumindest versprechen, sich zu schreiben, und dann nie wieder aneinander denken, außer vielleicht zu Weihnachten, wenn sie sich Karten schicken. Nein, so war es nicht: Elizabeth wollte Weihnachten mit ihr verbringen.

Ihr wurde warm ums Herz, sie saß da und schaute hinaus auf den Garten, obwohl es schon um fünf Uhr dunkel wurde und sie nichts weiter sah als die Spiegelung des Raums in der Glastür. Sie brütete vor sich hin, nachdenken konnte man es nicht nennen, über die Nacht, als der alte Mann gestorben war, den Nachmittag, an dem ihre Mutter gestorben war, ihre Kindheit, das, was sie über ihre Mutter wußte. Ihre Mutter und Stephen. Und über das Vermächtnis ihrer Mutter. Liebe, hatte sie geschrieben.

Aber wenn sie ihre eigenen Pläne verfolgt hatte, wenn sie ihn für ihre eigenen Zwecke benutzt hatte, hatte sie ihn dann geliebt?

Ronnie wußte, daß Noradia Stephen geliebt hatte. Sie hatte es sehen können.

Und ich? Meine Liebschaften sind alle gescheitert.

Sie dachte an sie, an die Frauen, die sie geliebt hatte. Es waren nicht viele gewesen – Tanja, Susan, Julieta (aber das war nur kurz gewesen), Lilah, Sarah. Sie dachte daran, wie sie sich ihnen gegenüber gegeben hatte, dachte an die Pose, die sie sich zugelegt hatte, damals – wie alt war sie da gewesen? Vierzehn? Fünfzehn?–, als sie gemerkt hatte, daß sie sich von Mädchen angezogen fühlte und nicht von Jungen, wie es überall um sie herum – im Film, Werbung, Fernsehen – als normal hingestellt wurde. Aber bei ihr war es der Anblick von fliegendem Mädchenhaar, von Mädchenbeinen, die rasch durch den Schulkorridor eilten, der Anblick einer um Schulbücher gelegten feingliedrigen Mädchenhand, der ihr Herz höher schlagen ließ und ihr den Kopf verdrehte und bewirkte, daß sie die Hand ausstrecken wollte und sachte berühren, was sie sah – oder manchmal auch weniger sachte zupacken.

Sie war anormal.

Sie war pervers.

Monatelang hatte sie ihre Gefühle hinter einer krampfhaften Abwendung von Mädchen verborgen und sich an die Jungen in ihrer Klasse gehalten, die ihr nichts anhaben konnten, weil sie ihr egal waren. Sie kopierte sie – ging wie sie, redete wie sie, fluchte wie sie, gewöhnte sich das gleiche angeberische Verhalten an. Sie hatten sie akzeptiert, schienen sie zu mögen, bis dann eines Abends, als sie an einer Straßenecke herumlungerten, einer von ihnen – Nino – zu sticheln begann, sie sei gar kein richtiges Mädchen, und sie an der Schulter packte und gegen einen Telefonmasten zu drängen und zu küssen versuchte. Sie hatte ihm eins versetzt – er war nur ein schmächtiges Bürschchen und nicht darauf gefaßt – und war davonstolziert. Danach hatte sie beschlossen, ganz ohne Freunde zu leben.

Ihr maskulines Auftreten behielt sie jedoch bei, und merkwürdigerweise wirkte es offenbar auf eine ganze Reihe von Mädchen anziehend. Sie war beliebt, gefragt, die Mädchen waren hinter ihr her! Und irgendwann begann sie, nicht mehr nur mit einem Knurren zu reagieren, und ließ ihr Gesicht mehr zeigen als nur kühle Gleichgültigkeit. Sie schloß Freundschaften. Die Mädchen fanden sie toll: Sie akzeptierten sie als anders, als eine, die sich nichts sagen ließ, sich von Jungen nicht einschüchtern ließ. Aber nie küßte sie ein Mädchen, nie hielt sie Händchen, streichelte sie Haar. Bis sie neunzehn war und im ersten Semester an der Universität in Boston bei einer Unifete Susan traf. Susan war schon älter, Psychiaterin, mit einem Teilzeit-Lehrauftrag und einer eigenen Praxis. Ronnie war in ihrem Kurs, Einführung in die Psychologie. Susan war erwachsen, sie trug das schwarze Haar glatt zu einem Knoten zurückgesteckt und dunkle Hosenanzüge, und sie sah Ronnie mit hungrigen Augen an, wenn sie sich auf ihre jungenhafte Art vor ihr produzierte. Amüsiert, entzückt und voller Bewunderung lud Susan Ronnie auf einen Drink zu sich ein.

Was für eine Wohnung! So etwas hatte Ronnie noch nie gesehen, alles war aus Chrom und Glas und Naturstein, mit Fenstern, die hinaus auf den Charles River gingen, Gemälden an den Wänden (alle sehr modern, Ronnie konnte nichts damit anfangen), einer Stereoanlage und einer riesigen Schallplattensammlung. Sie legte eine Platte auf, erklärte, das sei Mahler, wollte, daß Ronnie sich neben sie auf die Couch setzte, und gab ihr Cognac zu trinken, in einem bauchigen Glas, so wie die Gläser, die Stephen manchmal seinen Gästen gereicht hatte. Und sie fragte sie, wie die Musik auf sie wirke, was schwer zu sagen war, weil sie gleichzeitig so albern und so dramatisch war und Ronnie an den Tod erinnerte, und Susan nahm ihre Hand und preßte sich gegen sie und drückte sie in die Polster und küßte sie so zart, so zart! Ronnie, die ihre Sehnsüchte jahrelang unterdrückt hatte, war überwältigt und reagierte heftig und fand sich bald darauf in Susans großem Bett wieder, auf Satinlaken. Satinlaken!

Susan gefiel Ronnies knabenhafte Art. Sie bestand darauf, daß Ronnie bei ihr einzog, und wies ihr einen eigenen Schrank und eine Kommode zu. Sie ließ Ronnie, wenn sie zusammen ausgingen, ihren Wagen fahren, einen alten MG, und sie drückte Ronnie ihre Kreditkarte in die Hand, damit sie zahlte, wenn sie im Restaurant aßen. Und sie aßen in hübschen Restaurants, Lokalen, von denen Ronnie nie gedacht hätte, daß sie sie je von innen sehen würde. Es war ein Luxusleben; aber Susan mochte es, wenn Ronnie ihr beim Sex weh tat, was Ronnie keinen Spaß machte. Und es gab keine Abweichung von den verteilten Rollen. Ronnie war der männliche, Susan der weibliche Part. Ronnie begann sich unwohl zu fühlen, und als Susan eines Nachts verlangte, sie solle sie mit Handschellen ans Bett fesseln und schlagen, rebellierte Ronnie.

»Das will ich nicht.«

Susan wurde weiß vor Wut. »Was glaubst du, wer du bist, du kleine Tortilla-Fresserin! Ich habe dich von der Straße aufgelesen, ich halte dich aus, finanziere dir ein schönes Leben! Du wirst tun, was ich dir sage, oder du kannst verschwinden! Auf der Stelle hier abhauen!«

Ronnie packte ihre wenigen Habseligkeiten, schaffte es noch, die letzte U-Bahn zu erwischen, marschierte um ein Uhr nachts zu Fuß die ausgedehnten Häuserblocks bis zu Rosa entlang, bummerte an die Tür und bat um einen Platz zum Schlafen.

Aber irgendwie war ihre Rolle seitdem festgelegt. Ronnie war die, die einen Reifen wechseln, den Toaster reparieren, schwere Lasten heben und tragen und wie ein Profi Auto fahren konnte, die niemals weinte, niemals Schmerz oder das Bedürfnis nach Zärtlichkeit zeigte. Sie war ein hartes Bürschchen. Sie konnte Liebe geben, brauchte aber selbst keine. Sarahs Rücken zu streicheln, wenn Sarah Kummer hatte, hatte ihr Herz gerührt, aber als Sarah die Arme um sie legte und sie trösten wollte, nachdem sie von der Sache mit ihrer Mutter erfahren hatte, blieben Ronnies Rücken und Nacken starr, ihre Stimme angespannt. Sie entzog sich und beteuerte: »Schon gut, alles okay.«

Sie beharrte beim Sex immer darauf, als erste Lust zu schenken, und sträubte sich dann manchmal, die Nehmende zu sein. »Mir reicht es, zuzusehen, wie du deinen Spaß hast.« Der traurige Ausdruck auf Lilahs Gesicht. Vielleicht hatte sie sich ja doch nicht deshalb von ihr abgewandt, weil sie ihr neues Gehalt nicht mit ihr teilen wollte: Nehmen ist Geben, und sie hatte sich geweigert zu nehmen, hatte Lilah die Lust verwehrt, ihr Lust zu bereiten, sie zu trösten, an das Zarte, Weiche zu rühren, das unter all den Panzerschichten verborgen lag.

Wieso weiß ich das jetzt?

Momma war fähig gewesen, einen Mann zu lieben, von dem sie wußte, daß er in gewisser Weise ihr Feind war; einen Mann, der sich weigerte, ihr Kind anzuerkennen, sein Kind; der sie als Dienstmädchen hielt, dessen Geld sie nahm und versteckte und das sie nicht für irgend etwas ausgeben wollte, was sie für ihn attraktiver gemacht hätte. Er mußte es gewußt haben, mußte ihre Rebellion doch bemerkt haben. Aber vielleicht auch nicht. Sie hatte stets Dienstmädchenuniform getragen, wenn die Familie anwesend war. Ihre Kattun-Kittelschürzen hatte sie nur angezogen, wenn niemand da war. Für den Sonntagsgottesdienst hatte sie sich schöngemacht, da hätte er sie in einem dieser Rayon-Kleider sehen können, die sie für ein paar Dollar bei Filene im Untergeschoß kaufte. Oder bei ihren seltenen Ausflügen nach Boston, zu ihren alten Freundinnen und – auch wenn Ronnie das damals nicht gewußt hatte – zu Rosa.

Sie hielt inne und dachte zum ersten Mal darüber nach, daß Momma – nachdem sie von ihr gehört hatte und wußte, wo sie war – ihr Verschwinden akzeptiert und sie in Ruhe gelassen hatte, aber von Zeit zu Zeit gekommen war und sich mit Rosa getroffen hatte, um sich zu erkundigen, wie es ihr ging und was sie machte und ob alles in Ordnung war. Woher hatte sie dieses Feingefühl, woher konnte sie das, innerlich so mit den Dingen jonglieren, daß sie im Gleichgewicht blieben?

Sie saß da und staunte, fast ein bißchen ehrfürchtig, über die

Art, wie ihre Mutter mit dem Leben umgegangen war. Da klingelte das Telefon wieder, und sie fluchte: Sie hatte sich extra ein Feuer gemacht, und jetzt mußte sie dauernd wegrennen. Es war Mary, ihre Stimme hörte sich genauso hohl und angespannt an wie die von Elizabeth, aber das, was sie sagte, klang wesentlich enthusiastischer. Alles sei bestens, ganz prima sogar, sie habe ein paar Rechnungen bezahlen und wieder ein richtiges Dienstmädchen einstellen können, sie habe sich ein paar neue Sachen gekauft, sei zum Essen ausgegangen, ins Theater. Wundervoll. Aber – und jetzt klang ihre Stimme tastend – sie vermisse Ronnie und die anderen und wolle Weihnachten einfach nicht bei Martin verbringen. Was wäre, wenn sie nach Lincoln käme? Vielleicht könnten sie ja sogar gemeinsam einen Weihnachtsbaum aufstellen, sie habe so etwas noch nie selbst gemacht, aber immerhin, sie habe doch auch schon gelernt, Tee zu machen und French Toast und sogar Kaffee, oder nicht? Sie könne ja sogar schon fast Auto fahren, da würde Ronnie ihr doch auch zeigen können, wie man einen Weihnachtsbaum aufstellte.

Sie gehen alle davon aus, daß ich es kann, dachte Ronnie belustigt. Aber das stimmt ja auch, ich kann es: Bei Rosa war es jedes Weihnachten eine wichtige Zeremonie, den Baum aufzustellen.

»Elizabeth kommt auch«, sagte Ronnie.

»Lizzie kommt?« rief Mary. Es klang, als sei sie den Tränen nahe. »Oh, wie schön! Das ist ja toll!« Ihre Stimme klang belegt. »Wann?«

»Samstag. Wann genau, weiß ich nicht.«

»Macht nichts, ich werde sie anrufen und fragen, damit ich einen Zug nehmen kann, der ungefähr um dieselbe Zeit ankommt. Dann ist es für Aldo nicht so kompliziert.«

Mary machte sich Gedanken darum, was sie einem Dienstboten zumuten konnte?

»Hast du was von Alex gehört?«

»Nein. Kein Wort.«

»Ach. Na ja, sie hat ja Familie. Weißt du, Ronnie, ich dachte, ich könnte doch Marie-Laure auch einladen. Sie haßt es genauso wie ich, zu Martin zu fahren, und sie wollte eigentlich zu einer Freundin – aber vielleicht würde sie ja auch mit mir kommen.«

Fragt sie mich um Erlaubnis? Ihr gehört doch dieses verdammte Haus.

»Klar«, sagte sie, wenig begeistert. Vermutlich so ein verzogenes, snobistisches Gör, das an allem herummäkeln würde. Okay, solange sie sich nur nicht einbildete, sie könnte Ronnie wie ein Dienstmädchen behandeln.

Marys Stimme war jetzt hell und fidel. »Großartig! Ich sag' dir Bescheid. Bald. War schön, mit dir zu reden, Ron!«

Sie hatte sich noch nicht ganz von diesem Anruf erholt, als das Telefon wieder klingelte. Es war Alex. Sie hörte sich kläglich an.

»Wie ist es dir ergangen, Ronnie? Was macht deine Doktorarbeit?« Es klang, als interessierte es sie wirklich. »Gut. Das freut mich. Ja, hier ist alles bestens. Heute beginnt Chanukka, deshalb haben wir so eine Art Party. Meine Schwiegereltern sind da, und Davids Onkel und seine Tante und seine Cousins und Cousinen. Aber ich muß dauernd an euch denken – euch alle.«

»Das geht den anderen offenbar auch so. Gerade haben Elizabeth und Mary angerufen. Sie kommen über Weihnachten her.«

»SIE KOMMEN?« Schweigen. Dann ein klagendes: »Ach, wenn ich doch auch kommen könnte!«

»Warum tust du's nicht?«

»Ach, ich wünschte, es ginge. Weihnachten geht Chanukka zu Ende. Aber vielleicht ist es ja möglich. Schließlich ist es der letzte Tag. Wir feiern keine Weihnachten. David möchte es nicht, obwohl die Kinder bestimmt gern beides feiern würden… aber warum nicht? Warum sollte ich nicht Weihnachten mit meinen Schwestern verbringen dürfen? Ich komme. Ich schaffe es wohl erst in letzter Minute, vermutlich erst an Heiligabend, aber ich werde kommen, sag ihnen, daß ich komme. Mit klingenden Glöckchen! Ich habe euch alle so vermißt!«

Ronnie konnte es sich nicht verkneifen, ihrer Neugier nachzugeben. »Wie war es denn mit deiner Familie?«

Alex schwieg ein ganzes Weilchen. »Schwer, aber nicht wirklich schlimm. David ist wirklich… er ist ein lieber Mensch, und er versteht mehr, als ich dachte. Meine Mutter… na ja, für sie war es hart. Und die Kinder kapieren gar nichts. Ich erzähl' dir alles, wenn wir uns sehen. Ich freue mich so darauf!«

Auf Ronnies Gesicht lag ein verblüfftes Lächeln, als sie auflegte. Alle drei, alle drei, es war ihnen allen dreien wichtig. Das hatte nichts mit Geld zu tun. Das war Liebe.

Liebe!

Sie würde Geschenke brauchen, und zum ersten Mal hatte sie genug Geld, um welche zu kaufen, richtige, anständige Geschenke, nach den Vorlieben der Beschenkten ausgewählt, ohne Rücksicht auf den Preis. Sie bat deshalb Aldo am Freitag, sie zum Bahnhof zu bringen, und nahm den Zug nach Boston – es war einfacher, mit der Bahn zu fahren, als das Problem zu haben, ein begehrenswertes Auto, das nicht ihr gehörte, in der Kapitale des Autodiebstahls abzustellen. Sie stieg in Cambridge aus, ging zu Fuß vom Porter Square zum Harvard Square und wanderte dort von Laden zu Laden. Sie wußte genau, was sie für ihre Schwestern kaufen wollte, war sich sehr sicher, was ihnen gefallen würde. Dann nahm sie die U-Bahn nach Boston hinein und suchte in den Kaufhäusern nach praktischeren Geschenken für Rosa, Enriqué und die Kinder. Sie ließ alles knallbunt einpacken. Sie hatte Rosa gestern angerufen, um sich zu vergewissern, daß heute abend alle dasein würden, und Rosa hatte darauf bestanden, daß sie zum Essen kam. Es war kurz nach fünf, als sie, mit Päckchen beladen, die U-Bahn nach Somerville nahm, wo sie jetzt wohnten. Rosas Anweisungen folgend, marschierte sie die ausgedehnten Blocks von dreigeschossigen Holzhäusern entlang. Ihres lag an einer ruhigen Straße mit ein paar Bäumen und hatte einen kleinen Vorgarten. Jemand hatte sich die Mühe gemacht, dort Rosen und Chrysanthemen zu pflanzen, und obgleich jetzt alles braun und tot war, sah es doch nach Garten aus, nicht nach Schuttabladeplatz wie vor manchen anderen Häusern. Viel besser als ihre alte Wohnung, dachte sie.

Die Torres wohnten im Erdgeschoß, und Rosa riß, kaum daß Ronnie geklingelt hatte, die Tür auf, fiel ihr um den Hals, redete, weinte, schrie fast, während sie sie hereinzog, und da waren Enriqué, Téo, Lidia und Joey, warteten alle schon in der Küche, und sie sprangen auf und strahlten und redeten alle durcheinander, schlossen sie in die Arme, die kleine Ronnie, ihr kleines Herzchen, ihre Schwester, das verletzte Vögelchen, das sie in ihrem Nest gesund gepflegt hatten.

Wein wurde eingeschenkt, auch Téo bekam welchen, er war jetzt sechzehn, ein Mann, und Lidia durfte sich einen Schluck mit Sprudel mixen, und Joey bekam eine Cola, und sie fragte sie alle aus, und alle fragten sie aus. Ronnie achtete darauf, Tina nicht zu erwähnen, und Rosa sprach nur ein einziges Mal von Raoul, und sofort stiegen ihr die Tränen in die Augen, aber sie wischte sie weg und redete weiter. Es ging ihnen gut, sehr gut: das hier war *ihr* Haus! Das ganze! Es gehörte ihnen! Es war nicht leicht, es zu unterhalten, anständige Mieter zu finden, aber jetzt hatten sie die beiden oberen Etagen an zuverlässige Leute vergeben, das machte es leichter. Enriqué arbeitete hart, um alles in Schuß zu halten, er hatte das Haus gestrichen, das Dach repariert, er hatte sogar vorn einen Garten angelegt, und nächstes Jahr würde er sich hinten an die Arbeit machen.

»Ich auch, Papa, ja?« mischte sich Téo ein.

»Und ich«, rief Lidia. »Ich will Tomaten pflanzen.«

»Si. Wir werden Tomaten haben und Mais und Bohnen und alles, was ihr wollt, Kinder«, sagte Enriqué großmütig.

Ronnie fiel ein, daß heute ja Freitag war, aber er war trotzdem daheim. Sein Bauch war kleiner als früher, er wirkte fit. Offenbar hatte Rosa gewonnen. Ronnie betrachtete die kleine Frau mit den dunklen Ringen unter den Augen, das Gesicht, das vor ein paar Jahren tiefe Sorgenfalten gehabt hatte. Es war voller geworden, nicht mehr so angespannt; sie wirkte fast heiter.

Rosa hatte jetzt einen richtigen Job, als Näherin in der Fabrik, harte Arbeit, aber besser bezahlt als die Heimarbeit, Téo verdiente sich sein Taschengeld nach der Schule in einem Supermarkt, und Lidia kümmerte sich, wenn sie heimkam, um Joey – wofür sie (unglaublich, in dieser Familie!) von ihrer Mutter Geld bekam. Und am Wochenende ging sie bei dem College-Professorenpaar ein paar Häuser weiter babysitten. Sie sparte und Téo auch.

»Sie gehen beide aufs College«, verkündete Rosa in einem trotzigen Ton, der keinen Widerspruch duldete.

Ronnie dachte an Téos schlechte Noten, seine Probleme mit dem Lesen, und hätte gern nachgefragt, traute sich aber nicht. Daß sie bei ihren beiden älteren Kindern so versagt hatten, hatte eine Narbe auf Rosas und Enriqués Herzen hinterlassen, eine Narbe, die sich so verhärtet hatte, daß weitere Fehlschläge undenkbar waren. Das durfte nicht sein. Die Möglichkeit nicht einmal angesprochen werden.

Jede Familie hat ihre Tabus, dachte sie. Tabus entstehen aufgrund von Narben. Sogar bei mir, und ich bin nicht mal eine Familie. Denn sie hatte ihnen nichts von Stephen erzählt, nichts von ihren Schwestern. Sie sagte, sie mache seit Noradias Tod eine Art Hausmeisterjob in dem Haus in Lincoln, um an ihrer Doktorarbeit zu arbeiten, sie sei schon ziemlich weit damit, noch sechs Monate etwa, dann würde sie von dort wieder weggehen.

»Er ist gestorben, der Boß von deiner Momma«, sagte Rosa. »Ich seh' im Fernseh. Große Trauerfeier, der Präsident da, der Nixon da, der Bush, alle großen Anglo-Männer.«

»Ja«, hauchte Ronnie.

»Gleich nach deiner Momma«, setzte Rosa schlau hinzu.

Konnte es sein, daß Noradia ihr etwas erzählt hatte?

»Ja.«

»Kratzt Ronnie nicht, der alte Mann«, sagte Enriqué herzlich, indem er ihr Wein nachgoß, »hat ihr nichts bedeutet!«

Aber Rosa sah sie neugierig an.

»Stimmt«, sagte Ronnie. Sie hob ihr Glas, um zu trinken. Rosa sah sie immer noch an. Sie bemühte sich, ihre Stimme fest und munter klingen zu lassen. »Aber weißt du, was meine Mutter gemacht hat? – All die Jahre, die sie dort gearbeitet hat, hat sie ihr ganzes Geld gespart und auf die Bank gebracht. Für mich! Das heißt, wenn ich mit meiner Doktorarbeit fertig bin und mir einen Job suche, habe ich genug Geld für ein Auto und eine Wohnung, für ein richtiges, selbständiges Leben!«

Rosa sprang auf und schloß Ronnie in die Arme. »Deine Momma, sie war eine gute Frau! Mehr wie das! Sie war eine Heilige! Eine Heilige!« rief sie inbrünstig. Tränen strömten über ihre Wangen.

»Ich weiß«, sagte Ronnie lachend. Sie umarmte Rosa ebenfalls, drückte sie fest genug, daß sie zufrieden war und sich seufzend wieder hinsetzte und sich die Augen wischte und Ronnie breit anlächelte.

»Du weißt nicht, wie gut sie war, deine Momma, du rennst einfach weg von daheim, von ihr. Sie sagt, sie versteht, sie macht dir nie Vorwurf, wo du ein Jahr nicht sagst, wo du bist. Du wärst meine Tochter, ich bring' dich um! Sie kommt hierher und sitzt bei mir, wenn ich arbeit', macht mir Kaffee, sie fragt, ob du alles okay. Sie macht Jahre so. Eine Heilige!«

Enriqué waren solche Reden unbehaglich. »Was ist mit Essen, he, Rosa? Du holst sie her, daß sie verhungert? Wann gibt's Essen?«

Rosa stand auf, Lidia auch: Geschäftigkeit brach in der Küche aus, und der kritische Moment verstrich. Die Frau und das Mädchen trugen das reich gewürzte Essen auf – eine Schweinelende, die über Nacht im Ofen gegart hatte, mit Reis und Tomaten, grünem Paprika, Zwiebeln und schwarzen Bohnen, serviert mit Bananen, und zum Nachtisch eine üppige Cremetorte. Die ganze Familie langte herzhaft zu, die Kinder auch deshalb, weil sie es eilig hatten, zu dem zu kommen, wovon sie wußten, daß es bevorstand – zum Auspacken der Geschenke, die Ronnie mitgebracht hatte. Und in dem lauten Durcheinander (»Woher weißt du, daß ich Rot so gern mag?« – »Oh, genau die Sorte Hemd, die ich am liebsten habe, Ronnie!« – »Oh, Ronnie«, hauchte Rosa errötend, indem sie den rosa Satinmorgenrock an die Wange hielt, »hab' ich mir immer gewünscht...«), und bei der zweiten Flasche Wein kam das kritische Thema nicht mehr auf. Aber so schön der Abend auch war, so warm und herzlich, dachte Ronnie doch, als sie nach zehn wieder zur U-Bahn ging, an den stillen Häuserfronten vorbei, lautlos auf ihren Gummisohlen, daß sie nie mehr wiederkommen würde.

Geht nicht. Jedenfalls nicht, wenn sie allein ist. Sie ist zu neugierig. Hatte Momma diesen gewissen Gesichtsausdruck, wenn sie von ihm sprach? Gefragt hat sie sie vermutlich nicht, aber sie hat sich so ihre Gedanken gemacht. Wie sollte ich es ihr sagen? Das mit Momma und ihm? Was er mit mir gemacht hat? Sie würde Momma die Schuld geben, würde nicht verstehen, wie sehr sie ihn geliebt hat, würde glauben, daß sie mich ihm geopfert hat. So, wie ich es auch lange gedacht habe. Sie wird nicht lockerlassen, ich sehe es ihr an, sie wird keine Ruhe geben, sie ist fest entschlossen, rauszukriegen, was war, jetzt, wo Momma tot ist, wo er tot ist.

Leb wohl, Rosa. Tränen standen in ihren Augenwinkeln.

Ach, mach es doch nicht so dramatisch, Herrgott. Du kannst sie an Feiertagen besuchen, an Geburtstagen, wenn die ganze Familie da ist. Irgendwann wird sie schon akzeptieren, daß du einfach nicht darüber reden willst. Du brauchst nicht allen Kontakt abzubrechen. Sie verstößt Tina auch nicht aus ihrem Leben, egal, was Enriqué sagt, und er weiß es. Beim Abwaschen habe ich ihr ins Ohr geflüstert: »Was macht Tina?« Und sie hat achselzuckend gemeint: »Immer dasselbe, sie macht ein Haufen Geld, aber sie sieht schlecht aus. Ich denke, vielleicht sie hat AIDS.« Tränen traten ihr in die Augen, und ich nahm sie in die Arme, aber dann brüllte Enriqué herüber, wo denn Téo sei, und wir fuhren auseinander und machten unsere Arbeit zu Ende. Sie rührt an Tabus. Das kann ich auch.

Ronnie war immer noch mit Päckchen beladen – den Geschenken, die sie von Rosa und Enriqué bekommen hatte, ihren Geschenken für ihre Schwestern und noch ein paar speziellen Kleinigkeiten, die sie am Nachmittag gekauft hatte, um sie zu überraschen. Sie lächelte, als sie sich vorstellte, wie sie reagieren würden. Aber sie war müde, die Pakete waren schwer, und sie hatte noch eine lange Reise vor sich. Ach, wenn doch Aldo vor Rosas Tür auf sie gewartet hätte.

Ein verwöhntes kleines Biest bist du geworden, dachte sie im Weitertrotten.

Den Samstagmorgen verbrachte sie damit, im Wald Bäume zu begutachten und zu überlegen, ob sie sich selbst einen schlagen sollten oder lieber einen in der Stadt kaufen. Es war ihr schrecklich, eine junge Tanne zu opfern, und sie musterte sie alle ganz genau. Jede schien irgendeine besondere Qualität zu haben, die erhaltenswert war, und schließlich gab sie es auf. Sollen sie doch entscheiden, dachte sie, während sie heimwärts stapfte. Und sie entschieden. Sie kamen erst ungefähr um vier, viel später, als sie sie erwartet hatte, aber der Wagen war schwer beladen. Sie hatten noch im Städtchen haltgemacht und einen Baum, einen Ständer und Christbaumbeleuchtung gekauft. Außerdem enthielt der Wagen noch ihr Gepäck, ihre Tüten mit Geschenken, zwei Pelzmäntel von Mary, Elizabeths kleinen Computer. Sie waren genauso aufgeregt und fast so redselig wie die Familie Torres, umarmten sie und lachten und redeten gleichzeitig.

»Natürlich hatte Vater immer einen Christbaum, wenn er über Weihnachten hier war, aber das war immer ein Riesending, gigantisch, drei Meter mindestens, er stand im Ballsaal, du kannst es dir ja vorstellen... Er wird aber schon seit Jahren nicht mehr benutzt. Und außerdem dachten wir, der alte Ständer geht bestimmt nicht für den kleinen Baum, den wir gekauft haben, er ist höchstens eins fünfzig, ist er nicht niedlich, Elizabeth war ja so kritisch beim Aussuchen, sieh dir nur an, wie hübsch er ist, so gleichmäßig und voll. Baumschmuck gibt es hier irgendwo tonnenweise, aber wir dachten, die Lichter sind vielleicht alt und nicht mehr in Ordnung, deshalb haben wir neue gekauft, ganz klitzekleine weiße, die blinken, sind sie nicht süß? Und natürlich brauchten wir auch noch neues Lametta. Also waren wir noch in der Stadt, um das ganze Zeug zu besorgen, und es war so idyllisch, stimmt's, Elizabeth? Alle Häuser mit Lichtern oder Kränzen und alles so hübsch geschmückt, sogar die Geschäfte, und die Leute haben uns erkannt und gegrüßt, es war richtig schön, findet ihr nicht?«

Mary war rosig und duftete frisch und flatterte von einer Ladung Päckchen zur anderen. Sie befahl Aldo, den Baum draußen auf der Treppe unter dem Vordach zu lassen – »vorerst« – und die restlichen Sachen hineinzubringen – »das da kommt alles nach oben in mein Zimmer, Aldo, ja, alles, gehen Sie zweimal, mein Lieber, es wird sonst zuviel«, und Aldo erblaßte bei dem »mein Lieber« und ließ eins ihrer Gepäckstücke fallen, und sie schimpfte nicht einmal, obwohl es eins ihrer Kroko-Cases war.

Elizabeth war ruhiger, aber auch sie glühte und schloß Ronnie fest in die Arme und redete auf sie ein. »Wir haben das noch nie gemacht, weißt du? Vater ließ immer die Gärtner hinten im Wald einen Baum fällen, das war ein größeres Unternehmen, sie brauchten Sägen und Seile, und es dauerte ein paar Tage, bis er gefällt und dann schließlich aufgestellt war. Und die Dienstboten schmückten ihn, sie mußten dazu auf eine Leiter klettern, und wenn dann alles fertig war, wurden wir in den Ballsaal gebracht, fein gemacht von Kopf bis Fuß, um Ooh und Aah zu rufen, aber es war so unpersönlich, es hatte nichts mit uns zu tun, und sie gaben immer einen Ball oder eine Party an dem Abend, an Heiligabend. Und die Geschenke stapelten sich rings um den Baum, glaub mir, es war genug, um einen kleinen Laden aufzumachen…« Ihre Stimme verlor sich. Dann rief sie energisch: »Aber dieser Baum kommt ins Spielzimmer, und wir werden ihn selbst schmücken, was für ein Fest!«

Als sie sich umgezogen hatten, kamen sie zu Ronnie ins Spielzimmer. Sie hatte schon Feuer in dem alten Kamin gemacht, hatte Mrs. Browning ein Tablett mit Getränken bereitstellen lassen und saß jetzt da in Jeans und Sweatshirt, eine Weinschorle in der Hand und ein breites Grinsen im Gesicht. Erstaunlicherweise kam nicht nur Elizabeth in Hosen und Pullover, sondern auch Mary – okay, es waren sicher Designer-Stücke, aber noch nie hatte sie Mary so informell gekleidet gesehen. Sie gingen geradewegs an den Bar-Tisch und gossen sich Drinks ein – Elizabeth einen Scotch, Mary einen Wermut-Cassis – und warfen sich in die bequemen Sessel, mit einer Ungehemmtheit, die sie sonst bestimmt nirgends an den Tag legten.

»Aah! Das tut so gut!« seufzte Elizabeth.

»Vielleicht sollten wir das Haus doch behalten«, sagte Mary wehmütig. »Für solche Anlässe – Weihnachten, Thanksgiving.« Sie wandte sich Ronnie zu. »Hat Marie-Laure angerufen?«

Ronnie schüttelte den Kopf.

Mary runzelte die Stirn. »Merkwürdig. Sie hätte sich eigentlich melden sollen. Ich glaube, sie hat seit Mittwoch frei. Ich weiß nicht mal, wie ich sie erreichen kann.« Ihr Gesicht umwölkte sich ein wenig.

»Erzählt doch mal, was ihr in der Zwischenzeit gemacht habt«, drängte Ronnie.

Elizabeth zündete sich eine Zigarette an. »Hauptsächlich meinen Schreibtisch aufgeräumt. Um diese Zeit ist in Washington nichts los, alle gewählten Amtsträger fahren über die Feiertage heim, mit Politikmachen ist da nicht viel. Vor allem jetzt, wo Reagan so haushoch gewonnen hat: Daraus schließen die Jungs, daß die Leute nicht wollen, daß sich etwas verändert.« Sie seufzte leise.

»Ansonsten habe ich nicht viel gemacht. Aber ich habe mir übers Wochenende ein paar Häuser in Virginia angesehen«, sagte sie, zu Mary gewandt. »Eins war richtig hübsch – mit einem japanischen Garten dahinter und insgesamt über zehn Morgen Land. Es war in Falls Church.«

»Hmmm. Missy Cambrowe wohnt in Falls Church«, sagte Mary versonnen.

Elizabeths Gesicht hellte sich hoffnungsfroh auf, aber Mary wechselte das Thema und wandte sich Ronnie zu.

»Und du? Wie kommst du mit der Doktorarbeit voran?«

»Ach, langsam. Aber es wird. Meine Forschungsergebnisse habe ich größtenteils zusammengestellt. Der Rest ist eher Methodenkram, Pingelarbeit. Die Intelligenz – soweit vorhanden – zeigt sich in der Aufarbeitung des Materials. Deshalb geht es so langsam. Aber ich bin dran.«

»Gut. Dieses Haus in Falls Church hat vier Schlafzimmer, jedes mit einem eigenen Bad. Sie sind nicht so groß wie die Schlafzimmer hier, aber doch ganz anständig. Und sie reichen für uns alle!« setzte Elizabeth hinzu, den Blick auf Mary gerichtet.

Mary sah sie kurz an, schaute dann weg.

»Und was ist mit dir?« fragte Ronnie.

»Ach, ich habe eigentlich gar nichts gemacht. Nichts Neues.« Mary sah ins Feuer. »Im Grunde habe ich da weitergemacht, wo ich aufgehört hatte – nur, daß ich jetzt meine Rechnungen bezahle. Alles wie gehabt.«

»Ist das nicht genau das, was du wolltest?«

»Doch. Wohl schon.«

»Du scheinst nicht besonders glücklich damit.«

»Nein«, gab Mary langsam zu. »Nein. Da fehlt... irgendwas.«

Elizabeth fixierte Mary.

»Wir waren alle so... wir konnten uns gegenseitig sagen, was wir dachten. Auch wenn es böse und giftige Sachen waren. Wir konnten wir selbst sein. Es war so... befreiend, so... ich habe mich so echt gefühlt. Ich glaube, ich habe mich in meinem ganzen Leben noch nie über längere Zeit echt und lebendig gefühlt.«

»Ich habe euch auch vermißt«, gestand Elizabeth kläglich. »Sehr sogar. Ich bin heimgekommen, nach der Arbeit, ich meine, nach dem Essen, weil ich meistens auswärts esse, und bin in meiner Wohnung herumgewandert und habe vor mich hin geredet und euch Sachen erzählt – na ja, lauter Sachen, die euch kaum interessieren würden, was für ein Schwein dieser Arthur Gilliam ist, daß der nette Jim Mangdoni im Ministerium keine Chance hat und warum nicht und all diesen verworrenen Intrigenkram. Sie schicken mich gleich nach Neujahr auf eine Daumenschrauben-Mission. Zehn Tage, sechs Länder, jede Menge Tee und Takt und Diplomatie, die die Androhung ökonomischer Gewalt übertünchen sollen. Mein Gesicht ist ganz müde, wenn ich von diesen Tourneen zurückkomme. Früher habe ich mich darauf gefreut, es war eine solche Herausforderung. Aber jetzt – ich weiß nicht – es erscheint mir irgendwie so sinnlos.«

»Denkst du etwa daran, deinen Job aufzugeben?« fragte Mary erstaunt.

»Meinen Job aufgeben? Ohne ihn kann ich nicht leben!«

»Du könntest Wirtschaftswissenschaften unterrichten, an irgendeinem netten College. Einer hübschen Hochschule in einer hübschen kleinen Stadt, so wie Princeton. Dich rausziehen aus der ganzen Politik, den ganzen Grabenkämpfen.«

»Kein Ort auf dieser Welt ist so intrigenverseucht wie der Hochschulbereich. Ein Hickhack miesester Sorte.«

»Es gibt wohl kein Entkommen«, sagte Mary traurig. »Wenn ich meine Freundinnen so habe reden hören, diese letzten – sind es zwei Wochen? –, ist mir immer wieder klargeworden, wie engstirnig sie sind, wie festgefahren. Und wißt ihr, sie reden zwar nicht viel über Politik, aber unter der Oberfläche geht es vor allem darum. Sie müssen ständig an den Leuten dranbleiben, die die Macht haben. Und sie müssen einem dauernd unter die Nase reiben, daß es so ist, daß sie eine Einladung von Helmut oder François oder Margaret oder Nancy haben. Als ich nach Vaters Tod wieder zurückkam – na ja, jeder wußte, daß ich wieder Geld habe, sie wußten es einfach – und ständig klingelte das Telefon, und die Einladungen stapelten sich, und ich sage euch, dieses ewige Namedropping, all diese Namen…

Früher hat mir das gefallen. Es schien mir ein Zeichen für meine eigene Macht zu sein. Aber jetzt… ich weiß nicht, was hier mit mir passiert ist. Ich habe das Gefühl, die Zeit hier hat mich in gewisser Weise verdorben.« Ihre Miene war sachlich, nachdenklich, nicht nörgelig.

Niemand sagte etwas. Das Feuer knackte, ein Scheit machte sich selbständig, und Ronnie stand auf, um es wieder richtig hinzulegen. Als sie fertig war, wischte sie sich – wie immer – die rußigen Hände an den Seiten ihrer Jeansbeine ab. Sie setzte sich wieder und nippte an ihrem Glas. Sie sah Mary an. »Bereust du es?«

Mary wurde rot, schüttelte den Kopf, daß ihre Haare flogen.

»Nein. Nein. Ganz und gar nicht. Ich bedaure, daß ich keinen Spaß mehr an dem habe, was mir einmal Spaß gemacht hat, aber…« – sie stellte ihr Glas energisch auf den Tisch neben sich – »…ich wünschte nur, ich wüßte, was mir jetzt Spaß machen könnte!«

»Aber das weißt du doch«, sagte Elizabeth erstaunt.

»Was?«

»Mit uns zusammenzusein.«

25

Als Mary am Sonntag morgen hinunterkam, um einen Kaffee zu trinken, saßen Ronnie und Elizabeth noch am Frühstückstisch, und sie lachte entzückt auf, als Ronnie ausrief: »Das glaube ich nicht! Du, in Jeans?«

»Tja, wir wollen doch den Weihnachtsbaum aufstellen, oder nicht? Ich ziehe mich immer passend für die Gelegenheit an, und dieses Mal finde ich Jeans passend. Ich habe sie extra in einem Geschäft für Sportsachen auf der Second Avenue gekauft, ein Laden, in dem mich niemand kennt. Sie hatten richtig preiswerte Sachen. Ich habe gar nicht gewußt, daß Kleidung so billig sein kann.« Sie posierte vor ihnen, drehte sich um. »Mal ehrlich. Bin ich hinten nicht zu ausladend für Jeans?«

»Du hast eine großartige Figur«, sagte Elizabeth fachmännisch.

»Wirklich, Lizzie? Du machst mir doch nichts vor?«

»Nein. Wohlgeformt ist das richtige Wort!«

»Ronnie?«

»Genau richtig«, lächelte sie.

»Nicht *zu* wohlgeformt?«

»Solche Unterscheidungen hängen vom Auge des Betrachters ab«, sagte Elizabeth.

»Ja. Ja. Okay.«

Sie ließ sich in einen Sessel gleiten und goß sich Kaffee in eine Tasse.

»Hast du im Bett gefrühstückt?«

»Ja. Ich möchte einfach nur eine zweite Tasse Kaffee. Ich mache sowieso gerade eine Diät, ich esse morgens kaum noch etwas. Ich hatte nur eine getoastete Scheibe von diesem wundervollen italienischen Brot, mit etwas Butter und Mrs. Brownings köstlicher Johannisbeermarmelade.«

»Du siehst schlanker aus.«

»Wirklich!« Sie war erfreut. »Ich habe drei Kilo abgenommen und möchte zehn abnehmen. Ich will nicht gerade magersüchtig aussehen, aber ich möchte den Ballon-Look ablegen«, lachte sie.

»Das ist schon mal ein guter Start.«

Derart aufgemuntert, nahm Mary die Organisation des Vormittags in die Hand. »Okay, erst müssen wir den Weihnachtsschmuck finden. Wo könnte er sein?« fragte sie Ronnie. »Auf dem Dachboden?«

»Wahrscheinlich. Ich komme mit nach oben.«

»Warum gehen wir nicht alle? Wir werden sowieso alle beim Tragen helfen müssen«, sagte Elizabeth.

Also stiegen sie alle zum Dachboden hinauf, und Ronnie, die sich vage daran erinnerte, daß sie Noradia beim Wegräumen der Dekoration geholfen hatte, entdeckte sie schließlich in einer Ecke, außerdem einen riesigen Weihnachtsbaumständer und kistenweise elektrische Kerzen.

»So viele Kerzen! Wollen wir draußen welche anbringen?«

»Warum?« Elizabeth zuckte die Achseln. »Wir erwarten keine Gäste.«

»Nur für uns! Es würde so fröhlich aussehen! Ich werde Aldo bitten, sie anzubringen.«

»Das haben immer die Gartenarbeiter gemacht, die kommen aber erst im Frühjahr wieder«, sagte Ronnie. »Aber« – sie ließ ihre Stimme eine Oktave tiefer fallen, in einen jungenhaften Baß – »das könnte ich eventuell übernehmen.«

»Ich werde dir helfen!« sagte Elizabeth enthusiastisch.

Sie brachten also fast den ganzen Tag damit zu, den Weihnachtsbaum nach der Trial-and-error-Methode aufzustellen (Ronnie mußte den Stamm absägen, um ihn in den Weihnachtsbaumständer zu bekommen), die Lichter am Baum und den beiden großen Lorbeerbüschen draußen anzubringen und dann den Weihnachtsbaumschmuck anzuhängen, der fast durchweg sehr alt und zerbrechlich war. Sie unterhielten sich dabei, wechselten sprunghaft die Themen, gingen entspannt miteinander um, ihre Gespräche schwankten zwischen Zuneigung und Sarkasmus, arteten aber nie in Streit aus. Als sie das Lametta aufhängten, tranken sie bereits Eierlikör und wurden ein bißchen albern, warfen sich gegenseitig Lametta in die Haare. Schließlich ließen sie sich lachend in die Sessel fallen, bewunderten den Baum, den Baumschmuck, ihr Werk.

Der Baum machte das Zimmer, das sowieso schon vollgestellt war, noch voller, und Elizabeth fand, daß sie die Tischtennisplatte, die sie eh nie benutzten, zusammenklappen und in einen Abstellraum schieben sollten. Das machte beträchtliche Mühe, und sie waren erschöpft, als sie damit fertig waren, aber der Raum sah sofort sehr viel schöner aus – der große steinerne Kamin, der Baum, der vor den Bücherregalen in der Ecke stand, die ausladenden Polstersessel, die im Halbkreis davor gruppiert waren. Das Dämmerlicht fiel durch die Glastüren der Veranda.

Sie seufzten alle gleichzeitig auf.

Sie hatten Mrs. Browning und Teresa den Tag freigegeben und beschlossen, außer Haus zu essen. Als es Zeit wurde, sich umzuziehen, wurde Mary nachdenklich.

»Ich überlege, was mit Marie-Laure ist.«

Dann, etwas später: »Und wenn sie kommt, während wir weg sind?«

»Wir könnten ihr einen Zettel hinlegen und den Schlüssel.«

»Ich wollte hiersein, um sie zu begrüßen. Es ist schon ein paar Jahre her, seit sie hiergewesen ist…«

»Sie hätte dich angerufen, wenn sie kommt, oder nicht?« fragte Elizabeth ungeduldig.

»Möchtest du zu Hause bleiben? Wir können den Kühlschrank plündern«, schlug Ronnie vor.

»Nein, nein. Wir wollen gehen.«

Sie trafen sich um sieben Uhr dreißig in der Halle, nachdem sie sich zum Essen umgezogen hatten. Ronnie kam als letzte, sie hatte einen roten Kopf und war vor Aufregung etwas kurzatmig. Beide Schwestern mußten zweimal hinsehen, beide schrien überrascht auf. Sie trug schwarze Tuchhosen und ein hellblaues Seidenhemd mit einer königsblauen bestickten Weste und schwarze Schuhe mit flachen Absätzen.

»Ronnie, du siehst wunderbar aus!« rief Mary.

»Beschlossen, die Uniform abzulegen, he?« kommentierte Elizabeth trocken.

Ronnie grinste nur.

Aldo mußte sie fahren, in den Alfa paßten keine drei Personen. Als er sie vor dem Restaurant aussteigen ließ, wuchs Ronnies Anspannung. Aber im Restaurant gab es keinerlei Schwierigkeiten. Es war ein gehobenes altes Landgasthaus, hausbakken eingerichtet, aber Dinnerkleidung war erwünscht. Ronnie war noch nie in einem derartigen Restaurant gewesen. Sie hatte mit Susan teure Lokale besucht, aber das war in Boston gewesen, einer kosmopolitischen Stadt, wo man an die verschiedensten Kombinationen von Hautfarbe und Menschen gewöhnt war. Aber dies hier war ein ländliches Restaurant, mit dunklen Holzbalken in der niedrigen Decke, in dem man daran gewöhnt war, die ehrbaren weißen Paare der Umgebung zu bedienen. Doch der Maître d'Hotel warf ihr keinen verdutzten Blick zu, weder die Kellner noch die Gäste sahen sie seltsam an. Niemand starrte auf die dunkelhäutige Frau, die mit den beiden weißen Frauen zusammen speiste. Es war alles in Ordnung. Konnte es an ihrer Kleidung liegen? Oder war die Welt nicht so, wie sie gedacht hatte?

Ihr Vergnügen, zusammen ausgegangen zu sein, wurde nur von Marys Besorgnis um Marie-Laure beeinträchtigt. Es gab noch nicht mal Streit wegen der Rechnung: Elizabeth bestand darauf, sie zu übernehmen, und tätschelte einfach Ronnies Hand, als sie versuchte, ihren Anteil zu bezahlen. Da Mary nur sagte: »Fein, danke, Lizzie«, und Mary Millionen geerbt hatte, beschloß Ronnie, es anzunehmen.

Aber als sie an diesem Abend im Bett lag und an die Decke starrte, fragte sie sich, ob sie sich ein völlig falsches Bild von der Welt gemacht hatte, in der sie lebte. Sie versuchte, sich verschiedene andere Szenarien vorzustellen: Angenommen, sie wäre dort mit einer dunkelhäutigen Frau aufgetaucht? Sie fühlte, daß es in dem Restaurant keine Probleme geben würde, solange sie passend gekleidet wären. Wenn sie Jeans getragen hätte, hätten sie ihr vielleicht den Zutritt verwehrt. Oder angenommen, sie würde mit jemandem wie Corinne D'Almay kommen, mit ihrer wilden Frisur und den langen Flattergewändern und der überwältigenden Vielzahl von Ketten und Ringen. Sie hätten sie angestarrt, aber sie hätten ihnen wahrscheinlich einen Platz angewiesen. Aber einen weißen jungen Mann in Jeans würden sie wahrscheinlich zurückweisen. Es war wohl so, daß die Welt sehr unterschiedliche Maßstäbe hatte: In einem teuren Restaurant kam es nur auf die Kleidung an und auf das Geld. Das würde anders sein, wenn sie auf Jobsuche ging. Nicht, daß sie ein paranoides Weltbild hatte, sie hatte die Welt nur einheitlicher gesehen, als sie war. Das alles existierte, aber es schloß sie nicht ein. Dieser Gedanke tröstete sie irgendwie, und sie drehte sich auf die Seite und schlief.

Am Montag waren sie sehr geschäftig – die Schwestern hatten Mrs. Browning angeboten, ihr in der Küche zur Hand zu gehen, und sie hatte zögernd akzeptiert, war am Ende aber froh über ihre Hilfe. Sie konnten Sachen holen und wegstellen und die Geschirrspülmaschine einräumen und ausräumen – Elizabeth war darin sogar besser als Mrs. Browning, wie diese zugab, sie lernten sogar, wo die einzelnen Utensilien aufbewahrt wurden. Man konnte sie getrost eine Sauce rühren, sogar eine Salatsauce schlagen lassen.

Sie bereiteten zwei Essen gleichzeitig vor – ein kaltes Buffet für den Abend, Doris mußte dann nur noch decken und abräumen, so daß Mrs. Browning und Teresa Heiligabend mit ihren Familien verbringen konnten, und ein Dinner mit mehreren Gängen für den nächsten Tag, wenn Alex kam – »und Marie-Laure, wie ich hoffe«, sagte Mary nachdenklich. Deshalb bereiteten sie einen Schweinebraten vor, der in den Ofen mußte (»Ob Alex das ißt?« fragte Ronnie; »Oh, ich glaube schon«, sagte Mary, »hat sie nicht, als wir zusammen hier waren, Schweinefleisch gegessen?« – »Es sind genug andere Sachen da«, betonte Elizabeth), und für morgen das Roastbeef und die Lammkeule, die bereits mit Knoblauch eingerieben war; heute abend gab es marinierten Fisch und morgen Schnecken *en croûte,* neun verschiedene Gemüse (vier davon weiß) und weichen Ziegenkäse mit Krautsalat (Elizabeths einziger Spezialität) und grünen Salat und weiße Bohnen und rote Paprikaschoten (die Ronnie gebraten hatte). Mrs. Browning machte zwei Kuchen und eine Torte fertig, die sie schon vor Tagen angefangen hatte. Sie schufteten alle den ganzen Tag, aber sogar Mrs. Browning und Teresa hatten ihren Spaß. Die beiden Damen waren schockiert, als Mary darauf bestand, Musik anzustellen, sehr laute Musik, vom Tonbandgerät, das sie mitgebracht hatte: Für sie war es befremdlich, bei der Arbeit Musik zu hören, noch befremdlicher aber war es, dabei zu tanzen. An diesem Tag wurde in der Küche viel gelacht.

Kurz nach vier klingelte es. Sie starrten sich an. In diesem Haus wurde nicht oft geklingelt, jedenfalls nicht an der Tür. Teresa strich sich glättend über Häubchen und Schürze und ging zur Tür und kam mit der Nachricht zurück, daß Miss di Cenci vor der Tür stand.

»Marie-Laure!« schrie Mary und rannte ins Foyer, ohne sich die große weiße Schürze abzunehmen.

Die Schwestern standen in der Küche, unsicher, wie lange sie Mary erlauben durften, ihr Kind zu begrüßen, ohne daß ihr Fernbleiben als Unhöflichkeit gedeutet würde. Schließlich stieß Elizabeth die Schwingtür auf und ging ins Foyer. Ronnie folgte ihr.

Mary redete hektisch (»So schön, dich zu sehen, es ist so lange her. Ich wußte nicht, wo du bist, ich habe überall herumtelefoniert, wo bist du gewesen? Ich war mir nicht sicher, ob du kommst«), während sie eine steife dünne Person mit glatten langen Haaren umarmte, die einen Arm locker auf den Rücken ihrer Mutter gelegt hatte, den anderen einfach hängenließ. Sie starrte auf die Personen, die sich hinter Mary versammelten, und Mary drehte sich um.

»Marie-Laure, du kennst deine Tante Elizabeth, du hast sie beim Begräbnis gesehen und bei Großvaters achtzigstem Geburtstag. Und auf den Partys zum Unabhängigkeitstag.«

Tatsächlich hatten die beiden in all den Jahren kaum zwei Worte miteinander gewechselt.

Das Mädchen streckte die Hand aus, lächelte ein anmutiges, einstudiertes Lächeln: »Ja, natürlich, wie schön, dich wiederzusehen«, sagte sie verbindlich.

Oje, dachte Ronnie.

»Und das ist deine Tante Ronnie. Du kennst sie noch nicht, aber sie ist unsere jüngste Schwester.«

Das Mädchen starrte Ronnie an, lächelte steif und sagte: »Guten Tag.«

»Ich habe mir solche Sorgen um dich gemacht, ich wußte nicht, wo du steckst oder wann du kommst…«, fuhr Mary fort. »Wie bist du hergekommen?«

»Ich wußte nicht, ab wann du hier bist, also habe ich Abbie kurz besucht. Sie und Duff haben mich hier abgesetzt.«

»Oh, du hättest sie auf einen Drink hereinbitten sollen!«

»Sie haben heute abend noch eine Party, sie wollten nicht aussteigen, sie mußten zurück.«

»Eine Party. Bei sich zu Hause? Oh, du wärst wohl gern dortgeblieben…«

»Nein, bei Chip Waylan. In der Charles Street. Ich hatte keine Lust, hinzugehen«, sie zuckte die Achseln. »Ihre Clique ist uninteressant… jedenfalls nicht meine Szene.«

Ihr Gesicht war ein bleiches Oval der Gleichgültigkeit, dessen vollkommene Züge wie die einer Maske wirkten. Sie sah ihre Mutter mit einem prüfenden Blick an und zog die Augenbrauen hoch: »Du trägst eine Schürze!« Sie drehte sich langsam um und sah, daß die anderen ebenfalls Schürzen trugen, wurde aber weder rot, noch schien ihr ihre Bemerkung peinlich zu sein.

»Oh, wir kochen alle zusammen das Weihnachtsessen! Das macht richtig Spaß. Komm mit, in die Küche…«

»In die Küche?«

»Oh, natürlich, du willst dich vielleicht erst etwas frisch machen. Obwohl du gut aussiehst.« Die schlanken Beine des Mädchens steckten in engen Jeans und Stiefeln, und sie trug eine schwere, pelzgefütterte Lederjacke. »Teresa wird deine Tasche hochtragen. Dein Zimmer ist schon fertig!«

Marys Aufregung prallte an der Regungslosigkeit ihrer Tochter ab, die einfach nur zusah, wie sie zur Küche rannte und nach Teresa rief. Sie findet, daß ihre Mutter wie ein Fischweib kreischt, dachte Elizabeth. Da entschwindet unser Weihnachtsfest.

Das Mädchen richtete höflich die Frage an sie: »Wie geht es dir, Tante Elizabeth?«

»Um Himmels willen, nenn mich Lizzie«, sagte Elizabeth schärfer, als sie beabsichtigt hatte. Aber das junge Mädchen zuckte nicht mit der Wimper.

»Und mir geht es gut, wir haben viel gearbeitet«, sagte Elizabeth etwas sanfter. »Wir haben im Spielzimmer einen Weihnachtsbaum aufgestellt und die Lichter draußen befestigt, hast du sie gesehen?«

»Oh, die sind mir gar nicht aufgefallen«, kam es leise.

»Eigentlich hat Ronnie es gemacht«, sagte Elizabeth und versuchte, Ronnie in die Unterhaltung mit einzubeziehen.

Aber Marie-Laure musterte Ronnie lediglich wie eine Ware, die sie vielleicht zu kaufen gedachte.

Dann kam Teresa herangeeilt, hinter ihr Mary, als ob sie sie antreiben würde. Das Dienstmädchen nahm die Tasche und die Tüten des jungen Mädchens und stieg vor Marie-Laure die große Treppe zu ihrem Zimmer hinauf.

»Wir sind in der Küche, wenn du herunterkommen willst«, rief Mary ihr fröhlich hinterher.

Als sie in die Küche gingen, sahen Ronnie und Elizabeth sich vielsagend an. Aber Mary war zu aufgeregt, zu abgelenkt, um etwas zu bemerken.

»Vielleicht ist sie hungrig, vielleicht sollten wir Tee servieren, oh, ich weiß, daß das viel Arbeit ist nach der ganzen Kocherei, es tut mir so leid, Mrs. Browning, aber könnten Sie ...«

»Wir müssen keinen Tee servieren«, sagte Elizabeth knapp. »Sie gehört zur Familie, sie ist kein Besuch. Warum bietest du ihr nicht einfach Saft und Kekse an. Wir sind hier fast fertig. Wenn wir soweit sind, werden wir uns alle zusammen hinsetzen und etwas trinken.«

»Du hast recht, Lizzie, das ist eine gute Idee«, sagte Mary zu Mrs. Brownings Erleichterung.

»Ich werde ihr Kekse hinstellen«, sagte Ronnie, als die anderen sich wieder ihrer jeweiligen Arbeit zuwandten. Ronnie fand ein Gebäckschälchen, schlug es mit einer kleinen Serviette aus und legte Mandelwaffeln, Shortbread und Käsecrakker darauf. Sie trug es ins Spielzimmer. Aber Marie-Laure ließ sich nicht blicken. Sie waren in der Küche fertig und diskutierten, ob sie sich vor oder nach den Drinks umziehen sollten – »oder überhaupt nicht!«, wie Elizabeth vorschlug.

»Oh, Lizzie, heute ist Heiligabend!«

»Okay«, sie seufzte. »Dann bringen wir das erst mal hinter uns.« Mary nahm sich, wie üblich, viel Zeit zum Umziehen, widmete sich lange ihrem Gesicht und ihrer Frisur, und als sie fertig war, stand Elizabeths Tür offen, im Zimmer war es dunkel. Marie-Laures Tür war geschlossen. Mary klopfte, dann öffnete sie die Tür. Das Mädchen saß am Fenster, rauchte und starrte in die Dunkelheit hinaus. Im Zimmer roch es intensiv nach Pot. Marie-Laure drückte hastig ihren Joint aus.

»Liebes?« sagte Mary, dann bemerkte sie den Duft. »Komm mit nach unten, wir wollen zusammen einen Drink nehmen.«

Das Mädchen drehte ihr gleichgültig den Kopf zu. »Ich komme gleich.« Sie steckte immer noch in Jeans und einem dicken weißen Pullover.

»Willst du dich nicht zum Abendessen umziehen?«

»Herrgott noch mal, hier sind doch nur deine Schwestern, Mom. Nur ein Haufen Frauen. Muß ich? Und wer ist diese Ronnie überhaupt? Sie sieht fremdartig aus, wie dahergelaufenes Mexikanerpack oder so was.«

Mary schloß die Tür und ging zu ihrer Tochter. Sie setzte sich ihr gegenüber auf einen Stuhl. Sie machte keine Bemerkung über den Joint, an dem Marie-Laure sich immer noch festhielt.

»Ronnie ist die uneheliche Tochter deines Großvaters. Sie ist halb mexikanisch, halb Upton, so wie du halb italienisch bist und halb Upton. Hast du mich verstanden? Sie ist wundervoll, und ich liebe sie. Und ich erwarte von dir, daß du sie respektvoll behandelst.«

Marie-Laure blickte ihre Mutter an, als sei sie eine Fremde.

»Ich kann es nicht fassen, daß du dich in die Küche stellst«, jammerte sie.

»Ja«, Mary lachte unbeschwert. »Ich lerne die Freuden der Häuslichkeit kennen. Mehr als das! Gemeinschaft! Schwesterlichkeit!«

Marie-Laure starrte sie an.

»Ich dachte, du hättest soviel Geld geerbt«, sagte sie verdrossen.

»Ja, das stimmt.«

»Also mußt du dich doch nicht in der Küche abplagen, oder? Du hast es nicht nötig, dich mit halben *Chicanas* abzugeben.«

Marys Gesicht wurde hart. Sie mußte ihre Hand zurückhalten, die sich wie von selbst erheben und zuschlagen, auf der bleichen Wange ein rotes Mal hinterlassen wollte.

»Marie-Laure, ich weiß, daß ich dich vernachlässigt habe. Besonders deine Erziehung. Aber ich habe mir vorgenommen, das zu korrigieren. Du bist, genau wie ich, zu einem gefühllosen Snob erzogen worden, durchdrungen von einem Gefühl sozialer Überlegenheit, das absolut ungerechtfertigt ist. Denn du bist nicht überlegen. Niemandem. Du bist ein unreifes kleines Ding, das für den Heiratsmarkt abgerichtet wird. Ich wurde genauso abgerichtet. Es hat mich nie glücklich gemacht, und deshalb kann ich mir nicht vorstellen, daß es dich glücklich macht. Ich werde versuchen, es wiedergutzumachen. Aber für die Dauer deines Aufenthalts hier verlange ich von dir, daß du versuchst, dich wie ein menschliches Wesen zu benehmen. Wenn du weißt, wie das geht.«

Sie stand auf. »Außerdem verlange ich von dir, daß du nicht zugekifft am Abendbrottisch erscheinst. Also wirf jetzt die Kippe weg, zieh dich um und komm nach unten.«

Sie drehte sich um und verließ schnell das Zimmer, damit Marie-Laure nicht ihr Gesicht sehen konnte.

Ronnie hatte wieder die Tuchhosen angezogen, heute abend aber trug sie dazu einen tieforangeroten Sweater, der ihre goldene Haut sehr gut zur Geltung brachte. Sie sah – und das galt für sie alle, dachte Mary (für sie auf jeden Fall) – im Schein des Kaminfeuers, der Weihnachtskerzen, der wenigen Lampen auf den Bücherregalen, sehr schön aus. Das Alter hatte ihnen nichts anhaben können... oder sie waren im Alter auf eine andere Art schön als in der Jugend, anders als beispielsweise Marie-Laure, die in einem Seidenkleid und Pumps erschien, Make-up im Gesicht, aber genauso mißmutig und schweigsam wie zuvor. Verdrossen akzeptierte sie einen Keks, bat um eine Weinschorle, trug nichts zur Unterhaltung bei. Die Schwestern warteten mit ein paar witzigen Geschichten von ihrer Kochorgie auf, aber Marie-Laure lächelte kaum. Mary fragte sie nach ihren Freunden und was sie in den vergangenen Tagen gemacht habe, aber sie seufzte: »Nur rumgehangen, wirklich, Boston ist im Vergleich zu New York echt langweilig.« Sie blieb verschlossen.

Die Unterhaltung der Schwestern schleppte sich dahin. Das Mädchen war wie ein Schwarzes Loch, in das sie unaufhaltsam hineingesogen wurden. Dann klingelte es wieder an der Tür. Inzwischen waren die Dienstboten alle gegangen, bis auf Doris, die sich fluchend von der Sauce auf dem Herd losriß, aber mit einem breiten Grinsen wiederkam: »Miss Alex ist da!« Gefolgt von einer beschwingten, lachenden, feixenden Alex, noch im Mantel, die auf sie zustürzte, sie umarmte. »Wie findet ihr das, ich habe das letzte Flugzeug von Wilmington noch geschafft!«

»Wie bist du hergekommen? Warum hast du nicht angerufen? Wir hätten Aldo geschickt!«

»Ach, es ist doch Heiligabend, warum ihn stören, er hat doch frei, oder? Ja, na bitte, also habe ich eben ein Taxi genommen, das ist genauso einfach, es hat mich direkt bis vor die Tür gefahren. Und wer ist das? Das muß deine Tochter sein, Mary, sie sieht dir sehr ähnlich, Marie-Laure, nicht wahr? Ich bin Alex, wie schön, dich kennenzulernen, oh, ich bin so aufgeregt, daß ich hier bin, ist das nicht wundervoll? David war sehr verständnisvoll, ich glaube, daß er all die Jahre das Gefühl hatte, mich meines christlichen Erbes zu berauben, ist das nicht ein Witz, dabei hatte ich nie eines, wirklich, meine Familie ist fast nie in die Kirche gegangen, aber ich liebe Weihnachten, ich empfinde es nicht als Geburtstag Gottes, sondern als Sonnenwende, als Wechsel der Jahreszeiten, als den Beginn der länger werdenden Tage. Es ist die schlimmste Zeit des Jahres, die dunkelste, mit den kürzesten Tagen, aber es ist auch der Beginn der Veränderung. Spürt ihr das nicht auch?«

Inzwischen hatte Ronnie ihr den Mantel abgenommen, Mary hatte sie zu einem Sessel geführt und Elizabeth ihr ein Glas Wein eingeschenkt. Sie mußte über diese Aufmerksamkeiten noch mehr kichern. Eine hingerissene Marie-Laure saß ganz still da und beobachtete sie wie Wesen von einem anderen Stern.

»Oh, der Baum! Ist der toll! Oh, ich könnte heulen. Ich wünschte, ich wäre hiergewesen, um ihn mit euch zusammen aufzustellen, vielleicht nächstes Jahr, ich werde im Kalender nachsehen, ob ich im nächsten Jahr nicht etwas früher weg kann, es hängt davon ab, wann Chanukka ist, versteht ihr, da muß ich zu Hause sein. Der Baum ist richtig edel, hat genau die richtige Größe, und der Weihnachtsschmuck, der muß antik sein, seht euch das hier an, es ist mit Schnee überstäubt, und dieser kleine, gold-weiße…« Sie sprang auf und berührte die verschiedenen Ornamente, brach bei besonders schönen in Ohs und Ahs aus. »Was gibt's zum Abendessen? Ich sterbe vor Hunger!«

»Alex, ich wußte nicht, ob du Schweinefleisch ißt?«

»Ja. Wir essen nicht koscher. David glaubt nicht daran. Ich richte mich in diesen Dingen nach ihm, weißt du. Ich glaube, der wahre Grund liegt darin, daß er es haßt, wie seine Mutter kocht. Sie essen koscher, seine Eltern, aber wenn sie bei uns sind, essen sie das, was wir essen. Ich überlege einfach, was ich koche, wenn sie kommen. Die Regeln sind sehr verzwickt, selbst wenn man nicht zwei verschiedene Geschirre und so weiter hat. Also, was gibt's denn nun?«

»Marinierten Fisch, Schweinebraten, Roastbeeffilets, Kartoffelbrei, Schwarzwurzeln, weiße Rüben, püriert, mit Sellerie und Lauch, Zwiebeln in Sahnesauce, Apfelsauce, Rote-Bete- und Meerrettichsauce, Karotten in Honig, weichen Ziegenkäse mit Salat und Apfelpie mit Eiskrem und Cheddar: Wirst du satt werden?«

»Gott! Was für ein Fest! Wir werden viel übrig behalten. Wir sollten es den Obdachlosen bringen!«

»Sie nehmen keine Reste«, sagte Ronnie.

»Herrje! Was für eine Verschwendung!«

»In diesem Haus wird nichts verschwendet«, sagte Ronnie. »Was nicht wiederverwertet und noch einmal auf den Tisch kommen kann, ißt das Personal.«

»Oh! Dann ist es ja gut. Dann kann ich mit gutem Gewissen schlemmen!« kicherte Alex.

Und das tat sie, genau wie die anderen, bis auf Marie-Laure, die in ihrem Essen herumstocherte, es aber schaffte, zwei Gläser Wein und zwei Gläser Champagner zu trinken, und die dann, zu ihrer aller Erleichterung, verkündete, daß sie erschöpft sei, und nach oben zu Bett ging.

Sie hinterließ Schweigen.

»Du hast ein Problemkind, Mary«, sagte Elizabeth schließlich.

»Ich weiß. Ich weiß es seit langem. Es ist allein meine Schuld. Ich habe mich lange vorher gedrückt, es zur Kenntnis zu nehmen. Meine Kinder waren alle schwierig. Hatten nie richtige Eltern. Sie sind unleidlich. Allesamt. Selbst ich kann sie nicht leiden.«

Sie runzelte die Stirn. »Wie sie ißt«, begann sie zögernd, bekümmert, »oder nicht ißt. Genau wie ich. So wie ich war. Ist euch das aufgefallen? Glaubt ihr...« Sie forschte in ihren Gesichtern, ihr Mund zitterte.

»Vater?« fragte Elizabeth entsetzt.

»Wenn wir hier waren, habe ich sie immer mit Argusaugen

bewacht. Ich habe immer darauf bestanden, daß sie in meinem Zimmer schlief. Aber dieser Mann… ihr wißt, daß er immer Schleichwege fand. Haltet ihr es für möglich…?«

Sie sahen sich an.

»Er war damals schon so alt… Glaubt ihr, daß er immer noch…?«

»Er hat meine Mutter gevögelt, bis sie zu krank dafür war«, murmelte Ronnie leise.

»Woher weißt du das?«

»Sie hat es mir gesagt.«

Cabot, er so liebevoll, so süß. Und als ich krank werde, Liebe anders. Mit diesem heiteren Lächeln. Zufrieden. Geliebt.

»Was soll ich machen?« Mary grub die Fingernägel in ihre Wangen.

»Im Moment nichts. Du weißt noch nicht mal, ob es passiert ist. Sie könnte auch einfach so geworden sein, ohne das«, sagte Elizabeth und stieß den Rauch von ihrer Zigarette aus.

»Vielleicht solltest du sie fragen«, schlug Alex vor.

Mary war entsetzt: »Andeuten, daß ihr Großvater sie vergewaltigt haben könnte? Angenommen, er hat es nicht getan?«

»Vielleicht solltest du ihr von dir erzählen«, fuhr Alex fort, »oder wir sollten ihr von uns erzählen. Ich bin jetzt für uneingeschränkte Offenheit. Ich habe meine Mutter richtig angebrüllt. Es hat mir unendlich gutgetan, ob umgekehrt auch, weiß ich nicht. Ein paar Tage lang war sie verletzt, aber dann wurde sie wieder so, wie sie immer war.«

»Und wie war das?« fragte Elizabeth mit einem schiefen Grinsen. »Unermüdlich fröhlich?«

»Ja! Woher wußtest du das?«

»Einfach geraten.«

»Ja. Sie ist immer nett. Kennst du das? Sehr nett. Macht es einem schwer, wütend auf sie zu sein. Aber ich schaffte es. Die ganze Woche lang. Sie hatte sich sowieso darüber aufgeregt, daß wir keinen Weihnachtsbaum haben, deshalb ist sie mitten im Chanukkafest zu einer Freundin abgereist. Sie wußte noch nicht mal, daß ich herkommen wollte. Und David und die Kinder sind heute abend, am letzten Abend von Chanukka, bei seiner Mom und bei seinem Dad. Sie werden sich prächtig amüsieren. Sie werden mich nicht vermissen.«

»Und was hat David zu der Erbschaft gesagt?« fragte Elizabeth.

»Tja, er war völlig fertig. Er hatte keine Ahnung, daß Vater so reich war. Tatsächlich hatte er keine Ahnung, daß überhaupt irgend jemand so reich sein kann. In Wirklichkeit, meine ich, nicht nur in Zeitschriften und Zeitungen. Und er hat sich aufgeregt. Er fand es obszön, daß jemand soviel Geld haben darf. Er wollte unsere Kinder auch nicht damit belasten. Er fand es lustig, ein Boot zu kaufen, die Bucht liegt direkt vor unserer Haustür, aber wir brauchen kein größeres Haus, jetzt, wo die Kinder sowieso bald aufs College gehen. Und er war mit mir einer Meinung, daß wir *nichts* brauchen, nichts Materielles. Es war wundervoll. Er ist wirklich mein Mann. Ich habe den Richtigen geheiratet.« Sie seufzte, trank einen Schluck Wein.

»Ich dachte, das dicke Ende würde noch kommen, wenn ich ihm das mit den Nonnen sage, der Klinik und allem. Aber ich bot ihm an, das Geld mit ihm zu teilen, damit er es nach Israel schicken kann, für die äthiopischen Juden. Aber er sagte, es sei mein Geld und daß ich es nicht mit ihm teilen müsse, und ich solle damit machen, was ich wolle. Und ich sagte, daß ich genau das wolle. Also nahm er etwas an, aber nicht die Hälfte. Und das mit den Nonnen, das hat er verstanden.« Sie schwieg, hielt ihr Glas hoch, um es nachfüllen zu lassen, und Elizabeth schenkte ihr automatisch ein. Dann lehnte sie sich weit zurück, ging das Ganze in Erinnerung noch einmal durch, und ihr Gesicht wurde vom Schein der Flammen vergoldet und von ihren goldenen Haaren überschattet.

»Wir saßen zusammen in unserem gemütlichen Zimmer, die

Nachrichten waren vorbei, gewöhnlich gehen wir dann zu Bett, aber wir redeten, saßen auf der Couch, hielten uns an den Händen. Und ich versuchte zu erklären, was ich vorhabe, es ihm so zu erklären, daß er nicht das Gefühl hat, daß ich ihn und die Kinder verlassen will, ihm zu erklären, daß ich eine leidenschaftliche Berufung verspüre, die mich treibt. Ihr kennt mich, ich kann mich so schlecht ausdrücken. Ich schweifte also ab und plapperte, und sein Gesicht sah so dunkel aus, so umwölkt. Und er legte mir die Hand auf den Mund, sehr sanft, sagte einfach: ›Stop.‹

Und dann sagte er: ›Ich habe jetzt schon seit einiger Zeit das Gefühl, dich zu verlieren. Ich wußte nicht, was ich machen sollte. Ich habe nicht geglaubt, daß ein anderer Mann dahintersteckt. Ich habe noch nicht mal an die Nonnen gedacht oder an deine ehrenamtliche Arbeit. Es war fast so, als würdest du dich in eine eigene Welt zurückziehen, in die dir niemand folgen konnte – fast wie in einen Wahnsinn. Du warst so isoliert. Von uns allen. Wir haben es alle gemerkt. Du hast es nicht gemerkt.‹

Ich sagte einigermaßen überrascht: ›Ich habe gemerkt, daß die Kinder mehr – nun, mehr zu dir kamen als zu mir. Mehr jedenfalls als früher.‹

›Ich habe mir Sorgen gemacht‹, sagte er. ›Es hatte etwas Ungesundes. Ich habe sogar mit Stan Allen darüber gesprochen. Unserem Betriebspsychologen. Ganz allgemein. Er erzählte etwas von Wechseljahren. Das kam mir unlogisch vor.‹

›Das wäre ein bißchen früh, David‹, sagte ich. ›Ich bin erst sechsunddreißig.‹

›Ja, eben. Aber das jetzt hört sich logisch an. Daß du von einer leidenschaftlichen Berufung, die du in dir verspürst, getrieben wirst. Du hattest immer etwas davon in dir. Etwas Innerliches, etwas Wesentliches, Verschüttetes.‹

›Das hast du in mir gespürt! Und ich nicht? Das ist erstaunlich. Oh, David, ich liebe dich so sehr!‹

Tja, dann haben wir uns geküßt und sind nach oben gegangen, und damit war unser Gespräch zu Ende. Was das anbetraf, jedenfalls. Ich muß jetzt die praktischen Dinge angehen, und er engagiert sich dabei genauso wie ich, er will helfen. Also ist alles wunderbar, ich bin so glücklich, alle meine Ängste waren umsonst, ist das Leben nicht ein Wunder?«

Ihnen erschien es nicht so, aber sie freuten sich mit ihr, der Kleinen mit der Berufung, der unverständlichen Kleinen, der verrückten Kleinen, dem Kind mit den goldenen Haaren, das ein Grashalm sein wollte, und sie tranken auf sie und auf David und den Segen, zu wissen, was man aus seinem Leben machen wollte. Sie umarmten sich, und Alex vergoß ein paar Tränen, und sie tranken noch etwas – diesmal Champagner –, und dann wollte Alex wissen, wie es ihnen ging.

Und plötzlich wollte Ronnie ihre Neuigkeit mit ihnen teilen.

»Ja, also, ich habe eine ziemlich große Überraschung erlebt«, begann sie schüchtern. Alle sahen sie aufmerksam an. »Als ihr nicht mehr da wart, war ich irgendwie von der Rolle, und ich beschloß, im Zimmer meiner Mutter Ordnung zu schaffen. Sie hatte natürlich nichts, nur alten Krempel, und ich warf alles weg, sie hatte sich all die Jahre lang nichts gekauft. Und dann entdeckte ich den Grund dafür. Sie hat fast jeden Cent, den sie sich hier erarbeitet hat, auf die Bank getragen, und sobald ich alt genug war, hat sie daraus ein Sparkonto mit Zeichnungsberechtigung für mich gemacht, so daß es jetzt mir gehört. Gemessen an euren Maßstäben ist es nicht viel Geld, aber für mich ist es ein Vermögen, über zweihunderttausend Dollar, und das heißt, daß ich in der Lage bin, mich selbst zu finanzieren, sobald ich einen Job habe, ich werde mir einen gewissen Komfort leisten können – etwas, was ich mir bisher noch nie leisten konnte! Ist das nicht großartig!«

»SIE hat es geschafft!« explodierte Elizabeth triumphierend. »Ohne ihn. Ohne seine Hilfe! Sie hat dich versorgt! Ich trinke auf Noradia, die wahre Heldin!«

»Auf Noradia!« jubelten die anderen und hoben ihre Gläser, lachten, was für ein Segen, was für eine Gabe, was für eine großartige Sache für Ronnie.

»Das versöhnt mich fast mit Vater«, befand Elizabeth.

»Oh, Lizzie, wie hätte ich sein Geld nehmen können?« fragte Ronnie traurig.

»Du hast recht«, kam es bitter zurück.

»Tja, ich habe in gewisser Weise dasselbe gefühlt«, sagte Alex. »Als ob ich das Geld nicht haben wollte, das er mir hinterlassen hat, jedenfalls nicht für mich. Ich habe mir mein eigenes Leben geschaffen, ich möchte diese – Opulenz nicht für mich. Dieser Standard ist schwer durchzuhalten und so unbefriedigend. Aber, oh, ich möchte wirklich diesen armen Menschen in El Salvador helfen.«

»Nun, wollen wir hoffen, daß dir das gelingt. So viele gutgemeinte Bemühungen gehen nach hinten los. Paß bloß auf, Alex.«

»Ja. Und paß auch auf dich selbst auf, Alex. Sie erschießen sich dort unten nicht nur gegenseitig. Sie erschießen sogar Ausländer. Sogar Amerikaner! Sogar Nonnen!« warnte Mary.

Alex sah beunruhigt aus. »Hast du plötzlich etwas dagegen einzuwenden?«

»Nein, nein! Aber es ist nicht so einfach, wie es vielleicht scheint. Nicht, als schiene es einfach.«

»Nein. Ich habe vor, mich von den Nonnen anleiten zu lassen – sie haben so etwas schon mal gemacht, sie wissen Bescheid! Und wir fangen klein an, mit ein, zwei Millionen, mit einer kleinen Klinik. Vorsichtig. Arbeiten uns unauffällig vor, helfen zunächst hauptsächlich Kindern. Ich hatte mehrere Besprechungen mit ihnen. Recht optimistische Gespräche, möchte ich hinzufügen! Sehr enthusiastisch. Sie waren natürlich begeistert! Und ziemlich alkoholisiert zum Schluß! Es war die tollste Woche – nun, der tollste Monat meines Lebens! Erst habe ich euch kennengelernt, und dann das alles! Obwohl Vater gestorben ist, obwohl ich... letztlich habe ich ihn doch gar nicht gekannt. Bis auf seinen Körper!« brach es plötzlich mit einem hysterischen Kichern aus ihr heraus.

Sie kicherten mit ihr, ein wissendes, schmerzliches, ironisches Kichern, dann ebbte ihr Gelächter ab und hinterließ eine ebenso schmerzliche Stille, das Knistern des Feuers, das scharfe Knacken eines Kiefernscheits.

»Und was ist nun mit euch beiden? Habt ihr euch entschieden?«

Die Pause war zu Ende. »Nicht richtig«, sagte Mary.

»Ich habe mir Häuser in Virginia angesehen«, sagte Elizabeth unsicher. »Zwei wirklich sehr schöne. Eins mit vier Schlafzimmern, jedes mit einem Bad. Genug Platz für uns vier, und ein Arbeitszimmer, in dem Marie-Laure schlafen könnte.« Sie sah Mary an. Mary wandte den Blick ab. »Sie will nicht aus New York weg.«

»Nur für den Fall, daß. Oder falls Ronnie eine Freundin mitbringen möchte« – Ronnies Kopf schnellte hoch – »oder falls Alex mit einem ihrer Kinder kommen will. Es ist ein großes Haus, aber kein Herrenhaus. Für uns alle...« Ihre Stimme verlor sich. Vielleicht hörte sie das Flehen darin.

Mary sah sie sanft an. »Das klingt ganz wunderschön, Lizzie.«

Elizabeth konnte sich nicht bremsen: »Und du könntest deine Gedichte schreiben, und wir könnten Partys geben. In Washington wohnen kluge Leute, Mary, auch ein paar alte Freunde von dir...«

»Und wir könnten so zusammensein, wie ich es mir immer gewünscht habe, als wir klein waren. Wir könnten spielen, daß wir nachts fischen gehen!« lachte sie.

»Oder ich bringe dir Schach bei.«

»Schach kann ich sogar. Paul hat es gern gespielt. Aber er mußte immer gewinnen. Wenn er nicht gewinnen konnte, hat er das Brett umgestoßen, die Figuren durchs Zimmer geworfen! Und von mir erwartet, daß ich sie aufhebe. Das habe ich natürlich nicht getan, und die Dienstboten mußten am nächsten Morgen danach suchen. Einmal ist eine Figur verlorengegangen, ein Springer. Paul war wütend, gab mir die Schuld. Ich sagte, gut, ohne Springer könnten wir eben nicht mehr spielen, es würde mir sowieso keinen Spaß machen, mit einem Baby zu spielen. Das war das Ende der Schachphase. Ich glaube, damals hat er sich das neue Flugzeug gekauft, das größere.«

»Du könntest den Bösendorfer dort hinbringen lassen. Du könntest Klavier spielen.«

»Und was würde Ronnie machen?« fragte sie spielerisch.

»Wieso, natürlich den Garten anlegen. Im Moment gibt es dort einen herrlichen Japanischen Garten, der allerdings nur einen kleinen Teil des Grundstücks ausmacht. Es sind schon ein paar Hektar. Ronnie könnte den Rest planen, pflanzen, was immer...«

Ronnies Augen glänzten feucht. »Du schlägst doch nicht vor, daß wir alle zusammenwohnen sollen, Lizzie?«

»Nur, wenn wir wollen. Wenn es für uns angenehm ist. Angenommen, du findest in Washington einen Job?« Sie sah Ronnies Gesichtsausdruck. »Vielleicht willst du ja auf ein verlängertes Wochenende kommen oder zu Weihnachten, oder Thanksgiving. Zu Familienfesten.«

Das war vorstellbar. »Ja.«

»Und Alex will vielleicht auch zwischen ihren Spritztouren nach El Salvador und den Reisen nach Hause dort einkehren. Nein?«

»Oh, ich werde immer zu Weihnachten kommen. Versprochen!«

»Nun gut, denkt darüber nach«, sagte Elizabeth und sackte ein bißchen in sich zusammen. Sie saßen schweigend da, als ob sie ihr gehorchten. Das Feuer erstarb, aber es war spät, und niemand stand auf, um es wiederzubeleben. Ein plötzlicher Windstoß gegen das Fenster ließ sie aufblicken.

Ronnie sprang auf und sah durch die Glasscheiben der Schiebetür hinaus. »Es schneit!« rief sie.

Sie sprangen alle auf und drängten sich am Fenster zusammen. »Schnee!« verkündeten sie, als ob sie ein Wunder beobachteten, sie umarmten sich, standen da, sahen auf das weiche weiße Gestöber, das sich in den Tannen niederließ, auf den kahlen grauen Zweigen des Hornstrauchs, auf der grauen toten Erde.

26

Funkelnd weiß von Schnee, schien dieser Morgen tatsächlich den Wendepunkt des Winters zu signalisieren, den Umschlag vom Dunkel zum Licht. Aber die Schwestern ignorierten seine metaphorische Fracht und ließen sich einfach entzücken, als sie in Morgenrock und Pantoffeln herunterkamen. Jede bestaunte das Licht, dieses wundervolle Licht, »wie Morgen im Herzen«, verkündete Alex schwärmerisch. Elizabeth murmelte: »So hell wie der Himmel über Afrika, nur die Farbe ist anders«, worauf Ronnie neidisch dachte, verdammt, sogar in Afrika ist sie schon gewesen. Mrs. Browning hatte ein Teetischchen im Spielzimmer aufgestellt und belud es jetzt mit Kaffee und Orangensaft, einer dampfenden Quiche, knusprigen Brötchen, Platten voller Küchlein, gefüllt mit Rosinen, Äpfeln, Nüssen, Zimt. Sie zogen die Vorhänge so weit wie möglich auf, knipsten die Weihnachtsbaumbeleuchtung an und schwelgten in den Köstlichkeiten, während sie wohlgefällig die unter dem Baum aufgehäuften Geschenke betrachteten. Keine Eile. Dieser Tag, so schienen sie alle gleichzeitig beschlossen zu haben, war ganz und gar zum Genießen da.

»Aber wo ist Marie-Laure?« fragte Mary irritiert, und sie lief hinaus, durch die Diele und nach oben, wo sie an die Zimmertür ihrer Tochter klopfte. Keine Reaktion. Sie öffnete die Tür. Marie-Laure lag in tiefem Schlaf, und auch die Stimme ihrer Mutter vermochte sie nur halb zu wecken.

»Komm runter, Liebes, es ist Weihnachtsmorgen! Und es hat geschneit, und es ist wunderschön draußen. Du kannst im Morgenrock kommen, wir sind alle im Morgenrock.«

Das Mädchen drehte sich knurrend um.

Mary rüttelte sie an der Schulter. »Marie-Laure, ich möchte, daß du aufstehst und mit nach unten kommst.«

»Gleich«, murmelte sie.

»Nein, sofort!«

»Ach, scheiß drauf, Mutter«, brummte sie verdrossen, und das Blut schoß Mary in den Kopf, sie holte aus und gab ihr eine Ohrfeige. Erschrocken und mit brennender Wange setzte sich das Mädchen auf. Ihre Augen loderten.

»Du hast mich geschlagen!«

»Ja!« brüllte Mary. »Und ich werde es wieder tun, wenn du je wieder so mit mir redest! Und jetzt steh auf und putz dir die Zähne und komm runter!«

Schockiert schlüpfte das Mädchen aus dem Bett. Mary sah ihr zu, wie sie in ihr Bad ging, wartete, bis sie wieder herauskam. Sie trug nur ein T-Shirt.

»Hast du einen Morgenrock?«

Mürrisches Kopfschütteln.

»Warte.«

Mary marschierte hinaus und in ihr eigenes Zimmer, fand einen Morgenrock, nahm ihn mit nach drüben. »Da, zieh das an. Und Socken oder sonst irgendwas an die Füße.«

Das Mädchen gehorchte.

»Ab nach unten!«

Marie-Laure ging die Treppe hinunter. Mary folgte ihr grimmig, aber als sie ins Spielzimmer trat, rief sie fröhlich: »Da sind wir!« Die Schwestern begrüßten Marie-Laure, und Mary erklärte: »Aber wir brauchen Musik! Und ich habe welche mitgebracht!«

Sie entnahm einer Papiertüte ein paar Kassetten mit Renaissance-Musik und frühen italienischen Sachen und schob eine davon in den Recorder. Als er lief, rief sie aufseufzend: »Ist das nicht himmlisch!« (wobei sie dachte, Gott, ich klinge wie Alex, ob sie sich immer so fühlt wie ich jetzt – am Rande der Hysterie). Sie ließ sich mit einer Tasse Kaffee und einem Teller Quiche in einem Sessel nieder.

Marie-Laure nippte an einem Glas Orangensaft und pickte an einem Stück Quiche herum. Die Schwestern aßen ausgiebig und in Ruhe. Sie redeten kaum. Sie schwelgten, murmelten ab und zu ein paar Worte über eine besonders schöne Passage der Musik, eine Schneewolke, die von einem Ast geweht wurde, einen Vogel, der auf der Suche nach einem möglichen Frühstück herunterstieß. Ronnie sammelte Krümel von ihren Tellern, öffnete die Schiebetür und streute sie auf dem Boden aus, und bald hatte sich eine kleine Vogelschar versammelt. Die gesättigten Schwestern beobachteten sie.

»Es ist noch genug Quiche in der Küche übrig«, sagte Alex plötzlich, und sie ging nach drinnen, um Mrs. Browning und Teresa zu sagen, sie könnten abräumen. »Die Quiche ist noch ein bißchen warm, vielleicht möchten Sie sie ja aufessen«, setzte sie hinzu, was in der Küche zweifaches Augenbrauenhochziehen auslöste. Natürlich, genau das hatten sie vorgehabt, aber zuerst kurz in die Mikrowelle damit.

»Nein, keinen Kaffee mehr«, sagte Elizabeth träge, »aber wißt ihr, was ich gern hätte? Ein Bier. Haben wir Bier da, Mrs. Browning?« fragte sie, als die Frau zum Abräumen hereinkam.

»Bier?« Mrs. Browning hielt im Abräumen inne. »Nun ja, es müßte noch welches da sein, die Vorräte werden immer alle aufgestockt. Aber sind Sie sicher, daß Sie um halb elf Uhr morgens ein Bier möchten, Miss Upton?«

»Laßt uns alle ein Bier trinken«, meinte Mary. »Oder eine Bloody Mary. Ja, für mich lieber das. Ich mache uns welche. Ich habe immer Bloody Marys für Paul gemacht, er mochte sie so gern.« Sie stand auf und starrte hilflos auf die noch nicht bestückte Bar.

»Schön und gut, uns zu sagen, wir können essen, aber jetzt wollen sie die Bar aufgefüllt haben«, murmelte Mrs. Browning in der Küche zu Teresa, während sie ärgerlich einen Eisbehälter füllte und eine Zitrone in Scheiben schnitt.

Ronnie wartete, bis alle ihre Drinks hatten und wieder saßen, und fragte dann wie ein ungeduldiges Kind: »Können wir jetzt die Geschenke auspacken?«

Während Elizabeth mit großem Brimborium die Päckchen verteilte, sagte Mary: »Lizzie, weißt du noch, als wir klein waren und hier mit Vater Weihnachten gefeiert haben und manchmal auch Worth und Harriet und Sam und Pru mit ihren Kindern kamen, da hat Worth gesagt, früher hätte ihr Vater immer bestimmt, daß der jüngste zuerst ein Päckchen auspakken durfte, dann der zweitjüngste und so weiter, und wir konnten dann dasitzen und zappeln, ich meine, wir waren zwar die jüngsten, das heißt, ich war die jüngste, also war ich als erste dran, aber ich durfte immer nur ein Päckchen aufmachen, und dann mußten wir warten, bis alle anderen auch eins aufgemacht hatten, bevor wir wieder eins auspacken durften, weißt du noch? Und wie Vater gesagt hat, das fördere die Disziplin?«

Lizzie nickte lächelnd.

»Ich fand das gräßlich, du nicht?«

»Nein, es hat die Tatsache überspielt, daß ich so viel weniger Geschenke bekam als ihr übrigen. Wenn ich mein letztes Päckchen aufgemacht hatte – es war immer ein Bademantel oder eine Bluse, irgend etwas, woraus ich mir gar nichts machte –, dann konnte ich mich mit den Geschenken verdrücken, die mir gefielen, mit den Büchern, und keiner hat es bemerkt.«

»Hm, ich habe natürlich immer viele Geschenke bekommen. Und ich fand es gräßlich. Aber ich finde, wir sollten es heute auch so machen. Nicht wegen der Disziplin – einfach nur, um es ein bißchen in die Länge zu ziehen. Damit wir alles in Ruhe bestaunen können. Jedes Geschenk richtig würdigen. Was meint ihr?« fragte sie ihre Schwestern.

Der Vorschlag gefiel ihnen, und als alle Geschenke verteilt waren, sagte Mary, Marie-Laure solle anfangen. Da die Schwestern nicht gewußt hatten, daß sie kommen würde, hatten sie nichts für sie gekauft, aber Mary hatte so viele Geschenke für sie mitgebracht, daß ihr Stapel genauso groß war wie die der anderen. Sie zupfte lustlos an dem Bändchen um eines der Pakete, während die anderen zusahen. Es dauerte eine Weile, bis sie es aufhatte, dann fetzte sie – mit spitzen Fingern und unter sorgsamer Rücksichtnahme auf ihre langen Nägel – das schöne, schwere Geschenkpapier ab. Sie zog einen weißen Seidenpyjama hervor.

»Oh, cool. Danke«, sagte sie, während sie den Pyjama wieder in die Schachtel zurückfallen ließ und nach einem Bier griff.

Enttäuschung verdüsterte die Gesichter, aber Mary sagte munter: »Ich bin froh, daß er dir gefällt. Jetzt ist Ronnie dran!«

Sie öffnete ein großes Paket, von Elizabeth, eine Kalbslederjacke mit einem flauschigen Wollfutter, wertvoller als alles, was sie bisher besessen oder auch nur von nahem gesehen hatte. Sie sah Elizabeth an, und ihre Augen glänzten feucht.

»Als ich sie gesehen habe, wußte ich einfach, die ist für dich«, spielte Elizabeth die Situation herunter, und sie fand sich selbst banal.

Aber alle sagten ähnliche Dinge, als sie nacheinander ihre Päckchen öffneten, denn alle hatten sie ihre Gaben mit der gleichen Sorgfalt, dem gleichen tiefen Gefühl für die Person der anderen ausgesucht. Und bis auf Marie-Laure, die alle ihre Geschenke mit dem gleichen Desinteresse zur Kenntnis nahm, konzentrierten sie sich mit gespannter Aufmerksamkeit auf das Öffnen aller Päckchen, bejubelten sie jedes einzelne Stück, das zum Vorschein kam, entdeckten sie an jedem das, was es so besonders machte, so wundervoll, begrüßten sie es als ein weiteres Juwel in dem Schatz zu ihren Füßen, eines der Wunder dieser Welt, ein Zeugnis für den Schönheitssinn und die

Kunstfertigkeit der Menschen, ihre Fähigkeit, Dinge zu erschaffen, die die Sinne erfreuten. So priesen sie im Chor den wunderbar satten Ton des Kaschmirpullovers, den Mary für Ronnie ausgesucht hatte, und die angenehme Textur des leichten Denim-Overalls, den Alex von Elizabeth bekam, seine Tauglichkeit für schwere Arbeit in einem tropischen Klima. Und so würdigten sie auch den leichten Nylonanorak, den Mary ihr schenkte und der sich winzig klein zusammenfalten ließ und niemals knittern würde, und das prächtige Halstuch, das Elizabeth für Mary erstanden hatte, mit goldenen und lila Fäden, die ihre Augen so wunderbar zur Geltung brachten, und das kleine Samttäschchen, das Alex für Mary aufgetrieben hatte, seidengefüttert und genauso schön und luxuriös wie Mary selbst. Für Elizabeth hatte Alex einen Globus gefunden, mit einem Satz Aufklebeteilchen, die es einem erlaubten, Grenzen und Ländernamen nach Belieben zu ändern, und Mary hatte ein silbernes Döschen für Elizabeths Zigaretten aufgetan, ein antikes mexikanisches Stück mit dem Aztekenkalender darauf. Ronnies Augen brannten. Sie hatten alle außerdem auch noch Kleinigkeiten füreinander gekauft – Taschentücher, Duftkissen, Seifen, Likör- und Cremepralinen. Sie gehörte nicht in diesen Kreis, sie verstand nichts von dieser Art Schenkerei. In ihrer Welt kaufte nie jemand nutzlose Sachen, Dinge, die man nicht unbedingt brauchte. Ihre kleinen Geschenke rutschten in dem Haufen ganz nach unten, und sie fürchtete sich davor, daß sie sie entdecken würden.

Aber natürlich entdeckten sie sie schließlich.

Inzwischen war die Reihenfolge durcheinandergeraten, und Elizabeth öffnete ihr kleines Paket. »Von Ronnie!« verkündete sie beim Aufreißen des Papiers, als sei sie überrascht, als hätte sie nicht mit einem Geschenk von Ronnie gerechnet. Sie starrte auf die beiden Kassetten von Bill Evans und seiner Jazz-Gruppe, ein Live-Mitschnitt. Sie sah Ronnie an. Tränen traten ihr in die Augen.

»Ronnie!« sagte sie weich. »Woher wußtest du, daß ich Bill Evans so gern mag? Und auf der hier ist ›I Was Up with The Lark Today‹! Mein absolutes Lieblingsstück!«

Ronnie wand sich, studierte einen Vogel, der nach einem letzten Krümel pickte. »Na ja, du hast es mal erwähnt.«

»Und du hast es dir gemerkt.« Elizabeth stand auf, ging durchs Zimmer und nahm sie in die Arme. »Danke! Vielen, vielen Dank! Ich kann dir gar nicht sagen, was mir das bedeutet. Es versetzt mich… meine alte Kassette ist längst kaputt, verschlissen… ich habe sie so oft laufen lassen. Und da hingen so viele Erinnerungen dran…« Ihre Stimme verlor sich wehmütig.

Mary beobachtete sie eifersüchtig. »Jetzt bin ich dran, oder? Was kriege ich?« rief sie, während sie ihr Geschenk aufriß. Sie inspizierte die beiden Bücher – Gedichte von Sharon Olds und Barbara Greenberg. »Oh, ich liebe Sharon Olds! Und Barbara Greenberg! Ja, ich habe mir schon ein Buch von ihr gekauft, ich habe es gelesen, als ich hier war, aber das hier ist ein anderes, oh, Ronnie, du hast es dir gemerkt! Danke, danke!«

Alex schlitzte jetzt ihr Päckchen auf. Sie rief: »Stein – mein Name?«, musterte das Buch und las laut vor, was auf dem Einband stand: ›Die Biographie der Edith Stein, der einzigen jüdischen Katholikin, die je eine Heilige wurde.‹« Sie hob die Augen, sah Ronnie an. Sie weinte.

Es hatte also doch geklappt, ihre Geschenke waren der Hit des Tages, bedeuteten ihnen mehr als alle die duftenden, luxuriösen, köstlichen, opulenten Dinge. Sie waren ihnen kostbar wegen der Aufmerksamkeit, die darin steckte, wegen der Liebe, derer es bedurfte, sich solche Dinge zu merken. Aber voll mit Nahrung aller Art, satt bis ins Mark, waren sie an diesem Tag alle nett zueinander, bemühten sie sich eifrig, das zu sagen und zu tun, was den anderen das Gefühl geben würde, geschätzt und geliebt zu werden. Obgleich es schon um drei

Essen gab, damit die Dienstboten nicht so spät zu ihren eigenen Familien und ihren eigenen Weihnachtsbescherungen kamen, zogen sie sich vor Tisch alle um. Und wieder fühlte sich Ronnie geliebt, akzeptiert und geschätzt, als sie alle ihren neuen Hosenanzug aus schwarzem Samt bewunderten. Mary erstrahlte in einem scharlachroten Satinkleid, tief dekolletiert, mit engem Rock, und Alex in einer Kreation aus wundervoll drapierter türkiser Seide, eleganter als alles, worin sie sie je gesehen hatten. Selbst Elizabeth trug dem besonderen Anlaß Rechnung und erschien im Kleid, einem hellblauen Wollensemble, das ihre Augen leuchten ließ. Marie-Laure kam in einem hautengen, kurzen, schwarzen Rock über einem schwarzen Ganzkörper-Body und sehr hohen schwarzen Stöckelschuhen.

Fest entschlossen, sich von dem Mädchen nicht den Tag verderben zu lassen, ignorierten die Schwestern ihr mürrisches Schweigen. Sie schwatzten und tratschten und lobten das Essen und machten das Mahl zu einer weiteren Orgie des Genusses. Sie waren so gesättigt mit Wohlgefühl, daß sie die Dienstboten, als das Dessert serviert war, mit Weihnachtsgaben, Gebäck und Weinflaschen beladen nach Hause schickten – ein echtes Geschenk, da noch eine Menge Aufräumarbeit zu tun war. Aber sie sagten, sie würden es selbst machen – nach einem flotten Waldspaziergang, bei dem sich ein paar Kalorien verbrennen ließen. Marie-Laure, die nicht so viel gegessen hatte, daß sie etwas abzuarbeiten gehabt hätte, blieb im Haus. Sie lag mit dem Kopfhörer über den Ohren auf ihrem Bett und rauchte, hörte Rock-Kassetten und starrte an die Decke. Die Schwestern mummelten sich dick ein und verloren kein Wort über sie, waren aber froh, sie los zu sein. Sie marschierten eine ganze Weile schweigend vor sich hin. Als sie zu reden begannen, schienen ihre Stimmen in dem Abendlicht nachzuhallen. Als sie heiterer Stimmung zurückkamen, machten sie sich daran, die Küche aufzuräumen, begleitet von Kassettenmusik, ein bißchen Gesinge und Getanze und ein paar übermütig-stümperischen Stepeinlagen. Und zu viert brachten sie die Arbeit rasch hinter sich. Wer könnte da sagen, wann es begann, was es war, was alles umschlagen ließ, was einen vollkommenen Tag in Scherben zerbersten ließ, in Stücke, die vorher gar nicht dagewesen zu sein schienen.

Vielleicht kann es einfach keine vollkommenen Tage geben, dachte Ronnie später.

Vielleicht begann es, als sie durch den Wald gingen und Mary anfing, die Schönheiten und Vorzüge der islamischen Kunst und besonders der Alhambra mit den großen christlichen Kathedralen zu vergleichen.

»Sie waren natürlich ausgezeichnete Mathematiker, diese alten Mauren, und ihre Handwerkskünstler waren hervorragend, aber diese Art, wie sie das Licht *nutzten,* es einfingen, wie sie Kühle durch Schatten erzeugten, die Art, wie sie alles – Gärten, Brunnen, Pavillons – darauf anlegten, die sinnliche Lust an der Schöpfung zu zelebrieren, das erscheint mir alles so viel menschlicher und *moralischer* als dieses strenge Ankämpfen gegen die Natur, wie es unsere Kathedralen verkörpern. Alle diese Bögen, die verbissen emporstreben, die sich mühen, ein Dach zu tragen, das nicht so hoch zu sein bräuchte, das nur so hoch gemacht wurde, damit es einschüchternd wirkt, damit die Leute sich klein und unbedeutend vorkommen. Dieses Aussperren des Lichts, überall nur klammer dunkler Schatten, Stein, blaues Glas. Das ist doch menschen- und lustfeindlich – dabei hatten diese armen Menschen doch sowieso schon wenig Lust in ihrem Leben –, und das alles im Namen irgendeines Gottes, einer höheren Macht. Das Abendland ist einfach verrückt«, schloß sie.

»Aber gerade dieses Streben«, polterte Elizabeth (war das etwa Zorn in ihrer Stimme?), »macht doch ihre Großartigkeit aus! Das Ringen darum, sich über das Weltliche zu erheben, nicht so animalisch zu leben wie die Tiere, dem Leben einen

Sinn zu geben – das macht doch die Großartigkeit der Kathedralen aus!«

»Also, weißt du«, sagte Mary leichthin, »wenn ich zwischen Lust oder Sinn in meinem Leben zu wählen hätte, würde ich mich jederzeit fürs erstere entscheiden. Sinn ist doch immer etwas Erfundenes. Lust ist wenigstens real und gibt einem etwas, macht einen satt. So wie uns heute.«

Ronnie machte sich schon auf ein gehässiges »Tja, *dich* vielleicht!« gefaßt, aber Elizabeth kniff nur die Lippen zusammen und sagte nichts, und der kritische Moment ging vorüber.

Oder vielleicht war es auch, als Alex auf einen kahlen Baum starrte und auf einmal begann, die Lebensbedingungen der entwurzelten Landbevölkerung in einer brasilianischen Stadt zu schildern. Sie sprach von den Elendshütten an einem Berghang, den Männern, die sich als Zuckerrohrschneider verdingten, für fünfzig Cent am Tag, nicht genug, um eine Familie ernähren zu können, von den Frauen, die als Dienstmädchen oder Wäscherinnen arbeiteten, für noch weniger Geld. Die Frauen müßten jeden Tag den ganzen Hang hinuntersteigen, um Wasser zu holen, das nur in begrenzten Rationen ausgegeben werde. Wenn sie Glück hätten und ganz vorn in der Schlange stünden, bekämen sie welches, das sie dann auf dem Kopf wieder den ganzen steilen Weg hinaufschleppen müßten. Wenn sie kein Wasser bekämen, bleibe ihnen nur das Flußwasser, das total verseucht sei von den Chemikalien, die die Zuckerrohrpflanzer benützten, und außerdem voller Parasiten. Die Kleider müßten sie sowieso im Fluß waschen. Die meisten Babys stürben, sagte Alex, an Hunger und Durst, aber sobald die Leute versuchten, sich zu organisieren und eine Krippe oder eine Klinik einzurichten, würden sie die reichen Plantagenbesitzer und Bürger der Stadt zu Kommunisten erklären und daran hindern. Die Reichen ließen nicht zu, daß sie hygienische Wasserleitungen bekämen oder Strom, und deshalb würden oft Hütten durch verschüttetes Kerosin abbrennen.

Alex hatte von diesen Menschen erfahren, als sie im Kloster einen Vortrag gehört hatte, von einer Dominikanerin, die dort arbeitete, aber die Art, wie sie redete, war naiv, ohne ein wirkliches Bewußtsein für die politische Dimension des Ganzen, und ihre liebliche, helle Stimme wurde schrill vor Empörung über die Ungeheuer, die diese Leute ausbeuteten und in so extremem Elend hielten, daß die Mütter kaum noch klagten, wenn ihre Babys starben.

»Früher«, schloß sie traurig, »haben diese Menschen auf ihrem eigenen kleinen Stück Land gelebt, ihre Nahrung selbst angebaut und ein menschenwürdiges Leben geführt. Aber dann wurden sie vertrieben, von den Pflanzern, die immer größere Zuckerrohrplantagen wollten, von den Reichen! Das ist so grausam!« erklärte sie.

»Hör auf, ihre alte Lebensform zu idealisieren. Sie waren vermutlich nicht viel besser dran als Tiere«, sagte Elizabeth in hartem, autoritärem Ton. »Da sind ihre Babys wahrscheinlich auch gestorben, und gehungert haben sie sicher auch.«

»Nein, sie haben Bohnen angebaut, Sachen, von denen sie sich ernähren konnten!« rief Alex. »Jetzt brauchen sie Geld, um sich Essen zu kaufen!«

»Jawohl, es stimmt«, konzedierte Elizabeth in demselben autoritativen Ton, »daß manche Leute durch den Wandel der globalen Wirtschaftsstrukturen zugrunde gerichtet werden. Das ist traurig, aber es läßt sich nicht ändern. Diese Entwicklungstrends sind nun mal stärker als der einzelne Mensch, sie bringen das hervor, was wir Zivilisation nennen.«

»Ich kann das, was diese Leute dort tun, nicht sonderlich zivilisiert finden, Lizzie«, wandte Alex schüchtern ein.

»Alex, du bist politisch naiv, ich kann darüber mit dir nicht diskutieren. Aber die Dinge sind nun mal nicht so schwarzweiß, wie du es dir vorstellst.«

Was Alex verstummen ließ und das Thema beendete.

Aber der akute Auslöser war Ronnie, als sie wieder zurück

waren und die Küche fertig hatten und sich im Spielzimmer bei einem Drink erholten. Die Kassette, ein gregorianischer Gesang, war durchgelaufen, aber sie waren alle zu faul, um aufzustehen und eine neue einzulegen, und aus tiefster Seele wohlmeinend, sagte Ronnie: »Das war einer der schönsten Tage meines Lebens.«

»Hmmm«, murmelte Mary. »Für mich auch.«

»Oh, für mich auch«, sagte Alex inbrünstig.

»Es ist so toll, wenn Frauen Sachen zusammen machen«, fuhr Ronnie fort. Dann erzählte sie ihnen von dem Essen, das ihre Freundin Linda für sie veranstaltet hatte. »Wißt ihr, es war genau das Gegenteil von diesem hier, aber es war auch ganz toll. Sie ist noch im Graduiertenstudium, sie hat keine zwei Cent, sie wohnt in einer vergammelten Wohnung, na ja, alle meine Freundinnen sind arm, alle leben so, aber sie wollten feiern, das tun sie oft und gern, ich habe auch viel gefeiert, als ich noch dort gewohnt habe. Und jede bringt was mit, Nudeln oder Bohnensuppe, oder Reis und Bohnen, oder einen Eintopf, Brot, Salat, Wein, Obst, und wir reden und lachen und essen, und alle helfen beim Aufräumen, und es gibt keine aufgeblasenen Egos, die durchs Zimmer schwirren, kein Männlichkeitsgehabe, das man päppeln, keine Lügen, die man aufrechterhalten muß. Wir haben einfach nur unseren Spaß.«

Elizabeths Kinn veränderte sich. War es Eifersucht, Neid wegen all dieser Freundinnen? Schwang da eine implizite Herausforderung mit in Ronnies Behauptung, das Essen damals sei genauso toll gewesen wie ihres heute? War es die Bemerkung über aufrechtzuerhaltende Lügen? War es die Summe der Genüsse dieses Tages, die fett und schwer auf einem asketischen Herzen lasteten? Oder war es das Aufbrechen eines grundlegenden Unterschieds zwischen ihr und den anderen? Was immer es war, was sie plötzlich packte, es packte sie sichtbar und spürbar. Sie funkelte Ronnie finster an, bezog dann auch die anderen mit ein, polterte los.

»Ihr macht mich krank mit eurer Idealisierung des Weiblichen, als wären Frauen moralisch höherwertig als Männer, als wären sie von Natur aus anders! Sentimentales Gewäsch! Was für ein blödsinniges Ideal, eine nette kleine häusliche Welt, wo alle alles teilen und lieb und kooperativ sind, keine Egos, ha! Wo herrscht denn schlimmere Konkurrenz als unter Frauen, könnt ihr mir das mal sagen? Gewicht, Figur, Kleider, Haare, Nägel, Kochen, sie reißen sich doch ein Bein aus vor lauter Gerangel um Männer, Männer, Männer! Und Frauen haben so eine gemeine, hinterlistige Art, sich eins auszuwischen, während sie immer hübsch lächeln, so was von scheinheilig, Männer ziehen wenigstens eine Waffe und bringen sich ganz offen um!

Glaubt ihr wirklich, wenn es nur Frauen auf der Welt gäbe, wenn wir uns ganz alleine fortpflanzen könnten, dann würden wir alle in einer Art Paradies leben? In Grashütten würden wir leben, so sähe es aus!«

Als sie innehielt, um tief an ihrer Zigarette zu ziehen, sagte Ronnie ruhig: »Also, wenn man sich die Überbleibsel matriarchaler Kulturen ansieht, dann haben die ziemlich gut und üppig gelebt. Ohne Krieg. Und selbst wenn wir in Grashütten leben würden und uns dafür vertragen würden und genug zu essen hätten – und es gibt Belege dafür, daß es so war, als wir noch selbst über unser Leben und die Früchte unserer Arbeit verfügen konnten, jedenfalls die meiste Zeit –, dann wäre das vielleicht gar nicht so schlecht. Im Vergleich zu einem der Löcher in Roxbury oder in der South Bronx nimmt sich eine Grashütte gar nicht so übel aus.« Sie lachte leise.

»Ach, so ein Unsinn!« blaffte Elizabeth. »Irgendwann gab es doch Krieg, oder nicht? Als genug Menschen da waren, als es anfing, eng zu werden. Das war unvermeidlich. Es ist Teil unserer tierischen Natur! Dieser ganze feministische Quatsch, das ist genauso schlimm wie der Marxismus, da wird behauptet, einfach behauptet, wir seien liebevolle, kooperative Geschöpfe, wo doch jede Zeile in unseren Geschichtsbüchern das Gegenteil bezeugt! Die Roten haben behauptet, wir seien ganz anders, haben versucht, die menschliche Natur per Dekret umzumodeln, seht euch doch an, was dabei herausgekommen ist, das unterdrückerischste System, das es je gegeben hat – schlimmer noch als jeder orientalische Despot, jeder Diktator, jeder Imperator. Eine halbwegs zivilisierte Gesellschaft kann man nur dann schaffen, wenn man die Tatsache in Rechnung stellt, daß wir wilde, grausame, aggressive Raubtiere sind. Wir sind Killer, wie andere große Säugetiere auch! Schon mal was vom Überleben der Tauglichsten gehört? Und was denkt ihr euch, wer die Tauglichsten sind? Die Brutalsten, die tüchtigsten Killer – und da muß ich euch recht geben, da sind uns die Männer voraus. Und das Beste, was unsereins tun kann, ist, sich gegen sie zu schützen. Aber es ist nun mal unausweichlich, daß die Schwachen untergehen, daß sie ausgemerzt werden. Das passiert derzeit überall auf der Welt. Alle primitiven Gesellschaften, alle simplen Gesellschaften werden einfach ausgelöscht, da kann man nichts machen, das ist nun mal die Natur, die menschliche Natur, es ist unausweichlich, weil es notwendig ist! Und es hat seine Funktion: Es sorgt dafür, daß die Spezies Mensch stark bleibt!«

»Das ist ja schrecklich!« sagte Alex fassungslos. »Das kann doch nicht dein Ernst sein, Lizzie.«

»Es ist mein voller Ernst. Ihr seid ein Haufen Schwärmerinnen! Ihr habt die meiste Zeit keine Ahnung, wovon ihr redet. Herrgott, was glaubt ihr denn, in was für einer Welt wir leben? Denkt ihr, unsere kleine Idylle hier in Lincoln sei etwas anderes als eine kleine Traumwelt, ermöglicht – erworben und finanziert – durch die Brutalität unserer Vorväter, die genug geraubt, gerafft, betrogen, bestochen und gemordet haben, um so eine kleine Insel inmitten der Hölle um uns herum zu erschaffen?

Was glaubt ihr denn, was da draußen vor sich geht? Permanent! Die indische Premierministerin wird ermordet, Luftpiraten töten Passagiere auf dem Flughafen von Teheran, in Bhopal fliegt eine Chemiefabrik in die Luft, Hunderttausende von Menschen verhungern in Burkina Faso, und das allein in den letzten paar Wochen! Und da sind noch nicht mal die Bürgerkriege mit drin, die an Hunderten von Stellen auf der ganzen Welt toben – El Salvador, über das Alex sich so ereifert, ist keineswegs das einzige Land, seht euch doch an, was in Äthiopien, Nicaragua, Chile, Afghanistan, Sri Lanka, Kambodscha, Mozambique, Angola los ist, Herrgott, und selbst das ist nur die Spitze des Eisbergs. Und außerdem – seht euch doch an, was die Leute sich auf den Straßen der sogenannten zivilisierten Länder gegenseitig antun, Mord und Totschlag, selbst unter Leuten, die sich lieben oder es jedenfalls behaupten; wie viele Männer bringen täglich ihre Frauen oder Freundinnen um, man kann sie gar nicht zählen, und wie viele sind es, wenn man alles zusammennimmt, all die Fälle von Mißhandlung, Vergewaltigung, Folter und Mord in allen Großstädten und Kleinstädten und Dörfern auf der ganze Welt?

Man braucht noch nicht mal von irgendwelchen Rowdys überfallen zu werden, der eigene Vater übernimmt es ja schon, daheim in der häuslichen Idylle! So wie unser Vater! Und wenn er es nicht tut, kann es einem passieren, daß einen die Mutter verprügelt oder Schlimmeres. Einen sicheren Ort gibt es nicht, das ist eine Illusion, es gibt überhaupt keine Sicherheit, auch wenn die Leute ihr ganzes Leben lang danach streben, als ob es sie gäbe, als ob genügend Geld oder Macht einen abschotten könnte. Aber wir wissen es besser, nicht wahr? Wir sind ständig bedrängt und bedroht, das Leben ist ein permanenter Kampf, das Beste, was man tun kann, ist, sich mit Klauen und Zähnen ein bißchen zeitweilige Sicherheit zu ergattern, eine kleine Insel, so wie dieses Haus oder mein Job oder irgendein akademisches Pöstchen« – sie sah Ronnie an –, »und mit allen Mitteln zu versuchen, daran festzuhalten.

Und um uns herum, dort draußen, ist es dasselbe: leerer Raum mit explodierenden Sternen, schwarze Löcher, Planeten aus Methaneis, Kometen und jetzt auch noch ein Loch in der Ozonschicht und saurer Regen und weiß Gott was alles, was uns auch noch bedroht.

In den meisten Gegenden der Welt ist es schon ein Kampf, genug zu essen aufzutreiben, trinkbares Wasser zu finden, und dann muß man noch vermeiden, seinen lieben Mitmenschen zu provozieren, weil der sonst einfach eine Uzi zückt oder eine AK-47, oder was immer die aktuelle Designerwaffe sein mag. Man muß sich wappnen, mit irgend etwas, mit Waffen oder Geld oder einer Position, irgendeiner Form von Macht, denn das Spiel heißt Krieg, permanenter Krieg, das ist es, was Leben bedeutet!«

Sie sank ausgepumpt zurück und zerrte an ihren Haaren. Ihre Augen flackerten, und ihre Zigarette war ausgegangen. Dann starrte sie dumpf auf die Wand. Die anderen sahen sie entsetzt an und schwiegen eine ganze Weile.

»Oh, arme Lizzie«, flüsterte Alex schließlich.

»Das ist ja ein Weltbild«, sagte Ronnie ruhig.

»Das ist kein Bild!« rief sie. »Das ist die Realität!« Sie richtete sich auf und zündete sich eine neue Zigarette an. »Seht ihr das denn nicht? Kapiert ihr das denn nicht?«

»Aber es ist nicht die einzige Realität«, sagte Alex sanft. »Nicht die ganze.«

»Nein«, murmelte Mary. »Was ist mit all dem Schönen, der Schönheit mancher Tage, der Schönheit des Lichts, der Natur, der Städte, der Menschen? Was ist mit all den schönen Sachen, die wir uns heute gegenseitig geschenkt haben, den köstlichen Sachen, die wir gegessen haben, dem Spaß, den wir hatten?«

»Und es ist auch nicht die einzige Wahrheit über uns, über die Menschen«, sagte Ronnie starrköpfig. »Wir stehen nicht alle miteinander im Krieg, wir helfen uns gegenseitig. Da, wo ich herkomme, das ist eine Welt, die du nicht kennst, da könnte niemand überleben, wenn die Frauen nicht füreinander auf die Kinder aufpassen würden, wenn sie nicht anderer Leute Kinder zu sich nähmen, monatelang, wenn es sein muß. Sie teilen ihr Essen, da ist immer noch Platz für eine Person mehr am Tisch, selbst wenn es hart auf hart geht, und sie leihen sich gegenseitig Sachen – Decken, warme Mäntel, was auch immer.

Hör zu, ich beschäftige mich mit der Natur auf der untersten Ebene. Moose und Flechten gelten als sogenannte niedere Pflanzen, sie besitzen nicht die Komplexität größerer Arten – obwohl manche Moose eingeschlechtlich sind und andere zweigeschlechtlich«, grinste sie. »Aber unser gesamtes Ökosystem hängt von ihnen und ähnlichen Arten ab. Und die Flechten, die wahrscheinlich eine der ersten Lebensformen auf dieser Erde waren und daher grundlegend für anderes Leben, sind symbiotisch, bestehen aus zwei verschiedenen Arten, die sich gegenseitig brauchen, um existieren zu können. Sie überleben per Kooperation, nicht per Konflikt. Sie können leben, wo nichts anderes leben kann – auf den höchsten Bergen, wo sonst nichts wächst, am Ufer der Ozeane, in den Wipfeln der höchsten Tropenbäume, wo die Sonne für alle anderen Pflanzen viel zu heiß brennt. Sie leben sogar am Fuß solcher Bäume, wo es für andere Pflanzen zu dunkel und zu naß ist. Und sie sind Pionierpflanzen, sie erzeugen Erdboden, sind eine der wenigen Arten, die das tun. Sie sind *schöpferisch.*

Und vieles in der Natur funktioniert so. Wenn du über die Natur reden willst, die wir in uns tragen und aus der wir kommen, solltest du dir mal Gedanken darüber machen, wie die Natur um uns herum funktioniert. Weißt du, ein paar Botaniker – Männer – die Männer suchen immer nach Zeichen für Dominanz in der Natur – wollten nachweisen, daß bei den Flechten die Pilze dominieren, weil sie auffälliger sind und vom Volumen her größer. Aber sie sind zu dem Schluß gekommen, daß die Pilze hochgradig abhängig von den Algen sind, vielleicht noch abhängiger als die Algen von ihnen. Es ist nicht alles so, wie es scheint. Denk nur mal an euren Vater und meine Mutter. Da ist kein Vergleich zwischen ihnen, was Macht, Ruhm, Reichtum angeht, da kann man sie gar nicht in einem Atemzug nennen. Aber ich bezweifle, daß meine Mutter einen Schlaganfall erlitten hätte, wenn euer Vater gestorben wäre – angenommen, sie wäre noch am Leben gewesen. Meine Mutter schien absolut abhängig von eurem Vater, aber in Wahrheit war es gerade andersrum...«

Sie hielt inne, zündete sich eine Zigarette an und fuhr mit ruhigerer Stimme fort: »Dein Weltbild ist ein männliches Weltbild, ein kapitalistisches, na ja, ich schätze, die heutigen Kommunisten haben es auch, es ist das Weltbild, das den ökonomischen Übergang vom Feudalismus zur Industrialisierung rechtfertigt. Es wird uns vermittelt, um uns an der Kandare zu halten, aber es ist nicht unbedingt die Wahrheit über die menschliche Natur. Sie wollen, daß wir das glauben, damit wir weiter in ihre Kriege ziehen und für sie sterben, damit sie ihren Reichtum mehren können und weiter nichts zu tun brauchen, als den Toten Medaillen zu verleihen.

Du mußt dieses ganze Zeug glauben, damit du weiter für diese Regierung arbeiten kannst, damit du weiter von den ökonomischen Prinzipien überzeugt sein kannst, die du in deinem Studium gelernt hast. Du mußt es glauben, um dein Leben rechtfertigen zu können. Aber wir nicht.«

Elizabeth setzte sich kerzengerade auf. »Das ist Unsinn! Ihr stellt euch einfach absichtlich blind. Seid naiv. Na ja, ich weiß nicht, warum ich von euch mehr erwarten sollte als von anderen Leuten. Die wenigsten sind bereit, unangenehmen Tatsachen ins Auge zu sehen. Sie trösten sich lieber mit einem Hot dog, einem Bier und der Glotze. Wie Tiere!« schnaubte sie verächtlich.

»Wir sind ja auch Tiere«, murmelte Alex. »Und zwar im Grunde ziemlich nette, denke ich.«

»Ach, so wie die Folterer in El Salvador?« fragte Elizabeth

sarkastisch. »Oder in Chile oder Peru, oder Argentinien oder Algerien, oder Vietnam? Glaubst du wirklich, daß eure Klinik dort unten irgend etwas Entscheidendes bewirken wird, daß sie irgend etwas an dem Problem ändern wird?«

Alex runzelte die Stirn, überdachte die Frage ernsthaft. »Ich denke, eine Klinik aufzumachen, kann das Leiden einiger Leute lindern – vielleicht einiger hundert. Das ist alles«, schloß sie.

»Und mal angenommen, die Regierung hält eure Klinik für subversiv, was dann? Angenommen, sie schicken Todesschwadronen, um dich und die Nonnen zu erschießen, euch vorher womöglich noch zu vergewaltigen. Hast du daran gedacht, daß das sehr wohl passieren kann, daß das oft passiert, dort, wo du hingehst?«

»Das weiß ich«, antwortete Alex sanft.

Elizabeth sah sie an, und in ihren Augen standen Tränen. »Tu's nicht, Alex. Geh nicht! Du forderst das Unheil heraus! Geh nicht!«

»Ach, Lizzie.« Alex stand auf, ging zu ihrer Schwester und umarmte sie. Elizabeth schluchzte laut in ihre vorgehaltenen Hände.

Mary nahm einen tiefen Zug von ihrem Joint. So ein Schock, Elizabeth so aufgelöst, ich kann mich nicht daran erinnern, sie je heulen gesehen zu haben, nicht mal damals, als sie von dem Baum fiel, in dem wir beide herumkletterten, und sich den Ellbogen ausrenkte. Vater war so wütend, meinte, junge Damen klettern nicht auf Bäume, wir haben es nie wieder getan, es war so toll, hat mir solchen Spaß gemacht, jammerschade.

War es das gewesen, was hinter dem Ganzen gesteckt hatte – Angst um Alex? Ich habe auch Angst um sie, Lizzie hat recht, sie hat ja keine Ahnung, worauf sie sich da einläßt, ich würde nie in eine solche Gegend gehen, um nichts in der Welt. Niemals. Aber sie… wer kann das schon nachvollziehen?

So ein Ausbruch, ob sie das Leben wirklich so sieht, wie kann sie es da ertragen weiterzuleben? Man hört ja Männer oft so reden, aber ich kann mir nie recht vorstellen, daß sie es wirklich so meinen, ich denke immer, sie sagen es nur, um irgendeinen besonders gemeinen geschäftlichen Deal zu rechtfertigen, irgend etwas, was den anderen schadet... Fressen oder gefressen werden, sagen sie, aber nur dann, wenn sie gerade die Fressenden waren. Das Leben ist hart, sagen sie, da muß man selbst auch hart sein, realistisch, was heißt, ohne Gefühle. Und sie sind so, das weiß ich, sie verhalten sich so, aber dann gehen sie doch nach Hause und entspannen sich irgendwie, schalten um auf einen anderen Modus, freuen sich an ihren Kindern, ihrer Frau, ihrem Abendessen, oder nicht? Selbst Paul, und der war der härteste von meinen Ehemännern, er konnte manchmal richtig zärtlich zu mir sein. Das waren die Situationen, in denen ich ihn am liebsten mochte, wenn er relaxed war und in der Sonne saß und schwamm und einen Gin Tonic trank und lächelte und es mal zuließ, sich einfach daran zu freuen, am Leben zu sein...

Ronnie hat recht, sie muß dieses Zeug glauben, um zu ihrer Arbeit stehen zu können, die ist ja schließlich ihr ganzes Leben. Ein großartiges Liebesleben hat sie ja wohl nie gehabt, Kinder hat sie keine, ich glaube nicht, daß sie irgendwelche Freunde hat...

Arme Lizzie. So einsam. Bisher war mir das noch gar nicht klar. Bettelt mich an, mit ihr dort runterzuziehen, darauf läuft es doch hinaus, ich hätte nie gedacht, daß ich sie mal betteln hören würde, wenn ich daran denke, wie ich sie immer angebettelt habe, bitte, bitte, Lizzie, spiel mit mir im Haus, schwimm mit mir, magst du auf der Terrasse Rollschuh laufen?

Die Wahrheit ist, daß ich auch keine Freunde habe, keine richtigen, nicht so wie Ronnie mit ihren Freundinnen und Alex mit diesen Nonnen; wie sie immer redet, über diese Schwester

Evangeline, die Nonne im Busineß-Kostüm, die durchs ganze Land jettet, um Geld aufzutreiben, die Zeiten haben sich wirklich geändert, und Schwester Bernadette mit den Sommersprossen und dem tollen Humor und der Vorliebe für irischen Whiskey, sie hat sie wirklich gern…

Lizzie und mich hat es am schlimmsten getroffen. Alex wurde frühzeitig von hier weggeschafft, Ronnie wurde von Vater nie als Familienmitglied behandelt, wir beide haben die volle Ladung abbekommen, seine ganze Verachtung und die Verhaltensvorschriften, all die Regeln, so viele Regeln…

Mary drückte ihren Joint aus und deponierte die Kippe in ihrem kleinen Emaille-Döschen. Sie rieb sich die Arme, fror, fühlte sich allein. Der Nachthimmel war sternenlos und grau, als hinge eine stumpfe, dunkle Decke unter dem Himmel. Sie stand schwerfällig auf und ging zu ihrem Bett, konnte es heute nicht genießen, hineinzuschlüpfen, ihren makellos reinen Körper zwischen die kühlen, sauberen, weißen Laken gleiten zu lassen. Sie fühlte sich heute abend nicht makellos rein.

All die Spielchen, die ich spiele – weißes Essen, weiße Nachtwäsche, weißes Bettzeug, weiße Zimmer. Eine Illusion, die ich mir täglich erschaffe, immer wieder, durch Rituale, um mich sauber zu fühlen, rein, unbefleckt. Aber das bin ich nicht. Nein. Ich bin genauso verdorben, genauso schlimm wie alle Menschen auf dieser Welt. Man braucht sich ja nur anzusehen, was ich mit meinen Kindern gemacht habe. Was ist los mit meiner Tochter, meinem Baby? Was soll ich machen? Was kann ihr helfen? Ist es möglich, daß Vater…

Lizzie hat recht: Wir sind grausam, selbstsüchtige Raubtiere.

Tränen rannen ihr seitlich hinunter, wie sie so dalag. Sie wischte sie nicht weg.

Ihr armes Herz, so zerrissen, diese gräßlichen Dinge, die sie da glaubt, na ja, zu einem gewissen Grad hat sie recht, aber auf das Graduelle kommt es an. Was will ich damit sagen? Aber trotzdem – ich weiß, daß ich recht habe.

Alex hängte ihr Kleid sorgfältig auf, strich die Seidenfalten liebevoll glatt, so ein wundervoll weiches Material, so schön anzufassen. So viele wundervolle Dinge auf der Welt, die fallen aus ihrer Rechnung einfach heraus. Ökonomie nennt sie das, eine Wissenschaft, sagt sie, eine merkwürdige Wissenschaft, die einfach das halbe Leben ausklammert, mehr als die Hälfte, aber vielleicht ist das ja bei allen Wissenschaften so, in der Medizin jedenfalls ganz bestimmt, ich habe ja die Ärzte im St. Mary gesehen, sie vergessen die Seele, sie vergessen, wie wichtig es ist, in die Arme genommen, berührt und getröstet zu werden. Und sie vergessen auch die Ernährung, jedenfalls dort im St. Mary. Dieses gräßliche Essen, das sie ihren Patienten vorsetzen, meinen sie denn nicht, daß sie von gesünderem Essen schneller wieder gesund werden würden? Sie sehen nichts anderes als ihre Medikamente und Operationen, aber meine Klinik wird es besser machen, bei uns wird es frisches Obst geben für die Leute, die das nötiger brauchen als eine Pille. Obst, Gemüse, Reis und Bohnen, und in meiner Klinik wird immer ein Topf mit Suppe auf dem Herd stehen.

Sie putzte sich die Zähne und wusch sich das Gesicht, sah es kaum in dem Spiegel über dem Waschbecken, sah statt dessen eine hitzeversengte Ebene, sah die Sonne auf das Blechdach eines kleinen weißen Steinhäuschens herabbrennen, ringsherum Bäume und Farne. An der einen Seite zog sich ein Zeltdach entlang, und in seinem Schatten saßen Menschen, Becher mit sauberem Wasser in den Händen, umgeben von der wohltuenden Kühle der Pflanzen, warteten geduldig auf eine freundliche, aufmerksame Schwester, die genau wissen würde, wie ihnen zu helfen war.

Sie schlüpfte ins Bett und knipste das Licht aus, aber ihre Augen waren weit geöffnet. Sie sah Menschen auf Feldbetten liegen, auf den Gesichtern jene stille Zufriedenheit, die die

Schwerkranken erfüllt, wenn ihre Schmerzen nachlassen. Sie hörte schreiende Babys ruhig werden, weil Wasser und Nahrung ihre Pein linderten, sah Geschwüre an mageren, braunen Beinen gesäubert und verbunden werden, sah die Gesichter derjenigen, die nicht zu heilen waren, sich friedvoll entspannen, wenn zumindest ihre Qualen von ihnen genommen wurden. Ihr eigenes Gesicht strahlte.

Aber dann legte sich ihre Stirn langsam in Falten, weil sich vor dieses Bild ein anderes schob, Männer in Kampfstiefeln und Tarnuniformen, die mit Maschinengewehren in diese Idylle einbrachen. Sie hoben die Gewehre, Salven knatterten. Die wartenden Patienten fielen um, Blutspritzer wie Blumenbouquets auf ihren hellen Kleidern. Die Männer stürmten in das Klinikgebäude, zerrten die Nonnen heraus und Alex in ihrem hellblauen Overall, warfen sie auf den Boden…

Nein.

Denk nicht dran. Es ist unwahrscheinlich. Wir werden tun, was wir tun können, um sie zu besänftigen, wir werden uns meilenweit von allem fernhalten, was irgendwie politisch ist, wir werden sie nicht provozieren…

Natürlich hat Lizzie recht, so ist es nun einmal. Es kann passieren. Aber es muß nicht. Es gibt eine Menge kirchlicher Kliniken, wo so etwas nie passiert ist. Aber sie hat nicht recht, was die menschliche Natur angeht. Nein. Da ist sie blind, einäugig. Man sieht es doch an ihr selbst, ein Muster an Härte und Disziplin, und sie kann wahrhaft gnadenlos sein, das haben wir alle gesehen, aber trotzdem hat sie meinetwegen geweint, mich angefleht, nicht zu gehen.

Alex kamen die Tränen.

Wie rührend, wie lieb von ihr, diese Bitte. Lizzie hat mich lieb. Ich sie auch. Und ich will nicht sterben. Aber ich muß gehen.

Heiliger Strohsack, wer hätte das gedacht, so viel Grimm, solche Pein, ausgerechnet bei Elizabeth, dieses ganze Zeug, das tief in ihr drinnen gärt, während sie herummarschiert wie ein gottverdammter General bei der Truppeninspektion. Was für eine Sicht des Lebens! Kein Wunder, daß sie sich immer hinter dieser Haltung verschanzt. Ich möchte wissen, wie es in ihrem Inneren aussieht. Man sollte meinen, sie müßte doch wenigstens aus Rücksicht auf ihren Magen von diesen Ideen abrükken.

Ronnie drehte sich auf die Seite und schloß die Augen, aber ihre Gedanken rasten.

So unnötig. Sie nimmt die politischen Denker der letzten paar Jahrhunderte, die Männer unserer Zeit, denn es sind immer Männer, die dieses Zeug predigen, als hätten sie die absolute Wahrheit gepachtet, in Schutz. Wo doch jeder halbwegs vernünftige Mensch sehen kann, daß dieses Konzept von der angeborenen, grundlegenden Aggressivität des Menschen oder zumindest des Mannes nichts weiter ist als eine Rechtfertigung der Machtverschiebungen in den letzten paar hundert Jahren. Jeder, der kleine Jungen großzieht, weiß doch, wie lieb und nett sie sein können, Téo zum Beispiel, sie sind überhaupt nicht zwangsläufig aggressiv, sie lernen es nur, lernen, daß es gleichbedeutend mit Männlichkeit ist. Wie der arme Raoul, er war so ein lieber Junge, bis er sich dieser Gang angeschlossen hat. Und auch noch danach, wenn er mit Rosa oder mir, oder seinen Schwestern zusammen war. Ich weiß noch, wie er Lidia die Haare gekämmt und Rosa Tee gemacht hat, als sie mal krank war, und ihn ihr so liebevoll gebracht hat und ihr die Stirn gestreichelt und sie beschwörend gefragt hat: »Geht's dir bald wieder besser, Mama?«

Sieht sie das denn nicht? Sie hat wohl nicht viele Anschauungsbeispiele gehabt, scheint nicht viele Männer gut zu kennen, frage mich, wieso, Herrgott, ich bin eine Lesbe, und ich kenne scharenweise nette Männer, zum Beispiel Professor

Madrick oder Professor Goldie, natürlich ist da auch das Arschloch Reilly, und es gibt einen Haufen Männer wie ihn, aber sie sind doch nicht alle so.

Klar, es stimmt, daß Männer die großen, breitangelegten Verbrechen an der Menschheit begangen haben, Hitler, Stalin, Mussolini, die Zaren, Napoleon, Alexander, Dschingis Khan, all die Millionäre, die die amerikanische Industrie aufgebaut haben, Edgar Hoover, Wie-heißt-er-noch-mal Palmer, die Kerle, die die großen Konzerne leiten, die alles verseuchen... Es stimmt, daß viele Männer gierige aggressive brutale räuberische Monster sind und nichts weiter wollen als Macht und Geld...

Sie drehte sich auf die andere Seite.

Aber die Menschheit hätte nie überleben können, wenn wir alle so wären. Überleben der Tauglichsten, ha! Sie sind nicht die Tauglichsten, sie denken, daß sie es sind, sie raffen den besten Teil von allem an sich, den größten, sie lassen andere Leute verhungern. Aber sie gehen unter, sie machen ihre Kinder kaputt, machen sie zu Selbstmördern, so wie es der alte Wittgenstein gemacht hat, machen sie zu Neurotikern. Ihr Sperma kann die Welt nicht erobern. Der Rest der Menschheit würde den Bach runtergehen, wenn es so wäre. Aber wir gehen nicht unter. Viele sterben jung, die Babys in Äthiopien, die Babys der Zuckerrohrschneider, von denen Alex gesprochen hat, im Nordosten Brasiliens, Millionen und Abermillionen sterben durch die Machenschaften der Superreichen. Aber Millionen bleiben auch am Leben, und sie leben, weil sie einander helfen, weil sie teilen, kooperieren, lieben. Liebe.

Sie setzte sich auf, starrte finster auf die Wand, stieg aus dem Bett und fischte auf ihrem Schreibtisch nach einer Zigarette.

Verfolgst du mich, Momma? fragte sie sich, während sie den Rauch ausblies und wieder ins Bett zurückschlüpfte. Sie lehnte sich gegen das harte Kopfteil, stopfte ein Kissen hinter sich, saß da und rauchte.

Selbst in den Todeslagern haben die Leute kooperiert, geteilt. Vor allem die Frauen. Hat sie am Leben gehalten.

Kann Lizzie das nicht sagen, sie würde es gar nicht hören. Sentimentales Gewäsch, würde sie sagen. Idealisierung. Rosa, die die Kinder von Bianca zwei Stockwerke höher zu sich genommen hat, als Bianca im Gefängnis war. Neun Monate haben sie bei uns gelebt, und wir hatten doch kaum Platz genug für uns, neun Monate hat sie diese Kinder mit durchgefüttert, als ob es nicht schon schwer genug war, ihre eigenen satt zu kriegen. Und mich hat sie auch aufgenommen.

Großer Gott, was wäre ohne sie aus mir geworden?

Daran hast du nicht gedacht, was? Neulich abend, als du beschlossen hast, nie wieder dorthin zu gehen. Du kannst niemals damit aufhören, dorthin zu gehen, hörst du? Ganz egal, was ist. Rosa hat dir das Leben gerettet.

Du denkst, du bist allein, klar, du bist allein, du und dein Körper und alles, was dir widerfahren mag, niemand anders kann das je ganz und gar nachvollziehen, und doch ist da ein Auge, das sieht, eine Hand, die dir hingestreckt wird, Essen, das dir gegeben wird, Trost, Mitgefühl. Mit all dem bin ich mein Leben lang großzügig bedacht worden, Momma, Rosa, alle meine Freunde. Und jetzt sie. Selbst Lizzie, trotz ihrer Überzeugungen.

Man kann so nicht leben. Geht nicht. Entweder man schnurrt innerlich zusammen und verwandelt sich in einen Roboter, oder man stirbt, stirbt wirklich.

Du mußt lieben, um zu leben, Ronnie.

Sie drückte die Zigarette aus, legte sich wieder hin und schloß die Augen. Eine Welle von Müdigkeit erfaßte sie, und sie drehte sich seufzend auf die Seite und überließ sich ihr.

Ja, Momma.

27

Marie-Laure war die erste, die abreiste. Sie verkündete am Frühstückstisch, daß sie einen Freund angerufen habe, der sie abholen und nach Boston zurückfahren werde. Mary – die an diesem Morgen unten frühstückte – protestierte. Sie könne doch noch etwas länger bleiben, mit ihnen zusammen aufbrechen, Aldo werde sie am Nachmittag auf der Fahrt zum Flughafen in Boston absetzen. Aber Marie-Laure blieb dabei, sie könne nicht so lange warten, ihre Freunde wollten nachmittags ins Kino, und sie wolle mit.

»Wir hatten noch nicht mal Zeit für ein richtiges Gespräch von Frau zu Frau!«

Marie-Laure warf ihr einen stechenden Blick zu: »Wofür bitte?«

»Für einen Plausch. Einen langen besinnlichen Plausch.«

Marie-Laure schnitt eine Grimasse.

»Wann wollen sie kommen?«

»Hmm. Gegen elf.«

»Hmm. Also vielleicht nicht vor zwölf. Egal, sie können warten. Zieh dir deinen Mantel und die Stiefel an. Wir gehen spazieren.« Mary stand auf und ging aus dem Zimmer.

»Draußen liegt Schnee«, jammerte Marie-Laure. Aber Mary war schon halb auf der Treppe und antwortete nicht.

Das Mädchen seufzte, stand widerstrebend auf und folgte ihr.

Fünfzehn Minuten später stand Mary neben der Eingangstür, warm angezogen und mit pelzgefütterten Stiefeln und klopfte mit dem Fuß auf die Erde. »Beeil dich, Marie-Laure!« schrie sie die Treppe hoch, was sie noch nie zuvor gemacht hatte, weder in diesem Haus noch in einem anderen. Schließlich erschien das Mädchen und schlenderte die Treppe herunter.

»Wir werden Richtung Stadt gehen«, sagte Mary und ergriff ihren Arm.

Marie-Laure ließ sich führen, aber sie blieb schweigsam, als sie die lange Einfahrt zur Straße hinuntergingen, sie schwieg, als sie in die Straße einbogen und schnell in Richtung Stadt gingen. Mary schwieg ebenfalls, bis ihre Tochter schließlich herausplatzte: »Ich verstehe nicht, was das soll. Warum dieses plötzliche Interesse? Du hast dich doch sonst nie für mich interessiert.«

»Ist das so?« Marys Gesicht war überrascht. »Habe ich mir nicht die Zeit dafür genommen, um mit dir die Garderobe für die Oberstufe und fürs College einzukaufen, habe ich dir nicht beim Packen geholfen? Habe ich dich nicht zum Dinner ausgeführt, zum Lunch, ins Kino? Habe ich dich nie nach deinen Noten gefragt, nach deinen Kursen?«

»Selten!« explodierte Marie-Laure. »Wirklich sehr selten, das könnte ich an einer Hand abzählen. Du bist immer weg, mit irgendeinem *Mann.*« Dem letzten Wort verlieh sie eine bittere Betonung.

Mary antwortete nicht, und sie gingen eine Weile schweigend weiter, bis es wieder aus Marie-Laure herausbrach: »Ich meine, während meiner ganzen Kindheit warst du immer mit irgendeinem Mann weg. In Capri oder Vail, oder Virginia, oder Paris, oder London und Gott weiß wo noch, während wir mit irgendeiner Nanny allein zu Hause bleiben mußten. Bertie und ich. Martin war im Internat, du warst mit irgendeinem Mann unterwegs, mein Vater hat sich noch nicht mal die Mühe gemacht, mich überhaupt zur Kenntnis zu nehmen, du wirst also wohl verstehen, Mutter« – sie verlieh auch diesem Wort eine bittere Betonung – »daß ich an elterliche Aufmerksamkeit nicht gewöhnt bin.«

»Ich habe dich mitgenommen! Nach Capri, nach Vail! Nach Virginia!«

»Du hast uns zwei- oder dreimal mitgenommen. Paul konnte Kinder nicht leiden, erinnerst du dich? Und Don … na ja, wenn der da war, dann hätten wir tot umfallen können, und du hättest es nicht bemerkt.«

Mary grübelte eine Weile, dann sagte sie nachdenklich: »Genauso bin ich auch erzogen worden. Ich wurde mit sieben auf ein Internat geschickt. Meine Mutter war tot, und ich habe meinen Vater selten gesehen, nur manchmal, in den Ferien, und dann …« Sie hörte auf zu reden. Sie wartete ein bißchen, dann fing sie wieder an. »Das ist keine Entschuldigung, ich will damit nur sagen, daß ich es nicht besser gewußt habe. Ich dachte, daß Kinder so erzogen werden müßten. Die meisten meiner Freundinnen haben es auch so gemacht. Aber jetzt tut es mir leid, und ich möchte es ändern.«

»Es ist zu spät.«

»Es ist nie zu spät«, Mary drückte Marie-Laures Arm fester an sich, als sie durch das verschneite Gras neben der Straße stapften, ihr Gesicht war vor Eifer gerötet, sie atmete tief ein und aus. »Ich bin fünfundvierzig, und …«

»Du bist achtundvierzig, *Mutter.*«

Mary blieb wie angewurzelt stehen. Verstört starrte sie ihre Tochter an. »Das kann nicht sein!« Sie zählte lautlos. Sie wurde ein bißchen kleiner. »Gott, ich bin fast fünfzig!«

Sie marschierten weiter, Mary ging jetzt etwas langsamer, als ob das Alter sie mit einem plötzlichen Schub eingeholt hätte.

»Nun, egal«, sie faßte sich wieder, »ich bin nicht mehr jung, und trotzdem hat mich die Zeit mit meinen Schwestern, als Vater krank daniederlag, völlig verändert, sie hat meine Beziehung zu ihnen verändert, überhaupt erst geschaffen – ich hatte zu Alex und Ronnie davor überhaupt keine. Es ist wundervoll, es macht mich glücklich. Wenn das mit vierzig... achtundvierzig passieren kann, dann kann es auch mit zwanzig passieren.«

Jetzt schwieg Marie-Laure.

»Ich möchte, daß wir uns nahestehen.«

Keine Antwort.

»Hättest du nicht gern eine richtige Mutter? Eine, die du anrufen kannst, wenn du unglücklich bist oder wütend, oder wenn du gerade glänzend durch eine Prüfung gekommen bist, oder wenn du Probleme mit deinem Freund hast? Wäre das nicht schön? Würde dir das nicht gefallen?«

Das Mädchen verzog keine Miene und antwortete nicht. Mary blieb wieder stehen, drehte sich um und sah Marie-Laure in die Augen.

»Nein?«

Das Mädchen wich ihrem Blick aus. »Ich weiß es nicht.«

Mary nahm Marie-Laures Gesicht zwischen ihre Hände, drehte es zu sich hin.

»Nein?«

»Vielleicht«, nuschelte sie und drehte sich wieder weg. Aber Mary sah einen Schimmer von Tränen in ihren Augen und war zufrieden.

Sie nahm wieder Marie-Laures Arm, drückte ihn an sich, ging weiter. »Natürlich würde es dir gefallen. Und mir auch. Es würde mich glücklich machen.«

Das Mädchen schwieg, aber sein Körper hatte sich verändert, war weniger angespannt.

»Also, erzähl mir, was in deinem Leben so läuft.«

Marie-Laure zuckte die Achseln. »Nicht viel.«

»Deine Noten waren nicht so gut in diesem Semester, nicht wahr?«

»Nein.«

»Studierst du nicht gern?«

Sie zuckte wieder die Achseln. »Es geht so.«

»Du ißt nicht, Marie-Laure. Du bist zu dünn.«

Jetzt war es Marie-Laure, die stehenblieb. Sie riß sich von Marys Arm. »Ist das deine Art von Nähe? Daß du auf mir herumhackst, Fehler findest?«

»Ich mache mir Sorgen um dich. Ich glaube, du bist magersüchtig.«

»Ich esse, was ich will.«

»Du ißt nichts.«

»Ich esse genug.«

Mary sah sie fest an, dann nahm sie ihren Arm und ging wieder weiter. »Hast du einen Freund?«

Sie hob leicht die Schultern. »Halb und halb. Ich meine, es gibt einen Typen, mit dem ich gehe. Aber er wohnt in Washington und ist in Yale, deshalb treffen wir uns nur an den Wochenenden, an manchen Wochenenden, nicht an allen.«

»Wie heißt er?«

»Ho. Wir nennen ihn Ho. Sein richtiger Name ist Howard Hodding McKenzie III. Sein Vater ist Staatssekretär im Innenministerium. Er kannte Grandpa. Sein Vater, meine ich, nicht Ho.« Ihre Stimme war ausdruckslos.

»Und was ist das Problem mit Ho?«

»Woher weißt du, daß es eins gibt?« Wütend, plötzlich.

»Nur mütterliche Intuition«, lächelte Mary.

Marie-Laures Blick war fast bewundernd. Überrascht. »Oh. Er ist einfach... ich weiß nie, wann er anruft. Er ruft an, wann er Lust hat. Ein ganzes Wochenende kann vorbeigehen, ohne daß ich von ihm gehört habe. Es ist ihm egal, ob ich dasitze und warte, kommt gar nicht auf die Idee, einfach mal anzurufen und hallo zu sagen. Ich bleibe zu Hause, ich warte, aber er ruft nur an, wenn er nichts anderes zu tun hat. So kommt es mir jedenfalls vor. Das macht mich krank, ich komme mir vor wie ein Wurm.«

»Natürlich, du armes Kind«, sagte Mary mitfühlend. »Wo war er Weihnachten, in Washington?«

»Nein!« rief sie. »Aspen, Ski fahren mit seinen Eltern! Und er hat zwei Freunde eingeladen, mitzukommen, aber mich hat er nicht gefragt!«

»Oh«, sagte Mary bedauernd. Dann: »Warum gehst du nicht mit einem anderen aus?«

»Weil ich ihn liebe«, weinte Marie-Laure.

»Oh, oh«, seufzte Mary und löste ihren Arm und legte ihn um ihre Tochter. Tränen strömten über Marie-Laures Gesicht, und sie wischte sie mit ihren behandschuhten Händen weg.

Schweigend gingen sie weiter. Dann sagte Mary: »Weißt du was? Komm mit mir nach New York, oder komm morgen hinterher. Wir können ins Theater gehen, ins Museum. Ich nehme dich mit zu Partys. Wie findest du das?«

»Na ja«, sagte sie ohne Begeisterung. »Boston ist wirklich öde.«

»Es ist überall öde, wenn du mit jemandem zusammensein willst und er ist nicht da. Findest du nicht?«

Wieder starrte Marie-Laure ihre Mutter an. »Vielleicht.«

»Und da das so ist, müssen wir Mädels uns selbst aufmuntern.«

Marie-Laure lächelte fast. »Sprichst du aus Erfahrung?«

»Ja, weiß Gott. Ich war noch mit Paul verheiratet, als ich Don kennenlernte, und ich konnte ihn nicht so oft treffen, wie ich wollte. Und jeden Tag, an dem ich ihn nicht sah, jede Minute, die uns trennte, war eine Qual. Das war wirklich das einzige Mal, daß ich verliebt war, obwohl ich viermal verheiratet gewesen bin. Nach deinem Vater war ich zuerst ganz verrückt, aber das hielt nicht lange an. Ich dachte, es sei Liebe, aber erst als ich Don kennenlernte, wußte ich, daß es keine Liebe gewesen ist. Wenn man noch nie richtig verliebt war, kann man schon mal durcheinanderkommen. Andere Dinge scheinen einem wie Liebe zu sein. Nimm mal an, da ist ein Mann, der paßt zu dir, kommt aus denselben Kreisen wie du, er ist reich, er betet dich an... du redest dir ein, daß du verliebt bist. Aber das ist keine Liebe...« Ihre Stimme verlor sich träumerisch.

Marie-Laure drückte den Arm ihrer Mutter an sich.

Sie gingen weiter, jetzt in einverständlichem Schweigen, hatten Herzklopfen, sie atmeten tief ein und aus, die Atemwölkchen wärmten ihre Gesichter. Sie gingen weit, sie waren fast in der Stadt.

»Marie-Laure? Darf ich dich etwas fragen?« Marys Stimme klang fast ängstlich.

»Klar.«

»Hast du etwas für Grandpa empfunden?«

»Wie meinst du das?«

»Genau so, wie ich es sage. Hast du Zuneigung für ihn empfunden, hast du ihn gemocht, hast du ihn nicht gemocht, hat er dir angst gemacht?«

»Ich habe gar nichts für ihn empfunden«, antwortete sie mit ausdrucksloser Stimme.

»Überhaupt nichts?« fragte Mary ungläubig.

»Überhaupt nichts!« schrie Marie-Laure. »Warum fragst du mich das! Er war einfach ein widerlicher alter Mann, warum sollte ich irgend etwas für ihn empfinden!«

»Was war so widerlich an ihm, warum sagst du das?« rief Mary.

»Kannst du nicht aufhören, auf mir herumzuhacken und mich in Ruhe lassen! Laß mich in Ruhe!« Sie riß sich von ihrer Mutter los und ging schnell voraus, sie rannte fast. Mary kam mit ihren kurzen Beinen kaum hinterher, sie rannte los, rief Marie-Laures Namen. Aber das Mädchen ging unvermindert schnell, sie entfernte sich immer weiter und weiter von Mary. Mary war außer Atem, rannte nicht mehr, ging langsamer, aber sie ging weiter. Marie-Laures Gestalt wurde kleiner und kleiner. Aber als Mary zur Hauptstraße kam, stand das Mädchen dort, ließ die Arme zu den Füßen baumeln, wartete.

Mary starrte sie an. Marie-Laures Augen waren gesenkt, als blickte sie auf das Pflaster. »Laß uns einen Kaffee trinken«, sagte Mary, zog sie über die Straße und ging mit ihr in Richtung Süden, zu Lincolns einzigem Coffee-Shop.

Dort saßen sie schweigend, tranken ihren Kaffee. Mary starrte unentwegt Marie-Laure an, die ihren Blick nicht erwiderte.

O Gott O Gott O Gott.

Schließlich sagte Mary: »Ich bin erschöpft. Ich werde Aldo anrufen, er soll uns abholen. Okay?«

Marie-Laure hob den Blick und sah sie an. Sie nickte. Mary sah ihrer Tochter in die Augen. »Bitte, komm mit nach New York«, flehte sie.

»Okay«, sagte das Mädchen schwach.

Nach dem Frühstück ging Alex nach oben, um zu packen, dann machte sie es sich auf der Couch im Wohnzimmer gemütlich und las die Biographie von Edith Stein. Ronnie, die an ihr vorbeiging, fühlte, wie ihr vor Freude warm ums Herz wurde. Elizabeth, die während des Frühstücks fast nichts gesagt hatte, schloß sich im Arbeitszimmer ihres Vaters ein.

Ronnie ging in ihr Zimmer und setzte sich an den Computer, wollte arbeiten.

Aber sie stellte das Gerät noch nicht mal an, saß einfach nur da, starrte aus dem Fenster, versuchte zu analysieren, was sie fühlte. Niemand war wütend auf Elizabeth. Mary und Alex schienen, wenn überhaupt, noch besorgter um Elizabeth zu sein. Alex, als ob Elizabeth plötzliche Anzeichen von Krankheit gezeigt hätte und Trost bräuchte, Mary, als ob sie eine neue Distanz zu ihrer Schwester empfände, sie neu sehen und zum ersten Mal bemitleiden würde. Aber Ronnie war wütend. Elizabeth hatte sie angegriffen und damit, wie sie fand, das zarte Gewebe der Vertrautheit zerrissen, das sich zwischen ihnen entwickelt hatte, sie hatte sie in das kalte Universum hinausgestoßen, die Fäden hingen an ihnen herab wie Hautfetzen. Denn alles, was sie gesagt hatte, war eine Zurückweisung der Welt, die sie sich in den vergangenen zwei Monaten geschaffen hatten, eine Ablehnung ihrer Werte, sogar der Wirklichkeit. Warum hat sie das gemacht, fragte Ronnie sich, obwohl doch die Nähe und die gegenseitige Zuneigung sie so offensichtlich beglückt und ihr verhärtetes Herz erwärmt hatten. Warum hatte sie es für nötig befunden, zu leugnen, wonach sie sich doch offenkundig sehnte?

Ronnie überlegte hin und her, sie konnte nicht arbeiten, sondern beugte gedankenverloren den Kopf über die Tastatur, als wollte sie sie studieren. Lange Zeit später setzte sie sich gerade hin, ihr Gesicht war ausdruckslos und ruhig, ihre Augen starrten trübe auf den verschneiten Wald hinter dem Haus.

Ich kann ohne sie leben, dachte sie.

Aber sie wurde von einer Frage verfolgt, der sie sich nicht bewußt stellen wollte, aber die sich ihr schließlich doch aufdrängte: War es unwiderruflich? Waren ihre schwesterlichen Bande jetzt durchgeschnitten, in Bitterkeit aufgelöst, als ob sie nie geknüpft worden wären? Gab es irgendeine Möglichkeit, sie wiederherzustellen, die Verbindung zu flicken? Weil sie ihr, wie sie jetzt erkannte, teuer war? Wo war Elizabeth, wo war ihr Herz geblieben, ihr Verstand, was ging in ihr vor?

Elizabeth wußte es selber kaum. Sie fühlte sich seit gestern abend wie betäubt, war wie ein Zombie zu Bett gegangen, konnte nicht schlafen, hatte bis vier Uhr morgens aufrecht im Bett gesessen und geraucht und getrunken. Ihr Kopf war leer, und trotzdem rasten ihre Gedanken, ihr gingen so viele Dinge so schnell im Kopf herum, daß sie nicht in der Lage war, sie zu verstehen. Ebensowenig wußte sie, warum sie die Korrespondenzordner ihres Vaters durchsuchte, was sie darin zu finden hoffte. Sie hatte nur einen Teil seiner offiziellen Akten eingepackt, ehe sie Anfang des Monats von hier weggefahren war.

Neben dem Arbeitszimmer befand sich eine Kammer, eigentlich schon ein Zimmer, das fast bis zur Tür vollgestopft war mit seinen Akten, Akten in Kisten, aus Washington, New York, Boston. Man würde Monate brauchen, sie alle zu sichten, und sie hatte für einen Moment überlegt, ob sie sich unbezahlten Urlaub dafür nehmen sollte, sich dann aber gefragt, warum, warum, warum? Aber in einem Metall-Aktenschrank, der direkt im Arbeitszimmer stand, befand sich seine Korrespondenz der letzten zwölf Jahre, seit er pensioniert war, und das war überschaubar. Und die sah sie jetzt durch, saß auf dem Fußboden, zog eine Akte nach der anderen heraus, las die Briefe, die er bekommen hatte, und die Kopien seiner Antworten.

Eine nach der anderen, eine nach der anderen, sie überflog sie, suchte, suchte. Was suchte sie? Was trieb sie so verzweifelt? Irgendwann wurde ihr klar, daß sie danach hungerte, eine persönliche Mitteilung zu entdecken, irgendeinen Hinweis, der ihr Zugang zu dem verschaffen würde, was dieser Mann gefühlt, gewollt, gebraucht hatte. Viele der Briefe enthielten persönliche Bemerkungen – gallige Scherze, die sich auf ein Tennisspiel bezogen, das er mit dem Empfänger gespielt hatte, Komplimente über eine Party, der er beigewohnt, ein Dinner, das er gegeben hatte, Klatsch über Washingtoner Größen – alles in einem leicht sarkastischen Ton, abfällig, aggressiv, aber immer eine Spur humorvoll, witzig. Ein herausragender Sinn für Humor, hatte einer der Redner auf seinem Begräbnis gesagt. Das mußte er gemeint haben. So mußte er mit diesen Männern auch geredet haben, tatsächlich, sie erinnerte sich daran. Ja.

Die persönlichen Bemerkungen dienten dazu, seinen Machtstatus in der persönlichen Beziehung zu zementieren, aber sie ignorierten die reale Person, sie brachten sein eigenes Image zur Geltung – mörderischer Squashspieler, Charmeur, Intimus der Höchsten und Mächtigsten. Sie fand einige wenige

Briefe an Frauen aus der Macht-Elite, sie waren in einem etwas schmeichelnderen Ton abgefaßt, aber keine Briefe an Freundinnen oder Geliebte. Hat er ihnen nicht geschrieben, oder hat er die Briefe vernichtet und von seinen eigenen keine Kopien angefertigt? Selbst in seinen Briefen an seinen Bruder und seine Schwester ging es um Geschäfte, um Eigentumsangelegenheiten, um das angemessene Auftreten der Familie bei einem öffentlichen Ereignis. Sie türmte die Akten, die sie bereits gesichtet hatte, auf einen Stapel, der Stapel wurde zu hoch und kippte um. Sie hätte am liebsten geweint.

Sie blieb lange dazwischen sitzen, ließ den Kopf hängen, ihre Augen waren trübe, ihr Haar zerzaust und strähnig, sie starrte auf die unordentlich herumliegenden Akten auf dem Fußboden. Was ist los mit mir? Was, zum Teufel, tue ich hier?

Mühsam setzte sie sich gerade hin, sammelte die Aktenordner ein, glättete sie, und ohne sich die Mühe zu machen, die alphabetische Reihenfolge einzuhalten, knallte sie sie zurück in den Aktenschrank und zog den nächsten Stoß heraus. Und suchte weiter. Verzweifelt.

Mary und Marie-Laure kamen besänftigt zurück und gingen sofort nach oben, um zu packen. Bald darauf fuhr ein kleiner japanischer Sportwagen vor, ein junger Mann sprang heraus und klingelte. Teresa ließ ihn ein, führte ihn in den Salon und ging nach oben, um Marie-Laure zu sagen, daß er da war. Mary saß im Zimmer ihrer Tochter auf dem Sofa, beobachtete, wie sie die Sachen in ihre Tasche stopfte.

»Biete ihm einen Kaffee an«, sagte Mary.

»Nein!« rief Marie-Laure. »Ich bin fertig. Fast fertig. Sag ihm, daß ich sofort unten bin«, sagte sie zu Teresa.

Mary wartete, bis Teresa gegangen war. »Was ist los, Marie-Laure, warum willst du nicht, daß er mich kennenlernt?«

»Ich will nach Boston. Ich will den Film nicht verpassen«, sagte sie ungeduldig.

»Oder hat es mit meinen Schwestern zu tun?«

Das Mädchen drehte sich zu ihrer Mutter um, stemmte eine Hand in die Hüfte, verzog das Gesicht: »Weißt du, Mutter, es dreht sich nicht immer alles um dich.«

Wieder dieses *Mutter*.

»Und worum dreht es sich dann?«

»Okay: Ich hasse dieses Haus. Ich möchte nicht länger hier sein als unbedingt nötig!« Sie schrie fast, ihr Gesicht war vor Wut gerötet.

Mary starrte sie an. »Okay«, sagte sie sanft. »Du mußt nie mehr hierher zurückkommen. Okay?«

Marie-Laures Gesicht wurde weicher, und sie sah ihre Mutter fast freundlich an. »Okay«, flüsterte sie und drehte sich um und ergriff ihre Taschen, schwang sie sich über die Schultern. »Ich gehe.«

Mary erhob sich und folgte ihr nach unten. »Du mußt dich noch von den anderen verabschieden«, sagte sie am Fuß der Treppe, als Marie-Laure Duff begrüßte. Sie stellte den Jungen ihrer Mutter vor, dann fragte sie: »Und wo sind sie?«

»Schau mal im Spielzimmer nach. Ronnie ist wahrscheinlich in ihrem Zimmer. Frag die anderen.«

Das Mädchen verschwand. Mary setzte sich und unterhielt sich mit Duff. Sie kannte seine Mutter und seinen Stiefvater, wie sich herausstellte, und seine Großeltern mütterlicherseits, bei denen sie mal, vor Jahren, in Marblehead eingeladen gewesen war.

Marie-Laure brauchte nur wenige Minuten. Sie kam schnell in den Salon, gab Duff mit dem Daumen das Zeichen, daß sie fahren konnten, und er stand auf. Noch ein paar Höflichkeitsfloskeln – Marie-Laure erduldete den Kuß ihrer Mutter –, und weg waren sie.

Mary wandte sich mit hängenden Schultern und gesenktem Kopf von der Tür ab und ging wieder nach oben. Packen, sie wollte packen. Aber sie packte nicht. Sie ließ sich auf das Sofa in ihrem Zimmer fallen und zündete sich einen Joint an – etwas, was sie tagsüber selten tat. Sie blieb sitzen, bis der Gong zum Lunch rief.

Zum Lunch gab es eine Gemüsesuppe aus Resten, einen Salat mit dem restlichen Roastbeef und dem Rest von den überbackenen Paprikaschoten und weißen Bohnen und die Reste des Kuchens. Das freute Alex, die sich wegen der Verschwendung Sorgen gemacht hatte – und es war köstlich. Aber ihre Unterhaltung war gezwungen. Mary war in sich gekehrt, Elizabeth geistesabwesend, Alex redete und redete und redete, erzählte ihnen mehr, als sie wissen wollten, über Edith Stein. Ronnie beobachtete sie mit gesenktem Blick, ihr Gesicht war angespannt. Endlich kam Alex zum Schluß, ihre Stimme verlor sich.

»Ich habe Vaters Korrespondenzen durchgesehen«, sagte Elizabeth plötzlich in die Stille hinein.

Alle Augen wandten sich zu ihr. »Ich habe nach…«, ihre Stimme zitterte, »etwas Persönlichem gesucht. Etwas, das ihn zeigt, seine Gefühle.«

Alex war voller Mitgefühl. »Du hast das Gefühl, daß du ihn nicht gekannt hast«, sagte sie warm und mitleidig. »Ich weiß, wie du dich fühlst. Ich habe ihn auch nicht gekannt, weiß nicht, wer er war, was er wollte.«

»Trotzdem haben wir ihn getötet«, sagte Elizabeth.

Sie wurden blaß, sahen sie an. »Vielleicht nicht mit unseren Händen. Aber mit unseren Handlungen«, fuhr sie fort.

Sie starrten auf ihre leeren Salatteller. Teresa kam herein, um abzuräumen.

»Wann geht dein Flugzeug?« fragte Mary Alex.

»Siebzehn Uhr zehn«, antwortete Alex. »Und deins?«

»Ich kann um siebzehn Uhr oder um siebzehn Uhr dreißig fliegen, es gibt zwei Shuttles. Wann geht deins, Lizzie?«

Teresa verließ das Zimmer, aber sie wußten, daß sie gleich mit dem Dessert zurückkommen würde.

»Sechzehn Uhr neunundfünfzig. Das trifft sich gut. Wir sollten hier spätestens um fünfzehn Uhr dreißig bis fünfundvierzig aufbrechen, falls viel Verkehr ist.«

Teresa kam mit dem Kuchen, einer Schüssel mit Schlagsahne, einer Käseplatte. Sie stellte Sahne und Käse auf den Tisch und offerierte ihnen den Kuchen. Sie bedienten sich schweigend.

»Ich werde Aldo Bescheid sagen«, sagte Elizabeth, nachdem sie sich ein Stück genommen hatte.

»Ihr habt noch ausreichend Zeit, um zu packen«, sagte Alex und blickte auf ihre Uhr.

Teresa verließ das Zimmer.

Stille. Aller Augen richteten sich auf Elizabeth.

»Ich meine, wir haben ihn getötet, aber wir wissen nicht, wer er war.«

»Wir wissen, was er uns angetan hat«, maulte Ronnie.

»Ja.«

»Und vielleicht auch Marie-Laure!« platzte Mary mit Tränen in der Stimme heraus.

Sie sahen sie an. Keine sagte etwas.

Sie wischte sich die Tränen von den Wangen, sah in die Runde. »Nein, ich bin mir nicht sicher! Aber wie sie sich verhalten hat, was sie gesagt hat. Ich weiß nicht, was ich machen soll!«

»Du mußt es ihr erzählen. Von dir. Von uns«, sagte Alex sanft. »Du mußt offen zu ihr sein. Ehrlich.«

»O Gott! Wie kann ich meiner Tochter das erzählen? Wie? Wie?« rief Mary.

Unbehaglich sahen sie sich an, jede überlegte, wie sie sich dabei fühlen würde, wie man es machen könnte, was das Mädchen dabei empfinden, wie sie ihre Mutter ansehen würde. Keine konnte ihr einen Rat geben. Scham legte sich über sie wie ein herabsinkender Baldachin und erstickte sie.

Mary hörte auf zu schniefen, wischte sich das Gesicht ab,

sah sie an. »Ich glaube, ich muß es tun«, sagte sie. »Mir wird schon ein Weg einfallen. Vielleicht werde ich – an einem bestimmten Punkt – eure Hilfe brauchen. Seid ihr dazu bereit?«

»Oh, natürlich! Ich werde kommen, wenn du mich brauchst, Mary, jederzeit! Ich werde mit dem Flugzeug kommen, ruf mich an – oder«, Alex kicherte, »du mußt mir schreiben oder telegraphieren! Ich weiß es nicht. Aber ich werde kommen.«

Ronnie nickte sachlich, und Mary sah Elizabeth an.

»Ja. Selbstverständlich«, sagte sie.

»Danke«, flüsterte Mary und nahm ihre Gabel, um ihren Kuchen zu essen.

Langsam, traurig, legte Elizabeth ihre Kleidungsstücke zusammen und verstaute sie in ihrer Tasche. Wir haben ihn getötet, und wir wußten noch nicht einmal, wer er war. Wir wußten nur, was er uns angetan hat. Weswegen haben wir ihn getötet? Tausende von kleinen Stephen Uptons wachsen ständig nach, wie die Armeen aus den Zähnen des Drachens, die Kadmos absägte. Wir können sie nicht abschütteln, warum also die Mühe, einen zu töten? Aber jetzt haben *wir* sein Geld. Jedenfalls drei von uns. Wir können noch nicht mal sagen, daß wir ihn nicht töten wollten, was hatten wir denn gerade gemacht? Ihn zum Tode verurteilt. Was hat Alex gesagt? An ihre genauen Worte kann ich mich nicht mehr erinnern, aber dem Sinn nach sagte sie, daß er sterben müsse wegen seiner Lieblosigkeit, seiner Unfähigkeit, zu lieben. Das Herz stirbt zuerst.

Sein Herz muß seit langer Zeit fast tot gewesen sein. Er hatte nur Noradia. Ihr Tod hat ihn erledigt.

Alex hat also vielleicht nur bereits Vorhandenes bekräftigt. Wenn wir abgereist wären, hätte er nichts Liebeähnliches mehr gehabt, nur seinen Haß, der ihn aufrechtgehalten hätte. Aber er lebte von seinem Haß, einem Haß, der ihn nährte. Und der ihn vielleicht noch jahrelang genährt hätte, Jahrzehnte vielleicht.

Unwahrscheinlich.

Und ich?

Sie packte das letzte Stück in den Koffer, ging im Zimmer herum, suchte, ob sie etwas vergessen hatte, sah im Bad nach, kam zurück und schloß die Koffer. Sie bückte sich, um in den Spiegel des Frisiertischs zu sehen, fuhr sich mit dem Kamm durch das Haar. Sehe höllisch schlecht aus.

Plötzlich krümmte sie sich zusammen, ein Schluchzen stieg in ihr auf. Was habe ich getan?

Warum warum warum mußte ich das tun? Mußte sie attakkieren, mußte attackieren, was wir getan haben, was wir gemacht haben, was wir liebten, was ich brauchte. Warum habe ich das gemacht?

Sie setzte sich auf den Hocker vor der Frisierkommode, sah wieder in den Spiegel und zündete sich eine Zigarette an.

Was mit uns geschehen ist, hat mich glücklicher gemacht, hat mein Leben verbessert. Was konnte ich daran nicht ertragen? Ist es mir nicht erlaubt, mich besser zu fühlen, muß ich ständig weiterkämpfen, gnadenlos, so wie er? Aber was bekämpfte er? Am Ende bekämpfte er uns, obwohl wir, wenigstens zum Teil, versucht haben, ihm zu helfen. Was meinst du mit »Ende«, du Arschloch? Er hat dich dein ganzes Leben lang wie eine Feindin behandelt!

Das war wegen Mutter.

Hat er Mary denn besser behandelt? Er hat ihr Vertrauen und ihre Begabungen zerstört. Das soll Liebe sein?

Und Ronnie? Sie hat uns nie erzählt, was er mit ihr gemacht hat. Ich kann es mir nur vorstellen. Komm her, Sklavin.

Seine eigenen Kinder, sein eigen Fleisch und Blut, die Soziobiologen behaupten, Männer wollen sich so oft wie möglich fortpflanzen, lebendig bleiben. Unsterblichkeit. Hassen ihre Kinder, mißbrauchen sie, das hat nichts mit dem Überleben des Tauglichsten zu tun, das ist die Zerstörung der Art.

Ronnie hat recht.

Aber nicht alle Männer verhalten sich so.

Viele aber.

Das ist Selbstmord.

Er muß sich selbst gehaßt haben. Warum, frage ich mich. Ich kann mich an seine Mutter nicht erinnern, aber sie war eine harte Frau, alle ihre Kinder hatten Angst vor ihr. Der Name und der Ruf der Familie bedeuteten ihr alles. Und Reichtum. Wie wohl sein Vater war? Vielleicht wie er. Vielleicht schon Grund genug, sich selbst zu hassen. Wer weiß. Ich werde es nie erfahren. Ich werde nie wissen, wer du warst, Vater. Aber – lautlos fing sie an zu weinen – ich habe dich geliebt.

Während die anderen packten, saß Ronnie an ihrem Computer. Sie versuchte, an ihren Daten ein paar statistische Berechnungen durchzuführen, aber ihr fielen ständig die Augen zu, sie war müde. Die anderen waren oben und packten. Dann würden sie abreisen, ohne daß sie sich ausgesprochen hätten, ohne sich die Mühe zu machen, das Band wieder zusammenzuknüpfen. Es ist vorbei. Ich habe keine Schwestern.

Du bist fünfundzwanzig Jahre ohne sie ausgekommen, Ronnie, du hast viele andere Schwestern, du wirst es überleben.

Ja, natürlich werde ich das.

Aber die Müdigkeit überwältigte sie, und sie stand auf und legte sich aufs Bett. Und war nach einer Minute fest eingeschlafen.

Alex ging durch die Räume im Erdgeschoß. »Wo ist Ronnie, wir müssen noch etwas zusammen trinken, nicht wahr, Mary? Ich weiß, daß es noch früh am Tag ist, aber wir werden uns vielleicht monatelang nicht mehr sehen, wir wollen Champagner trinken, das ist doch eine gute Idee, oh, hier bist du ja!« Sie stieß Ronnies Tür auf. »Ronnie, steh auf, das ist jetzt nicht die richtige Zeit zum Schlafen, komm, trink mit uns etwas zum Abschied!«

Ronnie riß sich aus einem tiefen Schlaf mit düsteren Träumen, schüttelte sich, sah Alex. »Okay«, murmelte sie, »komme sofort.«

Alex verschwand, aber ihre Stimme drang durch die Zimmer: »Und wo ist Lizzie, warum sind ausgerechnet jetzt alle verschwunden!«

Ronnie stand auf und wusch sich das Gesicht und putzte sich die Zähne, kämmte sich das Haar. Sie ging ins Spielzimmer, wo eine Flasche Champagner in einem Eiskübel stand. Mary wartete steif an der Glastür, sie sah überwältigend aus in ihrem Kostüm und mit ihrer perfekten Frisur und dem raffiniert unauffälligen Make-up. Die alte Mary.

Als sie Ronnie hörte, drehte sie sich um und streckte die Arme aus. Ronnie ging auf sie zu und ließ sich umarmen. Sie legte ihre Arme um Marys Taille. Nicht die alte Mary.

»Du wirst mir fehlen«, sagte Mary.

»Du mir auch.«

»Du mußt mir noch die restlichen Fahrstunden geben.«

»Dann mußt du wieder herkommen. In Manhattan kann ich dir keine Fahrstunden geben.«

»Und in Virginia?« Ronnie sah sie überrascht an, stellte aber keine Fragen. »Das würde wahrscheinlich gehen.«

»Sie kommt«, sagte Alex fröhlich und betrat das Zimmer. »Aber wir sollten trotzdem mit dem Öffnen des Champagners warten, bis sie hier ist, oder? Oh – ihr alle!« Sie ging zu ihnen und stellte sich neben Ronnie, legte ihren linken Arm um Ronnies Taille, den rechten um die von Mary. Sie blieben einen Moment so stehen, dann lösten sie sich voneinander. Alex ging zur verglasten Schiebetür, gefolgt von den beiden anderen.

»Der Schnee ist fast weg.«

»Ja.«

»Wir hätten Vogelfutter ausstreuen sollen.«

»Habe ich. Heute früh. Mrs. Browning hat etwas Talg für sie gekauft, und ich habe altes Brot dazugegeben.«

»Oh, das ist gut.«

»Es liegt immer noch etwas Schnee zwischen den Tannenzweigen, sieht aus, als ob sie im Bett liegen würden. So hübsch.«

»Schön. Und der Himmel ist heute wunderbar blau.«

»Wunderbar.«

Elizabeth kam herein und blieb stehen, als sie sie sah. Sie drehten sich zu ihr um, sahen sie an.

»Champagner, Lizzie?« fragte Alex unbeschwert.

»Klar.« Sie kam weiter ins Zimmer hinein, blieb unsicher stehen, während Alex Ronnie den Champagner zum Öffnen gab (»Das konnte ich noch nie, ich weiß nicht, warum ich so unfähig bin!«), und Mary ging zu einem Sessel und setzte sich. Alex schenkte ein und reichte ihnen die Gläser. Sie setzten sich alle.

»Wollen wir anstoßen?« Zu fröhlich, zu unbeschwert.

»Ich möchte einen Toast aussprechen, darf ich?« Elizabeths Stimme war nüchtern, traurig, nicht herrisch.

Sie nickten.

»Gestern abend habe ich euch angegriffen. Ich habe viele Dinge attackiert. Ich weiß nicht, warum ich euch solche Sachen an den Kopf werfen mußte, und ich kann es nicht widerrufen, weil es die Dinge sind, an die ich glaube, an die ich mein Leben lang geglaubt habe. Aber seit gestern muß ich ständig darüber nachdenken – nun, eigentlich nicht nachdenken, sondern denken und fühlen, glaube ich. Und obwohl ich immer noch glaube… obwohl ich immer noch etwas Wahres in dem, was ich gesagt habe, erkenne… habt ihr aber auch recht, das Leben ist nicht nur ein einziger Kampf, und falls doch… dann ist der Kampf nichts wert. Denn dann hast du nur ein Leben voller Haß. Und so will ich nicht mehr leben, ich will nicht mehr auf den Rest der Menschheit heruntersehen, mich nur auf die Gesellschaft der zwei oder drei Menschen beschränken, die ich als ebenbürtig betrachte… nun, es gab sowieso nur einen… und der ist tot. Clare war auch ein intellektueller Snob, er war wirklich gnadenlos, er konnte geräuschvoll mitten in einem Konzert aufstehen und rausgehen, wenn er fand, daß die Musiker schlecht spielten, er machte sich über die Ideen anderer Leute lustig… zum Teufel, was soll's. Der einzige andere wichtige Mann in meinem Leben war Vater, der ein schrecklicher Snob war. Er hat mich nicht als ebenbürtig anerkannt. Er hat mich nie registriert. Ich war wie Ronnie – illegitim in seinen Augen. Aber er hat keine von uns als ihm ebenbürtig anerkannt, weil wir Mädchen waren, weiblich. Und ich bin dazu erzogen worden, genau diese Unterscheidungen zu treffen – nun, wir alle sind so erzogen worden, bis auf Ronnie vielleicht…«

»Ich nicht«, warf Alex milde ein.

»Ich habe sie besser gelernt als irgendeine von euch«, protestierte Ronnie, »von der anderen Seite aus.«

»Wahrscheinlich«, gestand Elizabeth ihr zu, dann sagte sie zu Alex: »Nein, Süße, du nicht.« Sie zündete sich eine Zigarette an, keine sagte etwas, keine trank einen Schluck Champagner. »Ich jedenfalls wurde so erzogen, mich hat man gelehrt, diese Unterschiede als das Entscheidende anzusehen oder zu begreifen, weil das Leben ein Kampf ist und diese Unterscheidungen die Waffen sind. Aber ihr alle habt mir beigebracht… ich bin zu der Überzeugung gekommen… daß sie es sind, die das Leben zu einem Kampf *machen* und einen Menschen ins Elend stürzen. Aber ich weiß nicht, ob ich fähig bin, sie einfach fallenzulassen. Sie sind mir zur Gewohnheit geworden, zur zweiten Natur. Aber bei euch habe ich sie ablegen können. Und deshalb seid ihr mir so überaus wichtig. Und daher möchte ich euch bitten, mir meine Angriffe von gestern abend zu verzeihen, und ich möchte euch sagen, daß ihr mich überzeugt habt, daß meine… Moral oder was immer das ist… zumindest unterentwickelt ist. Und ich bitte euch, mich wieder aufzunehmen. Und darauf möchte ich mit euch trinken. Auf uns Schwestern.«

Sie hatten sich alle aufrecht hingesetzt, ließen die Gläser klingen, wiederholten: »Auf uns Schwestern!«

Alex ließ sich mit einem breiten Grinsen in ihren Sessel zurückfallen, lächelte und lächelte, redete aber ausnahmsweise mal nicht. Ronnie beugte sich vor, hielt ihr Glas zwischen den Beinen, sah Elizabeth mit einem warmen verhaltenen Lächeln an. Mary starrte auf den Kamin. Sie trank einen Schluck Champagner, dann stellte sie das Glas ab.

»Lizzie? Wann soll ich zu dir kommen, damit wir uns ein Haus suchen können?«

»Du kommst!« Elizabeth war verblüfft. »Wirklich?«

Mary nickte. »Ja. Ich stelle mir das schön vor. Ich habe viele Freunde in Washington. Und ich könnte meine Zeit darüber hinaus auch gut mit dir verbringen, statt auf die vielen Wohltätigkeitsveranstaltungen zu gehen, und so was gibt es schließlich ja auch in Washington, aber sonst ist es eine derart provinzielle Stadt… Ich würde mich nicht dauernd bemüßigt fühlen, mich mit X oder Y zum Lunch zu verabreden, denke ich. Ich könnte zu Hause bleiben und üben und Gedichte schreiben, und ich würde mich nicht einsam fühlen, weil du ja zum Abendessen nach Hause kämst…«

»Tja, ich bin ziemlich viel unterwegs…«

»Ja, ich auch…«

»Aber ich bin auch viel zu Hause.«

»Ja, ich auch.«

»Und ich würde deine Gesellschaft genießen.«

»Endlich!« grinste Mary. »Du hast vierzig Jahre gebraucht, um das auszusprechen!«

Alle lachten.

»Und es wäre ein neutraler Ort, ein neutraler Ort für Marie-Laure. Vielleicht kommt ihr alle mal zu Besuch, dann müssen wir alle zusammen mit ihr reden. Ich will sie von ihren New Yorker Freunden abbringen. Ich glaube nicht, daß sie… gesund für sie sind. Sie reitet gern, und Pferde gibt es genug in

Virginia. Sie könnte kommen und bei uns wohnen und hätte zwei sehr verschiedene Mütter…«

»Das würde mir gefallen«, sagte Elizabeth mit vibrierender Stimme.

»Darauf wollen wir trinken«, drängte Alex und füllte ihre Gläser.

»Auf Elizabeth und Mary in Virginia, mit Marie-Laure«, sagte Alex und grinste entzückt.

Wieder ließen sie die Gläser klingen und wiederholten die Worte.

»Und Glück bis ans Lebensende!« krähte Alex.

Die anderen starrten sie an.

»Wieso? Können wir darauf nicht trinken?«

»Wir sind doch keine blinden Närrinnen.«

»Auch nicht als Hoffnung ausgesprochen?«

Sie schwiegen ernüchtert.

Ronnie räusperte sich. »Vielleicht könnten wir sagen: ›Auf glückliche Momente in jedem Tag.‹ Oder wir könnten sagen: ›Auf die Liebe und unsere Fähigkeiten, sie zu verspüren.‹«

»Auf die Liebe«, sagten sie feierlich, stießen miteinander an und nahmen einen tiefen Schluck.

Aldo hatte fast eine Stunde gebraucht, bis er die vielen Koffer und Pakete im Kofferraum und auf dem Vordersitz verstaut hatte, und jetzt drängten sich die Schwestern auf der Schwelle des Hauses aneinander, verabschiedeten, umarmten, küßten sich. »Bis bald«, sagten sie. »Ich liebe dich«, flüsterten sie. Dann lösten sie sich aus dem Schutz der Säulen und stiegen ein, und Ronnie blieb stehen, hinter ihr Mrs. Browning und Teresa, sie winkten ihnen hinterher, bis das Auto von der Einfahrt in die Straße einbog. Die Dämmerung brach an, der Schnee war fast ganz geschmolzen und zeigte wieder die unwirtliche graubraune Landschaft Neuenglands im Winter.

Frierend blieb sie stehen, bis das Auto um eine Kurve bog

und hinter den Bäumen verschwand, dann ging sie ins Haus und schloß die Tür. Einen Moment lang lehnte sie sich an die Tür.

Der Gedanke, hier allein zu wohnen, war unerträglich.

Aber ich brauche die zweihundert Dollar die Woche, nicht lange, aber bis ich die erste Fassung fertig habe. Wie lange werde ich dazu brauchen? Noch zwei Monate? Drei? Vier? Dann wird es Frühling sein: Werde ich im Garten arbeiten wollen? Nein. Hier nicht. In seinem Garten nicht. Das Haus kann leer stehen, oder vielleicht findet sich auch ein Käufer, der daraus ein Restaurant macht oder ein Sanatorium, oder ein Landgasthaus. Ich möchte zu meinen Freundinnen nach Boston. Vielleicht kann ich eine Wohnung mit einem Erker finden. *Mein* Leben leben. Momma hat mir soviel Geld hinterlassen. Vielleicht kann ich es mir erlauben, einmal leichtsinnig zu sein. Vielleicht gehe ich einfach weg.

Ja. Morgen werde ich abreisen und mich nach einer Wohnung umsehen. Werde dieses Haus für immer verlassen. Das Haus meines Vaters. Mein Gefängnis. Lauf, Ronnie.

Der Verlag dankt
dem Suhrkamp Verlag für die freundliche Abdruckgenehmigung zweier Gedichtauszüge von Sylvia Plath (S. 136, 137). Es handelt sich hierbei um die Gedichte »Der Bewerber« und »Papi« aus: »Ariel«. Ü: Erich Fried. © Suhrkamp Verlag Frankfurt am Main 1974

dem Luchterhand Literaturverlag, Hamburg, für die freundliche Abdruckgenehmigung einiger Zeilen aus »Leda and the Swan« von W. B. Yeats (S. 311): © der deutschen Ausgabe 1970 by Hermann Luchterhand Verlag, Darmstadt und Neuwied

dem Carl Hanser Verlag für die freundliche Abdruckgenehmigung eines Zitats von Dylan Thomas (S. 260) aus: Dylan Thomas: »Windabgeworfenes Licht«. Gedichte. Englisch und Deutsch. Hrsg. von Klaus Martens. © 1992 Carl Hanser Verlag. München, Wien